Fannie Flagg
Die Reise nach Elmwood Springs

Fannie Flagg

Die Reise nach Elmwood Springs

Roman

Aus dem Amerikanischen von Brigitte Gerlinghoff

Ehrenwirth

Die Deutsche Bibliothek – CIP-Einheitsaufnahme

Flagg, Fannie:
Die Reise nach Elmwood Springs : Roman / Fannie Flagg. Aus dem Amerikan. von Brigitte Gerlinghoff. – München : Ehrenwirth, 1999
ISBN 3-431-03579-5

Schwanthalerstr. 91, 80336 München
Internet: www.ehrenwirth.de
ISBN 3-431-03579-5

Umschlaggestaltung: Grafikhaus, München
Umschlagillustration: Wendell Minor
Satz: Utesch GmbH, Hamburg
Druck: Wiener Verlag, Himberg
Printed in Austria

Für Sam und Jo Vaughan

Danksagung

Danken möchte ich den im folgenden Genannten, deren Ermutigung und Unterstützung von unschätzbarem Wert für mich waren: Susie Glickman, Lois Scott, De-Thomas & Partner, Ulf Buchholz, Wendy Weil, Steve Warren, Sally Wilcox, Mrs. Ray Rogers, Evelyn Birkby, Colleen Zuck und Mitarbeitern, dem Staat Alabama und besonders allen meinen Freunden und meiner Familie, die jeden Tag eine Freude für mich sind.

»... Arme kleine Menschen – sie werden in diese Welt gestoßen, ohne eine Ahnung zu haben, woher sie kommen oder was sie tun sollen oder wie lange sie es tun müssen. Oder wo sie schließlich danach landen werden. Aber du meine Güte, die meisten wachen jeden Morgen auf und versuchen immer wieder aufs neue, einen Sinn darin zu entdecken. Doch man muß sie einfach lieben. Ich frage mich nur, warum es unter ihnen nicht mehr Verrückte gibt.«

Tante Elner, 1978

Vorwort

Elmwood Springs, Missouri
1948

In den späten vierziger Jahren sieht Elmwood Springs im südlichen Missouri mehr oder weniger aus wie tausend andere amerikanische Kleinstädte.

Das Stadtzentrum besteht nur aus einer Straße mit einem Rexall Drugstore an dem einen und dem Freimaurergebäude von Elmwood Springs an dem anderen Ende. Wenn man von dem Freimaurergebäude zum Rexall geht, kommt man an der Reinigung Blue Ribbon vorbei, an dem Schuhmacherladen Cat's Paw mit einem rosaroten Leuchtreklameschuh im Fenster, dem Warenhaus Morgan Brothers, der Bank und einem engen Gäßchen, in dem seitlich an einem Haus Treppenstufen bis zum zweiten Stock hinaufführen; dort befindet sich die Step- und Tanzschule Dixie Cahill. Am Samstagmorgen kann man dort oben dröhnende Stepschritte und das Klopfen der Taktstöcke hören; das sind die Tapettes, eine mit blauen Pailletten geschmückte Tanztruppe, die Schönheiten der Stadt – zumindest glauben das ihre Eltern. Nach der kleinen Gasse folgt das Speiselokal Trolley Car, wo es die besten Chili Hot dogs der Welt und ein Orangengetränk für fünfzehn Cents gibt. Gleich hinter dem Speiselokal findet sich das Kino New Empress, vor dem sich jeden Samstagnachmittag eine Schar Kinder aufstellt und auf Einlaß wartet, um einen Western, Zeichentrickfilme und eine Folge der wöchentlichen Serie Buck Rogers zu sehen. Als nächste kommen der Herrenfriseur und das Rexall an der Ecke. Wenn man die Straße auf der anderen Seite hinuntergeht, trifft man auf die Methodistenkirche und dann auf die schwedische Bäckerei und Imbißstube Nordstrom, die immer noch den goldenen Stern zur Ehre und zum Gedenken ihres Sohnes im Fenster ausliegen haben. In einiger Entfernung folgen Miss Almas Teestube, Haygoods Fotostudio, die Western Union und das Postamt, die Telefongesellschaft und Victors Blumenladen. Eine schmale Treppe führt zur »schmerzfreien« Praxis von Zahnarzt Dr. Orr. Als nächstes kommt das Haushalts- und

Eisenwarengeschäft von Warren und Sohn. Der Sohn ist der achtzehnjährige Macky Warren, der kurz vor der Hochzeit mit seiner Freundin Norma steht, was ihm einige Beklemmungen bereitet. Dann folgen das Gebäude der A & P und an der Ecke das Haus der Kriegsveteranen, die VFW Hall.

Elmwood Springs ist zum größten Teil eine Stadt, in der gute Nachbarschaft gepflegt wird und fast jeder hat Kontakt zu Bottle Top, der weißen Katze mit dem schwarzen Fleck, die immer im Fenster des Schuhmacherladens schläft. Es gibt einen einzigen Stadtsäufer: James Whooten, dessen schwer geprüfte Ehefrau, Tot Whooten, man immer nur als »die arme Tot« bezeichnet hat.

Obwohl sie nun in zweiter Ehe mit einem Abstinenzler verheiratet ist und zur Abwechslung mal ganz glücklich zu sein scheint, nennen die meisten Leute sie aus reiner Gewohnheit immer noch »die arme Tot«.

Es gibt hier viel frische Luft, und alle bestellen ihren Garten selbst. Wenn man krank ist, kommt der Sohn oder Ehemann von irgend jemand vorbei und springt ein. Der Friedhof ist sehr gepflegt, und am Heldengedenktag werden vom VFW auf allen Veteranengräbern Fahnen aufgestellt. Drei Kirchen befinden sich hier: die lutherische, die methodistische und die unitarische, und die kirchlichen Veranstaltungen mit Abendessen oder Verkauf von Backwaren werden gut besucht. Die meisten Einwohner gehen zur Abschlußfeier der Highschool und zur jährlichen Tanzvorführung in der Dixie Cahill. Eigentlich handelt es sich um eine typische Mittelschichtstadt. In den meisten Wohnzimmern findet man wenigstens ein oder zwei Paar bronzierte Babyschuhe und das Foto eines Kindes, das genauso wie das Kind von nebenan auf einem braunweißen indianischen Pony sitzt. Niemand ist besonders reich, aber trotz dieser Tatsache ist Elmwood Springs eine Stadt, die mit sich zufrieden ist. Man erkennt es an der frischen Farbe der Häuser und an den sauberen weißen Gardinen hinter den Fenstern. Die Straßenbahn, die nach Elmwood Lake hinausfährt, hat gerade einen neuen kastanienbraunen und cremefarbenen Anstrich bekommen, und die Holzsitze sind mit Schellack auf Hochglanz gebracht, so daß man Mühe hat, nicht abzurutschen. Die Leute sind fröhlich. Man merkt es an dem Glitzern im Beton vor dem Kino und an der Art und Weise, wie die neue Verkehrsampel blinkt. Die meisten Menschen hier sind zufrieden.

Man sieht es an den wohlgenährten Katzen und Hunden, die überall in der Stadt träge auf den Gehsteigen sitzen, und selbst ein Blinder kann es dem Lachen auf den Schulhöfen entnehmen und an dem weichen Aufschlagen der Zeitung hören, die jeden Nachmittag auf die Veranden geworfen wird.
Aber die beste Methode, etwas über eine Stadt – über jede beliebige Stadt – in Erfahrung zu bringen, ist das Lauschen spät in der Nacht ... lange nach Mitternacht ... wenn alle Außentüren zum letzten Mal zugeschlagen, sämtliche Lichter gelöscht und alle Kinder ins Bett gepackt sind. Wenn man lauscht, wird man hören, wie alle, sogar die Hühner, die doch die nervösesten Geschöpfe auf Erden sind, in der Nacht tief und fest schlafen.
Elmwood Springs, Missouri, ist keineswegs vollkommen, aber als Kleinstadt nähert es sich einer Vollkommenheit, die man erreichen kann, ohne daß man deswegen gleich sentimental werden muß oder einen Haufen Lügen erfindet.

Die Sendung »Nachbarin Dorothy«

Elmwood Springs, Missouri
1. Juni 1948

Jeder in Elmwood Springs und Umgebung erinnert sich noch an den Tag, an dem der Funkturm in Nachbarin Dorothys Garten aufgestellt wurde, und wie aufgeregt alle waren, als sie zum ersten Mal die hellrote Glühlampe auf der Spitze des Turms erblickten, die wie ein kirschrotes Weihnachtslicht in den schwarzen Himmel Missouris leuchtete.

Da das Land flach ist, sah man sie meilenweit von überall her, und mit den Jahren wurde sie zu einem vertrauten, tröstlichen Zeichen. Sie gab den Menschen irgendwie ein Gefühl der Verbundenheit.

Wären Sie morgens zwischen 9.30 und 10 Uhr dort gewesen, hätten Sie sich höchstwahrscheinlich – wenn Sie nicht jemand bewußtlos geschlagen hätte – die Radiosendung »Nachbarin Dorothy« angehört wie alle anderen auch, mit Ausnahme des alten Henderson, der immer noch dachte, das Radio sei eine dumme Erfindung für dumme Leute. Sowohl die High School als auch die Grundschule setzten zwischen 9.30 und 10 Uhr freie Lernzeit an, so daß das Kollegium die Sendung im Lehrerzimmer hören konnte. Die Farmersfrauen im Umkreis unterbrachen ihre Arbeit, was auch immer sie gerade taten, und ließen sich mit Block und Bleistift am Küchentisch nieder, um zuzuhören. Inzwischen gehörte Dorothy Smith zu den am häufigsten gehörten Radio-Hausfrauen, und wenn sie an einem Tag ein Rezept für Früchtekuchen bekanntgab, dann aßen die meisten Männer noch an demselben Abend Früchtekuchen zum Nachtisch.

Die Sendung wurde von Montag bis Freitag täglich live aus ihrem Wohnzimmer gesendet und konnte über die Station WDOT auf der Frequenz 66 empfangen werden. Niemand wollte es riskieren, die Sendung zu verpassen. Nicht nur, weil sie Haushaltstips gab und bevorstehende Ereignisse ankündigte, man konnte auch nie wissen, wer da vielleicht in Erscheinung trat. Alle möglichen Leute schauten herein, um im Radio zu reden oder zu singen oder zu steppen oder irgend etwas zu tun, wozu sie gerade Lust hatten. Eine Mrs. Mary

Hurt musizierte sogar einmal mit Löffeln! Mutter Smith spielte Interludien auf der Orgel. Andere Stammgäste, die man keinesfalls verpassen wollte, waren Ruby Robinson, die Radio-Krankenschwester, Beatrice Woods, das blinde Singvögelchen, das Zither spielte und dazu sang, Pastor Audrey Dunkin, der oft vorbeikam zu einem besinnlichen Gespräch oder um ein erbauliches Gedicht vorzulesen, sowie ein Handglockenchor von der Methodistenkirche. Letztes Jahr erschienen die Light Crust Doughboys und sangen ihren Hit »Bind mich wieder an deine Schürzenbänder, Mutter«; und Nachbarin Dorothy erhielt auch Besuch von dem Hawaiian-Fruit-Gum-Orchester aus dem fernen Yankton in Süddakota. Ganz zu schweigen von den beiden einheimischen Mädchen, Ada und Bess Goodnight, die ohne Hemmungen drauflos sangen, und den Lokalnachrichten, die meistens erfreulich waren.

Im Jahre 1948 war Nachbarin Dorothy eine mollige, freundlich aussehende Frau mit dem mutigen, offenen Gesichtsausdruck eines jungen Mädchens. Obwohl schon in den Fünfzigern, sah sie fast immer noch so aus wie am Anfang ihrer Schulzeit, als ihr Mann, Doc Smith, der Apotheker im Rexall, ihr zum ersten Mal begegnet war. Nach der Highschool machte Dorothy ihren Abschluß an der Fannie-Merit-Hauswirtschaftsschule in Boston, kehrte nach Hause zurück und heiratete Doc; sie unterrichtete an einer Schule, bis sie ihr erstes Kind, Anna Lee, bekam. Anna Lee hatte einige Gesundheitsprobleme, nichts Ernstes, nur ein wenig Asthma, aber doch ernst genug, daß Nachbarin Dorothy fand, es sei das Beste, bei dem Kind zu Hause zu bleiben, und Doc war der gleichen Meinung. Während sie den ganzen Tag zu Hause verbrachte, wollte sie immer beschäftigt sein, so fing sie an, Kuchen zu backen – und immer mehr Kuchen. Teekuchen, Zitronen- und Bananenkuchen, Karamel-, Kirsch- und Schokoladenkuchen und Biskuitrollen. Es gab nichts, was sie nicht backte. Aber ihre Spezialität waren Kuchen zu bestimmten Anlässen. Man nannte ihr das Ereignis, und sie stellte den Kuchen her, der diesem besonderen Anlaß entsprach. Das heißt nicht, daß sie nicht auch einen normalen Rührkuchen oder etwas anderes, was man sich wünschte, backen konnte, aber sie war berühmt für ihre Torten. Es gab kein kleines Mädchen in Elmwood Springs und Umgebung, das nicht irgendwann zu seiner Geburtstagsfeier eine rosaweiße Zirkustorte mit einem Miniaturkarussell obendrauf bekommen hätte. Auf diese Weise gelangte sie in die Mayfair-Halle drüben in Poplar Bluff, wo sie anläßlich einer Veranstaltung zur guten Haushaltsführung bei einer Rundfunkübertragung das Rezept für ihre Zirkustorte bekanntgab. Sie erwähnte ganz zufällig, daß sie für alle ihre Kuchen das Golden-Flake-Mehl verwendete, und am nächsten Tag, als sich der Verkauf des Golden-Flake-Mehls in vier Staaten verdoppelt hatte, bot man ihr eine eigene Sendung an. Sie bedankte sich bei den Leuten vom Golden-Flake-Mehl, erklärte aber, daß sie nicht täglich soundsoviel Kilometer zur Sendestation in Poplar Bluff und zurück fahren könne. Auf diese Weise kam es dazu, daß der Funkturm in ihrem Garten aufgestellt wurde und ihr jüngstes Kind, Bobby, in einer Radiostation aufwuchs. Er war erst zwei Jahre alt, als Nachbarin Dorothy erstmals auf Sendung ging. Aber das war vor zehn Jahren, und an eine Zeit, in der keine Radiosendung im Wohnzimmer stattfand, kann er sich nicht erinnern.

Als sie Doc zuerst fragte, was er von der Idee halte, lachte er und sagte: »Also du kannst ebensogut im Rundfunk sprechen, du sprichst ja ohnehin schon den ganzen Tag am Telefon.« Was nicht ganz zutraf, aber doch so ziemlich. Dorothy plauderte gern.

Die Radiostation WDOT ist zwar nur eine 200-Watt-Station, aber da das Land flach ist, kann das Signal von WDOT an stillen, kalten Tagen, wenn der Himmel kristallklar ist, direkt durch den Mittleren Westen bis hinauf nach Kanada gelangen; und an einem besonders kalten Tag wurde es sogar von mehreren Schiffen auf hoher See empfangen. Man kann nicht behaupten, daß ihre Sendung klug oder geistreich oder etwas in der Art wäre, aber eines kann man bestimmt sagen: daß sie über die Jahre hinweg wahnsinnig viel Golden-Flake-Mehl und Pfannkuchen-Mix und sonstiges, für das sie Werbung macht, verkauft hat.

Das Haus von Nachbarin Dorothy befindet sich auf der linken Seite der First Avenue North, und die Adresse steht mit großen schwarzen Buchstaben an der steinernen Einfassung, so daß man es nicht verfehlen kann. Es ist das letzte Haus an der Ecke und hat eine umlaufende Veranda, die vordere mit zwei Hollywoodschaukeln, an jedem Ende eine. Die Markise aus grünweiß gestreiftem Leinen geht seitlich noch weiter.

Wenn man die Stufen zur Veranda hinaufsteigt und nach rechts blickt, sieht man auf dem Fenster in kleinen goldenen und schwarzen Buchstaben die Aufschrift: WDOT Radiostation, Frequenz 66. Sonst wirkt es ganz normal, natürlich abgesehen von der Schrift auf dem Fenster und dem Funkturm im Garten. Gleichgültig zu welcher Tageszeit man an die Haustür kommt, man findet sie immer offen. Es ist zwecklos, sie zu schließen. Zu viele Leute gehen die ganze Zeit hier ein und aus. Der Milchmann, der Brotmann, der Eismann, der Gasmann, ihr zwölfjähriger Sohn Bobby, der hundertmal am Tag rein und raus läuft, und natürlich all ihre vielen Radiobesucher, die oft in Bussen kommen und immer mit einer frischen Ladung Kekse begrüßt werden, die sie jeden Tag zu diesem Anlaß backt. Wenn man hineingeht, ist rechts ein großes Zimmer mit einem Schreibtisch, auf dem ein Mikrophon mit der Aufschrift WDOT steht. Der Schreibtisch befindet sich vor dem Fenster, so daß sie sich jederzeit umdrehen, hinaussehen und aus erster Hand berichten kann, was das Wetter macht. Mutter Smiths Orgel steht links, und es sind etwa zehn Stühle aufgestellt, damit die Leute, die hereinkommen, sich setzen können, wenn sie wollen. Das Haus von Nachbarin Dorothy steht an der Ecke, wo der Greyhound-Bus hält. So werden die Leute, während sie auf ihren Bus warten, dazu verführt, hineinzugehen und die Sendung zu verfolgen oder sich auf die vordere Veranda zu setzen und dort zu warten, vor allem wenn es regnet. Die Fußböden sind aus dunklem Holz, und Nachbarin Dorothy hat hier und da einzelne schöne Teppiche darüber gelegt. Die Vorhänge sind grün und mit einem gelben und rosa Muster bedruckt, bei dem es sich um Palmen zu handeln scheint. Vor nicht allzu langer Zeit hat sie nagelneue Jalousien angebracht, ein Weihnachtsgeschenk von Doc.

Das Eßzimmer prunkt mit einem feinen Kronleuchter aus Messing und vier Milchglasschirmen, auf denen eine kleine niederländische Szene zu sehen ist, girlandenartigen Spitzengardinen vor dem Erkerfenster und einer edlen weißen Tischdecke. Gegessen wird in der Regel immer noch in der Küche. Dort steht ein großer weißer Holztisch in der Mitte, und darüber hängt eine Glühbirne. Der Herd ist ein O'Keefe & Merrit aus weißem Emaille und Chrom mit einer Uhr und dazu passenden Salz- und Pfefferstreuern aus rotem und weißem Plastik. Es gibt eine große Spüle und ein Abtropfbrett, das mit einem geblümten Stoff eingefaßt ist, sowie einen großen Kelvinator-Kühlschrank. Die Wände sind hellgrün gestrichen. Von der Küche geht es nach hinten auf eine große überdachte Veranda hinaus, wo Bobby im Sommer schläft. Auf der anderen Seite findet sich eine Sammlung von winzigen Tischen und Stühlen; hier feiern alle Kinder der Stadt ihren Geburtstag, und hier unterhalten Anna Lee und ihre Freundin im Sommer einen Kindergarten, um sich zusätzliches Geld für Kleider zu verdienen. Die anderen beiden Räume auf der linken Seite des Hauses sind Anna Lees Schlafzimmer, ein typisches Jungmädchenzimmer mit einem weißen Himmelbett und einer Frisierkommode nebst Spiegel und einer pausbäckigen Puppe, die mit Goldstaub und einer Feder auf dem Kopf auf einer Kommode thront, und ein Wintergarten, den Nachbarin Dorothy und Mutter Smith als Nähzimmer benutzen; dort bewahrt Anna Lee auch ihre Sammelalben von Dana Andrews auf, dem Filmstar, für den sie in diesem Jahr schwärmt. Drei Schlafzimmer gehen vom Flur ab: das von Doc und Dorothy, das von Mutter Smith und Bobbys, das ganz am Ende liegt. Außerdem lebt im Haus Prinzessin Mary Margaret, die freien Zugang zu allen Zimmern des Hauses hat und als solche berühmt ist. Sie ist eine zehnjährige Cockerspaniel-Hündin, die Nachbarin Dorothy im ersten Jahr ihrer Radiosendung von Doc zu Weihnachten bekam. Ihren Namen erhielt sie aufgrund eines Wettbewerbs, und nachdem alle Zuhörer von Dorothy die von ihnen ausgewählten Namen eingesandt hatten, gewann »Prinzessin Mary Margaret« den ersten Preis. Ein guter Name, denn nicht nur England hat eine Prinzessin Margaret, sondern auch Missouri besitzt eine eigene kleine Prinzessin: Margaret Truman, die Tochter des in Missouri geborenen Präsidenten, Harry S. Truman, und seiner Frau Bess. Im Jahre 1948 ist Prinzessin Mary Margaret wirklich eine Berühmtheit. Nicht nur Nachbarin Dorothy verwöhnt sie, auch ihre Zuhörer tun das. Sie hat einen eigenen Fanclub, der sich »Prinzessin-Mary-Margaret-Club« nennt, und alle Mitgliederbeiträge gehen an die Humane Society, die Gesellschaft zur Verhinderung von Grausamkeiten gegen Mensch und Tier. Prinzessin Mary Margaret hat sogar schon Geburtstagskarten von Lassie aus Hollywood und vielen anderen Berühmtheiten erhalten.

Die beiden anderen Hausbewohner sind Dumpling und Moe, die singenden gelben Kanarienvögel der Familie Smith. Ihr weißer Käfig hängt im Wohnzimmer, und man kann sie während der ganzen Sendung zwitschern hören. Abgesehen von dem Funkturm gleicht

Nachbarin Dorothys Garten, wie schon erwähnt, dem aller anderen, mit viel freier Fläche, die bis zu den Bahngleisen reicht, und dahinter dehnen sich schon die Kornfelder aus. Es gibt hier keine Zäune, so daß man sagen könnte: Die ganze Stadt hat nur einen einzigen großen Garten, weil einer in den anderen übergeht. Der einzige Unterschied zwischen Nachbarin Dorothys Haus und den anderen ist die Wäscheleine, die von ihrer Hintertür zur Hintertür des nächsten Nachbarn führt. Beatrice Woods, das blinde Singvögelchen, wohnt gleich nebenan, und sie gelangt zu Nachbarin Dorothys Haus und wieder zurück, indem sie sich an der Wäscheleine entlang tastet.

Bis auf die Tatsache, daß WDOT in goldenen und schwarzen Buchstaben auf das vordere Fenster gemalt ist, eine Orgel im Wohnzimmer und ein Funkturm im Garten stehen, daß das Haus eine Greyhound-Bushaltestelle ist und einen Kindergarten auf seiner hinteren Veranda beherbergt und daß ein Hund dort wohnt, der jedes Jahr eine persönliche Weihnachtskarte vom Präsidenten der Vereinigten Staaten empfängt, ist es ein ganz normales Haus.

Und heute ist wieder ein ganz normaler Tag. Genau um neun Uhr dreißig hören alle, was sie seit zehn Jahren an jedem Werktagmorgen hören. Ein Moderator vom Hauptsender tritt auf und sagt: »Und jetzt … Golden-Flake-Mehl und Pfannkuchen-Mix … das stets federleichte Mehl in der rotweißen Tüte … führt Sie zu dem kleinen weißen Haus gleich bei Ihnen um die Ecke, wo immer Sie auch sind, wenn wir uns zu Ihrer und meiner Nachbarin gesellen, zu der Dame mit dem Lächeln in der Stimme, Nachbarin Dorothy, mit Mutter Smith an der Orgel!«

Sobald sie das Signal bekommen, daß sie auf Sendung sind, schlägt Mutter Smith den ersten Ton der Titelmelodie an und beginnt das Programm mit einer schwungvollen Version von »On the Sunny Side of the Street«. Einen Augenblick später begrüßt Nachbarin Dorothy ihre Zuhörer wie immer mit einem freundlichen »Guten Morgen an alle … wie geht's Ihnen heute? Ich hoffe gut. Es ist ein herrlicher Tag hier in Elmwood Springs, und ich hoffe, da, wo Sie sind, ist es genauso schön. Wir haben heute so viele aufregende Sachen für Sie vorbereitet. Also setzen Sie sich, legen Sie die Beine hoch, und trinken Sie eine Tasse Kaffee mit mir, ja? Oh, ich wünschte, Sie könnten alle Mutter Smith heute morgen sehen … Sie ist ganz fein angezo-

gen und sieht so hübsch aus. Wohin gehst du denn heute, Mutter Smith? Sie sagt, sie will in die Stadt zu einem Essen in Miss Almas Teestube anläßlich einer Pensionierung. Das wird sicher schön ... Wir lieben Miss Alma doch alle. Ja, wirklich!
Wir können Ihnen heute viele Briefe vorlesen, und wir haben die beiden Rezepte, um die Sie gebeten haben – eins für den Lady-Baltimore-Kuchen und eins für einen kleinen Baltimore-Kuchen –, also legen Sie auf jeden Fall Papier und Bleistift bereit; und im weiteren Programm wird Beatrice, unser blindes Singvögelchen, für uns singen ... Wie heißt dein Lied, Schatz? Oh, sie sagt: ›Wenn es Zeit ist, das Licht zu löschen im Tal‹. Das hört sich gut an.
Außerdem haben wir einen Gewinner unseres Wettbewerbs ›Wie haben Sie Ihren Mann kennengelernt?‹ ... Aber bevor ich heute morgen etwas anderes mache, möchte ich mit einer guten Nachricht für all die Mädchen beginnen, die gestern auf Normas Polterabend waren. Sie waren alle furchtbar in Sorge, weil der Glückspfennigkuchen aufgegessen war und niemand hatte das Stück mit dem Glückspfennig erwischt, aber Normas Mutter, Ida, hat heute morgen angerufen und gesagt, sie hätten den Glückspfennig in der Küche gefunden – sie hatte vergessen, ihn hineinzutun –, so könnt ihr Mädchen alle ganz beruhigt sein ... letztendlich braucht keine geröntgt zu werden ... Ich weiß doch, daß ihr erleichtert seid. Wie ihr wißt, wird Norma unsere kleine Juni-Braut sein. Sie heiratet Macky Warren am 28. Juni um zwölf Uhr mittags in der Unity-Kirche. Wenn ihr da seid, kommt also hinterher zum Empfang in die VFW Hall. Sie betonen, jeder sei willkommen. Also kommt doch einfach vorbei, ihr braucht auch nichts mitzubringen. Ida sagt, die Bäckerei und Imbißstube Nordstrom liefert alles, so wißt ihr ja schon, daß alles hervorragend sein wird!
Da wir gerade von Bräuten sprechen ... Der Juni ist ein so hektischer Monat, so viele Ereignisse – Hochzeiten, Abiturfeiern – und wenn Sie überlegen, was Sie für die betreffende Dame kaufen sollen, so sagt Bob Morgan vom Kaufhaus Morgan Brothers: Überlegen Sie nicht länger, denn es sind Perlen, Perlen und noch mal Perlen ... Perlen für die Abiturientin, Perlen für die Juni-Braut, Perlen für die Brautmutter, die Tischdamen ... Perlen für alle. Denken Sie daran, Perlen passen zu jedem Anlaß ... Bob sagt: Kommen Sie heute noch vorbei. Er freut sich, Sie begrüßen zu dürfen.

Und wir wollen mal sehen, was ich heute morgen sonst noch habe ... Oh, ich weiß ... ich erhielt einen Anruf von der armen Tot, ihre Katze hat wieder Junge gekriegt, und sie sagt, sie seien alle häßlich bis auf eine, also kommen Sie, wer zuerst kommt, mahlt zuerst ... Und gleich werde ich Ihnen erzählen, wie man Federkissen reinigt, aber vorher hören wir noch Beatrice, unser blindes Singvögelchen ...«
Zwanzig Minuten später beendet Nachbarin Dorothy die Sendung wie immer: »Also, ich sehe an der alten Wanduhr, daß es Zeit ist zu gehen ... Es ist immer so angenehm, am Morgen mit Ihnen bei einer Tasse Kaffee zusammenzusitzen. Sie machen unsere Tage glücklich, so daß wir Sie bis zum Wiedersehen vermissen werden, deshalb kommen Sie doch morgen wieder. Hier sind Nachbarin Dorothy und Mutter Smith und sagen in jedem Haus ... haben Sie einen guten Tag!«
An diesem Abend saß Nachbarin Dorothy mit ihrer Familie auf der Veranda, und alle aßen ein Schälchen selbstgemachtes Pfirsicheis, das Doc auf der hinteren Veranda zubereitet hatte. Prinzessin Mary Margaret eingeschlossen, die ein eigenes Schälchen mit ihrem Namen besaß.
In den Sommernächten setzte sich fast jede Familie in Elmwood Springs nach dem Abendessen auf die vordere Veranda hinaus und winkte den Passanten zu, wenn diese zum Schaufensterbummel ins Zentrum spazierten oder auf dem Heimweg vom Kino vorbeikamen. An allen Ecken und Enden der Straße hörte man, wie sich die Leute leise unterhielten, und in der Dunkelheit sah man die rötlichen Punkte der Zigaretten und die Glut von den Pfeifen der Männer.
Bobby, glücklich und sonnengebräunt, den Chlorgeruch noch in der Nase und die Augen gerötet von einem ganzen Tag Tauchen im Schwimmbad, war so müde, daß er, während sich die Erwachsenen unterhielten, in der Schaukel einschlief. Dorothy sagte zu Doc: »Du hättest ihn mal sehen sollen, wie er sich schließlich heute nachmittag hereinschleppte; er war so lange im Wasser, daß seine Haut ganz schrumpelig war.«
Doc lachte. Anna Lee sagte: »Mutter, ich finde, du solltest ihn nicht mehr dahin lassen. Er schwimmt immer nur unter Wasser und ärgert die Leute.« Mutter Smith erhob die Stimme: »Ach laß dem Jungen doch seine Kindheit; er wird noch früh genug erwachsen.«
In dem Augenblick gingen Macky Warren und seine Verlobte Nor-

ma am Haus vorbei. Norma hatte ihre vierjährige Cousine an der Hand.

Dorothy winkte und rief zu ihnen hinaus: »Wie geht's euch denn so heute abend?«

Sie winkten zurück. »Gut, wir waren gerade im Kino.«

»Was habt ihr denn gesehen?«

Norma rief: »*Das Ei und ich* mit Claudette Colbert und Fred MacMurray. Ein guter Film.«

»Wie lange läuft der denn noch?«

»Noch ein bis zwei Tage. Den müßt ihr euch unbedingt ansehen.«

»Das werden wir«, sagte Nachbarin Dorothy.

Macky rief zur Veranda herauf: »Und wie geht's dir, Doc?«

»Recht gut«, sagte er. Er nickte dem kleinen Mädchen zu und sagte zu Macky: »Ich sehe schon, sie hat dich heute abend zum Babysitten angestellt. Aber daran mußt du dich gewöhnen, du wirst bald eigene haben.«

Macky lächelte und nickte: »Ja, Sir. Gute Nacht.«

»Gute Nacht.«

Nachdem sie weitergegangen waren, lehnte Dorothy sich zurück, sah zu Anna Lee hinüber und seufzte: »Es kommt mir vor, als wäre es erst gestern gewesen, daß meine beiden Kinder klein waren. Die Zeit ... wie schnell sie doch vergeht ... Als nächstes erlebe ich, daß Anna Lee heiratet.«

»Nein, das werde ich nicht tun«, sagte Anna Lee.

»Doch, du wirst, dann bist du fort, und Bobby wird ein erwachsener Mann sein, ehe wir uns versehen.«

Sie saßen eine Weile da, winkten und sprachen mit ein paar anderen Leuten, die vorbeigingen, und dann fragte Dorothy: »Wünscht ihr euch nicht auch manchmal, ihr könntet die Zeit einfach anhalten? Sie daran hindern weiterzugehen, sie plötzlich stillstehen lassen?«

»Mutter«, fragte Anna Lee, »wenn du die Zeit anhalten könntest, an welchem Punkt würdest du sie anhalten?«

Dorothy überlegte. »O Schatz, ich glaube, wenn ich könnte, würde ich sie jetzt, in diesem Augenblick, anhalten, heute abend, an dem ich meine ganze Familie um mich habe.« Sie sah ihren Mann an. »Wie ist es bei dir, Doc? Wann würdest du die Zeit anhalten?«

Er zog an seiner Pfeife. »Jetzt wäre ein guter Zeitpunkt. Keine Krie-

ge. Alle sind gesund.« Er sah Dorothy an und lächelte. »Und ehe Mama ihre hübsche Figur verliert.«
Dorothy lachte. »Dazu ist es zu spät, Doc. Wie ist es denn bei dir, Anna Lee?«
Anna Lee seufzte. Nachdem sie kürzlich Abitur gemacht hatte, war sie plötzlich sehr weise geworden. »Oh, wenn ich nur im letzten Jahr gewußt hätte, was ich jetzt weiß, hätte ich sie da angehalten, als ich noch jung war.«
Dorothy lächelte ihrer Tochter zu, dann fragte sie weiter: »Wann würdest du die Zeit anhalten, Mutter Smith?«
Mutter Smith dachte nach. »Also ich glaube nicht, daß ich es überhaupt tun würde. Ich glaube, ich ließe sie einfach so weiterlaufen wie bisher.«
»Wirklich?«
Mutter Smith durfte im Jahre 1904, als sie noch ein kleines Kind war, mit auf die große Weltausstellung in St. Louis, und seither hatte sie sich immer auf die Zukunft gefreut. »O ja, ich würde ungern das Risiko eingehen, etwas Gutes zu verpassen, das geschehen könnte, vielleicht gleich hier um die Ecke, ihr etwa?«
»Ich glaube, du hast recht, Mutter Smith«, sagte Dorothy, »wir haben einfach keine Ahnung, was die Zukunft bringt.«
»So ist es. Aber stellt euch doch nur mal vor, wie das Leben wohl in fünfundzwanzig Jahren aussieht.«
Anna Lee verzog das Gesicht. »Dann bin ich eine alte Frau mit grauen Haaren.«
Mutter Smith lachte. »Kann sein, aber ich bin dann schon längst nicht mehr. Wenigstens werdet ihr dann noch dasein und könnt erleben, was sich so ereignet.«

Erstes Buch

Fünfundzwanzig Jahre später

Die Neuigkeit

Elmwood Springs, Missouri
1. April 1973

Norma Warren war ganz kribbelig vor Aufregung, während sie darauf wartete, daß Macky zum Frühstück nach Hause kam. Es drängte sie, die Neuigkeit hinauszuposaunen. Er hatte sich nur zwei Straßen weiter zu Tante Elner begeben, um ihr eine Tüte Vogelfutter zu bringen. Tante Elner hatte in aller Frühe angerufen und gesagt, die blauen Eichelhäher rissen ihr praktisch das Haus nieder, weil das Futter ausgegangen sei. Norma liebte die arme alte Tante Elner; zudem war sie stocktaub. Aber warum mußte sie sich ausgerechnet diesen Morgen aussuchen, um keine Körner mehr zu haben? Norma wußte, Macky würde sich aufhalten lassen, dauernd stehenbleiben und mit Hinz und Kunz auf der Straße tratschen. Normalerweise hatte sie nichts dagegen, aber heute sehr wohl. Wer weiß, wo Macky sich in diesem Augenblick gerade befand. Wie sie ihn kannte, hatte er vielleicht schon den halben Landkreis durchquert, oder er stand auf dem Dach von irgend jemandem, oder er war womöglich zu einem völlig Fremden ins Auto gestiegen, um über Gott und die Welt zu quasseln. Sie saß noch ein paar Minuten da, dann gab sie auf, stellte sein Frühstück zum Warmhalten in den Ofen, nahm den Besen, ging auf die vordere Veranda hinaus und begann zu fegen, wobei sie die ganze Zeit nach ihm Ausschau hielt und sich überlegte, daß sie später losgehen und eines von diesen neuen Dingern, so einen Beeper, besorgen würde, um ihn Macky in Zukunft anzuheften.

Nach ein paar Minuten konnte sie es nicht länger aushalten. Sie ging in die Küche und rief an. Das Telefon klingelte und klingelte, endlich nahm Tante Elner ab.

»Hallo?«

»Tante Elner, ist alles in Ordnung bei dir?«

»Mir geht's gut, Liebling«, sagte diese mit fröhlicher Stimme, »und wie geht's dir?«

»Gut, ich war nur beunruhigt, weil es so lange gedauert hat, bis du ans Telefon gegangen bist.«

»Ach ja, ich war draußen im Garten, und ich brauche eine Weile, bis ich ins Haus komme. Macky hilft mir gerade, im Gemüsegarten Bartnelken zu pflanzen.«

Norma verdrehte die Augen, sagte aber liebenswürdig: »Oh, ich verstehe. Also nur keine Eile, aber würdest du Macky sagen, daß er, wenn er damit fertig ist, sofort nach Hause kommt und nicht noch irgendwo haltmacht? Sein Frühstück wird kalt. Könntest du das tun?«

»In Ordnung, Liebling, ich werde es ihm sagen. Ach, noch was, Norma, bist du noch dran?«

»Ja, Tante Elner.«

»Meine Eichelhäher danken dir schön. Also tschüs.«

»Tschüs, Tante Elner.«

Norma, eine hübsche Brünette von dreiundvierzig Jahren, warf einen kurzen Blick in den Spiegel über der Spüle und sah, daß ihr Gesicht gerötet war.

Etwa zwanzig Minuten später, nachdem sie fast die Farbe von der vorderen Veranda und die halbe Straße gefegt hatte, entdeckte sie Macky am Horizont, wie er lässig heimwärts schlenderte, jedem, an dem er vorbeiging, zuwinkte und ihn begrüßte, inklusive zweier Hunde und einer Katze. Sie rief und gestikulierte wie wild. »Macky, los, komm, beeil dich!«

Macky, ein stämmiger rotblonder, gutmütig wirkender Mann, lächelte fröhlich und winkte zurück. Norma lief wieder ins Haus, nahm seinen Teller aus dem Ofen, stellte ihn auf den Tisch und ergriff gerade die Kaffeekanne, als die Außentür hinter ihm zuknallte.

»Macky, komm rein und setz dich, sonst kriege ich noch einen Herzinfarkt.«

Er setzte sich. »He, was ist los, Kleines?«

Sie goß ihm Kaffee ein, setzte sich wieder auf ihren Stuhl und starrte ihn an, noch bevor er den ersten Bissen von seinem Rührei zu Mund führen konnte.

»Rate mal, was passiert ist«, sagte sie.
»Was?«
»Das errätst du nie, wer hier nach so vielen Jahren angerufen hat.«
»Wer denn?«
»Keine drei Minuten, nachdem du weg warst, vielleicht noch nicht mal so lange ...«
»Wer?«
»Kapitulierst du?«
»Ja, also wer hat nun angerufen?«
»Bist du aufnahmebereit?«
»Ja, Schatz, das war ich schon vorher. Wer?«
Norma machte eine dramatische Pause, während eine Trompete in ihrem Kopf einen Tusch blies, doch dann konnte sie nicht mehr länger an sich halten und platzte heraus: »Es war Baby Girl!«
Macky war angemessen überrascht und legte die Gabel nieder.
»Soll das ein Witz sein?«
»Nein, ganz und gar nicht, keine drei Minuten, nachdem du weggegangen warst, hat sie hier angerufen.«
»Wo war sie denn?«
»In New York, und stell dir mal vor: Sie kommt nach Hause!«
»Sie kommt hierher?«
»Ja!«
»Was? Also ich werde ... Hat sie gesagt warum?«
»Na ja, sie hat gesagt, sie brauche mal Abstand von irgend etwas. Ehrlich gesagt, ich war so aufgeregt, daß ich vergessen habe, was sie genau gesagt hat, aber sie hat gesagt, sie hätte wahnsinnigen Streß gehabt bei der Arbeit, und ob es uns recht wäre, wenn sie zu Besuch käme.«
»Was hast du darauf geantwortet?«
»›Selbstverständlich.‹ Ich habe gesagt: ›Wir haben dir doch schon immer damit in den Ohren gelegen, daß du mal nach Hause kommen sollst, daß wir dich liebend gern hier hätten. Wir haben dir gesagt, daß hier dein Zuhause ist, und wann immer du willst, komm einfach her, ohne alle Förmlichkeiten!‹ Haben wir das nicht immer wieder, ich weiß nicht wie oft, betont?«
»Doch, sicher.«
Norma zog Macky den Teller weg. »Komm, laß mich die Eier noch mal aufwärmen.«

»Nein, die sind doch gut.«
»Bist du sicher ... Nein, laß sie mich noch mal ein paar Minuten reinstellen ...« Sie lief zum Ofen und schob den Teller hinein.
»Was hat sie sonst noch gesagt?«
Norma setzte sich und überlegte angestrengt. »Also, sie hat mich natürlich begrüßt, wie geht es dir und so was alles gefragt, dann hat sie gesagt, sie wolle zu einem kurzen Besuch kommen und ob wir zu Hause wären. Ich sagte: ›Na klar!‹, und sie darauf, wir sollten uns keine Umstände machen oder so ähnlich.«
Macky runzelte die Stirn. »Glaubst du, es geht ihr gut? Soll ich vielleicht zu ihr fahren und sie holen? Ich kann doch fliegen und bin morgen da, wenn sie mich braucht. Hast du ihr das gesagt?«
»Ja, ich habe ihr gesagt, du würdest sie gern abholen, aber sie sagte nein, sie wollte zunächst alles regeln und uns dann Bescheid sagen.«
»Ich hätte sie sehr gern abgeholt.«
»Ja, ich weiß, aber ich wollte sie nicht bedrängen. Ich war ja so überrascht, daß sie überhaupt angerufen hat – und als sie sagte, sie wolle uns besuchen, war ich wie vom Donner gerührt. Das kannst du dir ja vorstellen.«
»Du meinst nicht, daß sie krank ist oder so was Ähnliches?«
Norma nahm seinen Teller wieder aus dem Ofen. »Nein, ich glaube nicht. Sie klang müde, vielleicht ein bißchen niedergeschlagen – hier, iß das, solange es noch warm ist –, aber sie wirkte nicht krank.«
Macky nahm die Gabel. »Ich habe sie gewarnt, daß sie sich noch zu Tode arbeitet, ich habe sie beschworen, kürzer zu treten. Habe ich das nicht dauernd getan?«
Norma nickte. »Ja, das hast du. Du hast gesagt, sie brauche Urlaub. Als wir in New York waren, hast du das gesagt.«
Norma sah, daß Macky Schwierigkeiten hatte, sein Rührei zu zerteilen.
»Soll ich dir noch ein paar Eier machen?«
Macky, der alles zu essen pflegte, sagte: »Nein, die sind wunderbar.«
Norma griff nach seinem Teller. »Es dauert nur eine Minute.«
»Norma, die sind gut. Ich *mag* durchgebratene Eier. Was ist mit ihrer Arbeit? Wie läuft es?«

»Ich weiß es nicht und habe auch nicht danach gefragt. Das ist ihre Sache, und es liegt bei ihr, uns zu erzählen, was wir wissen sollen. Ich will sie nicht ausspionieren. Ach, und um eines hat sie mich gebeten: Ich soll auf keinen Fall jemanden informieren, daß sie kommt, schon gar nicht die Presse.«
»O Gott, nein, wenn diese Meute rauskriegt, daß sie hier ist, werden sie sogar durch die Rohrleitungen kriechen, um an sie ranzukommen.«
Norma stimmte ihm zu.
»Trifft sich Baby Girl noch mit diesem Kerl mit den Initialen, wie hieß er noch gleich?«
»Ich weiß es nicht, und ich habe auch nicht danach gefragt«, sagte Norma und fügte hinzu: »J. C.«
»Der hat keinen besonderen Eindruck auf mich gemacht.«
»Aber sie mag ihn, und das ist die Hauptsache. Ich weiß nur, daß sie bald nach Hause kommt, und ich will alles in meiner Macht Stehende dafür tun, daß sie auch wirklich das Gefühl hat, daß sie auf dieser Welt eine Familie hat, die sie liebt. Sie besitzt keine Verwandten außer Tante Elner und mir. Sie muß sich sehr einsam fühlen. Es hat mir all die Jahre fast das Herz gebrochen, daß sie ständig in Hektik lebt, hierhin und dorthin gezerrt wird, und keiner ist da, der sich wirklich um sie kümmert. Was wäre, wenn sie tatsächlich krank würde? Wen hätte sie?«
»Sie hätte uns, Schatz, wir haben ihr das immer wieder versichert, und sie muß es wohl auch geglaubt haben, sonst hätte sie nicht angerufen.«
Norma zog eine Papierserviette aus dem roten Plastikhalter und putzte sich die Nase. »Meinst du wirklich?«
»Natürlich. Es gibt keinen Grund, deswegen zu weinen.«
»Ach, ich weiß ja; ich rege mich wohl so auf, weil ich einfach glücklich bin, daß sie *uns* angerufen hat. Sie vertraut uns.«
»Ja, ich glaube, das tut sie. Hat sie eine Andeutung gemacht, wann sie kommt?«
»Nein, ich schätze möglicherweise schon morgen oder übermorgen. Noch etwas Kaffee?«
»Ja, ein bißchen.«
Norma rang nach Luft. »O mein Gott!«
»Was ist los?« Macky blickte besorgt.

»Mir ist gerade eingefallen, daß ich überhaupt nicht weiß, ob sie Kaffee oder Tee trinkt. Oder was sie zum Frühstück ißt. Ich muß alles im Hause haben, was sie mag, so bin ich für alle Fälle gerüstet. Meinst du, wir sollten beim Bäcker einen Kuchen kaufen, oder findest du, ich sollte lieber selber einen backen?«
»Egal, ich finde beides gut.«
»Ednas Kuchen sind herrlich. Ich meine, sie sind selbstgebacken, wirklich ... Aber ich weiß nicht so recht, vielleicht kränkt es sie, wenn sie denkt, daß ich einen Kuchen gekauft habe, statt mir die Mühe zu machen, extra einen für sie zu backen.«
»Schatz, Kuchen ist Kuchen. Woher sollte sie wissen, ob du ihn gebacken hast oder Edna Buntz?«
»Sie könnte es an der Schachtel erkennen.«
»Dann nimm ihn aus der Schachtel und leg ihn auf einen Teller. Für mich schmecken sie alle gleich.«
»Für dich vielleicht, aber vergiß nicht, daß die Bäckerei vor Edna ihren Großeltern gehörte; sie könnte es merken. Nein, du hast recht, ich werde selbst einen Kuchen backen. Mein Gott, das ist das mindeste, was ich tun kann. Ich meine das im Ernst. Welches Zimmer wollen wir ihr geben? Sollen wir ihr nicht unseres überlassen? Es ist das schönste.«
»Nein, Schatz. Sie würde es nicht annehmen. Lassen wir sie doch oben wohnen, in Lindas früherem Zimmer. Da ist sie ungestörter.«
»Ja, das ist das ruhigste. Ich gehe nachher rauf und sehe nach, ob alles in Ordnung ist, überprüfe das Bettzeug und so weiter. Wir müssen die Vorhänge waschen, und der Bettvorleger muß für sie gereinigt werden. Gott sei Dank lasse ich mir heute nachmittag die Haare machen.« Sie warf Macky einen kurzen Blick zu. »Du solltest auch zu Ed gehen und dir die Haare schneiden lassen.«
»Also Norma, es wird ihr völlig egal sein, ob meine Haare geschnitten sind oder nicht.«
»Gut, aber ich gehe hin. Wir wollen sie doch nicht in Verlegenheit bringen und wie zwei Witzfiguren am Flughafen erscheinen.«
Macky lachte.
»Ich mache keinen Scherz, Macky, sie ist an den Umgang mit kultivierten New Yorkern gewöhnt.«
»Nun, dann muß ich wohl das Auto waschen lassen. Kein Scherz.«
Norma sah Macky mit einem gequälten Gesichtsausdruck an. »War-

um hast du nicht gewollt, daß ich das Haus streichen lasse, wie ich es vorhatte?«
»Bitte Norma, beruhige dich. Sie hat gesagt, wir sollen keine Umstände machen.«
»Ja, ich kann einfach nichts dafür. Ich kann es noch immer nicht fassen. Stell dir das doch mal vor: Baby Girl kommt nach Hause!«

Verkatert

New York City
1. April 1973

Als Dena Nordstrom die Augen öffnete, hatte sie noch diese Gnadenfrist von einer knappen Sekunde, bevor sie sich erinnerte, wer und wo sie war. Bevor ihr Körper sein Befinden kundtat. Und wie immer nach einer solchen Nacht wie der letzten begann es mit stechenden, dröhnenden Kopfschmerzen, auf die eine Welle von Übelkeit und bald darauf kalter Schweiß folgten.
Allmählich fielen ihr die diversen Ereignisse vom Vorabend wieder ein. Der Abend hatte angefangen wie meistens, wenn sie einwilligte, mit J. C. noch etwas zu trinken. Nach einigen Cocktails waren sie ins Copenhagen auf der Achtundfünfzigsten zum Essen gegangen und hatten dort vor und während der Vorspeise wer weiß wie viele Gläser eisgekühlten Aquavit und Bier hinuntergekippt. Sie konnte sich dunkel erinnern, daß sie einen Franzosen beschimpft hatten und dann in die Brasserie hinübergegangen waren, um einen Irish Coffee zu trinken. Aber sie wußte noch genau, daß die Sonne schon aufgegangen war, als sie nach Hause kam, aber wenigstens lag sie allein in ihrem Bett – J. C. war zum Glück nach Hause gegangen. Dann überfiel es sie schlagartig. J. C.! Was hatte sie zu ihm gesagt? Soweit sie sich erinnerte, waren sie unter Umständen wieder verlobt. Und sie mußte sich etwas ausdenken, um aus dieser Geschichte wieder herauszukommen. Immer dasselbe. Er würde zu ihr sagen: »Aber du hast gar keinen betrunkenen Eindruck gemacht. Ich habe dich noch gefragt, ob du betrunken bist, und du hast Stein und Bein geschworen, du seist stocknüchtern und wüßtest genau, was du sagst.« Das war das Problem. Sie fand nie, daß sie betrunken sei, und war von jedem Wort überzeugt, das sie sagte. Zwei Wochen vorher hatte sie auf einer Party des Senders zwanzig Leute für den nächsten Tag zum Brunch in ihre Wohnung eingeladen, und dann mußte sie dem Türsteher Geld geben, damit er jedem einzelnen erklärte, sie hätte überraschend die Stadt verlassen müssen, weil ihre Großmutter gestorben sei. Nicht nur, daß sie nicht mal ein Ei

kochen konnte, ihre Großmütter waren beide auch schon vor Jahren gestorben.
Dena versuchte aufzustehen, aber der stechende Schmerz in ihren Schläfen war so intensiv, daß sie Sterne sah. Sie rollte sich langsam seitwärts aus dem Bett und hielt sich dabei den Kopf. Das Zimmer war dunkel wie eine Gruft, und als sie die Tür aufmachte, wurde sie fast von dem Licht geblendet, das sie im Flur hatte brennen lassen. Sie schaffte es bis ins Badezimmer, wo sie sich am Waschbecken festhielt, damit sich nicht alles um sie herum drehte. Sie drehte den Kaltwasserhahn auf, konnte sich aber nicht hinunterbeugen, ohne daß ihr der Kopf höllisch weh tat; so wölbte sie die Hände und klatschte sich das Wasser ins Gesicht. Ihre Hände zitterten, als sie zwei Alka Seltzer, drei Aspirin und ein Valium nahm. Jetzt brauchte sie nur noch eine eiskalte Coca-Cola, und sie würde den Tag überstehen können.
Sie ging über den Flur in Richtung Küche, doch als sie am Wohnzimmer vorbeikam, blieb sie abrupt stehen. J. C. lag in tiefem Schlaf auf der Couch.
Dena ging auf Zehenspitzen zurück ins Bad, wo sie Wasser aus dem Hahn trank. Sie nahm sich einen kalten Waschlappen für ihren Kopf, schlich sich ins Schlafzimmer und schloß leise die Tür ab, während sie zu einem Gott betete, an den sie nicht glaubte. *Bitte, laß ihn aufwachen und nach Hause gehen … bitte!* Sie ging wieder ins Bett, schaltete ihre elektrische Heizdecke an und schlief wieder ein.
Es war ungefähr elf Uhr vormittags, als Dena aufwachte und ein weiteres Aspirin benötigte. Ihr Magen brannte und schrie nach Kohlehydraten. Sie schloß leise die Schlafzimmertür auf, ging wieder auf Zehenspitzen über den Flur und spähte ins Wohnzimmer. Sie war heilfroh. J. C. war weg. Hurra! Sie rief bei Carnegie Deli an, in der gleichen Straße gleich gegenüber, und bestellte zwei überbackene Käse-Sandwiches, Pommes frites, einen Schokoladenshake und zwei Päckchen Zigaretten. Während sie wartete, ging sie auf die Terrasse hinaus. Es war ein naßkalter, grauer Tag. Die Luft war abgestanden und feucht. Der Verkehr stockte wie gewöhnlich an der Achtundfünfzigsten und Sechzigsten, und die Menschen schrien aus voller Kehle und hupten sich gegenseitig an. Der Krach tat ihrem Kopf weh, deshalb verzog sie sich wieder ins Zimmer, wo die Geräusche nur gedämpft ankamen. Ab und zu drang noch der Lärm einer Sire-

ne oder einer Hupe unter der Tür durch und ihr in die Ohren wie ein scharfes Messer, so daß sie in die Küche floh, um dort zu warten. Eine Notiz, die J. C. hinterlassen hatte, klebte am Kühlschrank: *Wir treffen uns um acht zum Abendessen.*
Sie sagte in Richtung Notiz: »O nein, das werden wir nicht.«

* * *

Nachdem sie das ganze Essen in weniger als fünf Minuten verschlungen hatte, kehrte sie in ihr Schlafzimmer zurück, stieg über die Kleidungsstücke am Boden und fiel erleichtert wieder ins Bett. Sie lächelte vor sich hin und dankte ihrem guten Stern, daß erst Samstag war und sie bis Montagmorgen würde durchschlafen können. Sie schloß sekundenlang die Augen – dann riß sie sie plötzlich wieder auf.
Plötzlich war es ihr wieder eingefallen: *Die Mitglieder der Neuen Amerikanischen Bibel (NAB) tagten in New York.* Und heute mittag sollte sie der Ehrengast bei ihrem Essen sein.
Sie stöhnte. »O lieber Gott ... nein, sag mir bitte nicht, daß ich zu diesem Essen gehen muß. Ich ließe mich lieber mit einem Baseballschläger voller Nägel totschlagen. Lieber Gott, töte mich in meinem Bett, mach alles, nur laß mich hier liegen, mach, daß ich nicht zu diesem Essen gehen muß ... Mach, daß ich nicht aufstehen und mich anziehen muß!«
Zehn Minuten lag sie so da und überlegte hin und her, ob sie sich nicht vielleicht telefonisch wegen einer plötzlichen Blinddarmreizung entschuldigen sollte; sie forschte nach ernsthaften Beschwerden, die einen am Samstag überfallen und am Montag wieder vorüber sein könnten. O Gott, sie wünschte, sie hätte ein Baby; nichts besser als ein krankes Kind, das war günstig für alle Arten von Beschwerden. So sehr sie sich auch bemühte, sich davon zu überzeugen, daß sie das Recht hatte, nicht zu gehen, daß das Essen nur der Öffentlichkeitsarbeit des Fernsehsenders diente und nicht der eigentlichen Arbeit, so kam sie letzten Endes doch zu dem Schluß, daß sie gehen mußte, weil sie sonst solche Schuldgefühle hätte, daß sie ohnehin nicht mehr schlafen könnte. Sie war immer zuverlässig. Besonders dann, wenn es für sie von Vorteil war. Die NAB-Mitglieder waren von überallher gekommen, und dieses Essen stellte für viele den Höhepunkt ihrer Reise dar. Die meisten Männer hatten extra ihre Frau zu diesem Anlaß mitgenommen, damit sie Dena Nord-

strom persönlich kennenlernten. Einige hatten ihre Karriere von jenem ersten großen Interview mit Exsenator Bosley an verfolgt, und seit sie bei einem bekannten Sender vor die Kamera trat, war sie noch einem größeren Kreis von ihnen bekannt geworden. Fast bei allen diesen Ehefrauen, die sich jeden Tag ihre Morgensendung ansahen, war sie beliebt. So kroch sie aus dem Bett und begab sich wieder ins Bad, um zu prüfen, ob Hoffnung bestand, daß sie sich wieder aufmöbeln konnte. Sie blickte in den Spiegel und erwartete das Schlimmste, war dann aber angenehm überrascht von dem, was sie erblickte.

Durch einen glücklichen genetischen Umstand war Dena Nordstrom eine Frau, die besonders schön aussah, wenn sie einen Kater hatte. Ihre blauen Augen strahlten, ein gesunder rosiger Schimmer lag auf ihren Wangen, und ihre leicht geschwollenen Lippen wirkten sexy (nach zahllosen Zigaretten). Gleichgültig, wie oft sie das schon erlebt hatte, sie war immer wieder überrascht.

Um zwölf Uhr dreißig wimmelte es in dem Saal in der Tavern on the Green von aufgeregten Frauen und den dazugehörigen Ehemännern, die alle angestrengt versuchten, ihre Vorfreude auf das Essen zu verbergen. Sie blickten dauernd zur Tür, um zu sehen, ob sie schon eingetroffen war. Um zwölf Uhr siebenundfünfzig hörten die Versuche, Konversation zu machen, schlagartig auf. Alle Augen richteten sich auf die atemberaubende, große blonde Frau, die in der Tür stand und »phantastisch« aussah, wie gleich mehrere Frauen feststellten. Sie trug ein kamelhaarfarbenes Kaschmirkostüm, einen schwarzen Rollkragenpullover, goldene Ohrringe in der angemessenen Größe und kaum Make-up, so würden es die Frauen neidischen Freundinnen zu Hause berichten. Da stand sie nun leibhaftig, Dena Nordstrom, und sah sich sehr ähnlich mit ihrem frischen, gesunden, offenen Gesicht, typisch für den Mittleren Westen, das dieses »Was-kostet-die-Welt-Lächeln« zeigte.

Als sich der ganze Saal ihr geschlossen zuwandte, stand sie am Mikrophon auf dem Podium und entschuldigte sich bei allen: »Es tut mir sehr leid, daß ich so spät gekommen bin. Da habe ich mich das ganze Jahr auf dieses Essen gefreut, aber, Sie werden es kaum für möglich halten, gerade als ich aus der Tür gehen wollte, rief meine Schwester aus dem fernen Kopenhagen an, um mir zu erzählen, daß sie mit einem gebrochenen Knöchel in der Notaufnahme sei. Anscheinend waren sie und ihr Mann gestern abend auf einer Party, wo es all diese scharfen Getränke gab, die sie nicht gewöhnt sind … Jedenfalls, der langen Rede kurzer Sinn, sie ist über ein Paar Holzpantinen gestolpert, und ich mußte nun die ganzen Versicherungsdaten heraussuchen und ihr durchgeben, sonst wollte man sie nicht entlassen, und sie müssen doch ihr Flugzeug erreichen. Darum verzeihen Sie mir bitte …«

An dieser Stelle unterbrach sie ihren Redeschwall lieber, bevor sie den Faden noch weiter spann. Warum hatten ihre Entschuldigungen bloß immer mit Familie zu tun? Das war nicht sehr originell, und außerdem besaß sie gar keine Familie. Aber auch wenn sie verkündet hätte, sie habe gerade sechs Nonnen mit der Axt erschlagen, die Menge hier hätte ihr vergeben. Dann stürzten sie sich auf sie und schnatterten munter drauflos, daß sie in Wirklichkeit viel hübscher sei, und ob sie nicht vielleicht ein Foto mit ihr machen könnten. Ein Blitzlichtgewitter aus Hunderten von Kameras stürmte von allen Seiten auf sie ein, bis sie nur noch weiße Punkte sah, die ihr vor den Augen flimmerten. Aber sie lächelte weiter.

Tante Elner

Elmwood Springs, Missouri
1. April 1973

Macky setzte die Wasserspülung in der Toilette in Gang und drehte alle Hähne auf, um zu sehen, ob sie funktionierten. Norma überlegte, ob sie nicht eine neue Tagesdecke brauchten und rief Macky aus dem Badezimmer zu sich. Macky betrachtete die Decke. »Ich finde nicht, und ich sage dir auch, warum. Ich glaube, es ist das Beste, wenn wir alles so lassen, wie es ist, anstatt alles zu ändern. Wo Baby Girl schon überall gewesen ist ... eine neue Tagesdecke wird sie da bestimmt nicht beeindrucken. Wir können mit all diesen Traumwohnungen nicht konkurrieren. Was wir tun müssen, ist dafür zu sorgen, daß sie sich heimisch fühlt, weißt du, das kann sie nicht überall haben.«

»Ja aber, Macky, eine zwanzig Jahre alte, verlottert aussehende Chenille-Decke macht vielleicht nicht gerade einen anheimelnden Eindruck, sie wirkt unter Umständen nur alt und verlottert. Hast du dir das mal überlegt?«

»Schatz, sie ist wirklich in Ordnung. Ich schwöre es dir.«

»Gut, wenn du meinst. Aber ich kann doch wenigstens die Steppdecke und das Bettzeug waschen. Das darf ich doch wohl?«

»Natürlich.«

Sie begannen damit, das Bett abzuziehen, als Norma sagte: »Trotzdem Macky, es gibt so etwas wie nicht genug tun. Ich möchte nicht, daß sie glaubt, wir seien nicht begeistert, daß sie nach Hause kommt.« Sie zeigte auf die Fenster. »Kannst du die Vorhänge abnehmen? Ich möchte alles auf einmal machen.«

Macky begann, die Vorhänge abzunehmen. »Norma«, sagte er, »natürlich weiß sie, daß wir begeistert sind, wenn sie kommt. Sie ist sich bestimmt darüber im klaren. Ich meine nur, wir sollten so leben wie immer und nicht auf einmal vornehm tun oder etwas ändern. Kommt sie nicht gerade deshalb zu uns, weil sie all den Zwängen entfliehen will? Sie hat wahrscheinlich das Bedürfnis, mal eine Zeitlang in einem normalen Haushalt zu leben, einfaches Essen zu sich zu nehmen und auszuspannen.«

»Ich weiß das doch«, sagte Norma, »aber vergiß nicht, wie fürstlich sie uns bewirtet hat, als wir in New York waren, wie großartig sie uns empfing und auf alle unsere Bedürfnisse eingegangen ist. Ich möchte nicht, daß sie denkt, wir seien nicht bereit, das gleiche für sie zu tun.«

Norma betrachtete den kleinen ovalen Läufer auf dem Fußboden mit Argwohn. »Der Bettvorleger muß schamponiert werden; kannst du das für mich übernehmen?«

»Ja, was immer du willst. Ich komme nachher rauf und mache es. Noch etwas?«

»Ja, hol bitte die Handtücher und Waschlappen aus dem Bad. Ich weiß nicht, wie lange sie schon da hängen. Und, Schatz, untersuch den Duschvorhang auf Schimmel.«

* * *

Als sie die Treppe hinuntergingen, sagte Norma: »Macky, was ist mit Tante Elner?«

»Was soll mit ihr sein?«

»Erzählen wir es ihr? Baby Girl hat uns doch darum gebeten, keinem zu sagen, daß sie kommt. Glaubst du, sie hat auch Tante Elner damit gemeint?«

»Hat sie Tante Elner erwähnt?«

»Nein, sie hat kein Wort von ihr gesagt.«

»Da hast du die Antwort. Wenn sie gewollt hätte, daß wir es Tante Elner erzählen, hätte sie was gesagt.«

»Ich weiß, aber ich kann mir nicht vorstellen, daß sie nicht will, daß Tante Elner es erfährt.«

»Ich weiß nur, daß wir uns an das halten müssen, was sie gesagt hat.«

»Aber sie hat Tante Elner seit ihrem vierten Lebensjahr nicht mehr gesehen, warum sollte sie sie nicht treffen wollen?«

»Schatz, ich bin sicher, sie wird sie sehen. Warum läßt du sie das nicht selbst entscheiden, wenn sie hier ist?«

Norma stopfte die erste Ladung Wäsche in die Maschine, füllte Waschpulver ein, schloß den Deckel und setzte sich zu Macky an den Küchentisch. »Macky, mal angenommen, sie will Tante Elner nicht sehen, wenn sie hier ist, und Tante Elner kriegt heraus, daß sie in der Stadt war, nachdem sie schon wieder abgereist ist. Tante Elner wäre furchtbar gekränkt.«

»Norma, du machst schon wieder aus einer Mücke einen Elefanten, noch dazu wegen etwas, das noch gar nicht eingetreten ist. Alles wird gut ausgehen.«

Norma stand auf und goß sich eine Tasse Kaffee ein. »Okay, so werden wir es machen. Weißt du, wenn sie eine Weile hier ist und sich eingelebt hat, werde ich ganz natürlich das Gespräch darauf bringen. Ich werde ganz beiläufig sagen: Baby Girl, du willst doch sicher mal deine Tante Elner besuchen. Sie wäre furchtbar enttäuscht, wenn sie dich nicht sehen würde. Sie ist so stolz auf dich und gibt überall in der Stadt mit dir an, wenn sie dich im Fernsehen gesehen hat. Sie sagt immer: ›Das ist meine kleine Nichte.‹«

»Mit anderen Worten, du willst das arme Mädchen mit erpresserischen Mitteln zu dem Besuch zwingen.«

»Sei nicht albern. Dann, wenn sie sich dazu entschlossen hat, rufe ich an und sage: ›Tante Elner, stell dir vor, Baby Girl ist gerade unvermutet hier eingetroffen.‹ So könnte man Tante Elner überraschen.«

Macky machte einen anderen Vorschlag. »Warum nimmst du Baby Girl nicht einfach mit nach drüben, klopfst an die Tür und überraschst sie wirklich?«

Norma sah Macky ganz ungläubig an. »Macky, wo hast du nur deine Gedanken? Du kannst doch nicht einfach losgehen, bei einer dreiundneunzigjährigen Frau an die Tür klopfen und rufen: Überraschung! Sie könnte einen Herzinfarkt bekommen und auf der Stelle, noch in der Tür, tot umfallen. Das wäre ja ein tolles Erlebnis für Baby Girl, kommt nach Hause und bringt prompt ihre Tante um, einfach so. Das wäre vielleicht ein wunderbarer Urlaub für sie. Wie würdest du wohl damit fertig werden, wenn du so etwas bis an dein Lebensende auf dem Gewissen hättest?«

»Dann wäre sie wenigstens gleich zur Beerdigung da.«

Norma sah Macky kopfschüttelnd an. »Weißt du, Macky, manchmal mache ich mir wirklich Sorgen um dich.«

Was habe ich bloß gemacht?

New York City
1. April 1973

Das Mittagessen verlief gut. Ausgesprochen gut. Es gab heute sogar Momente, in denen sich Dena, während sie lächelte und Hände schüttelte, wirklich für das interessierte, was ihr Gegenüber sagte. Manchmal schien es so, als ob sie um so freundlicher würde, je schlechter es ihr ging. Schuldgefühle. Was wäre, wenn diese Leute sie ein paar Stunden vorher gesehen hätten: völlig betrunken? Sie wären entsetzt gewesen. Aber wenn sie auch äußerlich ruhig und gelassen dastand, ihrem Gefühl nach kroch sie auf allen vieren. Sie hatte Glück, weil das Essen genau zum richtigen Zeitpunkt endete. Ungefähr um zwei Uhr fünfundvierzig hatten Aspirin, Alka Seltzer, Valium und die beiden Bloody Marys, die sie sich verabreicht hatte, allmählich in ihrer Wirkung nachgelassen, und sie spürte, wie die starken, dunklen, dröhnenden Kopfschmerzen im Hintergrund lauerten, auf dem Sprung, sie wie eine Büffelherde zu überfallen. Ihr Magen fing wieder an zu brennen, und jede Faser ihres Körpers fühlte sich so an, als hätte man sie von einem zehnstöckigen Gebäude geworfen. In den letzten zehn Minuten hatte sie begonnen, ganz leicht zu schwitzen, und sie bemerkte ein Zucken in ihrem linken Auge. Aber sie überstand es.

Sie stieg in ein Taxi und sagte: »Eins vierunddreißig West, Achtundfünfzigste bitte.« Sie lächelte und winkte zum Abschied. Als das Taxi einer Linkskurve folgend aus dem Park fuhr und sie außer Sicht war, fiel sie vor Erleichterung fast in sich zusammen. Es war vorbei. Sie konnte endlich aufhören zu lächeln. Jetzt durfte sie nach Hause fahren, noch ein Aspirin und noch ein Valium nehmen, ein eiskaltes Bier trinken und schlafen. Sie mußte nur noch ein wenig aushalten. Aber das Aushalten wurde ihr von diesem Taxifahrer nicht gerade leicht gemacht. Er fuhr kurze Strecken in rasendem Tempo, trat dann scharf auf die Bremse und sauste wieder irgendwie weiter. Sie beugte sich nach vorne.

»Sir, würden Sie bitte nicht so ruckartig fahren. Ich habe gerade eine Hüftoperation hinter mir.«

Der Fahrer schenkte ihr keinerlei Aufmerksamkeit, abgesehen davon, daß er ihr einen giftigen Blick zuwarf und irgend etwas in einer fremden Sprache murmelte. Er machte alles wie bisher: übersteuerte, fuhr ruckweise und trat abrupt auf die Bremse. Sie spürte, wie die Herde sich wieder in ihrem Kopf breit machte. Sie versuchte es noch einmal: »Sir, würden Sie bitte …«
Sie hätte wissen müssen, daß er sie ignorierte. Sie gab auf, lehnte sich zurück und versuchte durchzuhalten. Gab es in New York überhaupt noch einen Fahrer, der Englisch sprach? Nicht nur, daß dieser Kerl kein Englisch verstand, er war obendrein noch bösartig und offensichtlich ein Frauenhasser. Sein Körpergeruch war zudem so penetrant, daß er einem den Atem nahm. Sie stieg Ecke Achtundfünfzigste und Sechzigste aus, weil sie nicht die Kraft hatte, ihm noch zu erklären, wie er um den Block fahren mußte. Nachdem sie ihm für die Fahrtkosten von 4.70 $ einen Fünfdollarschein überreicht hatte, warf er ihr wieder einen giftigen Blick zu, grunzte etwas und streckte die Hand nach Trinkgeld aus. »Hör zu, Freundchen, wenn du ein Trinkgeld erwartest, dann mußt du erst mal Auto fahren und Englisch sprechen lernen, und wenn du schon mal dabei bist, verdammt, auch Manieren!« Der Fahrer beschimpfte sie in seiner Muttersprache, welche das auch immer sein mochte, warf ihr Wechselgeld auf die Erde und fauchte sie an. Während er herumkrakelte, schrie er das wahrscheinlich einzige englische Wort, das er kannte: »Schwuchtel!«
Dena zeigte ihm den Stinkefinger und schrie zurück: »Du Trottel, warum gehst du nicht dahin zurück, wo du hergekommen bist, du Widerling?« Das Schreien tat nicht nur ihrem Kopf weh, es veranlaßte die Leute auch, stehenzubleiben und herüberzustarren. Als sie sich umsah, dachte sie: Großartig, da stehe ich nun verkatert an der Straßenecke und verwandle mich vor meinen eigenen Augen in den häßlichen Amerikaner. Man hatte sie wahrscheinlich erkannt und würde sie morgen in *The Daily News* zitieren.
Der einzige Trost war, daß einige Leute applaudierten, als sie fortging.

* * *

Sobald sie ihre Wohnung betreten hatte, zog sie sich aus. Sie steuerte die Hausapotheke im Flur an und nahm drei Riesenschlucke aus der Flasche mit Maalox-Saft, um das Feuer zu löschen. Als sie das Aspirin-Röhrchen öffnete, merkte sie, daß ihre Hände zitterten. So etwas war ihr noch nie passiert, und es erschreckte sie. Normalerweise hatte sie immer Nerven wie Drahtseile gehabt. Aber schon bald wehrte sie den Gedanken ab. *Es ist nur, weil du müde bist, du bist keine Alkoholikerin, um Himmels willen, du hast dich einfach in letzter Zeit zu sehr ins Zeug gelegt. Nun, in letzter Zeit, das heißt: ungefähr fünfzehn Jahre.* Eigentlich hatte sie ihre Trinkerei unter Kontrolle, aber kürzlich hatte sie festgestellt, daß sie mindestens einmal alle vierzehn Tage, wenn sie ausging, betrunken war, ohne sich dessen noch bewußt zu sein. Dann das Erwachen mit einem höllischen Kater und der Schwur, sie würde das nie wieder tun. *Vermutlich ist das wie bei einem Teekessel. Ich habe soviel Druck, daß ich etwas Dampf ablassen muß.* Aber der Kater wurde jedes Mal schlimmer, und sie fragte sich, warum sie immer so weitermachte. Ihre Karriere verlief großartig, sie trat im Fernsehen in der Morgensendung mit den höchsten Einschaltquoten auf. Mehr konnte man gar nicht erreichen, abgesehen vielleicht von der Hauptsendezeit, aber die hatte sie ja noch in Aussicht, wenn alles weiter so gut lief wie bisher. Sie war schließlich auch über den Typ aus D.C. hinweggekommen. Das hatte sie fast fünf Jahre gekostet, aber nun dachte sie kaum noch an ihn. Also gut, wenig. *Es muß daran liegen, daß ich nicht genug zur Ruhe komme, das ist alles. Ich bin nicht unglücklich.*

Sie ließ sich ein heißes Bad ein, in der Hoffnung, daß das ihre körperlichen Beschwerden lindern würde. Als sie in die Küche ging, um ein Bier zu holen, fiel es ihr wieder ein – sie mußte J.C. anrufen, bevor sie wieder einschlief, und sich zuvor einen Grund ausdenken, warum sie nicht mit ihm essen gehen konnte.

Sie stieg in die Wanne, begann, sich zu entspannen und ein wenig besser zu fühlen. Sie saß da und bewunderte die Schönheit der hellen, bernsteinfarbenen Flüssigkeit in der durchsichtigen Miller-Flasche, wie das Kondenswasser über das schwarzgoldene Etikett lief, als wäre es ein Kunstwerk. Das war das Problem beim Alkohol. Er war so schön anzusehen, wie konnte man ihm da widerstehen? Und welche Umgebung war wohl einladender und verlockender als eine wirklich elegante Cocktailbar? Sie hatte das zum ersten Mal erlebt, als ein Freund ihrer Mutter sie in eine feine Bar mitgenommen hatte, als sie zwölf Jahre alt war. Von Anfang an war sie fasziniert gewesen von den unzähligen Flaschenreihen, die auf Glasborden vor dem Spiegel hinter der Bar standen, von der Art, wie das Licht auf die Gläser fiel, wie das Smaragdgrün des Pfefferminzlikörs und das Hellrot der Grenadine zu glühen schienen und daß jeder hier so glücklich wirkte. Sie erinnerte sich sogar noch an die üppige Weichheit der Läufer, die kleinen rosaroten Lampenschirme, die auf den Tischen standen, und an die gedämpften Klänge des Klaviers in der Ecke. Es hatte für sie etwas Anheimelndes. Damals sah sie auch zum ersten Mal einen echten Gin-Martini. Das bedeutete zu jener Zeit den Inbegriff des Glamourösen, anders noch als die Radio City Music Hall und die Rockettes. Es sah wirklich so aus, als hätte jemand eine Handvoll eisblauer Diamanten geschmolzen und sie direkt in das hohe, gekühlte, schlanke Stilglas gegossen. Nicht nur, daß sie danach greifen und es trinken wollte, sie wollte das Glas auch essen, das Ganze zerkauen. Sie erlebte das gleiche später mit Scotch. Schon der Name war einladend, aber als sie die schwere, köstliche karamelfarbene Flüssigkeit in das kurze Glas mit dem dicken Boden gossen, war sie überzeugt, das mußte genauso schmecken wie flüssiger Karamel. Sie konnte es nicht erwarten, bis sie erwachsen war und befugt, sich einen richtigen Drink servieren zu lassen statt des Shirley Temple, den der Freund ihrer Mutter das erste Mal für sie bestellt hatte. Als sie schließlich alt genug war, sich einen Martini zu bestellen, haute der erste kleine Schluck sie fast um, so stark war er. Und wie überrascht war sie, als jener Scotch mehr nach Jod als nach Karamel schmeckte. Zwei der großen Enttäuschungen ihres Lebens. So bestellte sie sich jetzt, wenn sie richtig trank, oft Cocktails wie »Grasshopper«, »Pink Squirrel« und »Brandy Alexander«, um den Irrtum wieder wettzumachen. Die letzte Nacht war eine Ausnahme gewesen. Sie trank Aquavit und Bier zum Nachspülen bloß, weil J. C. das mochte und die Kellner Spaß daran hatten, die gefrorenen Flaschen an den Tisch zu bringen und einzuschenken. Armer alter J. C.! Er glaubte alles, was sie ihm erzählte. Er war ein so feiner Kerl, wirklich, er war lustig, gab den perfekten Begleiter ab, und er war so verliebt in sie, daß sie, wenn sie sich trafen, praktisch alles machen konnte, was sie wollte. Und es gab Zeiten, in denen sie richtig froh war, ihn zu sehen. Aber vor allem hielt er ihr andere Männer vom Leib. Es gab noch einen anderen Grund, weshalb sie ihn gern um sich hatte: Sie liebte ihn nicht, und das war gut so. An Liebe war sie nicht interessiert. Die Liebe hatte sie aus der Bahn geworfen und ihr ziemlich übel mitgespielt. Als sie sich leidenschaftlich in einen höflichen, gutaussehenden, redegewandten Lobbyisten aus Washington verliebte, hatte das nur dazu geführt, daß ihr das Herz gebrochen wurde und sie in einem ständigen Aufruhr der Gefühle lebte. Sie war damals vollkommen besessen von ihm und brachte Jahre damit zu, auf seinen Anruf zu hoffen, auf seine Rückkehr zu warten und ihn beim Lügen zu ertappen. Sie schwor sich, ihn nie wiedersehen zu wollen, und nahm ihn doch jedes Mal wieder auf. Ob es sich nun um Liebe oder Besessenheit gehandelt hatte, auf jeden Fall wollte sie heute, da alles endlich vorbei war, nie wieder so etwas erleben. Es war zu qualvoll gewesen.

Heute genügte es ihr vollkommen, daß sie diejenige war, die geliebt wurde, und sie wollte es auch dabei belassen. Sex – vielleicht, Freundschaft – ja, aber Liebe – nein! Sollte sie je das Gefühl haben, daß Liebe im Anzug war, würde sie auf die andere Straßenseite wechseln. Außerdem war sie entschlossen, nie wieder irgendwas oder irgendwen zwischen sich und ihre Arbeit treten zu lassen.

* * *

Nach dem Bad ging sie ins Bett, rief J.C. an und war froh, daß er nicht zu Hause war. Er war wahrscheinlich in das Sportlokal hinübergegangen, um Football zu sehen, so konnte sie ihm einfach eine Nachricht auf seinem Anrufbeantworter hinterlassen. Erst als sie das Telefon auf den Tisch zurückstellte und den Hörer daneben legte, bemerkte sie, daß ihr Adreßbuch dalag – aufgeschlagen beim Buchstaben *W*. Eine Welle von übelkeiterregender Unruhe überkam sie, als sie die Namen Norma und Macky Warren, Elmwood Springs, Missouri, las. Allmählich dämmerte es ihr, daß sie an diesem Morgen um sechs Uhr, als sie nicht ganz zurechnungsfähig war, jemand angerufen hatte. Sie versuchte, sich zu erinnern. *O bitte, sag nicht, daß ich sie angerufen habe, sag, daß es nicht so war, so was Dummes kann ich doch gar nicht getan haben.* Aber tief in ihrem Innern wußte sie sehr wohl, sie könnte doch. Sie hatte schon früher Leute angerufen und sich dann nicht mehr daran erinnert. Sie wollte nicht darüber nachdenken, also schaltete sie ihre elektrische Heizdecke ein, zog sich das Deckbett über den Kopf und schlief ein.

* * *

Dena wachte am Montagmorgen um vier Uhr auf, blieb noch liegen, aber doch mit leichten Schuldgefühlen. Sie hatte fast den ganzen Samstag und Sonntag durchgeschlafen. Schließlich duschte sie, zog sich an und war fertig, als das Auto sie um fünf Uhr abholte, um sie zum Studio zu bringen. Sie liebte die Stadt um diese frühe Tageszeit. Die Straßen waren ruhig und fast leer bis auf einige Frühaufsteher und ein paar Nachzügler, die nach einer langen Nacht nach Hause gingen. Das Alleinsein hatte für sie etwas Vertrautes. Sie beobachtete ein Paar, das versuchte, ein Taxi anzuhalten; die Frau trug noch ein mit Pailletten besetztes Cocktailkleid, der Mann war im Smoking, jedoch ohne Krawatte. Um diese Morgenstunde wirkte die Sixth Avenue so lang und so breit wie ein Fußballplatz, sie würde aber bald schon von Menschen und Autos wimmeln, so daß es dann, wenn sie von der Arbeit käme, den Anschein hätte, als ob die Gebäude auf beiden Seiten zwanzig Riesenschritte in Richtung Straßenmitte gemacht hätten. Sie betrat das Hochhaus durch den Haupteingang des Studios. Nach vier Jahren konnte sie es noch immer kaum fassen, daß sie tatsächlich an der Rockefeller Plaza arbeitete. Und gleichgültig, wie oft sie hier schon hineingegangen war, in dem Augenblick, in dem sie eintrat, hatte sie jedes Mal das Gefühl, sie befände sich in einem Roman von Ayn Rand: Das begann bei den Wandgemälden, setzte sich mit dem knallenden Geräusch ihrer hohen Absätze auf dem Marmorboden fort, wenn sie die leeren Hallen durchschritt, und endete bei den reibungslos funktionierenden Aufzügen aus Messing, die sie in fünf Sekunden sechsundzwanzig Stockwerke hochkatapultierten. Die einzige Nebenwirkung ihres verlorenen Wochenendes bestand darin, daß ihre Augen von dem vielen Schlaf verquollen waren, aber Magda, die jugoslawische Maskenbildnerin, würde das wie immer reparieren, indem sie nämlich dafür sorgte, daß sie zehn Minuten mit Teebeuteln auf den Augen verweilte.

Ihr Interview mit Helen Gurley Brown verlief sehr gut. Man hatte sich eine seichte Plauderei über den Redakteur von *Cosmopolitan* vorgestellt, aber sie erwies sich als scharfsinnig, witzig und wirklich interessant, so daß Dena guter Stimmung war, als sie in ihr Büro kam, wo sie einen wunderschönen Blumenstrauß und einen Obstkorb von Julian Amsley, dem Intendanten des Senders, vorfand, mit dem Vermerk: *Sie sollen bei dem Essen hinreißend gewesen sein. Mit Dank von Ihrer TV-Familie.* Sie hatte die lange Nacht fast vergessen, bis sie ihre Mitteilungen durchging und die eine entdeckte, die während ihrer Sendung angekommen war:

Baby Girl, wir sind hocherfreut, daß du nach Hause kommst! Bitte vergiß nicht, uns deinen Flug durchzugeben, damit wir dich vom Flughafen abholen können.

Deine Familie in Elmwood Springs,
Norma, Macky und Tante Elner

Die Leute, die draußen vor ihrer Tür an dem Wasserspender standen, hörten nur ein lautes »O Gott!« Den Kopf in die Hände gestützt, beugte sich Dena über ihren Schreibtisch und fragte sich, was in aller Welt bloß in sie gefahren war, daß sie bei denen angerufen und erklärt hatte, sie käme dorthin, ausgerechnet nach Missouri! Elmwood Springs war für sie nichts weiter als der Name eines Städtchens, in dem sie als Kind eine kurze Zeit gelebt hatte. Ihr Vater und ihre Großeltern lagen dort begraben, aber außer dieser Tatsache verband sie mit dem Ort nur eine schemenhafte Erinnerung. Sie wußte nicht einmal, wo das war. Und warum Norma und Macky? Zum einen kannte sie sie nicht gut, und zum anderen hatte sie jahrelang nicht einmal an sie gedacht. Sie hatte sogar vergessen, auf welche Weise sie miteinander verwandt waren. Sie wußte nur, daß Norma eine Cousine dritten oder vierten Grades oder so etwas Ähnliches war. Aber ebensogut hätten es völlig Fremde sein können. Sicher, sie schickten ihr Glückwunschkarten zum Geburtstag, zu Ostern und irgend etwas Eingemachtes zu Weihnachten, und das seit Jahren; ganz gleich, wohin sie umzog, sie machten sie immer wieder ausfindig und übersandten ihr ein Abonnement für eine religiöse Zeitschrift – so etwas wie *Das tägliche Wort* –, die sie zusammen mit dem eigenartigen bräunlichen Eingemachten auf der Stelle wegwarf. Norma und Macky waren liebe Menschen, aber sie hatte sie überhaupt nur ein einziges Mal gesehen, und das war Jahre her, als sie für ein paar Tage nach New York gekommen waren. So nett sie waren, es war doch eine Belastung gewesen. Die beiden hatten im Hilton gewohnt, und J.C. hatte ihnen aus Gefälligkeit die Freiheitsstatue und das Empire State Building gezeigt. Sie selbst hatte lediglich Karten für die Radio City und die Tonight Show besorgt und war mit ihnen essen gegangen, dabei hatten sie ständig nur von der Begegnung mit Wayne Newton geschwärmt, der an jenem Abend Gast in der Tonight Show war und wirklich von einer echten Freundlichkeit gewesen sei. Ein Freund von ihr hatte arrangiert, daß sie ihn nach der Show hinter den Kulissen begrüßen konnten und ein Foto mit Autogramm erhielten.

Dena stand vor einem Rätsel. Wieso hatte sie unter all den Leuten in ihrem Adreßbuch ausgerechnet sie herausgefischt und angerufen? Vielleicht, weil sie wieder diesen Traum von ihrer Mutter und dem Haus gehabt hatte; vielleicht war es auch der Aquavit gewesen. Was auch der Grund war, sie fragte sich, wie sie ihren Kopf wohl am besten aus dieser Schlinge ziehen konnte.

Das ist nicht meine Schuld, dachte sie. *Ich bringe J. C. um. Er ist schließlich derjenige, der die ganzen Drinks bestellt hat.*

Die Reise nach Sibirien

Elmwood Springs, Missouri
3. April 1973

Zum Abendessen hatte Norma mehrere Rezepte aus *Nachbarin Dorothys Kochbuch* getestet. Sie hatte Macky erklärt, sie habe einfach Lust, zur Abwechslung mal etwas Neues zu versuchen, nichts Großes, aber er wußte, sie probierte Gerichte aus, um Auswahlmöglichkeiten zu haben, wenn Baby Girl nach Hause kam. Er hatte schon einiges vorgesetzt bekommen: »Gaumenfreuden aus Fleischkäse« von Minnie Dell Crower, Leota Klings »Lima-Bohnen-Kasserolle mit Käse«, »Überbackene weiße Rüben« von Virginia Mae, John und Susan Tates »Federleichte Kartoffelpastete«, Lucilles »Fliegende Rouladen« und Gertrudes »Kirschsalat«, gekrönt von Vernelia Pews »Erdnußbutterkuchen mit Schokolade«.

Das alles genügte ihren Anforderungen, mit Ausnahme der weißen Rüben. Wer Virginia Mae auch war, bestimmt war sie nicht dazu auserkoren, in den Himmel der Kochkunst einzugehen. Nach ihrem Essen konnte Macky sich kaum rühren, lag lang ausgestreckt im Wohnzimmer auf der Couch und sah fern. Norma hielt sich in der Küche auf und hörte zu, wie ihr neuer Müllschlucker die letzten weißen Rüben zerkleinerte; da klingelte das Telefon, und sie nahm ab.

* * *

Fünf Minuten später kam sie mit bekümmertem Gesicht ins Wohnzimmer und sah Macky an. »Sie kommt nicht.«

»Warum nicht?«

»Sie war so enttäuscht … Du hättest sie hören sollen.«

»Was ist passiert?«

»Also, sie hat gesagt, sie hätte ursprünglich morgen kommen wollen, sich aber dann doch entschlossen, statt dessen schon heute abend aufzubrechen. Sie hatte alle Vorkehrungen getroffen, um den Spätflug nach Kansas City zu nehmen, und wollte uns vom Flughafen in New York noch anrufen, damit wir genau Bescheid wüßten, wann sie ankäme. Sie hatte alles gepackt, hatte ihr Ticket, hatte schon ein Taxi bestellt und war bereits aus der Tür, praktisch schon im Hausflur, da klingelte ihr Telefon. Und sie hat gesagt, sie könnte sich grün und blau ärgern, daß sie noch mal zurückgegangen ist und abgenommen hat. Denn du wirst es nicht für möglich halten, es war ihr Chef, und der war ganz verzweifelt, weil ein äußerst wichtiges Interview im Ausland schon angesetzt war und der Reporter, der eigentlich hinfahren sollte, plötzlich einen Malariaanfall bekommen hat, wirklich in letzter Minute, und nicht fahren konnte.«

»Malaria?«

»Ja, die hat er sich zugezogen, als er mit einer Geschichte im Dschungel befaßt war – du weißt ja, das kann wiederkommen –, also jedenfalls hatte sie keine Wahl, weil der Flieger praktisch schon am Flughafen wartete. Meine Güte, es ist ein Wunder, daß sie überhaupt noch die Zeit fand, uns anzurufen, wo die sie ins tiefste Sibirien jagen. Etwas Gutes hat ihr Anruf aber doch; ich habe sie daran erinnert, einen Mantel mitzunehmen. Man weiß ja nie, sie könnte da ankommen und in einem Schneesturm erfrieren.«

»Sibirien? Wen will sie denn in Sibirien interviewen, frage ich mich?«

»Sie weiß es nicht; sie hat gesagt, es sei so wichtig und so geheim, daß man es noch nicht einmal ihr verraten hat. Trotzdem, so schlimm es ist, es war doch wirklich ein Segen, daß sie schon alles gepackt hatte und reisefertig war; aber vermutlich hatte sie nur leichte Kleider eingepackt, weil sie dachte, sie käme hierher. Nun, zumindest habe ich sie dazu gebracht, einen dicken Mantel mitzunehmen.«

Macky ging zum Regal und zog das große grüne Buch *Colliers Weltatlas* heraus. »Norma, bist du sicher, daß sie nicht Sizilien oder Sardinien gesagt hat oder so etwas?«

»Nein, sie hat bestimmt Sibirien gesagt. Warum, glaubst du, hätte ich ihr sonst empfohlen, einen Mantel mitzunehmen? Ich hätte ihr doch nicht geraten, nach Sizilien oder Sardinien einen schweren Wintermantel mitzuschleppen; ich kenne den Unterschied zwischen Sardinien und Sibirien.« Norma machte plötzlich ein erschrockenes Gesicht. »Muß man sich nicht impfen lassen, wenn man das Land verläßt?«

Mackys Finger machte auf der Karte Sibirien ausfindig. »Ja, aber da würde ich mir keine Sorgen machen. Ich glaube nicht, daß ein Bazillus so weit da oben eine Chance hat.«

»Was ist mit ihrem Paß, meinst du, sie hat ihn vergessen, weil sie so in Eile war?«
Macky schüttelte den Kopf. »Nein, Schatz, bei der Arbeitsweise, die die haben, daß sie immer auf dem Sprung sein müssen, haben sie wahrscheinlich vier oder fünf von den Dingern. Sie hat vermutlich immer einen in ihrem Portemonnaie.«
Er studierte weiter die Karte. »Wen immer sie da auch interviewt, du kannst Gift darauf nehmen, daß es ein Russe ist. Komm mal her und sieh dir an, wo das liegt.«
Norma sah, wo Sibirien lag. »O mein Gott! Ist das nicht hinter dem Eisernen Vorhang? Glaubst du, sie ist da sicher? Hast du keine Angst, daß die sie womöglich entführen oder erschießen oder so was in der Art?«
Macky schüttelte den Kopf. »Nein, hör mal, wenn da etwas passieren sollte, würde ganz Amerika davon erfahren. Die werden doch mit einem berühmten Fernsehstar keinen Unsinn machen, das kannst du mir glauben. Sie ist dort wahrscheinlich sicherer als irgendwo anders auf der Welt. Hat sie denn gesagt, daß sie zu uns kommt, wenn sie von der Reise zurück ist?«
»Nein, das kann sie nicht, hat sie gesagt, das war die einzige Zeit, wo sie sich hätte freimachen können.«
»Das ist doch eine Schande, wie die sie ausnutzen. Sie hatte noch nicht einmal Urlaub, seitdem sie da angefangen hat. Das Mädchen arbeitet zuviel.«

* * *

Eine halbe Stunde später, als Macky in der Küche die Kaffeemaschine für ihren Morgenkaffee reparierte, sagte Norma seufzend: »Ich rufe wohl lieber mal Tante Elner an und informiere sie, daß Baby Girl nicht kommt.«
»Sie weiß doch gar nicht, daß sie überhaupt kommen wollte, Norma.«
Aber sie hörte nicht auf ihn und hatte schon gewählt. »Tante Elner, bist du noch auf? Hier ist Norma.« Sie sprach lauter: »Hier ist Norma, hol dein Hörgerät, meine Liebe.«
Sie wartete. »Also jetzt kann ich es dir ja erzählen, wo es doch nicht klappt. Du wirst nie erraten, wer uns besuchen wollte. Und zu dir kommen und dich überraschen wollte. Rate mal … Ja, ich weiß, daß du es nicht weißt … aber rate doch mal. Nein, sogar noch besser als Wayne Newton.«

Macky lachte.
»Es ist Baby Girl. Nein, sie kommt jetzt doch nicht. Ich weiß, es wäre wunderbar gewesen, aber in allerletzter Minute, als sie schon aus der Tür war, hat ihr Chef sie angerufen, und sie mußte weg und jemand interviewen und dafür nach Sibirien fliegen. Sibirien.« Sie buchstabierte: »S-I-B-I-R-I-E-N. Ja, das ist es. Macky meint, sie wird da einen wichtigen Russen interviewen, irgendso ein Schlitzohr. Sie tut mir so leid, ich könnte direkt heulen. Sie jagen sie einfach hierhin und dorthin, aber die Nachrichten warten nicht, wie sie immer sagt. O ja, das war sie; enttäuscht ist gar kein Ausdruck. Todunglücklich trifft es schon eher. Sie versuchte, tapfer zu sein, aber ich merkte an ihrer Stimme, daß sie den Tränen nahe war. Ich meine, wir sind alle furchtbar enttäuscht, aber stell dir mal vor, wie schrecklich sie sich erst gefühlt haben muß. Da hatte sie alle ihre Koffer gepackt, wollte aus der Tür und war fast schon auf dem Weg nach Missouri und landet statt dessen in Sibirien.«

Fünf Jahre früher

Souvenir

Elmwood Springs, Missouri
November 1968

Sobald Norma und Macky von ihrem Besuch bei Dena in New York nach Hause zurückgekehrt waren, gingen sie als erstes zu Tante Elner hinüber und überreichten ihr die Souvenirs, die sie ihr für ihr Nippesregal mitgebracht hatten. Das eine war eine kleine Freiheitsstatue aus Bronze, das andere das Empire State Building als Briefbeschwerer mit künstlichem Schnee im Innern. Zwei Stunden später rief Tante Elner Norma an, den Briefbeschwerer in der Hand.

»Norma?«

»Ja, Schatz?«

»Du solltest vielleicht rüberkommen und mir den Briefbeschwerer wieder wegnehmen.«

»Warum denn?«

»Ich schüttele ihn dauernd und kann gar nicht damit aufhören; da ist ja ein richtiger kleiner Winter drin.«

»Ja, ich freue mich, daß er dir gefällt. Wir wußten erst nicht genau, was wir dir mitbringen sollten.«

»Oh, er macht mir riesigen Spaß, das kannst du dir gar nicht vorstellen.«

»Schön.«

»Und hattet ihr wirklich den Eindruck, daß Baby Girl gut zurechtkommt?«

»O ja, aber wir hatten nicht genügend Zeit zusammen. Sie muß ja morgens, mittags und abends arbeiten.«

»Ist sie immer noch so dünn?«

»Nein, sie hat etwas zugenommen und hat eine sehr schöne Figur.«

»Mag sie die eingemachten Feigen?«

»O ja, sie hat sich wie ein Schneekönig darüber gefreut. Vermutlich

bekommt sie nie etwas Selbstgemachtes; die essen da ja ständig in Restaurants.«
»Ach du meine Güte. Meinst du, sie hätte vielleicht gern ein paar Walnüsse? Ich habe auf der Veranda draußen eine ganze Tonne voll. Mein Baum bricht dieses Jahr unter der Last beinahe zusammen. Vielleicht mache ich ihr einen von meinen Nußkuchen mit dem Karamelguß; meinst du, sie mag ihn?«
»Da bin ich mir ganz sicher.«
»Ich kann immer noch nicht glauben, daß Baby Girl eine erwachsene Frau ist! Als ich sie das letzte Mal sah, war sie noch ganz winzig. Wie alt war sie damals, vier?«
»Vier oder fünf.«
Dann stellte Tante Elner die Frage, die sie immer stellte, wenn sie von Dena sprachen.
»Hat sie ihre Mutter erwähnt?«
»Mit keinem Wort.«
»Was würdest du sagen, wenn sie es täte?«
»Ich würde ihr auf jede ihrer Fragen, ganz egal welche, so wahrheitsgetreu wie möglich antworten, mehr kann ich nicht. Sie sagt ohnehin nichts und ich auch nicht. Ich muß mich da nach ihr richten.«
Eine Pause trat ein. »Es ist doch bestimmt schwer für sie, sich damit abzufinden, meinst du nicht?« fragte Tante Elner. »Weißt du, es läßt ihr sicher keine Ruhe.«
»Ich weiß nicht, Tante Elner, aber ich glaube, daß es schon schmerzlich für sie ist, überhaupt daran zu denken, deshalb bringe ich es erst gar nicht zur Sprache.«
»Ja, das ist wahrscheinlich das Beste. Also, Liebling, nochmals vielen Dank für das Geschenk. Es macht mir wirklich Freude … und sag doch Macky, er möchte mal für eine Minute rüberkommen. Meine hintere Tür klemmt schon wieder.«
»Okay, ich werde es ihm sagen.«
Tante Elner legte den Hörer auf, drehte den gläsernen Briefbeschwerer ein weiteres Mal um und beobachtete, wie die winzigen künstlichen Schneeflöckchen herumwirbelten und sich rund um das Empire State Building en miniature niederließen, und sagte laut zu sich selbst: »Nun sieh dir das an … es ist genau so, wie es da geschrieben steht: ein Winterparadies.«

* * *

Einen Tag später setzte sich Norma hin und schrieb einen Brief:

Mr. Wayne Newton
c/o Tonight Show. NBC
New York City

Lieber Mr. Newton,
ich schreibe Ihnen nur ein paar Zeilen, um Ihnen einen Gruß zu schicken. Wie Sie wissen, sind mein Mann und ich und unsere Tante Elner immer schon Ihre größten Fans gewesen. Wir sehen Sie uns immer an, wenn Sie im Fernsehen sind, und haben alle Ihre Alben, und vor vier Jahren hatten wir das Glück, Sie auf dem großen Missouri-Volksfest zu erleben, als Sie dort aufgetreten sind.
So können Sie sich wohl vorstellen, wie dankbar wir unserer Cousine, Dena Nordstrom, waren, als sie uns die Gelegenheit verschaffte, Sie persönlich kennenzulernen und ein Foto mit Autogramm von Ihnen zu bekommen. Es war der Höhepunkt unserer Reise.
Sie waren so herzlich zu uns, und wir waren glücklich, als wir merkten, was für ein freundlicher, natürlicher Mensch Sie sind. Ich weiß, Sie reisen viel herum und haben vermutlich keine Möglichkeit, in die Kirche zu gehen; daher schicke ich Ihnen ein Abonnement für Das tägliche Wort *und eingemachte Feigen von unserer Tante Elner. Mr. Newton, sollten Sie je in die Nähe von Elmwood Springs, Missouri, kommen, denken Sie bitte daran, daß Sie bei uns eine Bleibe haben, und eine gute Küche kann ich Ihnen auch versprechen. Sie sind das Hotelessen doch sicher allmählich leid, und wir sähen Sie liebend gern als Gast bei uns.*

Mit den besten Wünschen
Mrs. Norma Warren

P. S.: Sie hängen jetzt an unserer »Prominentenwand«, und zwar an bevorzugter Stelle, direkt neben unserer Cousine.

Vierzehn Jahre früher

Wie sie dahin kam

Internat zum Heiligen Herzen
Silver Spring, Maryland
1959

Der Ruhm ist etwas Seltsames. Er weiß, wen er will, und macht sich an die Menschen heran, wenn sie noch ganz jung sind. Dena war erst fünfzehn, als er ihr hinterherlief. Ein Fotograf von der Zeitschrift *Seventeen* kam in ihre Schule, und sie war eines der zehn Mädchen, die dazu auserkoren wurden, an diesem Tag fotografiert zu werden. Sie war sich nie hübsch vorgekommen, außerdem wurde sie allmählich zu groß, aber die Zeitschrift hatte nach blonden Mädchen gefragt, und sie gehörte in jenem Jahr zu den wenigen Blondinen in ihrer Klasse. Albert Boutwell, der Maskenbildner, hatte bereits landauf, landab kichernden Teenagern Make-up aufgelegt, und als das schlanke, große Mädchen hereinkam, war sie nur eines unter vielen in einer fließbandartigen Reihe von Gesichtern, die er an diesem Tag schminken mußte. Sie setzte sich, und er legte ihr einen Umhang um. Er stellte fest, daß sie auffällig blaß war, und benutzte deshalb eine etwas dunklere Grundierung und etwas mehr Eyeliner, um ihre Augen zu betonen. Als er fertig war, warf er zur letzten Kontrolle einen Blick in den Spiegel. Was er da sah, erstaunte ihn. Seinen Augen bot sich etwas dar, das mit wenig Aufwand zu einem der schönsten Gesichter geworden war, die er je gesehen hatte. Dena, die vorher nie Make-up getragen hatte, war ebenso überwältigt wie er. Er fragte sie nach ihrem Namen. »Also, Miss Dena Nordstrom«, sagte er, »schauen Sie sich an. Sie sind eine Attraktion!« Das nächste Mädchen kam und nahm Denas Platz ein.
Einen Monat später, wieder in New York, sah sich der Fotograf die Abzüge an und stieß dabei auf das Bild des Mädchens Nordstrom,

das er durch ein Vergrößerungsglas betrachtete, und er erinnerte sich wieder an den Augenblick. »Du hast recht. Schau dir diese Kleine an. Verflixt noch mal, von der kannst du gar kein schlechtes Bild machen! Dieses Mädchen hat ein verdammt vielversprechendes Gesicht, es ist Millionen wert.« Er drehte sich zu seinem Assistenten um. »Erkundige dich mal, wer sie ist und wie wir mit ihr in Kontakt treten können.«

»Ich habe es dir ja gesagt«, meinte Albert. »Als sie hereinkam, sah sie nach nichts aus. Ich legte ihr etwas Make-up auf, schattierte ein bißchen und – peng!«

Der Fotograf studierte das Bild immer noch. »Mensch, ich habe sie einfach in einen schwarzen Rollkragenpullover gesteckt und angefangen zu fotografieren, und sieh mal – sieh dir diesen Knochenbau an. Was ist sie, Schwedin oder so was?«

»Ich weiß es nicht.«

Sein Assistent kam mit einer Liste wieder herein. »Sie heißt Dena Nordstrom.«

»Ich wußte es«, sagte der Fotograf, »wir haben uns da eine kleine Garbo oder eine zweite Ingrid Bergman geangelt. Wie alt ist das Mädchen?«

»Fünfzehn.«

Der Fotograf war enttäuscht. »Na gut, man darf ja wohl Wunschträume haben.«

Albert, der ihn gut kannte, mahnte ihn: »Ja, das ist alles, was du darfst, wenn du nicht willst, daß noch eine wütende Mutter – oder das Gesetz – hinter dir her ist.«

Der Fotograf seufzte vernehmlich. Er sagte zu seinem Assistenten: »Ruf mal Hattie drüben in der Agentur an und erzähl ihr, daß wir ihr ein paar Fotos rüberschicken ... aber sag ihr, daß wir zuerst ihre Hilfe brauchen.«

Zwei Tage später, nachdem Hattie Smith in Denas Schule angerufen und schließlich den Arbeitsplatz ihrer Mutter ausfindig gemacht hatte, erklärte sie dieser am Telefon, daß sie nur mit Spitzenmodels arbeite und für Dena einen Fünfjahresvertrag vereinbaren wolle; Dena solle sofort anfangen. »Sie haben eine ganz außergewöhnliche Tochter. Wir glauben, daß sie mit der richtigen Präsentation eine große Zukunft vor sich hat.«

Hattie lehnte sich zurück in Erwartung dessen, was sie immer von

Müttern hörte, wie aufgeregt sie seien, daß ihre kleine Tochter Model werden sollte. Diese sagte nur zwei Worte: »Völlig ausgeschlossen.«

Denas Mutter war bestürzt. Sie hatte keine Ahnung gehabt, daß ihre Tochter fotografiert worden war.

Hattie richtete sich auf. »Wie bitte?«

»Mrs. Smith, ich weiß Ihr Interesse zu schätzen, aber wir müssen Ihr Angebot ablehnen.«

»Aber wir glauben, daß ein großer Star aus ihr werden kann. Offen gesagt, haben wir auch schon überlegt, ob wir Sie nicht vielleicht beide auf einer Doppelseite ›Mutter und Tochter‹ bringen; das soll im nächsten Monat für *Family Circle* gemacht werden; wenn Sie uns also ein jüngeres Foto von sich schicken könnten –«

»Oh, ich glaube, Sie verstehen mich nicht. Ich will nicht, daß das Bild meiner Tochter oder mein eigenes in irgendeiner Zeitschrift erscheint. Ich fürchte, ich kann dem nicht zustimmen. Es tut mir leid.«

Hattie war frustriert. »Aber ich glaube, Sie verstehen mich nicht. Ihre Tochter ist in der Lage, Geld zu verdienen, *viel Geld,* wenn sie sich für Zeitschriften fotografieren läßt oder Werbung macht. Sie haben doch nichts gegen Geld, oder?«

Es entstand eine Pause. »Ich arbeite sehr hart für mein Geld, Mrs. Smith, und ich will, daß meine Tochter eine gute Ausbildung erhält, bevor wir etwas anderes für ihre Zukunft in Betracht ziehen.«

Hattie gab nicht auf. »Wir haben nicht die Absicht, uns in ihre Ausbildung einzumischen, alle unsere Mädchen setzen ihre Ausbildung fort; wir können die Fototermine ja außerhalb der Schulstunden anberaumen. Wir haben für sie schon einen Platz in der Zeitschrift *Seventeen* vorgesehen, wahrscheinlich ein Titelbild.«

»Mrs. Smith, wie ich schon sagte, ich will nicht, daß meine Tochter fotografiert wird. Ich bemühe mich schon die ganze Zeit, so taktvoll wie möglich zu sein, aber haben Sie vielen Dank, nein.« Und sie legte auf.

Hattie fluchte: »Verdammt noch mal!«

Nach drei Jahren, als Dena volljährig war, riefen sie wieder an, und das erste professionelle Foto von ihr erschien als Titelbild des Magazins *Seventeen*. Daraufhin wurde ihr ein Stipendium für ein Studium der Theaterwissenschaft an der Southern Methodist University in Dallas angeboten. Dena freute sich, aber sie blieb nicht dort.

Nach ihrem zweiten Studienjahr hörte sie auf, um eine Stelle als Wettermädchen bei einem Fernsehsender in Ft. Worth anzunehmen. Sie mußte selbst für ihren Lebensunterhalt sorgen, und so sehr ihr auch die Vorstellung gefiel, Theaterwissenschaft zu studieren, sie fand schnell heraus, daß beim Fernsehen das große Geld zu holen war, und sie war von Anfang an gut.

* * *

Nach elf Monaten begann sie, von einem Sender zum anderen zu wechseln, fast jedes Mal kam sie zu einem wichtigeren Sender, und so arbeitete sie sich, zumindest ihrer Meinung nach, immer näher an New York heran. Dena störte es nicht, von einem Ort zum anderen zu ziehen. Seit ihrem vierten Lebensjahr war ihre Mutter immer wieder mit ihr umgezogen, quer durch das ganze Land. Dena war gewillt, so viele Erfahrungen wie möglich zu sammeln, ganz gleich, wie oft sie dafür den Wohnort wechseln mußte. Wenn sie die bekanntesten Sender erreichte, wollte sie gerüstet sein.

Sie arbeitete in Arkansas, Billings, Montana; dann in Oklahoma und Kentucky; ging wieder nach Billings zurück; anschließend hinauf nach Richmond, Virginia, wo sie erneut als Wettermädchen anfing, sich aber schließlich bis zur zweiten Moderatorin des morgendlichen Lokalprogramms hocharbeitete; dort machte sie auch Features über Kunstausstellungen, Pferde- und Hundeshows und interviewte gelegentlich berühmte Persönlichkeiten, die auf der Durchreise in der Stadt waren. Als die Schauspielerin Arlene Francis nach Richmond kam, gefiel ihr die Art, wie Dena das Interview führte, und sie erwähnte es gegenüber ihrem Agenten. Sandy Cooper war als junger begabter Agent auf das Fernsehen spezialisiert und hielt nach weiblichen Nachwuchstalenten Ausschau. Die Frauenbewegung kam allmählich in Schwung; ihm war bewußt, daß die Sendeanstalten still und heimlich begonnen hatten, verstärkt nach Frauen zu fahnden, die sie aufbauen konnten, weil sie wußten, es war nur noch eine Frage der Zeit, bis sie gezwungen waren, ein oder zwei in den Nachrichtenredaktionen einzusetzen. Und Sandy wollte von Anfang an dabeisein. An einem Wochenende fuhr er mit seiner Frau nach Richmond, um am darauffolgenden Montag diese Dena Nordstrom in der Morgensendung zu beobachten. Ihm gefiel, was er sah. Die Schönheit der Nordstrom stach natürlich ins Auge, aber sie verfügte auch noch über andere Eigenschaften, die, wie er wußte, bei den Sendern gefragt waren. Sie war gescheit, schlagfertig, und sie hatte diese gewisse Ausstrahlung des netten Mädchens von nebenan, verbunden mit einem Lächeln, das jeden Bildschirm erhellte. Das alles sprach für sie, aber das Wichtigste war: Sie bestand den für Sandy ausschlaggebenden Test. Seine Frau Bea, die klein und füllig war und hübsche Frauen verabscheute, mochte Dena. Jetzt mußte er nur noch herausbekommen, ob sie auch ehrgeizig war. Diese Frage erledigte sich, nachdem er sie kennengelernt hatte, in weniger als fünf Minuten, und eine Stunde später war sie bei der Agentur William Morris, einer der größten und mächtigsten Agenturen des Landes, als Klientin aufgenommen. Drei Monate danach stellte Sandy fest, daß ein Lokalsender in New York einen Ersatz für Nancy Lamb suchte, und diejenige, die den Posten bekäme, hätte auf jeden Fall gute Aussichten, eines Tages zum Hauptsender aufzusteigen. Er vereinbarte für Dena ein Vorstellungsgespräch mit dem Leiter der Nachrichtenredaktion dieses Senders, Ira Wallace.

Dena kam in der darauffolgenden Woche mit dem Flugzeug von Richmond. Sandy holte sie vom Hotel ab. Er wollte zu Fuß gehen, damit er etwas Zeit hatte, sie auf Ira Wallace vorzubereiten und ihr zu raten, sich nicht von seiner Art ins Bockshorn jagen zu lassen. Sogar im weit entfernten Richmond hatte Dena schon gehört, was man sich über ihn erzählte.

Sie hatte zwar schreckliche Angst vor ihm, aber sie machte sich im Grunde keine Sorgen. Ihr war selten, wenn überhaupt jemals, ein Mann begegnet, den sie nicht in ihren Bann ziehen konnte. Sie war für diese Arbeit gut vorbereitet, und sie war sich dessen bewußt. Als sie im entsprechenden Stockwerk angekommen waren, nannte Sandy der Dame am Empfang ihre Namen. Sie hörten eine laute, ungeduldige Stimme in der Sprechanlage bellen.

»Ja?«

»Mr. Cooper und Miss Nordstrom sind da, Mr. Wallace.«

»Wer?«

Die Empfangsdame wiederholte: »Mr. Cooper und Miss Nordstrom. Sie sind angemeldet.«

»Ich weiß nicht, wer zum Teufel das sein soll.« Er unterbrach die Verbindung.

Die Empfangsdame schien unerschüttert und forderte sie auf, sich zu setzen.

Dena sah Sandy an. »Sind Sie sicher, daß wir einen Termin haben?«
Sandy, ebenso gelassen wie die Empfangsdame, ergriff eine Zeitschrift. »Ja, er macht das nur, weil er Sie einschüchtern will.«
Dena setzte sich. »Also, das ist ihm gelungen.«
»Lassen Sie sich davon nicht beeinflussen. Das macht er mit jedem so.«
Während sie dort saßen, konnten sie Ira Wallace hören, wie er eine oder mehrere Personen obszön beschimpfte. Nach fünfunddreißig Minuten rief er die Empfangsdame an.
»Sind die beiden Idioten immer noch da?«
»Ja, Sir.«
»O Gott, also gut, schick sie rein.«
Dena stand auf. »Das ist ja lächerlich. Ich gehe da nicht rein. Er weiß ja nicht einmal, daß wir verabredet sind.«
Die Empfangsdame sah Dena an. »Natürlich weiß er, daß Sie verabredet sind. Er ist halt ein Arsch. Gehen Sie einfach rein.«
Zögernd folgte Dena Sandy den Flur entlang. Sandy stand vor dem Büro und klopfte leise. Sie konnten ihn telefonieren hören, aber er rief trotzdem zwischendurch: »Kommen Sie schon. Ich habe nicht den ganzen Tag Zeit.«
Sandy gab Dena ein Zeichen, daß sie als erste hineingehen sollte. Das Büro stank nach Zigarrenrauch. Sie erblickte Wallace, einen dicken, glatzköpfigen Mann, der große Ähnlichkeit mit einem riesigen Seebarsch hatte, wie er da mit seinem weißen Hemd, der schwarzen Kunststoffbrille und einer qualmenden Zigarre hinter einem drei Meter langen Schreibtisch saß. Er stand nicht auf. Er warf ihr nur einen flüchtigen Blick zu, fluchte weiter ins Telefon und ließ sie beide stehen. Sie warteten, während der kleine Mann mit dem schweißglänzenden Kopf seine Schimpfkanonaden, wem immer sie auch galten, fortsetzte. Je länger Dena unbeachtet dort stand, desto wütender wurde sie. Sie spürte, wie ihr das Blut in den Kopf stieg. Wenn es etwas gab, das sie von ihrer Mutter geerbt hatte, dann war es Stolz, und sie würde nicht zulassen, daß diese kleine Kröte sie demütigte, und wenn sie die Stelle noch so begehrte.
In der Sekunde, in der Ira Wallace den Hörer auflegte, marschierte sie direkt auf seinen Schreibtisch zu, streckte den Arm aus und zwang ihn dadurch, sie mit Handschlag zu begrüßen. »Guten Tag, Mr. Wallace. Ich bin Dena Nordstrom. Es ist mir ein Vergnügen, Sie

kennenzulernen. Nein, bleiben Sie ruhig sitzen. Wir setzen uns schon, danke.«
Wallace sah sie an, als käme sie von einem anderen Stern.
Sie setzte sich und lächelte ihn an. »Nun, Mr. Wallace, erzählen Sie mir mal ein bißchen von sich. Ich lerne die Leute gern richtig kennen, ehe ich mich entscheide, ob ich eine Stelle annehme.«
Wallace sah zu Sandy Cooper hinüber, der offensichtlich genauso verwirrt war. Er nahm die Zigarre aus dem Mund. »Was … soll das ein Witz sein?«
Sandy versuchte, sich zu fangen. »Hm, Mr. Wallace, sind Sie zufällig dazu gekommen, mal einen Blick auf die Bänder zu werfen?«
Ehe Wallace antworten konnte, sah Dena auf ihre Uhr und sagte: »O verflixt! Ich wünschte, ich könnte noch bleiben. Es tut mir furchtbar leid, Mr. Wallace, aber leider habe ich noch einen Termin und bin schon spät dran.«
Sie stand auf, ging zu ihm und schüttelte ihm erneut die Hand. »Es ist immer wieder angenehm, einen so charmanten Gentleman mit so kultivierten Umgangsformen kennenzulernen.«
Im Hinausgehen sagte sie zu Sandy: »Ich rufe Sie später an.«
Beide Männer sahen mit offenem Mund zu, wie sie das Büro verließ.
Als Dena auf den Aufzug wartete, sagte sie: »Dieser Mann ist ein Schwein.«
Ohne dabei aufzusehen sagte die Empfangsdame: »Da verraten Sie mir nichts Neues.«
Als die Tür des Aufzugs sich geschlossen hatte und Dena allein war, brach sie in Tränen aus.

* * *

Im Büro schrie Wallace währenddessen Sandy an: »Was ist das denn für eine, eine Verrückte? Sie stehlen mir meine Zeit mit Geisteskranken? Was ist mit der los?«
»Es tut mir leid, Mr. Wallace, ich weiß nicht, was da ablief. Ich weiß nur, daß sie die Stelle unbedingt haben wollte. Sie ist für das Gespräch extra hierher geflogen.«
»Sind Sie sicher, daß sie nicht einfach spinnt?«
»O nein, sie ist sehr zuverlässig. Ich weiß nicht, was ich dazu sagen soll … außer, daß Sie vielleicht ja ihre Gefühle verletzt haben oder so was in der Art.«
»Ihre Gefühle verletzt?«

»Sie ist aus dem Mittleren Westen, da könnte sie eventuell etwas empfindlich sein.«
»Empfindlich? Also das muß sie überwinden, wenn sie für mich arbeiten will. Ihre Bänder gefallen mir, aber ich finde mich nicht mit irgendeinem Primadonna-Scheiß ab.«
Sandy sagte: »Ihre Bänder gefallen Ihnen also?«
Wallace zuckte mit den Schultern. »Aus der könnte man vielleicht etwas machen – wenn sie uns nicht vorher in den Wahnsinn treibt!«
»Ach nein, sie ist in Ordnung, das versichere ich Ihnen.«
»Ich weiß nicht, wie intelligent sie ist – sie könnte auch genauso doof sein wie die übrigen – , aber sie hat das Erscheinungsbild, das wir brauchen. Dieses energische, natürliche Gesicht, wie frisch vom Lande … und ja, irgendwie hat sie Klasse. Daher könnten wir uns bereit finden, sie zu testen.«
Sandy schaltete sofort um. »Sie haben vollkommen recht, Ira. Deshalb habe ich sie Ihnen ja gebracht, bevor sie ein anderer wegschnappt. Nicht nur, daß sie schön ist, sie hat auch jede Menge Erfahrung – sechs Lokalsender, und sie war in Richmond die populärste Persönlichkeit im Fernsehen.«
»Mir ist egal, ob sie Miss Amerika war, hier fängt sie jedenfalls ganz unten an; das weiß sie doch wohl?«
»Aber ja«, sagte Sandy.
»Ein Haufen Arbeit. Wir werden ihr fünfzigtausend pro Jahr zahlen, mit einer zwölfwöchigen Kündigungsfrist. Für uns natürlich, nicht für sie.«
Sandy sagte: »Ausgezeichnet. Und ich kann nur sagen, daß sie keine Angst vor Arbeit hat. Sie macht großartige Interviews.«
»Gut, aber versprechen Sie lieber nicht zuviel.«
Sandy leitete seinen Rückzug aus dem Büro ein, ehe Wallace die Gelegenheit hatte, seine Meinung zu ändern.
»Und sagen Sie Ihrer Prinzessin auf der Erbse, sie soll, wenn sie in ihrem vollen Terminkalender eine Lücke findet, morgen ihren Arsch in Bewegung setzen und noch einmal hierherkommen.«

* * *

Als der Agent gegangen war, lachte Wallace unwillkürlich vor sich hin. Die Entscheidung, sie einzustellen, war bereits vor einer Woche gefallen, und zwar aufgrund ihrer Bänder. Sie war den übrigen haushoch überlegen. Aber er genoß es, wenn die Leute sich vor ihm duckten. Natürlich, sie hatte es nicht getan, sie hatte es ihm vielmehr sofort heimgezahlt. Etwas ganz anderes als die Typen mit den Schweißhänden, die den ganzen Tag in seinem Büro ein und aus krochen. Sie hatte vielleicht das, was er suchte. Vorausgesetzt sie war schlau und tat, was man von ihr verlangte.

* * *

Sandy eilte in sein Büro zurück und rief Dena im Hotel an. Sie nahm ab.
»Hier ist Sandy. Dena, sitzen Sie?«
Dena entschuldigte sich. »Sandy, es tut mir so leid. Ich weiß, das war dumm von mir. Was soll ich sagen, ich wollte Sie nicht in Verlegenheit bringen.«
»Dena.«
»Ich weiß, Sie sind enttäuscht. Das bin ich auch, glauben Sie mir. Aber ich wäre lieber Verkäuferin in einer Frittenbude als mich von so jemandem behandeln zu lassen wie ... ein Nichts.«
»Dena, hören Sie doch mal zu!«
»Meine Mutter hat vielleicht nicht viel Geld gehabt, aber sie hat mich nicht dazu erzogen, daß ich mich von irgendeinem aufgeblasenen Kerl beleidigen lasse. Was glaubt der eigentlich, wer er ist?«
»Dena, sind Sie fertig?«
»Ja.«
»Sie haben die Stelle.«
»O ja, dessen bin ich mir sicher ... Ich bedaure allerdings – und zwar nur weil ich eine Dame bin –, daß ich nicht gesagt habe, die könnte er sich ...«
»Dena, hören Sie mir doch mal zu. Ich mache keine Scherze. Ihre Bänder gefallen ihm. Sie haben die Stelle bekommen. Er gibt Ihnen am Anfang ein ziemlich niedriges Gehalt ... aber das bedeutet, daß Sie drin sind.«
»Und ich sage Ihnen noch etwas anderes: Für diesen Mann würde ich nicht für eine Million Dollar arbeiten. Wie ist der überhaupt zum Fernsehen gekommen?«
»Okay, Dena, er ist also ein widerwärtiges, ekelhaftes Schwein. Nehmen Sie es doch nicht so persönlich. Glauben Sie mir, er behandelt jeden wie ein Stück Dreck. Entscheidend ist doch: Sie haben die Stelle.«
Es entstand eine Pause. »Meinen Sie das ernst?«

»Ja, er will, daß Sie morgen kommen und mit ihm reden.«
»Sie machen Witze«, sagte sie.
»Nein, ich sage Ihnen doch, daß er Ihre Bänder gut findet. Er meint, Sie hätten was.«
»Wirklich?«
»Ja.«
»Kein Witz?«
»Nein.«
»Oh. Gut.« Wieder wurde es still. »Wieviel will er mir zahlen?«
»Wie ich schon sagte, es ist ein bißchen wenig am Anfang ... aber ...«
»Wieviel?«
»Fünfzigtausend.«
»Ich weiß nicht, Sandy. Ich muß darüber nachdenken. Ich werde Sie zurückrufen.«
Sandy saß da mit dem Telefon in der Hand. Er konnte nicht glauben, was er gerade gehört hatte. Er stellte das Telefon hin, warf die Arme hoch und redete zur Decke: »Da bietet man ihr die besten Chancen in New York, und sie will darüber nachdenken.«
Zehn Minuten später rief sie zurück. »Sandy, hier ist Dena.«
Er bemühte sich um einen ruhigen Ton. »Ja, haben Sie es sich überlegt?«
»Ja, das habe ich. Also Sandy, früher hätte ich die fünfzigtausend genommen und wäre froh darüber gewesen. Aber dieser Mann hat mich beleidigt, und jetzt werden sie mir das Doppelte zahlen.«
Sandy stöhnte. »O Dena, tun Sie mir das nicht an. Ich habe ein schwaches Herz. Außerdem habe ich eine Frau, die nicht schwach ist, und ein Kind. Bitte ... bitte ... meine Nerven. Fünfzigtausend sind kein so schreckliches Angebot.«
»Es geht nicht um das Geld, es geht ums Prinzip.«
»Dena, Sie können sich im Augenblick keine Prinzipien leisten. Warten Sie damit, bis Sie ein Star sind. Dann können Sie alle Prinzipien haben, die Sie sich nur vorstellen können. Glauben Sie mir, jetzt ist nicht die richtige Zeit, um Widerstand zu leisten. Bis jetzt haben Sie noch nichts, worauf Sie pochen können.«
»Sandy, wenn ich es jetzt nicht mache, mache ich es nie. Ich kann nicht zulassen, daß dieser Mann mich wie Dreck behandelt und damit durchkommt. Außerdem glaube ich nicht, daß ich es ertragen könnte, wenn ich für weniger arbeite, als ich wert bin.«

»Dena, wer weiß schon, wieviel Sie verdienen – Sie, ich und ein Buchhalter irgendwo in einem Kellergeschoß. Bitte!«
»Aber ich weiß es.«
»Dena, hören Sie zu. Ich bin der Agent. Ich müßte Sie eigentlich dazu überreden, mehr Geld zu verlangen, nicht umgekehrt, aber ich sage Ihnen, akzeptieren Sie das Angebot.«
Sandy redete weitere zwanzig Minuten auf sie ein, aber sie wollte nicht nachgeben. Bevor sie auflegte, sagte sie noch: »Und noch etwas, Sandy, ich will, daß Sie ihm den Grund nennen, warum ich mehr Geld verlange.«
Sandy sagte: »Ich dachte, Sie mögen Bea.«
»Tue ich auch. Warum?«
»Weshalb setzen Sie dann alles daran, sie zur Witwe zu machen? Ira wird mich umbringen, wenn ich ihm das mitteile.«
»Gut, dann rufe ich ihn an, wenn Sie möchten. Ich habe keine Angst vor ihm.«
»Nein, nein, ich rufe an. Ich würde zwar lieber von einer Meute wütender Hunde angefallen werden, aber ich werde anrufen.«

* * *

Sandy hielt den Atem an, als er die Nummer von Ira Wallace' Büro wählte. Er mußte fünf Minuten in der Warteschleife ausharren, dann hörte er die Stimme von Wallace.
»Ja?«
»Hm, Mr. Wallace. Hier ist Sandy Cooper.«
»Was wollen Sie?«
»Also, wir haben da ein kleines Problem … wegen des Gehalts.«
»Wovon reden Sie überhaupt?«
»Von der Stelle von Dena Nordstrom.«
»Ja, machen Sie schon, kommen Sie zur Sache. Was ist?«
»Es ist so, sie findet, sie braucht etwas mehr Geld, weil New York doch so teuer ist.«
»Wollen Sie damit sagen, daß Ihre übergeschnappte Klientin eine Gehaltserhöhung verlangt, noch bevor sie überhaupt angefangen hat? Haben Sie den Verstand verloren? Wieviel mehr will sie denn um Himmels willen?«
Sandy holte tief Luft. »Sie möchte hundert pro Jahr.«
Wallace schrie: »Auf Wiedersehen, Bürschchen!« Dann knallte er den Hörer auf, daß es Sandy in den Ohren dröhnte.

Sandy saß den ganzen Tag am Telefon und hoffte wider alle Hoffnung, daß Wallace ihn wieder anrief.
Wallace wartete, daß Sandy ihn noch mal anrief.
Um halb fünf an diesem Nachmittag rief Sandy Dena an und bat sie inständig, es sich doch noch einmal zu überlegen, aber sie wollte nicht.
Um sechs Uhr fünf nahm Sandy ein Telefongespräch entgegen. Wallace war am anderen Ende. »Okay, Sie kleiner Gauner, fünfundsiebzig, ja oder nein. Sie haben fünf Minuten!«
Sandy rief sofort bei Dena an und begann auf der Stelle zu reden. »Dena, ich bin's. Bevor Sie etwas sagen, hören Sie mir zu. Ich will, daß Sie sich sehr gut überlegen, was Sie tun. Denken Sie nicht in zu kleinen Dimensionen … denken Sie daran, was daraus werden kann. Vergessen Sie nicht, Sie arbeiten gut, und eines Tages bekommen Sie eine Stelle im großen Sender, Okay?«
»Okay«, sagte Dena, »ich höre.«
»Ich kann es noch nicht fassen, aber er hat sich wieder gemeldet, mit einem neuen Angebot. Aber versprechen Sie mir, Ihre …«
»Wie weit ist er raufgegangen?«
»Fünfundsiebzig, ja oder nein … aber denken Sie an Ihre …«
»Ich akzeptiere es.«
»Was?«
»Ich habe ja gesagt, ich akzeptiere es.«
»Sie akzeptieren es? Einfach so? Oh, meine Nerven. Sie haben mir einen Schock versetzt, und ich hatte bisher noch keine Zeit, darauf zu reagieren. Ich rufe Sie gleich wieder an.«
Sandy rief wenig später wieder an und machte sich gar nicht erst die Mühe, sie zu begrüßen. »Dena, alles klar. Wissen Sie, wie nervös ich den ganzen Tag war?«
»Sie meinen, Sie waren nervös? Ich hatte ab heute mittag alle Hoffnung aufgegeben.«
»Wissen Sie, daß nicht viel gefehlt hätte, und wir hätten das Spiel verloren? Ich muß Ihnen ehrlich sagen, ich hätte nie damit gerechnet, daß er zurückrufen würde.«
Dena lachte. »Ich auch nicht.«
»Diesmal hatten Sie Glück. Aber versprechen Sie mir, nicht noch mal Russisches Roulette mit Ihrer Karriere zu spielen, Okay?«
Dena lachte wieder. »In Ordnung. Versprochen.«

»Bleiben Sie dran. Ich rufe Bea auf der anderen Leitung an. Sie hat schon den ganzen Tag Kerzen angezündet.«
Dena wartete, bis er sich wieder meldete. »Bea gratuliert. Außerdem hat sie mich darüber informiert, daß ich euch beide heute abend zum Essen ausführe. Wohin möchten Sie? Sie dürfen wählen.«
»Twenty-One«, sagte Dena.
»Der Club Twenty-One?«
»Ja, lassen Sie uns dahin gehen.«
»Ich bezweifle, daß wir da reinkommen. Das ist fast wie ein privater Club. Auf jeden Fall können wir so spät nichts mehr reservieren lassen. Wie wäre es mit Sardi's?«
»Wir haben schon im Twenty-One reservieren lassen.«
Sandy war verblüfft. »Wie haben Sie das denn fertiggekriegt?«
»Oh, ich habe einen Freund hier. Ich habe ihm gesagt, es handele sich um ein Essen anläßlich einer Feier.«
»Woher wußten Sie, daß wir etwas zu feiern haben?«
Dena lachte. »Das wußte ich nicht. Auf jeden Fall wollte ich schon immer mal zum Essen in das Twenty-One gehen.«
»Sie sind erst vierundzwanzig Stunden in New York und haben schon einen Freund hier?«
»Ja, eigentlich ist es ein neuer Freund, den ich gestern im Flugzeug kennengelernt habe. Er sagte, wenn er mir je einen Gefallen tun könnte, solle ich ihn anrufen, und das habe ich gemacht.«
Als Sandy auflegte, war er immer noch nicht aus dem Staunen herausgekommen. Da hatte er nun sein ganzes Leben in Manhattan verbracht, und Dena führte ihn schon an ihrem ersten Abend hier an Plätze, wo er noch nie zuvor gewesen war. Trotzdem drängte sich ihm die Frage auf, wie es einem so gutgläubigen Menschen wie ihr wohl in New York ergehen würde. Sie könnte sich hier durchaus wohl fühlen. Er hoffte es. Aber ihm war auch bewußt, daß New York eine knallharte Stadt war, voller skrupelloser Typen, die nur darauf warteten, einen in Stücke zu reißen, wenn sie konnten. Erfolg konnte hier brutal sein. Er streifte mit einem Blick die Schlagzeile auf der ersten Seite der Lokalnachrichten, die seine Sekretärin ihm vorher auf den Schreibtisch gelegt hatte. Heutzutage bot anständiges oder sogar vornehmes Verhalten keinen Schutz mehr. Ein Ausrutscher, und der gute Ruf war für immer dahin. Man brauchte sich nur anzusehen, was Arthur Rosemond gerade widerfahren war. Armer Kerl.

Ein netter Mensch

New York City
1968

Arthur Rosemond wurde in Norwegen geboren. Schon mit siebzehn war er einer der Führer der Untergrundbewegung im Zweiten Weltkrieg. 1942 wurde er verhaftet und kam in ein deutsches Internierungslager, aus dem er jedoch zwei Jahre später fliehen konnte. Nach dem Krieg ging er in die USA und machte an der Universität von Georgetown den Magister in Politologie. Mit neununddreißig Jahren hatte er bereits drei Bücher geschrieben und dem Außenminister vier Jahre als Sonderberater gedient. Er war erst zweiundvierzig, als er auf seinen Posten bei den Vereinten Nationen berufen wurde, wo er während der vergangenen elf Jahre als Schlichter bei den großen Friedensverhandlungen fungiert hatte und weit herumgekommen war. Zwei Jahre zuvor hatte er für seine Bemühungen mit anderen zusammen den Friedensnobelpreis erhalten.
In seinem persönlichen Leben galt Rosemond als etwas ungewöhnlich, weil er, obwohl glücklich verheiratet, mit ebenso vielen Frauen wie Männern befreundet war. Er liebte die Gesellschaft von Frauen aufrichtig, und er empfand ihre besonderen Ansichten und Beobachtungen, die Menschen betrafen, als hilfreich. Eine solche Freundin war auch Pamela Lathrope. Sie waren schon gute Freunde, als sie noch verheiratet war, und blieben es auch nach ihrer Scheidung. Rosemond hielt sie für eine der scharfsinnigsten Personen, denen er je begegnet war, und er bat sie jedes Mal um Rat, wenn eine besonders schwierige Verhandlung stattfand. Sie pflegten oft gemeinsam zu Abend zu essen, um darüber zu diskutieren, manchmal zusammen mit seiner Frau oder Freunden, manchmal nur sie beide allein. An diesem Abend war eine solche Gelegenheit. Er hatte Schwierigkeiten mit dem neuen Mann aus Frankreich. Bei mehreren anstehenden Streitfragen brauchte er dessen Unterstützung, aber er erreichte nichts. Mit dem früheren französischen Botschafter hatte er wunderbar zusammengearbeitet und auch privat verkehrt, aber dieser neue Mann war nicht vom gleichen Schlag.

Arthur wollte in einem angemessenen privaten Rahmen mit ihm zusammentreffen, ohne Dutzende von Leuten ringsum, damit er einen Eindruck gewinnen konnte, was für ein Mensch dieser Kerl eigentlich war; und er hatte Pamela um Hilfe gebeten. Sie war berühmt für ihre Abendgesellschaften, und die meisten schlugen eine Einladung von ihr nicht aus. Auch der französische Diplomat sagte nicht nein. Es sollten nur Arthur und seine Frau Beverly, der Botschafter mit seiner Frau und Pamela anwesend sein. Arthur lag daran, daß Pamela ihre Beobachtungen aus der Nähe machen konnte. Sie vermochte die Menschen immer klar einzuordnen und sie genauer einzuschätzen, als es ihm je möglich war. Drei Stunden vor der Party rief Arthurs Frau bei Pamela an.

»Pam, ich bin's, Beverly. Hör mal, würdest du mich erschießen, wenn ich heute abend nicht käme?«

»Natürlich nicht.«

»Ich hasse solche späten Absagen, aber ich gehe auf dem Zahnfleisch, ich bin so erschöpft. Ich habe seit heute morgen, sieben Uhr, mit den Gärtnern im Garten gearbeitet. Kannst du dir vorstellen, daß sie ausgerechnet heute mit all den Pflanzen erschienen sind? Auf jeden Fall bin ich von oben bis unten schmutzig, und bis ich gebadet, mich angezogen und auf den Weg gemacht habe, komme ich ohnehin zu spät. Deshalb ... meinst du, Arthur wird mir sehr böse sein?«

»Nein, natürlich nicht. Mach dir keine Sorgen, ich werde es ihm erklären; und du setzt dich in die Wanne und entspannst dich.«

»Du bist ein Engel. Das mache ich wieder gut, ich schwöre es.«

Pamela war wirklich nicht böse. Sie wußte, daß Beverly, die sechzehn Jahre jünger war als Arthur, ihn liebte, aber die ewigen gesellschaftlichen Veranstaltungen haßte. Sie blieb viel lieber zu Hause bei ihren Kindern und las ein gutes Buch. Pamela konnte es ihr nicht übelnehmen, daß sie heute abend nicht kommen wollte. Nach Arthurs Erzählungen waren der französische Botschafter und seine Frau nicht das, was man ein amüsantes Paar aus Paris nennen konnte. Und er sollte recht behalten.

Trotzdem verlief das Essen gut, und während Pamela sich bemühte, eine liebenswürdige Gastgeberin zu sein, machte sie sich in Gedanken Notizen über den kleinen Mann und seine untersetzte Frau. Als der Abend vorbei war, schloß sie die Tür und ging ins Wohnzimmer, wo Arthur wartete.

»Ja …«, sagte sie, »ich weiß, was du meinst.«
»Ich habe dir ja gesagt, ich bekomme, so oder so, keine direkte Antwort von ihm. Er läßt sich nicht festnageln.«
Pamela zündete sich eine Zigarette an. »Also, zunächst mal, du wirst nie eine ernsthafte Antwort von ihm bekommen. Er ist kein Mann, der Entscheidungen trifft.«
Arthur nickte. »Genau das habe ich auch gedacht, ich hatte nur einfach das Bedürfnis, auch deine Meinung dazu zu hören.«
»Es ist eindeutig, dieser Mann hatte noch nie einen originellen Gedanken in seinem Leben.«
Arthur lächelte, doch plötzlich zuckte er vor Schmerz zusammen.
Pamela sah ihn an. »Was ist denn?«
»Ich weiß nicht, es muß am Magen liegen.« Er lockerte seine Krawatte und schien Atemnot zu haben.
Pamela sah, daß ihm der Schweiß ausbrach.
»Was ist – ist dir übel?«
»Mir … ist schlecht.«
Dann durchfuhr ihn wieder ein scharfer Schmerz, und er sackte vornüber.
Pamela sprang auf und versuchte, ihn aufzufangen, war aber nicht dazu imstande. Sie lief in die Küche, rief den Türsteher unten an und bat dringend um Hilfe. Dann alarmierte sie den Notarzt, lief zu Arthur zurück und nahm ihm die Krawatte ab.
Als der Pförtner hereingerannt kam, war sie völlig verzweifelt. Sie konnte keinen Puls fühlen.

Vertrauen Sie mir

New York City
1968

Sidney Capello war von Natur aus nervös. Heute abend lief er in seinem winzigen Hotelzimmer Ecke Achtundvierzigste und Dritte auf und ab, noch unruhiger als gewöhnlich. Irgend etwas stimmte nicht. Sidney hatte sich in gewissen Kreisen einen Namen gemacht als freier Reporter, der darauf spezialisiert war, sich über Personen des öffentlichen Lebens private Informationen zu beschaffen. Er hatte Informanten bezahlt, die, in zahllosen Winkeln, Schlupflöchern und dunklen Ecken versteckt, New York wie ein riesiges Spinngewebe überzogen. Es gab kaum etwas, das die Reichen und Berühmten unternehmen konnten, ohne daß Sidney auf die eine oder andere Weise davon Wind bekam. Aber in letzter Zeit hatten seine Leute ihn im Stich gelassen. Die Mannschaft der Informanten war merkwürdig schweigsam geworden. Die Quelle der Gerüchteküche, aus der sich manchmal vierundzwanzig Stunden am Tag gewinnbringender Schmutz ergoß, war plötzlich versiegt. Entweder die Leute benahmen sich in letzter Zeit anständig, oder sie wurden allmählich vorsichtig. Oder raffiniert. Heute abend haßte Sidney sie alle. Trotz des vielen Geldes, das sie besaßen, hinderten sie ihn daran, seinen Lebensunterhalt zu verdienen. Habgierig und undankbar jeder einzelne von ihnen. Obwohl er selbst im Moment von dem heimlichen Vorschuß einer New Yorker Tageszeitung und zweier Klatschkolumnisten der Spitzenklasse lebte, ärgerte ihn nichts so sehr wie Geld, das er umsonst bezahlen mußte. Das brachte Sidney ins Schwitzen. Er hatte seit zwei Monaten keinen großen, heißen Skandal mehr aufgedeckt, nicht einmal einen kleinen saftigen Lekkerbissen. Er war ruhelos und konnte nicht schlafen. Er war scharf auf ein winziges Etwas, auf alles, was er an der Kehle packen konnte, um eine Geschichte herauszupressen. Als um zwölf Uhr fünfzig der Anruf kam, war er bereit.

Es war Mary vom Rettungsdienst Stadtmitte. Sie hatte gerade eine Truppe in Richtung Beekman Towers, Wohnung 107, in Marsch ge-

setzt. Er war schneller aus der Tür und auf der Straße, als ein Feuerwehrmann an einem Mast herunterrutscht.
Sidney war nie Pfadfinder gewesen, aber er war allzeit bereit. Er hatte immer zweitausend Dollar in bar, eine kleine silberne deutsche Kamera und vorgedruckte Verträge in der Tasche. Er konnte es sich mit all diesen neuen Typen in der Stadt, die ihn ausnehmen wollten, nicht leisten, auch nur eine Sekunde zu verschwenden. Sidney war aufgeregt. Beekman Towers war eine exklusive Wohnanlage im Ostteil von Manhattan, in der Nähe der Vereinten Nationen, und fast jeder, der dort wohnte, war gut für eine Geschichte. Das Adrenalin begann zu wirken, und nach fünf Minuten kam er im Laufschritt bei dem Gebäude an, unmittelbar hinter dem Krankenwagen. Er schaffte es, sich an allen Sicherheitsvorkehrungen vorbeizuschleichen, um bald darauf vor Nummer 107 zu stehen, wo er beobachtete, wie die Sanitäter sich um einen Mann bemühten, der bewußtlos in der Diele lag. Die Kunst, irgendwo unbemerkt hineinzuschlüpfen, hatte er bis zur Perfektion entwickelt. Die drei Jahre, in denen er als Privatdetektiv gearbeitet hatte, hauptsächlich wegen Scheidungsstreitigkeiten, waren ein gutes Training gewesen. Sidney arbeitete am effektivsten mit Menschen, die durch eine Katastrophe erschüttert waren; und während die Sanitäter noch alles versuchten, um das Leben des Mannes zu retten, hatte Sidney in aller Ruhe bereits mindestens zehn Aufnahmen gemacht, noch bevor irgendeiner wußte, was da vor sich ging, und herausfand, wer der Mann war und um wessen Wohnung es sich handelte. Sidney mußte an sich halten, um nicht laut loszuprusten. Es gab schließlich doch noch einen Gott. Jackpot! Das konnte eine reißerische Schlagzeile werden, er sah sie schon vor sich, ein Volltreffer, ein Schuß ins Schwarze, ein Homerun. Arthur Rosemond hatte Sidney gerade einen großen persönlichen Gefallen getan: Er war infolge eines Herzanfalls tot zusammengebrochen, und zwar in der Wohnung einer Frau, die nicht seine Gattin war.
Mrs. Pamela Lathrope III gehörte zu den oberen Zehntausend und war die Exgattin des Multimillionärs Stanley Lathrope III, der kürzlich zum Gouverneur des Staates New York gewählt worden war. Sidney hatte schon öfter vage Gerüchte über Mrs. Lathrope und den Botschafter gehört, aber er hatte ihnen nie etwas anhängen können. Bis heute nacht. Er hätte fast einen Freudentanz aufgeführt. Mann, das war ein gutes Gefühl, wieder im Geschäft zu sein. Nach kurzer

Zeit verfügte er über noch mehr Namen und Bilder. Er hatte einen Schnappschuß von der Wohnung, ein Foto vom Türsteher, aber was das Wichtigste war, er hatte ein sensationelles Foto vom Gesicht des Toten im Kasten, das er just in dem Moment geschossen hatte, als die Bahre vorbeigetragen wurde. Das einzige Foto, das ihm entgangen war, war eines von Mrs. Lathrope, aber sie konnten bei der Zeitung eines aus dem Archiv benützen. Die bewahrten von jeder prominenten Persönlichkeit Fotografien auf, sei es für den Fall eines plötzlichen Todes, sei es im Hinblick auf eine plötzliche unehrenhafte Tat, je nachdem, was früher eintrat.

Heute nacht war Sidney der Größte, er stand ganz oben. Man hatte ihm ein Stück rohes Fleisch hingeworfen, und er hatte es den anderen erbärmlichen Schurken direkt vor der Nase weggeschnappt und lief damit auf und davon. Und noch bevor der Krankenwagen die Klinik erreicht hatte, feilschte Sidney schon am Telefon in der Eingangshalle mit leiser Stimme mit einem Redakteur über die Höhe des Honorars für die Geschichte und die Fotos. Nachdem er soviel wie möglich herausgeschlagen hatte, wollte der Redakteur doch noch etwas mehr als bloße Fakten. »Hast du nicht noch etwas anderes, das ich verwenden kann? Ich brauche Intimes, Augenzeugenberichte; kannst du mir das besorgen? Hast du jemand an der Hand?«

Sidney überlegte fieberhaft. Er erwähnte den Türsteher, den er vorher kurz interviewt hatte, als dieser sich mit ein paar Hausbewohnern unterhielt. »Der Türsteher sagt, er hat die Wohnung als erster betreten. Er könnte uns etwas mitzuteilen haben – gegen Bezahlung.«

»In Ordnung. Besorg es. Stell fest, was die Dame anhatte, waren sie angezogen, hat er sie im Bett vorgefunden?«

»Er behauptet, sie waren im Wohnzimmer.«

»Na gut, dann erklär ihm, wieviel mehr die Geschichte wert ist, wenn er sich plötzlich erinnern kann, daß sie in der Falle waren, als er kam.«

»Wie hoch kann ich gehen?«

»Bis fünfzehn – also zieh es an Land.«

Sidney, der den Türsteher fixierte, sagte: »Ich werde alles Notwendige kriegen. Keine Sorge. Schaffe ich es nicht immer?«

»Und Sidney … laß ihn unterschreiben. Ich muß mich absichern. Ich kann es nicht verwenden, wenn er nicht unterschreibt.«

»Ja gut.«
Sidney öffnete seinen Block und ging zu dem Türsteher hinüber.
»Mr. O'Connell, könnte ich Sie mal kurz privat sprechen? Es ist ziemlich wichtig.«
»Ja, Sir.«
Der Türsteher trat auf ihn zu, und Sidney wedelte kurz mit einem gefälschten Presseausweis der *New York Times.* »Mr. O'Connell, mein Chef wartet am Telefon, und ich muß noch ein paar Fakten überprüfen, mich vergewissern, ob ich auch alles richtig verstanden habe. Sie heißen Michael O'Connell, und Sie waren als erster am Ort des Geschehens, ist das richtig?«
Der Türsteher – groß, in Livree, rotgesichtig – war immer noch erschüttert. »Ja Sir, das ist richtig. Ich war in der Eingangshalle, als Mrs. Lathrope anrief, irgendwie sehr aufgeregt, und sie rief um Hilfe.«
»Und was geschah dann?«
»Nun, Sir, ich bin so schnell ich konnte rauf, bin dann den Flur entlanggerannt zu ihrer Wohnung. Und als ich da ankam, stand die Tür auf, da bin ich gleich rein.«
Sidney hob die Hand. »Warten Sie. Damit ich das genau verstehe: Als Sie dort ankamen, stand die Tür auf, und Sie liefen ins Schlafzimmer.«
»Nein Sir, es war das Wohnzimmer, und dann sah ich Mr. Rosemond zusammengebrochen auf dem Sofa.«
Sidney blickte überrascht hoch. »Im Wohnzimmer. Sie haben vorher Schlafzimmer gesagt. Sind Sie sicher, daß die beiden nicht noch im Schlafzimmer waren?«
Der Türsteher musterte ihn kritisch. »Nein Sir, ich habe nie Schlafzimmer gesagt. Also, ich habe Mrs. Lathrope geholfen, ihn auf den Boden zu legen.«
»Warten Sie.« Sidney sah seine Notizen durch. »Ja, hier steht es. Sie haben gesagt, die Schlafzimmertür stand weit auf, und Sie liefen hinein.«
»Also, ich erinnere mich nicht, daß ich gesagt hätte, daß … und sie waren bestimmt …«
»Ich verstehe. Aber die Schlafzimmertür stand doch auf, nicht wahr?«
»Das habe ich nicht bemerkt. Kann so gewesen sein, aber ich erinnere mich nicht daran, Sir.«

Sidney lächelte verständnisvoll. »Natürlich, Sie können sich nicht an jede kleine Einzelheit erinnern; wer könnte das schon? Ich kann mir vorstellen, daß Mrs. Lathrope ziemlich mitgenommen war.«
»O ja, Sir, das war sie.«
»Was hat sie gesagt?«
»Sie hat immer nur gesagt: ›O mein Gott!‹ ... etwas in der Art.«
»Ich verstehe, klar, wenn die Menschen aus dem Gleichgewicht geraten, werden sie konfus. Wie kann man auch erwarten, daß Sie sich an jede kleine Einzelheit erinnern, ist doch so, nicht? Lassen Sie mich mal so fragen. Besteht denn nicht eine ganz winzige Möglichkeit, daß er sich im Schlafzimmer befand und daß es sich bei der offenen Tür, an die Sie sich erinnern, um die Schlafzimmertür gehandelt hat? Könnte es nicht möglich sein, daß Sie das in der Aufregung vergessen haben? Das wäre gewiß ein verständlicher Irrtum.«
»Warum kommen Sie denn immer wieder darauf zurück? Bei so etwas würde ich nicht lügen. Mrs. Lathrope und ich haben ihn von der Couch runtergehoben und auf den Fußboden gelegt, und sie hat ihm den Schlips abgenommen ... das weiß ich noch. Wenn Sie mir nicht glauben, können Sie ja Mrs. Lathrope fragen.«
Sidney wehrte ab. »O nein, wir wollen sie jetzt nicht stören. Sie war wahrscheinlich so aufgeregt, daß sie sich nicht mehr erinnern wird, ob er im Schlafzimmer war, im Wohnzimmer oder wo auch immer. Selbst Sie erinnern sich vielleicht nicht mal mehr daran, daß Sie ins Schlafzimmer gelaufen sind; die Menschen bringen so etwas immer durcheinander. Ich berichte über diese Dinge und ...«
Er war zu weit gegangen. O'Connells Gesicht verhärtete sich. »Hören Sie, ich weiß nicht, was Sie da einfädeln wollen, aber er war im Wohnzimmer, und damit hat sich's.«
»Okay, Okay. Wie Sie meinen. Ich glaube, was Sie sagen.«
Dann seufzte er, schüttelte den Kopf und schloß seinen Notizblock. »Zu schade ... Sie können sich nicht erinnern, wo Sie doch als erster am Ort des Geschehens waren. Aber sehen Sie, mir macht das nichts. Es ist nur so, daß mein Chef gewillt war, einen ganzen Batzen Geld für einen Bericht aus erster Hand, einen Augenzeugenbericht, springen zu lassen. Haben Sie Kinder?«
Der Türsteher sagte: »Kinder? Ja Sir, ich habe sechs.«
»Dacht' ich mir's doch. Mir geht es einfach gegen den Strich, daß Sie bei diesem Geschäft den kürzeren ziehen. Tausend Dollar sind eine

Menge Geld. Ich finde es bedauerlich, daß Sie es verlieren, das ist alles.«

Der Türsteher runzelte die Stirn. »Wovon reden Sie denn überhaupt?«

Sidney blickte sich um und dämpfte seine Stimme. »Ich rede von tausend Dollar. Steuerfrei. Ich habe sie hier in meiner Tasche ... Es sind Ihre, wenn Sie wollen.«

Der Türsteher sah verwirrt aus.

Sidney ließ seine Augen kurz durch die Halle schweifen und sagte: »Kommen Sie doch für eine Minute mit mir hier rüber.« Er führte den Türsteher um eine Ecke, kehrte ihm den Rücken zu und zog zehn funkelnagelneue Hundertdollarscheine heraus, als wären es unanständige Postkarten. »Hier, nehmen Sie. Sie fanden ihn im Schlafzimmer, na und? Was macht das jetzt noch für einen Unterschied. Der Mann ist schließlich tot, ihm ist es egal.«

Der Türsteher blickte auf das Geld. Dann sagte er: »Aber er war ein netter Mann. Und er war im Wohnzimmer.«

Sidney verlor allmählich alle Hoffnung. »Hören Sie, mein Chef geht vielleicht sogar auf zwölfhundert rauf.«

Dann erlebte Sidney endlich das, worauf er die ganze Zeit gewartet und hingearbeitet hatte: Auf die Stirn des Türstehers traten kleine Schweißperlen.

»O verflixt ... ich weiß sogar, daß er bis fünfzehnhundert raufgehen würde. Sie sind in einer beneidenswerten Position, Mann, der einzige Augenzeuge, Sie haben ihn fest in der Hand. Das ist eine Menge Geld; Sie können es sich gar nicht leisten, es nicht zu nehmen. Los, seien Sie kein Trottel. Können Sie das Geld nicht gebrauchen?«

»Es geht nicht darum, daß ich das Geld nicht gebrauchen kann.« Der Türsteher zog sein Taschentuch heraus, nahm den Hut ab und wischte sich die Stirn ab. »Ich kann mir nur nicht vorstellen, daß ich zu so einer Lüge fähig bin.«

»Mensch, das ist doch keine richtige Lüge. Soweit Sie wissen, hat es sich höchstwahrscheinlich so abgespielt, Sie können sich nur nicht mehr ganz genau erinnern. Außerdem, Sie schaden doch keinem. Wem sollte das schaden?«

»Nein, ich glaube nicht, daß ich das kann. Ich kann das Geld nicht für etwas nehmen ...«

»Also, das ist wirklich eine Affenschande. Ich reiße mir ein Bein aus, um Ihnen einen Gefallen zu tun, und Sie sind so dumm und nehmen ihn nicht mal an. Sagen Sie nachher nicht, ich hätte es nicht versucht.«

Sidney verstaute das Geld langsam wieder in der Tasche und entfernte sich ein paar Schritte. Dann blieb er einen Augenblick stehen und kam zurück. »Hören Sie, ich weiß nicht, warum ich das überhaupt mache, aber ich will Ihnen was sagen, das könnte mich meinen Job kosten, verstehen Sie?«

Er sah sich um und sprach dann in einem Tonfall, als teile er ihm etwas streng Vertrauliches mit. »Passen Sie auf, die Wahrheit ist, daß mein Chef Sie nicht einmal braucht. Er wird es so veröffentlichen, wie er will, und was Sie sagen oder nicht, das ist im Grunde scheißegal. Wissen Sie, es juckt mich nicht, wenn er sein Geld rausschmeißt, aber ich kann nicht mit ansehen, wie Sie eine einmalige Chance ausschlagen ... wenn nicht für Sie, dann für Ihre Kinder. Seien Sie kein Dummkopf. Er hat genug, er würde es nicht einmal merken. Los ... nehmen Sie es ...«

Der Türsteher schluckte schwer. »Was müßte ich denn tun?«

»Nichts, das ist ja das Schöne daran – nichts. Sie brauchen nur ein einfaches Papier zu unterschreiben, auf dem steht, daß Sie uns die Exklusivrechte an Ihrer Geschichte übertragen –, das Geld wird nicht erwähnt, und es ist steuerfrei. Auf diese Weise wird keine andere Zeitung Sie belästigen. Das ist zu Ihrem und auch zu unserem Schutz.«

Sidney griff in seine Tasche und holte das Geld wieder heraus. »Ach zum Teufel, sagen wir zweitausend. Ich werde ihm erklären, daß ich was bieten mußte. Was er nicht weiß, macht ihn nicht heiß, stimmt's?«

Der Türsteher sah aus, als ob er drauf und dran wäre, das Geld zu nehmen, aber wieder zögerte er. Dann wehrte er ab, schüttelte den Kopf.

»Nein, ich kann es einfach nicht. Ich könnte Mrs. Lathrope nie wieder ins Gesicht sehen. Sie ist so ein netter Mensch.«

Sidney ließ nicht locker. »Das verstehe ich ja. Aber warum sollten Sie Ihr ins Gesicht sehen, meine ich. Mein Chef kann Sie hier in der Stadt in jedem Haus unterbringen; verdammt noch mal, er besitzt selber über zwanzig Gebäude. Ich werde ihm die Situation erklären. Er wird Ihnen das gleiche Gehalt zahlen, vielleicht sogar noch etwas mehr. Er ist ein mitfühlender Mensch; wie schon gesagt, er ist ein

großzügiger Kerl. Er brauchte Ihnen keinen Pfennig zu zahlen, vergessen Sie das nicht.«
Der Schweiß floß dem Türsteher nun in Strömen über das Gesicht.
»Ich werde es Ihnen erleichtern. Er wird nicht einmal Ihren Namen erwähnen. Ich sage einfach: ein unbekannter Zeuge, in Ordnung? Würde Ihnen das die Sache erleichtern?«
»Sie würden meinen Namen nicht erwähnen?«
»Ich gebe Ihnen mein Ehrenwort.«
Sidney sah auf die Uhr. »Hören Sie, Kumpel, ich will Sie ja nicht drängen, aber ich habe einen Abgabetermin. Ich muß mich beeilen. Ja oder nein?«
Der Türsteher rührte sich nicht.
Sidney streckte ihm das Geld hin. »Hier, nehmen Sie es! Ich lasse nicht zu, daß Sie diese Chance ausschlagen.« Er drückte ihm das Geld in die Hand. »Stecken Sie's in die Tasche, unterschreiben Sie hier, und schon bin ich weg, und Sie sind reich, und keinem hat's geschadet.«
Benommen nahm der Türsteher den Kugelschreiber. »Wenn Sie meinen Namen nicht nennen werden, wozu muß ich dann unterschreiben?«
»Das bedeutet im Grunde nichts, machen Sie sich keine Sorgen, nur eine hausinterne Angelegenheit. Es wird aus rechtlichen Gründen für die Akten benötigt. Keiner bekommt es je zu Gesicht. Sie haben keine Veranlassung, sich Sorgen zu machen. Vertrauen Sie mir – ich führe Sie doch nicht auf Abwege.«
Während der Türsteher unterschrieb, redete Sidney ununterbrochen weiter. »Sie werden mir noch mal dafür danken. Glauben Sie mir, wir Arbeitnehmer müssen zusammenhalten. Ist es nicht so?«
Sobald das letzte »l« von O'Connell geschrieben war, schnappte sich Sidney das Papier und lief los. Er rief über die Schulter: »Danke, Kumpel, Sie werden es nicht bereuen.«
Der Türsteher rief: »Werden Sie auch bestimmt nicht …«
Aber Sidney war schon aus der Tür. Im Büro des Redakteurs angelangt, überreichte er ihm das unterzeichnete Schriftstück.
»Hier ist es. Aber es war nicht einfach. Der geldgierige Typ hat uns auf fünfundzwanzig hochgeschraubt.«
Der Redakteur öffnete eine Schublade und holte das Geld heraus.
»Wenn ich herausbekommen sollte, daß es gar keinen Türsteher namens O'Connell gibt, dann bist du eine Leiche, Sidney.«

Sidney sah empört drein. »Was, vertraust du mir etwa nicht? Für eine solche Geschichte hätte ich dir das Dreifache abknöpfen können. Du meinst, ich wollte dich schröpfen? Wo du doch wie ein Vater zu mir bist.«
Der Redakteur winkte ab. »Ja, ja, verschwinde hier, du Kriecher.«
Sidney lachte und marschierte hinaus. Er war viel zu aufgedreht, um gleich nach Hause zu gehen; so landete er in ein, zwei Bars, und die Sonne ging gerade auf, als er ins Hotel zurückkam. Die Welt sah für ihn heute phantastisch aus. Er bemerkte sogar die Blumen in den Kästen vor den Fenstern. Waren die schon immer da? Als er sein Zimmer erreichte, war er müde und konnte endlich mal richtig schlafen.
Keine fünf Minuten, nachdem Capello weggetaucht war, wurden überall in der Stadt dicke Stöße Zeitungen von Lastwagen geworfen. Die reißerische Titelseite stach einem sofort ins Auge. Für einige Leser, die Familien und Freunde der beiden betroffenen Parteien, würden die Schlagzeile und die Fotos eine ebenso brutale, grausame Wirkung haben wie ein Exhibitionist, der sich Kindern auf einem Spielplatz zeigt. Für andere, wie etwa Fremde, die auf ihrem Weg zur Arbeit daran vorbei eilten, war es einfach eine Ablenkung am Morgen unter vielen, ein leichter Ruck, ein Muntermacher, ein plötzlicher Anstoß wie eine starke Tasse Kaffee, die einem hilft, morgens in Gang zu kommen.

Rosemond stirbt in Liebesnest

Der Nobelpreisträger und amerikanische Botschafter, Arthur Rosemond, starb letzte Nacht überraschend im Bett seiner langjährigen Geliebten, Mrs. Pamela Lathrope, Dame der Gesellschaft und Exgattin von Gouverneur Stanley Lathrope.
Wie Michael O'Connell, Türsteher der noblen Hotel-Wohnanlage Beekman Towers, Ostteil, unserem Reporter in einem Exklusivinterview mitteilte, erreichte ihn gegen 22 Uhr 40 ein Notruf aus Mrs. Lathropes Wohnung. Als er die Wohnung erreichte, stand die Tür auf, und er lief in das Schlafzimmer, wo er die nur spärlich bekleidete Mrs. Lathrope antraf, die sich, außer sich vor Schmerz, über den schwer erkrankten Rosemond beugte – so die Aussage O'Connells.
O'Connell bestätigte, daß Rosemond ein häufiger Besucher in der Lathrope-Suite gewesen sei. O'Connell, noch sichtlich mitgenommen

von der nächtlichen Tragödie, deren Augenzeuge er geworden war, schüttelte betrübt den Kopf. »Er war ein netter Mann, aber ich vermute, er schied auf eine Weise aus dem Leben, wie es sich die meisten Männer wünschen.«

Mrs. Arthur Rosemond befand sich in der gemeinsamen Wohnung des Ehepaares in Pound Ridge, New York, als ihr die Nachricht vom Tode ihres Mannes überbracht wurde.

Aufstieg

New York City
1973

Nachdem Dena die Stelle bei dem Lokalsender in New York angenommen hatte, war sie drei lange Jahre damit beschäftigt, zu lächeln und dem zweiten Moderator der Morgensendung, der ein unschönes Toupet trug, zuzunicken und Autoren zu interviewen, die Bücher über Kindererziehung, Innenarchitektur und Kochen verfaßt hatten, alles Themen, an denen sie nicht das geringste Interesse hatte. Schließlich erreichte sie jedoch das, was sie immer angestrebt hatte, und wurde zweite Moderatorin der Morgenshow des Hauptsenders. Der Wechsel hatte sich ohne Schwierigkeiten vollzogen. Aber obwohl es sich um den überregionalen Sender handelte, saß sie wieder lächelnd da und nickte einem anderen Moderator zu, der ebenfalls ein unschönes Haarteil trug, und machte mehr oder weniger die gleiche Art von Interviews wie vorher.

Es war der beste Job, den Frauen zu der Zeit für sich erhoffen konnten, und die meisten wären damit zufrieden gewesen. Aber Dena liebäugelte mit dem neuen einstündigen Nachrichtenmagazin zur besten Sendezeit am Abend, das ihr alter Chef, Ira Wallace, konzipiert hatte und jetzt produzierte. Genau wie Sandy es prophezeit hatte, wurde die Sendeanstalt gedrängt, eine Position mit einer Frau zu besetzen. Bald überredete Sandy den Sender dazu, sie in der Abendschau mehrere Interviews machen zu lassen. Obwohl es sich nur um anspruchslose Einlagen zwischen den wichtigen Nachrichten handelte, war sie gut und lernte dabei einige interessante und wichtige Leute kennen.

Und trotzdem wurde sie auch nach einem Jahr weiterhin nur als ein hübsches Mädchen angesehen, das Lücken füllte und ein paar leichte Interviews durchführen konnte. Weder Wallace noch irgendein anderer Produzent waren dazu bereit, einer Frau ernsthafte, Schlagzeilen machende Interviews zu übertragen. Dena wußte, wenn sie je an ein solches Interview kommen wollte, dann mußte sie sich aufmachen und es sich selbst beschaffen.

Sie fahndete wochenlang danach, und dann fand sie eines Tages ihren Kandidaten. Jeder vermutete, daß Senator Orville Bosley, wenn er schon die Partei wechselte und Mitglied bei den Demokraten wurde, sich für etwas Großes, vielleicht die Vizepräsidentschaft, ins Spiel bringen wollte. Die Zeitungen waren neugierig. Reporter hatten vergeblich versucht, bis zu ihm vorzudringen, aber er verhielt sich, was ganz untypisch für ihn war, sehr diskret und gewährte keine Interviews. Seitdem Wooodward und Bernstein die Watergate-Untersuchung ins Rollen gebracht hatten, mißtrauten die Politiker den Reportern plötzlich und lehnten viele Interviews ab. Zu Denas Glück sah Bosley sich als Frauenschwarm. Dena hielt ihn für einen aufgeblasenen Mistkerl und war sofort davon überzeugt, daß er ein Fall für sie war.

Sie fand heraus, daß er an einem Empfang für frischgewählte demokratische Senatoren und Kongreßmitglieder im Hotel Shoreham in Washington teilnehmen würde. Am Nachmittag des betreffenden Tages nahm Dena den Zug nach Washington, und am Abend richtete sie es so ein, daß sie etwa eine Stunde nach Beginn der Veranstaltung in Erscheinung trat. Sie kam allein, in einem langen schwarzen Kleid mit einem hohen Schlitz an der Seite. Sie wußte, daß ihre Beine und ihre Haare das Auffälligste an ihr waren. Als einzigen Schmuck trug sie einen goldenen Halsreif. Sie wollte nicht wie die Gattin eines Senators aussehen, und das war ihr auch gelungen.

Bosley stand in einer Ecke des Saales, wie gewöhnlich umringt von Männern, die alle den gleichen Anzug und die gleiche Krawatte trugen. Es schien, als machte er sich mit seiner üblichen machohaften Überheblichkeit wichtig. Er verbreitete sich gerade über Handelspolitik, als er kurz den Blick schweifen ließ.

Dena stand im Türrahmen und verharrte lange genug, um die Unterhaltung ins Stocken zu bringen, dann schritt sie durch die Menge direkt auf Bosley zu. Die Gäste traten zur Seite und teilten sich wie das Rote Meer, sie ging unaufhaltsam weiter, bis sie vor ihm stand. Ihr Haar war seitlich gescheitelt, und als sie beim Sprechen leicht den Kopf wandte, fiel es ihr so weit ins Gesicht, daß es ihn sofort faszinierte. Sie sah ihm direkt in die Augen, lächelte und sagte: »Also Herr Senator, wie ich gehört habe, rauchen wir beide dieselbe Zigarrenmarke.«

Drei Wochen später saß er ihr mit einem Mikrophon am Revers im

Studio gegenüber und bereitete sich auf sein erstes großes Interview vor. Ira Wallace war beeindruckt. Die regulären Moderatoren waren erbost, daß ausgerechnet Dena ihn an Land gezogen hatte, und hofften, sie würde damit auf ihr skandinavisches Gesicht fallen. Aber die Zuschauer zu Hause wußten nichts von der Stimmung hinter den Kulissen und ahnten ebensowenig, daß Dena von der Übertragungskabine aus fixiert wurde, als wäre sie im Begriff, von einem Hochhaus zu springen. Das Publikum draußen sah nur die sympathische junge Frau in dem einfachen rot-schwarzen Kostüm, mit den großen, klaren blauen Augen und dem Pfirsichteint, die, als sie mit dem Gespräch begannen, so ruhig und gelassen wirkte, als wenn sie in ihrem Wohnzimmer mit einem alten Freund plauderte. Sie lächelte ihren Gast an und schien bei allem, was er sagte, an seinen Lippen zu hängen. Sie blickte teilnahmsvoll, als er erzählte, wie er während der Wirtschaftsdepression ein ganzes Jahr nur Pfannkuchen zu essen bekam. Sie las ein Zitat von einem seiner Gymnasiallehrer vor, das da lautete: »Orville war immer eine Führernatur, schon als Junge. Er war stets überzeugt von sich.« Sie lachten über ein eingeblendetes Foto, das Klein Orville in einem zerrissenen Kittelchen zeigte. Als er dann vollkommen entspannt war, sagte sie mit einem Lächeln: »Herr Senator, man sagt, daß Ihre Wahlaussagen trotz der Tatsache, daß Sie jetzt Demokrat sind, ... eigentlich mehr zu einem konservativen Republikaner passen. Haben Sie nicht das Gefühl, daß es fair wäre, wenn Sie Ihren demokratischen Wahlkreis darüber informieren würden, daß Ihre Partei jetzt zwar eine andere ist, daß Ihre Einstellung sich aber nicht geändert hat?«

Bosley war überrumpelt worden. Er hatte gedacht, er könnte weiter von seiner armen Kindheit erzählen und wie er sich sein Studium durch Baumwollpflücken und das Ausheben von Gräben selbst verdient hatte, und er begann zu stottern.

»Also, hm ... ich glaube, diese Beschuldigung entbehrt jeder Grundlage. Jeder, der mich kennt und der meine Wahlaussagen kennt ...«

Dena kannte seine Wahlaussagen in- und auswendig, und sie lehnte sich zurück und entlarvte seine politische Einstellung Punkt für Punkt. Sie war gerüstet, hatte sie sich doch mit Hilfe der Recherchen von Iras Team gründlich vorbereitet. Wenn er mit einem Thema fertig war, zitierte sie wie aus der Pistole geschossen mit genauen Belegen einzelne Aussagen von ihm zu diesem Thema und schließlich zu jedem Punkt, den er aufgriff. Die Hoffnung auf ihr Scheitern schwand bei den männlichen Interviewern dahin. Bosleys Wahlaussagen standen im Widerspruch zu allem, was er gerade geäußert hatte. Sie hatte ihn elegant erledigt, und das zur Hauptsendezeit und im wichtigsten Fernsehsender.

Es war ein Balanceakt gewesen. Sie mußte gut aussehen, charmant sein, ihre Fakten parat haben und doch den Anschein erwecken, als seien diese auich für sie eine Überraschung. Und sie hatte das in weniger als zehn Minuten geschafft.

Nachdem der Aufnahmeleiter »Sendung beendet« gerufen hatte, überkam Dena das Gefühl, als hätte sie in letzter Sekunde einen Treffer erzielt.

Während sie aus dem Studio geleitet wurde und von einem erfreuten Ira Wallace und von Sandy beglückwünscht wurde, warf sie noch einen Blick auf Bosley. Es war nur eine Sekunde, aber lange genug, um sein Gesicht zu sehen. Er saß da, vollkommen niedergeschmettert von dem, was ihm gerade widerfahren war.

Als sie eine Woche später las, Bosley werde nach dem Interview wohl nicht mehr genügend Stimmen bekommen, um wiedergewählt zu werden, geschweige denn, um für den Posten des Vizepräsidenten zu kandidieren, stiegen Schuldgefühle in ihr auf. Sie erkannte, was sie erreicht hatte, und verstand jetzt noch besser, wie mächtig das Medium war, in dem sie arbeitete. Aber es war zu spät. Sie durfte nicht zurückblicken, nicht jetzt, sie mußte immer weiter vorwärts gehen. Ira hatte ihr einen Tip gegeben, daß sie, wenn sie geschickt taktierte, in etwa einem Jahr die erste Frau sein könnte, der man auf Dauer einen festen Platz in der Sendung anböte.

Sie befand sich endgültig auf dem Weg nach oben. Doch dafür hatte Bosley einen hohen Preis zahlen müssen – und sie selbst auch. Seine Karriere war zerstört, und sie erwachte mitten in der Nacht mit entsetzlichen Magenschmerzen.

Eine Frage an Macky

Elmwood Springs, Missouri
1973

Tante Elner war eine kugelrunde Farmersfrau, weich wie ein Kissen, mit dem unschuldigen Lächeln eines Kindes. Sie hatte graue Haare, aber ihre Augen und ihr Lächeln waren noch jung. Und sie roch immer wie ein Hochzeitskuchen, das kam von dem Cashmere-Bouquet-Puder und dem Eau de Cologne von Dorothy Gray, das sie sogar im Winter benutzte; ihr ganzes Haus duftete lieblich. Sie hatte nie eigene Kinder gehabt, aber sie liebte Kinder, und die liebten sie. Zu Ostern schnitt sie immer aus einem Stück Pappe ein Paar große Hasenfüße aus und schuf mit ihnen und der Hilfe von Talcumpuder Fußspuren von der vorderen bis zur hinteren Tür, als ob der Osterhase durch das ganze Haus gehoppelt wäre. Aus der gesamten Nachbarschaft kamen Kinder und suchten nach den kleinen Osterkörben, die, wie sie ihnen erzählte, der Hase für sie hinterlassen habe.

Es war elf Uhr vormittags, und Norma überlegte gerade, was sie zum Mittagessen kochen sollte, als Tante Elner anrief.

»Ist Macky da?«

»Ja, er ist draußen im Garten.«

»Holst du ihn bitte mal ans Telefon, Schatz?«

»Soll er dich zurückrufen?«

»Nein, ruf ihn doch und sag, er möchte mal ans Telefon kommen. Ich bleibe dran. Ich muß ihn etwas Wichtiges fragen.«

»In Ordnung.«

Norma ging zur Hintertür und rief zu Macky hinaus, der in dem Rotwurmbeet grub: »Macky, ein Anruf für dich.«

»Wer ist es denn?«

»Tante Elner.«

»Sag ihr, ich rufe in einer Minute zurück.«

»Sie möchte, daß du jetzt gleich ans Telefon kommst.«

»Versuch mal herauszukriegen, was sie will.«

»Tante Elner, er läßt fragen, um was es geht.«

»Also … ich muß mit ihm über etwas sprechen.«

»In Ordnung. Bleib dran ... Macky, sie muß sofort mit dir sprechen.«
»Okay.« Macky stand auf und wischte sich die schmutzigen Hände ab. Er kam in die Küche und steuerte das Telefon an. Norma hielt ihn auf, bevor er dort war. »Macky, wasch dir die Hände. Ich möchte keine Wurmbazillen auf meinem Telefon haben!« Er ging zur Spüle.
»Was will sie denn, weißt du's?«
»Nein, weiß ich nicht. Aber es klingt dringend.« Norma zog ein Papierhandtuch vom Halter und reichte es ihm. »Hier nimm das.« Er trocknete sich die Hände ab und nahm den Hörer auf. »Hallo, was ist los?«
Tante Elner fragte: »Steht Norma neben dir?«
»Ja.«
»Gut, laß dir nichts anmerken, aber hier stimmt etwas nicht, du mußt rüberkommen und dir das ansehen, was mir jemand in die Tür gesteckt hat, und mir sagen, was du davon hältst.«
»Gut.«
»Und schau nach, ob in eurem Briefkasten auch etwas steckt, und wenn ja, nimm es an dich und laß es Norma nicht sehen, sie ist sowieso schon nervös genug.«
»Wird gemacht.«
Tante Elner stand auf ihrer vorderen Veranda und wartete schon auf ihn, als er die Straße heraufkam. »War bei euch was im Briefkasten?« Macky schüttelte den Kopf. »Nein, nichts.« Und stieg über ihre Katze Sonny hinweg, die auf dem Gehweg lag.
»Sieh dir doch mal an, was sie hier bei mir eingeworfen haben, und sag mir, was du davon hältst.« Sie überreichte ihm ein leuchtendes, erdbeerfarbenes Blatt Papier mit halbfetten schwarzen Druckbuchstaben:

GIB ACHT – ARMAGGEDON IST NAHE. DAS ENDE DER WELT STEHT BEVOR! PASTOR CLAY STILES HAT VON GOTT EINE OFFENBARUNG BEKOMMEN, DIE DAS ENDE DER WELT BETRIFFT. DIESE INFORMATION BERUHT AUF ERKENNTNISSEN ÜBER DIE LETZTEN DINGE, DIE IHM IM VERGANGENEN APRIL VON GOTT ZUTEIL WURDEN, UND ER WEISS DAS GENAUE DATUM. ZUR WEITEREN INFORMATION RUFEN SIE DIE NUMMER 555-2312 AN UND FORDERN DIE KOSTENLOSE BROSCHÜRE AN.

Tante Elner fragte: »Was meinst du, soll ich ihn anrufen?«
»Nein, Tante Elner, das ist bloß ein Scharlatan, der Geld haben will.«
»Glaubst du? Da steht doch ›kostenlos‹.«
»Die wollen nur deine Adresse bekommen, damit sie dich um Spenden bitten können.«
»Ich muß also keine Angst haben, daß er weiß, wovon er spricht?«
»Das ist irgend so ein Idiot. Wirf es weg. Es ist nur ein Gaunertrick.«
»O gut, daß ich dich vorher angerufen habe, ich möchte nämlich bei keinem Fremden auf der Adressenliste stehen, auch wenn's ein Prediger ist. Ich kriege sowieso schon genug Postwurfsendungen.«
»So ist es.«
»Wo du nun schon mal hier bist, setz dich doch ein bißchen mit mir auf die Veranda. Ich mache Tee.«
Er stieg die Stufen hinauf. »Gut, dann trinke ich Tee mit dir.«
Macky saß in der gelb-weiß gepunkteten Hollywoodschaukel, bewegte sich vor und zurück und wartete. Tante Elner kam wieder und überreichte ihm sein Teeglas. »Ich möchte dich etwas fragen, Macky.«
»Was?«
Tante Elner setzte sich. »Würdest du gern wissen, wann die Welt untergeht? Ich weiß nicht, ob ich es wissen möchte; ich glaube, ich würde lieber abwarten und mich überraschen lassen, du nicht auch?«
»Ich schätze ja.«
»Ist er süß genug?«
»Ja, sehr gut.«
»Was würdest du machen, wenn du genau wüßtest, daß nächsten Donnerstag die Welt untergeht?«
Macky überlegte einen Augenblick. »Ach, ich weiß nicht. Nichts Besonderes, vermute ich. Was sollte man auch tun? Was würdest du denn machen?«
»Ich würde eine Woche nicht putzen, das kann ich dir sagen.«
»Vielleicht würde ich nach Florida fahren«, sagte Macky. »Oder so etwas in der Art.«
»Ich finde, es ist besser, daß keiner von uns weiß, wann es soweit ist oder ob es noch zu unseren Lebzeiten geschieht. So hat das Leben eher was von einem Glücksspiel, meinst du nicht auch?«
»O ja.«

»Die Menschen spielen doch gern. Ich spiele gern Bingo. Daß wir nicht wissen, wann das Ende der Welt kommt, das hält uns auf Zack, das gibt uns Rätsel auf.«

Macky stimmte zu.

Nach einer Weile sagte Tante Elner: »Glaubst du, daß es bald regnet?«

Macky lehnte sich hinaus und blickte nach oben. »O Gott, hoffentlich nicht. Ich will heute nachmittag zum See raus.«

»Was würde dich daran reizen, nach Florida zu fahren?«

»Was?«

»Wenn du wüßtest, daß das Ende der Welt bevorsteht.«

»Oh, ich weiß nicht. Vermutlich würde ich gern noch irgendwohin gehen, wo man gut angeln kann, bevor ich diese Welt verlasse.«

»Aber Macky, du willst doch wohl nicht unter lauter Fremden in Florida sein, wenn das Ende kommt.«

»Also ...«

»Ich finde, in solch einer Zeit sollte man lieber nicht reisen. Das Beste wäre, bei sich zu Hause zu sein, findest du nicht?«

»Ich denke, ja.«

»Du möchtest doch wohl, daß Norma und Linda da wären, im Familienkreis sein. Du weißt, Norma würde nicht nach Florida gehen, du kennst sie ja; sie würde das Haus auf Hochglanz bringen. Es heißt ja, es wird der Tag des Jüngsten Gerichts sein. Man will dort sein, wo man vermutet wird, damit Gott einen nicht suchen muß. Ich glaube, wir bleiben lieber da, wo wir sind.«

»Du hast wahrscheinlich vollkommen recht, Tante Elner.« Er stand auf. »Ich sollte jetzt wohl lieber wieder nach Hause gehen, ich habe noch eine Menge Sachen zu erledigen, die Norma mir aufgetragen hat.«

»In Ordnung, mein Lieber. Ich weiß es zu schätzen, daß du rübergekommen bist.«

Er ging die Stufen hinunter, und Tante Elner rief ihm nach: »Erzähl Norma lieber nicht, worüber wir geredet haben. Vom Weltuntergang und diesen Dingen!«

»Bestimmt nicht«, sagte er, als er ihr über die Schulter zuwinkte, und stieg über Sonny hinweg, die sich nicht rührte.

Denas Dilemma

New York City
1973

Dena hatte Pastor Charles Hamilton auf verschiedenen Wohltätigkeitsveranstaltungen getroffen und war überrascht gewesen. Jedes Jahr wurde Pastor Hamilton unter die zehn meistbewunderten Männer Amerikas gewählt. Seine Kirche in New York war zwar nicht die größte, aber aufgrund seiner Bücher war er im ganzen Land bekannt. Obwohl er und seine Frau Peggy beide aus bescheidenen Verhältnissen stammten, aus einer kleinen Stadt im ländlichen Kentucky, hatte er sich mit den Jahren einen Namen gemacht als der Mann, der Millionen begeistern und inspirieren konnte und Präsidenten beriet. Doch im Gegensatz zu seinem Auftreten in der Öffentlichkeit, war er in seinem Privatleben um Zurückhaltung bemüht. Dena hegte zwar kein besonderes Interesse für Prediger, fand aber, daß die Hamiltons genau das waren, was sie zu sein schienen: zwei außerordentlich liebenswerte und von Grund auf gütige Menschen.

Auf den ersten Blick wirkte Peggy Hamilton nicht besonders schön, aber sie gehörte zu den Frauen, die, wenn man einige Zeit mit ihnen verbrachte, immer attraktiver wurden und dann plötzlich schön waren. Wenn sie mit einem sprach, gab sie einem immer das Gefühl, als sei man der wichtigste Mensch im Raum. Obwohl Dena normalerweise nur männliche Freunde besaß, hatte sie Mrs. Hamilton richtig gern.

Schon jahrelang hatten sich alle Reporter um ein persönliches Interview mit den Hamiltons bemüht, und immer hatten sie abgelehnt; aber aus einem unerfindlichen Grund waren sie bereit, Dena ein Interview bei sich zu Hause zu geben. Einige Jahre zuvor hatte Peggy in kleinem Rahmen die Organisation »Kinder« gegründet, die sich zu einem weltweiten Unternehmen entwickelt hatte, das Nahrungsmittel und Kleidung für Kinder beschaffte. Aber die Spenden waren zurückgegangen, und Dena versprach, einen Teil des Interviews, das der überregionale Sender bringen würde, als Werbung für die Organisation »Kinder« zu nutzen und im anderen Teil mit ihnen über ihr Familienleben, ihre Ehe und das Geheimnis ihres Erfolgs zu sprechen. Dena war aufgeregt. Sie wußte, die Hamiltons hatten sie dafür ausgewählt, weil sie sie mochten, und der Zeitpunkt hätte nicht besser sein können. Ihr war bekannt, daß Ira Wallace sich immer mehr mit dem Gedanken trug, sie in die wichtigste Nachrichtensendung einzubinden, und dieses wäre ein weiteres bedeutsames Interview, das sie selbst an Land gezogen hätte.

Vier Tage vor der Aufnahme rief Wallace Dena in sein Büro. Als sie hereinkam, sah sie sich drei Männern gegenüber, von denen sie zwei als Rechercheure des Redaktionsstabs wiedererkannte. Der dritte, ein Mann mit einem frettchenhaften Gesicht, war ihr fremd. Ausnahmsweise sagte Wallace, der sich sonst nie mit Vorstellungen aufhielt: »Dena Nordstrom, begrüßen Sie Sidney Capello; er hat Sie soeben zum Star gemacht, Kindchen!«

Dena warf einen kurzen Blick auf den Mann, der so etwas wie ein halbes Lächeln in ihre Richtung zuwege brachte. Sie nickte. »Guten Tag.«

Dena setzte sich. Ira sah aus wie ein Wolf, der sich nach einer Portion Rotkäppchen die Schnauze leckt. Er freute sich über etwas.

»Ich habe Ihnen nichts davon erzählt, weil ich Sie nicht beunruhigen wollte, aber ich habe meine besten Leute wochenlang darauf angesetzt … und sie kamen immer wieder mit leeren Händen zurück. Dieser Scheißkerl war so sauber wie ein frisch gewaschener Kinderpopo.«

Dena war verwirrt. »Von wem reden Sie denn?«

»Von wem? Von Ihrem hochverehrten Freund, Mr. Saubermann. Für diese Nummer konnten wir, ob Sie's glauben oder nicht, absolut nichts finden, nicht einmal einen Strafzettel, verdammt noch mal. Aber ich habe nicht aufgegeben. Ich wußte, das hier ist wahrscheinlich die einzige Chance, ihn festzunageln und diesen blöden Südstaatler zu überführen, und wir haben ihn erwischt — dank der Unterstützung von Sidney. Ich war überzeugt davon, daß es eine Schwachstelle geben mußte, die wir angehen können, und Sidney wurde fündig. Zwar nicht bei Hamilton, aber das Zweitbeste – vielleicht sogar noch besser, wenn es richtig in Angriff genommen wird. Das kleine Frauchen, und wir haben alles im Kasten, hundertprozentig, schwarz auf weiß, Zeuge unter Eid.«

Dena spürte einen Druck im Magen, sie ahnte schon, was als nächstes kommen würde.
»Sidney fuhr nach Kentucky runter, um herumzuschnüffeln, und er erzielte einen Volltreffer. Bevor unsere kleine Miss Scheinheilig Hamilton heiratete, ließ sie sich ein Kind machen. Nicht nur das, sie gab das Kind weg und hat es seitdem nicht mehr gesehen.«
»O nein, Ira, das kann ich nicht glauben«, sagte Dena fassungslos. »Woher habt ihr das?«
Wallace hielt ein Papier hoch. »Aus berufenem Munde, direkt von dem Bauern, der sie geschwängert hat. Ich kann es gar nicht mehr erwarten. Sie werden mit den beiden plaudern, sie dazu bringen, die übliche Geschichte von der glücklichen Ehe zu erzählen, und dann lassen Sie es einfließen. ›Nun, Mrs. Hamilton, wie lange ist es eigentlich her, daß Sie Ihr erstes Kind gesehen haben?‹ Sie wird verlegen sein, sie wird irgendeinen Namen, nämlich den Namen ihres ersten Kindes mit Hamilton nennen, und dann werden Sie sie mit Ihrem typischen Unschuldsblick ansehen und sagen: ›Nein, ich habe von Ihrer Tochter gesprochen, die nach unseren Unterlagen 1952 geboren wurde und die Sie zur Adoption freigegeben haben.‹ Dann lehnen wir uns alle zurück und beobachten, wie sie schwitzen und sich wie Würmer am Haken winden. Oh, ich liebe das.«
Dena holte tief Luft und lehnte sich auf ihrem Stuhl zurück, ihr war übel. »Weiß Charles Hamilton von dieser Sache?«
»Wer soll das wissen und wen interessiert das? Wenn nicht, um so besser … dann können wir erleben, wie der große Schwindel von der christlichen Ehe live im Fernsehen auffliegt. Der größte Knüller des Jahres, und er gehört Ihnen, ist Ihnen direkt in den Schoß gefallen. Sorge ich nun für Sie oder nicht?«
Wallace wartete darauf, daß Dena ihm für den präsentierten Knüller dankte, aber sie reagierte nicht so, wie er es sich vorgestellt hatte.
»Ira, ich kenne diese Leute persönlich. Sie haben mir dieses Interview aus Gefälligkeit zugesagt. Sie werden denken, ich hätte das mit Ihnen nur vereinbart, um sie in eine Falle zu locken.«
Wallace sah die anderen an. »Und was für eine Falle, stimmt's?«
Sie lachten. Wallace sah Capello an. »Und laß dich nicht von diesem unschuldigen, frischen Gesicht täuschen, Sid. Sie hat die Instinkte eines Killers. Sie sitzt da, lächelt, schlägt ihre blauen Kulleraugen zu ihnen auf, sie fangen an, sich zu entspannen, und dann »Wumm!« –

direkt auf die empfindlichste Stelle. Sie wissen nicht, wie ihnen geschieht.«

»Vielen Dank, Ira, genau das, was ich immer schon sein wollte, ein Killer«, sagte Dena. »Kann ich Sie bitte mal allein sprechen?«

Wallace wurde jetzt allmählich unruhig. »Ja sicher. Haut ab, Jungs.«

Die drei Männer standen auf und verließen das Büro. Wallace blickte sie an.

»Was ist los mit Ihnen? Wissen Sie überhaupt, was für Glückspilze wir sind, daß wir diese Geschichte gekriegt haben? Capello hätte auch damit verschwinden und sie für ein Vermögen verkaufen können. Ich mußte dem Kanaken versprechen, ihn dafür zum Coproduzenten zu machen, aber ich habe die Geschichte für Sie erworben. Sie müßten mir eigentlich dankbar sein.«

»Das bin ich. Darum geht's nicht, es ist nur, daß ...«

Wallace war ungeduldig. »Was nur?«

Dena beugte sich vor und sah ihm in die Augen. »Warum tun Sie das?«

»Ihn einstellen? Das mußte ich, sonst hätte er sie hinter unserem Rücken verkauft.«

»Nein, warum bringen Sie diese Geschichte?«

»Was?«

»Ich fragte: Warum tun Sie das?«

»Machen Sie Witze? Das ist eine Sensation.«

»Ja? Da bin ich mir nicht so sicher. Es erscheint mir so ... ich weiß nicht, so unnötig. Ich meine, sollten wir sie nicht zumindest darüber informieren, daß das kommt, und sie nicht einfach in der Sendung damit überrumpeln?«

»Hören Sie zu, wir liefern diesen Trotteln freie Werbung für Millionen, du lieber Gott, und Sie wollen zulassen, daß die das Interview kontrollieren. Verdammt noch mal, nein! Wir fragen sie, was wir wollen und wann wir wollen; dies ist ein freies Land.«

»Ich weiß, aber ...«

»Was ist nur mit Ihnen? Sind Sie auf einmal Mary Tyler Moore? Sie haben immer harte Fragen gestellt. Denken Sie nur daran, wie Sie Bosley und die anderen festgenagelt haben. Die jammern heute noch, ach Gott, und die Einschaltquoten nicht zu vergessen.«

»Ja, Ira, aber das waren Gauner und Schwindler, die den Staat betrogen haben. Sie haben es verdient, bloßgestellt zu werden. Aber Peggy Hamilton ist eine liebenswürdige Dame, die nie jemandem geschadet hat. Hier besteht ein großer Unterschied. Außerdem, was ist der Sinn des Ganzen?«

»Was ist der Sinn des Ganzen, was der *Sinn* ist? Der Sinn ist, daß die Leute ein Recht darauf haben zu wissen, was für Schwindler das sind. Nun kommen Sie schon, seien Sie doch froh. Ihnen ist die tollste Geschichte der Saison, vielleicht des Jahres, einfach so in den Schoß gefallen.«

»Ira, wissen Sie überhaupt, in welche Lage Sie mich bringen? Wenn ich die Frage wirklich stelle, werden mich die Leute dafür hassen.«

»Wie bitte, machen Sie Spaß? Die Leute werden Sie lieben. Das gibt ihnen ein besseres Gefühl, wenn sie sich ihr eigenes beschissenes Leben ansehen. Sie werden zur Heldin ... die Jungs oben werden begeistert sein. Und Ihre Fans werden Sie dafür lieben, daß Sie die Wahrheit über die beiden enthüllt haben. Die brauchen Sie nicht zu bedauern, die haben einen Haufen Geld gescheffelt. Seien Sie nicht kindisch, das sind nicht die armen, unschuldigen Menschen, für die Sie sie halten.«

»Was macht Sie da so sicher?«

»Ich weiß es, glauben Sie mir, die unterscheiden sich nicht von all den anderen Idioten, die da draußen Geld raffen. Dieses ganze Gerede von wegen Wohltätigkeit für Kinder – wahrscheinlich Wohltätigkeit für die Hamiltons.«

»Ira, tun Sie mir das nicht an. Die beiden haben Kinder. Denken Sie doch mal daran, was das für die bedeutet. Und ob Sie's nun glauben oder nicht, sie haben ungeheuer viel Gutes getan, die Menschen achten sie.«

»Erzählen Sie mir um Himmels willen nicht, daß Sie auf all diese religiösen Tricks reinfallen; der Mann ist ein Heuchler.«

»Sie sprechen aber von seiner Frau. Was ist, wenn sie wirklich einen Fehler gemacht hat? Sie ist auch nur ein Mensch. Haben Sie noch nie einen Fehler gemacht?«

»Sicher, aber ich trete in der Öffentlichkeit nicht als eine Art Heiliger auf. Ich sage Ihnen was: Sie wollen die Welt verbessern. Dies ist Ihre Chance. Das ist es ja, was faul ist in diesem Land ... die Leute müssen die Wahrheit über diese Gauner erfahren. Das ist Ihre Aufgabe. Wenn Sie in einer Traumwelt leben wollen, gehen Sie nach Disneyland.«

»Ich glaube nicht, daß sie Gauner sind.«

»Also, wie dem auch sei, stellen Sie die Frage. Ich weiß, was ich tue; Sie werden mir noch mal dankbar sein. Und jetzt verschwinden Sie hier.«

Wallace bedeutete ihr mit der Hand, daß sie gehen solle, nahm eine Zusammenfassung der nächsten Sendung und begann, sie zu studieren. Dena blieb noch einen Augenblick sitzen, ging dann zur Tür und drehte sich dann noch mal um. »Warum hassen Sie Charles Hamilton so?«

Wallace blickte auf, sein Erstaunen war echt. »Ihn hassen? Ich hasse ihn nicht. Mensch, ich kenne ihn ja nicht einmal.«

* * *

Dena ging zum Mittagessen, aber sie bekam nichts herunter. Ira hatte sie gründlich belehrt, und ihr war bewußt, daß nicht die Antwort, die Peggy Hamilton geben würde, ihr schaden würde, sondern die Frage. Einmal gestellt, würde sie die Schleusen öffnen für eine Flut weiterer Erkundigungen. Aber wenn sie sich weigerte, die Frage zu stellen, verspielte sie womöglich ihre Chance, die Stelle beim Sender zu bekommen. Niemand widersetzte sich Ira Wallace so einfach – denn wenn man es tat, war man draußen. Sie hatte die ganzen Jahre dafür gearbeitet, das große Ziel zu erreichen, und jetzt so etwas. In einem Punkt hatte Ira allerdings recht. Sie war bestimmt keine Heilige. Sie hatte gelächelt und mit ihrem Charme Leute in Interviews gelockt, bis sie sie plötzlich vor laufender Kamera mit einer Tatsache konfrontierte, die Wallace' Mitarbeiter ihr geliefert hatten. Auch auf ihr schärfstes Interview des Jahres hatte man sie perfekt vorbereitet, und so sagte sie lächelnd: »Ich weiß, unsere Produzenten haben eine Abmachung unterzeichnet, daß über die Anklage wegen Körperverletzung, die Ihre erste Frau 1964 gegen Sie erhoben hat, nicht hier vor der Kamera gesprochen werden soll, und ich respektiere das, aber wie stehen Sie ganz allgemein zur Gewalt?« Sie kannte die Tricks und verstand sie geschickt zu handhaben. Außerordentlich geschickt. Ira wußte, sie machte diese Art von Interview, ohne mit der Wimper zu zucken, aber hier stimmte etwas nicht. Dies war nicht zu vergleichen. Vielleicht hätte sie ein anderes Gefühl, wenn sie etwas Kriminelles oder Skandalöses bei Charles Hamilton enthüllt hätten, aber nun verfolgten sie seine Frau. Ihr war auch bewußt, daß Ira damit begonnen hatte, ziemlich seichtes Zeug zu senden, um hohe Einschaltquoten zu bekommen, aber dies war ein neuer Tiefstand, selbst für seine Verhältnisse. In weniger als einem Jahr hatte Ira ihre Nachrichtensendung vom dritten auf den zweiten Platz gehievt, und nun schien er davon besessen zu sein, den ersten Platz zu erkämpfen, egal, was er dafür tun mußte.

Dena war einige Minuten zuvor vom Mittagessen zurückgekehrt, als Sidney Capello, ohne anzuklopfen, in ihr Büro marschierte, den Raum durchquerte und sich niederließ, als gehörte er schon immer dahin. Dena sah ihn mit demselben Widerwillen an, den sie empfunden hätte, wenn plötzlich eine Schlange in ihr Büro gekrochen wäre und sich an ihrer roten Ledercouch emporgeringelt hätte.

Capello hielt es nicht für nötig, sie anzusehen. »Ira will, daß Sie Ihre Fragen mit mir absprechen, also passen Sie auf, damit Sie alles kapieren.« Seine Blicke huschten blitzschnell im Zimmer hin und her, als ob er mit den Augen fliegende Insekten verfolgen würde. »Sie wissen ja, die geschwängerte Frau des Predigers. Ira will, daß wir zusammenarbeiten.«

Dena sprang auf. »O nein, Sie und ich arbeiten auf gar keinen Fall zusammen, Sie Widerling.«

Capellos Blicke schossen in ihre Richtung. »He, ich habe es nicht nötig, mir von irgendeinem Flittchen Unverschämtheiten anzuhören. Wenn du nicht mit mir arbeiten willst, so ist das dein Problem, Mädchen.«

Dena hörte den letzten Satz schon nicht mehr; sie stürmte den Gang entlang. Sie platzte in Wallace' Büro. »Haben Sie diesem Schmierfink gesagt, daß er mit mir arbeiten soll?«

Wallace hing wie üblich am Telefon und sah sie an. Er hob die Hand und gab ihr ein Zeichen, Platz zu nehmen. Dena setzte sich und wartete. Sie war so wütend, daß sich ihre Magenschmerzen wieder meldeten. Sie holte ein paarmal tief Luft und versuchte, sich zu beruhigen. Wallace legte den Hörer auf. »Also, von welchem Schmierfink reden Sie?«

»Sidney Capello.« Dena bemühte sich, ruhig zu bleiben. »Haben Sie ihm gesagt, er soll mit mir arbeiten?«

Wallace schien verblüfft, daß es da ein Problem gab. »Ja, und? Ich habe es Ihnen ja schon erklärt … ich mußte ihn zu meinem Coproduzenten machen.«

»Ira, Ihnen macht es vielleicht nichts aus, mit ihm in einem Raum zu sein, aber ich kann es nicht. Es ist schon schlimm genug, daß ich mit diesen anderen beiden Kretins, die Sie Rechercheure nennen, zusammenarbeiten muß, aber dieser Kerl ist widerwärtig.«

»In Ordnung, wie auch immer. Ich dachte, ich könnte Ihnen damit helfen, das ist alles. Ihr beide habt ein persönliches Problem miteinander, okay, keine große Sache. Damit können wir fertig werden, Problem gelöst. Sonst noch was?«

»Wie können Sie ihm nur vertrauen, Ira? Er lügt vielleicht im Fall Hamilton. Er könnte sich doch alles ausgedacht haben.«

»Er lügt nicht. Wir haben es doppelt geprüft. Er mag ein Ekel sein, aber er ist ein fachlich ausgezeichnetes Ekel. Ihnen mag das gegen den Strich gehen, was er zutage fördert, aber er ist der Beste. Ihm vertrauen? Ich bitte Sie, er würde seine eigene Großmutter für einen Fischköder verkaufen, wenn er glaubte, er könnte damit einen Pfennig verdienen, aber das heißt nicht, daß er nicht gut ist.«

»Wie können Sie mit jemandem zusammenarbeiten, dem Sie nicht vertrauen. Ich verstehe das nicht.«

»He! Was hat Vertrauen mit Arbeit zu tun? Wir sind hier nicht in einem Beliebtheitswettbewerb. Sie müssen jemandem nicht vertrauen, um mit ihm Geschäfte zu machen.«

»Gut, Sie vielleicht nicht, aber ich, und mir ist einfach nicht wohl bei dem Gedanken, diese Frage zu stellen.«

»Nicht schon wieder. Weißt du, Kindchen, du enttäuschst mich, wenn ich bedenke, wie hart ich um das alles gekämpft habe. Und du, die du auf einen feste Stelle im Hauptprogramm aus bist.«

»Ich weiß, Ira, aber ich kenne Peggy Hamilton, und sie vertraut mir, und ihr Mann auch. Deshalb haben sie mir in erster Linie das Interview gewährt.«

»Ich möchte dich mal was fragen. Sie weiß doch, in welcher Branche du bist, stimmt's?«

»Ja, aber …«

»Also, Geschäft ist Geschäft. Die wissen das. Warum geben sie denn das Interview vor allem? Um Geld zu ergattern, richtig? Die kennen sich aus in dem Spiel. Du machst nur deine Arbeit, sie benutzen dich, du benutzt sie, ein klares Geschäft. Komm schon, du bist doch nicht dumm. Wenn du so töricht denkst, wirst du bald deinen Hut nehmen müssen und ganz schnell wieder im Bus nach Hicksville Springs sitzen.«

Dena fuhr zusammen. Wallace sah auf die Uhr und lehnte sich in seinem Sessel zurück. »Ich will dir eine kleine Geschichte erzählen. Mein Großvater kam in dieses Land ohne einen Pfennig in der Tasche. Er mußte sich sein ganzes Leben auf der Straße abplagen. Er ging von Tür zu Tür und verkaufte Knöpfe; er arbeitete achtzehn, neunzehn Stunden am Tag. Aber als er starb, hatte er fünfzehntausend Dollar gespart, außerdem hatte er mein Studium an der New Yorker Uni finanziert. Weißt du, wie viele Knöpfe er dafür verkaufen mußte? Eines Tages, ich war damals vier Jahre alt, führte er mich in die Küche und stellte mich auf einen Stuhl. Er streckte mir die Arme entgegen und sagte: ›Spring!‹ Ich hatte Angst. Er sagte: ›Los, komm, spring! Ich fange dich auf.‹ Ich sprang immer noch nicht. Er sagte: ›Was ist los, traust du mir nicht? Ich bin doch dein Großvater.‹ Da sprang ich – und wumm knallte ich auf den Boden, voll auf die Schnauze. Er sah auf mich herunter und sagte: ›Das ist deine erste Lektion fürs Geschäftsleben, Junge. Traue niemandem. Nicht mal mir, vergiß das nie.‹« Wallace hatte fast Tränen in den Augen. »Herrgott, habe ich diesen Mann geliebt, und ich sage dir noch etwas. Ich habe das nie vergessen.«

»Das ist der Unterschied zwischen Ihnen und mir, Ira«, sagte Dena. »Als ich klein war, machte mein Großvater das gleiche mit mir – nur, daß er mich auffing.«

Wallace sagte: »Ja gut, aber mach dir nichts vor. Er hat dir damit keinen Gefallen getan.«

Ein Risiko eingehen

New York City
1973

Am Samstagmorgen um vier Uhr dreißig saß Dena in ihrem Wohnzimmer und aß einen Teller Stouffers Tiefkühlmakkaroni mit Käse. Sie war die ganze Nacht auf gewesen und hatte sich mit dem Fall Hamilton herumgeschlagen, das heißt, sie war auf und ab gelaufen und hatte versucht, herauszufinden, was sie tun sollte. Eine Entscheidung zu treffen, die ihre Karriere betraf, war ihr noch nie schwergefallen. Stets hatte sie ihr Ziel glasklar vor Augen gehabt und daran festgehalten, selbst wenn das bedeutete, daß sie andere im Stich ließ. Sie hatte ein paarmal ganz plötzlich gekündigt, um eine bessere Stelle anzunehmen, und hatte dabei niemals zurückgeblickt. Aber hier handelte es sich um etwas anderes. Dieses Interview hatte etwas, das ihr tiefes Unbehagen einflößte, sie sogar ängstigte. Es hatte nichts mit Religion zu tun oder daß sie dachte, die Hamiltons würden sie dann hassen; sie konnte jederzeit lügen und behaupten, ihre Produzenten hätten ihr erklärt, über das erste Kind wisse jeder Bescheid. Es war etwas anderes, das sie nicht benennen konnte. Fürchtete sie, daß sie, wenn sie den Hamiltons in die Quere käme, nie wieder ein Interview bekommen würde oder von den Leuten, auf die es ankam, nicht mehr akzeptiert würde? Oder lag es einfach daran, daß Peggy Hamilton eine Frau war und so verletzlich, so wehrlos zu sein schien? War es, weil sie Sidney Capello gleich auf den ersten Blick verabscheut hatte? Warum fühlte sie sich so bedroht? Sie ging ins Bad, knipste das Licht an und warf einen Blick auf ihr Spiegelbild und erschrak über das, was sie sah. Für den Bruchteil einer Sekunde hätte es das Gesicht ihrer Mutter sein können, das ihr da entgegenblickte.

Um acht Uhr rief sie an. Der jüngste Sohn der Hamiltons nahm ab und holte dann seine Mutter. Peggy Hamilton kam sofort ans Telefon und meldete sich mit einem heiteren, herzlichen »Hallo«.

»Mrs. Hamilton, hier ist Dena Nordstrom.«

»Hallo, schön Sie zu hören.«

»Mrs. Hamilton, hören Sie, es geht um das Interview. Wäre es möglich, daß wir uns treffen, nur Sie und ich? Es ist wirklich wichtig. Ich muß mit Ihnen sprechen.«

»Natürlich. Kommen Sie vorbei, wann immer Sie möchten. Oder soll ich am Montag zu Ihnen ins Büro kommen?«

»Nein, es wäre besser, wenn wir uns schon vorher irgendwo anders träfen.«

* * *

Dena hatte Laurent auf der Sechsundfünfzigsten vorgeschlagen, weil es ein hübsches, europäisch anmutendes Restaurant war und weil sie Ira oder jemand, der Ira kannte, dort bestimmt nicht treffen würden. An diesem Nachmittag erschien sie schon zehn Minuten früher in dem Lokal und bat um einen Tisch im hinteren Teil. Dena trug ein Kopftuch und eine Sonnenbrille und kam sich vor wie in einem schlechten Film mit Joan Crawford. Zehn Minuten nach vier, als sie ihre Aufregung kaum noch beherrschen konnte und schon eine halbe Schachtel Zigaretten geraucht und zwei Cocktails hinuntergestürzt hatte, kam Peggy Hamilton herein. Sie lächelte.

»Ach, da sind Sie ja. Ich hätte Sie mit dieser Sonnenbrille fast nicht erkannt. Tut mir leid, daß ich zu spät komme. Verzeihen Sie mir?«

»Natürlich, ich bin auch gerade erst gekommen. Möchten Sie einen Drink … oder Tee oder Kaffee. Ich nehme einen Drink.«

»Ich glaube, ich nehme eine Tasse Tee.«

Dena rief den Kellner und bestellte den Tee sowie einen weiteren Drink für sich. Ihre Hände zitterten, als sie sich eine neue Zigarette anzünden wollte.

»Geht es Ihnen auch gut? Beunruhigt Sie etwas? Sie klangen ein wenig bestürzt am Telefon.«

Dena hatte versehentlich das Filterende ihrer Zigarette angezündet.

»Nun ja, das stimmt. Ich glaube, ich weiß wirklich nicht, wie ich Sie das fragen soll, es ist gewissermaßen persönlich. Im Grunde ist es sehr persönlich, aber …«

Peggy Hamilton wartete, doch Dena, die ihre Rede zwanzigmal geprobt hatte, bekam plötzlich kalte Füße.

»Ich weiß, wir kennen uns nicht gut, aber … Ich hatte das Gefühl, daß, o Gott, ich weiß nicht, ob ich das kann …«

Die Ältere nahm ihre Hand. »Dena, was Sie auch beunruhigt, es ist auf jeden Fall gut, wenn Sie mit jemandem reden, und Sie wissen ja, alles,

was Sie sagen, wird vertraulich behandelt. Sie wissen doch wohl, daß Sie mir vertrauen können?« Nachdem der Kellner gegangen war, rang Dena immer noch mit sich, ob sie es durchziehen sollte oder nicht.
»Wenn ich Ihnen mit irgendwas helfen kann, würde ich es sehr gern versuchen. Sie wissen, Charles und ich halten sehr viel von Ihnen.«
Dena sagte: »Das ist ja das Problem. O Gott – entschuldigen Sie – aber das ist schwerer, als ich es mir vorgestellt habe.« Sie hielt kurz inne. »Hm ... ja, die Sache ist die ... es geht gar nicht um mich, es geht um Sie.«
»Um mich?«
»Ja. Aber zuerst möchte ich betonen, daß ich erst seit gestern davon weiß. Also ... wenn wir ein Interview machen, recherchieren die Mitarbeiter vom Redaktionsstab ein bißchen, um bei Fragen und dergleichen zu helfen, und ... ich traue dem Kerl nicht, den mein Chef angestellt hat, darum muß ich wissen, ob die Geschichte wahr ist oder nicht oder ob irgendein Irrtum vorliegt, also ich muß es einfach wissen.«
»Worum geht es?«
»Mein Chef will, daß ich Sie dazu befrage, daß Sie ... oder zumindest halten sie es für möglich, daß Sie ... ein Baby hatten, bevor Sie geheiratet haben.«
Ein Blick in die angstvollen Augen von Peggy Hamilton, und Dena kannte die Antwort. Die Farbe wich aus ihrem Gesicht.
»O Gott, Peggy, ich hatte gehofft, sie hätten unrecht. Wenn Sie wüßten, wie leid mir das tut, ich sollte Sie sogar erst in der Sendung danach fragen. Aber das konnte ich einfach nicht.«
»Wie haben Sie es herausbekommen?«
»Das war nicht ich, Peggy, ich schwöre es Ihnen. Irgendein zwielichtiger Typ, der so was macht, fuhr in Ihre Heimatstadt nach Kentucky, fragte herum und versuchte, irgendwas Schmutziges über Sie beide auszugraben. Dabei stieß er auf den Menschen, der behauptet, der Vater zu sein, und bereit war, einen Eid darauf zu leisten.«
Peggy Hamilton war wie vor den Kopf geschlagen. »Warum? Warum erzählt er das jetzt, warum nach all den Jahren?«
»Vielleicht hat er gedacht, er könnte davon profitieren. Vielleicht ist das seine einzige Chance, bekannt zu werden, vielleicht wurde ihm versprochen, daß er ins Fernsehen kommt. Die Menschen tun solche Dinge.«

»Verstehe.«
»Weiß Charles davon?«
»Ja. Aber meine Tochter weiß es nicht.« Sie sah Dena an. »Ich verstehe das nicht. Warum wollen die mich dazu befragen?«
»O Peggy, ich weiß es nicht.« Dena schüttelte den Kopf. »Es gehört vermutlich zum Geschäft, daß man versucht, mit etwas aufzuwarten, das die Leute schockiert. Es geht gar nicht nur um Sie. Es geht ... o verflixt, es geht um die Einschaltquoten. So einfach ist das. Ich komme mir hundsgemein vor, aber ich kann nichts weiter tun, als Sie vorzuwarnen, denn selbst wenn ich Sie nicht danach frage, wird es wahrscheinlich doch auf die eine oder andere Weise herauskommen. Wenn es erst einmal bekannt ist, benutzen sie es auch.«
»Wissen Sie, es ist komisch. Ich hatte immer schreckliche Angst, daß es eines Tages herauskommen würde. Ich habe mir jahrelang deswegen Sorgen gemacht, und jetzt, wo es soweit ist, fühle ich mich nur wie betäubt. Ich hätte nicht im Traum daran gedacht, daß es so passieren würde. Ich glaube, ich werde jetzt doch einen Drink nehmen, wenn Sie nichts dagegen haben.«
Dena sagte: »Aber bitte, ich brauche auch noch einen.« Sie winkte den Kellner heran, um zwei weitere Drinks zu bestellen, und schob ihren zu Peggy Hamilton hinüber, die daran nippte. Nun waren es ihre Hände, die zitterten.
»Peggy, es tut mir so leid, glauben Sie mir, ich habe mein Bestes versucht, es ihnen auszureden, aber es ist mir nicht gelungen. Es wird von mir erwartet, daß ich die Frage stelle. Ich könnte Ira umbringen. Sie haben versucht, eine Skandalgeschichte zu finden, die Charles betrifft, aber dann sind sie mit dieser Geschichte angekommen.«
»Ich verstehe. Aber ich frage mich, wie wir jetzt weiter vorgehen wollen.«
»Erzählen Sie mir, was geschehen ist, unter welchen Umständen. Wie konnten Sie es so lange geheimhalten?«
»Ich war knapp fünfzehn, und er war dreiundzwanzig. Ich war so dumm. Ich wußte nichts über Sex. Ich war eins von acht Kindern, und ich vermute, die Aufmerksamkeit, die er mir entgegenbrachte, schmeichelte mir. Wahrscheinlich hungerte ich nach Zuneigung. Er war mein Onkel. Er sagte mir, daß er mich liebe und daß ich etwas Besonderes sei, und die nächste Erfahrung, die ich gemacht habe ...

Es passierte nur einmal, aber ungefähr einen Monat später fing ich an, mich elend zu fühlen, und ich hatte keine Ahnung, was mit mir los war. Der Arzt kam und eröffnete meinem Vater, ich sei schwanger. Ich weiß, heute hält man so was kaum für möglich, aber wir waren eine ziemlich fromme Familie und sprachen nie über solche Dinge.« Die Stimme versagte ihr. Als sie sich wieder gefangen hatte, sprach sie weiter. »Was diese Geschichte so merkwürdig macht, ist, daß er es immer geleugnet hat, er behauptete, er sei es nicht gewesen, ich sagte nicht die Wahrheit. Und sie glaubten ihm und schickten mich zur Schwester meiner Mutter. Ich bekam das Baby, doch am nächsten Tag war es fort, und seither hat es keinen Tag gegeben, an dem ich nicht an sie denke und mich frage, ob es ihr auch gutgeht. Ob sie glücklich ist. Aber ich habe ein Schriftstück unterschrieben, ich habe auf meine Rechte verzichtet. Sie können sich nicht vorstellen, wie schwer es für mich war, nicht nach ihr zu suchen, aber ich konnte ihr das nicht antun, konnte sie nicht bloßstellen. Und nun das.«

Sie schaute in die Ferne. »Wenn er meiner Tochter weh tut, weiß ich nicht, wie ich ihm je verzeihen soll.«

Dena geriet plötzlich wieder in Erregung. »Ihm verzeihen? Ich glaube, Sie haben mich nicht verstanden. Das ist ernst. Ihr ganzes Leben könnte ruiniert werden. Die großartige Arbeit, die Sie und Charles geleistet haben. Sie sollten wütend sein!«

»Oh, glauben Sie mir«, sagte Peggy, »ich bin wütend, und ich bin zu Tode erschrocken, aber ich weiß nicht, was ich tun kann.«

Dena verkündete mit einer Stimme, die nach Wodka und falschem Mut klang: »Aber ich kann etwas tun, bei Gott. Ich werde kündigen, das ist ganz einfach. Ich werde ihnen erklären, daß ich, wenn sie die Sache weiterverfolgen, kündige. Ich werde wahrscheinlich sowieso gefeuert, wenn sie rauskriegen, daß ich Ihnen alles erzählt habe. So werde ich also Montagmorgen hingehen und kündigen.«

»Nein, das dürfen Sie nicht machen, Dena. Sie haben doch gesagt, es würde früher oder später ohnehin herauskommen.«

»Ja, aber nicht durch mich. Und wenn, leugnen Sie es. Behaupten Sie, er lügt. Die Leute werden Ihnen und Charles mehr glauben als diesem Mistkerl.«

»Das kann ich nicht.«

»Denken Sie darüber nach. Das könnte Ihr Leben zerstören. Die

Menschen haben Sie auf ein Podest gestellt. Die werden sich nicht dafür interessieren, wen Sie schützen wollen. Wofür die sich interessieren, ist, daß sie ein Baby bekamen, als Sie noch nicht verheiratet waren, und es verheimlicht haben. Denken Sie etwa, die Leute werden Ihnen verzeihen? Sie dürfen nicht zulassen, daß Ihr Leben zerstört wird wegen einer Sache, der sich vor mehr als zwanzig Jahren ereignet hat.«

Dena berührte ihren Arm. »Hören Sie auf mich, Peggy: Sagen Sie dieses verdammte Interview ab. Sagen Sie, es ginge Ihnen nicht gut, sagen Sie, Ihre Mutter läge im Sterben, sagen Sie, Sie stürben … irgendwas, nur geben Sie dieses Interview nicht. Heuern Sie einen Killer an, mir ist das egal, aber machen Sie da nicht mit. Es geht ohnehin niemanden was an. Die spielen nicht fair. Warum sollten Sie es dann tun? Selbst Jesus würde in dieser Situation lügen.«

»Ich muß mit Charles sprechen. Ich weiß nicht, was ich tun soll.«

»Ich sage Ihnen, was Sie tun sollen. Lügen Sie!«

»Aber es ist die Wahrheit.«

»Dann sagen Sie, daß Sie vergewaltigt wurden.«

»Aber das wurde ich ja nicht, ich meine … Ich habe ihm erlaubt, mich zu küssen. Ich denke, es ist vielleicht meine Schuld gewesen, denn ich habe nicht nein gesagt, bis er …«

»Was meinen Sie damit, es sei Ihre Schuld gewesen? Sie waren erst fünfzehn Jahre alt. Wie alt war dieser Typ noch mal?«

»Dreiundzwanzig.«

Denas Augen leuchteten auf. »Das ist es, Peggy, drohen Sie ihm; ein dreiundzwanzigjähriger Mann und ein fünfzehnjähriges Mädchen. Sie waren minderjährig. Dieser Kerl könnte wegen Verführung Minderjähriger oder Notzucht ins Gefängnis kommen.«

»Notzucht?«

»Ja.«

»Nein. Das könnte ich nicht.«

Dena warf einen Blick auf das Paar, das sich am Nachbartisch niedergelassen hatte und stellte fest, daß das Restaurant sich langsam mit den ersten Abendgästen füllte. »Hören Sie, ich glaube, wir sollten hier besser verschwinden. Gehen Sie jetzt nach Hause und reden Sie mit Charles.«

»Dena … ich weiß nicht, wie ich Ihnen dafür danken soll, daß Sie mich gewarnt haben. Ich weiß nicht genau, was wir im Augenblick tun können, aber ich bete für eine Lösung.«

»Also, Sie können dafür beten, wenn Sie wollen, aber in der Zwischenzeit würde ich ihm damit drohen, daß Sie ihn ins Gefängnis bringen.«

»Dena« –, jetzt nahm Peggy Hamilton ihren Arm – »egal, was geschieht, versprechen Sie mir, daß Sie deswegen nicht kündigen werden. Ich könnte es nicht ertragen, wenn ich das auch noch auf dem Gewissen hätte.«

Dena nickte. »In Ordnung, ich verspreche es.«

Peggy drückte Denas Hand. »Danke.«

Dena wartete noch ein paar Minuten, damit sie niemand zusammen hinausgehen sah. Als sie aufstand, merkte sie, daß ihre Knie weich waren, und stellte fest, daß sie gar nicht so mutig war, wie sie zu sein glaubte.

Das Machtspiel

New York City
1973

In den nächsten Tagen litt Dena bei ihrer Arbeit ständig unter bösen Vorahnungen wie der Insasse einer Todeszelle. Würde Ira anrufen? Als der Zeitpunkt für das Interview näher rückte, bekam sie es mit der Angst zu tun und hatte Atembeschwerden. An diesem Morgen wollte sie gerade ein Valium nehmen, als das Klingeln des Telefons sie erschreckt hochfahren ließ.

Sie meldete sich: »Ja?«

»Kommen Sie zu mir«, bellte Wallace.

Als sie den Flur entlangging, hämmerte ihr Herz wie wild. Diese Strecke konnte das Ende ihrer Karriere sein. Sie klopfte leise.

»Herein.«

Wallace stand auf, kam herüber und schloß die Tür.

»Setzen Sie sich.«

Er blickte sie über den Schreibtisch hinweg finster an.

»Ich weiß, das wird Ihnen nicht das Herz brechen, aber wir müssen die verfluchte Frage nach dem verdammten Hamilton-Kind fallenlassen.«

»Warum?«

»Julian Amsley verweigert uns seine Zustimmung. Er hat Angst vor einem Gerichtsverfahren.«

»Wieso das denn auf einmal?«

Wallace ließ seine Faust dröhnend niedersausen und schrie:

»Weil dieser gottverdammte Maiskolben, den Capello aufgetrieben hat, jetzt behauptet, er habe gelogen, und das alles sei nie passiert. Und er besaß die Unverschämtheit, die ganze verdammte Geschichte zu leugnen, deshalb müssen wir darauf verzichten.«

Wallace fuhr fort: »Können Sie sich vorstellen, daß der Scheißkerl alles dementiert? Dieser Gauner hat sich nicht an die Abmachung gehalten. Aber so ist das heute, man hat es mit Lügnern, Betrügern, Gaunern, nichtsnutzigen Saukerlen zu tun. Die Menschen haben keine Moral mehr.«

Dena konnte sich nicht vorstellen, wie die Hamiltons es geschafft hatten, ihn zu einem Dementi zu überreden, aber sie faßte sich schnell und zog eine Nummer ab, die ihren Theaterlehrer im College mit Stolz erfüllt hätte. Sie sah Ira Wallace mit einem Gesichtsausdruck an, den sie auch aufgesetzt hätte, wenn er erklärt hätte, er habe beschlossen, Priester zu werden.

»Wollen Sie mir erzählen, Ira, daß ich nach allem, was ich mit Ihrem Zutun in diesem Fall durchgemacht habe, jetzt keinen Gebrauch von der Sache machen darf? Das kann doch nicht wahr sein ... Das kann doch einfach nicht wahr sein!« Sie stand auf und ging mit großen Schritten durch das Büro. »Also, es ist mir egal, und wenn Julian hundertmal der Intendant des Senders ist, ich werde die Frage auf jeden Fall stellen. Es ist eine Nachricht, mein Gott. Er kann doch keine Nachrichten unterdrücken!«

Wallace geriet in Panik. »Wollen Sie, daß wir alle gefeuert werden?«

»Das ist mir egal, es geht ums Prinzip.«

»Also mir ist das nicht egal. Mir geht's um das Prinzip, meinen gottverdammten Job zu behalten.«

»Was soll ich denn machen, Ira? Ich hatte das ganze Interview schon um diesen Punkt herum aufgebaut. Jetzt sitze ich mit einer langweiligen Geschichte da, die ich in weniger als vierundzwanzig Stunden neu schreiben muß.«

Wallace versuchte, sie zu beruhigen. »Ich weiß, ich weiß, aber was kann ich tun? Sagen Sie mir, was Sie brauchen. Wie kann ich Ihnen helfen?«

»Capello ist also der Beste! Er hat noch nicht einmal seine Quelle überprüft, und jetzt sehen Sie sich an, wie ich nun dastehe.«

»Okay, okay, es war dumm.« Wallace hob die Hände zum Zeichen der Ergebung. »Erschießen Sie mich.«

Dena hatte jetzt ihren Spaß an der Situation. »Also, ich kann unmöglich bis morgen fertig sein. Sie werden das Interview absagen müssen.«

»Nein, nein, das können wir nicht. Es ist schon fest eingeplant.«

»Hören Sie, Ira, ich bin es, die einen schlechten Eindruck hinterlassen wird. Sie und Capello sollten sich eigentlich unvorbereitet vor die Kamera stellen und Ihren Kopf hinhalten; mal sehen, wie Ihnen das gefällt.«

»Ist ja gut, Sie haben gewonnen. Wie kann ich Sie wieder versöhnen?

Wenn Sie meinen Erstgeborenen wollen, nehmen Sie ihn, er gehört Ihnen. Was wollen Sie? Sagen Sie's mir.«
Das nächste, was Dena sagte, überraschte sie selbst, aber sobald es heraus war, wußte sie, daß sie es genau so meinte. »Ich will, daß Sie Capello rausschmeißen.«
»Ja, ich sollte ... Aber sehen Sie, ich werde Ihnen drei Assistenten zur Verfügung stellen, ich werde Ihnen Abendessen und Frühstück bringen lassen, ich werde Ihnen sogar Überstunden bezahlen. Was kann ich noch mehr tun?«
»Ich sagte es bereits. Ich will, daß Sie Capello feuern.«
»Das kann ich nicht. Ich habe ihn gerade erst eingestellt.«
»Ich will, daß er gefeuert wird.«
»Sie wollen, daß er gefeuert wird. Nun mal im Ernst.«
»Das ist mein voller Ernst.«
»Sehen Sie, selbst wenn ich es wollte, was nicht der Fall ist, könnte ich ihn nicht entlassen. Er hat einen Vertrag. Wir reden hier über viel Geld.«
»Ira, Sie wollen mir doch nicht erzählen, daß Sie sich in diesem Vertrag kein Schlupfloch gelassen haben. Das tun Sie doch immer.«
Plötzlich dämmerte es Ira. »He, nun mal langsam, Sie können mir doch nicht einfach sagen, wen ich feuern soll. Was glauben Sie denn, wer Sie sind? Noch haben Sie den Job nicht.«
Sie stützte sich auf seinen Schreibtisch. »Lassen Sie es mich so sagen. Wenn er in einer Stunde nicht entlassen ist, werde ich viel zu aufgebracht sein, um das Interview durchzuziehen, und die Hamiltons wollen nur mit mir reden. Wie ich Ihnen schon sagte, sie mögen mich, sie vertrauen mir. Und Sie werden dann mit zwanzig Minuten Sendepause dasitzen.«
»Ach, kommen Sie, Sie machen Witze. Stimmt's? Das tun Sie doch Capello nicht an. Der arme Kerl hat einen lausigen Fehler gemacht. Haben Sie doch ein Herz! Dem armen Schwein geht es auch so schon schlecht genug. Sie hätten ihn hören sollen. Es tut ihm wahnsinnig leid, daß er sie so hängen läßt. Er war den Tränen nahe. Sie hätten ihn mal sehen sollen.«
Wallace merkte, daß sie seine Worte nicht berührten. Dena hatte einen entschlossenen Blick, den er noch nie vorher an ihr wahrgenommen hatte. Sie saßen sich gegenüber und starrten sich an. Nach einer Weile sagte Wallace: »In Ordnung, in Ordnung, aber das ist

eine verdammte Erpressung. Ich versichere Ihnen, Sie machen einen Fehler. Capello könnte Ihnen viel Gutes tun.«
»Noch etwas«, Dena stand auf, »ich möchte dabeisein, wenn Sie es ihm sagen.«
Jetzt traute Wallace seinen Ohren nicht. Er sah sie mit bestürzter Miene an und schüttelte den Kopf. »Was ist los mit Ihnen? Sie waren doch sonst so ein nettes, reizendes Kind!«
Sie antwortete nicht.

* * *

Fünfundvierzig Minuten später war Sidney Capello vom Essen zurück, und Dena saß ihm gegenüber, als Wallace ihn feuerte.
Capello wandte sich unmittelbar an Dena. »Du Miststück, das sollst du mir büßen. Warte nur, du …«
Wallace kam um den Schreibtisch herum und schob ihn mehr oder weniger zur Tür. »Ja, ja, wir wissen alle, daß du knallhart bist, Sidney; jetzt verschwinde hier.« Er schubste ihn aus der Tür und schlug sie hinter ihm zu.
Wallace kehrte an seinen Schreibtisch zurück. »Zufrieden?«
Dena lächelte. »Das wollte ich mir um keinen Preis entgehen lassen.«
Als sie den Flur entlangging, wallte etwas in ihr auf, das ihr ein Gefühl der Stärke vermittelte. Zum ersten Mal in ihrem Leben spürte sie den Rausch der Macht, und sie verstand plötzlich, warum Männer darum kämpften. Es war ein gutes Gefühl, und in diesem Augenblick war sie froh, daß sie nicht war wie Peggy Hamilton. Sie mußte Capello nicht verzeihen.

* * *

Als Wallace sich in seinem Sessel zurücklehnte und seine Zigarre wieder anzündete, wallte auch in ihm ein bestimmtes Gefühl auf. Nur war es bei ihm Bewunderung für sich selbst, daß er Dena Nordstrom bei der Stange gehalten hatte. Verdammt noch mal, die war zäh. Sie hatte nicht mal mit der Wimper gezuckt, als er Sidney feuerte. Sie hatte selbst bei ihm keinen Zentimeter nachgegeben. Er mochte sich in der Vergangenheit über manche Menschen getäuscht haben, aber er hatte immer vermutet, daß sich hinter diesem unschuldigen Gesicht jemand verbarg, den er gebrauchen konnte, um all die scheinheiligen Typen in dem anderen Sender – die Typen, die auf ihn herabsahen –, aus dem Geschäft zu drängen. Besonders ih-

ren arroganten Nachrichtenmoderator Kingsley, den Wallace liebend gern von seinem Sockel gestoßen hätte. Howard Kingsley hatte es einmal abgelehnt, mit ihm zusammenzuarbeiten, wodurch ihm ein wichtiger Posten in Howards Sender entgangen war, das hatte er Kingsley nie vergessen. Er streckte die Hand nach dem Hörer aus und rief in Sidney Capellos neuem Büro an. Capello nahm ab.
»Ich bin's, Ira.«
Capello begann, ihn wüst zu beschimpfen und Drohungen auszustoßen, während Ira sagte: »He, he, Moment ... Moment mal. Ich weiß, was ich gesagt habe, aber hör mir doch mal zu.« Schließlich schrie er: »Um Gottes willen, hör mir zu! Du wirst niemanden verklagen. Ich rufe an, um dir zu sagen, daß du das nicht ernst nehmen sollst. Ich mußte nur ein kleines atmosphärisches Problem beseitigen, also reg dich nicht auf. Wir werden deinen Vertrag einhalten, das ist keine große Affäre. Du wirst einfach nur nicht ins Büro kommen. Was ist daran so schrecklich? Du bleibst zu Hause, schickst dein Zeug rein und wirst dafür bezahlt. Dena weiß nichts von dieser Änderung. Du bist zufrieden, sie ist zufrieden. Ich weiß, ich habe dir versprochen, daß du hier ins Haus kommst, aber was soll ich machen? Sie kann dich nicht ausstehen. Sieh mal, du kriegst dein Geld und am Ende vielleicht noch einen hübschen Bonus, okay? Auf die Dauer wird es so besser sein. Vertrau mir.«

* * *

Capello war bitter enttäuscht. Dies war seine Chance gewesen, vielleicht seine einzige, zu einem großen Fernsehsender zu kommen, und er wußte es. Wallace war der einzige, der ihn je eingestellt hatte, und dank dieses blonden Flittchens befand er sich jetzt genau wieder da, wo er angefangen hatte. Auch in Zukunft nicht mehr als ein bezahlter Informant, der von einem schäbigen Hotelzimmer aus seine Arbeit machte. Verschwunden das Büro, sein Titel als Produzent, und alles nur wegen einer Schlampe, die sich für etwas Besseres hielt. Zum Teufel mit ihr.
Als er sein Büro räumte, das er nur ein paar Tage benutzt hatte, beruhigte er sich ein wenig, als er den Spruch las, der sich auf seinem Schreibtisch befand. *Die Rache ist ein Menü, das am besten kalt serviert wird.* Er lächelte.
Das Leben ist lang.

Mein Idol

New York City
1973

Zwei Wochen, nachdem das Hamilton-Interview gesendet worden war, gingen Dena und all die anderen, die beim Fernsehen einigermaßen prominent waren, außer Ira Wallace, zu dem vom Herz-Fonds veranstalteten Abendessen ins Waldorf-Astoria. Der Herz-Fonds hatte Howard Kingsley zu seinem Mann des Jahres auserwählt, den großen alten Mann der Nachrichten und einen der wirklich bedeutenden Journalisten des Landes. Er wurde vorgestellt als der Mann, auf dessen Gesicht und Stimme sich das Land in den letzten dreißig Jahren bei jeder Krise verlassen hatte, als jemand, der alle beruhigte, versicherte, daß alles in Ordnung sei, oder die Sorgen teilte. Das traf mit Sicherheit auf Dena zu; sein Gesicht und seine Stimme waren ihr so vertraut, als hätte sie ihn schon ihr ganzes Leben gekannt.
Kingsley war jetzt vierundsechzig Jahre alt und immer noch ein gutaussehender Mann, den seine Nachdenklichkeit, sein Abwägen und seine exzellente Sprache auszeichneten. Er nahm die Ehrung mit einer liebenswürdigen Rede entgegen. Er dankte seiner Frau, daß sie vierzig Jahre mit ihm durch dick und dünn (meistens »dick«) gegangen sei, und sagte, daß er ohne sie höchstwahrscheinlich beim Verkauf von Versicherungen in Des Moines, Iowa, gelandet wäre. Daß sie und seine Tochter Anne für ihn immer der »sichere Hafen in der unberechenbaren, stürmischen See der Fernsehwelt« gewesen seien. Nach seiner kurzen Rede bekam er fünf Minuten lang stehende Ovationen, und so professionell und weltgewandt Dena sich auch fühlte, sie erschauerte vor freudiger Erregung, daß sie sich mit ihm in einem Raum befand. Im Verlauf des Essens versuchte sie zu ergründen, was er Besonderes an sich hatte, das ihn von den meisten Fernsehleuten, die sie kannte, so sehr unterschied. Dann wurde es ihr klar: Integrität, das war es. Es lag eigentlich nicht an dem, was er tat oder sagte, aber man hatte einfach das Gefühl, daß er ein anständiger, ehrenwerter Mann war, bei dem man jederzeit darauf bauen konnte, daß er die Wahrheit sagte. Er war im Grunde

nicht anders als die meisten Männer, aber im Nachrichtengeschäft des Fernsehens wurde Integrität allmählich zu einer Seltenheit, mehr und mehr zu einem einsamen Licht im Dunkel. Dena sah zu seiner Frau und seiner Tochter hinüber und hatte wieder dieses altbekannte Gefühl, das sie jedes Mal überkam, wenn sie einen Vater und seine Tochter sah: Traurigkeit mit einer Spur von Neid. Alles, was sie je von ihrem Vater gesehen hatte, war eine Fotografie. Sie war sogar auf Ira Wallace' kleine Tochter neidisch. Er mochte einer der verachtenswertesten Menschen sein, die sie bisher kennengelernt hatte, aber zumindest vergötterte er seine Tochter.
Nach dem Essen sagte J. C. beim Hinausgehen: »Übrigens haben wir eine Einladung zu dem Empfang, der oben für Kingsley gegeben wird.«
»Was für ein Empfang?«
»Es ist ein kleiner privater Empfang, den Jeanette Rockefeller für ein paar Freunde gibt.« J. C. engagierte sich für Wohltätigkeitsveranstaltungen und kannte eine Menge Leute. Dena wollte nicht hingehen.
»Warum nicht?«
»Ich kenne da ja niemanden. Ich bin nicht mit ihm befreundet; er könnte denken, ich sei aufdringlich oder so was.«
»Ach komm, sei nicht albern. Jeanette ist eine Freundin von mir. Los, komm.«
»Du kannst doch gehen, und ich warte auf dich.«
Aber J. C. ließ nicht locker, und so fand sie sich fünf Minuten später in einer Suite im oberen Stockwerk wieder, auf einer Party mit den Chefs aller drei Sender, unter ihnen auch Julian Amsley, der ihren Sender leitete. Sie erschrak, als er zu ihr herüberblickte. O Gott, dachte sie, jetzt wird er annehmen, ich hätte mich hier hereingeschmuggelt, aber er nickte ihr freundlich zu. Nachdem Dena etwa dreißig Minuten lang versucht hatte, sich in einer Ecke zu verstekken, sah sie Jeanette Rockefeller näher kommen und jeden einzelnen zur Begrüßung des Ehrengastes führen. Jetzt stand Dena in einer Reihe mit J. C. und wäre am liebsten im Boden versunken. Sie beobachtete, wie Howard Kingsley sich näherte, jedem die Hand schüttelte und ein paar Worte sagte, und als Dena endlich vorgestellt wurde, hatte sie den fast unbezähmbaren Drang, einen Knicks zu machen. Aber es gelang ihr, gelassen zu erscheinen und zu sagen:

»Ich gratuliere Ihnen, Sir. Ihre Rede hat mir sehr gefallen.« Howard sah sie mit dem Anflug eines Lächelns an und nickte mit dem Kopf, als er sagte: »Vielen Dank, meine Dame.« Als sie sich abwenden wollte, sagte er: »Ach übrigens, Miss Nordstrom, ich habe Ihre Hamilton-Sendung gesehen. Gute Arbeit. Lassen Sie uns doch mal mittags zusammen essen gehen.«

Dena brachte gerade noch ein »danke« zustande, als die Gastgeberin ihm schon einen weiteren Gratulanten zuführte.

Hatte sie richtig verstanden? Hatte er tatsächlich »gute Arbeit« gesagt und »lassen Sie uns doch mal zusammen essen gehen«, oder hatte sie Halluzinationen? Womöglich hatte sie ihn falsch verstanden; in Wirklichkeit hatte er gesagt: »Schlechte Arbeit, gefiel mir überhaupt nicht.« J. C. war noch hinter ihr, und Dena ergriff seinen Arm. »Hast du gehört, wie er gesagt hat ›Lassen Sie uns doch mal zusammen essen gehen‹?«

»Ja.«

»Bist du sicher?«

»Aber ja. Ich stand doch direkt daneben.«

»O mein Gott … Was glaubst du, was er will?«

J. C. lachte. »Was glaubst du, was er will? Er will dir sagen, daß du die talentierteste und brillanteste Frau in ganz New York bist.«

»Sei nicht albern. Hat er wirklich gesagt ›gute Arbeit‹?«

»Ja.«

»Was bedeutet das deiner Meinung nach?«

»Es bedeutet, er ist der Ansicht, daß du gute Arbeit geleistet hast.«

»Und er hat das wirklich gesagt?«

»Ja, Dena. Soll ich von jetzt an einen Kassettenrecorder mit mir herumtragen, um an all diese kleinen Lobpreisungen aufzunehmen?«

»Nein, es liegt nur daran, daß ich mir nie vorstellen konnte, daß so jemand wie er mich auch nur ansehen könnte. Ich meine, ich bin eine alberne kleine Aushilfsinterviewerin.«

Als sie ins Taxi stiegen, bat Dena: »O bitte, laß uns noch nicht nach Hause fahren, ich bin zu aufgeregt, um schon nach Hause zu gehen. Laß uns zu Sardi's fahren.«

Auf der ganzen Fahrt durch die Stadt redete Dena ununterbrochen. »Ich kann es noch immer nicht glauben. Weißt du, J. C., ich habe es dir nie erzählt, aber er ist gewissermaßen mein Idol.«

»Du hast es mir erzählt.«

»Tatsächlich? Also es wäre wirklich schon genug gewesen, nur zu dem Abendessen zu gehen – aber ihm leibhaftig zu begegnen …«
J.C. lachte leise. Ihre Begeisterung machte ihm Spaß.
»Lach nicht, J.C., es ist wahr. Hattest du nie jemanden, zu dem du aufgeschaut hast, dem du ähnlich sein wolltest?«
»Doch, Hugh Hefner.«
»Ach, du spinnst. Aber im Ernst, bist du nicht mal ein bißchen überrascht, daß er so nett war?«
»Nein.«
»Warum nicht?«
»Weil ich schon wußte, daß er dich kennenlernen wollte.«
»Wie bitte?«
»Er sollte sich mit der Gästeliste einverstanden erklären. Und er sagte, er lege besonderen Wert darauf, daß du dabei bist.«
Dena schrie: »J.C., ich könnte dich umbringen. Warum hast du mir das nicht erzählt? Warum läßt du zu, daß ich mich lächerlich mache? Ich hätte etwas einüben können, anstatt zu sagen: ›Ich gratuliere Ihnen, Ihre Rede hat mir sehr gefallen.‹ Wie idiotisch! Warum hast du mich nicht informiert?«
»Weil du, wenn ich es dir erzählt hätte, durchgedreht wärst und ihn mit Worten überschüttet hättest.«
»Was hat er gesagt? Hat er gesagt, er wollte mich kennenlernen?«
»Nein, er hat gesagt: ›Ich würde mich freuen, sie kennenzulernen.‹«
»J.C., jetzt mal im Ernst. Ich will genau wissen, was er gesagt hat, nicht nur ungefähr.«
»Dena, als er deinen Namen als möglichen Gast las, sagte er zu Jeanette, ich zitiere: ›Ja, ich würde mich freuen, sie kennenzulernen.‹«
Später bei Sardi's, nach vier Brandy Alexanders – obwohl es eigentlich weniger waren, weil sie zwei über ihr Kleid geschüttet hatte –, sah sie J.C. an. »Ich frage mich, was er mit ›freuen‹ gemeint hat.«
Als sie nach Hause kam, warf sie ihr Kleid in den Müllschlucker. Es war teuer, aber es machte ihr nichts aus. Sie befand sich immer noch auf Wolke Sieben. Sie nahm ein Bad, kroch ins Bett und versuchte zu schlafen, konnte es aber nicht. Sie sehnte sich nach einem Menschen, den sie hätte anrufen, dem sie es hätte erzählen können. In Zeiten wie diesen, wenn sie besonders glücklich war, vermißte sie ihre Mutter am meisten.

Gehen wir doch mal zusammen essen

New York City
1973

Dena hatte der Versuchung widerstanden, im Studio allen zu erzählen, was anläßlich ihrer Begegnung mit Howard Kingsley passiert war, und jetzt war sie froh darüber. Das Ganze lag nun schon zwei Wochen zurück, und sie hatte nichts von ihm gehört.

Vielleicht hatte er es vergessen, oder er sagte zu jedem gleich: »Gehen wir doch mal zusammen essen.« Sie mußte täglich zu zehn Leuten sagen: »Lassen Sie uns doch mal zusammen essen gehen.« Und selten meinte sie es auch so, es sei denn, sie glaubte, es könnte von Vorteil für sie sein. Was für eine Närrin war sie doch gewesen, eine selbstgefällige Närrin, anzunehmen, er würde tatsächlich seine Zeit an sie verschwenden. Sie war nur eine untalentierte dumme Gans, ohne jegliche Erfahrung im Nachrichtengeschäft, aber um so mehr darauf aus, in die Hauptsendezeit vorzudringen. Das Telefon klingelte.

»Miss Nordstrom?«

»Ja?«

»Hier ist Howard Kingsley. Ich rufe an, um mich zu erkundigen, ob Sie vielleicht Donnerstagmittag Zeit haben, mit mir essen zu gehen.«

»Oh, ah, hm ... Donnerstag. Lassen Sie mich mal nachsehen ...« Sie tat so, als forschte sie in ihrem Terminkalender und schlüge imaginäre Seiten auf. »Schauen wir mal, Donnerstag, Donnerstag.«

Plötzlich brach sie das Spiel ab. »Oh, was soll der Unsinn, natürlich habe ich Zeit, Mr. Kingsley, und ich würde mich furchtbar gern mit Ihnen zum Essen treffen.«

Kingsley lachte. »Schön. Ich gehe in der Regel gern in das Restaurant im Carlyle. Es ist ruhig, und das Essen ist gut. Ist Ihnen das recht?«

»O ja, natürlich.«

»Gut, dann am Donnerstag, sagen wir, um zwölf Uhr dreißig?«

»Prima, ich bin da.«

»Gut, ich freue mich darauf.«

»Ja, Sir.«
Sie legte den Hörer auf und zuckte zusammen. Warum hatte sie »Ja, Sir.« gesagt? *Er wird denken, ich bin ein Idiot. Vergiß nicht, daß er auch nur ein Mensch aus Fleisch und Blut ist wie jeder andere.* Sie merkte, daß sie feuchte Hände hatte, als sie ein Aspirin nahm. Sie wußte nicht, warum sie es nahm, außer, daß sie etwas tun mußte. Dann dachte sie, sie sollte lieber überprüfen, ob sie wirklich keinen Termin hatte. Als hätte sie an diesem Tag nicht jedem abgesagt, einschließlich der Königin von England oder Paul Newman. Nun ja, Paul Newman hätte sie höchst ungern abgesagt, aber Gott sei Dank mußte sie sich nicht entscheiden. Sie hatte Zeit.
Nach einer halben Ewigkeit, so kam es ihr jedenfalls vor, war der Donnerstag da, und sie redete sich auf dem ganzen Weg zum Carlyle gut zu. »Du bist jetzt fast sieben Jahre in diesem Geschäft, du bist keine Amateurin mehr, du bist eine erwachsene Frau. Du bist kein Kind mehr. Er wird dich nicht beißen. Wenn du nervös bist, wirst du ihn auch nervös machen. Du siehst wunderbar aus. Du hast ein Pfefferminzdragee im Mund, das einen frischen Atem garantiert, du hast weder Pickel noch sonstige Verunstaltungen. Deine Nägel sind sauber, du wirst keinen Drink nehmen, außer natürlich, wenn er etwas trinkt, dann kannst du dir eine Bloody Mary bestellen ... nein, dann riechst du nach Tomate. Was wäre denn gut? Etwas Leichtes, aber nicht zu Fades.« In dem Augenblick, als sie sich entscheiden wollte, hielt das Taxi mit einem Ruck an. Sie war da. Sie gab dem Fahrer zuviel Trinkgeld, schluckte das letzte Erfrischungsdragee hinunter, holte tief Luft und ging hinein. Der Oberkellner erkannte sie sofort.
»Ach ja, Miss Nordstrom, Mr. Kingsley erwartet sie schon. Hier entlang.« Er führte sie zu einer Nische im hinteren Teil. Die speisenden Damen und Geschäftsleute, die den Raum füllten, blickten auf und bemühten sich, die phantastisch aussehende blonde Frau mit den tollen Beinen nicht zu auffällig zu mustern. Alle, außer einem Tisch mit sechs Spaniern, die nicht den geringsten Versuch machten, diskret zu sein, und sich umdrehten und stierten. Als sie näher kam, stand Kingsley auf und nahm ihre Hand. »Ich freue mich, daß Sie es einrichten konnten. Ich weiß ja, daß Sie eine vielbeschäftigte Dame sind.«
»Vielen Dank«, sagte Dena. »Ich fühle mich geschmeichelt, aber glauben Sie mir, ich habe nicht so furchtbar viel zu tun, wie Sie vielleicht denken.«

Er lächelte. »Genießen Sie es, solange Sie noch können; Sie werden noch früh genug sehr viel Arbeit haben. Darf ich Ihnen einen Drink bestellen?«
Sie vergewisserte sich, ob er auch einen Drink vor sich stehen hatte. Er hatte. Sie versuchte, beiläufig zu klingen.
»Ach ja. Ich nehme auch einen Martini-Cocktail.«
»Schön.« Er winkte den Kellner heran. »Jason, bringen Sie für Miss Nordstrom noch mal dasselbe.« Dann wandte er sich ihr wieder zu. »Ich sehe, daß alle Männer hier eifersüchtig sind und alle Frauen miteinander tuscheln, weil ich eine so schöne junge Dame an meinem Tisch habe. Das passiert mir auch jedes Mal, wenn ich meine Tochter ausführe, und ich muß gestehen, es macht mir großen Spaß.«
Dena entspannte sich, als sie merkte, daß sie nicht befürchten müßte, er sei auf ein Abenteuer aus. Er war ein Gentleman, weil er ihr das auf diese feine Art und Weise zu verstehen gab.
»Mr. Kingsley, ich habe Ihre Tochter neulich abend bei dem Essen gesehen, sie ist wirklich sehr hübsch.«
»Danke. Wir haben Glück, daß sie nicht nach mir schlägt, sondern das gute Aussehen ihrer Mutter geerbt hat.«
Der Kellner brachte ihr einen Martini-Cocktail, und sie nahm einen großen Schluck, ehe sie feststellte, es war Gin und nicht Wodka. Aber sie behielt ihr freundliches Lächeln bei, so daß er nicht bemerkte, daß ihr die Augen tränten. Sie war immer etwas kurzsichtig gewesen, aber nach einem einzigen Schluck hätte sie quer durch den Saal das Kleingedruckte auf der Speisekarte lesen können. Er fragte sie, wie alles angefangen und wo sie vorher gearbeitet habe. Sie gab ihm einen kurzen Abriß der langen Geschichte ihrer mehrjährigen Arbeit vor der New Yorker Zeit. Sie ließen das Essen kommen, und danach bestellte er für sie beide Kaffee. »Ich glaube, ich habe neulich abend schon die Hamilton-Geschichte erwähnt.«
»Ja, das haben Sie.«
Er blickte geradeaus. Dann räusperte er sich. »Soweit ich weiß, haben Sie diese Geschichte auf eigene Weise angepackt … sind sozusagen aus dem Sender ausgeschert.«
Dena geriet in Panik. Woher wußte er das?
»Ja, ich, hm …«
»Charles und Peggy Hamilton sind Freunde von mir.«

»Oh, ich verstehe.«
»Sie sind sich natürlich bewußt, daß Sie Ihren Job hätten verlieren können, als Sie dieses Ding drehten.«
»Ich weiß.«
»Das gleich am Anfang Ihrer Karriere zu wagen, war tollkühn.«
Denas Mut sank. Sie kam sich vor wie eine Zehnjährige. »Ja, das war es wohl.«
»Aber ich persönlich habe es verdammt anständig gefunden.«
»Fanden Sie? Ich meine, finden Sie?«
Er lächelte. »Ja, das tue ich.«
»Oh, vielen Dank. Aber um ehrlich zu sein, ich weiß nicht, wie anständig es wirklich war. Ich glaube, ich habe einfach versucht, meine eigene Haut zu retten, ohne meinen Job zu verlieren.«
»Es mag ja sein, daß Sie Ihre eigene Haut retten wollten, aber rechnen Sie sich das andere als Verdienst an; Sie sind auf diese Art und Weise vorgegangen, um auch die Haut eines anderen Menschen zu retten. Das war keine leichte Entscheidung. So etwas habe ich selbst schon erlebt. Was immer Sie auch dazu bewogen hat, Ihr Instinkt war richtig. Sie haben den korrekten Weg eingeschlagen, und es hat geklappt.«
»Aber nur knapp«, sagte Dena. »Mein Chef war ganz schön wütend auf mich. Eine Weile dachte ich, ich würde rausgeschmissen. Ich kann Ihnen ja sagen, daß ... er ist ziemlich skrupellos.«
»Ira Wallace?«
»Ja. Kennen Sie ihn?«
Er nickte und sagte mit einem resignierten Gesichtsausdruck: »O ja, ich kenne ihn.«
Kingsley lehnte sich zurück und schien mit einem Entschluß zu ringen. »Wissen Sie, Miss Nordstrom, ich mag Sie, ich mag, was ich sehe. Sie haben Stil, Präsenz, und Sie haben Klasse. Sie sind genau das, was die wollen – aber bei Gott, ich kann einfach nicht ertragen, daß diese Schweine Sie für sich vereinnahmen.« Er verzog das Gesicht. »Aber wie dem auch sei, mein Rat an Sie ist: Nehmen Sie denen jeden Pfennig ab, den Sie kriegen können, denn sie werden Ihnen das Mark aus den Knochen saugen. Sie waren so fair, meine Freunde zu warnen, daher warne ich Sie jetzt auch. Sie glauben, Sie hätten mit dem Hamilton-Interview Probleme gehabt? Das ist nur die Spitze des Eisberges, ein Kinderspiel im Vergleich zu dem, was

noch kommt. Ich kann es riechen, ich kann es fühlen, und es macht mich krank.« Er sah sie direkt an. »Verstehen Sie mich nicht falsch, ich glaube an die Pressefreiheit. Deswegen sind wir da, um der Öffentlichkeit die Wahrheit zu vermitteln. Aber sobald jemand wie Wallace seinen Fuß in der Tür hat, beginnt er die ganze Branche zu verschmutzen, und ich erlebe jeden Tag, wie das mehr und mehr geschieht. Die wollen keine Nachrichten, die wollen Zuschauer, und um an die zu kommen, brauchen sie Einschaltquoten, und es ist ihnen egal, wie sie sie erreichen. Aber ich bin sicher, Sie sind sich dessen bewußt.«

»Ja«, sagte Dena, »das bin ich.«

»Ich habe in meinem Leben über drei Kriege berichtet und viel Mord und Totschlag erlebt. Aber diese neuen Leute, die jetzt an die Spitze kommen, das sind die kältesten, gemeinsten Typen, die mir je begegnet sind, und offen gesagt jagen sie mir Angst ein. Denken Sie an meine Worte; sobald sie uns alte Knaben loswerden können, werden sie uns durch nette junge Männer und Frauen wie Sie ersetzen, damit die die schmutzige Arbeit für sie erledigen. Ihren Schund verbreiten und jedem aufzwingen, während sie sich hinter ihren Bürotüren verschanzen, Millionen verdienen und über uns lachen, während das ganze Land auseinanderfällt.«

Die Gäste im Restaurant blickten auf, als Kingsleys Stimme lauter wurde. Als er merkte, was vor sich ging, wurde er verlegen und sagte leise: »Entschuldigen Sie, ich weiß auch nicht, warum ich Sie meinen Schimpftiraden aussetze. Verflixt, ich bin wahrscheinlich nur ein seniler alter Narr, der immer das Schlimmste befürchtet.«

»Mr. Kingsley, so etwas dürfen Sie nicht sagen. Sie sind weder alt noch ein Narr, und Sie haben ein Recht, sich aufzuregen.«

Er fing den Blick des Kellners auf, winkte ihm wegen der Rechnung und lachte. »Nennen Sie mich bitte Howard. Wissen Sie, meine Frau sagt, ich solle endlich in den Ruhestand gehen. Vielleicht sollte ich das wirklich, aber ich will das Medium oder den Sender oder das Land nicht diesen Schmutzfinken überlassen, jedenfalls jetzt noch nicht. Oh, sie werden es früher oder später kriegen, aber bis dahin muß einer die Leute ständig daran erinnern, daß wir nicht der Abschaum sind, zu dem sie uns machen wollen.«

»Um so mehr spricht dagegen, daß Sie jemals gehen. Wir brauchen Sie. Auf mich hört man bestimmt nicht.«

Er lächelte, während er den Scheck unterschrieb. »Miss Nordstrom, was ich Ihnen im Grunde sagen wollte, ist: Lassen Sie sich nicht zu sehr von denen benutzen. Wehren Sie sich, wenn Sie können.« Er hielt inne. »Und zögern Sie nicht – rufen Sie mich an, wenn Sie mich brauchen.«

»Oh, das werde ich. Und nennen Sie mich bitte Dena.«

Als sie hinausgingen, sagte sie: »Wissen Sie, ich bin Ihnen wirklich dankbar, daß Sie offen mit mir geredet haben. Die Wahrheit ist, daß ich nicht glaube, daß man mir einen Vertrag anbieten wird. Ich denke, ich erfülle die Voraussetzungen dafür nicht.«

Howard öffnete die Glastür, die auf die Straße führte. »Oh, und ob man Ihnen einen Vertrag anbieten wird. Julian Amsley ist klug genug, um zu wissen, was er an Ihnen hat, und er will sie nicht verlieren.«

Dena sah ihn sprachlos an.

Er lachte. »Nein, ich bin kein Mensch mit übersinnlicher Wahrnehmung. Ich spiele nur jeden Freitag Poker mit Amsley, und er redet gern.«

Während er ein Taxi heranwinkte, sagte er: »Übrigens, Sie segeln nicht zufällig, oder?«

»Segeln? O ja, ich segle sehr gern.« Sie ertappte sich schon wieder. »Also, ich meine, eigentlich würde ich es gern mal probieren.«

»Gut, wenn das Wetter wieder besser wird, rufen wir Sie an. Wir haben ein kleines Anwesen in Sag Harbor, vielleicht können wir Sie ja mal übers Wochenende mit hinausnehmen.« Ein Taxi hielt an, er half ihr hinein. »Ach, und hören Sie. Wegen dieser Vertragssache. Sie haben zweihunderttausend pro Jahr veranschlagt. Sehen Sie zu, daß Ihr Agent nichts vereinbart, was darunter liegt. Sie werden es Ihnen nicht sagen, aber Ihre Zuschauerzahlen bewegen sich an der Spitze. Sie werden Ihnen einhunderttausend anbieten. Verlangen Sie vier und schließen Sie mit drei ab. Amsley gibt das gern, wenn er befürchtet, er könnte etwas verlieren, und wenn er dann noch hört, daß wir uns zum Essen getroffen haben, sollte ihn dieser Schrecken mindestens hunderttausend kosten.«

Er schloß die Tür und händigte dem Fahrer einen Zehndollarschein aus.

»Bringen Sie die junge Dame dahin, wohin sie möchte. Und fahren Sie vorsichtig, sie ist ein kostbares Gut.«

Der Fahrer strahlte. »Ja, Sir, Mr. Kingsley.«

* * *

Als er losfuhr, sagte er: »Howard Kingsley, Donnerwetter.« Er sah sie im Rückspiegel an. »Letzte Woche saß Polly Bergen hier bei mir im Wagen.«

»Wirklich?«

Er warf ihr im Spiegel einen Blick zu. »Ja. Sie kommen mir auch bekannt vor; sind Sie nicht auch eine Prominente?«

»Nein, ich bin nur eine Freundin von Mr. Kingsley.«

Der Fahrer schüttelte den Kopf. »Da haben Sie aber einen netten Freund.«

»Das stimmt.«

Dena lehnte sich zurück und dachte an das Essen. Sie konnte es immer noch kaum fassen, daß sie tatsächlich mit ihm zusammen gewesen war, daß er sich mit ihr unterhalten und echtes Interesse gezeigt hatte. Sie war froh, daß Howard das, was sie getan hatte, guthieß. Aber ein Teil ihres Ichs tief in ihrem Innern fragte sich, ob sie wirklich gekündigt hätte, wenn es um ihren Job gegangen wäre. Sie war sich nicht sicher. Sie war sich über ihre eigentlichen Gefühle nie im klaren. Sie wußte nur, daß sie dieses Mal Glück gehabt hatte.

Eine Woche später rief ein aufgeregter Sandy an. »Stell dir vor, du bekommst den Vertrag!«

»Mensch, toll, Sandy.«

»Ich wußte, wir würden es schaffen. Und hör dir das mal an: Ich mußte kämpfen wie ein Löwe, aber schließlich habe ich sie auf zweihunderttausend im Jahr hochgehandelt, und du hättest mal hören sollen, von was die ausgegangen sind. Ist das nicht eine phantastische Nachricht?«

»Sandy, sag ihnen, ich mache es nicht unter vierhunderttausend.«

Es entstand eine lange Pause. »Hast du wirklich vor, mich umzubringen?«

Zwei Wochen später rief ein kampfesmüder Sandy an. »Ich konnte nur drei raushandeln.«

»Gut«, sagte Dena. »Das akzeptiere ich.«

»Dena, ich schwöre bei Gott, Bea und die Kinder rücken dir auf die Pelle, wenn ich eines Tages an Herzversagen sterbe.«

Ein Anruf aus Selma

New York City
1973

Dena saß in der Redaktion und arbeitete an einem Interview mit Bella Abzug, als ihre Sekretärin anrief und ihr mitteilte, sie habe ein Ferngespräch von einer Mrs. Sarah Jane Poole für sie.

»Wer ist denn das?«

»Ich weiß nicht, aber sie sagt, es sei dringend.«

»Gut, erkundigen Sie sich bitte, was sie will. Ich bin mitten in der Arbeit.«

Wenige Sekunden später meldete sich ihre Sekretärin wieder. »Sie sagt, sie kennt Sie, sie sei eine enge, private Freundin. Mrs. Sarah Jane Poole.«

»O Gott … ich habe keine Ahnung, wer das sein soll. Stellen Sie durch.«

Eine aufgeregte Frauenstimme erhob sich am anderen Ende. »Dena?«

»Ja, hier ist Dena Nordstrom.«

»Ich bin's!«

»Wer?«

»Du willst mir doch wohl nicht erzählen, daß du deine alte Zimmergenossin aus dem College vergessen hast, Sarah Jane Simmons Krakkenberry aus Selma, Alabama?«

»Sookie?«

»Ja!«

»Menschenskind, warum hast du nicht gleich gesagt, daß du es bist. Wie könnte ich dich vergessen, du verrücktes Huhn. Wie geht es dir?«

»Gut!«

»Trägst du immer noch den Sezessionskrieg aus?«

Sookie schrie vor Lachen. »Natürlich, Schatz – du kennst mich doch, niemals aufgeben!«

»Wie geht's Earle?«

»Dem geht's gut. Aber auf dich bin ich sauer.«

»Auf mich? Wieso denn?«
»Wieso? Meine Schwiegermutter hat gelesen, daß du nach Atlanta kommst, um einen großen Preis entgegenzunehmen, und du hast noch nicht einmal angerufen, um mir zu sagen, daß du kommst.«
Dena war einen Augenblick lang verwirrt. »Preis? Ach, du meinst die AWRT-Sache.«
»Ja. Warum hast du mir nicht Bescheid gesagt? Ich will dich sehen, wenn du hier bist.«
»Ich dachte, du lebst noch in Alabama.«
»Tu ich auch, Dummerchen. Aber ich laße dich doch nicht so in die Nähe kommen, ohne die Gelegenheit zu ergreifen, dich zu sehen.«
»Wie weit ist das denn von dir?«
Sookie lachte. »Dena, ich weiß, du denkst, ich lebe draußen in der Wildnis, aber wir haben hier unten Autobahnen. Ich wohne nur zwei Stunden von Atlanta entfernt. Ich könnte rüberfahren, dich abholen und für ein paar Tage nach hier mitnehmen, und wir könnten in alten Zeiten schwelgen. Earle und ich hätten dich gern ein bißchen bei uns. Wir haben uns ja Ewigkeiten nicht gesehen.«
»O Sookie, das wäre phantastisch. Aber leider bin ich nur einen einzigen Abend dort, nur zum Abendessen.«
»Kannst du nicht einen Tag länger bleiben?«
»Nein, wirklich nicht. Ich muß zurück.«
»Kann ich dich dann nicht wenigstens sehen? Vielleicht vor dem Essen oder danach?«
»Ich komme an und gehe direkt zu dem Abendessen, und so was dauert manchmal Stunden. Es könnte ein Uhr nachts werden, bevor ich Zeit habe.«
»Gut, und was ist mit dem nächsten Tag?«
»Am nächsten Tag steige ich sofort wieder in den Flieger.«
»Um wieviel Uhr?«
»Oh, ich weiß es nicht mehr genau, neun oder zehn Uhr, so um die Zeit.«
»Gut, ich komme auf jeden Fall. Und wenn ich dich nur fünf Minuten sehe, das macht mir nichts aus. Ich kenne dich, Dena Nordstrom; wenn ich dich nicht festhalte, solange du hier unten bist, wer weiß, wann ich dich dann jemals wiedersehe. Also, du wirst mir nicht entkommen. Wir können doch wenigstens zusammen frühstücken oder eine Tasse Kaffee trinken, wenn nichts anderes möglich ist.«

Dena war besiegt. »Aber … ich werde vermutlich erschöpft und …«
Sookie unterbrach sie. »Hör mal, es wird dich nicht gleich umbringen, wenn du mal eine Stunde Schlaf für eine alte Freundin opferst. Du kannst ja im Flugzeug schlafen. Wir werden allmählich zu alt, um uns nicht zu sehen, wenn wir können.«
Dena mußte lachen.
»Weißt du, ihr Reichen und Berühmten müßt euch einfach mit Leuten abfinden, die euch irgendwann mal kannten, deshalb wirst du dich ein Leben lang mit mir abfinden müssen. Das ist dein Kreuz, und das mußt du tragen, Schatz. Das ist der Preis dafür, daß du ein Star bist. Außerdem, kannst du nicht ein späteres Flugzeug nehmen?«
»Das täte ich liebend gern, aber ich kann nicht. Ich muß einige Spots drehen, wenn ich um fünf zurück bin.«
»Gut, in Ordnung, aber ich komme trotzdem. Ich muß dich mit eigenen Augen leibhaftig vor mir sehen. Aber wie dem auch sei, willst du mich denn überhaupt nicht sehen? Ich könnte mir denken, daß du vor Gram vergehst, wenn du erlebst, wie ich aussehe, jetzt wo ich alt und schwach bin.«
Dena gab nach. »Gut, einverstanden. Ich merke schon, du läßt nicht locker.«
»Das stimmt. Jetzt sag mir nur noch, wo du dich aufhältst, und ich komme überall hin, wo immer du bist, und wir treffen uns dann da, okay?«
»Okay, aber ich bin nicht in meinem Büro, ich weiß nicht, wo sie mich hinbringen. Ich muß dich anrufen und dir Bescheid geben, wo und um welche Zeit.«
»Also, du rufst mich besser zurück, denn du kannst dich nicht davor drücken. Ich werde mit dir Kontakt halten, ob es dir gefällt oder nicht, Dena Gene Nordstrom!«
»In Ordnung. Und Sookie …«
»Ja?«
»Du bist immer noch das verrückteste Mädchen, das ich je kennengelernt habe.«
Sookie lachte. »Schön, das ist doch wenigstens etwas.«
Als Dena auflegte, lächelte sie unwillkürlich. Von allen Mädchen, mit denen sie im College zusammen gewesen war, war Sookie ihre engste Freundin, deshalb würde es vielleicht gar nicht so übel werden. Es könnte sogar Spaß machen.

Alte Zeiten

Atlanta, Georgia
1973

Nachdem Dena eine Woche später ihre Rede gehalten hatte, kam sie erst um drei Uhr nachts zum Schlafen. Als ihr Weckruf am nächsten Morgen ertönte, wälzte sie sich mühsam aus dem Bett. Was eine Woche vorher noch nach Spaß geklungen hatte, erschien ihr jetzt wie eine einzige Strapaze. Welcher Teufel hatte sie nur geritten, als sie sich mit Sookie zum Frühstück verabredete? Unter der Dusche dachte sie, der einzige Trost sei, daß sie nicht viel mehr zu tun brauchte als zuzuhören, denn Sookie würde die ganze Unterhaltung bestreiten. Sie packte, zog ihren Regenmantel über die Freizeithose und den Pullover und ging nach unten.

Als sie das Café betrat, sah sie Sookie sofort in der Ecke gegenüber sitzen und wie verrückt winken. Dena hätte sie überall erkannt. Sookie hatte ein hübsches Hemdblusenkleid aus Baumwolle an und trug ihre roten Haare immer noch in einer kurzen Ponyfrisur, genau wie im College. Sie sah aus, als hätte sie sich während einer Zeitreise in die Vergangenheit angezogen. Sookie stand auf, lief ihr entgegen, umarmte sie und hüpfte auf der Stelle und kreischte wie ein Teenager. »O Dena … ich bin ja so aufgeregt! Ich freue mich so, dich zu sehen, setz dich und laß mich dich anschauen. Ich bin so nervös, ich kriege gleich einen epileptischen Anfall. Da bist du nun leibhaftig, und ich scheue mich fast, es zu sagen, aber du siehst noch genauso aus wie damals, dieselbe schöne helle Haut, absolut glamourös!« Sie setzten sich.

»Nimm doch mal die dunkle Brille ab«, sagte Sookie, »und laß mich dich richtig mustern.«

So müde Dena auch war, sie freute sich über das Wiedersehen mit Sookie, die immer noch das offene Wesen eines Gameshow-Teilnehmers hatte und deren Begeisterung man sich kaum entziehen konnte. Dena nahm ihre Sonnenbrille ab. Sookie warf ihr einen kurzen Blick zu und lehnte sich in gespieltem Abscheu zurück.

»Klar, wußte ich's doch! Nicht einen Hauch von Make-up … und ich

muß mir soviel ins Gesicht klatschen, daß man ein Schlachtschiff damit streichen könnte, nur um anständig auszusehen, aber du sitzt da, hübsch und jung wie immer. Ich habe gehofft, wenigstens ein oder zwei Krähenfüße zu entdecken, aber nein.« Sie beugte sich vor. »Sieh mich an, Schatz, ich bekomme direkt vor deinen Augen neue Krähenfüße. Earle sagt, das sind Lachfalten – natürlich ist er blind wie eine Fledermaus. Heirate einen kurzsichtigen Mann, und du wirst nie alt aussehen.«
»Sookie, du siehst großartig aus.«
»Wirklich? Also ich bin eine alte, verheiratete Frau mit Kindern. Meine Jugend ist Vergangenheit, vom Winde verweht.«
Dena lachte. »Oh, hör auf damit. Du siehst keinen Tag älter aus als das letzte Mal, als ich dich sah. Jetzt erzähl mal, was du so treibst.«
»Nichts, ewig dasselbe, meine Kinder großziehen, weißt du, sonst nichts. Aber reden wir nicht von mir. Du führst das aufregende Leben. Ich kann immer noch nicht glauben, daß du hier bist. Weißt du eigentlich, wie lange das her ist?«
»Nein.«
»Nun, ich will es dir auch gar nicht sagen. Aber ich möchte von allem erfahren; erzähl mir von dem Essen gestern abend. Warst du nicht ganz hin und weg von deinem Preis? Was für eine Ehre! War das Essen lecker?«
Dena wehrte ab. »Es war ganz gut, wie solche Abende eben verlaufen.«
»Haben sie dir nicht einen großen Preis verliehen?«
»Nein, es war nur eine Plakette.«
»Oh«, sagte Sookie betroffen. »Also ich wäre begeistert, wenn mir jemand einen Preis überreichte und mich aufforderte, eine Rede zu halten.«
»Nein, das wärst du nicht. Nach einiger Zeit nicht mehr.«
»Doch, Schatz, ich würde jeden Preis entgegennehmen und damit weglaufen wie ein Dieb!«
»Weißt du was«, sagte Dena lächelnd, »beim nächsten, den ich bekomme, setze ich dir eine blonde Perücke auf und schicke dich hin. Komm, laß uns nicht über mich reden, du weißt ja, was ich mache, erzähl mir von dir.«
»Von mir? Wie ich schon sagte, es ist immer dasselbe. Wir sind aus dem alten Haus von Earles Mutter im Stadtzentrum in das niedliche

kleine Haus am Stadtrand gezogen, und wir lieben es; ich arbeite ein bißchen in der Gemeinde mit, weißt du, das ist alles.«
Die Kellnerin kam an ihren Tisch. Dena bestellte Kaffee, aber Sookie erklärte der Frau: »Ich möchte nichts mit Koffein, ich bin schon jetzt so nervös, daß ich gleich ohnmächtig werde. Dena, wie spät ist es?«
Dena beruhigte sie, daß sie noch Zeit hätten, bis sie aufbrechen müßten. »In Ordnung«, sagte Sookie, »dann bringen Sie mir Sanka, eisgekühlt!«
»Wie viele Kinder hast du?«
»Schatz, ich habe noch zwei bekommen, seitdem ich dich das letzte Mal gesehen habe. Ich bin wie die alte Frau in dem Schuh – so viele Kinder, ich weiß nicht, was ich tu. Ich habe jetzt drei, kannst du dir das vorstellen, drei kleine Töchter: Ce Ce, Dee Dee und Le Le.« Sookie zog ein Foto von sich und drei kleinen Miniatur-Sookies – mit Ponyfrisur und allem Drum und Dran – aus der Tasche. »Ich wollte alle Alben mitbringen, aber Earle ließ mich nicht.«
»Sie sind sehr hübsch.«
Sookie strahlte. »Ich finde das auch, aber ich bin auch ihre Mutter. Aber Earle ist völlig verrückt: Er glaubt, daß alle drei, wenn sie erwachsen sind, Miss Alabama werden. Natürlich werden wir ihre Ohren operieren lassen müssen, bevor es mit den Rendezvous losgeht.«
»Was?«
»Du kannst das hier nicht sehen, aber leider haben alle drei die Ohren der Pooles. Du weißt doch noch, wie Earles Ohren abstanden. Daddy hat am Anfang gesagt, er sehe aus wie ein Taxi mit offenen Hintertüren. Wie auch immer, zum Glück sind es Mädchen, so kann ich ihnen die Haare darüber frisieren.«
Dena sah sich das Foto noch mal an. »Sookie, sind das Mutter-und-Tochter-Kleider?«
»Ja, aber mach dich bitte nicht darüber lustig. Ich weiß, es ist kitschig, aber Earle kandidiert für den Stadtrat, und er dachte, es wäre süß – für das Poster und so.«
»O nein, sag bloß, Earle will in die Politik.«
»O ja. Er sagt, das sei gut fürs Geschäft. Außerdem hat er sehr viel Gemeinsinn. Du kannst das Bild behalten, wir haben Hunderte davon.«
»Danke. Was ist mit dir, Sookie? Versuchst du immer noch unent-

wegt, Miss Beliebt zu sein? Du hast dich auf dem Campus um jedes Amt beworben, das weiß ich noch.«

»Also, du willst mich doch wohl nicht daran erinnern, wie blöd ich damals war? Schatz, was wußte ich schon? Als ich in der SMU landete, kam ich direkt aus Selma. Außerdem ist es nicht meine Schuld. Du erinnerst dich an Mutter?«

»Ja klar, Lenore, die Große. Wie geht es ihr?«

Sookie verdrehte die Augen. »Leider prima, sie terrorisiert immer noch jeden innerhalb von hundert Meilen. Auf jeden Fall war es ihre Schuld. Sie sagte, ich müßte entweder lauter Einser machen oder aber beliebt sein. Sie sagte: Wenn du nicht klug genug bist, sei quirlig … und weiß Gott, ich war quirlig.«

Die Kellnerin servierte ihnen den Kaffee, und eine Frau tauchte hinter ihr am Tisch auf und sprach Dena an. »Entschuldigen Sie, könnte ich bitte ein Autogramm von Ihnen haben. Ich bin ein großer Fan von Ihnen.«

Sookie war sehr angetan und plauderte munter mit ihr, während Dena in ihrer Tasche wühlte, um nach einem Kugelschreiber und einem Stück Papier zu fahnden, denn die Frau hatte weder das eine noch das andere. »Dena und ich haben im College, im Kappa-Haus, zusammen in einem Zimmer gewohnt.«

»Wirklich?« fragte die Frau.

»Ja. Ich bin heute morgen die ganze Strecke von Selma, Alabama, bis hierher gefahren, nur um ein paar Minuten ein Schwätzchen mit ihr zu halten. Wir haben uns schon seit Jahren nicht mehr gesehen. Aber sie sieht noch genauso aus wie früher. Ich habe zu ihr gesagt: ›Dena, ich werde allmählich so alt, daß ich schon zusammensacke, und du hast dich überhaupt nicht verändert.‹«

Die Frau lächelte. »Das ist aber schön, daß Sie beide sich wieder mal treffen konnten.«

Dena fand endlich einen Kugelschreiber und einen alten Briefumschlag und fragte: »Ist es für Sie? Oder soll ich das Autogramm für jemand anderen schreiben?«

»O nein, das ist für mich«, sagte die Frau und unterhielt sich weiter mit Sookie. »Ein Vetter von mir hat ein Mädchen aus Selma geheiratet. Lettie Kathrine Wyndam.«

»Oh, ich kenne die Wyndams. Das ist eine nette Familie.«

»Ja, Lettie war bestimmt ein nettes Mädchen.«

Dena unterbrach sie wieder. »Entschuldigen Sie, ich müßte wissen, an wen ich das richten soll.«
»Sie können es einfach an mich richten.«
Dena bemühte sich, höflich zu sein. »Könnten Sie mir dann Ihren Namen nennen?«
Die Frau sagte: »Oh ... Entschuldigung ... Schreiben Sie einfach für Mary Lib Hawkins.«
Sookie redete ununterbrochen weiter. »Ich habe versucht, Dena dazu zu überreden, daß sie für ein paar Tage auf Besuch nach Selma kommt, aber sie hat zuviel zu tun, sie muß nach New York zurückfliegen, um heute nachmittag noch etwas aufzunehmen. Können Sie sich das vorstellen, man läßt sie am Sonntag arbeiten? Das müssen Heiden sein, wenn Sie mich fragen.«
Mary Lib sah Dena voller Mitgefühl an. »O Sie armes Geschöpf!«
Dena überreichte ihr den Umschlag. »Hier, bitte«, sagte sie, »und vielen Dank.«
»Ich danke Ihnen. Und ich hoffe, Sie haben einen schönen Aufenthalt.«
Sookie antwortete für sie beide. »Danke, Madam, das werden wir.«
Nachdem sie gegangen war, wandte sich Sookie begeistert Dena zu. »War sie nicht reizend? Ich möchte wetten, du bist dauernd von solchen Menschen umringt. Gibt dir das nicht das Gefühl, jemand Wichtiges zu sein? Ich fühle mich schon wichtig, wenn ich hier nur mit dir sitze. Genießt du das nicht?«
»Nein, eigentlich nicht.«
»Du mußt das doch auch genießen, all diese Aufmerksamkeit. Wer würde das nicht?«
Dena lächelte. »Stimmt. Es ist nur ... manchmal ist mir nicht danach zumute, nett zu sein.«
»Ja, sei lieber nett zu mir, Dena Nordstrom, wenn man bedenkt, was ich deinetwegen alles durchmachen mußte.«
»Meinetwegen?«
»Es war nicht leicht, mit dem schönsten Mädchen auf dem Campus das Zimmer zu teilen. Es grenzt an ein Wunder, daß es mir nicht fürs Leben geschadet hat. Ich mußte mich stundenlang abmühen, um meine Haare richtig hinzukriegen und Make-up aufzulegen. Und du stiegst einfach aus dem Bett, gingst los und sahst besser aus als wir alle. Weißt du noch, wie du immer reingehauen hast wie ein Scheu-

nendrescher, und ich mußte mich fast zu Tode hungern? Ich durfte zum Abendessen nur einen grünen Salat zu mir nehmen, damit meine Hüften nicht schwabbelten, und du hast kein Pfund zugenommen. Ich sollte dich im Namen der gesamten Weiblichkeit umbringen.« Sookie lachte. »Oh, kannst du dich noch an dieses elektrische Gerät erinnern, Dena, das ich gekauft hatte, das die Oberschenkel dünner machen sollte? Kurz vor dem Ball mit den Ehemaligen. Ich blieb stundenlang an das Ding angeschlossen, holte mir schwarze und blaue Flecken, und ich sah in dem Kleid damals immer noch aus wie ein Sack voller Grapefruits.«

»Sookie, du warst eines der attraktivsten Mädchen auf dem Campus, und das weißt du auch.«

»Ha! Wenn sich ein Junge für mich interessierte, gingst du vorbei, und er ließ mich im Stich. Der einzige Grund, warum ich Earle Poole für mich gewinnen konnte, war seine Kurzsichtigkeit.«

»Ach, sei nicht albern. Earle hat dich angebetet.«

Sookie fuhr fort: »Und vergiß nicht Wayne Comer. Als er dich sah, hat er mich fallen lassen wie eine heiße Kartoffel und fing an, hinter dir herzulaufen. Es hat mir das Herz gebrochen.«

»Um Gottes willen, Sookie, du hast doch diesen dämlichen Kerl nie geliebt. Das war ein Idiot!«

»Gut, heute weiß ich das. Da wir gerade beim Thema sind, mit wem bist du denn zusammen? Gibt es einen festen Freund?«

»Ja, ich denke schon ...«

Sookies Augen blitzten auf. »Oh, jemand, den ich kenne?«

»Nein, das glaube ich nicht.«

»Ach, ich habe gehofft, du erlebst gerade eine wilde Romanze mit einem Filmstar. Nun, bist du dann wenigstens verliebt?«

»Nein, Gott sei Dank.«

Sookie war überrascht. »Willst du dich nicht verlieben?«

»Nein, ich habe es versucht ... und fand es schrecklich. Nie wieder. Es ist besser, geliebt zu werden, als zu lieben. Das kannst du mir glauben, es ist mein Motto.«

»O Dena, weißt du noch, als ich im College so in Tony Curtis verliebt war, und du schwärmtest für diesen Schriftsteller ... Tennessee Williams? Du hattest sein Bild über dem Bett hängen.«

»Das stimmt, Mensch ... Wie kommt es, daß du das noch weißt? Ich hatte es fast vergessen.«

»Wie könnte ich das vergessen? Erinnerst du dich denn nicht mehr daran, daß du mich auf einer heiligen Pilgerfahrt bis nach St. Louis, Missouri, mitgeschleppt hast, nur um eine blöde Schuhfabrik zu besichtigen, in der er mal gearbeitet hatte. Und du hast geweint, als wäre es eine Art Heiligtum!«
»Mensch, das stimmt. Die International Shoe Company ...«
»Und dann fuhren wir mit der Straßenbahn hinaus zu einem häßlichen alten Wohnhaus, wo er gelebt hatte.«
»Gott, ich hatte das alles vergessen.«
Sookie lehnte sich zufrieden zurück. »Sieh mal ... macht es dir nicht auch Spaß, dich an alte Zeiten zu erinnern? Freust du dich jetzt nicht, daß du gekommen bist? Ich weiß, du wolltest dich dem entziehen. Ich habe es Earle erzählt, ich sagte: Sie wird versuchen, sich zu entziehen. Und jetzt, freust du dich nicht, daß du es nicht getan hast?«
»Doch.«
»Ich mußte dich immer zur Geselligkeit zwingen. Wenn ich dich nicht immer angetrieben hätte, wärst du nie eine Kappa geworden. Du hättest niemanden kennengelernt außer diesen verrückten Theaterstudenten, wenn ich nicht gewesen wäre; jetzt gib es zu, ist das nicht die Wahrheit?«
»Ja. Ich nehme es an.«
»Weißt du noch, wie schüchtern du warst? Aber ich schubste dich hinaus ins Leben. Im Grunde trage ich die ganze Verantwortung für deinen Erfolg heute. Zumindest erzähle ich das jedem – also wag es ja nicht, etwas anderes zu behaupten.«
»In Ordnung.«
»Du weißt, ich mache nur Spaß. Aber im Ernst, Dena, bist du nicht froh, daß du deine Theater- und Kunstphase überwunden hast?«
Dena begriff nicht. »Meine Kunstphase?«
»Oh, weißt du etwa nicht mehr, wie du dauernd in dieses blöde Kino gegangen bist, wo all diese verrückten Bilder gezeigt wurden?«
»Du meinst das Lyric?«
»Ja. Du wolltest, daß ich mir so einen alten Clownfilm anschaue, der noch nicht mal auf englisch lief.«
»*Kinder des Olymp*? Der war auf französisch.«
»Ja, er war jedenfalls furchtbar, was immer es auch war. Du hast mich an die seltsamsten Orte gezerrt wie eine Stoffpuppe, und ich ließ dich gewähren. Mutter sagte, ich sei charakterschwach, und sie hatte

wohl recht damit, aber wir hatten doch viel Spaß, oder nicht? Du hast die verrücktesten Sachen gemacht und spieltest immer den Clown. Weißt du noch, wieviel Ärger wir uns einhandelten, wenn wir die ganze Nacht kicherten? Erinnerst du dich an Judy Horne, die mit dem Sinus-Problem? Die hämmerte immer gegen unsere Wand, um uns zum Schweigen zu bringen. Weißt du noch, als du am Kappa-Tag der Ehemaligen so tatest, als wärst du eine Austauschstudentin aus Schweden? Du trugst irgendein seltsames Gewand und sprachst mit Akzent; es war zum Schreien.«

»Tatsächlich?«

»Ja, o Gott, und die griechische Woche und das wahnsinnige Lied, das du für die Kappa-Satire geschrieben hast.«

Dena machte ein ungläubiges Gesicht.

»Das weißt du doch noch! Du hast uns allen Ballons in die Pullover gesteckt, und wir sangen ›Danke für die Brüste‹. Wir waren albern und glücklich, wir lachten von morgens bis abends.«

»Wirklich? Ich erinnere mich zwar daran, daß du und ich viel Spaß hatten, aber ich kann mich nicht erinnern, die ganze Zeit über glücklich gewesen zu sein.«

»Du warst es aber; nichts konnte dich aus der Fassung bringen, du warst immer unbekümmert.«

»War ich das?«

»Ja.«

»Hm. Bist du sicher?«

»Natürlich, ich war deine Zimmergenossin. Ich muß es doch wohl wissen.«

»Das ist komisch. Ich meine mich zu erinnern, daß ich im College irgendwie unglücklich war.«

»O nein, das warst du nicht! Du warst nur ein bißchen launisch, das ist alles. Und ich verbuchte das als deine dramatische Ader; du hattest immer die Hauptrollen in diesen furchtbaren Theaterstücken. Du hast dich stundenlang in diesem Theater aufgehalten, die ganze Nacht, und ich mußte mich hinunterschleichen und dafür sorgen, daß die Hintertür nicht abgeschlossen war. Du hast soviel Zeit dort verbracht, daß alle dachten, du hättest heimlich einen Freund und wolltest es uns nicht erzählen. Und kannst du dich nicht an den Abend erinnern, an dem Mitzy McGruder und ich – sie ist übrigens jetzt verheiratet … endlich – als wir in das Theater eindrangen, und da standst du um zwei Uhr morgens und bist ganz allein über die Bühne getänzelt. Du hast gesungen, du hast gelacht, und dann hast du eine Weile getanzt; es war wahnsinnig komisch; du warst einfach toll. Was hast du da bloß getrieben?«

Dena schüttelte den Kopf. »Weiß der Himmel. Theater gespielt, nehme ich an, mit den Lichtern gespielt. Wer weiß.«

»Nun ja, was du auch gemacht hast, es hat sich ausgezahlt. Jetzt bist du ein großer Star. Erzähl mir doch mal, wen du schon alles kennengelernt hast.«

»Wen meinst du?«

»Stars. Bist du jemals Tony Curtis begegnet?«

»Nein.«

Sookie war sichtlich enttäuscht. »Oh, warum interviewst du ihn dann nicht mal irgendwann? Ich wette, eine Menge Leute würden das gern sehen. Du solltest auf mich hören, Dena, ich bin das Durchschnittspublikum.«

Plötzlich erschien eine stämmige Kellnerin, starrte Dena an und fragte sie nach ihrem Namen.

Dena sah auf. »Wie bitte?«

»Wie heißen Sie? Jemand hat gesagt, Sie seien eine Prominente oder so was Ähnliches.«

Sookie freute sich, sie aufklären zu können. »Das ist Dena Nordstrom; Sie haben sie im Fernsehen gesehen.«

Die Kellnerin, die keine Ahnung hatte, wer Dena war, sagte: »Kann ich dann ein Autogramm von Ihnen haben?«

Sookie, inzwischen ein alter Profi, antwortete: »Sicher, das können Sie. Haben Sie Papier und Bleistift?«

Die Kellnerin überreichte Dena ihren Rechnungsblock. »Hier, schreiben Sie es auf die Rückseite … für Billie.«

Billie drehte sich um und rief laut: »Thelma, komm hierher und hol dir ein Autogramm und bring Dwayne aus der Küche mit!«

Dann fragte sie Sookie: »Kann Dwayne auch eins haben?«

Sookie sagte: »Dena, kannst du noch eins für Dwayne schreiben?«

Dann fragte sie die Kellnerin: »Wer ist Dwayne?«

»Das ist der Koch.«

»Das ist der Koch, Dena; du hast doch sicher nichts dagegen?«

Dena schrieb etwas auf den Block der Kellnerin. »Einverstanden, aber sagen Sie ihm, er soll sich beeilen.«

Billie gab ihr noch ein Blatt Papier. »Schreiben Sie hier drauf. Er hat viel zu tun, ich bringe es ihm dann.«
Dena schrieb ein Autogramm, das die Kellnerin an sich nahm. »Vielen Dank.«
Sookie strahlte. »Oh, Dena, ich komme mir vor wie eine stolze Mutter. Ich habe immer gewußt, daß du berühmt wirst. Das habe ich dir doch immer gesagt.«
»Hast du das?«
»Ja, erinnerst du dich denn an gar nichts?« Sookie sah sie wehmütig an. »Dena, vermißt du die guten alten Zeiten nicht? Ich finde es gräßlich, eine erwachsene Frau zu sein. Natürlich würde ich Earle und meine Töchter um keinen Preis hergeben, aber wünschst du dir nicht auch, wir könnten die Uhr zurückdrehen und müßten uns nicht um alles sorgen, sondern könnten nur albern sein und ausgehen? Ich kenne noch alle meine Kappa-Lieder. Du auch?«
Dena warf einen Blick auf ihre Uhr und war überrascht, wie spät es schon war. »O verflixt, Sookie, ich muß gehen.«
Sookie jammerte: »O nein. Ich habe das Gefühl, ich habe noch gar nicht alles erzählt. Wir haben doch eben erst angefangen.«
Dena sagte: »Ich weiß, aber wir machen das wirklich bald mal wieder. Ich verspreche es dir.«
Sookie geriet plötzlich in Panik. »Warte! Ich habe es fast vergessen. Ich muß ein Foto von uns haben für den *Kappa Key.«* Sie wühlte in ihrer Tasche und förderte eine Kamera zutage. »Es dauert nur eine Sekunde.« Sie rief die Kellnerin Billie heran und bat sie, von ihnen beiden ein Foto zu machen.
Sookie ging mit Dena hinaus zu der Limousine und umarmte sie zum Abschied. »Versprich mir ... versprich mir, wenn du je wieder südlich der Mason-Dixon-Linie bist, daß du dann anrufst und mir Bescheid gibst. Denn wenn du das nicht tust, werde ich es herauskriegen und bei dir auftauchen und dich ganz furchtbar blamieren.«
Dena stieg lachend ins Auto. »Ich verspreche es.«
»Oh, und hör mal, wenn du je Tony Curtis begegnen solltest, sag ihm, er hätte einen großen Fan in Selma, Alabama.«
»Das werde ich tun.«
Als sie davonfuhr, winkte Sookie und rief: »Ich liebe dich!«

* * *

Im Flugzeug bestellte Dena eine Bloody Mary und dachte über das Mädchen nach, das Sookie beschrieben hatte. War sie tatsächlich so gewesen? Hätte Sookie sich so in ihr täuschen können? Die jugendliche Dena, an die sie sich zu erinnern glaubte, war immer ein irgendwie trauriges, verträumtes Mädchen gewesen, das viel weinte, stundenlang in die Blätter starrte, die an den Bäumen glänzten und sich so sehr von Sehnsucht verzehrte, daß es weh tat. Aber nach was sie sich gesehnt hatte oder wo diese Gefühle geblieben waren, das wußte Dena nicht mehr. In Wahrheit konnte sie sich im Grunde an das Mädchen kaum erinnern.
Sie bestellte noch eine Bloody Mary und schlief dann während des ganzen Flugs nach New York.

Die Lichter der Großstadt

New York City
Dezember 1951

Als Dena sieben Jahre alt war, nahm ihre Mutter eine Stelle bei Bergdorf's in New York City an und schickte sie in ein Internat in Connecticut. Sie haßte es – die langen, leeren, dunklen Flure und das Warten auf ein Wiedersehen mit ihrer Mutter. Nach etwa zwei Monaten schrieb die Mutter Oberin einen Brief an ihre Mutter und erklärte darin, daß Dena nicht gut mit den anderen Kindern zurechtkomme.

»Wir erwarten immer ein gewisses Maß an Heimweh bei unseren Internatsschülern, besonders wenn es sich um Einzelkinder handelt, aber ich fürchte, Dena ist ein schwieriger Fall. Es ist offensichtlich, daß das Kind Sie vergöttert und hier schrecklich unglücklich ist. Wir bestärken unsere Eltern in der Regel darin, ihren Kindern Zeit zu lassen, damit diese sich an die neue Umgebung gewöhnen können, aber ich möchte in diesem Fall bei unserer Politik eine Ausnahme machen und überlege, ob sie die Wochenenden nicht öfter zu Hause verbringen könnte?«

Dena liebte die neue Wohnung ihrer Mutter. Sie lag in der Nähe von Gramercy Park an einer schönen, mit Bäumen gesäumten Straße. Sie schlief auf der Couch im Wohnzimmer. Die Wohnung lag im Tiefparterre, und die Fenster befanden sich fast auf gleicher Höhe mit der Straße. Nachts fiel das Licht von der Straßenlaterne an der Ecke in das Zimmer und warf lauter schwarze Scherenschnitte an die Wand, wenn die Blätter durch einen leichten Wind hin und her bewegt wurden und im Licht tanzten. Noch spät in der Nacht lag sie wach und hörte Paare an den Fenstern vorbeigehen, den schweren, dumpfen Schritt des Mannes und das klare Stöckeln der Frau auf dem Straßenpflaster. Sie konnte ihre gedämpften Stimmen hören, die tiefe Stimme des Mannes und das Lachen der Frau. Manchmal vernahm sie Musik aus einem Radio, wenn ein Auto vorbeisauste, dessen Schweinwerferlicht durch die verzierten schwarzen Gitterstäbe der Fenster fiel und das kleine Wohnzimmer in eine magische

Licht- und Klangschau verwandelte. Sie war erfüllt von Träumen und Neugier. Sie überlegte immer, wohin die Leute wohl gingen und woher sie kamen, und träumte von all den wunderbaren Orten, an die sie eines Tages vielleicht auch gelangen würde. Sie sehnte sich nach einem künftigen Leben in einem schönen weißen Haus, das dem glich, das häufig in ihren Träumen vorkam. Weiß mit einem grünen Rasen davor, und ihre Mutter lächelte immer. Zum diesjährigen Weihnachtsfest hatte ihre Mutter sie für eine ganze Woche kommen lassen. Es war eine wunderbare Zeit gewesen. Ihre Mutter hatte sie zum Mittagessen zu Horn & Hardart's ausgeführt, wo sie sich ihr Essen aussuchten, das in kleinen Glasfenstern präsentiert wurde, heißen Kaffee tranken und Obstkuchen aßen. Sie flanierten die ganze Fifth Avenue entlang, sahen Hunderte von Menschen, Weihnachtsmänner an jeder Ecke und Schaufenster voller winziger Sachen, die sich zu den Klängen einer Musik bewegten, gingen dann weiter zur Radio City, um sich die Weihnachtsveranstaltungen anzuschauen, und Dena saß mit offenem Mund da, gebannt von diesem ganzen Schauspiel. Sie hatte noch nie in ihrem Leben ein echtes Kamel gesehen, und die Rockettes trugen rotgoldene Uniformen und sahen wie lebendige Spielzeugsoldaten aus. Als sie die Lichter betrachtete, verschlug es ihr den Atem, so fasziniert war sie davon, wie diese ständig die Farbe wechselten, fast wie durch Zauberei. Während andere Kinder die Show verfolgten, hatte sich Dena auf ihrem Sitz umgedreht, um die Scheinwerfer zu bewundern, die aus dem Hintergrund des Zuschauerraums herunterstrahlten und vollkommene, glänzend weiße Kreise auf der Bühne und den Vorhängen bildeten. Und als wäre das noch nicht genug, überraschte ihre Mutter sie auch noch damit, daß sie ihr erzählte, sie kenne jemand von den Rockettes, und sie würden sie später hinter den Kulissen treffen.

Als sie hinter die Bühne kamen, führte die Bekannte ihrer Mutter, eine nette Dame namens Christine, sie überall herum, von dem riesigen verspiegelten Proberaum bis zu den Garderoben. Die Leute hinter den Kulissen waren eine bunte Mischung aus den Rockettes, den Musikern, Bühnenarbeitern und anderen kostümierten Damen, aber Dena wollte nur das eine wissen: Wer bewirkte, daß die Lichter an der geschwungenen Decke des Zuschauerraums die Farbe wechselten, und wie brachte er das zustande? Christine hatte bei der

Frage, die von einem so kleinen Mädchen kam, gelacht und sie einem Mann namens Artie vorgestellt. Er nahm sie mit und zeigte ihr das Hauptkontrollpult mit seinen 4305 farbigen Knöpfen, mit denen die bernsteinfarbenen, grünen, roten und blauen Lichter gesteuert wurden, und erzählte ihr von den 206 Scheinwerfern. Dena hörte verzaubert zu. Später aßen sie mit Christine zu Abend in der privaten Cafeteria der Radio City Music Hall, wo alle Tänzer und das Personal aßen. In dieser Nacht schwirrte Dena der Kopf. Sie war in ihrem ganzen Leben noch nie so erregt gewesen. Sie schlief bei ihrer Mutter, hielt die ganze Nacht ihre Hand und träumte von den Lichtern. Zwei Monate später kündigte ihre Mutter plötzlich ohne Vorwarnung und zog in einen älteren Teil von Cleveland, Ohio, in die Altamont Towers, und Dena sah sie bis zum Sommer überhaupt nicht mehr. Aber den Abend in der Radio City hatte sie nie vergessen, und seither war sie von Lichtern fasziniert, von jeder Art Licht, Sonnen- und Mondlicht, wie Lampenschein, so daß das Theater sie zuallererst wegen der Beleuchtung anzog. Sie begann im College, mit Lichteffekten zu experimentieren und war überrascht, wie einfach sie die Stimmung auf der Bühne verändern konnte. Sie brauchte nur einen Hebel zu bewegen, und schon verwandelte sich ein helles, freundliches Zimmer, durch dessen Fenster weißes Sonnenlicht strömte, in einen dunklen, schattigen, unheimlichen Raum. Sie schlich sich häufig mitten in der Nacht ins Collegetheater und spielte stundenlang mit der Beleuchtung. Sie lernte, wie sie alle Stimmungen erzeugen konnte, die sie sich nur vorstellen konnte. In diesem Jahr zog das Licht sie völlig in seinen Bann, und vielleicht zog sie am Ende das Licht in ihren Bann. Es war das erste Mal in ihrem Leben, daß sie wirklich etwas unter Kontrolle hatte. Und die Lichter hatten sie ins weit entfernte New York zurückgebracht.

Das SMU-Kappa-Rundschreiben

Selma, Alabama
1973

Hallo Kappas!
Wenn Ihr wissen wollt, warum ich so guter Stimmung bin, kann ich Euch sagen, daß dies ein phantastisches Jahr war, was die Pflege und Erneuerung alter Freundschaften angeht, und unsere neue Vorsitzende, Leslie Woolley, berichtete mir, daß es in diesem Jahr so viele Neuzugänge wie nie zuvor gab. Wir zählen 34 neue Kappa-Mädchen! Ich war dabei, als die Anwärterinnen ihre Anstecknadel mit Lilie erhielten und von allen Kappas auf dem Campus mit vielen Kappa-Küssen und -Umarmungen begrüßt wurden. Jede Aktive benannte ihre spezielle Kandidatin mit einem Kappa-Spitznamen, um ihr das Gefühl zu geben, willkommen zu sein. Dann berichteten einige Mitglieder der ältesten Semester, was Kappa ihnen bedeutet hat (dabei flossen tatsächlich Tränen!). Dann begleiteten wir die Neumitglieder hinaus und sangen zum Schluß das Portikus-Lied.
Und nun zu meiner sensationellsten Nachricht. Ich konnte im letzten Monat in Atlanta eine unserer berühmtesten Kappas abfangen. Sie hielt sich in der Stadt auf, um den Preis der AWRT (American Women in Radio and Television) entgegenzunehmen, natürlich spreche ich von keiner anderen als Dena Nordstrom! Sie schickt allen Kappas ihre besten Grüße. Wir haben uns der guten alten Zeiten erinnert, als wir noch Zimmergenossinnen waren! Zurück ins Mittelalter, ha ha. Das Bild unten ist zwar unscharf, aber ich sende es Euch trotzdem.
Kappas werden auch in Zukunft durch glänzende Leistungen berühmt werden, deshalb, Ihr Mädchen mit Ambitionen, wird Euch vielleicht eines Tages auch eine Eurer Kappa-Schwestern entdecken und sagen: Ich erinnere mich an dich, als …!

Sookie Krackenberry Poole
Studienjahrgang 1965

Iras flotte Sprüche

New York City
1974

Nach ihrem ersten Mittagessen mit Howard Kingsley versuchte Dena, ihr möglichstes zu tun, um die Entwicklung, die die Sendung nahm, aufzuhalten, aber sie hatte wenig Glück.
Das war nun schon das vierte Mal, daß sie Ira Wallace gebeten hatte, ein Interview mit der blinden Frau ins Programm zu nehmen, die gerade zur Lehrerin des Jahres ernannt worden war, und zum vierten Mal hatte er sie abgewiesen. Wallace, der das, was von seinem Haar noch übrig war, von seinem privaten Friseur, Nate Albetta, schneiden ließ, sagte zu ihr: »Dieses rührselige Zeug will doch keiner sehen, stimmt's Nate?«
Nate antwortete: »Mich dürfen Sie das nicht fragen, ich weiß es nicht.«
»Doch, das will man, Ira«, sagte Dena. »Es ist Ihnen nicht klar, aber es gibt eine Menge netter Leute da draußen. Es will nicht jeder jeden ausnehmen. Sie müssen New York mal verlassen und im Land herumfahren und ein paar von den Leuten treffen, die Ihre Zuschauer sind.«
Wallace sagte: »Sie wollen mir weismachen, daß ich meine Zuschauer nicht kenne? Ich? Haben Sie diese Woche die Zahlen gesehen?«
»Nein ... aber darum geht es auch nicht.«
»Lassen Sie sich eines von mir sagen, und das stammt von dem großen Journalisten Walter Winchell: Klatsch ist wie eine Droge; sobald die Leute einmal süchtig sind, brauchen sie jeden Tag eine kleine Dosis davon, und wenn du sie nicht im Stich läßt, sind sie dir ein Leben lang treu.«
Dena verdrehte die Augen. »Na großartig, Ira, warum lassen wir das nicht in eine Bronzetafel meißeln und hängen sie an die Wand?«
Dena sah zu Nate, der das Rasiermesser gezückt hielt. »Wo Sie gerade dabei sind, warum schneiden Sie ihm nicht an meiner Statt die Kehle durch?«
Nate lachte; er war an ihre Streitereien gewöhnt.

»Weißt du, Mädchen, du wirst deine irrige Meinung über die menschliche Natur über Bord werfen müssen. Das ist doch nichts Neues. Die Menschen warten nur darauf, andere mit Dreck zu bewerfen. Das hält die Welt in Gang und beschafft dir dein Gehalt, und du solltest lieber hoffen, daß sie das nie überwinden. Du machst dir falsche Illusionen über die Nächstenliebe. Sie existiert nicht. Du meinst, die Menschen seien so eine Art reine, weißgefiederte Vögel, die in den Wolken fliegen. Doch so sind sie nicht. Sie sind Schweine, und sie suhlen sich gern im Schlamm und im Schmutz.«

»Eine reizende Auffassung, Ira, wie bin ich froh, daß Sie mir das alles erklärt haben. Ich hätte doch fast geglaubt, daß es da draußen ein oder zwei anständige Menschen gibt. Gut, daß Sie mich rechtzeitig dabei ertappt haben.«

Nate lachte wieder, während Wallace sagte: »Ja, ja ...« – er zündete seine Zigarre wieder an – »... du magst das komisch finden, aber wenn du nicht aufpaßt, wird auf dir herumgetrampelt. Du hast eine sehr idealistisches Menschenbild, daß er ein edles Geschöpf ist ... Und dann diese ganze Scheiße, wie man die menschliche Natur ändern kann. Du kannst sie nicht ändern, da rennst du mit dem Kopf gegen die Wand. Die Menschen hatten zwei Millionen Jahre Zeit, sich zu ändern, und haben sich trotzdem nicht geändert, oder?«

»Nicht sehr.«

»Nein, und sie werden es auch nicht. Nicht, solange du lebst. Also begrab deine Vorstellungen.«

»Fühlen Sie sich eigentlich niemals ein klein bißchen schuldig?«

Wallace warf die Arme hoch. »O Gott, was ist das denn jetzt?« Er sah Nate an. »Ich bin plötzlich in einem Frank-Capra-Film. Also, nun laß mich nicht hängen und mach keinen Verlierer aus mir.«

»Ira, ich will Sie nicht hängen lassen. Ich finde, daß es okay ist, wirkliche Korruption anzuprangern, aber ich glaube, Sie realisieren nicht, daß die Leute immer mehr darüber klagen, wie primitiv die Sendung allmählich wird. Ich höre das andauernd.«

»Sicher. Die Reichen und Mächtigen können die Medien nicht mehr kontrollieren, und das macht sie wütend. Aber die Schurken sind nicht wir – sie sind es. Man soll nicht auf den Boten schießen.«

»Nein, aber diese Nummern, die Sie da mit versteckter Kamera abziehen, sind ganz schön fragwürdig.«

»He – wer will entscheiden, was man zurückhalten soll? Du? Der

Intendant? Nein. Howard Kingsley? Nein. Dieser alte Scheißtrick, daß Nachrichten aus Gründen nationaler Sicherheit unterdrückt werden müssen, zieht nicht mehr; wir haben ihnen die Hosen runtergezogen und sie bloßgestellt, und das gefällt ihnen nicht. Darum quieken sie wie abgestochene Schweine, und wenn wir jemanden erwischen – und ich meine jeden, und wenn's der verdammte Papst ist, das ist mir egal –, der die Finger in der Kasse oder sonstwo hat, wo sie nicht hingehören, werden wir auch in Zukunft darüber berichten. Richtig, Nate?«

»Richtig.«

»Du wirst erleben, daß man viel mehr Respekt vorm Fernsehen bekommen wird. Wir können sie aufbauen oder ruinieren, und das wissen sie mittlerweile. Du solltest auf meiner Seite stehen. Tu, was ich dir sage, und die Leute werden sich gegenseitig die Köpfe einschlagen, um in deine Sendung zu kommen. Du wirst berühmter sein als die meisten von den Idioten, die du interviewst – und glaub mir, du wirst noch arbeiten, lange nachdem diese Drecksäcke pleite gegangen und erledigt sind.«

Wallace hob die Hand, um Nate bei seiner Arbeit zu unterbrechen, und beugte sich zu Dena vor. »Du erinnerst dich doch noch an den Typ, der neulich auf einem Gebäude drüben in der Sechsundsiebzigsten Straße stand? Unten versammelte sich eine Menschenmenge, als er drohte, hinunterzuspringen, und nach etwa einer halben Stunde begann die Menge zu schreien: »Spring doch endlich, spring!«

»Ja, ich erinnere mich. Widerwärtig.«

»Ja, widerwärtig, aber genau das ist dein Publikum, Mädchen, das sind deine sogenannten netten Menschen. Wenn du also ein Interview machst, denk daran, daß die da unten nur darauf warten, daß etwas passiert. Sie wollen Action, ich kann das anhand der Einschaltquoten beweisen. Du meinst, Winchell war schuldig. Nein, verdammt, aber die Leute erinnern sich an seinen Namen, nicht an diese Snobs aus den vornehmen Landclubs, die glaubten, sie seien was Besseres als er.«

»Ira, meine Frage ist ja nur, warum wir die ganze Zeit so hart zuschlagen müssen. Wir sind nicht im Krieg, es ist nur eine Fernsehsendung. Können wir nicht versuchen, zur Abwechslung mal ein paar Geschichten von menschlichem Interesse zu bringen?«

»Du willst predigen? Dann geh in die Kirche. Das hier sind nicht *Die Waltons,* das sind die Nachrichten.«

»Also darf ich dem entnehmen, daß die Antwort nein ist, keine Lehrergeschichte?«

»Nur wenn der Lehrer«, sagte Wallace, »gleichzeitig ein Kinderschänder ist. Ja, das wäre eine Geschichte.«

Man konnte mit Ira nicht reden, natürlich nicht. Er hatte immer recht. Und er hatte die Einschaltquoten als Beweis. Er war der erste gewesen, der sich auf die Idee gestürzt hatte, Interviews aus dem Hinterhalt zu führen, und der die reißerisch aufgemachte Tonuntermalung perfektionierte. Am Anfang hatte jeder über ihn gelacht, dann ihn verabscheut, doch jetzt nicht mehr. Die Welt der Fernsehnachrichten wandelte sich, und sie wandelte sich schnell. Nun strampelten sich alle ab, um ihre eigenen Programmstrukturen auch zu verändern.

Und wie Ira gern betonte: »He, es wäre sowieso passiert, ich bin nur als erster mit der Idee herausgekommen.«

Der Arzttermin

New York City
1974

Dena dachte beim Aufwachen mit Schrecken an den Termin bei ihrem Arzt an diesem Tag, aber sie mußte hingehen. Er würde ihr keine Medikamente mehr verschreiben, wenn er sie nicht sähe. Es war ihr Pech, daß sie sich einen Arzt ausgesucht hatte, der so furchtbar gründlich war.

Nach der Untersuchung saß sie in seinem Sprechzimmer und sehnte sich nach einer Zigarette, während Dr. Halling seine Befunde durchging und die Ergebnisse der Magen- und Darmuntersuchungen studierte, denen sie sich auf sein Drängen hin erneut unterzogen hatte. Er sah nicht sehr zufrieden aus.

»Dena, Ihr Magengeschwür heilt nicht so, wie es sollte. Eigentlich ist es noch schlimmer geworden.« Er schaute sie an. »Und Sie rauchen bestimmt nicht?«

»Nein.«

»Kein Kaffee, kein Alkohol?«

»Nein.«

»Und Sie halten Ihre Diät ein?«

»O absolut.« Sie hatte in der vergangenen Woche einmal eine Schale Haferschleim gegessen.

Er seufzte. »Also, ich stehe vor einem Rätsel. Das einzige, von dem ich mir vorstellen kann, daß es der Grund sein könnte, ist einfach der ganze altbekannte Streß. Deshalb kann ich im Augenblick nichts weiter für Sie tun, als Ihnen vollkommene Bettruhe zu verordnen.«

Denas Alarmsystem kam in Gang. »Bettruhe! Was bedeutet das?«

Er sah sie über seine Brille hinweg an. »Dena, es bedeutet genau das, was Sie sich darunter vorstellen. Ich muß Sie für mindestens drei Wochen ins Bett stecken. Ich habe das Gefühl, daß dies das einzige Mittel ist, mit dem ich Sie dazu bringen kann, kürzer zu treten. Wir nähern uns sozusagen einem gefährlichen Stadium. Sie wollen es doch wohl nicht auf einen blutenden Ulcus ankommen lassen und zu einer Notoperation gezwungen werden. Oder noch schlimmer: verbluten.«

»Aber es blutet doch noch nicht?«

»Nein, aber darauf läuft es hinaus, wenn die Sache noch etwas schlimmer wird. Und ich werde nicht zulassen, daß Sie sich umbringen.«

»Aber ich muß arbeiten. Wirklich. Ich verliere meinen Job, wenn ich aufhöre. Gerade jetzt kriege ich einen Fuß in die Tür.«

»Dena, es geht um Ihre Gesundheit.«

»Hören Sie, ich verspreche Ihnen: Ich werde schnurstracks nach Hause gehen und mich sofort ins Bett legen und Milchshakes trinken und Kartoffelbrei essen – mich wirklich schonen. Ich verspreche es. Ich habe mein ganzes Leben dafür gearbeitet, um an dieses Ziel zu gelangen. Können wir nicht einfach irgendwas anderes tun … Gibt es nicht irgendeine Medizin, die ich einnehmen kann?«

Dr. Halling schüttelte den Kopf. »Nein, Sie haben schon alles genommen, was ich Ihnen verschreiben kann, und es hilft nicht.«

»Hören Sie, ich glaube, daß ich hin und wieder vielleicht nicht so gegessen habe, wie ich es hätte tun sollen. Und ich habe auch ein bißchen geraucht. Ich bin herumgehektikt, vielleicht zuviel, aber ich verspreche, daß ich mich bessern werde. Wenn Sie mich das nächste Mal sehen, wird es mir hundertprozentig besser gehen. Bitte!«

Er lehnte sich zurück. »Das ist gegen jedes bessere Wissen. Aber ich will eine Vereinbarung mit Ihnen treffen: Ich möchte, daß Sie in zwei Monaten wieder hier erscheinen … und wenn es dann nicht besser ist, überweise ich Sie auf der Stelle ins Krankenhaus, verstehen Sie?«

»O ja, ich verstehe.«

»Aber ich möchte, daß Sie in der Zwischenzeit mit einem Freund von mir reden. Sehen Sie mal zu, ob er Ihnen nicht dabei helfen kann, herauszubekommen, was diesen ganzen Streß verursacht. Sie sind für einen solchen Gesundheitszustand noch zu jung. Sprechen Sie bitte mit dem Kollegen, und dann wollen wir doch mal sehen, ob er herausfindet, was … Sie auffrißt. Es ist vielleicht noch mehr als nur die viele Arbeit.«

Er nahm seinen Kugelschreiber aus dem Halter und schrieb Namen und Adresse auf. Dena war erleichtert. »Prima. Ich gehe zu jedem, den Sie vorschlagen.«

Als er mit Schreiben fertig war, hielt er ihr das Blatt Papier hin.

Bevor er es ihr jedoch endgültig überließ, sagte er: »Ich möchte, daß Sie mir *versprechen,* daß Sie wenigstens zweimal pro Woche zu diesem Mann gehen – oder ich werde Sie gleich ins Krankenhaus stekken.«

»Ich schwöre, das werde ich. Ich rufe ihn an, sobald ich nach Hause komme.«

Sie wäre am liebsten aus dem Sprechzimmer gerannt, wenn sie gekonnt hätte.

Noch an demselben Nachmittag rief sie diesen O'Malley an, und nur drei Tage später betrat sie das Gebäude, in dem er praktizierte, und studierte die Auskunftstafel an der Wand. Dr. Gerald O'Malley, Psychiater. 17. Stock.

Dena war entsetzt. Ein Psychiater! Was in aller Welt dachte sich Dr. Halling bloß dabei? Sie wollte schon kehrtmachen und wieder verschwinden. Aber das konnte sie nicht. Halling würde es herausbekommen, wenn sie dort nicht auftauchte, deshalb konnte sie ebensogut hinauffahren und den beiden den Gefallen tun.

Sie verließ den Aufzug im siebzehnten Stock, klopfte an seine Tür und hörte eine Stimme: »Herein.« Dena betrat die Praxis, und ein junger Mann, nicht viel älter als sie, stand auf und reichte ihr die Hand.

»Hallo, Miss Nordstrom, ich bin Dr. O'Malley.«

Er war ein gepflegter, jungenhaft anmutender Mann mit modischer Hornbrille, blauen Augen und heller, fast kindlich wirkender Haut. Er erweckte den Eindruck, als hätte ihn seine Mutter heute morgen, ehe er das Haus verließ, angezogen und gekämmt.

»Sind Sie der Arzt?«

»Ja. Wollen Sie sich nicht setzen?«

»Ich weiß nicht wieso«, sagte sie, als sie sich setzte, »aber ich habe einen älteren Mann mit Bart erwartet.«

Er lachte. »Tut mir leid, daß ich Sie enttäuschen muß, aber ich hatte nicht viel Erfolg mit Bärten.«

Er setzte sich, nahm Block und Kugelschreiber zur Hand und wartete darauf, daß sie anfing zu sprechen. Das war etwas, das er, wie sie noch merken sollte, häufig tat.

Schließlich sagte sie: »Hm, eigentlich bin ich nicht hier, um einen Psychiater zu konsultieren. Ich meine, ich bin nicht hier, weil ich denke, ich brauchte einen Psychiater, glauben Sie mir.«

Er nickte. Noch etwas, das er oft tun würde.

»Ich habe ein Magengeschwür, und das hier war Dr. Hallings Idee. Ich stehe nur etwas unter Streß, berufsbedingt.«
Er nickte freundlich und machte sich ein paar Notizen. Sie lehnte sich zurück und wartete darauf, daß er etwas sagte.
Er schwieg.
»Jedenfalls bin ich deswegen hier, wegen berufsbedingtem Streß.«
»Hm.« Er nickte. »Und was machen Sie?«
»Inwiefern?«
»Was ist Ihr Beruf?«
Dena war betroffen. »Fernsehen!«
»Was … tun Sie?«
»Ich bin beim Fernsehen.«
Er nickte und wartete darauf, daß sie weiterredete. Es entstand eine längere Pause, die noch peinlicher war. »Sie haben mich vielleicht schon mal gesehen. Ich führe Interviews in einer Nachrichtensendung im Abendprogramm.«
»Nein, tut mir leid. Leider habe ich keine Gelegenheit, viel fernzusehen.« Dena war fassungslos. »Ach so. Jedenfalls ist es ein wichtiger Job und …«
Plötzlich irritierte es sie, erklären zu müssen, wer sie war und was sie machte. »Sie haben doch sicher mit Dr. Halling über mein Magengeschwür gesprochen. Er meint, ich sollte mit jemand über den Streß sprechen.« Dena warf einen Blick auf die Couch. »Soll ich mich hinlegen oder so was?«
Dr. O'Malley antwortete: »Nur, wenn Sie es wollen.«
»Ah. Gut … darf ich rauchen?«
»Lieber nicht.«
Das war Dena schon zuwider. »Sind Sie allergisch oder so ähnlich?«
»Nein. Aber Rauchen ist keine so gute Idee für jemanden, der ein Magengeschwür hat.«
Dena, die immer gereizter wurde, begann, die Beine übereinander geschlagen, mit dem rechten Fuß zu wippen. Dieser Kerl war ein richtiger Trottel.
»Hören Sie, der einzige Grund, weshalb ich gekommen bin, ist der, daß ich es Dr. Halling versprochen habe.«
Er nickte.
»Darum weiß ich eigentlich nicht, was ich sagen soll. Wollen Sie mir nicht ein paar Fragen stellen oder so was Ähnliches?«

»Gibt es etwas, das Sie mir gern erzählen möchten?« fragte er in dieser aufreizend unverbindlichen Art.
»Ich habe es Ihnen doch schon erzählt. Ich stehe sehr unter Streß, und ich leide unter Schlafstörungen, und ich dachte, Sie könnten mir vielleicht etwas verschreiben, das mir hilft, das ist alles.«
»Vorausgesetzt, wir unterhalten uns vorher ein bißchen.«
»Worüber sollen wir uns unterhalten?«
»Gibt es etwas Besonderes, das Sie stört, etwas, über das *Sie* vielleicht gern reden würden?«
»Nein, eigentlich nicht.«
Er sah sie an und wartete. Sie schaute sich in dem Zimmer um. »Hören Sie, Sie sind bestimmt ein netter Mensch, und ich möchte Ihre Gefühle nicht verletzen, aber ich glaube wirklich nicht an all dieses Zeug. All dieses Nörgeln und Jammern, was Mutter und Vater getan haben, als man drei war. Es mag ja für manche ganz gut sein, aber ich bin wirklich von all den Leuten, die ich kenne, am wenigsten verkorkst.«
Dr. O'Malley hörte weiter zu.
»Ich weiß ganz genau, was ich will, ich wußte seit meinem zwölften Lebensjahr, was ich wollte. Ich bin nicht verrückt, habe keine sonderbare sexuelle Beziehung zu meinem Anrufbeantworter. Mich beschäftigt nichts, ich habe nur ein kleines Magenproblem.«
Er nickte wieder. Sie redete weiter.
»Ich bin nicht deprimiert. Meine Arbeit läuft großartig. Ich verspüre nicht den Drang, von der Brooklynbrücke zu springen, und ich halte mich nicht für Napoleon. Meine Eltern haben mich nicht verprügelt ...«
Dr. O'Malley, der sich immer wieder Notizen machte, sagte: »Erzählen Sie mir etwas von Ihren Eltern.«
»Was?«
»Ihre Eltern.«
»Es geht ihnen gut, sie sind tot, aber sie haben mich nicht an einen Bettpfosten gebunden oder dergleichen. Ich kann mich sehr gut anpassen. Eine der Eigenschaften, die man mir immer wieder zuspricht, ist, daß ich selbstbewußt und reif bin. Die Leute kommen zu *mir* mit ihren Problemen. Tatsächlich sagen alle, daß ich der normalste Mensch sei, dem sie je begegnet sind – und glauben Sie mir, in meiner Branche ist das schwer.«

»Irgendwelche Geschwister?«
»Was?«
»Brüder oder Schwestern?«
»Nein. Nur ich.«
»Ich verstehe«, sagte er und schrieb *Einzelkind* auf seinen Block. »Wie alt waren Sie, als Ihre Eltern starben?«
»Mein Vater fiel im Krieg, noch bevor ich geboren wurde.«
Er wartete. Sie sah sich im Zimmer um. »Wie lange braucht man, um Psychiater zu werden?«
Dr. O'Malley sagte: »Lange. Und Ihre Mutter?«
»Was?«
»Wie alt waren Sie, als Ihre Mutter starb?«
»Das weiß ich nicht mehr. Braucht man, um Psychiater zu werden, weniger Zeit, als wenn man richtiger Arzt wird?«
»Nein. Was war die Todesursache?«
Dena sah ihn an. »Wie?«
»Ihre Mutter.«
»Oh, sie wurde von einem Auto überfahren.« Dena begann, in ihrer Tasche zu kramen.
»Ich verstehe. Welche Gefühle haben Sie dabei?«
»Genau die gleichen, die jeder haben würde, wenn seine Mutter überfahren worden wäre. Aber man kommt darüber hinweg. Haben Sie vielleicht einen Kaugummi oder so was?«
»Nein, tut mir leid.«
Er wartete darauf, daß sie fortfuhr, aber sie tat es nicht. Nach einer Minute wuchs ihre Unruhe. »Sehen Sie, ich bin nicht hier, um analysiert zu werden. Ich brauche das nicht. Es tut mir leid, Sie zu enttäuschen, Doktor, aber ich bin im Grunde ein sehr glücklicher Mensch. Ich habe alles, was ich brauche. Ich lebe in einer sehr guten Beziehung. Es könnte nicht besser sein; ich habe nur einen kranken Magen.«
Er nickte und machte sich wieder Notizen. Was tat er da bloß, spielte er das Kreuzchen- und Kringelspiel? Als die Sitzung beendet war, konnte es Dena kaum erwarten zu verschwinden. Sie fragte sich, was sie diesem kalten Fisch die nächsten zwei Monate erzählen sollte. Wie sollte sie sich bloß mit diesem Typen unterhalten? Er war ein Idiot, ein Neanderthaler.
Er sah nicht mal fern, um Himmels willen!

Zurück in Springs

Elmwood Springs, Missouri
1974

Norma, Macky und Tante Elner aßen im Eßzimmer zu Abend. Norma ließ die Brötchen herumgehen. »Die arme Tot, da hat sie den ganzen Morgen gebraucht, um diesen Kuchen zu backen, und dann wird er ihr ruiniert. Ich sage euch, sie hat immer das größte Pech.«
Tante Elners Miene war traurig. »Arme Tot.«
Norma sagte: »Stellt euch das mal vor, ausgerechnet Blue Boy macht so etwas. Da hat sie nun diesen wunderbaren Gewürzkuchen für das Abendessen in der Kirche gebacken.«
»Sie macht einen hervorragenden Gewürzkuchen«, sagte Tante Elner. »Du mußt ihr das mal sagen.«
»O ja, niemand kann so einen Gewürzkuchen backen wie die arme Tot.«
Macky fragte: »Wer ist denn Blue Boy?«
Norma sagte: »Das ist der, der ihr den Kuchen ruiniert hat. Sie hat erzählt, sie wollte ihn gerade auf die Kuchenplatte legen, und siehe da, sie schaut ihn an und stellt fest, daß überall Vogelspuren sind. Er war darüber gelaufen.«
Noch einmal fragte Macky: »Wer ist denn Blue Boy?«
»Dieser blöde Sittich von ihr.«
Tante Elner sagte: »Er ist nicht blau, er ist eher grün, wenn du mich fragst. Zu allem Überfluß ist die arme Tot wahrscheinlich auch noch farbenblind.«
Norma überlegte einen Augenblick. »Ich glaube nicht, daß Frauen farbenblind sein können. Ich glaube, daß nur Männer … Auf jeden Fall, arme alte Tot, verheiratet mit diesem Säufer und nun das.«
»Warum nennt sie ihn Blue Boy, wenn er grün ist?« fragte Macky.
»Ich weiß nicht warum, das ist auch nicht die Frage. Die Frage ist, was hat er außerhalb seines Käfigs zu suchen? Sie sagte, sie mußte das Ding wegschmeißen und noch einmal von vorn anfangen.«
»Den Vogel?«
»Nein, Macky, den Kuchen.«

Tante Elner sagte: »Also, ich weiß ja nicht weshalb; ein paar Vogelspuren tun doch keinem weh.«
Norma sah sie entsetzt an. »Ich weiß nicht, wie das bei dir ist, aber ich wollte sicher keinen Kuchen essen, über den ein Vogel mit seinen ganzen Bazillen stolziert ist. Woher willst du wissen, ob er nicht sein Geschäft auf dem Kuchen gemacht hat. Das hat uns gerade noch gefehlt, daß alle mit einer Vogelkrankheit darniederliegen. Und dann mußte am nächsten Tag auch noch gleich das mit ihrem Haar passieren. Sie sagte, als Darlene sie unter der Trockenhaube hervorholte und anfing, ihr die Haare auszukämmen, gingen sie büschelweise aus. Sie meinte, sie könnte von Glück sagen, daß sie überhaupt noch ein Haar auf dem Kopf hätte.«
Tante Elner sagte: »Vögel laufen bei mir überall auf dem Tisch herum, und ich bin noch nicht daran gestorben. Ich finde, sie hätte ihn einfach glätten sollen.«
Norma sagte: »Also, fordere mich bitte nie wieder auf, in deinem Haus etwas zu essen. Auf jeden Fall, sagte sie, hätte Darlene zuviel Bleichmittel verwendet und es zu lange einwirken lassen. Dasselbe hat sie letztes Jahr bei Verbenas Nichte gemacht, weißt du noch?«
Macky sagte: »Da stellt sich mir allerdings die Frage, warum ihr dann immer wieder zu ihr geht?«
»Aber Macky, wie würde es dir denn gefallen, wenn du vier Kinder ganz allein großziehen müßtest. Das tut sie nämlich dank deines lieben Freundes, der sich gerade mit dieser Zahnarzthelferin aus dem Staub gemacht hat und sie mit vier kleinen Kindern im Stich gelassen hat.«
»*Dein lieber Freund.* Norma, ich habe mit dem Burschen ein paarmal Bowling gespielt. Er ist Anfang zwanzig. Ich könnte dir nicht einmal genau sagen, wie er aussah.«
»Ich werde dir sagen, wie er aussah, er sah aus wie ein Verbrecher, genau so sah er aus mit all diesen Tätowierungen. Und diese kleinen Erbsenaugen. Warum du mit so einem Bowling spielen mußt und dich mit einem kriminellen Typ einläßt, geht über meinen Horizont. Zählt Charakter beim Bowlingspiel nicht?«
»Wie ist aus einer Unterhaltung über Haare plötzlich ein Gespräch über Bowling geworden?«
Tante Elner, die sich zufällig gerade Erbsen nahm, sagte: »Die Kinder haben diese Erbsenaugen von ihrem Vater geerbt.«

Norma stimmte ihr zu. »Ja, aber das älteste ist gar nicht so übel.« Sie wandte sich wieder ihrem Mann zu. »Wie dem auch sei, Macky, was soll sie denn machen – nicht arbeiten? Die Kinder einfach verhungern lassen?«

»Nein, natürlich nicht. Ich habe nur den Eindruck, als hörte ich immer nur Klagen, wie schlecht sie euch die Haare macht. Kann sie nicht eine andere Arbeit annehmen, etwas, wo sie wenigstens gut ist? Kellnerin zum Beispiel?«

Tante Elner sagte: »Für eine Kellnerin ist sie nicht klug genug, du meine Güte.«

»Wie klug muß man denn als Kellnerin sein?«

Norma meinte: »Na ja, du mußt klug genug sein, um richtig schreiben zu können, damit du die Bestellungen aufnehmen kannst. Sie hat gesagt, dies sei der einzige Job, bei dem keine Rechtschreibung verlangt wird. Ich lese von allem, was sie mir auf den Kopf tut, das Etikett, das kann ich euch sagen.«

Tante Elner war immer noch betrübt. »Die arme Tot ... ihre Haare waren schon ohne diesen Zwischenfall reichlich dünn. Ihre Mutter hatte auch so dünnes Haar, man konnte fast durchsehen.«

Norma sagte: »Ich habe gelesen, daß neunundneunzig Prozent aller Kriminellen tätowiert sind; wußtest du das, Macky?«

»Nein.«

»Aber es ist so. Zeig mir eine Tätowierung, und ich werde dir beweisen, daß es sich um einen Verbrecher handelt!«

»Ich werde mich bei Pastor Dockrill mal danach erkundigen. Er hat nämlich eine.«

Norma war schockiert. »Der presbyterianische Prediger?«

»Ja.«

»Neiiin! Wo?«

»Auf dem Arm.«

»Was für eine ist es denn?«

»Ich weiß es nicht mehr.«

»Du schwindelst doch. Er hat gar keine Tätowierung.«

»Doch. Haben wir noch Butter?«

Norma stand auf und ging in die Küche. »Macky Warren, und ob du schwindelst! Nur um mich zu ärgern.«

Macky lachte und sah Tante Elner an. »Tue ich nicht. Er hat wirklich eine.«

Norma fragte: »Wann hast du sie denn gesehen?«
»Letzten Sommer, als wir die neue Feuerwache gebaut haben. Er hatte sein Hemd ausgezogen.«
»Wo auf dem Arm?«
Macky zeigte auf seinen eigenen Oberarm. »Irgendwo hier.«
»Oh, ich glaube das einfach nicht. Ich habe noch nie in meinem Leben von einem tätowierten presbyterianischen Prediger gehört. Du denkst dir das aus.«
»Norma, ich denke mir das nicht aus. Es ist mir ohnehin egal, und wenn er ein Bild von Marilyn Monroe auf dem Hintern tätowiert hätte, aber ich sage dir, er hat …«
»Willst du mir wirklich erzählen, daß Pastor John Dockrill ein Bild von Marilyn Monroe auf dem Hintern tätowiert hat?«
»Ich habe gesagt, es wäre mir egal, wenn er es hätte. Ich bedaure, daß ich die Sache überhaupt erwähnt habe.«
Norma warf ihm einen mißtrauischen Blick zu. »Welcher Arm?«
»Ach, das weiß ich doch nicht mehr. Was macht das für einen Unterschied?«
»Und war er groß oder klein?«
»Sein Arm?«
»Nein, der tätowierte Gegenstand.«
»Ich erinnere mich nicht mehr daran.«
»Macky, du bist der unaufmerksamste Mensch, den ich kenne. Du bist der einzige Mensch auf der ganzen Welt, der es fertigbringt, eine Tätowierung an einem Pastor zu sehen und nicht einmal darauf zu achten, was sie darstellt.«
Tante Elner flötete dazwischen. »Vielleicht war es ja eine fromme Tätowierung. War es ein Kreuz oder das letzte Abendmahl?«
»Tante Elner, ich erinnere mich wirklich nicht mehr daran. Ich habe auf das alles nicht so geachtet.«
»Ich sage dir, warum er sich nicht mehr daran erinnern kann, Tante Elner, weil er sie nämlich gar nicht gesehen hat, das ist der Grund! Du solltest lieber vorsichtig sein, Macky, sonst erzähle ich John Dockrill, daß du behauptet hast, er hätte eine Tätowierung.«
»Nur zu.«
»Ich kenne Betsy Dockrill, und ich weiß, sie würde nie einen Mann mit einer Tätowierung heiraten.«
»Du kannst soviel reden, wie du willst, Norma.«

»Betsy … ist das die, die in die Bibelschule gegangen ist?«
»Nein, meine Liebe, das war Patsy.«
»Wer?«
»Anna Lees Freundin Patsy.«
»Wer?«
»Patsy Henry. Sie leiteten den Kindergarten auf Nachbarin Dorothys hinterer Veranda. Dorothys *Tochter,* Anna Lee.«
»Oh, Anna Lees Freundin. Drüben bei Nachbarin Dorothy. Ja, ich erinnere mich an sie, die mit der Stupsnase.«
»Richtig.« Norma wandte sich wieder ihrem Mann zu. »Macky, ich wette mit dir, daß John Dockrill keine Tätowierung hat, und wenn doch, massiere ich dir einen Monat lang den Rücken.«
»Du solltest lieber nicht wetten, denn du wirst verlieren.«
»Siehst du, Tante Elner, er will nicht wetten. Ich habe ja gesagt, er hat die ganze Geschichte erfunden. Er weiß genau, daß ich Betsy jetzt gleich anrufen und fragen kann …«
»Nur zu«, sagte Macky.
»Fordere mich nicht heraus; du weißt, ich tue es.«
»Mach, was du willst. Du wirst mir einen Monat den Rücken massieren müssen; wer bin ich denn, daß ich dazu nein sage?«
Norma sah Tante Elner an. »Soll ich sie anrufen?«
»Ja, ich wünschte, du tätest es. Jetzt hast du mich neugierig gemacht.«
»Gut, ich tue es.« Norma erhob sich. »Also ich gehe … ich gehe jetzt …« Sie wartete, aber Macky sah sie nur an und aß dann weiter. Sie begab sich in die Küche und rief laut: »Letzte Chance, Macky. Ich habe den Hörer schon in der Hand … also ich … ich wähle jetzt.«
Nach einem kurzen Schweigen hörten sie Norma sagen: »Hallo, Betsy … hier ist Norma. Wie geht es dir? Gut. Wie geht's deiner Mutter? Gut. Ach nichts. Wir sitzen hier gerade und essen eine Kleinigkeit. Tante Elner ist hier … Makkaroni mit Käse und Schinken, Erbsen, Bratäpfel. Ich weiß ja, das ist eine ganz dumme Frage – und du wirst bestimmt denken, ich sei verrückt –, aber ich habe da einen Artikel über Tätowierungen gelesen … Ja und, also John hat doch keine Tätowierung, oder? Oh. Ja, das habe ich mir gedacht. Oh, kein Grund, wir haben nur gerade überlegt, ob wir jemanden kennen, der eine hat. Hm. Gut, ich will dich dann auch nicht länger aufhalten. Ich weiß, du hast viel zu tun. Wir sehen uns am Donnerstag. Mach's gut bis dahin.«
Norma kehrte an den Tisch zurück, setzte sich und aß weiter.

Macky wartete. Dann fragte er: »Nun?«
Norma sah ihn nicht an. »Nun was?«
Tante Elner fragte: »Hat er nun eine Tätowierung oder nicht?«
Norma griff hinüber und nahm ein Brötchen.
»Macky Warren, ich könnte dich umbringen.«
»Mich? Warum?«
»Ich habe mich vollkommen lächerlich gemacht, und das ist alles deine Schuld.«
»Meine Schuld?«
»Das einzige Mal, daß du nicht schwindelst ... und da läßt du mich in die Falle tappen und gibst mich der Lächerlichkeit preis. Du hast doch genau gewußt, daß er eine Tätowierung hat.«
»Ich habe dir gesagt, daß er eine Tätowierung hat. Ist es nicht so, Tante Elner?«
»Doch das hat er gesagt.«
»Du hättest mich bremsen sollen. Du läßt mich da absichtlich reintappen und ...«
Tante Elner fragte: »Was ist es denn für eine Tätowierung? Ein Lamm?«
»Nein.«
»Was ist es dann?«
»Es ist einfach ein Herz mit einem Namen drin.«
»Und was für einer?«
»Da steht ›Wanda‹.«
Tante Elner war betroffen. »Wanda ... Ich dachte, seine Frau hieße Betsy ...«
Norma funkelte Macky an. »Macky, ich könnte dich umbringen.«
»Ich möchte zu gerne wissen, wer Wanda ist«, sagte Tante Elner nachdenklich.
»Ich weiß es nicht und habe natürlich auch nicht gefragt.«
»Arme kleine Betsy.«
Norma sah zu Macky hinüber, der vor sich hin lächelte. »Worüber freust du dich denn so?«
»Ich glaube, nach dem Essen bekomme ich meine erste Rückenmassage.«
Norma schüttelte den Kopf. »Sieh dir das an, Tante Elner, was ich mitmachen muß. Das habe ich nun davon, daß ich mich immer auf seine albernen Wetten einlasse.«

»Vielleicht heißt seine Mutter Wanda.«
Macky lachte leise. »Nein, Tante Elner, ich glaube nicht, daß das der Name seiner Mutter ist.«
Sie stutzte. »Norma, hat sie dir gegenüber eine Andeutung gemacht, wer das war?«
»Nein, und sie schien auch nicht scharf darauf zu sein, daß ich sie danach frage. Es war äußerst peinlich für uns beide, vielen Dank, Macky!«
»Ich weiß nicht, warum du mir nicht geglaubt hast.«
»Welcher normale Mensch würde schon annehmen, daß ein Presbyterianer, insbesondere ein Pastor, eine Tätowierung an sich hat. Du kannst mir nicht erzählen, daß das normal ist.«
»Vielleicht stammt der Name ja aus der Bibel.«
Norma sagte: »Nein, Tante Elner, ich glaube nicht, daß in der Bibel jemand mit dem Namen Wanda vorkommt.«
»Sie war nicht zufällig eine von den Ehefrauen der Apostel?«
»Nein, meine Liebe.« Norma blickte Macky finster an. »Ich will dir nur sagen, du kannst deinem Schicksal danken, daß auf deiner Haut nicht der Name einer anderen Frau eintätowiert war, als ich dich geheiratet habe.«
»Wie?«
»Du hattest zum Glück nicht den Namen von dieser Annette an dir, sonst hätte ich mich gleich am ersten Tag wieder scheiden lassen.«
»O Gott.«
Tante Elner fragte: »Wer ist Annette?«
»Niemand«, sagte Macky.
»Laß dich nicht zum Narren halten, Tante Elner!«
»Ich war einmal mit diesem Mädchen verabredet, und Norma hat daraus gleich eine große Romanze gemacht.«
Norma stand auf und begann, die Teller abzuräumen. »Ich weiß zufällig, daß du zweimal mit ihr verabredet warst.«
»Woher weißt du das?«
»Ich weiß es einfach, das ist alles; es ist doch völlig egal, woher ich es weiß.« Norma lief in die Küche, um den Reispudding aus dem Kühlschrank zu holen.
Macky zwinkerte Tante Elner zu. »Soll ich dir was sagen … morgen gehe ich los und lasse mir deinen Namen quer über die Brust tätowieren, einverstanden?«

Norma verteilte Reddi Wip auf dem Pudding und rief: »Untersteh dich! Das fehlte mir noch, daß du dich überall tätowieren läßt. Als nächstes schließt du dich noch einer Motorradgang an und raubst Banken aus. Das fehlte mir noch, daß ich mit einem Verbrecher verheiratet bin.«
Macky sah Tante Elner an, die in Erwartung des Nachtischs schon ihren Löffel in der Hand hielt. »Die Frau ist geisteskrank.«
»Ja, aber sie macht einen guten Reispudding.«

Rückzug

New York City
15. Dezember 1974

Monatelang hatte sich Dena zweimal die Woche in Dr. O'Malleys Sprechstunde geschleppt, und sich zweimal die Woche dort zu Tode gelangweilt. Er saß auch nur da und wartete darauf, daß sie etwas Interessantes beziehungsweise für seine Analyse Geeignetes äußerte. Wenn sie dann tatsächlich redete, ging es um das Wetter, aktuelle Ereignisse oder ihre Arbeit. Heute beschloß sie nun, erschöpft von der Unterhaltung mit sich selbst und all dem An-die-Decke-Starren, all ihrer Kunstgriffe anzuwenden.

»Also, warum erzählen Sie mir nicht mal etwas von sich. Sie wirken ein bißchen jung für einen Arzt. Woher kommen Sie? Sind Sie verheiratet? Kinder?«

Er sah von seinem Notizblock auf. »Miss Nordstrom, ich bin der Arzt, und Sie sind die Patientin. Wir sind hier, um über Sie zu sprechen.«

»Was soll ich denn sagen? Erklären Sie mir, was ich sagen soll.«

»Alles, was Sie möchten, Miss Nordstrom, jetzt ist Ihre Zeit.«

»Ich empfinde die Situation als sehr unangenehm.« Er kritzelte etwas auf seinen Block. *Unangenehm.* »Sie sitzen nur da, und ... Ich meine, ich bezahle Sie schließlich. Müßten Sie nicht derjenige sein, der mit mir spricht, mir Fragen stellt? Ich bin hierhergekommen, damit Sie mir helfen, Streß abzubauen, und nicht, noch welchen dazu zu kriegen.«

Er lächelte, schrieb jedoch weiter. Nach einer kurzen Pause beschloß sie, es anders zu versuchen. »Wissen Sie, Dr. O'Malley, Sie sind ein sehr sympathischer Mann, wußten Sie das? Sind Sie verheiratet?«

Dena meinte, einen Anflug von Erröten zu erkennen, aber dann legte er den Kugelschreiber nieder und sagte sachlich: »Miss Nordstrom, Sie haben jetzt alles ausprobiert, was Patienten normalerweise ausprobieren, aber wir wollen schließlich über Sie sprechen. Wir können entweder heute oder nächste Woche oder die Woche darauf damit anfangen. Das liegt ganz bei Ihnen.«

»Ich rede doch ständig. Jedes Mal, wenn ich hierherkomme, rede ich«, sagte Dena völlig frustriert.
»Miss Nordstrom, Sie sprechen nur von dem, was Sie tun. Ich bin aber an dem interessiert, was Sie fühlen.«
»Was ich bei dem fühle, was ich tue? Ich liebe meine Arbeit. Sie ist das, was ich immer wollte, solange ich denken kann.«
»Nein, wie fühlen Sie sich in bezug auf Ihre Person – mal abgesehen von Ihrer Arbeit.«
»Was meinen Sie damit?«
»Ich kann mir losgelöst von Ihrer Arbeit kein klares Bild von Ihnen machen. Ich muß wissen, wie Ihre Beziehung zu anderen Menschen ist, wie Sie das Verhältnis anderer Menschen zu Ihnen empfinden.«
»Aber ihr Verhältnis zu mir wird durch meine Arbeit bestimmt.«
»Ich glaube, Sie mißverstehen den Beruf als persönliche Identität. Wer sind Sie sonst noch, außer dem, was Sie machen, da versuche ich hinzukommen.«
»Ich glaube, Sie wollen mich in irgendeine Schublade stecken. Was ich mache, ist nicht so einfach. Es bedingt mich. Ich bin kein Klemptner oder Bauarbeiter, der um fünf Uhr Feierabend hat. Was ich mache, ist ein Vierundzwanzig-Stunden-Beruf. Ich vermute, daß das schwer zu verstehen ist. Wo ich auch hingehe, ich bin immer vom Fernsehen; das ist die Beziehung, die andere zu mir haben.«
»Ich behaupte ja nicht, daß andere Menschen nicht imstande wären, zwischen dem, was Sie machen, und Ihnen als Person zu unterscheiden, ich frage mich nur, ob Sie das können.«
Dena sah aus dem Fenster. Schnee fiel, er schimmerte im gelben Licht der Straßenlaternen. Es erinnerte sie an einen anderen Spätnachmittag, an dem es geschneit hatte, und sie mit ihrer Mutter durch die Straßen von New York gelaufen war, den ganzen Weg vom Zentrum bis zu dem Haus, in dem ihre Mutter wohnte, aber sie verdrängte diese Gedanken schnell wieder. Sie dachte nicht gerne an ihre Mutter. Und es war bestimmt nichts, worüber sie mit O'Malley diskutieren wollte. Es ging ihn nichts an.
Am Ende der Sitzung schloß er sein Notizbuch. »Miss Nordstrom, ich fürchte, wir haben ein Problem.« Er korrigierte sich. »Also, nein, ich fürchte, ich habe ein Problem, ein Terminproblem. Ein ehemaliger Patient von mir befindet sich in einer schweren Krise, und ich sehe mich gezwungen, Ihre Behandlung aufzugeben.«

Hurra, dachte Dena.
»Aber«, fuhr er fort, »ich habe bereits mit Dr. Halling gesprochen, und – es tut mir leid – ich muß Sie zu einer Kollegin überweisen, einer Ärztin, die Ihnen bei Ihren augenblicklichen Problemen viel besser helfen kann. Sie wissen schon, Schlaflosigkeit, Nervosität; sie ist spezialisiert auf Hypnotherapie und …«
»Hypnotherapie? Ich will nicht hypnotisiert werden, um Gottes willen.«
Dr. O'Malley sagte: »Bevor Sie sich gleich sträuben, meine ich, sollten Sie einen Versuch in Erwägung ziehen. Wir sind der Ansicht, daß die Hypnotherapie sehr hilfreich sein kann bei tiefsitzenden … äh … Entspannungsprobleme können mit der Hypnotherapie recht erfolgreich behandelt werden.«
Dena verzog das Gesicht. »Ich bin auch nicht begeistert von dem Gedanken, zu einer Frau zu gehen. Kennen Sie keinen Mann, den Sie mir empfehlen können?«
»Nein, Dr. Diggers ist die einzige, die ich mit voller Überzeugung empfehlen kann.« Endlich schien O'Malley etwas aufzutauen. Er bekannte: »Um die Wahrheit zu sagen, sie war meine Therapeutin.«
»Was ist los mit Ihnen? Warum brauchen Sie einen Psychiater?«
Er lächelte über ihr plötzliches Interesse. »Das wird verlangt. Wir müssen alle eine Analyse machen, bevor wir unseren Titel bekommen. Die meisten von uns brauchen ohnehin eine.«
»Oh.«
»Ich habe schon mit ihr gesprochen, und sie will Sie am Freitag zu unserer gewohnten Zeit sehen. Sie heißt Elizabeth Diggers, und ich glaube, Sie werden mit ihr ganz zufrieden sein.« Er gab ihr Dr. Diggers Karte.
»Also gut. Was soll's.«
Er stand auf und reichte ihr die Hand. »Also dann, auf Wiedersehen … und viel Glück.«

* * *

Als sie durch den Schnee nach Hause ging, kam sich Dena vor, als wäre sie endlich aus der Schule entlassen worden, doch gleichzeitig war sie seltsam traurig und fühlte sich ein wenig zurückgewiesen. Es konnte nicht daran liegen, daß sie Dr. O'Malley nicht wiedersehen würde; darüber war sie glücklich. Vielleicht lag es nur daran, daß Weihnachten näher rückte. Sie haßte Weihnachten. Es war immer

dasselbe, eine Menge Leute rissen sich um sie. An den Weihnachtstagen allein zu sein, wurde so zur Qual. Sie mußte so viele Entschuldigungen, so viele Lügen erfinden. J.C. bearbeitete sie schon dauernd, doch mit ihm nach Minnesota zu fahren, wo er zu Hause war, aber sie hatte nicht die Absicht, Weihnachten im Schoße einer fremden Familie zu verbringen. Sie schlief meistens die ganzen Weihnachtsfeiertage durch, doch dann mußte sie immer lügen, was für eine herrliche Zeit sie verlebt hatte. Es wurde jedes Jahr schwieriger.
Als sie die Fünfundvierzigste Straße erreichte, hatte sich der Schneefall zu einem Schneesturm entwickelt, und sie konnte kaum drei Meter weit sehen. Zwei Straßen weiter schaute sie gerade noch rechtzeitig hoch, um eine große braune Masse wahrzunehmen, die sich vor ihr auftürmte und sie fast zu Tode erschreckte. Entgeistert blieb sie stehen und erkannte plötzlich, daß sie beinahe in ein Kamel gelaufen wäre. Ein riesiges lebendiges Kamel wurde aus einem Lastwagen zu einem Seiteneingang der Radio City Music Hall geführt. Während sie wartete, um das Kamel vorbeizulassen, warf sie einen kurzen Blick auf die verdunkelten Kulissen. Doch das erinnerte sie an etwas, an das sie nicht zurückdenken wollte, und sie ging schnell auf die andere Straßenseite.
Später, auf der Sechsundfünfzigsten, begann sie, vor sich hin zu lachen. Iras Aufmacher am nächsten Morgen hätte gelautet: »Prominente Fernsehmoderatorin von Kamel zu Tode getrampelt. Einzelheiten um zehn.«
Und Ira hätte es gefallen.

Die Fackel weiterreichen

New York City
15. Dezember 1974

Nachdem Dena sein Sprechzimmer zum letzten Mal verlassen hatte, setzte sich Gerry O'Malley wieder, er fühlte sich elend. Sie zu jemand anderem zu schicken, war eigentlich das allerletzte, was er wollte. Aber aus ethischen und beruflichen Gründen mußte er es tun. Er hatte sich hoffnungslos in Dena Nordstrom verliebt und konnte nicht objektiv sein, auch wenn er es versuchte. Schon an dem Tag, an dem sie das erste Mal in seine Praxis gekommen war, hatte ihm ihre Schönheit fast den Atem verschlagen. Aber er hatte auch schon vorher schöne Frauen behandelt, und es war nicht nur ihre Schönheit, die ständig den Wunsch in ihm auslöste, aufzustehen und sie festzuhalten. Es war die Dena, die er hinter dem hinreißenden Äußeren wahrnahm, jenes verletzliche, von Angst gepeinigte Mädchen, das Mädchen in der Frau, das er in seine Arme nehmen wollte.

Sie aus dieser Tür gehen zu lassen, war für ihn das Schwerste, was er je in seinem Leben getan hatte. Er sah auf die Uhr und wählte eine Telefonnummer.

»Liz, hier ist Gerry.«

»Oh, hallo, mein Lieber, was gibt's?«

»Ich wollte dich nur darüber informieren, daß sie am Freitag kommt. Ich schicke dir also alle meine Notizen rüber, einverstanden?«

»Gut. Wie geht's dir?«

»Abgesehen davon, daß ich mich wie ein kompletter Idiot fühle, der seinen Beruf aufgeben und sich vor ihr niederwerfen möchte, geht es mir großartig.«

»Armer Kerl.«

»Ja, endlich treffe ich eine, die so sexy und schön ist wie du, und dann stellt sich heraus, daß sie eine Patientin ist. Ich habe mich in meine Therapeutin verliebt; warum hat sie sich nicht auch in ihren Therapeuten verliebt?«

Elizabeth Diggers Lachen war laut und herzlich.

»Im Ernst, ich weiß es zu schätzen, daß du sie so kurzfristig nimmst. Liz, du bist der einzige Mensch, dem ich sie anvertrauen möchte.«
»Ist mir eine Freude. Und Gerry ... willst du einen hochwissenschaftlichen, professionellen Rat?«
»Ja.«
»Geh aus und trink ein paar Gläser.«
»Das rätst du einem Iren?«
»Wenn ich es mir recht überlege, tu's lieber nicht. Dafür werde ich mir einen Drink genehmigen. Und, Gerry?«
»Ja?«
»Du bist ein prima Kerl.«
»Danke, Elizabeth.«

* * *

Dena hatte mit Dr. Diggers einen Termin vereinbart. Sie klang sympathisch, so als besäße sie womöglich etwas mehr Persönlichkeit als O'Malley. Ihre Praxis war in der Neunundachtzigsten Straße Ecke Madison Avenue. Der Türsteher, der sie hinaufschickte, erkannte Dena. O toll, dachte sie, jetzt wird jeder in New York erfahren, daß ich einen Seelenklempner konsultiere. Und noch dazu einen Hypnoseklempner. Wenn ihre nächste Untersuchung bei Dr. Halling bessere Ergebnisse brachte, würde sie nicht mehr hingehen.
Dena läutete, und nach ein paar Minuten wurde die Tür geöffnet. Eine kleine südamerikanische Frau sagte: »Kommen Sie bitte hier lang«, und führte sie durch die Eingangshalle zu Dr. Diggers' Sprechzimmer. Die Frau klopfte leise.
»Dr. Diggers, Ihre Fünf-Uhr-Patientin ist da.«
»Kommen Sie herein.«
Dena war überrascht. Dr. Elizabeth Diggers war eine korpulente schwarze Frau, die im Rollstuhl saß.
»Hallo, Miss Nordstrom, ich bin Dr. Diggers.« Sie lächelte. »Hat Gerry Ihnen nicht erzählt, daß ich eine dicke Schwarze im Rollstuhl bin?«
»Nein.«
»Ich verstehe. Er hat keine besondere Neigung für Smalltalk.« Sie schob ihr einen Teller mit Süßigkeiten zu.
»Ja, ich weiß«, sagte Dena. »Nein, vielen Dank.«
»Ist das ein Problem für Sie?«
»Bitte?«

»Wie empfinden Sie das, daß ich eine Schwarze bin?«
Dena, die sonst lügen konnte, daß die Balken sich bogen, war überrumpelt. »Ich bin überrascht, das ist alles. Sie hörten sich am Telefon nicht wie eine Schwarze an.« Dena merkte, daß das das Falscheste war, was sie sagen konnte, aber es war schon zu spät. »Wie ich es empfinde? Es ist mir völlig egal. Ich bin diejenige, die beunruhigt sein müßte. Ich bin die Patientin … Stört es Sie, daß ich weiß bin? Wenn ja, sagen Sie's mir, und ich werde glücklich sein, wieder gehen zu können.«
Dr. Diggers öffnete den unvermeidlichen Notizblock und antwortete nicht.
»Hören Sie«, sagte Dena, »falls das eine Art Test sein soll, mich interessiert nicht, welche Hautfarbe Sie haben, aber Sie sollen auch wissen, daß ich nicht aus freien Stücken hier bin. Ich habe es meinem Arzt versprochen … deshalb bin ich hier.«
»Verstehe.«
»Ich will nur gleich von Anfang an ehrlich sein.«
»Das ist ein guter Anfang«, lobte Diggers. »Und das war übrigens kein Test, aber Sie haben trotzdem bestanden.«
»Wenn sich Ihre Patienten nun wirklich daran stören, daß Sie schwarz sind, sagen sie es dann?«
»Nein, nicht direkt, aber an der Art, wie sie antworten, merke ich ziemlich genau, ob es für sie ein Problem bedeutet.«
»Also ist es doch ein Test!«
Dr. Diggers lachte. »Ja, ich schätze, Sie haben recht; man erforscht den Menschentyp. Nehmen Sie doch Platz.«
»Sind die Süßigkeiten auch ein Test?«
»Ah, jetzt haben Sie mich schon wieder erwischt.«
Dena setzte sich endlich.
»Ich habe zwar ein paar Notizen von Gerry bekommen, aber wenn Sie nichts dagegen haben, möchte ich mir einige grundlegende Informationen verschaffen. Übrigens habe ich Sie im Fernsehen gesehen, und ich finde, Sie machen das wunderbar.«
Das gefiel Dena. »Oh, vielen Dank.«
»Also Gerry hat erwähnt, daß Sie offenbar streßbedingt einige körperliche Beschwerden haben.«
»Was?«
»Ihre Magenprobleme.«

»O ja, ich habe versucht, ihm zu erklären, daß das durch meine Arbeit kommt. Aber ich glaube nicht, daß er es kapiert hat. Er weiß nicht mal, was Fernsehen ist.«

»Verstehe. Und Dr. Halling ist der behandelnde Arzt?«

Dena nickte und sah sich in dem Zimmer um. Es war ein hübscher Raum mit hellen beigefarbenen Teppichen und Fenstern, die über die ganze Front gingen. Sie war froh, als sie entdeckte, daß an einer Wand ein Diplom neben dem anderen hing.

»Wie lange haben Sie diese körperlichen Beschwerden schon?«

»Mit dem Magen?«

»Ja oder auch andere.«

»Och, schon lange. Vielleicht seit meinem fünfzehnten oder sechzehnten Lebensjahr. Sie hypnotisieren mich aber doch wohl nicht?«

»Nicht heute.«

»Ach ja, ich bin ein bißchen nervös deswegen, das ist alles.«

»Also, Miss Nordstrom, erzählen Sie mir ein bißchen von sich.«

»Ja, ich fing beim Lokalfernsehen in Dallas an, als ...«

Dr. Diggers unterbrach sie. »Nein, ich meine Ihre Familiengeschichte.«

»Was?«

»Erzählen Sie mir von Ihren Eltern.«

»Oh.« Sie seufzte. »Mein Vater fiel im Krieg ... und meine Mutter ist auch tot.«

»Wie alt waren Sie, als Ihre Mutter starb?«

»Vierzehn oder fünfzehn, glaube ich; ich kann mich nicht mehr so genau erinnern.«

»Nicht mehr so genau an Ihren Tod oder wie alt Sie damals waren?«

»Beides. Sie war lange krank, und ich war im Internat.«

»Ich verstehe ... und was war es?«

»Internat zum Heiligen Herzen; es war eine katholische Internatsschule.«

»Nein, ich meine, was für eine Krankheit hatte sie?«

»Oh. Tuberkulose.«

»Ich verstehe.« Plötzlich erinnerte sich Dr. Diggers an etwas in Gerrys Notizen. »Wurde nicht jemand in Ihrer Familie von einem Auto angefahren?«

»Ja, sie war auf dem Weg ins Krankenhaus, wo sie behandelt wurde. Da wurde sie von einem Auto angefahren. Genaugenommen hat ein

Auto ihren Bus angefahren. Jedenfalls der Grund, warum ich hier bin, ist, daß ich furchtbare Schlafstörungen habe. Ich frage mich, ob Sie vielleicht …«

»Haben Sie noch lebende Angehörige?«

»Ein oder zwei entfernte Verwandte. Väterlicherseits. Eine weitläufige Cousine und eine Tante, glaube ich … Aber ich sehe sie nicht oft.«

»Und mütterlicherseits?«

Dena beugte sich vor, um auf Dr. Diggers' Block zu sehen. »Schreiben Sie das auf, um sie anrufen zu können, wenn ich völlig wahnsinnig werde?«

Dr. Diggers lachte. »Nein, es sind nur ein paar Notizen für mich. Und mütterlicherseits?«

»Nein.«

Dr. Diggers sah auf. »Nein?«

»Nein. Alle tot.«

»Verstehe.« Die Ärztin notierte: *Patientin unruhig, wippt mit dem Fuß.*

* * *

Später an diesem Abend, als Elizabeth Diggers nach dem Essen für die Haushälterin am Morgen das Geschirr in die Spüle gestellt hatte, klingelte das Telefon. Sie rollte zu dem Apparat an der Wand hinüber. »Ich habe mich schon gefragt, wie lange es wohl dauern wird, bis du anrufst.«

»Und, hast du mein Mädchen heute gesehen?«

»O ja.«

»Und?«

Es herrschte einen Augenblick Stille. »Erbarmen, mein Sohn, du bist entweder der mutigste Mann, den ich je kennengelernt habe, oder der dümmste.«

Er lachte leise.

»Willst du dich wirklich damit belasten?«

»Nein, aber mir bleibt keine andere Wahl. Ich bin so vernarrt in diese Frau, daß ich nicht mehr klar denken kann.«

»Ich tue mein Bestes, um ihr zu helfen, Gerry, das weißt du, aber im Moment bin ich mir nicht einmal sicher, ob sie wiederkommt.«

»Ist sie nicht das schönste Wesen, das du jemals gesehen hast?«

»Ja, sie sieht gut aus, aber …«

»Und klug.«
»O ja, und klug. Als nächstes wirst du mich fragen, was sie anhatte.«
»Was hatte sie an?«
»Ich weiß es nicht mehr.«
»O doch, du weißt es. Es macht dir nur Spaß, mich zu quälen. Aber im Ernst, ist sie nicht einfach eine Naturschönheit?«
»Ja, Gerry, sie stellt sogar Mond und Sterne in den Schatten. Ahnt das Mädchen überhaupt etwas von deinen Gefühlen?«
»Nein. Ich meine, ich glaube es nicht. Und jetzt ist sicher nicht der richtige Zeitpunkt, es ihr zu gestehen. Sie hat genug Probleme, findest du nicht auch?«
»Absolut. Es hat dich schwer erwischt, und das ist nicht gut. Ich finde, du solltest dich etwas von ihr distanzieren und sehen, wie du dich dann fühlst.«
»Ich kann dir schon jetzt sagen, Elizabeth, daß sich meine Einstellung nicht ändern wird. Es geht nur darum, daß ich ihr etwas Zeit gebe. Also, ich stelle jetzt nur noch eine Frage, und dann verspreche ich dir … ab dann verschwinde ich von der Bildfläche, einverstanden? Was meinst du: Lag ich mit meiner Einschätzung daneben?«
»Kaum; ich finde, du hast es gut eingekreist. Abkapselung. Eindeutige Symptome für ein schweres Zurückweisungstrauma.«
»Ja. Es könnte mit dem Tod ihrer Mutter zu tun haben; sie hat mich nicht daran rühren lassen. Aber jetzt liegt es in deiner Hand.«
»Ja, okay, Kumpel. Nun, da du die Fackel an mich weitergereicht hast – und ich meine das im wahrsten Sinne des Wortes –, werde ich mein Bestes tun.«
»Danke.«
»Aber in der Zwischenzeit – und die könnte lang werden – rate ich dir, geh unter Leute!«
»O wirklich? Also, was machst du Samstagabend?«
»Was ich immer mache, tanzen, bis ich umfalle.«
Er lachte.
»Gute Nacht, Romeo.«
Sie hatte sich bemüht, den beruflichen Rahmen nicht zu verlassen, aber als sie auflegte, ließ sie ihrem Mitgefühl für ihn freien Lauf. Sie wußte, daß einseitige Liebe die einsamste, schmerzlichste Erfahrung ist, die ein Mann – oder eine Frau – machen kann, und es gab nichts, womit sie ihm hätte helfen können.

Wer bist du?

New York City
19. Dezember 1974

Dr. Diggers war ein wenig überrascht, als Dena zu ihrem zweiten Termin tatsächlich auftauchte. Sie schlenderte fünf Minuten zu spät herein und ließ sich in einen Sessel fallen.

Dr. Diggers lächelte sie an. »Wieder da, damit ich's noch einmal mit Ihnen probieren kann?«

»Ja«, sagte Dena, wenig begeistert.

»Dann werde ich die Tortur mal fortsetzen.«

»Machen Sie ruhig. Worüber sollen wir heute reden?«

»Also ich würde gern weiter versuchen, Sie ein bißchen besser kennenzulernen, zumindest etwas über Ihre Herkunft zu erfahren. Woher kommen Sie?«

»Woher kommen Sie?« fragte Dena.

»Aus Chicago. Und Sie?«

»Ich? Ich komme aus keinem bestimmten Ort.«

»Komisch. Das ist ungewöhnlich.«

»Was meinen Sie damit?«

»Nach meiner Erfahrung muß jeder aus irgendeinem Ort kommen.«

»Ich bin in San Francisco geboren, aber wir sind viel herumgezogen.«

»Wo liegen Ihre Ursprünge?«

»Meine was?«

»Ihre Ursprünge. Wo Sie herstammen ... Ihre Wurzeln?«

»Meine Wurzeln? Wie in der Bibel. Sie meinen meine Vorfahren?«

»Ja, welcher Nationalität gehörten sie an?«

»Oh, ich weiß nicht. Mein Vater war Schwede ... oder Norweger oder so etwas in der Richtung.«

»Und Ihre Mutter?«

»Einfach eine alteingesessene Amerikanerin, vermute ich; sie hat es mir nie erzählt. Ihr Mädchenname war Chapman, so ist sie vermutlich was ... Engländerin? Ich weiß es nicht.«

Dr. Diggers war immer wieder erstaunt, wie wenig die Menschen sich für ihre Herkunft interessierten. »Reizt es Sie nicht, mehr darüber herauszufinden?«

»Im Grunde nicht. Ich bin Amerikanerin. Nur das zählt, oder etwa nicht?«

»Also dann. Wie würden Sie sich selbst beschreiben ... mal abgesehen davon, daß Sie Amerikanerin sind?«

»Was?«

»Wie würden Sie sich selbst beschreiben?«

Dena stutzte. »Ich arbeite beim Fernsehen.«

»Nein, Sie persönlich. Mit anderen Worten, wenn Ihre Arbeit morgen vorbei wäre, wer wären Sie dann?«

»Ich weiß nicht ... ich wäre immer noch ich. Ich verstehe nicht, worauf Sie hinauswollen.«

»Okay, lassen Sie uns ein kleines Spiel machen. Ich möchte, daß Sie mir auf die folgende Frage drei Antworten geben: Wer sind Sie?«

»Ich bin Dena Nordstrom, ich bin blond ... und ...« Sie hatte Schwierigkeiten. »Und ich bin ein Meter und siebenundsiebzig groß. Ist das wieder ein Test?«

»Nein, es hilft mir nur, mir einen etwas genaueren Eindruck von Ihrem Selbstbild zu verschaffen. Es vermittelt mir eine Vorstellung von dem, was wir bearbeiten müssen.«

»Und habe ich bestanden oder bin ich durchgefallen? Das wüßte ich gern.«

Dr. Diggers legte den Kugelschreiber nieder. »Darum geht es nicht. Überlegen Sie doch mal, was Sie geantwortet haben. Alle drei Antworten beschreiben nur Ihr Äußeres.«

»Was sollte ich denn sagen? Was gibt's denn noch?«

»Sie sollten nichts Bestimmtes sagen. Manche Leuten sagen: Ich bin Ehefrau. Ich bin Mutter. Ich bin Tochter. In keiner Ihrer drei Antworten bringen Sie sich selbst mit einer persönlichen Beziehung in Zusammenhang – und das deutet meistens darauf hin, daß ein Identitätsproblem vorliegt. Und ein Teil unserer Arbeit wird darin bestehen, herauszufinden, was der Grund dafür ist. Verstehen Sie, was ich meine?«

Dena erschrak. Identitätsproblem?

»Es ist etwas, über das man in seiner Gesamtheit nachdenken sollte. Im Augenblick wollen wir nur über Ihre akuten Probleme reden. Sie sagen, Sie können nicht gut schlafen.«

»Nein, kann ich nicht. Aber lassen Sie uns noch mal auf das andere zurückkommen. Noch mal: Ich will Sie nicht verletzen, aber dieser Test, oder was auch immer es war, ist falsch. Ich weiß genau, wer ich bin. Ich wußte immer genau, was ich wollte und wer ich sein wollte. Ich habe das schon einmal Dr. O'Malley erklärt.«

»Wie ich schon sagte, es ist kein Test«, sagte Diggers. »Es ist nur eine Frage.«

* * *

Als Dr. Diggers an diesem Abend ihre Notizen durchging, erinnerte sie sich daran, wie sie das erste Mal gefragt wurde: Wer bist du? Ihre Antworten waren spontan und ohne jedes Zögern gekommen. Ich bin eine Frau, ich bin eine Schwarze, ich bin ein Krüppel. Sie fragte sich, ob sie, wenn sie nach all den Jahren wieder gefragt würde, noch genauso antworten würde und in derselben Reihenfolge. Dr. Diggers machte die Lichter in ihrem Sprechzimmer aus und rollte den langen Flur entlang zu ihrer Küche, wo ihr Abendessen wartete.

* * *

An diesem Abend griff Dena nach dem Telefon und rief ihre Freundin an.

»Sookie, hier ist Dena.«

»Oh, hallo! Wie geht's dir?«

»Störe ich?«

»Neiiin. Ich habe nichts weiter gemacht, als mein Kochbuch des Südens durchzublättern, um eine Erleuchtung zu bekommen, was in aller Welt ich zweihundert Personen vorsetzen kann. Ich könnte Earle Poole geradewegs in einen Papiersack stecken und in den Fluß werfen. Was ist bei dir los?«

»Nichts, warum bist du so sauer auf Earle?«

»Ach, das interessiert dich bestimmt nicht.«

»Doch.«

»Jedes Jahr um Weihnachten herum gebe ich ein kleines festliches Mittagessen für meine engsten Freundinnen hier in der Umgebung. Nur wir, nichts Großes ... nur fünfzehn oder sechzehn Personen. Ich habe Earle also die Einladungen übergeben und ihn gebeten, er soll sie von Melba unten im Büro fotokopieren und wegschicken lassen, doch sie hat die Einladung jedem auf unserer Weihnachtskartenliste geschickt, inklusive den Patienten von Earle.

Weiß der Himmel, wie viele Leute hier also nächste Woche aufkreuzen werden.«
»Was wirst du jetzt machen?«
»Eine Menge Käseauflauf und das Beste hoffen; was kann ich sonst tun? Es liegt jetzt in Gottes Hand. Aber genug von mir. Ich hoffe, du rufst an, um mir anzukündigen, daß du bald kommst und dieses Jahr Weihnachten mit uns verbringst?«
»Nein, es sieht nicht gut aus. Ich denke, ich muß die ganze Zeit über arbeiten.«
»Oh, das hast du letztes Jahr auch schon gesagt. Kannst du dich nicht loseisen? Die Mädchen werden furchtbar enttäuscht sein. Sie wollen dich unbedingt kennenlernen. Denk doch mal an die armen kleinen Dinger, wie ihnen die Tränen über die Wangen laufen und ihre kleinen Herzen brechen.«
»Sookie, hör auf. Du bist schamlos.«
»Aber es ist doch wahr! Sie sehen dich jedes Mal, wenn du im Fernsehen bist, und sie haben sogar schon ihr Lieblingstier nach dir benannt, Hamster Dena.«
»Du machst Witze!«
»Nein, dein Namensvetter ist gerade hier und rennt in seinem Rad im Kreis herum.«
»Also, dann sag ihnen, daß ich mich sehr geschmeichelt fühle ... Es ist eine große Ehre.«
»Ja, du bist nun offiziell in die Ruhmeshalle der Hamster aufgenommen.«
»Hör zu. Der Grund, weshalb ich dich angerufen habe, ist, daß ich dir eine Frage stellen möchte.«
»Oh! In Ordnung, welche?«
»Ich möchte, daß du mir drei verschiedene Antworten auf die Frage gibst, ja? Du kannst alles sagen, denk nicht darüber nach, sag einfach die ersten drei Dinge, die dir einfallen.«
»Okay.«
»Bist du soweit?«
»Ja.«
»Wer bist du?«
»Was? Ach, sei nicht albern. Du weißt doch, wer ich bin.«
»Nein, das ist die Frage. Wer bist du?«
»Wer ich bin?«

»Ja. Drei beschreibende Aussagen.«
Sookie dachte laut. »Oh, in Ordnung … Laß mich mal überlegen, wer ich bin. Wer bin ich?«
»Denk nicht darüber nach, antworte einfach spontan, ohne lange zu überlegen.«
»Aber, ich muß darüber nachdenken! Ich kann nicht einfach irgendwas sagen.«
»Doch, du kannst, darum geht's ja gerade. Beeil dich.«
»Also gut. Ich bin mütterlicherseits eine Simmons, väterlicherseits eine Krackenberry, eine Poole durch meine Heirat. Ich bin Südstaatlerin. Ich bin eine Kappa.«
»Alles klar, hör auf«, sagte Dena.
»Ich bin Mutter von drei Töchtern. Ich bin Ehefrau.«
»Sookie … ich brauche nur drei.«
»Aber Dena, ich bin mehr als nur drei Dinge! Ich bin die frühere Präsidentin der Juniorhelfer, eine ehemalige Magnolia Trail Maid …«
»Es ist vorbei, du hast die Frage schon beantwortet.«
»Also, das ist die dümmste Frage, die ich jemals gehört habe. Ich habe viel mehr auf Lager. Wofür ist das, für eine Sendung?«
»Nein. Es war nur ein Spiel, das ein paar Leute veranstaltet haben.«
»Wer?«
»Och, eine Gruppe von Leuten bei einer Party. Es ist ein Partyspiel.«
»Haben sie dich auch gefragt, wer du bist?«
»Ja.«
»Nun, ich hoffe, du hast ihnen erzählt, daß du eine Kappa bist.«
»Das war das erste, was mir einfiel, Sookie.«
»Was hast du noch gesagt?«
»Oh, warte mal … jetzt erinnere ich mich. Ich habe gesagt, ich sei eine Kommunistin und eine Kinderschänderin.«
Sookie schrie auf: »Das hast du nicht!«
»Nein.«
»Besser, daß du's nicht gesagt hast. Die Leute hätten vielleicht nicht verstanden, daß du Spaß machst.«

* * *

Als Earle Poole am nächsten Morgen zum Frühstück herunterkam, setzte Sookie sich neben ihn und starrte ihn an. Er blickte auf. »Stimmt was nicht?«
»Wer bist du?«

»Was?«
»Wer bist du? Gib mir drei Antworten.«
Earle legte die Zeitung nieder. »Hör mal, Sookie, wenn es um diese Einladungen geht, ich habe dir gesagt, daß es mir leid tut.«
»Nein, es geht nicht darum, Earle. Beantworte nur meine Frage. Sei jetzt mal ernst.«
Earle seufzte. »Ich bin Zahnarzt ... Ich bin Ehemann ...«
»Noch eine.«
Er sah auf die Uhr. »Und ich bin spät dran.«
Nachdem Earle gegangen war, rief Sookie, noch ganz von dem Spiel gefangen, ihre Mutter an. Ihre Mutter beantwortete ihre Frage sofort mit lauter, dröhnender Stimme: »Ich bin Lenore Simmons Krakkenberry!«
»Ich brauche drei Antworten, Mutter.«
Ihre Mutter sagte: »Sookie, das sind drei Antworten!«

Nachbarin Dorothys Weihnachtssendung

Elmwood Springs, Missouri
15. Dezember 1948

Nachbarin Dorothy eilte ins Wohnzimmer und setzte sich genau in dem Augenblick hin, als die rote »Auf Sendung«-Lampe aufleuchtete. »Einen schönen guten Morgen Ihnen allen und einen frohen 15. Dezember. Es ist wieder ein schöner Tag hier in Elmwood Springs, und ich hoffe, dort, wo Sie sind, ist es genauso schön. Wenn ich heute morgen aus meinem Fenster schaue, kann ich sehen, daß draußen frostige Temperaturen herrschen, aber hier drinnen in meinem Haus ist es zum Glück warm und gemütlich. Gibt es etwas Schlimmeres als ein kaltes Haus? Gott sei Dank steht Doc immer früh auf und macht Feuer an. Ich kann Ihnen sagen, daß wir uns an einem so kalten Morgen wie diesem alle wie die Hühner in der Küche zusammendrängen. Man kann die Brötchen gar nicht schnell genug aufbacken ... Meine Kanarienvögel, hübsche, gelbe, sehen aus wie zwei Schöpflöffel voll Bananenpudding. So, nun habe ich eine Kurzmeldung zu machen. Jeanette und Nelson Eddy erwarten – nein, nicht, was Sie denken. Es gibt einen neuen großen Erfolgsfilm, er heißt *Blütezeit* und wird bald ins Kino von Elmwood Springs kommen. Sie sollten unbedingt darauf achten, wann er in Ihrem Kino gezeigt wird. Haben Sie winterfeste Pflanzen an Ihrem Fenster? Ich sage Ihnen, nichts ist schöner und erfreulicher, als an dunklen Wintertagen Efeu am Fenster zu sehen ... Ein kleiner Hauch Frühling das ganze Jahr über. Wenn Sie keinen Efeu haben, füllen Sie ein bißchen Erde in einen Blumentopf und stecken den Kern einer Zitrone, einer Orange oder Grapefruit hinein, und Sie werden eine fabelhafte kleine Pflanze bekommen. Wenn Sie jedoch an etwas Größerem interessiert sind, bietet Ihnen Blumenhändler Victor seinen Rat an: Fuchsien lassen ihre Glöckchen in vielen Formen und Farben baumeln. Die Dieffenbachia mit den cremefarbenen Flecken auf den Blättern eignen sich für jedes Fenster und sind in verschiedenen Größen erhältlich. Wilder Wein ist gegen Schädlinge resistent und liebt Sonnenlicht. Englischer Efeu braucht sauren Boden und

Schatten, und ein Usambaraveilchen ist immer eine Augenweide. Also gehen Sie noch heute in die Stadt, und holen Sie sich eine Pflanze … Wir wollen mal sehen … Was haben wir denn heute morgen außerdem noch, Mutter Smith?« Mutter Smith spielte ein paar Takte von »Santa Claus is Coming to Town«. »O ja, richtig … der Nikolaus kommt in die Stadt, und er wird wieder im Kaufhaus Morgan Brothers sein, gleich neben der Spielzeugabteilung; wer also mit ihm fotografiert werden möchte oder ihm erzählen will, was er sich zu Weihnachten wünscht, sollte unbedingt dorthin gehen. Prinzessin Mary Margaret wird sich gleich nach der heutigen Sendung aufmachen und sich mit dem Nikolaus fotografieren lassen, und alle Mitglieder des Fanclubs von Prinzessin Mary Margaret erhalten dieses Jahr ein Bild … Oh, ich weiß nicht, wie es Ihnen geht, aber für mich kommt Weihnachten dieses Jahr viel zu schnell; kaum ist das Erntedankfest vorüber, ist schon Weihnachten. Ist die Zeit nicht etwas höchst Sonderbares? An manchen Tagen weiß ich nicht, wo sie bleibt. Ich hebe den Blick, und schon ist es Zeit zum Abendessen, und ich habe das Gefühl, ich hätte eben erst das Frühstücksgeschirr gespült … Ich muß allmählich daran denken, meine Pfefferkuchenmänner zu backen und die Plätzchen mit Gummidrops für unser weihnachtliches Haus der offenen Tür … und denken Sie daran, wir machen dieses Jahr ein Bäumchen für alle armen Kinder, die keins haben. Ich hoffe, daß Sie da draußen alle Gelegenheit haben werden, unser Haus der offenen Tür zu besuchen – wir haben immer viel Spaß. Es sind viele aufregende Sachen geplant. Dixie Cahill bringt einige ihrer Mädchen mit, die für uns tanzen werden, und der Handglockenchor der Methodistenkirche ist dabei, und wir sind froh, daß sie endlich ihre e-Moll-Glocke bekommen haben – das macht sehr viel aus –, also das sollten Sie nicht verpassen … und es gibt viel, viel zu essen und ein Geschenk für jeden. Ach ja … Ernest Koonitz kommt mit seiner Tuba zu uns. Er spielt ›Joy to the World‹. Also, das Ganze findet am 20. Dezember in der VFW statt. Doc hat mir gesagt, daß wir unseren Baum heute abend aufstellen werden; deshalb muß ich nach der Sendung auf den Dachboden steigen und den ganzen Christbaumschmuck runterholen, und ich bin nicht gerade begeistert darüber; wenn also jemand von Ihnen Bobby sieht, sagen Sie ihm bitte, er soll nach der Schule sofort nach Hause kommen. Ich brauche dringend seine Hilfe.

So, jetzt wollen wir mal sehen … Ich hatte noch einige Dinge für Sie … Ah, hier ist etwas, das genau in die Zeit paßt … eine hübsche Meldung. Der Weihnachtsstern oder Poinsettie ist urprünglich aus dem fernen Mexiko zu uns gekommen. Ein Mann namens Joel Robert Poinsette brachte die Pflanze nach Southcarolina, und daher stammt auch der Name … und wir freuen uns sehr, daß er das getan hat. Aber denken Sie daran, sie ist giftig, also dürfen Sie sie nicht essen, und lassen Sie auch Ihre Haustiere nicht daran knabbern.«

* * *

Spät an diesem Nachmittag trafen sich Dorothy, Anna Lee und Bobby mit Doc beim Rexall, sie gingen hinüber auf das unbebaute Gelände, wo der Civitan Club Weihnachtsbäume verkaufte, und suchten sich dort einen aus. Zu Hause machte Mutter Smith Popcorn, und die ganze Weihnachtsdekoration, die vom Dachboden, aus dem hinteren Wandschrank und der Zedernholzkommode in der Diele ans Tageslicht befördert worden war, lag schon einsatzbereit da. Nach am gleichen Abend um zehn Uhr standen in jedem Fenster blaue Kerzen in Ständern aus cremefarbener Pappe, und über allen Türen war auf einem Pappstreifen in roten ausgeschnittenen Papierbuchstaben *Fröhliche Weihnachten* zu lesen. Der Baum in der Ecke war geschmückt mit Kugeln aus apfelgrünem und leuchtend rotem Satin, mit blauen Kugeln, um die sich weiße Streifen rankten, mit silbernem Lametta, Ketten aus Popcorn, farbigen Lichtern und ganz oben auf der Spitze mit einem Engel. Ein um den Fuß drapiertes weißes Bettlaken harrte der Geschenke.

Wie üblich war Dorothy als letzte noch wach, und als sie in dem dunklen Wohnzimmer stand, leuchteten die Weihnachtslämpchen so schön, daß sie es nicht über sich brachte, sie auszuschalten, und beschloß, sie die ganze Nacht über brennen zu lassen.

Dena fragt Diggers aus

New York City
1975

Dena war wieder bei ihrem Arzt. Das Magengeschwür war zwar nicht viel besser, aber auch nicht schlimmer geworden, und so versprach sie, die Behandlung bei Diggers fortzusetzen. Sie haßte es, dauernd über sich reden zu müssen, aber sie hätte alles getan, um der gefürchteten Anweisung »Bettruhe« zu entgehen.
In Dr. Diggers Sprechzimmer saß sie wie üblich mit wippendem Fuß. Die Ärztin wartete darauf, daß sie etwas sagte, und wie immer fühlte sich Dena unbehaglich dabei. Schließlich sagte sie: »Also gut, wenn Sie mich nichts fragen wollen, dann werde ich Sie jetzt analysieren. Dann hat wenigstens eine von uns was davon.«
»Wir sind hier, um über Sie zu sprechen.«
»Lassen wir das doch endlich. Bitte, ich bin es so leid, über mich zu sprechen, über mich nachzudenken; bitte, lassen Sie uns doch zur Abwechslung mal von Ihnen reden. Erzählen Sie mir alles von sich. Sie sehen aus wie ein interessanter Mensch.«
Diggers sah auf die Uhr. Es waren noch fünf Minuten. Sie würde heute sowieso nichts mehr aus Dena herausbekommen. »In Ordnung, Sie bekommen Ihren Willen. Was wollen Sie wissen?«
Denas Augen leuchteten auf. »Also, da wollen wir mal sehen.« Sie rieb sich die Hände. »Nun, wie ist das, schwarz zu sein?«
Diggers lächelte. Die Weißen dachten immer, das sei das Wichtigste an ihr. Sie legte ihren Kugelschreiber hin. »Das ist eine Frage, auf die es ebenso viele Antworten gibt, wie es Schwarze auf der Welt gibt. Jeder Mensch erlebt es anders.«
»Gut, ich kenne keine anderen Schwarzen näher. Wie ist es bei Ihnen?«
»Ich glaube, ich werde interviewt.«
»Nein, das werden Sie nicht. Ich bin nur neugierig. Ich würde es wirklich gern wissen.«
»Was glauben Sie denn, wie es ist?«
Dena drohte ihr mit dem Finger. »O nein, Sie werden mich nicht in

die Falle locken, Dr. Elizabeth Diggers, M. D., Ph. D. oder was auch immer Sie alles sind. Ihr Seelenklempner seid doch alle gleich; immer beantwortet ihr eine Frage mit einer Gegenfrage. Möchten Sie lieber nicht darüber sprechen, ist es ein zu sensibles Thema?«

»Nein, natürlich nicht.«

»Haben Weiße Ihnen jemals Schlimmes angetan?«

»Ich habe meine Peitschenhiebe bekommen. Ich habe genügend Vorurteile zu spüren gekriegt.«

Dena zuckte zusammen. »O Gott, es tut mir leid, daß Sie das durchmachen mußten. Sind Sie deswegen wütend?«

»Wütend? Nein, aber ich kann Wut verstehen. Ich würde sagen: Mehr als alles andere bin ich verletzt. Und wenn ich von Vorurteilen spreche, dann meine ich das generell. Vorurteile können allen Menschen Schreckliches antun, und Schwarze können untereinander genauso intolerant sein wie Weiße.«

»Tatsächlich?«

»O ja ... ich mußte mir das von Weißen gefallen lassen, aber auch von meinen eigenen Leuten.«

»Wirklich, wieso das denn? Nennen Sie mal ein Beispiel.«

»Nun, es gibt einige, die nennen mich Onkel Tom, weil ich weiße Freunde habe und in einem weißen Wohnviertel lebe. Die mir vorwerfen, ich versuchte, eine Weiße zu sein.« Sie lachte. »Ausgerechnet ich, so schwarz wie ich bin, da besteht ja wohl keine Möglichkeit, daß ich je weiß sein werde, oder? Dann gibt es andere, die finden, ich solle meine Karriere aufgeben und mein Leben der Sache der Schwarzen widmen. Helle Schwarze finden mich zu schwarz, manche meinen, ich spräche zu sehr wie die Weißen; es hört nie auf. Egal, welche Richtung man einschlägt, es gibt immer jemanden, der einem zusetzt.« Sie lächelte plötzlich. »Als nächstes werde ich wohl mit einem Chor von ›Old Man River‹ zusammenstoßen. Aber ich habe viel mehr Probleme als nur das Schwarzsein.«

Dena sagte: »Sie meinen Ihre ...«

»Daß ich im Rollstuhl sitze? Ja, aber außer der Sache, daß meine Patientin mich zu analysieren versucht, ist die Tatsache, daß ich eine Frau in einem männlichen Beruf bin, mein größtes Problem. Ich habe mit weitaus mehr Vorurteilen zu kämpfen gehabt, weil ich eine Frau bin, als weil ich eine Schwarze bin.

Sie dürfen nicht vergessen, daß in diesem Land schwarze Männer lange vor den Frauen, ob nun schwarz oder weiß, das Wahlrecht erhielten, und Männer sind eben Männer, egal, welche Hautfarbe sie haben. Es könnte einen wahnsinnig machen, wenn man es zuließe.«

»Sind Sie deshalb Psychiaterin geworden?«

Diggers lachte und sah auf die Uhr. »Ah, durch das Klingeln gerettet. Ihre Zeit ist um! Und man ist froh, daß es vorbei ist. Sie hören wohl nie auf zu interviewen?«

Im Hinausgehen sagte Dena so laut, daß die Haushälterin es hören konnte: »Sie reagieren ausgesprochen gut auf die Behandlung, Doktor. Machen Sie so weiter, dann werden wir bestimmt zur Ursache Ihres Problems vorstoßen. Schreiben Sie diese Träume weiter auf. Bis zur nächsten Woche.«

Diggers mußte lachen. Normalerweise durften ihre Patienten nicht so mit ihr umgehen. Aber sie war von Dena Nordstrom einfach beeindruckt. Sie konnte verstehen, daß Gerry in sie verliebt war. Sie hatte etwas sehr Anziehendes an sich, etwas Anmutiges, ohne Zweifel.

Wie schade, daß sie so verschlossen war.

Eine dringend notwendige Atempause

Selma, Alabama
1975

Die vergangenen sechs Monate hatte Dena in einem halsbrecherischen Tempo gearbeitet, und fast jeden Abend überredete J.C. sie dazu, von Party zu Party, von einer Veranstaltung zur anderen zu ziehen. Seit einiger Zeit hatte sie Schwierigkeiten, mit seiner offenbar grenzenlosen Energie Schritt zu halten. Ihre Magenschmerzen hatten wieder begonnen, und so würde sie die verschiedenen Partys nicht besuchen können, die J.C. an diesem Wochenende für sie beide ins Auge gefaßt hatte. Sie benötigte dringend eine Ruhepause, aber ihr war auch klar, daß sie sich in New York nicht vor J.C. verstecken konnte. Sie mußte von hier verschwinden, sich irgendeine raffinierte Lüge ausdenken und irgendwohin fahren, weit ab von den ausgetretenen Pfaden.
Aber wohin? Wo wäre der fernste Ort, an den sie flüchten könnte, ohne Gefahr zu laufen, auf jemanden von seiner Meute zu stoßen? Dann fiel es ihr ein.

* * *

»Hallo.«
»Sookie, ich bin's.«
»Hey, wie geht's dir? Was machst du?«
»Hör zu, Sookie, bist du am nächsten Freitagnachmittag zu Hause?«
»Natürlich. Warum?«
»Du hast mich immer wieder gebeten, euch mal zu besuchen, und ich habe mir gedacht, das könnte ich tun.«
Sookie schrie auf: »*Wirklich?* Du meinst in Selma?«
»Ja.«
»O mein Gott, ich falle gleich in Ohnmacht. Ich kann es nicht glauben. Wie lange kannst du bleiben?«
»Ich werde für das Wochenende runterfliegen. Ist dir das recht?«
»Recht? Es ist wunderbar.«
»Hör zu, Sookie … ich komme, aber bitte versprich mir eins.«
»Natürlich. Was?«

»Erzähl niemand, daß ich komme.«
»Warum nicht?«
»Sookie, ich bin erschöpft, im Ernst. Ich brauche Ruhe. Ich muß ein paar Tage ohne Menschen sein.«
»Ach ja, natürlich. Darf ich es Earle erzählen?«
»Natürlich. Ich meine nur die Presse, alle, die ich nicht kenne. Ich möchte einfach nur dich besuchen.«
»Soll ich die Mädchen zu Mutter bringen?«
»Nein, ich meine dich, Earle und die Kinder. Ich will sonst niemanden sehen.«
Sookie war enttäuscht. »Kann man sich so was vorstellen? Meine einzige berühmte Freundin entpuppt sich als Einsiedlerin. Und ich weiß nicht warum, jeder liebt sie. Sie denken alle, du bist der netteste, freundlichste, klügste Mensch, und du würdest dich freuen, sie kennenzulernen. Ich sage ihnen natürlich nicht die Wahrheit, daß dir nämlich überhaupt nichts daran liegt, ihnen zu begegnen.«
»Du solltest froh sein, daß sie mir nicht begegnen. Denn sonst würden sie merken, daß ich zur Zeit nicht besonders nett bin.«
»Doch, du bist sehr nett. Also, wie können das alle glauben und doch unrecht haben? Du bist erst im letzten Monat zur beliebtesten Frau des Fernsehens gewählt worden. Ist es dir je in den Sinn gekommen, daß du unrecht haben könntest und alle anderen recht? Nein, es ist einfach albern … aber ich werde mich danach richten.«
»Danke.«
»Aber vergiß nicht, das hier ist ein kleines Städtchen – also flieg lieber mit einem Sack über dem Kopf ein.«
Dena lachte.
»Ich bin richtig aufgeregt; und wenn du Ruhe brauchst, die kannst du hier haben. Ich werde schon aufpassen, daß dich keiner stört. Ich werde sogar einen Maulkorb tragen.«

* * *

Als Dena in Selma aus dem Flugzeug stieg, empfing sie ein Schwall glühender, fast tropischer Hitze. Die Sonne blendete, und bald entdeckte sie Sookie, die einen großen schwarzen Hut und eine dunkle Sonnenbrille trug. Sookie rief sofort: »Miss Smith, o Miss Smith, hier bin ich!« Dena mußte über den Einfall der um Diskretion bemühten Sookie lachen. Als sie zum Auto gingen, gab sie ihren Vorsatz auf. »Also, Dena, ich habe alles so gemacht, wie du gesagt hast. Keine Menschenseele weiß, daß du kommst, außer Earle und Toncie – sie arbeitet für uns –, und die Kinder sind dazu verdonnert worden, kein Sterbenswörtchen zu verraten. Ich verspreche dir also, daß man dich in Ruhe läßt. Ich will, daß du dich ausruhst. Heute abend werden wir gemütlich essen. Morgen sorge ich dafür, daß Earle in den Club geht, und du und ich, wir aalen uns am Pool, oder du kannst schlafen oder irgend etwas anderes machen, was du willst. Mein Wunsch ist dir Befehl ... ich meine, ach, du weißt schon, was ich sagen will.«

»Ist es hier immer so heiß?«

»Schatz, das ist noch gar nichts. Du solltest erst mal den Juli und August erleben.« Sie stiegen in einen riesigen blauen Lincoln von der Größe einer Limousine. »Ist das etwa deiner?« fragte Dena.

»Nein, den wollte Mutter loswerden. Sie hat ihn sich erst gekauft und dann gehaßt und schließlich den Mädchen geschenkt.«

»Aber die Mädchen sind doch noch viel zu klein!«

»Ja, aber sie hat gesagt, er wäre doch schön für sie, wenn sie größer werden. Frag mich nicht. Das ist typisch Mutter.«

»Werde ich sie auch treffen?«

»Du willst Mutter sehen?«

»Sicher, ich mag deine Mutter, das weißt du doch. Hast du ihr nicht erzählt, daß ich komme?«

»Nein! Wenn sie wüßte, daß du hier bist, könnte nicht mal ein Jagdgewehr sie davon abhalten, mit lautem Getöse zur Tür hereinzustürzen, um zu dir zu kommen. Aber gut ... wenn du sie wirklich sehen willst, werde ich sie anrufen und sie morgen für eine halbe Stunde kommen lassen. Aber es könnte dir noch leid tun. Sie ist wie ein Wirbelsturm. Weiß Gott, sie wird begeistert sein.«

»Ist dein Bruder auch hier?«

»Buck? Nein, der ist in Saudi-Arabien und hat da irgendwas mit Öl zu tun.«

Sookie bog in eine Straße ein, die mitten durch einen Hain von Pekannußbäumen führte. Dena fragte: »Sind das da draußen Kühe?«

»Ich habe dir ja erzählt, daß ich am Stadtrand lebe. Wir sind einfach alte Hinterwäldler aus Alabama.«

Nach fünf Minuten erblickte Dena ein riesiges Haus am Ende der Straße und stellte plötzlich fest, daß die Straße, auf der sie gekom-

men waren, Sookies Einfahrt war. Sookie fuhr vor und sagte: »Da sind wir.«
Dena sah an dem weitläufigen, zweistöckigen weißen Gebäude mit Säulen hoch.
»*Das* soll ein Häuschen am Stadtrand sein? Großer Gott, Sookie, das sieht ja aus wie das Herrenhaus eines Gouverneurs.«
Sookie winkte ab. »Ach Schatz, es ist gar nicht so groß. Du solltest mal Bucks Haus sehen.«
Sie stiegen aus dem Auto, und eine Frau in weißer Schürze trat aus dem Haus. »Dena, das ist Toncie.«
Toncie strahlte über das ganze Gesicht. »Ich weiß, wer Sie sind, aber ich habe kein Wort gesagt, bestimmt nicht, Madam.«
»Danke.«
Sie betraten die weiträumige Eingangshalle, von der eine breite Treppe bis in den zweiten Stock hinauf führte. Sookie sagte: »Wo steckt denn meine Brut? Sie sind so aufgeregt, daß du kommst, ich mußte ihnen beinahe ein Beruhigungsmittel geben.«
Toncie ergriff Denas Reisetasche. »Sie sind oben. Ich halte sie noch ein bißchen zurück, damit Miss Nordstrom erst einmal verschnaufen kann.«
In diesem Augenblick erschienen drei kleine rothaarige Mädchen in gestärkten, frisch gebügelten Kleidern und mit großen Schleifen im Haar auf dem obersten Treppenabsatz und spähten durch das Geländer zu Dena hinunter.
Sookie sah hoch. »Ach … da sind sie schon. Jetzt ist es zu spät … du bist entdeckt.«
Toncie sagte: »Ich hatte ihnen gesagt, sie dürften erst runterkommen, wenn Sie sie rufen.«
»Ja, gut, du kannst es auch gleich hinter dich bringen, Dena, sie brennen darauf, dich kennenzulernen.« Sie rief hinauf: »In Ordnung, Kinder, kommt runter, aber rennt nicht so.«
Die drei großäugigen Mädchen waren wie ein Blitz die Treppe hinuntergesaust und blickten ehrfürchtig zu Dena auf. Sookie stellte sie vor: »Das ist Dee Dee, das ist Ce Ce, und das ist die Kleinste, Lenore … aber wir nennen sie Le Le. Kinder, das ist eure Tante Dena.«
Dena sah zu ihnen hinunter. »Hallo, Kinder.«
Sie blickten alle drei ihre Mutter an, die Augen vor Aufregung geweitet.

»Also los, dann sagt mal guten Tag.«
»Darf ich euch denn die Hand geben?« fragte Dena.
Sie blickten wieder alle drei ihre Mutter an, die daraufhin sagte: »Ich fasse es nicht, daß meine Kinder plötzlich schüchtern geworden sind. Auf, Mädels, gebt ihr die Hand.«
Die beiden Ältesten waren entzückt und kicherten, als wäre Händeschütteln das Lustigste, was sie je getan hatten. Die Kleinste marschierte zu Dena und umfaßte ihr Bein, dann begannen alle drei, auf sie einzuplappern, und zerrten an ihr.
»Komm mit in unser Zimmer«, sagten sie und versuchten, sie die Treppe hinaufzuziehen. Le Le hatte sich mit beiden Händen an Denas Gürtel festgeklammert.
»Also Kinder«, sagte Sookie, »das reicht jetzt aber. Sie kommt später zu euch. Laßt sie los.« Sie verschwanden mit Toncie.
Von der Küche im hinteren Teil des Hauses gelangte man auf eine geschützte, mit Ziegelsteinen gepflasterte Terrasse, auf der weiße Korbmöbel mit geblümten Kissen standen. Sookie sagte: »Entschuldige bitte das Durcheinander, aber im Sommer leben wir praktisch hier draußen. Abends ist es so schön kühl hier.« Sie durchquerten einen Hof mit einem Swimmingpool, der olympische Ausmaße zu haben schien, gemessen an Denas Logis – einer zauberhaften kleinen Version des Haupthauses, die in zarten Pastellfarben gehalten und überall mit Blumen geschmückt war. In dem Moment, in dem Dena eintrat, begann Sookie, sich zu entschuldigen. »Es ist nicht toll, aber ich dachte, hier draußen ist es ruhiger.«
»Sookie, ich sehe immer nur das Innere von Hotelzimmern. Ich finde es hier großartig, glaub mir.«
»Wirklich?«
»Ja.«
Sookies Miene hellte sich etwas auf. »Also gut. Jetzt will ich mal gehen, wie ich es versprochen habe, und mich losreißen, dann kannst du ein Schläfchen machen oder fernsehen oder lesen … oder was auch immer … Im Kühlschrank ist Eistee … und ich habe gedacht, wir essen so gegen sieben. Ist dir das zu früh?«
»Nein. Das ist prima.«
»Ich hoffe, du magst gebratene Schweinefüße und Schweinerüssel.«
Dena machte ein erschrockenes Gesicht. »Das war nur Spaß«, sagte

Sookie, »du wirst Schinkenbrötchen, Grütze und einen schönen gefrorenen Salat bekommen ... und Toncie hat einen Nußkuchen gebacken. Ich hoffe, das ist recht.«

Dena sagte: »Es klingt köstlich.« Sie überlegte, wie man wohl einen Salat zum Gefrieren brachte.

Sookie sagte im Rausgehen: »Ruh dich schön aus.«

Dena packte aus, ging auf ihre überdachte Terrasse und entdeckte dort, daß Sookie auf dem kleinen Tisch alte Kappa-Key-Magazine und Southern-Living-Exemplare ordentlich gestapelt hatte. Sie machte den Ventilator an und legte sich hin. Sie schloß die Augen, und ehe sie sich versah, war sie in einen tiefen Schlaf gesunken.

Dena wachte erst am nächsten Morgen um elf Uhr wieder auf. Sie stolperte ins Wohnzimmer und roch frischen Kaffee. Eine Notiz lehnte an der Kaffeemaschine.

Komm rüber, wenn du aufgewacht bist ... oder wenn du Lust hast. Die Mädchen sind bis eins in der Tanzschule.

Gruß, Sookie

Nach einer Stunde war sie angezogen, setzte ihre Sonnenbrille auf und machte sich auf den Weg in das Haupthaus. Sookie war in der Küche. »Sookie, es tut mir leid, daß ich nicht zum Abendessen gekommen bin.«

»Na, Gott sei Dank lebst du. Ich fing schon an, mir Sorgen zu machen. Ich konnte bereits die Schlagzeilen lesen: Prominente tot in Pooles Poolhaus gefunden.«

»Nein, tot bin ich nicht, aber ich fühle mich tatsächlich völlig erschlagen. Hast du ein Betäubungsmittel in meinen Eistee getan?«

»O ja, du bist uns auf die Schliche gekommen. Wir betäuben dich ordentlich, damit wir dich hier behalten können, und dann verkaufen wir Eintrittskarten an die Leute, die dich sehen wollen.«

Sookie ging zum Kühlschrank, holte einen kleinen eiskalten Silberbecher heraus und reichte ihn Dena. »Earle hat dir einen Whiskey mit Eis und frischer Minze gemacht, bevor er ging. Er dachte, du könntest vielleicht einen Drink brauchen.«

»So früh?«

»Ja, du wirst ihn brauchen. Ich habe Mutter heute morgen angerufen, und sie hat ihr Erscheinen für zwei angekündigt. Ich mußte ihr mit dem Leben ihrer Enkelkinder drohen, damit sie niemandem erzählt, daß du hier bist. Und natürlich war Earle sauer, daß ich ihn

weggeschickt habe; er wollte lieber hierbleiben und an deinen Lippen hängen.«
»Ich mag Earle, er ist reizend.«
»Das ist er, du meine Güte. Er wollte wissen, ob du irgendeine zahnärztliche Behandlung brauchst, ich sollte dir sagen, daß er das furchtbar gern übernehmen würde.«
»Ich werde es mir merken.«

* * *

Lenore Simmons Krackenberry war eine korpulente, ansehnliche Frau, die immer Halstücher und Broschen trug und den Eindruck erweckte, als hätte sie sogar im Sommer ein Cape umgehängt. Sie hatte silberweiße Haare, die, tadellos frisiert, wie Flügel schwungvoll nach hinten gekämmt waren, einer der vielen Gründe, warum ihre Kinder sie heimlich geflügelte Siegesgöttin nannten. Sobald Toncie die Tür geöffnet hatte, fegte Lenore mit ausgestreckten Armen herein, stürmte durchs Haus, eine Spur teuren Parfums hinter sich herziehend, und rief mit durchdringender, süßlicher Stimme nach Dena.
»Wo ist denn der liebe Schatz? Ich kann es gar nicht erwarten, dich in meine Arme zu schließen; wo bist du? Komm sofort zu mir, sonst kriege ich einen Anfall.«
Sookie hörte sie kommen. »Wir sind auf der Terrasse, Mutter.«
Sie warnte Dena: »Bereite dich auf einen Angriff vor.« Inzwischen war Lenore bis zu ihnen vorgedrungen und stürzte sich auf Dena. »Oh, da ist sie ja, komm her und laß dich ganz fest drücken!« Dena stand auf und zuckte vor Schmerz zusammen, als Lenore sie fast in ihren Armen zerquetschte und ihre Perlen gegen Denas Brust preßte.
»Als Sookie anrief und sagte, daß du hier bist, konnte ich es einfach nicht glauben, aber da bist du leibhaftig.« Sie drückte sie erneut an sich.
»Wie geht es Ihnen, Mrs. Krackenberry?«
»Ach, Schatz, mir geht es einfach wunderbar! Einfach wunderbar! Oh, laß mich dich ansehen, immer noch bildhübsch. Sieh dir diesen Teint an. Sookie, so würde deine Haut auch aussehen, wenn du die Sonne gemieden hättest, wie ich es dir immer geraten habe.«
Lenore ließ sich in einen großen Sessel fallen, warf ihren Schal elegant nach hinten und rief: »Toncie, gibst du mir ein Glas Eistee,

Schatz? Ich bin erschöpft von der Fahrt. Kannst du es fassen, daß Sookie und Earle so weit nach draußen aufs Land gezogen sind? Ich muß praktisch die Nacht durchfahren, um meine Enkelkinder zu sehen.«

»Mutter, wir wohnen zwanzig Minuten von der Stadt entfernt.«

Toncie brachte ein Glas Eistee. »Vielen Dank ... Nun, ihr könntet auch ebensogut in einem Elendsviertel hier in der Gegend wohnen. Ich würde mich nicht wundern, wenn meine Enkelinnen, noch bevor sie erwachsen sind, Kartoffelfarmer heiraten. Wo sind die Kleinen überhaupt?«

»Oben. Ich mußte sie auf ihre Zimmer schicken, damit sie Dena nicht verrückt machen.«

Lenore sagte zu Dena: »Sind sie nicht einfach goldig? Ich lasse sie in diesem Frühjahr malen.« Dann machte sie ein betrübtes Gesicht und flüsterte: »Aber hast du mal auf ihre Öhrchen geachtet?«

Dena sagte: »Nein, überhaupt nicht.«

»Mutter!«

»Also, Liebling, sie haben jedenfalls die Pooleschen Ohren! Ich habe ihr das vor der Heirat mit Earle gesagt, aber weißt du, sie wollte ja nicht auf mich hören, als alle Jungen in der Gegend hinter ihr her waren.«

Sookie seufzte. »Keiner war hinter mir her, Mutter.«

»Und ich nehme an, sie hat dir von ihrem Bruder, Buck, erzählt, der irgendwo am anderen Ende der Welt bei den Arabern und Kamelen lebt. Arme kleine Darla. Aber genug von uns, wie geht es dir? Engelchen, du versetzt ja alle in Begeisterung. Sookie hat gesagt, sie würde nie wieder mit mir reden, wenn ich das zur Sprache brächte, aber ich bekomme buchstäblich kalte Schweißausbrüche, wenn ich mich dazu zwingen muß, keine Party für dich zu geben, solange du hier bist.«

»Mutter.«

Lenore streckte den Arm in die Luft. »Ich sage kein Wort zu irgend jemandem, aber es bringt mich um, daß du hier in Selma bist, und es wird nicht einmal über dich geschrieben. Du brauchst nur ein Wort zu sagen, und ich veranlasse, daß der Bürgermeister in drei Minuten mit dem Stadtschlüssel hier steht.«

»Mutter, jetzt hör aber auf ... du hast es versprochen!«

Lenore sah sie mit unschuldiger Miene an. »Ich weiß ... aber ich

finde einfach, sie soll wissen, wie beliebt sie ist. Es kommt einem alles so armselig vor. Ich hätte die Magnolia Trail Maidens und eine Blaskapelle und all so was an den Flughafen bestellen können.«
Sookie sah Dena an. »Da siehst du es, ich habe es dir ja gesagt, aber du wolltest es so.«
Lenore fragte: »Was hast du ihr gesagt?«
»Mrs. Krackenberry«, sagte Dena, »das ist sehr lieb, aber ich bin einfach nur zu einem erholsamen Besuch hierher gekommen.«
»Oh, ich weiß, Liebling, und ich will dein Inkognito auch um nichts in der Welt lüften. Ihr Karrierefrauen braucht eure Ruhe. Ich finde es nur so schade, daß wir dir nichts von unserer südlichen Gastfreundschaft zeigen können; wir sind alle so stolz auf dich, das ist alles. Ich habe es Sookie schon das erste Mal, als ich dich gesehen habe, prophezeit, ich habe gesagt: Also dieses Mädchen wird es noch weit bringen. Ich finde es einfach wundervoll, wie ihr jungen Frauen heutzutage eine aufregende Karriere macht. Mein Vater wollte nicht, daß ich arbeite ... Du weißt ja, wie rückständig die Männer damals waren, sie dachten, wir seien alle zu zart.«
»Mutter, ich weiß beim besten Willen nicht, wie jemand auf den Gedanken kommen konnte, du seist zu zart.«
Lenores Augen vergrößerten sich. »Dachte er aber. Und dein Vater hätte auch nicht zugelassen, daß du arbeitest, und es macht mir nichts aus zu gestehen, daß ich es bedaure. Wenn ich damals eine Chance gehabt hätte, hätte ich womöglich wer weiß was für eine Karriere machen können.«
»Die, die du gewollt hättest, war schon besetzt, Mutter.«
»Was denn für eine?«, fragte Lenore.
»Es gab schon eine Königin von England.«
Lenore lachte laut. »O Dena, da siehst du mal, wie häßlich sie über mich spricht. Ich sage dir, nichts kränkt einen so wie ein undankbares Kind, und ich habe zwei von der Sorte.«
»Ja, Mutter, dein Leben ist die Hölle. Wir behandeln dich ja so schrecklich.«
Lenore beugte sich zu Dena vor. »Sie werfen mir vor, eine herrschsüchtige Mutter zu sein, hältst du das für möglich? Ich, nur weil ich mich um sie kümmere. Ich hoffe, deine Kinder stellen sich mal nicht so gegen dich, wenn sie groß sind.«
»Mutter, finde dich damit ab, du *bist* herrschsüchtig.«

»Sieh doch mal, wie sie ist; sobald sie sich etwas in den Kopf gesetzt hat, besteht sie darauf, daß es richtig ist.«
Dena lächelte. »O ja, ich weiß.«
»Siehst du, Sookie, Dena kennt dich auch gut.«
Sookie sah ihre Mutter an und zeigte auf die Uhr. Lenore fragte unschuldig: »Was?«
»Mutter … du hast es versprochen.«
Lenore seufzte. »Ach ja, in Ordnung. Dena, sie ließ mich einen heiligen Schwur tun, daß ich nicht länger als zehn Minuten bleibe. Kannst du das glauben, sie scheucht ihre arme Mutter hinaus in den Schnee zu den Wölfen.«
»Mutter, wir haben draußen 35° C.«
»Gut, aber du weißt genau, was ich meine. Ich gehe ja schon! Aber, Liebling, komm wieder, wenn du mal schön ausgeruht bist und uns erlaubst, über dich herzufallen. Es juckt mich einfach, dich mit großem Bahnhof zu empfangen.«
Sie begleiteten sie zur Tür. »Also, wenn ihr etwas braucht, Kinder, ruft an. Ich lasse dann Morris rüberfahren und euch alles bringen, was ihr euch wünscht.«
Sie drückte Dena wieder und küßte Sookie flüchtig auf die Wange. »Wiedersehen, du böse Tochter. Ich liebe dich trotzdem.«
Sie fegte hinaus zu ihrem Auto, wo Morris, ihr Chauffeur, schon wartete und die Klimaanlage die ganze Zeit für sie laufen gelassen hatte.
»Jetzt weißt du, warum ich so schnell spreche«, sagte Sookie, während sie die Tür schloß. »Das muß ich, um auch mal ein Wort einwerfen zu können.«
»Ich finde sie ganz toll.«
»Oh, das ist sie, aber anstrengend. Jetzt weißt du wohl, wie schwierig es war, sie zum Schweigen zu verdonnern. Sie ist geradezu besessen davon, allen das Gefühl zu geben, daß sie in Selma willkommen sind. Vergangenes Jahr kam eine Frauenvereinigung von der Konföderation aus Richmond, und sie ließ die armen Magnolia Trail Maidens bei noch größerer Hitze als heute auf das Flugzeug warten. Zwei von ihnen fielen wegen eines Sonnenstichs aus.«
»Was ist ein Magnolia Trail Maiden? Klingt wie eine Blume.«
Sookie lachte. »Nein, das sind keine Blumen, das sind Mädchen, albern, nicht, aber in einer Aufmachung von vor dem Krieg; du weißt schon, mit Hut und Sonnenschirm. Sie sind süß.«

»Singen sie oder so was?«
Sookie sah Dena an, als hätte sie den Verstand verloren. »Nein, sie singen nicht, sie machen einen Knicks.«
»Einen Knicks?«
»Weißt du, bis auf den Boden, so.« Sookie machte einen tiefen Knicks. »Wenn jemand aus dem Flugzeug oder Zug steigt oder was auch immer, stehen sie in einer Reihe und machen vor der betreffenden Person einen Knicks als Willkommensgruß.«
Dena war beeindruckt. »Warst du auch mal ein Magnolia Trail Maiden?«
Sookie öffnete die Tür zu der hinteren Terrasse und ging hinaus. »Natürlich, und Buck war ein kleiner Konföderiertenoffizier. Weißt du, wir kostümieren uns gerne. Übrigens hat die Siegesgöttin uns dazu gebracht. Mutter hat bei ihrer Schneiderin für die Mädchen drei winzige Trail-Maid-Kostüme und -Hüte machen lassen, aber erwähne das bloß nicht, sonst wollen sie dir das unbedingt vorführen. Sie wollten es tragen, als du ankamst, aber ich habe es ihnen nicht erlaubt.«
»Warum nicht?«
»Ich wollte nicht, daß du denkst, wir seien noch verrückter, als wir eigentlich sind.«
Sie saßen draußen am Pool unter der Markise. Es war wieder ein herrlicher strahlender Tag. Dena sagte: »Alles ist so grün hier.«
Sookie schien überrascht. »Ja?«
»Ja. Und es ist so still hier.«
»Es ist überall stiller, wenn Mutter gegangen ist.«
»Ach Sookie, hör doch auf. Du kannst von Glück sagen, daß du eine Mutter hast, daß du dein ganzes Leben an ein und demselben Ort gelebt hast. Ich wette, du kennst jeden hier, stimmt's?«
»Ich schätze, durch die Simmons, die Krackenberrys und die Pooles sind wir wahrscheinlich mit allen in der Stadt irgendwie verwandt.«
»Wie war das, als du hier aufwuchst?«
Sookie nahm einen Schluck Tee. »Wie ein Zirkus mit drei Manegen und Lenore als Zirkusdirektor. Das Haus war immer voller Menschen. Der Bridgeclub oder der Gartenverein hatten ständig irgendein Treffen bei uns, und Bucks Freunde gingen ein und aus. Der arme Daddy, er fehlt mir. Er war ein Schatz; er sagte immer, der einzige Grund, warum er mit Lenore zusammenleben könnte, sei

die Tatsache, daß er auf einem Ohr taub sei. Einmal fragte Buck: ›Daddy, warum kannst du auf dem Ohr nicht hören?‹ Und Daddy gab ihm zur Antwort: ›Reines Wunschdenken, mein Sohn, nur Wunschdenken.‹ Er war zum Schreien.«

»Bist du immer in dieselbe Grundschule und Highschool gegangen?«

»Ich hatte keine andere Wahl.«

»Wie toll. Und in der Highschool warst du ein Cheerleader oder eine Tambourmajorin oder so was in der Art?«

Sookie sah Dena entsetzt an. »Dena, du glaubst doch nicht im Ernst, daß ich je eine Tambourmajorin war. Ein Cheerleader ja, aber eine Tambourmajorin! Es hat noch nie eine Kappa gegeben, die Tambourmajorin war, Dena.«

»Gut, ich weiß nicht so genau, was ist der Unterschied?«

»Wenn du's nicht weißt, werde ich es dir bestimmt nicht sagen. Ehrlich, Dena, manchmal frage ich mich, wo du dein ganzes Leben gewesen bist.«

Toncie brachte noch Eistee. »Die Mädchen springen wie verrückt immer auf und ab, sie wollen unbedingt rauskommen, Mrs. Poole.« Sie sahen zum zweiten Stock hinauf. Drei kleine Gesichter waren gegen die Fensterscheibe gepreßt und blickten sehnsüchtig zu ihnen hinunter.

»Schau dir das an, wie drei kleine Affen.« Sie winkten, und genau wie Toncie gesagt hatte, sprangen sie wirklich auf und ab. »Ach Sookie, laß sie doch runterkommen.«

»Kannst du das nach Mutter denn noch aushalten?«

»Ja, natürlich. Sperr sie nicht im Haus ein.«

»Gut, wenn du das sagst.« Sookie hob den Arm und verkündete Toncie: »Entlaß die Gefangenen. Befreie alle Ungläubigen auf einen Schlag.«

Eine Minute später kamen drei Mädchen in den gleichen hellen, rosa-weiß gepunkteten Badeanzügen mit lautem Gekreische aus der Hintertür gerannt, direkt auf Dena zu.

Dena verbrachte den Tag mit Sookie und ihren Töchtern am Pool; und erst, nachdem sie oben im Zimmer der Mädchen gewesen und sieben Hamstern mit Namen vorgestellt worden war, nachdem sie sich jede Puppe, jedes Spielzeug, jedes Kleid und jedes Paar Schuhe, alle Besitztümer von Dee Dee, Ce Ce und Le Le angesehen hatte,

beruhigten diese sich endlich und schliefen ein. Alle drei lagen, von der Aufregung des Tages erschöpft, in einem Bett.
Es war nach neun, als Sookie und Dena wieder hinuntergingen und sich entspannen konnten.
Sookie reichte Dena ein Glas Wein. »Ich hoffe, dir ist klar, daß du meine Kinder für immer verdorben hast. Von jetzt an werden sie mich nicht mehr beachten und denken, ich sei nur eine alte, ungepflegte Hausfrau.«
»Sei nicht albern. Ich hoffe, ich bin richtig mit ihnen umgegangen. Ich weiß nicht, wie man sich bei Kindern verhält.«
»Machst du Scherze? Sie lieben dich. Ich weiß, was passieren wird. Sie werden erwachsen und entschwinden nach New York, um dort mit dir ein glamouröses Leben zu führen, und ich werde genau wie die arme Stella Dallas alt und gebrochen enden, werde mich im Hof verbergen und durchs Fenster beobachten, wie meine Kinder reiche, berühmte Männer heiraten.«
»Was redest du da. Du bist doch selbst reich.«
»Bin ich nicht, hör bloß auf. Schatz, Earles Vater war nur ein einfacher Landarzt, und Mutter hat praktisch unser gesamtes Erbe an die Armen verschenkt.«
»Wirklich?«
»Nun, nicht richtig, nicht alles. Sie hat ein Treuhandvermögen für die Mädchen festgelegt. Sie rennt nicht einfach los und schließt sich dem Friedenscorps an wie Jimmy Carters Mutter oder so was Ähnliches. Glaub mir, Mutter lebt gut, aber seit Vaters Tod weiß man nie, was sie als nächstes in petto hat. Sie kommt mit den verrücktesten Sachen an.«
»Was zum Beispiel?«
»Einfach verrücktes Zeug. Vor fünf Jahren kamen nach und nach viele neue Leute hierher, und sie meinte, der Willkommenswagen und der Club für Neuzugezogene genügten ihr nicht mehr, also gründete sie den ›Willkommen-in-Selma-Club‹ … Mir tun die armen Menschen leid, die hierher ziehen. Sobald sie die Stadt erreichen, stürzen sich Lenores Truppen auf ihr Haus und wuseln wie die Ameisen um sie herum, noch ehe jemand anderes zu ihnen gelangen kann. Ich habe ihr gesagt: ›Mutter, es ist ein Wunder, daß du sie nicht zu Tode erschreckst.‹ Ich bin sicher, wenn ich erleben würde, wie Lenore Krackenberry und ihre Truppe mit Bändern und Ballons

meine Einfahrt stürmten und aus voller Kehle ›Willkommen in Selma‹ sängen, würde ich schnellstens dahin zurückkehren, woher ich gekommen wäre.«
»Was singen sie?«
»Ein altes, dümmliches Lied, das eine Freundin von ihr verfaßt hat: ›Willkommen in Selma, Selma, Selma … können wir helfa, helfa, helfa?‹ Es ist einfach grauenhaft, aber zumindest merken die Leute, daß sie willkommen sind.«
Sookie stand auf. »Versprich mir, daß du mich nicht mehr als zwei Gläser Wein trinken läßt. Earle sagt, ich sei eine ordinäre Säuferin und würde albern und redete zuviel, wenn ich mehr als zwei Gläser intus hätte. Mir ist zuzutrauen, daß ich in betrunkenem Zustand alle Familiengeheimnisse ausplaudere.«
»Habt ihr denn welche?«
Sookie setzte sich wieder und schwang ihre Beine über die Seitenlehne des Sessels. »Geheimnisse? Machst du Witze? In Selma, Schatz, könnten wir kein Geheimnis bewahren, selbst wenn unser Leben davon abhinge. Mein Leben ist ein offenes Buch. Jeder in der Stadt weiß, daß Buck ein großer Langweiler ist und Mutter eine typische Verrückte … und ich selbst bin wahrscheinlich auch nicht perfekt.«
Dena entspannte sich, und es war ein angenehmes Gefühl. »Sookie, erzähl mir von deinem Leben hier unten.«
»Mein Leben? Es ist einfach nur ein ganz normales Leben. Du bist doch diejenige, die mit den Stars verkehrt. Wir sind schlichte Durchschnittsmenschen, fade und gewöhnlich.«
»Nein, im Ernst, erzähl mir, was du so machst.«
»Wir machen schlicht und ergreifend fast jeden Tag dasselbe, jahraus, jahrein. Einmal die Woche Abendessen im Club, jeden Sonntag in die Kirche und jeden Sonntagmittag Brunch mit Mutter. So ist mein Leben bisher verlaufen, immer dasselbe, altbekannte, Jahr für Jahr seit dem Tag meiner Geburt.«
Eine Welle von Traurigkeit überflutete Dena. Sookie wußte gar nicht, was sie für ein Glück hatte.

Das kleine Mädchen in der Hotelhalle

USA
1948

Denas Kindheit war zu einer verschwommenen Vorstellung geworden. Sie konnte sich eigentlich kaum noch daran erinnern. Als sie vier war, hatte ihre Mutter Elmwood Springs plötzlich verlassen, und danach waren sie von einer unfreundlichen Stadt in die nächste gezogen, von einem Apartmenthotel ins andere. Die Hotels waren manchmal aus rotem Backstein, manchmal altersgrau, aber immer waren sie nur sehr spärlich eingerichtet. Und selbst wenn die Gebäude klangvolle Namen trugen wie La Salle, Royalton Arms, Highland Towers oder Park Lane, waren sie nicht mehr das, was sie einmal gewesen waren. Die Sessel und die Teppiche in der Eingangshalle waren immer ein wenig abgenutzt, und die Flure immer verlassen. Sogar die Umgebung schien trübe zu sein, mit wenig Licht, zwar nicht ganz heruntergekommen, aber doch beinahe. Diese traurigen Apartmenthotels wurden von einsamen Menschen bewohnt; die Jüngeren, die von der Liebe enttäuscht worden waren, hatten jemanden verloren oder nie jemanden gehabt. Die Alten in diesen Hotels saßen allein in ihren Zimmern und verließen sie nur, um einen uralten Hund spazieren zu führen oder um hin und wieder eine Dose Suppe zu kaufen, die man auf einer Kochplatte erhitzen konnte. Sie lebten bis an ihr Ende in diesen Zimmern, aßen außerhalb und saßen an Tischen für eine Person. Die meisten hatten sich das Lesen angewöhnt, und so leistete nur ein Buch aus der Leihbibliothek ihnen beim Essen Gesellschaft, ihre einzigen Tischgenossen waren die Personen, die in ihrer derzeitigen Lektüre vorkamen. Meistens war Dena das einzige Kind im Hotel. Aber sie blieben nie lange genug, um wirklich alle kennenzulernen. Sie streifte das Leben der anderen Menschen nur und blieb stets das kleine Mädchen, das immer in der Halle saß und darauf wartete, daß seine Mutter nach Hause kam. Die meiste Zeit ihrer Kindheit hatte sie in Hotelhallen verbracht, wo sie auf ihre Mutter wartete; manchmal fuhr sie auch in die Stadt, als sie gelernt hatte, die Straßenbahn zu benutzen, und wartete in der Damentoilette des Kaufhauses, in dem ihre Mutter zu der Zeit gerade arbeitete. Normalerweise las sie oder malte; es machte ihr nichts aus. Sie fühlte sich schon besser, wenn sie sich nur in der Nähe ihrer Mutter aufhielt und später mit ihr nach Hause fahren konnte. Ihre Mutter war ihr ein und alles, und sie vergötterte sie. Sie liebte ihren Blick, ihre Stimme, ihren Geruch. Sie war von allem fasziniert, was ihre Mutter tat. Sie beobachtete sie gern, wenn sie Make-up auflegte, sich ankleidete, ihr Haar frisierte. Wenn sie ausgingen, konnte sie ihre Augen kaum von ihr abwenden; Dena war so stolz, mit ihr zusammenzusein. Wenn das Wetter schön war, flanierten sie nach der Arbeit oft stundenlang und sahen sich Schaufenster an, und dann aßen sie meistens im Restaurant, weil ihre Mutter nicht gern kochte. Und nach dem Essen saß Dena da und überlegte, an was ihre Mutter wohl dachte, während sie ihren Kaffee trank und eine Zigarette nach der anderen rauchte. Wenn sie auf der Straße gingen, hatte es ihre Mutter oft sehr eilig, und wer die beiden beobachtet hätte, dem wäre aufgefallen, daß das kleine Mädchen immer ein paar Schritte hinter der Frau zurückblieb, aber sein Bestes tat, um mit ihr mitzukommen.

Das hawaiische Lebewohl

New York City
1975

Dena erwachte mit tränenüberströmtem Gesicht. Sie überlegte, was passiert war. Dann erinnerte sie sich an ihren Traum, an diesen alten, immer wiederkehrenden Traum, den sie gehabt hatte. Sie befand sich immer auf einem Karussell und sah ein weißes Haus, das jedoch ihren Blicken entschwand, wenn sie sich im Kreis drehte; dann fiel ihr ein, daß ihre Mutter im Sterben lag und sie brauchte. Sie stürzte zum Telefon, suchte die Nummer, um sie anzurufen, aber sie wählte immer und immer wieder die falsche Nummer. Oder das Telefon funktionierte nicht. Dann geriet sie in Panik und wachte weinend auf, verloren und hilflos. Es war ein Gefühl, das sie nicht einordnen konnte. Sie war kein Mensch, der verloren oder hilflos war. Im Grunde gehörte sie zu den stärksten, selbständigsten Menschen, die sie kannte. Man brauchte nur alle Männer zu fragen, die sie je geliebt hatten. Sie wollte von niemandem in irgendeiner Form abhängig sein. Sie hatte immer für sich selbst gesorgt, wollte niemanden brauchen und wollte auch von niemandem gebraucht werden. Sie war in fast allem, was sie ausprobiert hatte, gut gewesen, sie war intelligent und lernte schnell.

Aber in einem war sie nicht gut, nämlich in der Liebe, und sie wußte es. In der Woche vorher mußte sie J. C. erklären, daß sie ihn nicht mehr treffen würde, und es war keine leichte Sache gewesen. Sie mochte J. C., aber es hatte sich herausgestellt, daß er wie alle anderen war. Sie wollten immer zuviel von ihr, etwas, das sie nicht geben konnte. Immer wieder hatte sie ihm klargemacht, daß sie ihn nicht heiraten oder je mit ihm zusammenleben würde. Aber sie glaubten immer – typisch für die meisten Männer –, daß sie das, was sie sagte, nicht ernst meinte und ihre Meinung schon noch ändern würde. Aber das tat sie nie. Warum mußten sie sie nur immer in die Enge treiben und so aus der Fassung geraten? Sie wollte mit niemand zusammenleben. Sie war gern allein. Sie verabscheute jeden, der von ihr Besitz ergreifen wollte und sie zu erdrücken versuchte.

Ihr Beruf wurde immer härter, und J.C. hatte immer mehr gefordert.
Sie hatte nicht die Kraft, sich gleichzeitig gegen ihn zu behaupten und um Interviews zu kämpfen; also erklärte sie ihm, es sei das Beste, wenn er sich eine andere suchte, und daß es ihm gegenüber nicht fair sei, ihn immer wieder Hoffnungen zu machen. Nachdem sie mit ihm gesprochen hatte, überredete er sie, noch ein letztes Mal abends mit ihm essen zu gehen.
Sie saßen in einer roten Nische im Restaurant Hawaii Kai am Broadway unter einer rot-grünen Laterne mit roten Quasten. Sie drehte einen winzigen Papierschirm herum, während er ihr einen Vortrag hielt, daß sie nicht eher glücklich würde, bis sie sich ernsthaft an einen anderen Menschen gebunden hätte, und daß er sie besser kenne als sie sich selbst – alles, was die Menschen so sagen. Nach zwei auf diese Weise verbrachten Stunden und etlichen Pina Coladas fragte sie nur: »Wußtest du eigentlich, daß viertausend kleine Knöpfe die Lichter in der Radio City Music Hall steuern? Ganz zu schweigen von den zweihundertsechs Scheinwerfern. Und ist dir klar, daß die Rockettes keineswegs alle gleich groß sind, daß das eine optische Täuschung ist?«
J.C. wußte endlich Bescheid, er erkannte, daß Dena ein hoffnungsloser Fall war, und gab auf.
Als er sie zum letzen Mal an ihre Tür brachte, umarmte er sie zum Abschied und hielt sie lange fest. Dadurch fühlte sich Dena noch schlechter; sie mochte nicht, wenn jemand seine Gefühle oder seine Zuneigung zeigte. Das machte sie verlegen und bereitete ihr Unbehagen. Ihre Mutter war nie wirklich zärtlich zu ihr gewesen, nicht so, wie Dena es sich gewünscht hätte, und sie hatte sich in Gegenwart ihrer Mutter immer linkisch gefühlt, so schlaksig mit ihren langen Armen und Beinen, unattraktiv. Ihre Mutter war so kühl, distanziert und beherrscht in allen Situationen. Sie hatte sie nie weinen sehen. Sie hatte sie auch nicht oft lachen sehen. Ihre Mutter war sehr schön gewesen, aber sie hatte etwas Abwesendes, Distanziertes an sich gehabt, das Dena sogar als ganz kleines Kind erschreckt hatte. Als kleines Mädchen kletterte sie häufig auf den Schoß ihrer Mutter, nahm ihr Gesicht in die Hände und sah es an und versuchte zu ergründen, was mit ihr los war. Sie fragte sie immer wieder. Ihre Mutter blickte sie dann an, lächelte und sagte: »Nichts, Liebling«, aber Dena wußte, etwas stimmte nicht.

Sie drückte ihre Mutter ganz fest. Sie lachte dann und sagte: »Du wirst deine Mutter noch ersticken.« Auch später, als sie älter wurde, versuchte sie, ihre Mutter zu umarmen, aber als sie sieben oder acht war, gab sie diese Versuche auf. Es war ihr peinlich, sie zu umarmen, sie zu küssen, dazu gehörte eine Fähigkeit, die sie nie erworben hatte, und nach einer Weile kam es ihnen beiden nicht mehr natürlich vor.

In ihrem eigenen Leben schätzte es Dena nicht, zu nahe an Menschen heranzukommen oder sie zu nahe an sich heran zu lassen. Sie fühlte sich viel wohler, wenn sie jemandem gegenüber saß, als wenn sie neben ihm auf dem Sofa sitzen mußte, und sie empfand es als angenehmer, auf einem Podium zu einer fünftausendköpfigen Menge zu sprechen als sich mit einem Menschen allein zu unterhalten. Sobald jemand versuchte, sich an sie zu hängen, fühlte sie sich bedrängt.

Als Dena ihre Wohnung betrat und die Tür schloß, gab sie sich selbst das Versprechen, sich nie wieder enger zu binden. Es war zu schwierig.

Mütter und Väter

New York City
1975

In ihrer nächsten Sitzung könnte sie ja mal Dr. Diggers dazu befragen, dachte Dena, dann bekäme sie wenigstens etwas für ihr Geld.
»Ich möchte Ihnen eine Frage stellen, Dr. Diggers. Ist es normal, daß man dauernd den gleichen Traum hat?«
Dr. Diggers bemerkte, daß es die erste echte Frage war, die Dena gestellt hatte. »Ja. Warum?«
»Ich dachte nur gerade daran. Ich habe nämlich immer den gleichen blöden Traum.«
»Wie lange?«
»Was?«
»Wie lange haben Sie diesen Traum schon?«
»Oh, ich weiß nicht. Seit ich ein Kind war. Ich kann mich nicht genau erinnern. Auf jeden Fall ist es im Grunde immer der gleiche. Ich sehe dieses Haus, und in seinem Vorgarten steht ein Karussell, manchmal auch im Garten hinter dem Haus, aber manchmal ist es auch im Haus, und ich will reingehen, aber ich kann die Tür nicht finden.«
»Können Sie sich selbst in dem Traum sehen?«
»Nein, ich weiß nur, daß ich es bin, aber ich sehe mich nicht. Jedenfalls frage ich mich, was dieses Ding bedeuteten soll. Oder ob es überhaupt etwas bedeutet.«
»Ich bin mir nicht sicher, ob Sie sich das fragen«, sagte Dr.Diggers.
Dena sagte: »Was soll das heißen?«
»Ich glaube, im Unbewußten wissen Sie, daß Sie das gar nicht näher betrachten wollen. Wie haben Sie sich gefühlt, als Sie Ihren Vater verloren haben?«
Dena verdrehte die Augen. Da wären wir also wieder soweit. Man stellte eine einfache Frage und bekam als Antwort lauter Gegenfragen im Psychokauderwelsch zurück.
»Ich habe Ihnen doch schon hundertmal erklärt, daß ich nichts gefühlt habe. Ich kannte ihn ja gar nicht, es hat mich überhaupt nicht

berührt. Hören Sie, ich bin nicht hier, um über meine Kindheit zu jammern.«
»Ich weiß, Sie kommen nur wegen der Süßigkeiten hierher. Jetzt also zum hundertsten Mal: Wie war Ihre Mutter? Wie würden Sie sie beschreiben?«
»Oh ... ich weiß nicht genau.«
»Versuchen Sie es.«
»Es ist nur ein blöder Traum.«
»War sie eine liebevolle Mutter? Hartherzig? Was hatten Sie für einen Eindruck von ihr?«
Dena begann, gereizt mit dem Fuß auf den Boden zu klopfen. »Ich habe Ihnen doch schon gesagt ... sie war einfach eine Mutter, zwei Augen, zwei Ohren. Wie war denn Ihre Mutter?«
»Mein Interview. Haben Sie vielleicht das Gefühl, Sie hätten etwas ungesagt gelassen ... ehe sie starb?«
Dena stöhnte. »Warum muß alles so verdammt psychologisch sein. Ich glaube, Sie verstehen nicht, daß ein Mensch weiterleben kann, auch ohne daß er zu Tode analysiert wird. Ich will damit nicht sagen, daß es nicht einige Leute gibt, die es nötig haben, aber zu denen gehöre ich nun mal nicht. Ich bin kein schwaches, geschädigtes Frauchen, das nicht in der Lage ist, das Leben zu meistern. Ich stehe im Moment nur unter großem Druck bei der Arbeit, und es hat nichts mit irgendwelchen tiefsitzenden Geheimnissen zu tun, die in meiner Psyche verschlossen sind; außerdem haben Sie nicht auf meine Frage geantwortet.«
»Welche Frage?«
»Wie war *Ihre* Mutter?«
»Sie hatte vierzehn Ohren und zwölf Beine und war getupft. Wissen Sie, Dena, Sie sind schwerer zu knacken als eine Pekannuß, aber ich werde es schaffen. Sie scheinen entschlossen zu sein, mir manche Dinge über sich nicht zu sagen, aber ich gebe nicht auf. Sie können Ihre großen blauen Augen soviel auf- und niederschlagen, wie Sie wollen, ich gebe nicht auf. Sie haben endlich jemanden getroffen, der es mit Ihnen aufnimmt.«
Dena lachte. Sie mochte Dr. Diggers, auch wenn sie es eigentlich nicht zulassen wollte. »Ist schon mal einer von euch Psychiatern erschossen worden?«
»O ja, ich muß meine Patienten immer filzen.«

Später, als sie aufbrach, begleitete Dr. Diggers sie zur Tür. Als Dena sich den Mantel anzog, sagte sie: »Übrigens ... ich habe mit J.C. Schluß gemacht.«

Dr. Diggers sagte nur: »Oh.«

»Ja. Er ist ein netter Kerl. Aber er wurde mir zu ernsthaft.«

* * *

Als Dr. Diggers die Tür hinter ihr abschloß, wünschte sie fast, sie hätte Gerry anrufen und es ihm erzählen können, aber sie durfte nicht. Dena war ihre Patientin. Außerdem war sie sich sicher, daß es besser für ihn war, wenn er nicht wußte, daß Dena sich von ihrem Freund getrennt hatte. Es tat ihm besser, wenn er Dena vergaß. Sie durfte ihm keine Hoffnungen machen, wenigstens nicht zum gegenwärtigen Zeitpunkt.

Diggers rollte in die Küche, öffnete den Ofen, holte ihr Abendessen heraus und aß, nachdenklich kauend. Sie hatte ihre Zweifel, ob Dena je einen Mann finden würde, den zu lieben sie sich zugestehen konnte. Im Augenblick suchte das Mädchen noch nach dem Vater, den es nie gehabt hatte. O Gott, dachte Elizabeth Diggers, Väter ... sind sie nicht ein gefährliches Los? Liebt man sie zu sehr, können sie einen fürs ganze Leben verderben; oder man kann sie auf den Tod nicht ausstehen, und das zerstört einen auch. Und wie in Denas Fall konnten sie einen sogar zerstören, wenn sie gar nicht da waren.

Briefe nach Hause

San Francisco, Kalifornien
Juni 1943

Meine Lieben,
ich wünschte, Ihr wäret hier und könntet diese Gegend sehen. Alles ist hügelig, und es gibt jede Menge rote Straßenbahnen und richtige Chinesen. Es ist so komisch, wenn man sie zum ersten Mal sieht, sie sehen wirklich genauso aus wie auf den Bildern. Ich komme irgendwie immer durcheinander, wenn es um den Unterschied zwischen Chinesen und Japanern geht. Ich hätte nie gedacht, daß ich einen von ihnen mal leibhaftig vor mir sehen würde, obwohl ich hoffe, daß Ihr stolz auf mich seid, wenn ich wirklich auf echte Japaner stoße. Wir haben hier mehrere Kameraden aus Missouri und einige aus Kansas. Einen hatte ich schon früher bei einem Pfadfindertreffen kennengelernt, deshalb ist es hier fast wie zu Hause. Sie haben mir endlich eine Uniform gegeben, die paßt. An den Typ vom Lande sind sie wohl nicht gewöhnt. Zwei Kameraden wollen Fotos machen, um sie ihren Angehörigen zu schicken; ich bekomme auch eins und schicke es Euch dann. Ich sende Euch auch ein paar Ansichtskarten vom Golden Gate und von Chinatown. Der Ozean hier ist der größte See, den ich je zu Gesicht bekommen habe. Hahaha. Wir waren in einem Nachtclub, ganz oben auf einem Hotel, Junge, was für eine Aussicht, und ich meine auch die Mädchen hier, sehr, sehr hübsch, aber schwer an sie heranzukommen. Es schwirren vermutlich zu viele von uns herum. Wir haben Red Skelton und Esther Williams persönlich gesehen. Unglaublich schön ... sie, nicht er. Die Kameraden in meiner Einheit scheinen alle nett zu sein bis auf meinen Sergeant, aber wie er uns gesagt hat, mag er uns auch kein bißchen, so gleicht es sich aus. Aber ich glaube, im Grunde ist er doch ein herzensguter Kerl, und ich hätte nichts dagegen, wenn er in meiner Nähe wäre, wenn es für uns richtig losgeht.
Ich vermisse Euch und schreibe Euch bald wieder.

In Liebe
Euer Sohn
P. F. C. Eugene Nordstrom

San Francisco, Kalifornien
1943

Meine Lieben,
nun macht Euch auf eine große Neuigkeit gefaßt. Mutter, setz Dich hin. Vater, halt das Riechsalz bereit. Hier ist die große Neuigkeit: Ich bin der Richtigen begegnet!!! Und ich meine es ernst, auch wenn ich mich in einem Gefühlschaos befinde. Junge, bin ich in Hochstimmung. Habt Ihr Euch schon erholt? Sicher wollt Ihr alle Einzelheiten wissen, also hier kommt eine Kurzfassung. Bemis, ein Kumpel von mir, hatte eine Verabredung mit einem Mädchen namens Faye, und ich begleitete ihn, um sie nach der Arbeit abzuholen. Sie arbeitet hier in einem großen noblen Kaufhaus. Bemis und ich warteten draußen und rauchten einige Zigaretten, als ich in das Schaufenster sah und *sie* dahinter entdeckte. Mann! Sie stand hinter dem Parfümerie-Tresen, und mir zog es fast den Boden unter den Füßen weg. Was für eine Schönheit! Faye kam heraus, und als ich sie fragte, wer diese tolle Frau sei, sagte sie, daß sie Marion heiße, nicht verheiratet sei und keinen festen Freund habe, soweit sie im Bilde sei. Faye fragte sie, ob sie Lust hätte, etwas mit uns trinken zu gehen, aber sie sagte nein. Glaub mir, Mom, das war keine flüchtige Bekanntschaft. Es hat drei Wochen gedauert, bis ich mich mit ihr verabreden konnte. Das war vor zehn Tagen, und ich habe sie seither viermal gesehen, und ich bin wirklich hin und weg. Alle Kameraden ziehen mich auf … unsere Landpomeranze ist verliebt. Sie hat mir ein Bild von sich geschenkt, und ich verbringe die ganze Nacht in der Kaserne damit, über ihrem Bild zu träumen. Die Kameraden sind alle nur eifersüchtig … wollen wir wetten? Mutter, bete für mich und halt mir die Daumen. Junge, habe ich ein Glück. Ich bin der erste Soldat, mit dem sie ausgegangen ist, und bei den vielen Wölfen in Uniform, die hier in der Stadt herumstreunen, frage ich mich, was sie an mir findet.

In Liebe
Euer Sohn
P. F. C. Eugene Nordstrom

P. S. Mutter, Du bekommst mit gleicher Post Parfum von mir, aber *sie* hat es ausgesucht.

San Francisco, Kalifornien
1943

Meine Lieben,
es ist zwei Uhr morgens, und ich schwebe auf einer großen rosa Wolke. Ich bin der glücklichste Mensch auf Erden. Ich weiß, Ihr denkt jetzt, das geht aber schnell, aber in dieser Sache bin ich kein naiver Provinzler. Sie ist wirklich große Klasse, mit allem Drum und Dran, das Beste, was es auf dieser Welt gibt, die Richtige für mich, ich bin davon überzeugt. Aber hier liegt das Problem. Wir wissen nicht, wann wir eingeschifft werden, und ich muß schnell handeln und brauche alle Unterstützung, die ich kriegen kann. Sie sagt, sie muß mehr von mir wissen, woher ich stamme und all das. Ich habe ihr von Euch beiden erzählt, und ich weiß, sie wird Euch lieben, Ihr beide seid mein Trumpf. Ich habe ihr alles von Elmwood Springs und Missouri erzählt, wie großartig es ist und wie sehr sie es mögen wird, aber jetzt brauche ich Unterstützung. Mutter, ich kann nicht auf mich selbst ein Loblied singen, ohne wie ein Angeber zu wirken, und ich weiß, ihr würde das nicht gefallen. Sie hat sehr hohe Maßstäbe; wenn du mir also helfen könntest, wäre ich sehr glücklich, und die Armee der Vereinigten Staaten würde es auch zu schätzen wissen, denn ich bin mir nicht sicher, was ich für einen Soldaten abgeben werde, wenn ich sie nicht erobern kann. Ich schicke Dir ihre Adresse. Könntest Du ihr schreiben und ihr sagen, wie glücklich Ihr beide seid, daß ich sie kennengelernt habe und daß ich Euch gesagt hätte, was für ein tolles Mädchen sie ist, daß ich noch nie ein Mädchen so geliebt hätte wie sie und daß ich ein wirklich liebenswerter Mensch bin, aus einer wirklich sympathischen Familie und nicht einfach ein Don Juan. Vielleicht könnt Ihr auch erwähnen, wie beliebt ich in der Highschool war und daß ich Kapitän der Basketballmannschaft war und Abzeichen in Baseball, Football und Basketball habe – ich denke sogar, es wäre vielleicht ganz lustig, wenn Ihr ihr mein Zeugnis schickt, Ihr könntet so tun, als wäre sei es ein Scherz, aber sie ist sehr klug, und ich glaube, es könnte mir helfen. Schickt auch ein paar niedliche Bilder von mir, als ich klein war. Nicht das in der Badewanne!!! Vielleicht könntet Ihr erwähnen, wie stolz Ihr gewesen seid, als ich Eagle Scout wurde – nein, streicht das, das ist zu blöd. Sie ist sehr kultiviert, und das würde sie vermutlich nicht be-

eindrucken, aber schreibt, daß Ihr Euch darauf freut, sie kennenzulernen. Sie hat keine Familie mehr, und ich glaube, es würde ihr viel bedeuten. Ich brauche wirklich Eure Hilfe.

Es grüßt Euch in Liebe
Euer Sohn
P. F. Eugene Nordstrom

P. S. Mutter, wenn es Dir nicht zuviel Mühe macht, schick ihr doch ein paar von Deinen Plätzchen. Sag ihr auch, daß Dir das Parfum sehr gefällt. Sie hat einen ausgezeichneten Geschmack, findest Du nicht auch? Noch etwas, schick ihr ein Bild von Euch – es paßt jedes – damit sie sieht, was für eine schöne Mutter ich habe. Sende das alles, bitte, so schnell wie möglich an: Miss Marion Chapman
1436 Grove Street
San Francisco, California

Drei Telegramme

1943

Mr. Lodor Nordstrom, sen.
Lieber Vater, schreib mir, was Du gesagt hast, als Du Mutter dazu bringen wolltest, Dich zu heiraten. Ich brauche Deinen guten Rat. Erfinde nichts. Ich meine es ernst.
Gene

Mein lieber verwundeter Buffalo-Sohn!
Drei Worte als Rat: Sag die Wahrheit.
Dad

Lieber Dad,
Rat erhalten. Befolgt. Sie hat ja gesagt. Packt die Koffer und seid bereit. Werde das Datum telegraphieren.
Gene

Brief an Mr. und Mrs. Lodor Nordstrom, sen.

1943

Liebe Mutter, lieber Vater,
es tut mir so leid, wie alles gekommen ist. Ich hätte Euch so gern hier bei mir gehabt und Euch meine Braut persönlich vorgestellt. Ich wünschte, wir hätten warten können, aber wir hatten eben nur noch fünf gemeinsame Tage, bevor ich eingeschifft wurde. Marion hat Euch sicher inzwischen geschrieben und Euch von der Hochzeit erzählt. Es war nur eine schnelle standesamtliche Trauung, aber Bemis und Faye, mein Sergeant und ein paar Kameraden waren dabei, so daß wir schon einige Gäste hatten, aber es war nicht die Hochzeitsfeier, die ich mir für sie gewünscht hätte; deshalb habe ich ihr versprochen, daß wir, wenn ich zurückkomme, alles zu Hause, in der Kirche, nachholen, und ich bin entschlossen, zurückzukommen, glaubt mir. Mit Marion, die auf mich wartet, weiß ich, daß ich heimkehren werde; aber für den Fall, daß aus irgendeinem Grund etwas passiert, daß ich nicht zurückkomme, sollt Ihr wissen, daß sie mich in den letzten Wochen zum glücklichsten Mann der Welt gemacht hat; und in diesem Fall kümmert Euch, bitte, an meiner Stelle um sie. Ihre Angehörigen sind tot, und sie wird Euch sehr brauchen. Ich weiß, ich kann mit Euch rechnen, und Ihr werdet sie mit offenen Armen empfangen, so wie Ihr immer alle meine Freunde willkommen geheißen habt, und nach einer gewissen Zeit könntet Ihr sie ermutigen, sich einen anderen netten Mann zu suchen, der sie lieben wird. Ich verlasse mich auf Euch, daß Ihr ihn gründlich prüft. Mir ist klar, daß die Vorstellung, daß etwas passieren könnte, sehr weit weg ist, aber alle Kameraden sprechen darüber, um für alle Fälle vorbereitet zu sein. Da ich nicht weiß, wann ich Euch wieder schreiben kann, möchte ich jedem von Euch noch ein paar Dinge sagen.
Mami, Du bist die beste Mutter, die ein Junge haben kann, und ich danke Dir für alles, was Du je für mich getan hast, besonders daß Du mich geliebt hast, sogar wenn ich das Haus auf den Kopf gestellt habe. Vater, Du bist mein bester Freund und wirst es immer

bleiben, und wenn ich nur die Hälfte von Dir hätte, wäre ich perfekt.
Lassen wir die ernsten Dinge. Ich möchte Euch bitten, daß Ihr Euch in der Stadt nach einem Plätzchen für uns umseht. Möglichst nicht zu weit von Euch entfernt. Vielleicht steht das alte Darthsnider-Grundstück noch zum Verkauf, erkundigt Euch doch bitte mal. Streichelt meinen dummen, flohgeplagten Hund für mich. Ich höre jetzt wohl besser auf. Wenn ich Euch seltsam erscheine, so liegt das daran, daß ich zugleich Angst und Stolz empfinde. Ich habe Angst, weil ich nicht weiß, wohin wir geschickt werden, aber ich bin auch unheimlich stolz, daß ich zu denen gehöre, die dort hingehen. Stolz, daß ich für mein Land eintrete.

In Liebe
Euer Sohn
Eugene Lodor Nordstrom

Ein Telegramm

Elmwood Springs, Missouri
1944

Der reguläre Bote der Western Union war eingezogen worden, so daß Macky Warren seine Arbeit im Alter von zwölf Jahren übernommen hatte. Eine Menge Jungen hatten sich dafür beworben, aber er hatte den Job bekommen, weil es nur eine Dienstuniform gab und er derjenige gewesen war, dem sie am besten paßte. Wie alle Jungen, die noch nicht das Alter hatten, um mitkämpfen zu können, reizte ihn die Vorstellung, überhaupt eine Uniform zu tragen. Sie gab ihm ein Gefühl von Stolz und Wichtigkeit.

Elmwood Springs war eine der wenigen Städte, die eine Telegraphistin hatten. Bess Goodnight, deren Schwester Ada Goodnight die Postmeisterin war, war eine kleine Frau mit viel Sinn für Humor, und Macky arbeitete gern für sie. Seine Arbeit gefiel ihm. Es machte Spaß, mit dem Rad durch die ganze Stadt zu fahren. Aber als der Krieg dann eine Zeitlang im Gange war, machte es keinen Spaß mehr. Obwohl er und Bess nie darüber sprachen, erlebten beide seit einiger Zeit jedes Mal, wenn der Telegraph zu ticken anfing und eine Nachricht übermittelte, eine Schrecksekunde, bis Bess ihm mit einem Nicken zu verstehen gab, daß es sich nur um ein gewöhnliches Telegramm handelte und nicht um eins vom Kriegsministerium.

Das Telegraphenamt und Miss Almas Teestube waren die einzigen Einrichtungen, die am Sonntag geöffnet waren, und direkt nach dem Gottesdienst eilte Macky immer in die Stadt zur Arbeit. Nach dem Mittagsgeschäft bei Miss Alma lag das Stadtzentrum still und verlassen da, bis nachmittags um fünf Uhr das Kino öffnete. Heute saß Macky an einem Tisch und setzte mit Bess Goodnight ein Puzzle vom Mount Rushmore zusammen, und ihnen fehlte nur noch ein Stück, um das Gesicht von George Washington zu vervollständigen. Das Stück fehlte direkt unter seiner Nase, aber offenbar nicht genau unter ihr, denn sie hatten ungefähr dreißig verschiedene Teile ausprobiert, und bisher paßte kein einziges. Bess suchte eifrig unter den übriggebliebenen Teilen, als das Rattern begann. Bess ging hinüber, setzte sich und fing an zu schreiben, während das Rattern weiterging. Vielleicht, weil Sonntag war und kein geschäftiges Treiben auf der Straße herrschte, klang das Rattern besonders laut, fast zornig knallte der Apparat die Botschaft durch die Leitung, als wäre er böse auf die ganze Welt. Macky konnte an dem Stirnrunzeln, das auf Bess' Gesicht sichtbar wurde, erkennen, daß die Nachricht, die da hereinkam, keine gute war. Dann hörte das Rattern abrupt auf. Bess sah sie sich an. Und dann drehte sie langsam ihren Stuhl herum, spannte das gelbe Papier in die große schwarze Royal-Schreibmaschine und begann, die Nachricht zu tippen.

Sehr geehrte Mr. und Mrs. Lodor Nordstrom,
das Kriegsministerium der Vereinigten Staaten von Amerika bedauert, Ihnen mitteilen zu müssen, daß Ihr Sohn, P. F. C. Eugene Arthur Nordstrom, gefallen ist …

Nachdem sie die ganze Nachricht geschrieben hatte, zog sie sie aus der Schreibmaschine. Macky war schon hinübergegangen, hatte sich seinen Hut aufgesetzt und den Schlips zugebunden und stand nun abwartend da. Bess steckte das Telegramm in einen Umschlag, klebte ihn zu und reichte ihn Macky.
»Hier, mein Sohn, du bringst das besser gleich hin.«
Sie schüttelte traurig den Kopf und sagte mit feuchten Augen: »Ich hasse diesen Krieg.«
Macky sah auf die Adresse und wußte, um wen es sich handelte. Er ging hinaus zu seinem Fahrrad, das am Haus lehnte, und stieg auf. Er wollte aufsteigen und nur fahren und nie wieder zurückkommen. Gene Nordstrom war das Idol seiner Kindheit gewesen. Als Rettungsschwimmer hatte er ihm in der Badeanstalt das Schwimmen beigebracht. Als Macky die Straßen entlang radelte, sahen ihn Menschen, deren Söhne oder Ehemänner in Europa waren, und sie hielten den Atem an, bis er an ihrem Haus vorbei- und die Straße hinuntergefahren war. Ein Telegramm am Sonntag bedeutete immer eine schlechte Nachricht. Nach dem ersten Gefühl der Erleichterung, daß das Telegramm nicht für sie bestimmt war, überfielen sie Traurigkeit und Mitleid mit der Familie, an die es gerichtet war. Als Macky bei dem Haus der Nordstroms ankam, legte er sein Rad auf den Rasen und ging die Treppe hinauf. Gerta Nordstrom war in der

Küche, als er klopfte. Ihr Mann, Lodor, arbeitete wie jeden Sonntagnachmittag in seinem prächtigen Gemüsegarten hinter dem Haus. Gerta rief: »Einen Augenblick, bitte.« Sie trocknete sich die Hände an der Schürze ab, als sie durch den Flur ging. Sobald sie nahe genug gekommen war, um durch die Außentür zu erkennen, wer da wartete, blieb sie abrupt stehen, sie war unfähig, noch einen Schritt zu tun, hatte Angst davor, sich zu bewegen. In diesem Augenblick des Entsetzens dachte sie vielleicht, wenn sie die Tür nicht öffnete, wenn sie das Telegramm nicht anrührte, daß dann womöglich die Worte, die der kleine gelbe Umschlag enthielt, nicht wahr wären. Sie stand da, ohne sich zu rühren, und hielt noch immer ihre Schürze in den Händen.
Macky bemerkte sie und sagte: »Mrs. Nordstrom … ich habe ein Telegramm für Sie.« Die Leute ringsum in der Straße, die ihn hatten kommen sehen, traten nach und nach leise auf ihre Veranden hinaus. Die Swensons, ihre unmittelbaren Nachbarn, waren schon draußen gewesen, und als Macky angehalten hatte, hatte Mrs. Swenson beide Hände auf den Mund gepreßt: »O nein, nicht Gene … nicht dieser liebe Junge.«
Ihr Mann sagte nichts, sondern legte die Zeitung hin, stand auf, stieg die vorderen Stufen hinunter und ging zum Nachbarhaus. Er hatte die ganze Schulzeit mit Lodor verbracht, und er wollte dort sein, wenn die Nachricht eintraf. Inzwischen stand Macky an der Haustür und wußte nicht, was er tun sollte. Noch einmal klopfte er ganz leise. »Ein Telegramm für Sie, Mrs. Nordstrom.«

Zweites Buch

In Fenster sehen

New York City
1976

Howard Kingsleys und Denas gemeinsames Mittagessen war zu einer wöchentlichen Einrichtung geworden, und Dena freute sich schon immer darauf. Sie diskutierten über Theater und Bücher und sprachen nur noch selten vom Nachrichtengeschäft. Aber nach einigen Wochen stellte sie auf einmal eine Müdigkeit an ihm fest, die sie vorher nicht wahrgenommen hatte. Er erwähnte die Vorgänge in der Arbeit mit keinem Wort, aber eines Tages, als sie ihren Kaffee tranken, sagte er: »Dena, wissen Sie, was mit der neuen Mannschaft, die jetzt die Leitung inne hat, nicht stimmt? In dem ganzen Haufen hat keiner ein Fünkchen Mitgefühl. Sie mögen die Menschen nicht.«
Er blickte in seine Tasse. »Oh, sie mögen vielleicht ein paar Leute, die ihnen nahestehen, ihre Familien, aber sie lieben die Menschen im allgemeinen nicht, den Menschen als solchen. Sie kennen keine Loyalität außer der zu sich selbst, und man kann kein Mitgefühl haben, wenn man nicht eine gewisse Loyalität gegenüber der menschlichen Gattung empfindet.«
Dena nickte zustimmend, fühlte sich dabei aber wie eine Betrügerin. Howard hatte gerade haargenau sie selbst beschrieben. Sie war sich nicht sicher, ob sie die Menschen besonders mochte, und was Loyalität anging, so wußte sie im Grunde gar nicht, was das war. Sie hatte keine Ahnung, wem gegenüber außer sich selbst sie noch loyal sein könnte.
Als sie an diesem Abend nach Hause kam, grübelte sie eine Weile über das nach, was Howard gesagt hatte, und griff zum Telefon.
»Sookie, hier ist Dena.«
»Dena!«
Sookie rief ihrem Mann zu: »Earle! Es ist Dena. Dena, bleib dran, ich lege es ins Schlafzimmer.«
Dena hörte, wie Sookie Earle erklärte, er solle einhängen, sobald sie den Hörer abbenommen habe. Earle kam ans Telefon.
»Dena, wie geht es dir?«

»Gut, Earle. Und dir?«
Sookie war in der Leitung und sagte: »Häng ein, Earle.«
»Tschüs, Dena.«
»Tschüs, Earle.«
»Dena, komm zu uns runter, hier ist es warm; wir haben heute annähernd 20 Grad.«
»Unglaublich. Ja, hier ist es ziemlich kalt. Wie geht's dir?«
»Wunderbar. Einfach wunderbar. Mutter ist in Europa auf den Spuren religiöser Kunst oder so was Ähnliches, aber uns geht's gut. Und wie geht's dir? Kommst du bald mal nach Atlanta?«
»Im Augenblick habe ich nichts geplant. Sookie, weswegen ich anrufe ... ich möchte dir eine Frage stellen, und ich meine es ernst.«
»Ist das wieder eins von diesen Wer-bin-ich-Rätseln?«
»Nein, nur etwas, das ich gern wissen möchte.«
»Okay.«
»Was ist das für ein Gefühl, wenn man loyal ist?«
»Was?«
»Ich weiß, es klingt verrückt, aber ich mache keine Witze. Ich möchte es wirklich wissen.«
»Was ist das für ein Gefühl, wenn man loyal ist?«
»Ja.«
Sookie versuchte ihr Bestes, um ihr eine ehrliche Antwort zu geben. »Was das für ein Gefühl ist? Also, ich habe nie darüber nachgedacht. Ich weiß nicht, was es für ein Gefühl ist, wenn man es nicht ist. Aber warum fragst du mich? Du weißt doch, wie man sich dabei fühlt.«
»Nein, ich nicht. Ich glaube, ich bin in meinem ganzen Leben noch nie irgend jemandem gegenüber loyal gewesen.«
»Jetzt geht dein dramatisches Temperament wieder mit dir durch. Natürlich bist du das, du Dummerchen.«
»Bin ich nicht.«
»Was ist mit mir? Du bist mir gegenüber immer loyal gewesen.«
»Nein, bin ich nicht, du warst diejenige, die mit mir in Verbindung geblieben ist. Wenn du den Kontakt zu mir nicht aufrecht erhalten hättest, hätte ich dich schon vor langer Zeit verloren.«
»Also, ich mag das nicht glauben«, sagte Sookie, »selbst wenn es wahr wäre. Ich will das einfach nicht von dir glauben. Vergiß nicht, ich kenne dich. Ich kenne dich besser als du dich selbst. Und wenn du dich auch noch so sehr bemühst, es nicht zu sein, du bist ein wun-

dervoller Mensch. Außerdem muß jeder für irgendwas Partei ergreifen. Jeder Mensch muß gewillt sein, für etwas zu kämpfen, denke ich.«

»Für was wärst du denn gewillt zu kämpfen, Sookie, in diesem Augenblick, heute?«

»Oh, für meine Familie, meine Kinder – die Junior-Liga.«

»Was?«

»Ich mache nur Spaß.«

»Nein, ich meine es ernst, Sookie. Sag mir, würdest du, wenn es wieder einen Bürgerkrieg gäbe, für den Süden kämpfen?«

»Na, das wird ja nicht mehr passieren. So viele Yankees ziehen hier runter, du brauchst nur einen Stein auf die Straße zu werfen, schon hast du drei von ihnen getroffen. Aber sagen wir, wenn irgendwas Schreckliches passierte, dann würde ich es tun. Ich kann nicht anders, ich täte es einfach. Es ist meine Heimat. Ich fühle genauso was meine Familie und meine Freunde angeht.«

»Wurdest du mit diesem Gefühl geboren, oder mußtest du es dir anerziehen?«

»Ich weiß nicht, ich habe noch nie darüber nachgedacht. Ich empfinde einfach so. Jeder empfindet doch in irgendeiner Form Loyalität. Ich bin loyal meinen Freundinnen gegenüber; ich würde gegen jeden vorgehen, der sie verletzt.«

Sookie lachte. »Earle denkt, daß es deswegen so wenig Scheidungen in der Stadt gibt. Er sagt, die Männer hätten Angst vor dem, was wir unternehmen würden, wenn einer von ihnen seine Frau betröge.«

»Hast du Earle jemals betrogen oder auch nur daran gedacht?«

»O Dena, warum stellst du mir lauter solche verrückten Fragen? Du willst mich doch wohl nicht ins Fernsehen bringen mit irgendeiner Enthüllung?«

»Natürlich nicht. Ich will nicht neugierig sein, ich muß es nur wirklich wissen. Hast du je an einen anderen Mann außer Earle gedacht? Du kannst es mir ruhig sagen.«

»Meinst du wie an Tony Curtis?«

»Nein, ich meine irgendeinen, den du kennst oder kennengelernt hast.«

»Nein, habe ich wirklich nicht. Ist das nicht spießig? Ehrlich, Dena, ich weiß, du denkst, ich bin sentimental und altmodisch, aber wenn der Spaß mit all den Tanztees und Polterabenden vorüber ist, und du stehst da in der Kirche vor deiner ganzen Familie und deinen Freunden und tust diesen Schwur, dann ist es ernst. Jedenfalls war es für mich so. Ich hätte mich zu Tode gefürchtet, wenn ich etwas geschworen hätte, was ich nicht wirklich meine; du weißt, was für ein Feigling ich bin. Ich verstehe nicht, wie Letty das machen konnte.«

»Was machen konnte?«

»Sich von ihrem Mann scheiden lassen, sechs Monate nach der Hochzeit. Sie hat gesagt, ihr gefielen die Polterabende und die Flitterwochen, aber die Ehe mochte sie nicht. Aber zurück zu dir. Wie kommst du nur auf den Gedanken, ausgerechnet du seist nicht loyal? Ehrlich, Dena, du hast manchmal die absurdesten Ideen. Hast du vergessen, daß du eine Kappa bist? Natürlich bist du loyal, Dummerchen.«

Nachdem Dena aufgelegt hatte, fühlte sie sich keineswegs besser. Sookie hatte unrecht. Dena konnte sich kaum an die Namen der Mädchen erinnern, mit denen sie zur Schule gegangen war und zuweilen nicht einmal mehr an die Namen der Schulen. Dena war immer eine Einzelgängerin gewesen. Sie fühlte sich an nichts oder niemanden gebunden. Sie hatte den Eindruck, als ob alle anderen mit Anweisungen, wie man zu leben habe, auf die Welt gekommen wären, und daß man vergessen hatte, sie auch ihr zu geben. Sie hatte keine Ahnung, was sie fühlen sollte, so hatte sie ihr Leben lang vorgetäuscht, ein Mensch zu sein, ohne eine Vorstellung davon zu haben, wie andere Menschen fühlten. Wie war es, wenn man wirklich liebte? Wenn man irgendwo hinpaßte oder dazugehörte? Sie war intelligent und konnte andere gut nachahmen, so daß sie schon in einem frühen Alter lernte, den Eindruck eines normalen, glücklichen Mädchens zu vermitteln, aber innerlich war sie immer einsam gewesen.

Als Kind hatte sie Stunden damit verbracht, in fremde Fenster zu blicken und Familien zu beobachten, sich von Zügen und Bussen aus Menschen in Häusern anzusehen, die so glücklich und zufrieden wirkten, daß sie sich danach sehnte, dort hineingehen zu können, aber nicht wußte, wie sie es anstellen sollte. Sie dachte immer, es würde sich vielleicht alles ändern, wenn sie nur die richtige Wohnung, das richtige Haus fände, aber es gelang ihr nicht. Wo sie auch lebte, sie fühlte sich nirgends richtig zu Hause. Im Grunde wußte sie nicht einmal, was ein »Zuhause« ausmachte.

Fühlte sich jeder da draußen in der Welt einsam, spielten sie alle Theater? War sie die einzige? Sie war ihr Leben lang blind geflogen, und nun war sie plötzlich an eine Mauer gestoßen. Sie saß da, trank Rotwein und grübelte und fragte sich, was mit ihr los sei. Was war falsch gelaufen?

Der Telefonanruf

New York City
1976

Dena verdiente jetzt mehr Geld, als sie ausgeben konnte. Sie besaß nun ein Sparkonto, und eine ihrer ersten Unternehmungen war der Umzug in eine neue Wohnung in Gramercy Park, wo sie schon immer wohnen wollte. Da sie unterwegs gewesen war, um über die Zweihundertjahrfeier in Washington und Philadelphia zu berichten, hatte sie noch keine Möglichkeit gehabt, die Innenausstattung zu vervollständigen. Nachdem sie schon sechs Wochen in ihrer neuen Wohnung lebte, hingen ihre Bilder noch immer nicht an der Wand, und so bat sie einen Bühnenbildner vom Sender, Michael Zanella, Freitagabend herüberzukommen und ihr zu helfen. Er stand in Sokken auf ihrem Sofa, um einen großen Spiegel in der Mitte der Wand aufzuhängen; Dena, ein Sandwich essend, dirigierte ihn, als das Telefon klingelte. Sie ging nach hinten, und bevor sie sich meldete, erklärte sie Michael: »Ein bißchen mehr nach links ... Hallo?«, fragte sie dann, die Augen weiter auf die Wand geheftet.

»Dena? Hm ... Miss Nordstrom?«

»Ja.«

»Hier ist Gerry O'Malley.«

»Wer?«

»Gerry O' ... Dr. O'Malley.«

Nach all den Monaten? »Ach ja, Doktor ... wie geht es Ihnen?« Dena gab Michael ein Zeichen, den Spiegel noch eine Spur nach rechts zu rücken.

»Gut«, sagte er. »Wie geht es Ihnen?«

»Ganz gut, Doktor.« Dabei signalisierte sie Michael mit einer Handbewegung ihre Zustimmung. »Was kann ich für Sie tun?«

»Ja also, da ist etwas, das ich Ihnen sagen muß. Nein, eigentlich ist es eine Frage. Aber zuvor, denke ich, bin ich es Ihnen schuldig, ganz offen und ehrlich zu Ihnen zu sein. Ich glaube, es ist nur fair, wenn Sie erfahren, was ich empfinde, bevor Sie sich auf die eine oder andere Weise entscheiden.«

»Hm«, machte Dena, die nur mit halbem Ohr zuhörte. Sie ging hinüber, tippte auf das nächste Bild und zeigte, wohin sie es haben wollte.
»Wissen Sie, mein Leben lang habe ich gehört, ich würde irgendwann irgend jemandem begegnen, und diese Person, egal, wie gut ich sie kenne oder wieviel oder wie wenig Zeit wir miteinander verbracht hätten, wäre dann genau die Richtige für mich.«
Dena schüttelte den Kopf, als Michael auf das falsche Bild zeigte, und nickte zustimmend, als er das richtige hochhob.
»Und ich weiß seit langem, daß Sie dieser Mensch für mich sind. Die Wahrheit ist, nun ja, ich bin total verrückt nach Ihnen. Und war es vom ersten Augenblick an, in dem Sie meine Praxis betraten.«
»Oh.« Dena formte mit den Lippen ein Ja, als Michael auf das nächste Bild zeigte.
»Ich weiß, dieser Anruf muß für Sie sehr überraschend kommen, aber ich habe gewartet, um Ihnen etwas Zeit zu lassen. Ich wollte eher anrufen … würden Sie irgendwann mal mit mir zu Abend essen?«
Es kam keine Antwort vom anderen Ende der Leitung.
»Sie denken sicher, ich bin verrückt, und es ist ja auch wirklich absonderlich, Sie so in Verlegenheit zu bringen … oder falls Sie ernsthaft an jemand anderen gebunden sind …«
»Dr. O'Malley«, sagte Dena, »kann ich Sie in ein paar Minuten zurückrufen?«
»Oh! Ja, sicher.«
»Es ist einfach so, daß ich gerade Besuch habe und …«
»Oh – oh, entschuldigen Sie. Aber natürlich.«
»Ich rufe Sie zurück.«
Dena legte auf, ohne richtig zu glauben, was sie gehört hatte. Es kam so unerwartet, es war bizarr. Vielleicht hatte sie sich verhört, oder er war verrückt oder betrunken, oder er machte Spaß oder so was. Sie wußte nicht, was sie davon halten sollte, so vergaß sie die Sache für den Augenblick und befaßte sich weiter mit dem Bilderaufhängen, solange Michael noch da war.

* * *

Gerry dagegen war erschüttert. Er hatte soeben den wichtigsten Anruf seines Lebens unternommen, und er hatte vergessen, ihr seine private Telefonnummer zu geben. Er war zu verwirrt, um noch

einmal anzurufen, und hoffte, sie würde seine Nummer im Telefonbuch nachschlagen. Aber sie rief nicht zurück.
Am Sonntagabend tauchte er mit einem Becher Eiscreme in Elizabeth Diggers Wohnung auf.
»Hallo, Gerry, komm mit in die Küche. Ich war gerade dabei, mein Abendessen zu beenden.«
»Oh, das tut mir leid.«
»Nein, das ist gut so, ich freue mich, wenn ich Gesellschaft habe.« Sie bemerkte die Tüte. »Was bringst du mir denn da?«
»Eiscreme.«
»O Junge, genau richtig zum Nachtisch. Du kennst den nächsten Weg zum Herzen einer Frau. Danke.«
Gerry stellte das Eis in den Gefrierschrank und setzte sich an den Tisch.
»Was ist los? Du klangst ziemlich durcheinander am Telefon.«
»Elizabeth, ich fürchte, ich habe etwas ziemlich Dummes gemacht, wirklich idiotisch, und ich finde, du solltest es wissen.«
»Was hast du denn gemacht?«
»Ich habe Dena angerufen.«
»Ach du meine Güte ... und?«
»Ich habe mich vollkommen blamiert.«
»Gerry, du hast dich bestimmt nicht blamiert.« Sie sagte das zwar, war aber auf das Schlimmste gefaßt. Nach ihrer Berufserfahrung waren verliebte Männer, selbst die intelligentesten, imstande, reichlich törichte Dinge zu tun.
»Nun, lächerlich gemacht träfe es noch besser. Deshalb wollte ich es dir selbst erzählen, bevor du von ihr davon hörst. Ich habe sie eigentlich nur angerufen, um ihre Stimme zu hören. Aber als sie dann antwortete, habe ich gewissermaßen den Kopf verloren.«
Sie sah von ihrem Teller auf. »Was hast du denn gesagt?«
Gerry begann, auf und ab zu gehen. »Ich habe gesagt ... Ich weiß, dieser Anruf kommt vielleicht unerwartet ... aber vom ersten Tag an, als ich Sie kennengelernt habe, war ich verrückt nach Ihnen ... und daß ich immer gehört hätte, ich würde eines Tages der für mich bestimmten Frau auf dieser Welt begegnen ... und für mich sei sie diese Frau ...«
Diggers legte leise ihre Gabel nieder. »Das hast du gesagt?«
»Ja.«

»Oh«, sagte Dr. Diggers. Nach einem Moment des Schweigens fragte sie: »Und was hat sie geantwortet?«

»Sie sagte: ›Kann ich Sie zurückrufen? … Ich habe gerade Besuch.‹«

»Oh.«

»Das war am Freitag, und sie hat bisher nicht angerufen. Wer weiß, was sie im Augenblick von mir denkt, und natürlich habe ich Idiot ihr nicht mal meine private Telefonnummer gegeben. Wie dem auch sei, soll ich mich jetzt gleich ertränken oder noch ein paar Tage warten?«

»Ich glaube, du hast noch ein paar Tage Zeit.« Diggers lächelte, dachte jedoch bei sich: Armer Gerry, jetzt hat er sich richtig reingeritten.

Ein plötzlicher Einfall

New York City
1976

In ihrer nächsten Sitzung erwähnte Dena nicht, daß Gerry sie angerufen hatte, und wenn Dr. Diggers auch darauf brannte, danach zu fragen, konnte sie es nicht. Sie sah sich plötzlich hin und her gerissen zwischen ihrer Patientin und ihrem Freund. Für Gerry empfand sie große Zuneigung; sie waren seit Jahren befreundet. Sie hatten sich kennengelernt, als er noch Student und sie Dozentin für die höheren Semester war. Eines Tages erwähnte sie im Seminar, sie wünschte, sie könnte an den Märschen für die Bürgerrechte teilnehmen, die zu der Zeit gerade stattfanden. Zwei Tage später kam Gerry herein und verkündete: »Dr. Diggers, Sie wollen zu der Demonstration gehen, und Sie werden zu der Demonstration gehen. Wir brechen morgen auf. Sie können vielleicht nicht marschieren, aber Sie können bestimmt wie der Teufel rollen!« Er und zwei Freunde von ihm liehen sich einen Transporter und fuhren sie bis nach Mississippi. Sie gaben ein seltsames Paar ab, der gutaussehende blauäugige, blonde Junge und die schwarze Frau, die er in einem Rollstuhl schob, aber es war ein Erlebnis, das keiner von ihnen je vergaß. Als später zur Demonstration der Frauenbewegung in New York aufgerufen worden war, rief sie ihn an. »Bist du noch mal zu einem Marsch bereit?« Er war es, und sie amüsierten sich köstlich, besonders Gerry, dem mehrere sehr befreite Frauen an jenem Tag den Hintern tätschelten.

Gerry würde in ihren Augen immer etwas Besonderes sein, und sie konnte es nicht ertragen, ihn leiden zu sehen, aber sie konnte nicht das Geringste für ihn tun.

* * *

Eine Woche nach dem Anruf nahm Dena einen Drink mit einem langweiligen PR-Mann, der versuchte, seinen Charme spielen zu lassen, um sie zu einem Interview mit seinem Klienten zu bewegen. Als sie danach heimkehrte, suchte sie Gerrys Nummer heraus und wählte. Sie hinterließ ihm eine Nachricht. »Also, Sie rufen mich an und erzählen mir, Sie seien verrückt nach mir, und dann höre ich nichts mehr von Ihnen?«

* * *

Als Gerry später an diesem Abend nach Hause kam, hörte er seine Anrufe ab. Er hatte sich gezwungen, auszugehen, nachdem er tagelang auf ihren Anruf gewartet und schließlich aufgegeben hatte. Als er Denas Nachricht hörte, erstarrte er vor Schreck. Wenigstens sprach sie noch mit ihm; das war immerhin etwas. Aber was in aller Welt hatte diese Mitteilung zu bedeuten? Er war zwar Psychiater, aber selbst er wußte es nicht. Dennoch hoffte er das Beste.

Was Dena betraf, so hatte sie angerufen, wie sie es meistens tat, wenn es um etwas Persönliches ging, aus einer Laune heraus, und es bedeutete, so oder so, nichts.

Aus einem weiteren Impuls heraus hatte Dena sich entschlossen, mit ein paar Leuten eine Cocktailparty in ihrer neuen Wohnung zu feiern. Sie verriet es zwar nicht, aber es war ihr Geburtstag, ein Tag, den sie vergessen hätte, wenn nicht Norma, Macky und Tante Elner ihr wie immer Geburtstagskarten geschickt hätten.

Dena hatte Ira Wallace und seine Frau eingeladen. Sie mochte Mrs. Wallace; sie war eine reizende Dame und mußte wohl etwas Gutes in Ira gesehen haben, der Himmel allein wußte was. Sie lud auch ihren Agenten Sandy mit seiner Frau ein sowie einige andere, darunter Gerry O'Malley.

Als der Sonntag herangekommen war, war Gerry mit den Nerven am Ende. Er hatte fünfmal die Krawatte gewechselt und wünschte, er hätte seine Haare nicht bei dem Friseur schneiden lassen, der sie auf der falschen Seite gescheitelt hatte. Aber Dena gab ihm das Gefühl, willkommen zu sein, und verhielt sich so, als hätte er nie angerufen und sich blamiert, und er war dankbar dafür. Es gelang ihm, die Party zu überstehen, ohne Schlimmeres anzustellen, als die Beine übereinander zu schlagen und dabei ein Glas Chardonnay vom Couchtisch zu stoßen. Es war eigentlich ein Wunder.

Dena andererseits sah einige Male zu ihm hinüber und befand, daß er gar nicht so übel aussah. Sie brauchte jemanden, mit dem sie ausgehen konnte, wenn sie das Bedürfnis danach hatte. Jemand Netten, keinen aus ihrer Branche. Vielleicht würde sie es mal mit ihm versuchen.

Das Urteil kommt an

New York City
1976

Dr. Diggers wußte, daß Dena mit Gerry ausgegangen war, doch Dena hatte bisher nichts davon verlauten lassen. Aber heute, als Dr. Diggers sie über den Flur zur Tür begleitete, sagte Dena leichthin: »Ach übrigens, habe ich Ihnen erzählt, daß Dr. O'Malley, der Sie mir empfohlen hat, mich angerufen hat?«

»Nein«, sagte sie. »Ich glaube nicht, daß Sie es erwähnt haben.«

Dena nahm ihren Mantel aus dem Wandschrank. »Jedenfalls bin ich ein paarmal mit ihm ausgegangen. Aber er redet nicht viel. Er sitzt nur da, starrt mich an und läßt Sachen fallen. Er ist so nervös, daß er mich irgendwie auch nervös macht.«

Ach, du lieber Gott.

Dena zog ihren Mantel an. »Wissen Sie etwas über ihn?«

»Alles, was ich Ihnen sagen kann, ist, daß man große Stücke auf ihn hält, persönlich und beruflich.«

»Oh, er ist bestimmt ganz toll. Er ist reizend, aber vermutlich einfach nicht mein Typ. Wissen Sie, er ist ... also, er ist irgendwie langweilig.«

»Langweilig? Gerry O'Malley?«

»Jedenfalls für mich. Ich glaube, wir haben einfach nichts gemeinsam. Er sieht nicht mal fern.«

»Ich verstehe.«

»Er ist nett, aber es hat keinen Sinn, ihm etwas vorzumachen.«

»Nein, wohl nicht.«

Nachdem Dena gegangen war, überlegte Dr. Diggers, wie lange es wohl dauern würde, bis sie etwas von Gerry hörte. Es dauerte genau drei Wochen und einen Tag.

* * *

Dena hatte eine Verabredung nach der anderen mit Gerry abgesagt, und er stand vor einem Rätsel.

»Ich weiß, man steckt da nicht drin, aber sie scheint mich zu mögen. Wir haben zusammen zu Abend gegessen, einige Shows besucht, aber plötzlich hat sie aufgehört, sich mit mir zu treffen, und ich weiß nicht, was los ist. Es schien toll zu laufen. Ich war ganz Gentleman, ich habe mich ihr nicht aufgedrängt, ich wollte ihr Zeit lassen, damit sie mich ein bißchen besser kennenlernt. Ich glaube nicht, daß ich etwas Unpassendes gesagt habe, ich habe sie meistens reden lassen. Ich verstehe das einfach nicht. Ich hatte eigentlich ein ganz gutes Gefühl; das letzte Mal, als ich sie sah, gab sie mir an der Tür einen kleinen Gutenachtkuß. Das würde sie doch wohl nicht tun, wenn sie mich verabscheute. Vielleicht trifft sie sich mit einem anderen.«

Diggers hörte ihm zu, während er weitere zwanzig Minuten lang redete. Schließlich mußte sie ihn von seinem Elend erlösen. Es gab keinen anderen Weg. »Gerry, sie findet dich langweilig.«

Gerry war betroffen. »Langweilig?«

»Langweilig.«

»Oh, lang ...?«

»Langweilig.«

»Der einzige Grund, warum ich dir das erzählen kann, ist der, daß sie es mir außerhalb der Sitzung gesagt hat, deshalb verletze ich die Schweigepflicht nicht. Aber so ist es.«

»Ist das alles, was sie gesagt hat?«

»Gerry, vergiß nicht: Sie kennt dich nicht. Du bist der letzte Mensch auf Erden, den ich als langweilig bezeichnen würde. Weiß sie überhaupt etwas von dir?«

»Nein, nicht viel. Aber was soll ich tun – dasitzen und von mir erzählen? Mein bisheriges Leben umreißen? O Gott, Liz, vielleicht bin ich ja langweilig.«

Elizabeth Diggers hätte sich ohrfeigen mögen, daß sie sich je in diese Geschichte eingemischt hatte.

»Gerry, muß ich dich wieder zur Analyse kommen lassen? Was ist mit meinem Mr. Persönlichkeit, meinem Party-Boy geschehen? Du gehörst zu den witzigsten, interessantesten Menschen, die ich kenne. Erzähl ihr was von dir. Auf, vorwärts, Junge!«

* * *

Gerry legte auf, zerbrach sich den Kopf, aber ein Wort beschäftigte ihn unaufhörlich. Selbst die Uhr schien ensprechend zu ticken: lang ... wei ... lig ... lang ... wei ... lig. Er zog sich die Jacke an und setzte seine glücksbringende rote Baseballmütze auf. Als erstes wollte er einen Fernsehapparat kaufen.

Wie kommt man zur Carnegie Hall?

New York City
1976

Gerry gab nicht auf, aber Dena ließ weiterhin eine Verabredung nach der anderen platzen. Einige Male hatte sie zunächst eingewilligt und dann in letzter Minute abgesagt, bis es ihm gelang, sie auf eine bindende Zusage festzunageln. Er hatte sie zu einem Konzert in der Carnegie Hall eingeladen, und bevor er den Hörer auflegte, sagte er ziemlich eindringlich, wie es sonst gar nicht seine Art war: »Dena, versprechen Sie mir, nicht in letzter Minute wieder zu kneifen. Es war fast unmöglich, an diese Karten heranzukommen. Bitte, geben Sie mir Ihr Wort.«

»Hören Sie, Gerry, dann fragen Sie vielleicht lieber jemand anderen. Bei meiner Arbeit kann ich das nicht versprechen.«

»Bitte versuchen Sie es. Diese Karten haben ein Vermögen gekostet. In Ordnung?«

Dena sah in ihren Terminkalender. Sie haßte es, festgenagelt zu werden. »Wann ist das noch mal?«

»Nächsten Freitag, den neunten.«

»Also, da muß ich um fünf zu einer Cocktailparty. Um wieviel Uhr fängt das Konzert an?«

»Um acht.«

»Gut, aber ich kann Sie erst dort treffen.«

»Carnegie Hall. Um acht. Und Dena, wenn Sie nicht können, rufen Sie mich an und ...«

»Okay, okay, wird gemacht. Ich schreibe es mir auf.«

Am Freitag, dem neunten, sah Dena etwa um sieben Uhr vierzig auf ihre Uhr und stöhnte. Schon so spät. Sie wußte, sie hätte diese Verabredung nicht treffen sollen. Er wartete sicher schon, und sie hatte noch den ganzen Weg ins Zentrum vor sich. Sie verabschiedete sich von ihrer Gastgeberin, und während sie mit dem Fahrstuhl hinunterfuhr, schwor sie sich erneut, nie wieder etwas so lange im voraus zu planen. Es regnete. Sie hatte immer noch die Möglichkeit, einfach nicht hinzugehen und zu sagen, sie hätte kein

Taxi bekommen. Aber als sie ins Auto stieg, änderte sie ihre Meinung. Sie liebte es, im Regen durch New York zu fahren, wenn die Neonfarben durch die nassen Fensterscheiben einen verschwommenen Glanz bekamen und die nassen Straßen die Lichter widerspiegelten. Die Stadt wirkte dann so weich und märchenhaft, sie genoß die Fahrt.

Aber mittlerweile fuhren sie schon durch das Theaterviertel und die Siebenundfünfzigste Straße hinauf; es war zehn nach acht, als sie aus dem Taxi stieg. Die kleine Straße vor der Carnegie Hall lag verlassen da. Alle waren schon hineingegangen bis auf einen Mann mit einem Regenumhang, der Geige spielte, und einen anderen, der mit einem Blumenstrauß dort stand. Sie zog an dem großen Messinggriff der Glastür und trat in die Eingangshalle; der junge Mann mit den Rosen lief hinter ihr her. »Miss Nordstrom?«

Dena drehte sich um. »Ja?«

»Miss Nordstrom, ich soll Sie zu Ihrem Platz bringen.«

Dena sagte: »Oh.« Sie folgte ihm nach links die Treppe hinunter zu einem kleinen Konzertsaal. Er hielt ihr die Tür auf. »Hier entlang.« Der Saal war leer, aber ohne ihr die Möglichkeit zu geben, etwas zu sagen, führte er sie den Gang entlang zu einem Mittelplatz in der vierten Reihe, überreichte ihr die Rosen und ein Programm, und schon war er verschwunden.

Die Bühne war leer bis auf ein Klavier, einen Kontrabaß und ein Schlagzeug. Dena sah sich um; offenbar befand sie sich am falschen Ort. Sie warf einen kurzen Blick in das Programm und las dann mit wachsender Aufmerksamkeit:

> **Sonderkonzert für Miss Dena Nordstrom, veranstaltet von G. O'Malley & Co., in der großen Hoffnung, dass Dr. O'Malleys unsterbliche Verehrung die Dame nicht unbeeindruckt läßt.**

In diesem Augenblick wurde die Beleuchtung im Saal gedämpft, und das Licht auf der Bühne flammte auf, Gerry O'Malley mit schwarzer Krawatte erschien in Begleitung von zwei anderen Männern im Smoking. Er verbeugte sich und setzte sich ans Klavier. Kurz darauf nickte er, und das Trio begann, eine alte Melodie von Lerner und Lane zu spielen, die er ausgesucht hatte, drückte sie doch genau das aus, was er ihr nicht sagen konnte. Und als er sang, wandte er sich direkt an sie:

Du bist wie Paris im April und im Mai
Du bist New York an einem silbrigen Tag
Ein Berg in der Schweiz, wenn die Sonne matter wird
Loch Lomond, wenn der Herbst als Maler kommt
Du bist das Mondlicht in einer Nacht auf Capri
Und Cape Cod, das aufs Meer hinaussieht
Du bist alle Orte, die mir den Atem nehmen
Und so ist es kein Wunder
Daß du die Welt für mich bist.

Entsetzt wie sie war, wäre Dena am liebsten im Boden versunken, aber Gerry sang weiter, und zwar mit einer erstaunlich guten Stimme.

Du bist der Comer See, wenn der Morgen erglüht
Du bist Sun Valley gleich nach dem Schnee
Ein Museum, ein persischer Palast
Du bist mein strahlendes Polarlicht
Weihnachten zu Hause am Tannenbaum
Die blaue Stille eines tropischen Meeres
Du bist alle Orte, die mir den Atem nehmen
Und so ist es kein Wunder
Daß du die Welt für mich bist.

Zu den tausend Dingen, die Dena von Gerry O'Malley nicht wußte, gehörte auch, daß er sein Studium mit einer eigenen kleinen Jazzband finanziert hatte, die an Wochenenden auf Partys spielte. An diesem Abend war es ihm gelungen, die beiden anderen – der eine Arzt, der andere Besitzer eines Investmentunternehmens – nach Manhattan zu holen, damit sie ihn begleiteten.
Dena saß da, während er alle Liebeslieder spielte, die er kannte, und auch ein paar wirklich lustige, deren Texte, so vermutete sie, wohl von ihm stammten. Sie mußte unwillkürlich lächeln. Doch gleichzeitig wäre sie gern weggelaufen. In was war sie da nur hineingeraten? Entweder war er völlig übergeschnappt, oder er dachte, sie könnte ihn ins Fernsehen bringen; was es auch war, es versetzte sie in eine peinliche Lage. Aber nach einer Weile fing sie an, sich zu entspannen und richtig Spaß zu haben.

Am Schluß stand sie auf, applaudierte und überreichte ihm die Rosen. Er kam zu ihr herunter und fragte: »Nun?«
Er stand da und lächelte erwartungsvoll, und sie sagte: »Donnerwetter! Sie können wirklich spielen. Großartig, was soll ich sagen? Sie sind ein richtiger Pianist.« Er stellte ihr die anderen Musiker vor, und sie versicherte ihnen, wie sehr sie das Konzert genossen habe.
Gerry sagte: »Okay, Jungs – das wär's für heute abend. Ich schulde euch einen. Oder zwei. Oder zwanzig.« Sie verabschiedeten sich.
Gerry ging mit Dena zum Essen in die Russische Teestube nebenan. Er hatte gehört, daß sie bei Leuten vom Showbusiness beliebt war. Er war mit sich zufrieden. »Ich habe einfach gedacht, das wäre vielleicht eine Möglichkeit, daß Sie mich ein bißchen besser kennenlernen – und eine genauere Vorstellung von meinen Gefühlen für Sie bekommen.«
»Gerry ... das war sehr lieb von Ihnen. Und glauben Sie ja nicht, ich hätte das nicht genossen und wüßte es nicht zu schätzen. Aber finden Sie nicht, daß das alles ein bißchen plötzlich kommt? Ich bin wirklich nicht bereit für irgendeine Art von ernster Beziehung. Meine Arbeit nimmt fast meine ganze Zeit in Anspruch, und, ja, ich kann einfach nicht. Gerade jetzt nicht. Im Moment weiß ich überhaupt nicht, welche Gefühle ich für andere habe.«
»Dena, ich gehe nicht fort. Sie haben alle Zeit der Welt, soviel Zeit, wie Sie nur brauchen. Ich bin da. Ob es nun ein Jahr dauert oder fünf Jahre, bis Sie bereit sind. Glauben Sie mir, ich bin der letzte, der Druck auf Sie ausüben will. Sie sollen nur wissen, daß ich da bin – und daß ich in Sie verliebt bin.«
»Ist das Ihr Ernst?«
»Absolut«, sagte Gerry. »Ich habe es Ihnen am Telefon erklärt. Oder es zumindest versucht.«
»Also, um ehrlich zu sein, ich dachte, Sie machen Spaß. Mir war nicht klar, daß Sie es ernst meinen. Schließlich sind Sie Psychiater. Sollten Sie es nicht besser wissen? Ich weiß nicht, was ich sagen soll.«
»Dena, es ist mein voller Ernst. Aber hören Sie: Nur weil ich überzeugt bin, daß Sie die einzige für mich sind, bin ich vielleicht noch lange nicht der einzige für Sie. Alles, um was ich Sie bitte, ist eine Chance.«
Zu Hause dachte sie über den Abend nach. Sie hatte wirklich schon von vielen Männern viele Sprüche gehört, aber dieser war einmalig.

Das mußte sie ihm lassen. Doch er würde darüber hinwegkommen, so war es immer. Sie hatte gehört, daß J. C. bereits mit einer Stewardeß verlobt war. Zugegeben, jeder sagte, sie sehe aus wie eine jüngere Dena, aber trotz allem war J. C. über sie hinweggekommen. Man mußte auch ihm jetzt nur etwas Zeit geben.
Dann überfiel sie ein schrecklicher Gedanke. Wenn nun der Sender plötzlich nach einer jüngeren Dena Ausschau hielt? Sie war gut, aber sie sollte lieber sehen, daß sie dort Fuß faßte und die Beste wurde, um sicherzugehen, daß sie unersetzlich war. Es war keine Zeit zu verlieren. Jüngere und robustere Mädchen standen auf Abruf bereit und warteten nur darauf, daß ihr ein Fehler unterlief. Sie hatte keine Zeit, sich auf jemanden einzulassen, schon gar nicht auf einen klavierspielenden Seelenklempner, der glaubte, er sei in sie verliebt. Wenn sie nach ganz oben wollte, dann mußte sie das Eisen schmieden, solange es heiß war – und im Augenblick war es heiß, sie stand hoch im Kurs. Ihr Bild hatte gerade die Titelseite des TV-Guide geziert, und es war die Rede von einem Emmy.

Werbekampagne

Houston, Texas
1976

Auf einer vierwöchigen Werbekampagne für den Sender war Dena innerhalb von siebzehn Tagen in siebzehn Städten gewesen. Man hatte befunden, daß sie aufgrund ihrer wachsenden Popularität am besten geeignet war, quer durchs Land zu den einzelnen lokalen Studios geschickt zu werden. Man wußte, sie würde alle, mit denen sie zusammentraf, bezaubern und ihr Interesse wecken. So füllte die PR-Abteilung fast jede Minute der Zeit, die sie in den einzelnen Städten verbrachte, mit Fernseh-, Rundfunk- und Zeitungsinterviews, flankiert von mittäglichen Tischreden, sonstigen persönlichen Auftritten und, wenn sie es arrangieren konnte, mit einer Rede bei einem abendlichen Bankett. Bevor sie in die nächste Stadt flog, versuchte sie, drei bis vier Stunden Schlaf zu bekommen, und dann begann am folgenden Tag für sie alles wieder von vorn. Es schien, als hätte jede Stadt eine lokale Morgensendung, die um sieben begann. Dena hatte gewußt, es würde eine harte Zeit werden, doch sie wollte es machen. Sie wollte ihre ohnehin schon hohen Einschaltquoten noch mehr in die Höhe treiben.

Sie hatten ihr, Gott sei Dank, ihre beste PR-Mitarbeiterin, Jonni Hartman, mitgegeben. Nicht nur, daß Dena sie mochte, Jonni war auch eine ausgezeichnete Reiseleiterin von einem Ort zum anderen und verstand sich bestens darauf, Dena von Fans fernzuhalten, die für ihre ganze Familie Autogramme wollten, oder von Interviewern, die immer noch zusätzliche Zeit forderten. Und sie bewerkstelligte das alles, ohne daß es sich für Dena ungünstig auswirkte. Dena hatte ein gewaltiges Stück Arbeit geleistet und jeden entzückt, bis sie nach Pittsburgh kam und ihre Magenschmerzen sich wieder meldeten. Sie versuchte, es durchzustehen, indem sie nur von »Maalox« und »Tums« lebte.

Gleich nachdem sie in Houston ihre Rede bei einem großen Benefiz-Abendessen zu Ehren des berühmten Herzchirurgen Dr. Michael E. DeBakey beendet hatte, mußten Jonni und sie ins obere Stockwerk des Hotels eilen, sich schnell umziehen und sofort zum Flughafen aufbrechen, um das Flugzeug um 22.45 Uhr nach Dallas zu erreichen. Sie waren wie meistens im Verzug, so daß sie, als der Fahrstuhl nicht gleich kam, zehn Treppen hinunterlaufen und dabei auch noch ihr Gepäck schleppen mußten. Sie hatten die Eingangshalle zur Hälfte durchquert, als der Schmerz Dena überwältigte und sie zwang, haltzumachen. Jonni konnte sie gerade noch auffangen, bevor sie umkippte.

Als sie wieder zu sich kam, befand sie sich mit Jonni im Fond eines Polizeiautos, das mit lauter Sirene auf dem Weg ins Krankenhaus war, und ehe ihr das richtig bewußt wurde, war sie schon in der Notaufnahme, umringt von Ärzten, die sie untersuchten und sich über die Möglichkeit einer Notoperation unterhielten. Nach ein paar Minuten traten die Ärzte und Schwestern wie bei der Teilung des Roten Meeres auseinander, als Dr. Michael DeBakey, noch in seinem Smoking vom Abendessen, hereinkam und die Untersuchung übernahm.

Er lächelte und sprach mit Dena, während er sie untersuchte. »Nun, junge Dame, es sieht so aus, als hätten Sie sich entschlossen, ein Weilchen bei uns zu bleiben, deshalb werden wir unser Möglichstes tun, damit Sie sich hier wohl fühlen. Wissen Sie, Sie waren ganz große Klasse bei dem Bankett – und da waren viele Ärzte, die Ihren Fall gern freiwillig übernommen hätten. Aber ich habe gesagt: Pech, Kollegen, sie ist mir zu Ehren hierhergekommen, deshalb steht sie auch mir als Patientin zu. Wie lange haben Sie schon Probleme mit Ihrem Magen?«

»Nicht lange«, log Dena.

Er setzte seine gründliche Untersuchung fort und sagte dann zu seinem Stab: »Keine Vorbereitungen, eine Operation ist nicht nötig.« Er nahm Denas Hand. »Sie werden überleben. Und nun werde ich Ihnen erst mal was geben, das diesen Schmerz lindert, und Miss Raid hier wird Sie in ihre Obhut nehmen.« Eine ältere Krankenschwester trat lächelnd näher. »Wir nehmen Ihnen jetzt ein bißchen Blut ab«, fuhr er fort. »Dann bringen wir Sie nach oben und packen Sie ins Bett, so daß ich Sie im Auge behalten kann, einverstanden? Ich bleibe im Haus und sehe am Morgen nach Ihnen.«

Am nächsten Tag schlief Dena noch, als Dr. DeBakey bei ihr hereinschaute. Jonni, die nach einer Nacht im Wartezimmer müde und

ausgelaugt war, fragte: »Herr Doktor, ist mit ihr alles in Ordnung? Es war doch kein Herzanfall, oder?«
»Nein, Miss Hartman, ihrem Herz geht es gut. Sie hatte einen schweren Anfall von Gastroenteritis – Entzündung der Magenschleimhaut – vermutlich durch Streß hervorgerufen.«
»Gott sei Dank, daß es hier passiert ist, Dr. DeBakey. Und ich möchte Sie auf keinen Fall belästigen ... aber ich müßte wissen, wie lange es Ihrer Ansicht nach dauert, bis sie wieder auf den Beinen sein könnte. Für mich ist das kein Thema, aber die Werbeleitung des Senders hat mich schon mehrmals angerufen, um zu erfahren, ob ich ihnen schon irgendwas darüber sagen kann, wann sie ihre Reise fortsetzen kann. Sie müssen wissen, wie viele Städte zu streichen sind und wie bald sie imstande ist, wenigstens ein paar telefonische Interviews durchzuführen. Sie hoffen, daß sie am Mittwoch in Denver wieder weitermachen kann.«
Dr. DeBakey zeigte auf das Blatt Papier, das sie in der Hand hielt. »Ist das ihr Terminplan?«
»Ja.«
DeBakey setzte sich die Brille auf und studierte ihn. Jonni sagte: »Sie sehen, sie hat noch viele Städte vor sich.«
»O ja, das sehe ich.«
»Und sie müssen so bald wie möglich Bescheid kriegen.«
»Hm. Und wer genau braucht diese Information?«
»Mein Chef. Ich meine, er ist wirklich sehr bestürzt und hofft, sie kann ...«
»Und wer ist das?«
»Mr. Brill, Andy Brill.«
»Haben Sie eine Telefonnummer, unter der man ihn erreichen kann?«
»Ja, natürlich: 212-555-2866.«
»In Ordnung, Miss Hartman. Ich werde mich mit dem Herrn in Verbindung setzen.«
»Oh, vielen Dank, das wäre großartig. Er hat mich wirklich sehr zusammengestaucht. Ich habe ihm erklärt, daß das nicht in meiner Macht liegt.«
»So ist es, machen Sie sich keine Gedanken. Sie gehen jetzt und ruhen sich aus.« DeBakey, ein großer, schlanker Mann, ging den Flur entlang, griff in die Tasche seines weißen Kittels, holte ein paar Man-

deln heraus und aß sie. Er blieb stehen und sprach mit einem Assistenten, sah nach drei weiteren Patienten und begab sich dann in sein privates Sprechzimmer. Er überreichte seiner Sekretärin Sylvia die Telefonnummer. »Können Sie mich mal mit diesem Menschen verbinden?« Als es klingelte, nahm er ab.

»Mr. Brill, hier ist Dr. DeBakey in Houston.«

Andrew Brill schnaufte vernehmlich vor Ungeduld. »Prima, danke, daß Sie anrufen.«

»Ich verstehe, daß Sie unruhig sind und auf Informationen über Miss Nordstroms Zustand warten.«

»Stimmt, wir brauchen dringend Auskunft, wann sie ihr Programm wieder aufnehmen kann. Wir haben Leute engagiert, die im ganzen Land die Werbetrommel rühren. Dallas haben wir schon verpaßt, aber ich dachte, sie könnte vielleicht heute nachmittag einige Telefoninterviews geben. Glauben Sie, es besteht eine Chance, daß sie, sagen wir, Dienstag oder spätestens Mittwoch wieder voll einsatzfähig ist?«

»Gestatten Sie mir eine Frage, Mr. Brill.«

»Ja?«

»Haben Sie alle die Absicht, sie umzubringen? Miss Hartman hat mir ihren Terminplan gezeigt. Wie können Sie nur erwarten, daß jemand dieses Tempo einhalten kann.«

»Nun also, ich glaube, das verstehen Sie nicht. Diese Termine sind seit über sechs Monaten gebucht. Wir sind hier Verpflichtungen eingegangen.«

»Mr. Brill, ich glaube, *Sie* verstehen nicht. Die Frau leidet an extremer Erschöpfung und schlimmen Magenbeschwerden, die durch Überanstrengung und Streß verursacht wurden.«

»Was sagen Sie da?«

»Ich sage, daß sie, solange sie meine Patientin ist, mindestens zwei Wochen in diesem Krankenhaus bleibt. Sie können vielleicht in einem Monat wieder mit ihr rechnen. Möchten Sie das schriftlich haben? Ich werde es Ihnen gern zuschicken. Und sollte sie eher zurückkehren und ihr dadurch etwas zustoßen, werde ich keine Minute zögern und öffentlich erklären, daß Ihr Sender vorher gewarnt wurde.«

»Vorher gewarnt? Haben Sie überhaupt eine Ahnung, wieviel uns das kosten wird, diese Tour zu stornieren? Wir können nicht einfach ...«

DeBakey unterbrach ihn. »Wenn Sie noch Fragen haben, können Sie sich jederzeit telefonisch – auch gern mit R-Gespräch – an mein Büro wenden.«

* * *

Rot vor Wut knallte Brill den Hörer auf und informierte mit überschnappender Stimme seinen Assistenten, der schon wartete, weil er wissen wollte, ob Dena morgens in dem ersten Flugzeug sitzen würde: »Dieser Mistkerl sagt, er will sie zwei Wochen dabehalten. Für wen, zum Teufel, hält der sich eigentlich?«

Eine halbe Stunde später erfuhr Brill bei einer Dringlichkeitssitzung mit den Anwälten des Senders, daß Dr. DeBakey genau der war, für den er sich hielt: einer der mächtigsten und angesehensten Ärzte der Welt. Sie wußten, daß sie ihn nicht bestechen konnten, und sie hüteten sich, sich ihm zu widersetzen, zumindest öffentlich.

Der Tod einer Grille

Elmwood Springs, Missouri
8. Februar 1976

Als Macky und Norma Warren von der Kirche nach Hause kamen, klingelte ihr Telefon. Norma nahm ab, noch mit der baumelnden Handtasche am Arm.

»Mrs. Macky Warren?«

»Ja?«

»Mrs. Warren, mein Name ist Jonni Hartman, ich arbeite beim Nachrichtensender in der PR-Abteilung und rufe Sie an, um Sie zu informieren, daß Ihre Verwandte Dena Nordstrom hier im Krankenhaus liegt.«

Norma ließ sie nicht zu Ende sprechen, sondern legte die Hand auf den Hörer und schrie ihren Mann an. »Macky, ich habe dir gesagt, du hättest die Grille nicht töten dürfen. Baby Girl liegt im Krankenhaus!« Sie wandte sich wieder dem Telefon zu. »O mein Gott ... was fehlt ihr denn?«

»Mrs. Warren, ich will Sie nicht beunruhigen, aber ...«

»Erzählen Sie mir nicht, daß sie in einen Unfall verwickelt war. Erzählen Sie mir nicht, daß sie verletzt ist, ich halte das nicht aus. Ich breche zusammen. Moment ... Sie müssen mit meinem Mann sprechen.«

Sie drückte Macky das Telefon in die Hand, als stünde es in Flammen. Macky nahm den Hörer, während Norma im Hintergrund jammerte. »Wenn sie tot ist, sag es mir bloß nicht, ich halte das nicht aus. Ich wußte, das so etwas passieren würde.«

»Norma, sei still. Hallo, hier ist ihr Mann. Was ist los?«

»Mr. Warren, hier ist Jonni Hartmann, ich wollte Sie nicht beunruhigen. Ich wollte Sie nur anrufen, um Sie zu informieren, daß Dena im Krankenhaus liegt, aber soweit in Ordnung ist, nur für den Fall, daß Sie in den Nachrichten etwas davon hören. Ich bin hier bei ihr in Houston, Texas, im Medical Center, und Dr. DeBakey hat sie gerade untersucht und gesagt, sie hätte einen ziemlich schweren Anfall von Gastroenteritis.«

Macky nickte. »Ich verstehe. Wird das als lebensbedrohlich angesehen?«
Norma jammerte wieder. »Sag mir nicht, daß sie stirbt!«
»O nein, Mr. Warren. Es sind nur ziemlich schlimme Magenschmerzen, soweit ich weiß. Der Arzt sagt, sie braucht nur ein bißchen Ruhe.«
»Ich verstehe.«
»Wenn sie tot ist ...« – Norma warf die Hände hoch – »will ich es nicht wissen.«
Macky sagte: »Miss Hartman, könnten Sie eine Sekunde warten?« Er legte die Hand auf den Hörer. »Norma, sie ist nicht tot. Jetzt sei still und laß mich mit der Frau sprechen!« Norma legte ihre Hände auf den Mund, um sich ruhig zu verhalten. »Miss Hartman, ich kann mit dem nächsten Flugzeug, das ich hier erreiche, zu ihr kommen.«
»Mr. Warren, ich glaube wirklich nicht, daß das nötig ist. Ich denke, man sollte lieber abwarten, wie lange der Doktor sie hier behalten will. Sie könnte schon entlassen sein, bis Sie hier ankommen.«
»Ich verstehe. Aber wie geht es ihr denn im Augenblick? Können wir mit ihr sprechen?«
Norma konnte nicht länger an sich halten. »Fragt sie nach uns? Makky, frag sie mal, ob sie mit uns sprechen will.«
»Mr. Warren, der Arzt hat ihr etwas gegeben, sie schläft gerade, und ich schließe daraus, daß er nicht will, daß sie gestört wird. Er hat ein Schild ›Kein Besuch‹ an ihre Tür gehängt. Noch nicht mal ich darf rein.«
Macky nickte erneut. »Ich verstehe. Was ist mit ihrer Familie? Sollten wir nicht da sein, wenn sie aufwacht?«
Norma rang nach Luft und preßte ihre Tasche an die Brust. »Mutter Gottes, sie liegt im Koma, ich wußte es ...«
»Norma, es geht ihr *gut.* Jetzt setz dich hin.«
»Mr. Warren, ich will Sie und Ihre Frau wirklich nicht beunruhigen. Sie hat den besten Arzt im ganzen Land, Michael E. DeBakey.«
Macky war beeindruckt. »Der von den Herztransplantationen?«
Er sah Normas Reaktion voraus und kam ihr zuvor, bevor sie schreien konnte: Herztransplantation. »Nein, Norma. Es ist nicht ihr Herz, es ist ihr Arzt.«
»Ihr Arzt? Ihr Arzt hat eine Herztransplantation?«
»Norma, es geht ihm gut.«

Norma stand auf. »Oh, ich halte das nicht aus, Macky, du stellst ihr nicht die richtigen Fragen. Gib mir mal das Telefon. Miss Hartman, hier ist noch mal Norma Warren. Ist dieser Arzt gut? Wir haben nämlich einen Arzt direkt hier in der Stadt, wo wir jederzeit hin können, einen, der bei bester Gesundheit ist.«
Macky schüttelte ungläubig den Kopf und sagte mit ruhiger, fester Stimme: »Norma, gib mir das Telefon und setz dich hin.«
Zögernd gab sie es ihm zurück. »Aber du mußt nach solchen Dingen fragen.«
»Miss Hartman, wir wissen Ihren Anruf wirklich zu schätzen, und ich würde es auch begrüßen, wenn Sie uns morgen noch mal anrufen könnten und uns Bescheid sagten, wie es ihr geht.«
Norma sagte: »Morgen? Sag ihr, sie soll in einer Stunde wieder anrufen; sie könnte ja schon tot sein morgen.«
»Das werde ich bestimmt, Mr. Warren, und ehrlich, es geht ihr gut.«
Macky legte den Hörer auf, gleichzeitig griff Norma danach, verfehlte ihn jedoch.
»Warum legst du auf? Wir wissen ja gar nicht, wo sie ist.«
»Doch. Sie ist im Houston Medical Center.«
»Houston, Texas? Texas? Was macht sie in Texas?«
»Ich weiß es nicht, Schatz, aber es geht ihr jetzt gut, beruhige dich.«
»Macky, ich begreife nicht, wie du da so ruhig stehen kannst. Baby Girl liegt in einem komischen Cowboy-Krankenhaus bei einem kranken Arzt, mein Gott, und das alles fast am Ende der Welt.«
»Norma, es ist gar nicht so weit entfernt.«
»Tante Elner dürfen wir es nicht erzählen. Sie regt sich zu sehr auf. Und sie bekäme wahrscheinlich auch einen Herzanfall. Das fehlte uns gerade noch, zwei Leute gleichzeitig im Krankenhaus zu haben.«
Macky nahm Norma bei den Schultern und führte sie zum Sofa. »Norma, hör mir mal zu. Sie liegt in einem der besten Krankenhäuser des Landes, und einer der besten Ärzte kümmert sich um sie, und sie hat nichts weiter als ziemlich schlimme Magenschmerzen, das ist alles. Der Arzt sagt, sie hat Gastroenteritis.«
»Was?«
»Gastroenteritis.«
»Also, davon habe ich noch nie was gehört. Wo hat sie sich das denn geholt?«

»Ich weiß es nicht, Schatz.«
»Ist das was Texanisches?«
»Vermutlich nicht.«
Norma sprang auf und lief zum Telefon. »Ich rufe jetzt Dr. Clyde an und frage ihn.«
Als Norma wählte, sagte Macky: »Ich gebe es auf. Mach, was du willst. Du tust es ja sowieso.«
Norma sagte: »Macky, hol mir mal bitte ein Schälchen Vanilleeis, ich bin mit meinen Nerven am Ende. Schau mal, meine Hände zittern wie Espenlaub ... ich kann kaum die Nummer wäh ... Tootie? Hier ist Norma Warren, ist er da? ... Gut, sag ihm, ich müßte ihn sofort sprechen ... Ja, ist es. Macky, gib mir zwei Löffel voll, ich bin ... Oh, Dr. Clyde, hier ist Norma, ich muß Sie etwas fragen. Gibt es eine Krankheit, die Gastro-soundso heißt? Warten Sie mal.« Sie rief in die Küche. »Macky, Gastro was?«
»Enteritis, glaube ich.«
»Er sagt, Enteritis glaubt er. Macky, hat die Frau Gastroenteritis gesagt? Ja, das ist es.« Sie wandte sich vom Telefon ab. »Macky, er sagt, das gibt es, nur, daß es ein Gesundheitszustand ist und keine Krankheit. Nein, Herr Doktor, wir haben es nicht, Baby Girl hat es.«
Macky kam herein, reichte ihr eine Schale Eiscreme und nahm ihr die Handtasche ab.
»Danke, Schatz. Nein, ich habe mit meinem Mann gesprochen. Was für ein Zustand?« Sie wiederholte alles, was sie hörte, mit lauter Stimme. »Es ist eine Entzündung der Magenschleimhaut ... hm ... verursacht durch zuviel Säure. In der Regel durch Streß ausgelöst. Hast du das gehört, Macky? Macky hatte recht, er hat gesagt, sie arbeitet zuviel, und jetzt sieht man ja, was passiert ist. Daran kann sie doch wohl nicht sterben? Ah, er sagt nein, das glaubt er nicht. Nun, dem Himmel sei Dank, ich war ... oh ... okay, ja, in diesem Fall machen Sie lieber weiter. Vielen Dank, Herr Doktor.« Sie legte auf.
»Siehst du, sie wird nicht sterben«, sagte Macky. »Fühlst du dich jetzt besser?«
»Noch nicht.«
Eine Stunde später nahm sie das Telefon in der Küche und wählte Tante Elners Nummer, während Macky sich ein Sandwich mit Schinken und Käse machte.
»Tante Elner, hast du ein Nickerchen gemacht? Hier ist Norma.

Nimm dein Hörgerät, meine Liebe. Kannst du mich hören? Jetzt, da wir wissen, daß es nicht lebensbedrohlich ist, kann man die Geschichte ja erzählen. Sitzt du? Gut, dann setz dich erst mal hin. Sitzt du jetzt gut? Ich möchte nämlich nicht, daß du einen Schlag kriegst. Also, das Ganze fing gestern abend ungefähr um zehn Uhr dreißig an. Wir waren etwa seit einer Stunde im Bett, da hörten wir eine Grille im Wohnzimmer, und Macky stand auf, ohne seine Brille aufzuziehen, trat auf die Grille und tötete sie. Ich weiß, es bringt Unglück, wenn man eine Grille tötet, und das ist vermutlich auch der Grund, warum Baby Girl überhaupt im Krankenhaus gelandet ist.«

Die Gefangene

Houston, Texas
10. Februar 1976

Nachdem Dena einige Tage im Krankenhaus verbracht hatte, fühlte sie sich allmählich besser und wartete ungeduldig darauf, daß sie entlassen würde und ihre Reise fortsetzen konnte. Dr. DeBakey hatte sie jeden Nachmittag besucht, und als er heute kam, erklärte sie ihm, daß er sie entlassen müsse, damit sie sich auch noch die restlichen Städte vornehmen könne. Er ergriff ihre Hand. »Meine Liebe, ich weiß, Sie sind enttäuscht, daß Sie nicht zu Ihrer Arbeit zurückkehren können. Sie fühlen sich ein bißchen besser, und darum meinen Sie, Sie seien gerüstet, um wieder aufstehen und herumrennen zu können. Ich habe das von meinen Patienten schon so oft gehört. Daß sie gerade jetzt nicht aufhören können, daß sie weitermachen müssen, bis sie diesen Job, dieses Geld oder den Erfolg haben oder was immer es ist, dem sie nachjagen; aber ich will Ihnen etwas sagen: *Nichts* ist es wert, daß man dafür seine Gesundheit zerstört. Die meisten meiner Patienten werden mir überwiesen, nachdem ihre Ärzte sie aufgegeben haben. Wenn Sie sehen könnten, was ich sehe, wenn ich sie aufmache … Ich habe einige der reichsten, mächtigsten Menschen der Welt hier gehabt, Filmstars, Industriemagnate, Könige, die mich angefleht haben, sie zu retten, aber es war zu spät. Glauben Sie mir, nichts auf der Welt ist wirklich wichtig außer Leben und Tod, das ist alles.«

Dena gab nicht auf. »Ich verstehe das ja, und ich will von jetzt an auch alles ein bißchen langsamer angehen, aber Sie können nicht ermessen, wie wichtig diese Reise ist; der Sender verläßt sich auf mich. Ich bin eine Verpflichtung eingegangen. Ich kann sie jetzt nicht im Stich lassen.«

»Ich will Ihnen mal was sagen.« Er lächelte. »Diese Leute in New York mögen Ihnen einreden, daß sie ohne Sie nichts machen können, aber sie können. Nehmen Sie den Rat eines alten Mannes an – kein noch so großer Erfolg ist es wert, sich so anzutreiben, wie Sie es tun. Als Sie hierherkamen, war Ihr Blutbild so schlecht und Ihr Blutdruck so niedrig, daß ich nicht weiß, wie Sie überhaupt stehen, geschweige denn eine Rede halten konnten. Ich will Ihnen keine Angst einjagen, aber ich kann Ihnen eines versichern: Wenn Sie so weitermachen wie bisher, werden Sie keine fünf Jahre mehr leben. Dieser Zusammenbruch ist eine Warnung, daß Ihr Körper in diesem Tempo einfach nicht mehr fortfahren kann. Und wenn Sie sich erst einmal dauerhaft geschadet haben, dann können Sie Ihre Gesundheit nicht wieder zurückbekommen. Sie müssen sofort kürzer treten, bevor es zu spät ist. Ich habe Ihre Familie angerufen, und Mr. und Mrs. Warren haben schon alles dafür vorbereitet, daß sie am Donnerstag mit dem Auto kommen und Sie nach Hause holen, um Sie eine Weile zu pflegen.«

Dena war entsetzt. »Was?«

»Die Diätassistentin hat Mrs. Warren schon darüber informiert, was Sie essen dürfen.«

»Dr. DeBakey, Sie verstehen nicht – ich kenne diese Leute nicht einmal. Ich meine, nicht gut. Wir sind zwar verwandt ... aber ich kann nicht zu ihnen nach Hause fahren.«

»Oh ... ich verstehe. Haben Sie noch andere Familienangehörige?«

»Ich kann selbst auf mich aufpassen.«

»Nein, das können Sie im Moment nicht. Sie brauchen jemanden, der Ihnen alle Ihre Mahlzeiten zubereitet, Ihnen die Leute vom Leibe hält und Sie am Telefonieren hindert. Aber Sie können auch hier bei uns im Krankenhaus bleiben, oder, wenn Sie wollen, stelle ich eine Pflegerin rund um die Uhr für Sie ab und verlege Sie in unsere Reha-Klinik, das liegt ganz bei Ihnen. Aber so oder so, Sie müssen eine Ruhepause einlegen.«

»Warum kann ich mich nicht in New York ausruhen?«

»Ich möchte, daß Sie New York mindestens drei Wochen fernbleiben. Es ist nicht so, daß ich Ihnen nicht traue, junge Dame, aber diesen Leuten, für die Sie arbeiten, traue ich nicht. Also, es ist Ihre Entscheidung.«

Und so befand sich Dena am Donnerstagnachmittag, in eine Decke gehüllt, auf dem Rücksitz eines braungelben Oldsmobile liegend, auf dem Weg nach Elmwood Springs, Missouri; und die glückliche Norma plapperte während der ganzen Fahrt durch Texas und bis nach Missouri hinein ununterbrochen über Leute, die Dena nicht kannte und auch nicht kennenlernen wollte. Sie war zu sehr damit beschäftigt, einen Fluchtplan zu entwerfen.

Ein aufmunternder Besuch

Elmwood Springs, Missouri
13. Februar 1976

An diesem ersten Morgen erwachte Dena in einem fremden Zimmer, und ihr gegenüber in einem Sessel saß eine Frau, die sie nie zuvor gesehen hatte, starrte sie an und fächelte sich mit einer kleinen braunen Papiertüte Luft zu. Als Dena die Augen öffnete, sagte die Frau: »Ich weiß, du warst froh, aus diesem alten Krankenhaus rauszukommen, nicht wahr, Liebling?«

Dena brachte ein schwaches »ja« zustande und fragte sich, wer in aller Welt diese alte Dame war.

»Also, wir freuen uns wirklich, daß du zu Hause bist, wo du hingehörst. Ich habe Norma dauernd gefragt: Wann verläßt Baby Girl denn dieses Krankenhaus und kommt nach Hause? Ich beneide keinen, der im Krankenhaus ist. Habe ich dir schon von der Zeit erzählt, als Norma mich für eine Vorsorgeuntersuchung ins Krankenhaus geschleppt hat?«

»Nein.«

Dena fragte sich, ob sie in ein Zwischenreich eingegangen war.

»In dem Bett, das sie mir zugewiesen hatten, schlief man wie auf einem Haufen Warzenmelonen. Ich will damit sagen: Das Bett konnte alles machen, was man wollte, hoch- und runtergehen, flach oder erhöht; es machte alles außer Polka tanzen und einen Gutenachtkuß geben. Als sie mich da hatten, untersuchten sie mich von oben bis unten, auf jede nur erdenkliche Weise von vorn bis achtern, und als sie fertig waren, sagte ich zu dem Arzt: ›Sie sind wie diese Fernsehsendung Star Trek.‹ ›Wieso?‹, fragte er. Ich sagte: ›Junge, Sie sind an Orten gewesen, wohin sich bisher kein Mann getraut hat.‹«

Norma betrat mit einem Tablett das Zimmer. »Guten Morgen.«

»Ich habe Baby Girl gerade von meinem Aufenthalt im Krankenhaus erzählt, wie sie mich untersucht haben und wie sie gesagt haben, daß alle meine Werte gut seien. Was immer das heißen mag. Aber wenigstens hat es Norma beruhigt, stimmt's, Norma?«

Norma entgegnete unwillig: »Ja, schließlich braucht jeder einmal in seinem Leben eine gründliche Untersuchung.«

Die alte Dame zwinkerte Dena zu. »Sie hat Angst, daß ich vor ihr sterbe.«

Norma stellte das Tablett vor Dena hin. »Hier, Liebling, ich möchte, daß du versuchst, etwas zu essen.«

Dena setzte sich auf und sah auf die Schale mit Milch, in der eine Scheibe Toast schwamm. Norma ging hinüber und machte die Fenster auf. »Im Ernst, Tante Elner, du könntest eben noch deine Bartnelken gießen und in der nächsten Minute schon einen Schlag bekommen. Oder wer weiß, ein 707-Flugzeug könnte auf seinem Weg nach St. Louis vom Himmel stürzen. Du kannst dich über mich lustig machen, aber man kann nie wissen, was von einer Minute zur andern passiert.«

»Um so mehr ein Grund, jede einzelne zu genießen. Du solltest die Zeit, in der du lebst, nicht mit Sorgen vergeuden. Das wird uns schon in der Bibel gesagt: ›Wer von euch vermag mit seinen Sorgen sein Leben auch nur um eine Spanne zu verlängern?‹ Lukas 12,25.«

»Nun, wie schön für Lukas«, sagte Norma, »aber der hatte ja auch nicht dich und Macky, die ihn Tag und Nacht verrückt machten. Wollt ihr noch Eistee?«

Dena schüttelte den Kopf, aber Tante Elner hielt ihr Glas in die Höhe. »Ich nehme noch welchen, wo du gerade stehst.«

Nachdem Norma das Zimmer verlassen hatte, sagte Tante Elner: »Ich hatte diesen Spruch für sie auf ein Deckchen gestickt, aber das hat sie nicht geschätzt. Das Mädchen macht sich um alles die größten Sorgen. Wenn ich sie nicht jeden Morgen um Punkt sieben anrufe, sieht sie mich schon unter der Erde. Ich habe ihr gesagt: ›Norma, wenn ich dann wirklich gehe, wird es gar nicht so schlimm sein. Du bist sicher nicht mal überrascht, du hast es dann doch schon so viele Jahre geübt.‹« Tante Elner zeigte auf die herumstehenden Trophäen auf dem Regal, die Normas Tochter, Linda, gehörten. »Du weißt sicher, daß die arme Dixie Cahill im letzten Jahr starb.«

Dena hatte keine Ahnung, wer Dixie Cahill war. »Nein, weiß ich nicht.«

»Also, sie starb jedenfalls. Natürlich war sie hoch in den Achtzigern, aber sie unterrichtete immer noch, als sie ging. Man hat sie mit ihren Stepschuhen und Taktstöcken beerdigt.«

Norma kam zurück, und Tante Elner fragte: »Gehst du mit Baby Girl auch mal essen, solange sie hier ist?«
»Natürlich, sie kann überall hingehen, wohin sie will, ich muß nur auf ihre Diät achten, ich habe spezielle Anweisungen.«
»Du weißt ja, daß das Restaurant, wo es den Welsfisch gibt, geschlossen hat.«
»Ja, das hat nicht lange gedauert, was?«
»Nein«, sagte Tante Elner. »Aber ich habe schon zu Verbena gesagt, ich sagte: ›Sie können zwar einen Neon-Wels draußen an die Tür machen, aber jeder weiß doch, daß da früher die Leichenhalle war. Keiner will an einem Ort Fisch essen, wo sie früher hingingen, um ihre aufgebahrten Verwandten zu sehen, ganz egal, wie gut das Essen ist.‹«
Dena konnte nicht glauben, was sie da hörte. Aber Tante Elner fuhr fort. »Baby Girl, seitdem du das letzte Mal hier warst, ist Hatchers Leichenhalle nach außerhalb umgezogen, und jetzt gibt es da eine neue Leichenhalle, durch die man durchfahren kann.«
»Wie bitte?« fragte Dena, die aus Selbstschutz versuchte zu essen.
»Sie haben da ein Fenster, durch das man im Vorbeifahren die sterblichen Überreste sehen kann«, warf Norma ein. »Mit dieser schwachsinnigen Idee ist James Hatcher angekommen.«
Tante Elner sagte: »Statt Hamburger und Pommes frites zu bestellen, schaut man auf einen toten Verwandten. Nein danke, ich glaube, ich lasse mich einfach verbrennen. Ich will nicht, daß irgendwer mich ansieht, ohne daß ich davon weiß. Wenn Darlene nun mein Haar komisch herrichtet? Du weißt, wie empört wir waren, als sie sich entschloß, Mrs. Alexander einen Pony zu schneiden, keiner dachte mehr daran, daß sie tot war, und jeder sah nur noch auf ihren Pony. Darlene ist imstande, mir eine sonderbare Frisur zu verpassen, und ich kann sie um nichts in der Welt daran hindern. Solange ich lebe, kann ich wenigstens nach Hause gehen und alles auswaschen, aber wenn ich tot bin, bin ich für alle Ewigkeit mit einer häßlichen Haartracht behaftet. Du weißt doch noch, was man mit der armen Dame von der Church of Christ gemacht hat?«
»O ja«, sagte Norma, »es war schrecklich.«
»Sie trug ihr Haar immer straff zurückgekämmt in einem dicken Knoten, der wie eine Zimtrolle am Hinterkopf saß, und sie benutzte nie auch nur eine Spur von Make-up, so daß man sich vorstellen

kann, was die anderen Church of Christers dachten, als sie sie da so liegen sahen, mit Ponyfransen und blauem Lidschatten.«
Tante Elner fügte hinzu: »Ich sage dir, mit Darlene in der Nähe hat man Angst zu sterben. Ich frage mich nur, warum jemand unbedingt Toten die Haare frisieren will.«
Es entstand eine Pause. Dann meinte Norma: »Wer weiß? Es ist vermutlich eine stille Arbeit. Keine Beschwerden. Aber ich schätze, man weiß nie, ob die Kundin zufrieden ist oder nicht.«
»Nein, das weiß man nicht«, sagte Tante Elner, »aber in ihrem Fall könnte das ein Segen sein. Trotzdem, ich gehe keinerlei Risiko ein. Ich lasse mich verbrennen. Verbena und ich sind zu der neuen Leichenhalle gegangen und haben mit James darüber gesprochen. Er hat uns eine Broschüre mitgegeben.«
»Wann?«
»Neulich, nachdem ich auf meinem fünfundsiebzigsten Highschool-Treffen gewesen bin, wo nur noch drei von uns übrig waren. Ich habe gedacht, es ist besser, wenn ich langsam anfange zu überlegen, welche Alternativen ich habe.«
»Denkt Verbena auch ans Krematorium?«
»Nein, sie war mit, um nach Särgen Ausschau zu halten. Sie sagt, sie hätte fünfzig Jahre lang Tag und Nacht die Cold Cream von Merle Norman benutzt, und es fiele ihr nicht im Traum ein, sich zu Asche verbrennen zu lassen nach all der Mühe, die sie auf ihr Gesicht verwendet hat. Ich habe gesagt: ›Dein Gesicht mag ja großartig aussehen, aber wenn Darlene dein Haar macht, siehst du nicht mehr so gut aus.‹«
»Was hat sie darauf geantwortet?«
»Nichts. Aber was mich betrifft, ich lege nicht den geringsten Wert darauf, Geld für einen Sarg zu verschwenden, der nur einmal benutzt wird. Ich würde mein Geld lieber im Einkaufszentrum ausgeben … oder es der Humane Society spenden.«
»Onkel Will hat eine Sterbeversicherung für dich abgeschlossen, Tante Elner. Es ist alles schon bezahlt.«
»Ich weiß, daß er das getan hat, aber ich hätte das Geld lieber jetzt. Meinst du, sie würden es mir geben, oder muß ich erst sterben?«
»Tante Elner, beim Thema Tod kriege ich Zustände, und Baby Girl mag dir bestimmt auch nicht zuhören, wenn du über deine Verbrennung sprichst.«

»O Norma, man verbrennt nicht, heißt es in der Broschüre. Es ist wie ein weißes helles Licht, es ist, als ob man in die Sonne blickt; du spürst das helle Licht, und dann verschwindest du einfach ... nur ein großes helles Licht, und du bist weg.« Sie schnipste mit den Fingern. »Einfach so. Das reizt mich, viel mehr als ein dunkler Sarg. Und man bekommt trotzdem einen Grabstein und einen Platz drüben auf dem Friedhof, so daß du kommen und mich jedes Ostern schmücken kannst, also mach dir keine Sorgen deswegen. Und wenn du dich fragst, wo ich bin, schau einfach hinauf zur Sonne, und da werde ich dann sein. Ich gehe dann wohl mal nach Hause«, sagte Tante Elner. »Ich wollte meine Begrüßung nicht zu sehr ausdehnen. Ich wollte nur herüberkommen und dich ein bißchen aufmuntern.« Sie tätschelte Denas Hand. »Ich komme morgen wieder. Vielleicht bringe ich dann meine Krematorium-Broschüre mit, mal sehen, was du meinst.«

»Komm jetzt, Tante Elner«, sagte Norma, »wir wollen sie sich ein bißchen ausruhen lassen.«

»Tschüs, Liebling. Ich könnte auch meine Katze Sunny mitbringen, wenn dir das gefiele.«

»Tante Elner, du bringst diese Katze nicht mit hierher und trägst mir Flöhe ins Haus.«

Dena lächelte matt. »Tschüs ... vielen Dank für den Besuch.«

Als sie die Tür hinter sich geschlossen hatten, dachte Dena: *Ich muß hier weg.*

Mein seltsamer Valentinstag

Elmwood Springs, Missouri
14. Februar 1976

Auch am zweiten Morgen bekam Dena Besuch. Um acht Uhr erschien an der Haustür Dr. Gerry O'Malley, ganz wie ein Troubadour aus dem fünfzehnten Jahrhundert kostümiert, mit rosaroten engen Beinkleidern und einem Federhut; in den Händen hielt er ein Dutzend roter Rosen und eine Mandoline. Macky kam an die Tür.

»Hallo. Kann ich Ihnen helfen?«

Jetzt, da er wirklich hier stand, fühlte sich Gerry wie ein kompletter Narr, aber er war entschlossen, die Sache durchzuziehen. »Mr. Warren, ich bin ein Freund von Dena, und ich möchte fragen, ob ich sie für ein paar Minuten sehen kann.«

»Sie ist oben. Darf ich ihr sagen, wer – oder was – da ist?«

»Hm, also ... es ist eine Art Valentinsgruß. Eine Überraschung.«

»In Ordnung. Warten Sie eine Sekunde. Ich sehe mal nach, ob ich sie runterholen kann.«

Als Macky an Norma vorbeiging, die aus der Küche gekommen war, sagte er im Flüsterton: »Du wirst es nicht für möglich halten, was da draußen auf der Veranda ist.«

Gerry breitete die Rosen direkt vor der Tür aus, ging wieder hinunter und wartete im Garten auf Dena. Er fing den Blick einer Frau auf, die verstohlen aus dem Wohnzimmerfenster schaute, aber es war nicht Dena.

Dena schlief noch fest, als Macky klopfte.

»Baby Girl, da unten ist jemand, der dich sehen will.«

Dena fuhr erschrocken hoch. »Was?«

»Er sagt, es sei eine Überraschung. Er hat etwas für dich.«

»Oh. Kannst du es für mich annehmen?«

»Nein ... ich glaube nicht. Ich glaube, du mußt runtergehen und es selbst in Empfang nehmen.«

Dena stieg aus dem Bett und zog ihren Morgenrock an. Unten mußte Macky Norma vom Fenster wegziehen. »Komm, Miss Neugierig, wir gehen in die Küche.«

Doch sie wollte nicht weichen. »Einer von uns sollte hierbleiben. Wenn das nun ein Verrückter ist. Er könnte gefährlich sein, Macky!«
Macky lachte. »Er ist verrückt, ganz richtig, aber er ist nicht gefährlich.«
»Woher willst du das wissen?«
»Weil der arme Kerl da draußen zittert wie Espenlaub.«
Dena kam die Treppe hinunter und ging zur Tür. Zuerst konnte sie niemanden sehen, aber dann senkte sie den Blick und entdeckte lauter Rosen, die in Form eines großen Herzens ausgebreitet waren, und eine Karte in der Mitte. Sobald sie auf die Veranda hinaustrat, hörte sie Musik. Sie sah Gerry O'Malley in einem idiotischen Kostüm im Garten stehen, auf einer Mandoline spielen und von Liebe singen. Sie traute ihren Augen nicht.
Als sie da vor Kälte zitternd in ihrem Morgenrock stand und die Nachbarn, einer nach dem anderen, an die Fenster kamen und herausspähten, konnte sie kaum glauben, was sie da sah und hörte.
Nach seinem Gesang zog er den Hut, verneigte sich und fuhr davon.
Sie verharrte noch immer in schläfriger Benommenheit und versuchte sich vorzustellen, was Gerry O'Malley um acht Uhr morgens in Elmwood Springs, Missouri, zu suchen hatte. Oder hatte sie eine Art Halluzination? Sie bückte sich, hob die Karte auf und las sie.

Keine Verpflichtung. Sie sollen nur wissen, dass ich Sie verehre!
Einen glücklichen Valentinstag
Gruß, Gerry

Sie sammelte die Rosen auf und ging wieder hinein. Norma streckte den Kopf aus der Küche. »Möchte dein Freund nicht reinkommen? Er ist herzlich eingeladen.«
»Nein, ist schon gut. Er ist bereits wieder fort. Hier sind ein paar Blumen, wenn du sie möchtest.«
»Oh, sind die schön! Ich stelle sie in eine Vase, dann kannst du sie mit in dein Zimmer nehmen. Also, das war ja nett von ihm, daß er sie dir gebracht hat. Er machte überhaupt einen sehr sympathischen Eindruck«, sagte Norma, die darauf brannte zu erfahren, wer er war, aber nicht fragen wollte.
Dena wandte sich wieder der Treppe zu. »Er ist nett, aber ich glaube allmählich, daß er ein bißchen verrückt ist.«
Norma schoß in die Küche zurück und sagte zu Macky, der gerade eine Tasse Kaffee trank: »Siehst du, was habe ich dir gesagt. Baby

Girl denkt auch, daß das ein Verrückter ist. Ich habe es dir gleich gesagt, aber du glaubst mir ja nie.« Sie sah die Blumen an, während sie die Hand nach einem Gefäß ausstreckte, das sich unter der Arbeitsplatte befand. »Aber die Rosen sind schön, da kannst du sagen, was du willst.«
»Ich habe kein Wort gesagt, Norma.«

* * *

Gerry befand sich ungefähr zwanzig Meilen außerhalb von Elmwood Springs und war immer noch ein wenig nervös und zittrig, als er mit zehn Meilen über der erlaubten Geschwindigkeit an einem Highway-Polizisten des Staates Missouri vorbeifuhr. Der Polizist kippte den letzten Rest Kaffee hinunter, nahm den letzten Bissen seines Sirupkrapfens, schaltete die Sirene ein und begann die Jagd auf das unbotmäßige Fahrzeug. Gerry hörte die Sirene, schaute in den Rückspiegel, und ihm blieb fast das Herz stehen. Es war weit und breit kein anderes Auto zu sehen. Für den Bruchteil einer Sekunde überlegte er, ob er nicht versuchen sollte, Gas zu geben, aber er war ein braver Staatsbürger, und so stöhnte er nur und fuhr an die Seite.
Der Polizist, ein schwergewichtiger Mann, stieg aus, hustete und stapfte langsam zu dem Wagen hinüber. »Guten Morgen«, sagte er freundlich.
Sobald der Polizist in Gerrys Auto hineingeschaut hatte, fragte er sich verwundert, was in aller Welt er denn hier auf der Interstate 34 gestoppt hatte. Gerry bemühte sich um einen normalen Ton. »Was gibt's, Officer?«
»Könnte ich bitte mal Ihre Zulassung und Ihren Führerschein sehen, Sir?«
»Das ist ein Leihwagen. Ich habe ihn heute morgen in Kansas City geliehen, und mein Führerschein ist in meiner Jacke auf dem Rücksitz. Kann ich ihn herausnehmen?«
Der Polizist wollte kein Risiko eingehen. »Wie wär's, wenn Sie freundlicherweise aus dem Auto ausstiegen, Sir?«
Gerry stieg aus, öffnete die hintere Tür, nahm den Führerschein aus seiner Brieftasche und überreichte ihn dem Polizisten. Der studierte ihn, und unter den gegebenen Umständen – angesichts der Tatsache, daß der weiße männliche Täter Pantalons trug und an den Schuhen, deren Spitzen nach oben gebogen waren, Schellen hatte, wo-

durch er aussah, als wäre er gerade irgendwo vom Wagen eines Festumzugs gefallen – sagte er so ruhig wie möglich: »Warten Sie hier bitte solange auf mich, bis ich Ihren Führerschein überprüft habe.«
Gerry stand neben dem Auto und betete, daß niemand vorbeifahren möge, aber natürlich geschah genau das, und all die Autos und ein Lastwagen drosselten ihre Geschwindigkeit, und die Fahrer glotzten. Nach einigen Minuten kehrte der Polizist zurück. »Nun, Sie scheinen kein Krimineller zu sein, abgesehen davon, daß Sie vor ein paar Minuten auf der Interstate zu schnell gefahren sind.« Er händigte Gerry den Führerschein wieder aus.
»Danke. Kann ich wieder einsteigen?«
»Sicher. Nur zu.«
Gerrys Schuhe bimmelten, als er ins Auto stieg.
Der Polizist sagte: »Wir haben hier draußen in Jefferson County nicht allzu viele Männer, die enge rosa Hosen tragen, deshalb würde mich mal interessieren, ob es für Ihre Aufmachung einen besonderen Grund gibt, oder kleidet ihr euch jetzt so in New York?«
»Das ist eine lange Geschichte.«
»Nun, ich habe es nicht eilig. Ich muß nirgends hin.«
Gerry sagte: »Hören Sie, sind Sie verheiratet?«
»Klar doch. Dem entgeht hier keiner. Ich wurde geangelt und angebunden wie alle übrigen. Warum?«
»Dann wissen Sie ja, daß heute Valentinstag ist.«
Der Polizist sah ihn abwartend an. »Ja und?«
»Sie machen doch bestimmt auch was Besonderes für Ihre Frau. Sie wissen schon, eine Überraschung.«
»Sie kriegt jedes Jahr eine Karte von mir. Aber ansonsten mache ich nicht soviel Wirbel. Wenn ich so verkleidet bei ihr aufkreuzen würde, dächte sie sicher, ich hätte einen Sprung in der Schüssel.«
»Ich bin kurzerhand hierher geflogen, um meine … na ja … die, die hoffentlich mal meine Freundin wird, zu überraschen.«
Der Polizist nickte. »Ja, natürlich. Ich hätte mir eigentlich gleich denken können, daß eine Frau im Spiel ist. Sie sind ein Mann von fünfunddreißig Jahren, und die bringt Sie dazu, sich herauszuputzen wie ein Zirkuspferd, Junge.«
Gerry konnte dem nichts entgegensetzen. »Ja nun, was soll ich dazu sagen?«
»Das ist vielleicht ein Aufzug. Wie sind Sie bloß darangekommen?«

»Ich habe die Sachen ausgeliehen.«
»Hm. Ich möchte mal wissen, was sie jetzt denkt.«
»Nun, ich muß wohl annehmen, daß sie im Augenblick denkt, ich sei ziemlich albern.«
»Da könnte ich ihr nicht mal widersprechen, Kumpel. Wenn sie nun nicht zu Hause gewesen wäre? Das wäre ja die reinste Verschwendung gewesen. Warum haben Sie nicht eingeplant, etwas länger zu bleiben?«
»Das ist eine lange Geschichte«, sagte Gerry.
»Wie ich schon sagte, ich muß nirgends hin.«
»Ich versuche, keinen Druck auf sie auszuüben.«
»Hm.«
»Sie ist sich ihrer Gefühle für mich nicht sicher.«
»Ich verstehe. Und wie hoch schätzen Sie Ihre Chancen ein? Fünfzig Prozent, fünfundzwanzig Prozent?«
»Ich würde sagen, vielleicht fünfundzwanzig Prozent.«
Der Polizist deutete auf den Hut, der neben der Mandoline auf dem Sitz lag.
»Gehört dieser Hut dazu?«
»Ja.«
»Was dagegen, wenn ich ihn mir mal ansehe?«
Gerry reichte ihm den Hut. »Nein. Hier.«
Der Polizist untersuchte ihn gründlich. »Ist das eine Art Samt?«
»Ich glaube ja. Oder vielleicht auch eine Art Manchester.«
»Was schätzen Sie, was das für eine Feder ist?«
»Keine Ahnung, aber ich glaube, es ist so eine Art Straußenfeder.«
Der Polizist war fasziniert. »Eine Straußenfeder. Also, ich bin hartnäckig.« Er reichte ihm den Hut zurück. »Was hat Sie zu dem Entschluß gebracht, sich so … zu kostümieren?«
»Ich weiß nicht genau. Ich dachte, es sei vielleicht romantisch oder so was. Sie wissen ja, Frauen mögen es, wenn man ihnen den Hof macht.«
»Ich kann mir das nicht vorstellen. Meine Frau hat mir erklärt, wann wir heiraten. Daran war nichts Romantisches. Hatten Sie diese Sachen schon im Flugzeug an?«
»Nein, ich habe an einer Tankstelle angehalten und mich umgezogen.« Gerry verlor allmählich die Geduld. »Hören Sie, muß das hier wirklich alles sein? Können Sie mir nicht einfach einen Strafzettel

geben und mich ziehen lassen? Oder stecken Sie mich meinetwegen ins Gefängnis oder was immer Sie tun wollen.«
»Immer mit der Ruhe, Kumpel. Ich will Ihnen doch gar keinen Strafzettel geben.« Er lachte. »Ich kann Ihnen nur eins sagen: Sie hätten keine Chance, wenn ich Sie ins Gefängnis werfen würde, in diesem Aufzug könnten Sie verdammt mehr Romantik erleben, als Ihnen lieb ist. Die fühlen sich ganz schön einsam da, und einige fänden Sie vermutlich verdammt niedlich in diesen engen rosa Hosen. Nein, ich war nur neugierig. Wie lange laufen Sie schon hinter dieser Frau her?«
Gerry war erleichtert, daß er keinen Strafzettel bekam, aber seine Nerven lagen inzwischen bloß. »Ein Jahr oder so. Oder mehr. Stört es Sie, wenn ich rauche?«
»Nein, nur zu.«
Gerry bot dem Officer eine Zigarette an.
»Nein, danke. Ich habe damit aufgehört. So ist das also. Verstehe ich das richtig? Sie sind von New York City nach Kansas geflogen, hierhergefahren, haben unterwegs angehalten und dieses Kostüm angezogen, nur um ein einziges Lied zu singen für eine Frau, die vielleicht Ihre Gefühle erwidert, vielleicht aber auch nicht. Ist das richtig?«
»Mehr oder weniger, ja.«
»Sie sagen, Sie haben das Kostüm ausgeliehen. Wo?«
»In New York, in einem Laden für Theaterkostüme.«
»Sind Sie eine Art Schauspieler?«
»Nein. Ich bin … nein, ich bin kein Schauspieler.«
»Was soll das eigentlich sein?«
»Es ist ein … Troubadourkostüm. Wissen Sie, dazu gehören ein Wams und Pantalons. Das geht weit in die Geschichte zurück.«
Der Polizist fragte: »Bis in die Zeit von Robin Hood?«
»Nein, sogar noch weiter. Fünfzehntes Jahrhundert, glaube ich. Zumindest hat man mir das gesagt.«
Der Polizist betrachtete die Mandoline auf dem Sitz. »Sind Sie Musiker? Können Sie auf dem Ding spielen?«
»Nein, nicht richtig. Ich habe nur das eine Lied eingeübt.«
»Ach ja? Welches?«
»Es ist ein altes englisches Madrigal. Wissen Sie, was ein Madrigal ist?«

»Natürlich weiß ich, was ein Madrigal ist. Wie heißt es?«
»Sie haben wahrscheinlich noch nie davon gehört.«
»Versuchen Sie es doch mal.«
Gerry murmelte: »Thou Art My Fair Lady Love.«
»Sagen Sie das noch mal?«
»Thou Art My Fair Lady Love«, wiederholte er etwas lauter.
»Nein. Das kenne ich nicht. War sie überrascht?«
»Da bin ich mir sicher.«
»Was hat sie gesagt?«
»Sie hat nichts gesagt. Ich habe ihr nur die Rosen gegeben, das Lied gesungen und bin wieder gegangen.«
»Hm. Und jetzt wollen Sie nach Kansas City zurückfahren, in ein Flugzeug steigen und wieder nach Hause fliegen. Alles an einem Tag.«
»Ja.«
»Um wieviel macht diese Reise Sie ärmer?«
»Ich weiß es nicht genau.«
»Sagen Sie mal eine ungefähre Zahl.«
»Nun, ich schätze mit dem Flugticket, dem Leihwagen, den Blumen … Leihgebühr für das Kostüm … und die Mandoline … vielleicht fünf- oder sechshundert Dollar, plus, minus ein bißchen was.«
»Holla. Haben Sie ein Foto?«
»Ein Foto?«
»Ja. Ich wollte ein Bild von dieser Frau sehen.«
»Nein, nicht bei mir. Zu Hause.«
»Ist sie blond, rothaarig oder was?«
»Blond.«
»O ja, natürlich. Die schaffen es immer.«
»Sie ist ein schönes Mädchen, aber das ist nicht alles. Sie ist ausgesprochen intelligent und gebildet. Sie ist keineswegs ein blondes Dummchen, wenn Sie das denken sollten.«
Der Polizist schüttelte den Kopf. »Sie sind tatsächlich verliebt, stimmt's, Kumpel? Sie sehen doch gar nicht so übel aus. Was hat sie gegen Sie einzuwenden?«
»Nun, eine Eigenschaft«, sagte Gerry. »Sie findet, daß ich irgendwie langweilig bin.«
»Langweilig? Sie mögen eine Menge schlechter Eigenschaften haben, Kumpel, aber langweilig gehört bestimmt nicht dazu.«
»Vielen Dank. Ich weiß das zu schätzen.«

»Wenn ich Sie wäre, würde ich mich nach einer anderen umsehen, die sich sicher ist, daß sie mich mag, ich würde mich mit anderen Mädchen verabreden, nichts anbrennen lassen.«
»Ich habe das schon versucht. Es hat nicht funktioniert. Nein, leider ist sie die Richtige. Aber ich weiß nicht, ob ich der Richtige für sie bin, wissen Sie. Deshalb ist warten das einzige, was ich jetzt tun kann.«
»Ja, ich weiß, was Sie meinen.«
Der Polizist legte die Hände an den Gürtel und sah die Straße hinunter. »Also … ich bin froh, daß ich das nicht bin. Was Frauen angeht, bin ich festgelegt. Seit der Zeit, als Edna beschlossen hat, daß ich ihr zukünftiges Opfer bin.«
Gerry fragte hoffnungsvoll: »Kann ich jetzt gehen?«
»Noch eine Minute.« Der Polizist nahm seinen Block heraus und fing an zu schreiben.
»Ich dachte, Sie hätten gesagt, Sie würden mir keinen Strafzettel geben?«
Der Polizist antwortete, ohne aufzusehen: »Das tue ich ja auch nicht. Aber Sie haben mich neugierig gemacht, wie die Geschichte ausgeht.« Er überreichte Gerry eine Karte. »Dies ist meine Privatadresse. Wie wär's, wenn Sie mir ein paar Zeilen schrieben und mich wissen ließen, wie es ausgegangen ist, okay?«
Gerry nahm sie und las:

Polizist Ralph Childress
Route 173
Arden, Missouri

»In Ordnung.«
»Nun fahren Sie, aber achten Sie auf die Geschwindigkeitsbegrenzung, hören Sie?«

* * *

Polizist Childress beobachtete die Abfahrt des Mannes. Er dachte: Natürlich hätte ich ihn zu gern mitgenommen; die Jungs hätten das nicht für möglich gehalten. Er stieg wieder in seinen Streifenwagen und schrieb einen Bericht.

14. Februar, 8.36 Uhr. Weißen Mann angehalten. Liebeskranker Troubadour aus dem fünfzehnten Jahrhundert in engen rosa Hosen, Pantalons und Wams.

Er überlegte, wie man *Pantalons* schreibt, strich es wieder aus und fügte hinzu:

Hut mit Straußenfeder und Schuhe mit winzigen Schellen und nach oben gebogenen Spitzen.

Erste Übertretung. Mit Verwarnung entlassen.

Die Rettung

Elmwood Springs, Missouri
19. Februar 1976

Es war früh am Donnerstagmorgen, und Dena war nun fast eine Woche in Elmwood Springs. Heute hatte Norma ihr zum ersten Mal erlaubt, unten zu frühstücken. Als sie Dena sah, sagte sie: »Guten Morgen ... du siehst hundertprozentig besser aus. Komm und setz dich. Ich werde dir ein bißchen Kaffee geben, aber du mußt mir versprechen, ganz viel Sahne zu nehmen.«

»Versprochen.«

Norma war glücklich. »Ich bin so froh, daß du endlich wieder Farbe im Gesicht hast. Ich werde nie vergessen, wie du aussahst, als ich in dieses Krankenhauszimmer kam. Ich dachte einen Augenblick lang, du seist vielleicht schon tot.«

»Ich weiß.« Dena lachte. »Ich erinnere mich.«

»Das war der einzige Grund, warum ich so geschrien habe. Ich wollte dich wirklich nicht aufwecken. Ich sagte zu Dr. DeBakey, sie ist zwar immer hellhäutig gewesen, das hat sie von ihrem Vater – dein Vater war ein sehr heller Typ –, aber sie ist ja so weiß wie ein Bettlaken, also erzählen Sie mir nicht, daß sie in guter Verfassung ist. Was möchtest du, Pfannkuchen, Waffeln oder französischen Toast? Oder ich mache alles drei, wenn du willst, du mußt es nur sagen. Ich backe für Macky Pfannkuchen, aber du kannst haben, was dein Herz begehrt. Das ist ja schließlich dein Wieder-Aufsteh-Frühstück.«

»Ich nehme auch Pfannkuchen.«

»Bestimmt?«

»Ja, das wäre prima. Wo ist Macky?«

»Er ist draußen im Garten und angelt mit künstlichen Fliegen.«

»Habt ihr einen See oder Teich oder so was in der Art?«

»Nein, er übt nur da draußen, und ich warne dich, sobald du nur den Eindruck machst, daß du dich besser fühlst, wird er anfangen, dich zu drängen, mit ihm angeln zu gehen. Dann möchte er dir seine sogenannten Tricks zeigen. Aber du mußt nicht mitgehen, vergiß das nicht. Wenn dir nicht danach ist, sag es einfach. Als erstes hat er heute morgen gesagt: ›Glaubst du nicht, daß ein bißchen Angeln Baby Girl helfen würde, sich besser zu fühlen?‹ Und ich habe geantwortet: ›Macky, nun fang nicht an, sie zu drängen, daß sie mit an den Fluß runtergeht, um den ganzen Tag im Wasser zu stehen.‹ Und ich habe gesagt: ›Du brauchst doch nur einen Vorwand, um ihr deine Angelköder zeigen zu können.‹ Wenn er dich also fragt, ob du seine Sammlung sehen willst, lehn dankend ab, wenn du dich nicht fünf Stunden zu Tode langweilen willst. Hm … oh, da ist er ja.«

Macky kam durch die hintere Tür herein, erfreut, sie zu sehen. »Ach, sieh mal an, wer da ist.«

»Ich habe in meinem ganzen Leben noch nie soviel geschlafen.«

»Aber du hast es gebraucht, Baby Girl«, sagte Macky. »Du warst einfach völlig erschöpft. Vielleicht können wir am Samstag, wenn du Lust hast, einen Spaziergang zum Fluß machen.«

»Macky, läßt du sie bitte in Ruhe ihre Pfannkuchen essen. Sie will nicht gehen. Nicht wahr?«

Dena war überrumpelt. »Oh, ich hätte nichts dagegen. Es ist nur so, daß ich überhaupt nichts vom Angeln verstehe.«

Mackys Gesicht hellte sich auf. »Das macht nichts. Ich kann dir ein paar Tips geben. Wenn du Lust hast, komm ins Geschäft, und wir suchen ein paar Sachen aus.«

»Macky … sie will keineswegs fünf Stunden damit zubringen, deine Köder zu betrachten. Stimmt doch, nicht?«

Beide sahen Dena an.

»Also …«

»Natürlich will sie nicht, Macky.«

Macky sagte: »Norma, laß sie doch einfach selbst antworten.«

Dena sagte: »Nein, ich habe nichts dagegen. Das klingt interessant.«

»Komm heute nachmittag vorbei, wenn du Lust hast.«

»Heute nachmittag kann sie nicht kommen.«

»Warum nicht?«

»Weil ich Tante Elner versprochen habe, sie auf einen Besuch mitzubringen.«

Norma sah Dena an. »Du hast doch nichts dagegen, Baby Girl?«

* * *

An diesem Nachmittag fand sich Dena auf Tante Elners Veranda wieder. Tante Elner reichte Norma und Dena jeweils ein Glas Eistee, Norma betrachtete den Tee mit dem ungewöhnlichen Farbton: oben braun und dunkel und unten heller. »Was ist das für ein Tee?«

»Es ist Instant-Tee, aber ich hatte sonst keinen. Ich habe meinen letzten Teebeutel heute morgen verbraucht. Es tut mir leid, daß ich mich nicht darum schere, wenn immer gesagt wird, daß Instantgetränke nie so gut sind wie die echten.«

»Mach dir darüber keine Gedanken, Tante Elner«, sagte Norma. »Er ist schon gut, wirklich.«

»Es läßt sich kaum sagen, wonach er schmeckt. Ich habe das Glas schon zwei Jahre, vielleicht auch fünf, aber vergiften werden wir uns nicht damit.« Sie lachte. »Und wenn, dann gehen wir wenigstens alle drei zusammen. Wie fühlst du dich, Liebling? Hattest du Gelegenheit, dich auszuruhen?«

»O ja.«

Norma nahm einen Schluck Tee und versuchte, nicht das Gesicht zu verziehen. Sie fing Denas Blick auf, als Tante Elner nicht hinsah, und gab ihr mit der Hand ein Zeichen, ihren Tee nicht zu trinken.

»Dich stört doch wohl keiner, solange du hier bist?«

Dena stellte ihr Glas ab. »Nein, wirklich nicht.«

»Und sie sollten es auch lieber bleiben lassen, kann ich nur sagen, sonst bekommen sie es mit Mr. Macky Warren zu tun. Aber ich sage dir, Tante Elner, so aufdringlich wie sich manche verhalten, das hast du in deinem ganzen Leben noch nicht erlebt. Jetzt weiß ich, warum die armen Filmstars hinter verschlossenen Toren leben. Wenn sonst am Tag vielleicht mal einer bei mir anruft, sind es jetzt hundert: Dena soll dieses und jenes tun ... in irgendeinem Club einen Vortrag halten, oder man will sie für die Zeitung interviewen oder ein Foto von ihr machen. Wenn du dich jeden Tag mit so was herumschlagen mußt, weiß ich nicht, wie du das aushältst. Kein Wunder, daß du müde bist; wenn die Leute so an mir zerrten, kriegte ich Schreikrämpfe. Sogar Mary Grace hat aus St. Louis angerufen, sie möchte, daß Dena bei der Telefongesellschaft spricht.«

»Du erinnerst dich doch an Mary Grace, Baby Girl?« fragte Tante Elner.

»Nein, ich glaube nicht, daß ich sie je gesehen habe.«

Tante Elner schien überrascht. »Das müßtest du aber eigentlich, sie ist deine Cousine.«

»Nein, meine Liebe«, sagte Norma. »Baby Girl ist nicht mit Mary Grace verwandt. Mary Grace gehört zu Onkel Wills Seite.«
»Oh, das stimmt. Dann gab es vermutlich keinen Grund, sie kennenzulernen.«
Dena nahm die Gelegenheit wahr, eine Frage zu stellen. »Hm … bist du auch meine Tante? Wie sind wir verwandt? Bei mir geht das alles ein bißchen durcheinander.«
Norma antwortete: »Deine Großmutter, Gerta Nordstrom, war Tante Elners Schwester, also ist sie deine Großtante. Ihre andere Schwester, Zela, war meine Mutter, also ist sie meine Tante … deshalb sind wir beide, du und ich, Cousinen zweiten Grades von deines Vaters Seite her.«
»Was ist denn Macky dann für mich?« wollte Tante Elner wissen. »Mein Neffe?«
»Nein, meine Liebe, er ist mit dir überhaupt nicht blutsverwandt. Er ist dein … ich vermute, er ist dein angeheirateter Neffe. Paß mal auf, Baby Girl, das wird die Sache leichter machen: Dein Vater, Gene, war mein Cousin ersten Grades, deshalb mußt du meine Cousine zweiten Grades sein, und Macky ist dein angeheirateter Cousin zweiten Grades. Das ist doch richtig so, oder? Oder vielleicht bist du dann meine Cousine dritten Grades? Stimmt das, Tante Elner?«
»O Gott, Liebling, ich weiß das gar nicht mehr so genau.«
»Also, Genes Mutter war meine Tante Gerta, deshalb … Warte mal, Tante Elner, du mußt meine Großtante sein.«
Tante Elner fragte: »Und was ist dann Mary Grace?«
»Sie ist deine Nichte von der Seite deines Mannes.«
»Oh, das ist richtig. Wenn ich an die kleine Mary Grace denke, sehe ich immer wieder unser Essen in St. Louis vor mir. Wie alt dürfte die Kleine jetzt sein, Norma?«
»Ungefähr siebenundsechzig.«
An dieser Stelle überlegte Dena, wie rasch sie hier weg und wieder nach New York kommen könnte.
»Das Essen damals war schon toll, was Norma?«
»O ja. Ein feines italienisches Restaurant. Gitto's.«
»Das werde ich nie vergessen. Erzähl mal Baby Girl, was wir alles gegessen haben.«
»Ich hatte die Rinderlendchen mit Zwiebeln … Kartoffelpüree, Spi-

nat, Kürbis mit Sahne als Beilagen. Mary Grace nahm Fisch mit Nüssen bestreut ... Mandelforelle.«

»Richtig«, stimmte Tante Elner ihr zu. »Sie hatte einen Fisch, an dem noch der Kopf dran war. Und der sah genau in meine Richtung. Ich habe sie veranlaßt, daß sie ihn andersherum drehte. Bei diesen Preisen hätten sie den Kopf ruhig abnehmen können, aber so machen die Europäer das eben.«

»Ja, und du hast Leber mit Zwiebeln bestellt.« Norma sah Dena an, die noch immer bestürzt war. »Da hatte sie nun mal die Gelegenheit, alles Mögliche zu essen, und sie bestellt sich ausgerechnet Leber mit Zwiebeln.«

»Ich mag eben Leber mit Zwiebeln. Wie lange bleibst du noch hier, Baby Girl?«

»Ich weiß es noch nicht.«

»Ich sage euch was. Norma, du und Macky, ihr solltet mit ihr, solange sie noch hier ist, nach St. Louis fahren und sie zu Gitto's zum Abendessen ausführen. Ich hätte nichts dagegen, noch mal dahin zu gehen, und du?«

»Meine Liebe, Baby Girl lebt in New York City, und sie ist bestimmt schon in so vielen feinen Restaurants gewesen, daß sie es nicht nötig hat, die ganze Strecke nach St. Louis zu zockeln, nur um gut zu essen.«

»Verbena hat erzählt, daß sie und Merle in dem neuen Pfannkuchen-Restaurant am Highway gegessen hätten, und sie hat gesagt, es sei gut gewesen; vielleicht könnten wir auch dahin gehen.«

»Das liegt ganz bei Baby Girl; wo immer sie hingehen möchte, finden wir es auch angenehm.«

»Also, wenn du gern Pfannkuchen ißt, Verbena sagt, das Restaurant ist ganz große Klasse.«

Als sie wieder zu Norma zurückgekehrt waren, sagte Dena beiläufig: »Weißt du, ich glaube, ich würde mir wirklich gern mal diese Angelsachen anschauen. Ist das Eisenwarengeschäft schwer zu finden?«

Norma lachte. »Nein, das Stadtzentrum besteht nur aus einer Straße, das kannst du gar nicht verfehlen. Das Geschäft ist gleich neben dem Blumenladen. Soll ich dich hinfahren?«

»Nein, ich gehe zu Fuß, danke.«

Doch der eigentliche Grund, warum Dena in die Stadt gehen wollte, waren nicht die Angelsachen. Sie strebte ein Telefon an. Sobald sie um die Ecke gebogen war, ging sie ins Kaufhaus Rexall und rief ihren Agenten in New York an.

»Mr. Cooper, da ist ein R-Gespräch von Dena Nordstrom; nehmen Sie es an?«

»Ja natürlich, stellen Sie durch. Hallo! Wie fühlst du dich? Kommst du ein bißchen zur Ruhe?«

»Hol mich hier raus.«

»Was?«

»Ich möchte, daß du mich so bald wie möglich hier rausholst.«

»Du brauchst doch erst in zwei Wochen wieder in der Arbeit zu erscheinen.«

»Das ist mir egal, hol mich hier raus, sofort.«

Als sie aufgelegt hatte und aus der Kabine trat, warteten schon mehrere Menschen auf sie, um sie zu begrüßen und ihr zu sagen, wie sie sich freuten, sie wieder zu Hause zu sehen. Einen Augenblick lang kam ihr eine Stelle, an der sie vorbeiging, irgendwie vertraut vor. Zumindest roch es da vertraut. Es war die Bäckerei, die angeblich früher ihren Großeltern gehört hatte und die immer noch »Nordstroms schwedische Bäckerei« hieß, obwohl sie neue Besitzer hatte. Sie wölbte die Hände über den Augen und spähte hinein, aber es wirkte nicht vertraut auf sie. Es war ein komisches Gefühl, die Straße entlang zu gehen, dauernd kamen Leute aus den Geschäften und grüßten sie, als ob sie alte Freunde wären. Menschen, die sie nie zuvor in ihrem Leben gesehen hatte. Jeder wußte, wer sie war, aber wenn sie mit ihr sprachen, dann sahen die Älteren in ihr Genes Tochter und die Jüngeren Normas Cousine oder Tante Elners Nichte. Es war das erste Mal in ihrem Leben, daß sie als jemand anderes angesprochen wurde als Dena Nordstrom.

Die Leute hielten sie immer wieder auf und erzählten ihr, wie sie mit ihrem Vater aufgewachsen waren, oder daß er früher ihr Zeitungsjunge war und was für ein feiner Kerl er gewesen sei. Offenbar kannten alle eine Geschichte von ihrem Vater oder ihren Großeltern, die sie ihr mitteilen wollten. Als sie schließlich bei der Eisenwarenhandlung ankam, schien es ihr, als wären inzwischen Stunden vergangen.

Bald hatte Macky ihr alle Fischköder gezeigt, ihr jeden einzelnen mit Namen genannt und erklärt welcher Fisch in der Regel damit gefangen wurde. Sie fragte: »Macky, hast du meinen Vater gekannt?«

Er nickte. »Sehr gut. Und auch deine Großeltern. Feine Menschen.«
Heute war sie wirklich angenehm überrascht. Elmwood Springs war wirklich ein reizendes Städtchen, und all die Menschen, die auf sie zugekommen waren, schienen sehr freundlich zu sein. Sie fragte sich plötzlich, was ihre Mutter veranlaßt hatte wegzuziehen. Was war passiert?
Alle hatten ihr zwar von ihrem Vater oder ihren Großeltern erzählt oder wie sie in die Bäckerei kamen und sie immer oben auf der Theke sitzen sahen, als sie klein war, aber niemand erwähnte ihre Mutter. Es schien fast so, als ob sie nie hier gewesen sei.

* * *

Nach dem Abendessen holte Norma Jahrbücher ihres Vaters von der Highschool und ein Album mit seinen Fotos heraus, aber auch da gab es kein Bild von ihrer Mutter.
Am nächsten Morgen beim Frühstück fragte Dena: »Norma, was weißt du von meiner Mutter?«
Norma war einen Augenblick völlig überrumpelt. Dena hatte das Thema nie vorher angeschnitten. »Nun, Baby Girl, nicht viel. Was möchtest du denn wissen?«
»Oh, wie sie war, als sie hier lebte, und all diese Dinge.«
Norma stellte einen Teller in die Geschirrspülmaschine, schloß sie und setzte sich Dena gegenüber. »Also, ich kann dir nur das erzählen, was ich weiß. Ich war in der Highschool, vermute ich … oder vielleicht hatte ich auch schon Abitur. Aber sicher erinnere ich mich an sie. Aber weißt du, sie war ja nicht lange hier, und sie blieb meistens für sich. Ich weiß jedoch noch gut, wie wir zu Tante Gerta gingen, um dich zu besuchen, sie war immer sehr stolz auf dich und kaufte dir alle möglichen Spielsachen.«
»Mochtest du sie?«
»O ja, sehr. Aber vergiß nicht, ich war noch sehr jung und habe sie nicht so gut gekannt.«
»Wie ist es mit Tante Elner?«
»Ja, Tante Elner könnte dir wahrscheinlich mehr erzählen als ich. Wir könnten sie fragen, wenn du möchtest.«
»Ja, ich glaube, das möchte ich.«
Gleich nach dem Frühstück saßen sie wieder auf Tante Elners Veranda.

»Tante Elner, ich wüßte gern, ob du dich noch an meine Mutter erinnern kannst.«
Norma sagte: »Ich habe Baby Girl alles erzählt, was ich noch weiß.«
»Also, Liebling, da will ich mal mein Gedächtnis auf die Probe stellen ... Gott, wie weit das zurückliegt. Aber natürlich erinnere ich mich. Ich habe noch den ersten Tag vor Augen, als sie hierherkam. Du warst ein winziges Baby; wir gingen alle zum Bahnhof hinunter, um Genes Frau zu treffen. Er hatte geschrieben, wie hübsch sie sei, aber wir hatten keine Ahnung, daß sie so schön war. Wir standen alle da, und auf einmal steigt dieses bezaubernde Geschöpf aus dem Zug. Wir trauten unseren Augen kaum. Sie sah aus, als wäre sie einem Modejournal entstiegen. Sie hatte so ein blaugrünes Wollkleid an, ihr Haar verlief in einer eleganten Linie, und sie trug so ein flottes Pfannkuchen-Hütchen schräg über einem Auge. Oh, sie sah aus, wie ich mir ein Fotomodell vorstellen würde. Ich will es mal so ausdrücken: Wir hatten in Elmwood Springs so etwas wie sie noch nie gesehen. Schönes rotes Haar, diese milchweiße Haut und die grünen Augen – du hast die Augen von Gene, aber die Figur von deiner Mutter. Sie war groß, und ich erinnere mich noch an ihre Haltung, sie hielt sich aufrecht wie eine Königin.« Tante Elner lachte leise. »Um ehrlich zu sein, ich war sehr verlegen, da standen wir nun, ihre neue Familie, und ich so dick und fett, mit einem selbstgemachten Hauskleid und meinen alten schwarzen Schnürschuhen, ich hätte mich am liebsten versteckt. Aber sie erkannte uns, und wir waren alle begierig, einen Blick auf dich zu erhaschen; du warst Genes Baby, das hat gewissermaßen das Eis gebrochen. Und als wir dich sahen, freuten wir uns alle wie die Schneekönige. Du konntest nicht verleugnen, daß du Genes Baby warst, bestimmt nicht, mit diesem flachsblonden Haar und den großen blauen Augen. Sie hatte dir die niedlichsten Babysachen angezogen, ein rosa Kleidchen mit Spitze, und um den Kopf hatte sie dir eine rosa Schleife gebunden. Du sahst aus wie eine von den Babypuppen, die Norma zu Weihnachten bekommen hatte, nicht wahr, Norma?«
»Ja, du warst sehr süß.«
Dena fragte: »Wie wirkte sie?«
»Wenn man überhaupt etwas sagen kann, dann war sie vor allem schüchtern, sie wollte sich von keinem fotografieren lassen. Ich sagte, so hübsch wie du bist, solltest du ein Bild von dir machen lassen – aber sie wollte nicht.«

»War sie unfreundlich?«
»O nein, sie war sehr lieb und sprach immer sehr freundlich ... aber sie war irgendwie reserviert, würdest du das nicht auch sagen, Norma?«
»Ja, ich finde, so könnte man sagen. Nicht, daß sie nicht ausgesprochen freundlich gewesen wäre, wohlgemerkt.«
Tante Elner stimmte zu. »Nein, sie war ausgesprochen liebenswürdig und angenehm, und man kann ohne weiteres sagen, daß sie keins von diesen koketten jungen Dingern war, die manche Jungen mit nach Hause brachten. Deine Mutter war nicht nur hübsch, sie war auch kultiviert, redegewandt und hatte eine wunderschöne Handschrift. Gebildet und aus guter Familie, aber sie sprach nie von ihr, und wir fragten auch nicht danach. Wir mochten keinen wunden Punkt berühren, wir dachten, wenn sie darüber reden wollte, würde sie es schon tun, und nachdem sie ihre ganze Familie durch einen Brand verloren hatte, dann noch der Verlust von Gene ... ich weiß nicht, wie sie das verkraftet hat. Du, Norma?«
»Nein, ich habe immer gedacht, daß sie darüber sprechen würde, aber sie hat es während der ganzen Zeit, in der sie hier war, nicht getan.«
»Es muß schrecklich für sie gewesen sein, so ein junges Mädchen ganz allein auf der Welt, ihre ganze Familie tot. Ich weiß nicht, wie sie es durchgestanden hat, aber man konnte erkennen, daß es sie beeinflußt hatte, sie wirkte immer ein wenig traurig. Auch wenn sie nicht darüber sprach, merkte man, daß sie es nie verwunden hat.«
»Ich habe in Reader's Digest gelesen, daß ein Mensch, der eine Tragödie überlebt hat, alle möglichen Schuldgefühle durchmacht, weil er derjenige ist, der noch lebt«, sagte Norma. »Sie hätte Hilfe in Anspruch nehmen sollen. Aber damals gab es das noch nicht wie heute. Sie schien allerdings sehr nervös zu sein, nicht wahr, Tante Elner?«
»Nun, ich würde nicht soweit gehen, es nervös zu nennen, aber sie wirkte immer etwas ängstlich, sah ständig über die Schulter, als wenn sie irgendwas beunruhigte – und sie davon abhielt, richtig frei zu sein und Spaß zu haben. Du warst ihre einzige Freude, du warst das einzige Wesen, bei dem ich ihre Augen habe aufleuchten sehen. Sie hat ja ihre Gefühle nie richtig gezeigt. Sie hat nicht geweint, oder wenigstens hat keiner von uns es je gesehen. Sie nahm einen Job an,

ging jeden Tag zur Arbeit und kam abends nach Hause und spielte mit dir. Ansonsten ging sie nie aus, traf sich mit niemandem. Und dann, eines Tages, als du ungefähr vier warst, stand sie einfach auf und ging weg. Packte eure Sachen, nahm dich aus dem Kindergarten und ging weg. Sie sagte, sie suchte einen besseren Job, und den könnte sie in Elmwood Springs nicht bekommen, so verschwand sie einfach und kam nie wieder. Es brach deinen armen Großeltern das Herz.«

»Hast du je einen Menschen getroffen, den sie von früher kannte?« fragte Dena. »Hat sie überhaupt mal jemand besucht?«

Tante Elner überlegte. »Nein ... niemand. Es besuchte sie nie jemand, keiner außer diesem Italiener damals.«

Norma sah Tante Elner an. »Italiener? Von einem Italiener hast du mir nie etwas erzählt.«

»Dann habe ich es wohl vergessen. Ich glaube, er war Italiener oder Grieche oder so was, irgendein Ausländer. Ich sah ihn nur durch die Gittertür, aber er hatte so geschniegelte Haare. Er stieg die Verandatreppe hinauf, klopfte an die Tür und fragte, ob deine Mutter da wohnte, und Gerta ging sie holen, und ich kann wohl sagen, sie mochte ihn nicht besonders, wer auch immer es war, sie hat ihn nicht mal hereingebeten. Deine Mutter hatte tadellose Manieren, und das paßte gar nicht zu ihr, aber sobald sie ihn sah, führte sie ihn auf die kleine Straße, vom Haus weg. Ich saß gerade im Wohnzimmer und konnte nicht umhin, es zu beobachten. Ich konnte direkt durch die Gittertür sehen. Wer es auch war, deine Mutter freute sich nicht, daß er aufgetaucht war, das kann ich euch sagen. Es sah so aus, als wäre sie wütend auf ihn. Und was sie ihm sagte, muß ihn verscheucht haben, denn nach ungefähr zehn Minuten war er fort. Als sie ins Haus zurückkam, konnte man sehen, daß sie noch aufgeregt war, sie hatte ein ganz rotes Gesicht.«

Norma war verblüfft. »Und sie hat nie gesagt, wer das war?«

»Nein.«

»Und du hast auch nicht gefragt?«

»Nein, Norma, ich mische mich nicht in anderer Leute Angelegenheiten. Einfach alles kommen und gehen lassen, sage ich immer. Sie hat es nicht von sich aus gesagt, und wir haben nicht gefragt.«

»Bist du dir sicher, daß sie nichts gesagt hat? Ich kann mir nicht vorstellen, daß sie gar nichts erwähnt hat.«

»Norma, das war vor dreißig Jahren.«
»Gut, dann versuch dich eben zurückzuerinnern.«
»Vielleicht hat sie etwas gesagt … ich will mal in meinem Gedächtnis kramen. Ich meine, sie hätte gesagt: ›Es tut mir leid‹ … Ja, das stimmt, das hat sie. Wie ich schon sagte, deine Mutter hatte ausgezeichnete Umgangsformen. Ich denke, es war vielleicht ein alter Freund, der herausbekommen hatte, daß ihr Mann gefallen war, und der nun auftauchte, um sie zu überreden, mit ihm auszugehen.«
»Ist er jemals wiedergekommen?« fragte Dena.
»Nein, meines Wissens nicht. Aber deine Mutter hat die Stadt kurz darauf verlassen, so daß ich keine Ahnung habe, ob er sie je wieder behelligt hat oder nicht. Aber weißt du, man kann es dem armen Kerl nicht übelnehmen, sie war ein hübsches Ding.«
Norma fragte. »Konntest du gar nichts hören? Hast du mitbekommen, worüber sie gestritten haben?«
»O ja, ich konnte sie hören, aber ich konnte nicht verstehen, was sie sagten. Sie redeten in einer fremden Sprache.«
»Beide?«
»Aber natürlich, Schatz, es kann sich doch die eine Person nicht in der einen Sprache und die andere in einer ganz anderen unterhalten.«
»Welche Sprache haben sie denn gesprochen?«
Tante Elner sagte: »Ja, das war das Seltsame dabei. Wie gesagt, er sah aus wie ein Italiener. Aber sie sprachen Deutsch.«
Norma war nicht überzeugt. »Tante Elner, jetzt denk mal richtig nach: Bist du sicher, daß es Deutsch war? Glaubst du nicht, es könnte auch Italienisch oder vielleicht Spanisch gewesen sein?«
Tante Elner sagte: »Nein. Vergiß nicht, daß der Vater von deinem Onkel Will ein Shimfessle war. Er sprach nur Deutsch, darum erkenne ich Deutsch, wenn ich es höre. Es war Deutsch, genau, da bin ich mir ganz sicher.«
»Baby Girl wußte sicher, daß ihre Mutter Deutsch sprach, nicht wahr, Liebling?«
Dena sagte: »O ja … ich wußte es.« Plötzlich bekam sie es mit der Angst zu tun, und sie konnte sich nicht erklären, warum sie log. Sie hatte keine Ahnung, daß ihre Mutter Deutsch gesprochen hatte. Schnell wechselte sie das Thema und brachte nicht wieder die Rede darauf.

Am nächsten Morgen kam ein Telegramm für sie:

Ich muß Ihnen leider mitteilen, daß Ihr geliebter Agent, die Showbusiness-Ikone Sandy Cooper, gestern abend plötzlich und unerwartet verschieden ist. Bitte sofort nach New York zurückkehren.

Julian Amsley, Intendant

Als sie am späteren Abend desselben Tages in La Guardia aus dem Flugzeug stieg, sagte Sandy: »Nun, wie sehe ich aus als toter Mann?« Dena sagte: »Wunderschön!« und küßte ihn vor lauter Begeisterung, wieder zurück zu sein.

* * *

Eines der ersten Dinge, die sie tat, nachdem sie sich wieder in ihrer Wohnung eingelebt hatte, war, daß sie sich hinsetzte und einen Brief schrieb:

Lieber Gerry,

herzlichen Dank für Ihre Blumen. Ich bin mir bewußt, daß Sie viel Mühe auf sich genommen haben, um sie mir zu überreichen, und ich weiß das wirklich zu schätzen. Dennoch fände ich es unfair von mir, wenn ich Sie weiterhin davon abhielte, sich eine glückliche Beziehung zu einer Frau zu suchen, mit der zusammenzusein, Sie wirklich verdienen. Sie sind ein viel zu netter Mensch, als daß ich Ihnen etwas vormachen könnte.

Ich hoffe, wir können in Zukunft Freunde sein, und ich wünsche Ihnen das Beste für alles, was Sie tun.

Freundliche Grüße
Dena Nordstrom

Gerüchte

New York City
Mai 1976

Im Laufe der Monate kam Dena an immer bessere Interviews heran. Ihr Agent, Sandy, hörte sogar schon einige beachtenswerte Gerüchte. Es waren Überlegungen im Gange, ob man sie auf die Stelle einer Co-Moderatorin in den Sechs-Uhr-Nachrichten befördern sollte. Aber in der Zwischenzeit sonnte sich Ira in ihrem Erfolg. Die Einschaltquoten kletterten immer noch weiter in die Höhe, und in der Chefetage war man auch zufrieden. Die Produktionskosten waren niedrig im Vergleich zu den finanziellen Aufwendungen für ein einstündiges Fernsehspiel. Die Nachrichten erwiesen sich plötzlich als das große Geschäft.

Die Konkurrenz wurde auch angeheizt, und Denas Interviews nahmen gezwungenermaßen immer rauhere Formen an. Ihr war nicht wohl dabei, besonders wenn sie daran dachte, daß Howard Kingsley sie vielleicht beobachtete.

Pete Koski war hauptsächlich deswegen zum Gouverneur seines Staates gewählt worden, weil er ein Football-Star gewesen war, aber nach zwölf Jahren Politik hatte sich herausgestellt, daß er sich zu einem geachteten Mitglied seiner Partei gemausert hatte, und nun war oft die Rede davon, daß er sich in dem bevorstehenden Wahlkampf um das Amt des Präsidenten bemühen sollte. Ira instruierte sie für das Interview. Als sie sich setzte und den Ausdruck auf Iras Gesicht sah, wußte sie, daß etwas im Anzug war, und sie bereitete sich innerlich auf das Schlimmste vor.

»Ihr Mr. Macho, Anwärter auf einen Platz in der Ruhmeshalle und Supergouverneur, hat einen Sohn, der ist so falsch wie ein Dreidollarschein. Er flog mit einem Tritt in seinen Schwulenarsch aus der Armee, weil er mit einem anderen Schwulen Vater und Mutter gespielt hat, aber Koski hat das geregelt, so daß es nicht in seiner Akte auftauchte. Wie wär's, wenn Sie das als hübschen kleinen Knaller einwerfen würden?«

»O Gott, Ira, warum lassen Sie mich nicht einfach mal ein Interview

führen, ohne daß Sie versuchen, es in einen Überfall umzufunktionieren?«
»Es ist aber die Wahrheit!« verteidigte sich Ira. »Capello hat den verdammten Bericht aus den Militärakten, und er hat die Aussage von einem seiner Freunde.«
Dena starrte ihn an.
»Ira, ich habe Ihnen schon früher gesagt, daß ich nicht mit Capello zusammenarbeite. Sie haben gelogen. Sie haben ihn doch nicht entlassen, stimmt's?«
»Denken Sie vielleicht, ich würde mir die Zusammenarbeit mit dem besten Mann in der Branche entgehen lassen, nur weil Sie ihn nicht leiden können? Halten Sie mich für blöd? Ich habe ihn Ihnen vom Hals geschafft, was wollen Sie eigentlich noch von mir? Jetzt bitte ich Sie nicht, ich gebe Ihnen Anweisungen – Sie arbeiten für mich, nicht für Howard Kingsley, für mich! Sie stellen gefälligst die Fragen, die ich Ihnen vorgebe.«
»Was hat Howard Kingsley damit zu tun?«
»Spielen Sie nicht das Unschuldslamm. Das weiß doch jeder, daß zwischen Ihnen beiden was läuft. Glauben Sie, Sie könnten mir was vormachen?«
»Ira, ich hoffe, das ist nicht Ihr Ernst. Sie wissen, daß das nicht wahr ist.«
»He, was Sie tun, ist Ihre Sache. Aber versuchen Sie nicht, mir einen Bären aufzubinden.«
»Ira, Sie sind widerwärtig, wissen Sie das, ein widerwärtiges Schwein.«
»O ja, ich bin schrecklich. Inzwischen hat man Ihren frommen Gouverneur dabei erwischt, wie er seine Macht mißbraucht hat. Er hat der Armee der Vereinigten Staaten Bestechungsgeld gezahlt, um Himmels willen. Das ist ein Verbrechen, Kindchen, also seien Sie nicht streng mit mir. Setzen Sie sich!«
Dena stellte zum ersten Mal fest, wie völlig skrupellos Ira Wallace sein konnte. »Sie kann man wohl nie beleidigen? Es ist Ihnen wirklich egal, was andere von Ihnen denken, sogar ich.«
»Ich sehe die Leute so, wie sie sind; Sie sehen sie, wie Sie möchten, daß sie sind, aber so sind sie nicht. Und ich warne Sie: Wenn Sie in diesem Geschäft oben bleiben wollen, dann überwinden Sie lieber schnell diese Doris-Day-Phase, in der Sie sich befinden, sonst wer-

den die neuen Chefs Ihnen einen Tritt geben. Hier, lesen Sie mal.« Er schob ihr die Kopie einer ärztlichen Bescheinigung und die persönlichen Notizen eines Militärpsychiaters zu.
»Sehen Sie ... er gibt es zu. Was wollen Sie noch mehr?«
Dena sah ihn ungläubig an. »Ira, wir dürfen das nicht verwenden. Das ist illegal.«
»Oh, das weiß ich, um Himmels willen. Ich wollte nur, daß Sie das sehen. Sie schreien doch immer nach Beweisen. Also da ist er – Ihr gottverdammter Beweis.«
»Wie ist Capello da rangekommen?«
»Ich frage nicht. Es interessiert mich nicht. Hauptsache, er hat es. Stellen Sie einfach diese Frage.«
»Ira, dieser Kerl gehört eigentlich ins Gefängnis – und da werden Sie auch landen, wenn Sie nicht aufpassen. Und ich muß dann gleich mit Ihnen gehen. Ich mache das nicht.«
»Ist das Ihr letztes Wort?«
»Ja«, sagte Dena, und sie meinte es auch so. Sie hatte schon einmal die politische Karriere eines Mannes zerstört, das wollte sie nicht ein zweites Mal tun.
Wallace lehnte sich zurück und schüttelte traurig den Kopf. »Ich verstehe Sie nicht. Da nehme ich Sie in den Schoß meiner Familie auf, fördere Ihre Karriere, und Sie kennen keine Loyalität, nicht die geringste.« Er griff in seine oberste Schublade, holte einen Zigarrenabschneider heraus und knipste das Ende einer neuen Zigarre ab. »Wissen Sie, Kindchen, Sie fangen an, mich zu ärgern. Und das mag ich nicht. Denn wenn ich mich ärgere, sehe ich mich um.«
»Was soll das heißen?«
»Das können Sie sich ja denken.«
»Ich verstehe. Das ist eine Drohung. Wenn ich in der Sendung nicht Ihre schmutzige Arbeit mache, dann werden Sie sich eben jemanden suchen, der dazu bereit ist, ist es das?«
»Nein, keine Drohung. Sie wollen die Geschichte nicht übernehmen, was soll ich also tun, Sie dazu zwingen? Ich werde sie Larry geben, der ist nicht so heikel.«
Als Dena schon im Gehen war, sagte Wallace: »Ach übrigens, ich höre, daß Ihr Freund Kingsley in den Ruhestand geht.«
»Was?«
»Er hört auf, ganz richtig. Er wird gefeuert.«

»Wie …?«
»Wie heißt noch mal der Spruch? Alte Nachrichtenleute sterben nie, aber ihre Quoten schwinden einfach dahin.«
»Ira, reden Sie nicht so dummes Zeug, nicht mal im Scherz. Sie wissen, daß das eine Lüge ist.«
»Ich möchte Ihnen ja nicht das Herz schwer machen, aber Ihr Freund wird demnächst entlassen. Ich habe es aus zuverlässiger Quelle. Ich mache es mir zur Aufgabe, alles zu erfahren, was in diesem Laden vor sich geht.«
»Wer hat Ihnen das erzählt?«
»Ist doch egal, wer. Sie stellen ihm ein Ultimatum. Entweder er geht oder ihm wird offiziell gekündigt.«
»Das glaube ich nicht.«
»Glauben Sie es mir ruhig. Wissen Sie, was dieser selbstgerechte Kerl gemacht hat? Er hat Geschichten abgelehnt, ganze Teile ausgelassen. Dieser alte senile Alligator wollte die Nachrichten kontrollieren.« Er lachte mitleidslos. »Oh, man wird ihn vermissen. Ungefähr eine Woche oder vielleicht sogar zwei. Der Mann ist ein Witz, und alle hier wissen das. Irgendwann geht ihm sein pharisäischer, scheinheiliger Arsch auf Grundeis.«
Dena kehrte in ihr Büro zurück. Ihr war ganz übel von dem, was Wallace über Howard gesagt hatte, besonders über ihre Beziehung. Wollte er sie nur schockieren und aus dem Gleichgewicht bringen, oder dachten alle anderen das auch? Sie grübelte darüber nach, dann rief sie Arnie, einen Redakteur des Senders an, den sie gern mochte, und bat ihn, nach Dienstschluß mit ihr etwas trinken zu gehen.
Arnie, ein hochaufgeschossener, schlanker Kerl mit hüpfendem Adamsapfel und dicken schwarz eingefaßten Brillengläsern, konnte sein Glück kaum fassen: daß er mit dieser Göttin in einer Bar hoch über der Fifth Avenue saß. Als sie ihren zweiten Drink geleert hatten, fragte Dena ihn, ob er je irgendwelche Gerüchte über sie und Howard Kingsley gehört habe.
Arnie wurde sichtlich nervös.
»Sag es mir. Ich muß es wissen.«
Arnie wollte nicht so recht mit der Sprache herausrücken. »Ja nun … ich meine … Also, ich meine, da hat es Gerede gegeben.«
»Was meinst du mit Gerede? Über …?«

»Ach nichts.« Er räusperte sich und schluckte schwer. »Du weißt doch, wie so was rum geht, du kennst ja die üblichen Witze.«

»Was für Witze?«

»Dummes Zeug, du weißt schon.«

»Nein, ich weiß nichts«, sagte Dena. »Erzähl es mir.«

Arnie stotterte und wurde rot. »Nein, ich finde nicht, daß ich das tun sollte.«

»Arnie, du mußt es mir erzählen.«

Er wand sich auf seinem Sitz und sah sich um. »Sachen wie ... und ich habe es nicht gesagt, aber ...« Er dämpfte seine Stimme und sagte fast entschuldigend: »Da hat es einen Witz gegeben ... hm, was ist alt und runzlig, hat tolle Titten und wird freitags aufs Kreuz gelegt? Aber keiner hat ihm einen Vorwurf gemacht. Verflixt, jeder von uns hätte es bei dir versucht, wenn wir geglaubt hätten, wir hätten eine Chance.«

Dena lehnte sich zurück, bestürzt, gedemütigt und angeekelt. Dachten wirklich alle so? War es nur das, was man in ihrer Freundschaft mit Howard sah? Nur eine schmutzige kleine Bürozote, der Toilettenwitz eines Zwölfjährigen?

Arnie sah den Ausdruck auf ihrem Gesicht und erschrak. »He, Dena, du bist doch jetzt wohl nicht sauer auf mich – du hast mich schließlich gefragt.«

»Nein, ich bin nicht sauer auf dich, Arnie. Außerdem hat Ira recht. Ich weiß nicht, wie die Menschen wirklich sind.«

Sind die Menschen nicht wunderbar?

Elmwood Springs, Missouri
1949

Nachbarin Dorothy begrüßte ihre Zuhörer herzlich: »Einen schönen guten Morgen Ihnen allen ... Wie geht es Ihnen heute morgen? Wir freuen uns so, daß wir alle unsere Radionachbarn bei uns haben, denn, wie Little Annie Rooney sagt, heute wird ein großer Tag sein. Also schenken Sie sich eine Tasse Kaffee ein und legen Sie die Füße hoch. Wie Sie wissen, ist dies einer unserer Lieblingstage im Jahr. Heute ist unser alljährlicher ›Sind-die-Menschen-nicht-wunderbar?-Tag‹, und er ist ganz und gar Ihnen gewidmet, die Sie diese wunderbare altbekannte Welt ausmachen.

Jedes Jahr bitten wir Sie, Briefe einzusenden, in denen Sie uns Ihre schönste Geschichte von Nachbarschaftshilfe erzählen, und wir haben wieder Hunderte bekommen ... aber ehe wir uns heute morgen unseren Briefen zuwenden, möchten wir jedem einzelnen, der Geld für Bernice' Blindenhund eingesandt hat, besonders danken. Wissen Sie, ich werde nie vergessen, wie lieb die Menschen sind. So viele von Ihnen haben Ihre schwer verdienten Groschen geschickt, und ich weiß, wie hart Sie dafür arbeiten. Vielen Dank Ihnen allen, daß Sie den Verkauf von Backwaren organisiert und Eier verkauft haben, und euch Pfadfindern, die ihr Autos gewaschen habt, Dank auch für all die vielen Dinge, die ihr sonst noch getan habt, damit dieser Wunsch in Erfüllung geht. Und ich freue mich, vermelden zu können, daß Bernice' Blindenhund eingetroffen ist. Sein Name ist Honey, und es ist eine gelbe Labradorhündin, und sie wurde aufgezogen und trainiert von Mr. Dan Martin und Familie aus Elgin, Illinois. Ach, und ich wünschte, Sie hätten alle dabeisein können. Mr. Martin kam mit Honey die kleine Straße herauf, und als er mit ihr die Treppe hinaufstieg, sah es so aus, als ob der Hund genau wüßte, wer Bernice ist. Wir waren alle draußen auf der Veranda, aber Honey lief direkt zu Bernice hinüber und setzte sich neben sie, als wüßte sie, zu wem sie nun gehört. Mr. Martin sagte: »Der Verband der Blindenhunde ist stolz darauf, dir deinen Hund zu übergeben ... und von diesem Augenblick an wird er dir ein treuer, liebevoller Begleiter sein bis zu dem Tage, an dem er stirbt, und mit diesen Worten legte er die Leine in ihre Hände und trat zurück, und ich wünschte, ihr alle hättet den Ausdruck auf Bernice' Gesicht sehen können, als Honey ihre Schnauze an ihrer Hand rieb ... Also ... mir fehlen einfach die Worte, um es zu beschreiben ... Ich weiß, es muß schwer sein für Mr. Martin, Honey jemand anderem zu überlassen – er hat ihn schon als kleinen Welpen gehabt und ihn aufgezogen –, aber er wird noch eine Woche bei uns bleiben, um mit Bernice zu üben, wie sie mit Honey gehen soll ... so können Sie alle da draußen, die Sie so freundlich und großzügig waren, herkommen, wenn Sie ein wahres Wunder sehen wollen, und beobachten, wie die drei die Straße rauf und runter gehen. Gestern sind sie bis in die Stadt gelaufen, am Friseurladen vorbei und am Theater bis an die Ecke und wieder zurück ... Ich kann Ihnen sagen ... es macht mich stolz, ein Mitglied der menschlichen Rasse zu sein.

Und jetzt wenden wir uns wohl besser unseren Briefen zu, weil wir so viele wie möglich in dieser Sendung vorlesen wollen ... so werden wir mit diesem beginnen ... Er kommt von Reverend Raymond Rodgers aus Sedilia, Missouri. Er schreibt: ›Liebe Nachbarin Dorothy, als ich nach vier Jahren Kriegsdienst als Militärkaplan in meine Gemeinde zurückkehrte, kam ich nach Hause und war nicht sicher, ob ich mein geistliches Amt fortsetzen könnte. Ich hatte in Europa so viele schreckliche Dinge erlebt, mein Glaube war tief erschüttert, und als ich zurückkam, war ich nicht mehr derselbe Mensch, der ich war, als ich vier Jahre zuvor fortgegangen war. Traurig brachte ich das meiner Gemeinde gegenüber zum Ausdruck und war bereit, als Pastor zurückzutreten, da erhielt ich zu meiner Überraschung am nächsten Tag ein Telegramm, das folgendermaßen lautete: ›Alles in Ordnung, Pastor ... Wir sind auch nicht mehr dieselbe Gemeinde, die Sie zurückgelassen haben.‹ Und es war von jedem Kirchenmitglied unterschrieben. Unnötig zu sagen, daß ich noch in der Gemeinde bin ...‹ Nun, Reverend, das klingt, als hätten Sie eine ganz wunderbare Gemeinde und diese einen ebenso wunderbaren Pastor. ... Der nächste Brief ist von Glaydes Speller aus Moorland, Indiana. ›Liebe Nachbarin Dorothy, vor sechs Jahren waren mein Mann und ich bei unserer todkranken Tochter, die im Krankenhaus lag und am Herzen operiert werden mußte. Während wir weg waren, bekamen wir die Nachricht, daß ein Tornado unser Farmhaus völlig zerstört hatte. Uns war das Herz schwer, aber als wir nach einiger Zeit nach Hause kamen und uns ein Bild von dem Schaden machen wollten, stellen Sie sich vor, da erblickten wir zu unserer Überraschung ein strahlend weißes brandneues Farmhaus, das genau dort stand, wo das alte gewesen war, und innen waren neue Möbel aufgestellt, genau so, wie die alten gestanden hatten. Niemand in unserer kleinen Gemeinde will sich das als Verdienst anrechnen, und alle leugnen, etwas damit zu tun gehabt zu haben. Welche Freude war es, unsere Tochter nach Hause zu holen in das neue Heim. Es gibt keinen Tag, an dem ich mich nicht morgens, wenn ich in unserem schönen Haus aufwache, an die Güte meiner Nachbarn erinnere. Ich hoffe, Sie lesen das vor, damit ich allen meinen guten Nachbarn auf diese Weise noch mal Danke sagen kann.‹ Also … auch ich danke allen lieben Menschen in Moorland. Sie haben wahrlich einen Lorbeerkranz verdient. Wir kommen gleich noch auf ein paar andere Briefe zurück, aber zuerst wird Ihnen zu Ehren unser Kapellmeister von Elmwood Springs, Ernest Koonitz, ein Tuba-Solo darbieten, es wird gespielt zu Ehren aller guten Nachbarn da draußen. So, da ist er und spielt mit Mutter Smith an der Orgel ›Großer Gott, wir loben dich‹.«

Der letzte Tag

New York City
1976

Die Wochen gingen dahin, und Howard Kingsley wurde immer nervöser. Er hatte es allmählich satt, sich mit Gordon, dem Leiter der Spätnachrichten, herumschlagen zu müssen, einem fünfunddreißigjährigen Schnösel, der keinen Respekt vor Howard hatte und es nicht erwarten konnte, ihn loszuwerden. Gordon brauchte jemanden, den er kontrollieren konnte. Zuerst war er darauf bedacht, Howard nicht zu verärgern, aber sobald die Einschaltquoten leicht nach unten tendierten, fing er an, Howard das Leben schwerzumachen. Filmausschnitte wurden verwechselt, Teleprompter brachen zusammen, Sendesignale wurden von den Kontrollkabinen zu spät abgegeben – alles geplant, damit Howard in einem ungünstigen Licht dastand, und so wirkte es sich auch aus.
Aber die Chefetage hatte ein Problem. Auch sie wollten zwar den Nachrichten eine neue Richtung geben, sie auf den allerneuesten Stand bringen, doch Howard war der große alte Mann des Fernsehens, und sie konnten ihn nicht so ohne weiteres hinauswerfen. Sie hofften, seinen Abgang vielleicht ein wenig beschleunigen zu können, und schienen nicht zu bemerken, was Howard im Studio widerfuhr. Selbst wenn es einige Einschaltquoten kostete, sie mußten zunächst einmal etwas in der Hand haben, das es rechtfertigte, ihn aus der Sendung zu drängen. Doch Howard blieb stur und kämpfte so lange er konnte – bis ihm sein Herz einen kleinen Schrecken versetzte.
Wie sich herausstellte, handelte es sich dabei angeblich nicht um ein ernsthaftes Problem, aber für seine Frau und seine Tochter war es ernst genug, so daß sie ihn baten, aufzuhören, bevor es zu spät sei. Er wollte das eigentlich auf keinen Fall, aber er wußte, daß er auf verlorenem Posten stand. Und so ging Howard an einem Montagmorgen in die oberste Etage zum Büro des Intendanten. Ned Thomson III. erhob sich aus seinem Sessel, um ihn an der Tür zu empfangen.

»Howard, warum haben Sie mich nicht angerufen? Ich hätte doch runterkommen können, um Himmels willen. Wie geht es Ihnen? Kommen Sie, setzen Sie sich.«
Howard sagte: »Es geht mir gut, ausgesprochen gut.«
»Kann ich Ihnen etwas bringen lassen, Kaffee, Tee?«
Howard setzte sich in den Besuchersessel. »Nein, danke. Ich wollte Ihnen nur sagen, daß ich mich entschlossen habe, mich zur Ruhe zu setzen, und ich wollte, daß Sie ein paar Monate vorher Bescheid wissen, damit Sie alles regeln können.«
Thomson blickte erschrocken drein. »Mein Gott, Howard ... sind Sie sicher? Ich meine, es kommt so plötzlich. Sind Sie sicher ... können wir irgendwas tun, um Sie von Ihrem Entschluß abzubringen?«
»Nein, nichts.«
»Ich weiß nicht, was ich sagen soll; das ist ein richtiger Schlag. Ich meine, Sie waren das Rückgrat dieses Senders, verdammt, Sie *sind* dieser Sender. Gibt es denn nichts, was wir tun können?«
»Doch, es gibt etwas. Ich möchte, daß Sie das so diskret wie möglich behandeln. Ich möchte, daß Sie mir versprechen, daß es keine Abschiedsveranstaltungen, keine Auszeichnungen, nichts dergleichen geben wird. Ich möchte mit so wenig Tamtam wie möglich gehen. Würden Sie das für mich tun?«
»Natürlich. Alles, was Sie wünschen. Wir werden es so respektieren, wie Sie es haben wollen, das wissen Sie doch.«
Howard stand auf. »Gut.«
»Nun, wenn Sie von ein paar Monaten sprechen, meinen Sie ... zwei, drei? Wieviel Zeit haben wir?«
»Zwei.«
»Ich verstehe. Nach all den Jahren – Sie waren sogar schon vor Vater hier – ich kann es noch immer nicht glauben. Aber wenn es wirklich Ihr Wunsch ist ...«
»Das ist es.« Howard sprach mit großer Bestimmtheit.
Thomson ging zur Tür und legte Howard die Hand auf die Schulter. »Ich kann nur sagen, daß es verdammt schwer sein wird, jemanden zu finden, der Sie ersetzen kann – verdammt, Sie können gar nicht ersetzt werden. Sie sind eine Institution. Das wird noch ein echtes Problem werden.«
Howard schaute ihm fest in die Augen. »Warum hängen Sie sich

nicht einfach ans Telefon und erzählen diesem Kerl, den Sie angeheuert haben, um mich loszuwerden, daß ich draußen bin und sein Heini endlich drin. Das kann doch wohl nicht so schwierig sein, oder?«

Ned beobachtete, wie Howard an seiner Sekretärin vorbei- und den Flur hinunterging. Er rief in der Kontrollkabine an. Der Nachrichtenleiter nahm ab.

»Zwei Monate, Gordon. Ruf David an ... sag ihm, er soll sich bereithalten. Ich werde die PR-Abteilung veranlassen, die Sache in Gang zu bringen. Er kam eben hier rein und sagte, daß er sich zur Ruhe setzen will, wumm, einfach so. Ja, und hör zu: daß du dich ja wohl seiner entledigen wolltest. Ich glaube, er hat Lunte gerochen, und wir können es uns nicht leisten, daß er das publik macht. Er gilt immer noch viel im Verwaltungsrat. Wir wollen mit einer weißen Weste da rauskommen, okay?«

Genau zwei Monate später beendete Howard seine Sendung wie üblich mit den Worten: »Und wieder geht ein Tag zu Ende.« Aber an diesem Abend sprach er nach dem Sendeschlußzeichen noch weiter. In der Kontrollkabine wies der Nachrichtenleiter Kamera drei zu einer Schlußrunde an. Howard nahm seine Brille ab, blickte in die Kamera und sagte: »Wie einige von Ihnen vielleicht wissen, endet für mich heute abend eine Karriere, die eine der spannendsten und lohnendsten war, die ein Mann nur haben kann. Ich war stolz und beschämt zugleich angesichts Ihrer Unterstützung und des Vertrauens, das Sie mir die ganzen Jahre freundlicherweise entgegengebracht haben, und ich kann nur hoffen, daß ich der Aufgabe würdig gewesen bin. Ich wünsche Ihnen alles Gute, Gott möge Sie alle beschützen. Guten Abend und auf Wiedersehen.«

Die Kamera fuhr zurück, als er die Brille wieder aufsetzte, seine Unterlagen ordnete und vom Tisch nahm, wie er es so viele Jahre getan hatte. Oben im Kontrollraum hatte sich eine Menge versammelt und sah ihm zu. Als die Nachrichten zu Ende waren, standen sie alle schweigend da. Im unteren Stockwerk war es genauso still. Howard stand auf, entfernte sein Mikro und schüttelte einigen Kameramännern und seiner Maskenbildnerin, die an seinen Tisch gekommen waren, schweigend die Hand. Dann ging er aus dem Studio zu Frau und Tochter, die auf ihn warteten, um mit ihm nach Hause zu gehen.

Post für Prominente

Elmwood Springs, Missouri
1976

Inzwischen dachte Dena längst nicht mehr an ihren Aufenthalt in Missouri, aber man hatte sie dort nicht vergessen. Denas Sekretärin legte ihr einen Brief auf den Schreibtisch.

Liebe Baby Girl,
ich weiß, Du bekommst so viele Anfragen, und ich behellige Dich nur sehr ungern, aber da Du eine Tochter dieser Stadt bist, dachte ich, Du wärst vielleicht bereit, uns zu unterstützen.
Ich bin zur Vorsitzenden des Komitees »Wiederbelebung des Stadtzentrums von Elmwood Springs« gewählt worden. Wir sind eine Organisation, die sich der Aufgabe widmet, unsere Stadtmitte zu retten. Wie Du weißt, sind die Einkaufsstraßen vieler kleiner Städte überall im Lande den großen Einkaufszentren gewichen. Für die Kaufleute am Ort ist es schwer, mit den großen Supermärkten und Großhändlern, die ihre Pforten geöffnet haben, in Konkurrenz zu treten, und so haben viele kleine Läden in den Städten einfach dichtgemacht und sind baufällig geworden, und nun schließt auch in unserem Stadtzentrum ein Geschäft nach dem anderen. Mackys Eisenwarenhandlung, das Rexall, der Friseur und das Speiselokal Trolley Car sind alles, was wir noch haben. Alle anderen haben zugemacht.
Seit Du das letzte Mal hier warst, wurden das Kaufhaus Morgan Brothers und das Blumengeschäft Victor geschlossen. Für viele von uns ist es ein herzzerreißender Anblick, wenn wir in die Stadt kommen, und alles ist so leer. Wir hoffen, daß wir genug Geld zusammenbekommen, um landesweit per Inserat kleine Ladenbesitzer zu suchen, die möglicherweise daran interessiert sind, in den Mittleren Westen umzusiedeln. Und nun komme ich zum Anlaß dieses Briefes, Baby Girl: Am 15. Juni sponsern der Lions Club und der Rotary Club einen Elmwood-Springs-Tag, der im Park abgehalten werden soll. Es gibt ein Fisch-Barbecue, Karussells und Buden, Kunstgewerbe und den ganzen Tag Veranstaltungen mit ortsansässigen Promi-

nenten, und um 18 Uhr findet eine große Prominenten-Auktion statt, und da Du unsere einzige echte Prominente bist, habe ich mir überlegt, ob Du uns nicht etwas schicken könntest. Ich weiß, es würde eine Menge Geld bringen, und es ist wirklich für einen guten Zweck. Alles, was Du schicken kannst, ist hochwillkommen, ein Foto mit Autogramm oder vielleicht etwas, das Du im Fernsehen getragen hast, ein Füllfederhalter, auch ein Skript mit Autogramm von einem Deiner Interviews. Wir werden uns über alles freuen, was Du uns schicken kannst. Ich störe Dich nur ungern, wo Du doch soviel Arbeit hast, aber es hätte noch schlimmer kommen können. Einige von meinem Komitee wollten einen Dena-Nordstrom-Tag feiern, eine Parade veranstalten und Dich als Großmarschall auftreten lassen. Das habe ich verhindert. Ich habe zu Macky gesagt, das fehlte Baby Girl gerade noch, daß sie hierher fliegt, nur um eine Straße hinunterzureiten.

Herzliche Grüße
Norma

P. S. Wayne Newton schickt uns ein Paar Manschettenknöpfe, die er auf der Bühne in Las Vegas getragen hat, und auch Liberace, Phyllis Diller und Debbie Reynolds haben versprochen, etwas beizusteuern.

Truthahnzeit

Bucks Counts, Pennsylvania
1976

Im November, nachdem Howard Kingsley aufgehört hatte, luden er und seine Frau Lee Dena zum Erntedankfest auf ihre Farm in Bucks County, Pennsylvania, ein. Vom ersten Augenblick ihrer Ankunft an konnte sie erleben, daß Howard fast ein anderer Mensch geworden war. Er schien viel entspannter zu sein und sah aus wie ein richtiger Gutsherr in seinen Khakihosen und dem rot-schwarz karierten Hemd, und nach einem halben Tag begann auch Dena, sich ein wenig zu entspannen. Das Farmhaus war ein altes Steingebäude, das 1789 gebaut worden war und auf zwanzig Acre Land stand. Dena war keine große Hilfe in der Küche, deshalb machte sie am Erntedanktag mit Howard einen langen Spaziergang über die Felder hinter dem Haus bis in den Wald hinein. Dort sah sie zum ersten Mal in ihrem Leben Wachteln und Fasane. Es war ein wunderbarer Herbstnachmittag.

Während ihrer Wanderung fragte Dena Howard, wie es ihm jetzt im Ruhestand ginge. Er lachte. »Jeden Morgen wache ich so steif und arthritisch auf, daß ich kaum aus dem Bett komme. Ich gehe ins Badezimmer und sehe im Spiegel das, was früher ein ganz passables Gesicht war, und was mir jetzt entgegenblickt, ist dieser grauhaarige, alte truthahnhalsige Kauz, und das ist ziemlich deprimierend. Aber dann denke ich, Howard, alter Knabe, heute kannst du alles sagen, was du willst … und das bringt mich wieder auf Trab, das sage ich Ihnen. Ich wünsche jedem, alt genug zu werden, um es nicht allen recht machen zu müssen, und störrisch genug, um allen Idioten auf der Welt eine lange Nase zu drehen. Es lohnt sich, alt zu werden. Ich empfehle es jedem.«

»Sie sehen jedenfalls zehn Jahre jünger aus.«

»Das weiß ich nicht, aber ich kann Ihnen nur sagen, daß ich mich lange nicht mehr so gut gefühlt habe wie jetzt.«

»Vermissen Sie die Arbeit überhaupt?«

»Nein, seltsamerweise nicht. Nicht eine Minute. Eigentlich wünsch-

te ich, ich hätte schon Jahre früher aufgehört. Ich fange erst jetzt an zu begreifen, wieviel vom Leben ich verpaßt habe. Ich kann es kaum erwarten, nach Sag Harbor zu kommen, wo ich den ganzen Sommer über bleiben werde. Habe ich Sie schon mal gefragt, ob Sie segeln?«
»Als wir das erste Mal zusammen gegessen haben.«
»Oh.«
»Aber ich bin in meinem ganzen Leben noch nie auf einem Segelboot gewesen.«
»Nun, da müssen wir aber Abhilfe schaffen, junge Dame. Ja, ich hätte es nicht gedacht, aber ich mag diesen Ruhestand. Ich habe fünfzig Jahre Arbeit investiert, und ich finde, das ist genug für einen Mann.« Er lächelte und korrigierte sich. »Oder eine Frau.«
»Fünfzig Jahre. Das ist eine lange Zeit.«
»Ja, aber Sie dürfen nicht vergessen, ich habe auch einen langen Weg hinter mir. Ich habe bei einer kleinen Zweihundert-Watt-Rundfunkstation in Sidney, Iowa, angefangen.«
Howard hielt plötzlich inne und bedeutete ihr mit einer Handbewegung, still zu sein. Er zeigte auf eine Damhirschkuh und ein Kitz, die ganz ruhig dort standen, sie ansahen und dann, nach einer kurzen Weile, wieder in den Wald zurückliefen.
Dena staunte. »Gibt es viele Hirsche in dieser Gegend?«
»O ja. Wir haben da hinten für sie eine Salzlecke angelegt. Ich habe sogar schon fünfundzwanzig auf einmal gesehen.«
»Ich habe sie noch nie so wie hier in freier Wildbahn gesehen.«
»Ich habe gedacht, Sie seien ein Mädchen vom Lande.«
»Nein, eigentlich nicht. Ich bin vorwiegend in Stadtwohnungen aufgewachsen. Meine Mutter hat in Kaufhäusern gearbeitet.«
»Ich verstehe. Also dann müssen Sie öfter hier herauskommen und ein bißchen Farbe kriegen.« Sie gingen wieder eine Weile. »Wissen Sie, die Welt hat sich sehr geändert von der kleinen Rundfunkstation damals bis dahin, wo wir heute stehen. Fernsehen. Gott, ich weiß noch, als es mit der verdammten Sache losging.« Er bog einen Zweig zurück, damit Dena vorbeigehen konnte. »Murrow und ich waren so schrecklich aufgeregt, wir konnten es kaum aushalten. Verdammt, wir waren so naiv, wir dachten, es würde jeden Menschen bilden und weiterbringen, die Menschheit von der Unwissenheit befreien, alle Kriege beenden. Ich bin froh, daß er nicht mehr erlebt hat, was vor sich geht, und es wird immer schlimmer, fürchte ich.« Dann lachte

er leise. »Seit ich im Ruhestand bin, habe ich noch etwas über das Fernsehen herausgefunden, das ich noch nicht wußte. Es ist verdammt viel leichter, dabei zu sein, als es sich ansehen zu müssen.«

Als sie zu einem Flüßchen kamen, sah Dena in das Wasser. Es war so klar, daß die runden, glatten, braungelben Kieselsteine aussahen, als lägen sie unter Glas. Howard zog einen faltbaren Kunststoffbecher aus der Hosentasche und tauchte ihn in das Wasser. »Trinken Sie das hier mal.«

»Kann man das einfach so trinken ... direkt aus der Erde?«

»O ja, es ist so rein, wie es von der Quelle kommt. Probieren Sie doch mal.«

Sie nahm einen kleinen Schluck. Es war eiskalt und das beste Wasser, das sie je getrunken hatte. »Das ist wunderbar.«

»Nicht wahr? Lee sagt, wir sollten es in Flaschen abfüllen.«

»Sie hat recht.«

Sie gingen zu einem gefällten Baumstamm hinüber, um sich hinzusetzen, aber Dena zögerte. »Kriechen da auch keine Schlangen rum?«

»Nein. Sie sind ja wirklich ein Stadtkind. Schlangen halten doch Winterschlaf.«

»Ich setze mich doch wohl nicht auf eine und wecke sie auf?«

»Keine Gefahr.«

Sie setzten sich und lauschten eine Zeitlang dem Rauschen des Flüßchens. »Wir hatten eine kleine Farm ungefähr zehn Meilen von der Stadt weg, und mein Vater sagte immer: ›Wenn ein Mann sich zu weit von der Natur entfernt, ist das der Zeitpunkt, an dem er in Schwierigkeiten gerät.‹ Er hatte natürlich recht, aber das fand ich damals nicht. Zu der Zeit hielt ich ihn noch für einen alten verknöcherten Kerl, einen Provinzler, der von nichts Ahnung hatte. Ich konnte es gar nicht erwarten, mir den Staub von den Schuhen zu schütteln und in Richtung Großstadt zu stürmen. Die Welt zu sehen und ein großes Tier zu werden. Aber an jedem Tag, den ich hier draußen verbringe, denke ich an ihn. Ich erkenne, daß mein alter Herr – der es, denke ich, nie zu etwas gebracht hat – eines der besten Leben geführt hat, die ein Mann haben kann. Er war nie grausam zu einem Lebewesen, zog seine Kinder auf, liebte seine Frau und bewirtschaftete das Land.«

Howard schien in Gedanken versunken. »Er redete nicht viel von

sich. Nur einmal direkt nach Pearl Harbor, ich kam zu einem kurzen Besuch nach Hause, bevor ich nach Europa ging, und wir machten einen Gang über die Farm. Wir begannen, über den Krieg zu sprechen, und da erzählte er mir etwas, das ich noch nicht gewußt habe, etwas, das ihm im Ersten Weltkrieg passiert war. Er sagte, eines Nachts hätte er ganz allein im Schützengraben gelegen und auf Verstärkung gewartet. Da hörte er plötzlich ein Geräusch, sah auf und entdeckte einen jungen deutschen Soldaten, der auf ihn zugekrochen kam. Als er die deutsche Uniform erkannte, hätte er einen so furchtbaren Schreck gekriegt, daß er einfach die Augen zumachte und abdrückte. Und als nächstes wurde ihm bewußt, daß dieser Junge direkt auf ihn gefallen war. Er hatte ihn seitlich am Hals getroffen. Vater sagte, er sei noch ein Kind gewesen – er konnte nicht viel älter sein als sechzehn oder siebzehn – und war genauso in Panik wie er. Mein alter Herr sagte, er hätte die ganze Nacht bei diesem Jungen gesessen, während der verblutete, aber er konnte nichts für ihn tun als seine Hand halten und versuchen, ihn zu trösten.
Keiner von den beiden verstand, was der andere sagte, aber sie sprachen die ganze Nacht. Das einzige, was er schließlich herausbekommen konnte, war, daß der Junge Willy hieß. Und gerade als die Sonne aufging, rief der Junge nach seiner Mutter und starb da an Ort und Stelle und hielt noch immer die Hand meines alten Herrn. Das war das erste Mal, daß ich ihn weinen sah. Er weinte um einen Jungen, den er vor über fünfundzwanzig Jahren getötet hatte. Aber ich war so begeistert und so scharf darauf, in den Krieg zu ziehen, daß mir nichts anderes in den Sinn kam, als ihn zu fragen, ob er einen Orden dafür bekommen hätte, daß er einen Deutschen getötet hatte. Er sagte ja, er bekam einen Orden, aber das erste, was er gemacht hatte, als er auf dem Schiff nach Hause war: Er warf ihn über Bord. Er sagte, im Krieg gebe es keine Helden, nur Überlebende. Ich wußte damals nicht, wovon er sprach, bis ich Ruhm und Ehre des Krieges selbst erlebt habe. Und Jahre später, als er starb – er hatte einige Tage im Koma gelegen – saß ich an seinem Bett und hielt seine Hand, und plötzlich öffnete er die Augen und lächelte mich an. Er sagte: ›Hallo, Willy.‹ Ich glaube, er sah diesen deutschen Jungen.«
»Wirklich … ich meine, glauben Sie das wirklich?«
Howard hob einen Stein auf und sah ihn an. »Ich weiß es nicht mit absoluter Sicherheit, aber man hört all solche Dinge über den Tod,

Menschen behaupten, sie sehen ... Es könnte sein, daß er diesen Jungen einfach noch in Erinnerung hatte. Aber mein alter Herr dachte, er sähe ihn, und er ging in Frieden.«
Howard schaute auf die Uhr. »Wir machen uns jetzt wohl besser auf den Heimweg. Lee kocht schon seit drei Tagen, und wenn wir zu spät kommen, bringt sie mich um.«
»Wäre es nicht wunderbar, wenn es tatsächlich stimmte, daß wir nach unserem Tod die Menschen wiedersehen, die wir gekannt haben? Mein Vater fiel, bevor ich geboren wurde. Ich würde mich über eine Gelegenheit freuen, ihm zu begegnen. Ich habe Bilder von ihm gesehen, aber er hat keine Ahnung, wie ich aussehe. Er würde vermutlich nicht mal wissen, wer ich bin, wenn er mich sähe. Ich wäre wahrscheinlich nur eine Fremde für ihn.«
Howard lächelte sie an. »Also, um für alle Väter zu sprechen, er wäre bestimmt sehr stolz auf Sie.«
Als sie schon fast zu Hause waren, sagte Dena: »Danke, daß Sie mir das alles gezeigt haben ... es ist einfach herrlich. In New York vergißt man, daß es hier draußen eine ganz andere Welt gibt, nur ein paar Stunden entfernt. Die Luft ist so anders. Was riecht hier draußen so gut ... was ist das?«
»Holzrauch. Lee hat den Kamin angemacht.«
»Oh.«
Howard sagte: »Ich kann Ihnen versichern, wenn ich diesen Platz und mein Boot in Sag Harbor nicht gehabt hätte, wo ich mich all die Jahre geborgen gefühlt habe, ich weiß nicht, wie ich es geschafft hätte. Man muß von Zeit zu Zeit aus dieser Hetzjagd aussteigen, sonst beginnt man, die Perspektive zu verlieren. Man glaubt allmählich, New York, Los Angeles und das Innere eines Fernsehstudios sei alles, was dieses Land besitzt. Man muß raus unter die Menschen, mit ihnen sprechen, herausfinden, was sie denken. Ich habe von einer Runde alter Männer, die zusammenhocken und Kaffee trinken, schon Vernünftigeres gehört als von den Klügsten, Gebildetsten der Welt. Wenn man wissen will, was wirklich in diesem Land vor sich geht, dann muß man sie fragen, sie sagen es einem wirklich.«
In diesem Augenblick kamen Howards Enkelkinder aus dem Haus gelaufen, hocherfreut, sie zu sehen.
»Großvater, beeil dich, es gibt erst was zu essen, wenn du da bist.«
»Ich bin ja da«, sagte er lachend. »Ich bin da.«

Wiedergeboren

Selma, Alabama
1977

Sookie hatte Dena in der Arbeit angerufen und gesagt, daß sie so bald wie möglich mit ihr sprechen müsse, es sei äußerst wichtig, aber am Telefon könne sie nicht darüber reden. »Es ist etwas, das ich dir persönlich sagen muß.«

Dena war ein wenig erschrocken und fragte, ob sie nicht wenigstens eine Andeutung machen könnte, um was es gehe. Aber Sookie mochte ihr keinen Hinweis geben, außer, daß etwas geschehen sei, das sie ihr mitteilen müsse, und sie könnte das nur von Angesicht zu Angesicht. »Kannst du irgendwann in nächster Zeit vielleicht eine Reise nach hier einplanen?«

»Nun, ich kann es versuchen, Sookie, ich rufe dich zurück.« Dena setzte sich telefonisch mit ihrer Sekretärin in Verbindung, und sie änderten die Route ihrer bevorstehenden Reise nach Seattle, Washington, so daß sie einen Aufenthalt von einer Nacht in Atlanta einschieben konnte; es war zwar schwierig, aber sie schafften es. Dena war besorgt. Was es auch war, es klang ernst.

Die Reise drohte, äußerst strapaziös zu werden, aber zum ersten Mal in ihrem Leben machte Dena den Versuch, eine gute Freundin zu sein. Aber sie wünschte auch, daß Sookie ihre alberne Weigerung, die Mason-Dixon-Linie Richtung Norden zu überqueren, aufgeben würde. Als sie in Atlanta ankam, war sie erschöpft.

Sookie hatte für sie beide einen ruhigen Tisch im Speisesaal des Hotels reserviert, einem schönen, festlichen Raum, der fast leer war. Sie saßen am Tisch einander gegenüber. Nachdem der Kellner ihre Bestellung für das Abendessen entgegengenommen hatte, fragte Dena: »Nun, Sookie, was ist los? Was gibt es?«

Sookie blickte melancholisch, als sie eine Rede begann, die sie entweder geprobt oder schon viele Male gehalten hatte.

»Dena, in meinem Leben gibt es etwas, das du wissen solltest.«

»Du weißt, du kannst mir alles sagen, Sookie, was es auch ist.«

»Dena, am zweiundzwanzigsten Mai habe ich Gott eingeladen, in mein Leben zu treten, und ich habe ihn vollkommen als meinen Herrn und Erlöser angenommen.«

»Was?«

»Als meine beste Freundin möchte ich dich daran teilhaben lassen, daß ich jetzt eine persönliche Beziehung zu Jesus Christus habe.«

»Sookie, das meinst du doch sicher nicht ernst?«

Sookie beugte sich zu ihr hinüber. »Natürlich meine ich das ernst. Über solche Dinge würde ich niemals scherzen.«

Sie machte keinen Spaß und wartete darauf, daß Dena etwas sagte, aber Dena hatte es vollkommen die Sprache verschlagen.

»Oh ... ja, hm ... Ich hoffe, ihr beide werdet sehr glücklich sein. Ich meine, was soll ich da sagen? Ist es das, was du mir unbedingt erzählen wolltest?«

»Zum Teil. Dena, das andere, was ich mit dir teilen möchte, ist, daß Jesus vor zwei Wochen zu meinem Innern sprach und mir erklärte, daß du erlöst werden mußt, und ich würde gern die Gelegenheit nutzen, persönlich für Christus zu zeugen und ihn dir vorzustellen.«

Dena war entsetzt über diese Aussicht und sah sich verzweifelt nach dem Kellner um, um einen Drink zu bestellen.

»Weißt du was, Sookie – das ist toll, und wenn dir das liegt, prima – ganz, wie es dir gefällt. Aber ich bin für diesen ganzen Bibelkram nicht zu haben.«

Der Kellner erschien, und Dena bestellte einen doppelten Wodka. Dena sah Sookie an. »Trinkst du noch Alkohol?«

Sookie warf ihr einen kurzen, scheuen Blick zu. »Natürlich, ich nehme ein Glas Chablis. Sogar Jesus trank Wein.«

»Ich kann nicht glauben, daß du mich hierher gezerrt hast, um mir das zu erzählen. Gott, Sookie, ich dachte, es sei etwas Wichtiges.«

Sookies Augen wurden groß. »Aber es *ist* wichtig. Für mich.«

»Ich kann nicht glauben, daß das dein Ernst ist.«

»Ich dachte, du würdest dich für mich freuen. Du scheinst nicht sehr angetan zu sein.«

»Donnerwetter, da hast du recht, Sookie«, sagte Dena. »Vermutlich sollte ich begeistert sein, daß meine beste Freundin, die ich bisher für recht vernünftig hielt, mir plötzlich erzählt, sie hätte einen heißen Draht zum Himmel und plaudere täglich am Telefon mit Jesus Christus. Und seit wann bist du plötzlich so fromm?«

Der Kellner brachte ihre Drinks. »Dena, ich war immer eine Christin. Du wußtest das doch, erinnerst du dich nicht mehr? Ich ging immer am Mittwochabend in den Kappa-Bibelkurs, das hast du vergessen, und ich bin auch immer in die Kirche gegangen. Du wolltest nie mitkommen. Ich habe es versucht, aber du warst dauernd mit diesem blöden Theater beschäftigt. Es ist überhaupt nichts Neues. Es ist nur so, daß ich mich jetzt wirklich verpflichtet habe, als wahre Christin zu leben und zu helfen, das Evangelium zu verbreiten.«

Dena starrte sie immer noch ungläubig an.

»Schließlich hat Jesus selbst gesagt, Dena, daß ein Mensch nicht in das Himmelreich eingehen kann, wenn er nicht wiedergeboren wird, und ich will nicht, daß du dort nicht bei uns bist. Ich sorge mich um dich. Ich mache mir Gedanken um deine Seele.«

Merkwürdigerweise brachte der Kellner genau in diesem Moment das Essen, und Denas Vorspeise war ein Seezungenfilet, ein Gericht, dessen Name im Englischen genau wie »soul« klingt. Während Dena versuchte, ihr Menü zu genießen, setzte Sookie ihr weiter zu.

»Aber du glaubst doch an Gott? Sag bloß nicht, daß du nicht mal an Gott glaubst.«

»Sookie, ich mag dich, aber lassen wir bitte dieses Thema. Du bringst mich sonst dazu, Dinge zu sagen, die ich nicht sagen will. Laß uns über was anderes reden. Wie geht's den Mädchen?«

Sookie war sichtlich enttäuscht, aber sie gab sich huldvoll geschlagen. »Gut. Ich verspreche, daß ich nie mehr darüber reden werde. Aber ich gebe dich nicht auf, Dena, egal, was passiert, ich werde für dich beten.«

»Bitte nicht.«

»Doch, das werde ich. Ich will nicht in den Himmel ohne dich … und ich habe meine Tricks.«

Auf dem Rückflug nach New York war Dena immer noch ein wenig erstaunt über Sookie. Sie mußte sich einer Gehirnwäsche unterzogen haben. Als Dena gelandet war, sprang sie in ein Taxi und fuhr direkt zum Studio. Als sie ihre Handtasche öffnete, um den Fahrer zu bezahlen, entdeckte sie die Flugblätter, die Sookie dort hineingeschmuggelt hatte. Das eine war überschrieben mit: »Bist du erlöst?« und das andere mit: »Jesus will dich für einen Sonnenstrahl.« Das einzig Lohnende an dieser Reise war die Vorstellung von Ira Wallace' Gesichtsausdruck, wenn er diese Flugblätter auf seinem Schreibtisch vorfand.

Aber in der Minute, in der sie das Büro in New York betrat, reichte ihre Sekretärin ihr eine Meldung, die gerade über den Ticker hereingekommen war:

Sag Harbor – Howard Kingsley,
Nachrichtenmoderator im Ruhestand und »das Gewissen des Fernsehens« starb letzte Nacht in seinem Haus an Herzversagen. Er war 68 Jahre alt.

Abschied

Sag Harbor, Long Island
1977

Lee Kingsley hatte Dena angerufen und ihr erzählt, daß sie Howard Kingsleys Asche in einer stillen Feier von seinem Boot, Lee Anne, ins Meer verstreuen würden. »Wir möchten, daß Sie dabei sind. Ich weiß, Howard hätte sich das gewünscht, er hielt so viel von Ihnen. Kommen Sie also bitte.« Dena sagte zu. Sie trafen sich am Haus in Sag Harbor und gingen gegen vier an Bord des Schiffes – Lee, Howards Tochter Anne, ihr Mann und ihre beiden Kinder, Howards bester Freund Charles und seine Frau sowie sechs oder sieben Freunde, die sie nicht kannte. Dena war noch nie auf irgendeiner Beerdigung gewesen, und wie sie sich eingestehen mußte, war sie unsicher, wie sie sich verhalten sollte und was geschehen würde, aber Lee übernahm mit ihrem üblichen Takt die Führung und sorgte dafür, daß sich jeder den Umständen entsprechend wohl fühlte. Anne war direkt auf sie zugekommen und sagte: »Ich freue mich so, daß Sie kommen konnten und bei uns sind. Vater hielt große Stücke auf Sie.« Sie fuhren hinaus, und das Wasser war unbewegt und ruhig bis auf die Seemöwen, die dem Boot folgten. Als sie vor Anker gingen, servierte Lee Champagner. Etwas später, als die Sonne allmählich unterging, stand Lee auf. »Wie ihr alle wißt, liebte Howard diese Gegend von dem Tag an, an dem wir vor siebenunddreißig Jahren hierherkamen. Er verliebte sich in die Stadt und in die Menschen, und auf diesem Schiff verbrachte er die glücklichsten Stunden seines Lebens. Wenn er besondere Sorgen hatte, ging er aufs Boot und kreuzte hier stundenlang. Wir haben nie viel über den Tod gesprochen, aber irgendwie glaube ich, daß er hier seine letzte Ruhe finden möchte. Ich fragte ihn einmal, warum er nie weiter hinausfahre. Da sagte er: ›Lee, ich sehe so gern meilenweit in die Ferne, kläre meine Gedanken und überlege, was jenseits ist, aber ich will nie mein Zuhause aus dem Blickfeld verlieren.‹ Und ich finde, das ist bezeichnend für sein Leben. Die Augen in die Weite gerichtet, aber nie das Zuhause aus dem Blick verlieren.«

Nacheinander sprachen nun die Anwesenden etwas über Howard. Dena war zu bewegt, um etwas sagen zu können. Sein Freund John redete als letzter. »Wißt ihr, mir gingen hundert Dinge durch den Kopf, die ich sagen könnte, die ich gern über Howard sagen würde. Über den Mann, der er war, über den Freund. Aber wißt ihr – sogar in diesem Augenblick kann ich den alten Burschen hören, wie er sagt: Laß es gut sein, John, wir brauchen deine hochtrabende, sentimentale Schulmädchenprosa nicht. So will ich einfach nur sagen: Auf Wiedersehen und Seemannsheil, alter Freund.«
Die Sonne begann zu verblassen, während sie beobachteten, wie der leichte Wind, der plötzlich aufgekommen war, die Asche über das Wasser blies, und Lee Howards Lieblingsplatte spielte. Bei einem so ernsten Mann hätten die meisten Leute nicht vermutet, daß er ausgerechnet dieses Lied von Cole Porter so gern mochte. Als die Asche verschwunden war, sang Fred Astaire:

You're the top ... you're the coliseum
You're the top ... you're the Louvre museum
You're a melody from a symphony by Strauss
You're a Bendel bonnet, a Shakespeare sonnet
You're Mickey Mouse.

Alle erhoben ihre Gläser, um auf Howard zu trinken, außer Dena, die unerwartet die Fassung verlor. Sie brach in Tränen aus und begann zu schluchzen. Sie versuchte, es zu unterdrücken, aber sie konnte es nicht, der Anblick der dahinschwindenden Asche hatte etwas in ihr ausgelöst. Es war so *endgültig*.
Wenn jemand von Denas plötzlichem Gefühlsausbruch überrascht war, dann konnte er nicht überraschter sein als sie selbst, die immer so stolz darauf war, sich um jeden Preis unter Kontrolle zu haben. Sie verstand es meisterhaft, Gefühle zu verdrängen, sie in die Flucht zu schlagen, ihnen auszuweichen. Sie war entsetzt. *Was müssen sie nur denken. Ich bin der Mensch auf diesem Schiff, der ihn am wenigsten kannte.*
Einige kamen zu ihr herüber, und sie sagte immer nur: »Es tut mir leid, ich weiß nicht, was mit mir los ist.« Ein Mann legte ihr den Arm um die Schulter und hielt sie fest. Sie wußte, sie machte sich lächerlich, aber sie konnte nicht aufhören. Schließlich kam Lee zu ihr, setzte sich hin und versuchte, sie zu trösten. Aber sie weinte heftiger, als sie je in ihrem Leben geweint hatte, während sie sich bemühte,

keinen Laut von sich zu geben und aufzuhören. Ihre Nase lief, und sie hatte kein Taschentuch bei sich. O Gott, sie wäre am liebsten gestorben. So wie sie sich aufführte, würden jetzt alle glauben, sie hätte wirklich eine Affäre mit ihm gehabt.

Als sie abdrehten und zurückfuhren, sahen sie, daß sich Boote in vielen verschiedenen Formen und Größen hinter ihnen aufgereiht hatten. Sie lagen still und bewegungslos auf dem Wasser, ihre Besitzer hatten die Fahnen auf Halbmast gesetzt als Zeichen der Ehrbezeugung für ihren Nachbarn. Die Schiffe verharrten so, bis die Lee Anne vorbeigefahren war, dann zogen sie alle in einer Reihe hinaus, bildeten langsam einen Kreis um die Stelle, wo Howards Asche verstreut worden war, und kehrten dann zum Hafen zurück.

Als Dena das sah, schluchzte sie noch mehr. Sobald sie im Haus angekommen waren, mußte sich Dena in einem Raum abseits vom Wohnzimmer hinlegen. Lee brachte einen kalten nassen Waschlappen und legte ihn Dena auf die inzwischen roten, geschwollenen Augen. »Entschuldigung … ich weiß nicht, was mit mir los ist. Es tut mir wirklich leid.«

»Sie bleiben hier einfach liegen und versuchen, sich zu entspannen«, sagte Lee. »Ich bin bald wieder da.«

Als Dena sich endlich beruhigte, konnte sie sie im Wohnzimmer hören, wie sie sich unterhielten und sogar lachten, die Gläser klingen ließen. Es war seltsam, alle bemühten sich so sehr, die Haltung zu bewahren und tapfer zu sein, als ob das den Verlust abschwächen könnte. Sie hörte die Kinder im Arbeitszimmer, die dem Hund einen Ball zuwarfen, und der war begeistert, daß er Spielgefährten gefunden hatte. Es war alles so unwirklich. Howard war fort, aber das Leben ging weiter, und übrig blieb nur ein leerer Sessel. Bei diesem Gedanken fing sie wieder an zu weinen.

Lee kam nach einer Weile zurück, setzte sich auf das Bett und nahm ihre Hand. »Wie geht es Ihnen?«

Dena schüttelte den Kopf. »Ich weiß nicht … es tut mir so leid.«

»Es ist vollkommen in Ordnung, Dena, so etwas passiert nun mal. Etwas berührt Sie, weckt alte Erinnerungen, ein früherer Verlust. Es ist völlig okay. Sie lassen sich einfach Zeit und kommen wieder zu uns, wenn Sie sich danach fühlen.«

Als Lee gegangen war, versuchte sie nachzudenken. Weshalb weinte sie nur, warum war sie so tieftraurig? Konnte Howards Tod das alles ausgelöst haben? Doch sie hatte nicht geweint, als sie die Nachricht bekam. Sie war erschüttert gewesen, aber sie hatte nicht geweint. Sie mochte ihn, sie achtete ihn, sie würde ihn vermissen, aber doch nicht so, daß sie dermaßen die Fassung verlor. Hatte es etwas mit Abschiednehmen zu tun? Hing es mit ihrem Vater zusammen? Sie konnte sich das nicht vorstellen, sie hatte ihn ja nicht einmal gekannt. Was stimmte also nicht? Vielleicht weinte sie einfach darüber, daß sie nun in einer Welt ohne Howard leben mußte.

Zwei Briefe

New York City
1977

Dena kam von der Trauerfeier für Howard Kingsley gegen halb eins in der Nacht nach Hause, und noch in derselben Minute, in der sie zur Tür hereinkam, machte sie auch schon eine Flasche Wodka auf, zog sich das Nachthemd an und nahm einen großen Schluck aus der Flasche. Etwa gegen vier Uhr früh hatte sie, sturzbetrunken wie sie war, die Idee, Ira Wallace endlich einmal zu sagen, was sie von ihm hielt. Sie ging zu ihrer Schreibmaschine, setzte sich und fing an zu tippen.

Hallo Schmutzfink
wie kannst Du es überhaupt wagen, all diese schrecklichen Dinge über Howard Kingsley zu sagen. Du bist nicht würdig, ihm die Schuhe zu putzen, Du Schmutzfink. Du denkst, anständige Menschen seien Trottel. Du lachst über jeden, der integer ist ... setzt jeden Menschen herab, beraubst ihn seiner Würde. Wer in diesem Land Respekt verdient und zu wem man aufblickt, den mußt Du mit Dreck bewerfen ... zu Dir in die Gosse hinunterziehen. Es ist Dir egal, wen Du damit verletzt. Du bist nur Dir selbst gegenüber loyal ... Du Wurm! Die Menschen lernen, einander zu hassen und zu mißtrauen, genau wie Du es tust, und wenn es gefährlich ist, vor die eigene Haustür zu gehen, was kümmert es Dich? Vergiß nie, daß ich weiß, wo sich Dein Geld befindet, Du Schmutzfink, Steuerhinterzieher, Du glatzköpfiges Ekel, und ich finde auch nicht, daß Du ein guter Amerikaner bist, Du fetter, pfannkuchengesichtiger Schmutzfink. Ich kündige. Bis bald, auf Nimmerwiedersehen ... Ein Glück, daß ich das los bin. Ich weiß nicht, weshalb ich Dich je gemocht habe, Du unverschämtes, zigarrenrauchendes Würmchen.

Freundliche Grüße
Dena Nordstrom

P. S. Howard war Spitze.
Du bist der Abschaum!

Dena beendete ihr Schreiben um etwa fünf Uhr dreißig am Morgen in dem Gefühl, eine große Last los zu sein, sie fühlte sich befreit, ging ins Bett und schlief zum ersten Mal seit Wochen wie ein Baby. Gegen ein Uhr mittags wachte sie mit einem höllischen Kater und schrecklichen Magenschmerzen auf. Sie kochte sich Kaffee, nahm Magentabletten und drei Aspirin und las den Brief, den sie geschrieben hatte. Was für eine scheinheilige Scheiße! Wer war sie eigentlich, daß sie sich das Recht herausnahm, mit dem Finger auf andere zu zeigen? Wer glaubte sie zu sein, daß sie sich mit Howard Kingsley auf eine Stufe stellte? Solch ein heuchlerisches, selbstgerechtes, betrunkenes Gebrabbel ... Dann wurde sie von einem panischen Schrecken erfaßt, als sie sich vorstellte, daß sie es womöglich in den Briefkasten geworfen hätte. Gott sei Dank hatte sie es nicht abgeschickt. In der vergangenen Nacht war sie von diesem ganzen Geschwafel absolut überzeugt gewesen, heute erkannte sie jedoch, daß sie lediglich einige von Howards Gedanken nachgeplappert hatte. In der vergangenen Nacht hatte sie der Wodka davon überzeugt, daß sie wirklich alles glaubte, was sie geschrieben hatte. Heute hatte sie nicht mehr die leiseste Ahnung, was sie über irgend etwas denken oder fühlen sollte. Wer zum Teufel war sie denn, sich ein Urteil zu erlauben? Interessierte sie sich wirklich für jemanden außer sich selbst? Ira Wallace liebte zumindest seine Kinder, und das war mehr, als sie von sich behaupten konnte, wenigstens liebte er etwas. Sie zerriß den Brief in kleine Fetzen und warf sie in den Papierkorb. Ein leeres Blatt Papier stak in der Schreibmaschine. Sie schrieb einige Sätze, ehe sie mit einem Valium wieder ins Bett ging:

An alle, die es angeht und an die, denen es scheißegal ist ... Wer zum Teufel bin ich? Hilfe! Hilfe! Hilfe! Feuerwehrmann rette mein Kind. Bla bla bla, na und, na und, na und? Laßt mich in Ruhe!!!!!!!

Auf der anderen Seite der Stadt beugte sich Gerry O'Malley, seine rote Baseballmütze auf dem Kopf, über die Anrichte mitten in seiner Küche und schrieb nach den vielen Briefen, die er begonnen hatte, an einem neuen Brief.

Liebe Dena,
ich möchte Dir soviel sagen, aber bloße Worte reichen nicht aus, um Dir das zu vermitteln, was ich in meinem Herzen fühle. Ich bin wie ein Maler, der ein schönes Bild mit lebhaften Farben vor Augen hat, aber nur über Stöcke und Schlamm verfügt, um damit zu arbeiten. Ich frage mich, wie ich Dich erreichen kann. Ich will keine Worte benützen, die das, was ich für Dich empfinde, nur leicht an der Oberfläche streifen. Es gibt zu viele Worte, die ausgesprochen werden und dann wie ein Haufen Feuerwerkskörper explodieren und verschwunden sind. Ich will Worte, die ein langes, tiefes Brausen hervorrufen, das Dich bis ins Mark erschüttert und Dir immer in den Ohren hallt. So möchte ich zu Dir sprechen. Ich will, daß Du mich durch die Haut hörst. Ich will, daß Du meine Worte wie schweren roten Wein trinkst, damit sie überall in Dich eindringen. Ich möchte in deinen Knochen, Deinen Muskeln sein und bis in Deine Haarspitzen reichen. Du sollst wissen, daß sich meine Liebe zu Dir in jeder Zelle Deines Körpers findet, in jedem Gedanken, im Schlafen und im Wachen. Es soll in der Luft sein, die Du atmest … so wirst Du mit jedem Atemzug wissen, daß es einen auf Erden gibt, der Dein ist, der weiß, wer Du bist, der Dich ewig lieben wird, und wenn es nach ewig noch etwas gibt … sogar noch danach.

Gerry hielt inne, las noch einmal, was er gerade geschrieben hatte, und dachte: Das ist das widerwärtigste, peinlichste Gelabere, das ich je in meinem Leben gelesen habe. Und er knüllte den Brief zusammen, warf ihn zu den anderen in den Mülleimer und begann einen neuen.

Liebe Dena,
ich weiß, das ist vielleicht etwas überraschend für Sie, aber seit dem ersten Tag, an dem ich Sie gesehen habe, konnte ich Sie nicht aus meinem …

Er hielt erneut inne, zerriß das Geschriebene wieder und sagte laut: »Gott, warum rufst du sie nicht einfach an, du Idiot!« Er ging zum Telefon und wählte ihre Nummer. Aber sie hatte ihren Apparat ausgestöpselt.

Wahre Liebe

New York City
1977

Zu den zahlreichen Dingen, die Dena über Gerry O'Malley nicht wußte, gehörte auch, daß er an die wahre Liebe glaubte. Sein Vater und seine Mutter hatten sich abgöttisch geliebt, er wußte also, daß sie existierte und wie sie aussah. Sein Vater war beim Militär gewesen und hatte einen hohen Posten im Pentagon bekleidet, und seine Mutter verließ deshalb regelmäßig ihr gemeinsames Heim in Middleburg, Virginia, und fuhr nach Washington, um unter der Woche bei ihm zu sein.

Sie hielten es nicht aus, auch nur ein paar Tage voneinander getrennt zu sein. Gerry und sein Vater vergötterten seine Mutter. Sie war so temperamentvoll, so lebendig, es machte einfach Spaß, mit ihr zusammenzusein. Bis seine Schwester mit Gehirnlähmung geboren wurde. Danach hatte sich ihr Leben geändert. Seine Schwester brauchte ständig Pflege, und seine Mutter, die auf den Partys in Washington der Star gewesen war, verließ kaum noch das Haus. Gerry wurde im Alter von zwölf Jahren auf die Militärschule geschickt. Als seine Schwester älter wurde, verschlechterte sich ihr Zustand, und so sehr seine Mutter sich auch bei ihrer Betreuung anstrengte, sie schaffte es nicht mehr. Seine Schwester mußte schließlich in eine Spezialeinrichtung in einem anderen Bundesstaat verlegt werden, wo sie rund um die Uhr medizinisch versorgt wurde. Daß sie gezwungen war, sie wegzugeben, zerstörte seine Mutter. Jedesmal, wenn er von der Schule nach Hause kam, merkte er, daß sie immer mehr trank, und sein Vater kam meistens allein zum Frühstück herunter und sagte, seine Mutter fühle sich an diesem Morgen nicht gut. Er und sein Vater hatten nie darüber gesprochen, und so wurde es nicht weiter kommentiert.

Ein Jahr später verließ sie ihr Zimmer nicht mehr.

Das einzige Mal, daß er seinen Vater weinen sah, war an einem Tag, an dem er seine Mutter mit ihm im Genesungsheim besucht hatte. Nachdem sie wieder gegangen waren, legte sein Vater den Kopf auf

das Lenkrad und schluchzte. Gerry wußte, er weinte darüber, daß er zuerst von seiner Tochter Abschied nehmen mußte und nun auch noch von seiner Frau, die sich allmählich in eine andere Welt zurückzog und ihn allein zurückließ.
Seine Mutter starb an akutem Alkoholismus, als er das erste Jahr auf dem College war. Sein Vater war völlig mutlos geworden durch all die Jahre, in denen er beobachten mußte, wie seine Frau sich langsam zerstörte, und er selbst sich dabei ohnmächtig fühlte, so daß auch er sich schließlich aus der Welt zurückzog und Gerry mit einem Gefühl der Hilflosigkeit zurückließ, weil er nicht wußte, was er tun sollte, um den Vater zu erreichen. Das Gefühl, helfen zu wollen, aber nicht zu wissen, wie oder was er sagen sollte, bewog ihn dazu, von seinem Studienfach Musik zur Psychologie zu wechseln. Jahre später heiratete sein Vater wieder. Es war schön. Er hatte wieder jemanden. Aber es war keine Liebe. Er kam über seine erste Frau nie hinweg. Gerry war sich bewußt, daß es Mut erforderte, so zu lieben. Er wußte aus erster Hand, wie schmerzlich und gefährlich es sein konnte, aber wie sich herausstellte, hatte man dabei keine Wahl. Gerry hatte die Frau, die er liebte, sofort erkannt, er erinnerte sich an sie, wie man sich an einen alten Traum erinnert, und er war sofort verloren und gleichzeitig sofort aufgehoben. Sein Leben hatte sich auf eine Weise verändert, als wäre er an einem bestimmten Ort zu Bett gegangen und hätte sich am nächsten Morgen auf der anderen Seite der Welt wiedergefunden, einer Welt, die nicht ganz unbekannt war, aber doch neu und voller Wunder, so glänzend und frisch, wie die Welt einem als Kind nach einem Regen vorgekommen war, wenn die Sonne wieder herauskam, eine Welt mit unendlichen Möglichkeiten. Er hatte jenen alten Traum, daß er sie eines Tages finden würde, fast vergessen. Aber Träume haben es an sich, in die dunkelsten Räume einzudringen, die dicksten Mauern zu durchbrechen, und so geschah es, und ihr Name war Dena.
Von dem Moment an, in dem sie an jenem Tag in seine Praxis getreten war, hatte er das Gefühl, daß sein früheres Leben, das so sorgfältig geplant gewesen war, hinter ihm lag, fast schon vergessen war. Er wußte, er würde dieser Frau überallhin folgen, wo sie ihn auch haben wollte. Und diese Tatsache hatte fast etwas Barmherziges, er mußte nicht streiten oder kämpfen oder etwas bedauern, weil er sich dessen so sicher war, wie er sich nur irgendeiner Sache in seinem

Leben sicher gewesen war. Er erkannte, daß der Versuch, es aufzuhalten, ebenso vergeblich sein würde, wie wenn er versucht hätte, beim Hinuntergleiten von einem gläsernen Berg zu bremsen. Er spürte, wie er fiel, aber das hatte nichts mit Angst, mit tödlichem Schrecken zu tun, nur mit der süßen, brennenden Vorfreude, daß er irgendwann bei ihr, in ihren Armen landen würde.

Andererseits hatte das Objekt seiner welterschütternden Träume davon keine Ahnung. Dena Nordstrom glaubte nicht an die Liebe, ob nun wahre oder nicht. Es brachte ihn fast um, wenn er in der Zeitung las, daß Dena jetzt mit Julian Amsley, dem Intendanten ihres Senders, ausging. Jedesmal, wenn er ein Foto von den beiden in der Zeitung sah, brach es ihm fast das Herz. Aber es gab nichts, was er tun konnte.

Wozu sind Freunde da?

Atlanta, Georgia
1978

Sechs Monate nach Howards Tod hielt Dena einen Vortrag am Mississippi-College für Frauen, und Sookie fuhr sie nach Atlanta zurück. Sie fuhren herum, sahen sich Häuser an und schlugen die Zeit tot, bis Dena das Flugzeug zurück nach New York besteigen mußte.

»Ich wünschte, ich hätte den aktuellen Ereignissen mehr Aufmerksamkeit geschenkt, als ich noch in der Schule war«, sagte Sookie. »Dann wäre ich vielleicht nicht so überrascht von dem, was heute in der Welt passiert. Ich war immer damit beschäftigt, mich beliebt zu machen.«

»Du warst beliebt.«

»Ja, aber ich mußte auch was dafür tun. Du brauchtest das nicht. Dich haben die Menschen automatisch gemocht, ich weiß nicht warum, du brauchtest keinen Finger zu krümmen. Ich schon. Ich mußte herumrennen wie ein Huhn, lächeln, bei diesem mitmachen und jenem anschließen. Ich kam nicht zur Ruhe, bis ich verheiratet war.«

»Sookie, du rennst immer noch herum und machst bei allem mit, was in Reichweite ist.«

»Tu ich nicht! Du wärst überrascht, wie vielen Sachen ich mich nicht anschließe. Und da, wo ich Mitglied bin, macht es mir auch Spaß. Hör mal, du darfst nicht vergessen, daß es für Earles Praxis gut ist, wenn seine Frau bei vielen Dingen in der Gemeinde dabei ist; außerdem, was sollte ich sonst tun, zu Hause sitzen und die Wände anstarren? Sieh dir mal das Haus da an! Ist das nicht der prächtigste Buchsbaum, den du je gesehen hast?«

»Was?«

»Oh, jetzt hast du ihn verpaßt. Mein Buchsbaum ist dieses Jahr ganz mickrig.«

Dena hatte keine Ahnung, wovon Sookie redete. »Sookie, warst du jemals eine Zeitlang allein? Ich meine, richtig allein.«

Sookie überlegte. »Warum sollte ich?«

»Gehen dir die Menschen niemals auf die Nerven?«

»Nein.«
»Niemals?«
»Nein … eigentlich nicht, mit Ausnahme von Mutter vielleicht.« Sookie entdeckte plötzlich etwas. »Schau dir das an! Also warum streicht einer sein Haus in dieser Farbe, kannst du mir das mal erklären?«
Dena betrachtete das lavendelblaue Haus mit den dunkellila gestrichenen Fensterläden. »Wer weiß. Aber im Ernst, Sookie, ich möchte wirklich wissen, warum.«
»Warum? Neureiche, Schatz. Atlanta ist voll davon. Kein Geschmack, du meine Güte.«
»Nein, ich meine, warum magst du die Menschen?«
»Was für eine dumme Frage! Darum, warum sollte ich die Menschen nicht mögen, jeder mag doch andere, oder?«
»Ich weiß nicht, ob ich sie mag oder nicht.«
»Natürlich. Du hast die Menschen immer gemocht.«
»Tatsächlich?«
»Ja. Sehr.«
»Vielleicht habe ich die Menschen jetzt satt.«
»Sag bloß nicht, du bist ein Nonkonformist geworden wie Margo.«
»Wer?«
»Oh, ich habe dir doch von Margo erzählt, dieses Mädchen aus Selma, das im Norden studiert hat.«
»Ich erinnere mich nicht.«
»Doch, sicher. Die, die ganz entstellt und seltsam wieder nach Hause kam? Die allem gegenüber so gelangweilt tat, immer Schwarz trug?«
»Weiß ich nicht mehr …«
»Also auf jeden Fall wollte sie nirgends eintreten, nicht mal in die Junior League. Sie wollte nur rumsitzen und lesen und so was. Deshalb machte ich mich schließlich eines Tages auf und besuchte sie, und ich sagte zu ihr: ›Margo, was in aller Welt ist nur mit dir los? Hast du die Menschheit aufgegeben?‹ Sie klappte ihr Buch zu und sah mich an, und weißt du, was sie sagte? Sie sagte: ›Ich habe die Menschheit nicht aufgegeben, es ist der Mensch, von dem ich enttäuscht bin!‹ Und mit diesen Worten ging sie wieder ins Haus und ließ mich wie einen Idioten auf der Veranda stehen. Und vermutlich hat sie mit ›der Mensch‹ wirklich alle gemeint, denn sie ist kein bißchen zugänglicher geworden. Sie kaufte sich ein kleines Häuschen

draußen im Wald und züchtet diese häßlichen kleinen Möpse. Ich sage es nicht gern, aber ich glaube, sie ist sonderbar.«
Dena lächelte. »Also dann muß ich wohl auch sonderbar sein. Ich hätte nichts dagegen, ganz allein in einem Haus im Wald zu leben.«
»Wenn du mich fragst, bist du sowieso schon viel zuviel allein. Du brauchst jemanden, mit dem du reden kannst, mit dem du deine geheimsten Gedanken teilst.«
»Mach dir keine Sorgen. Ich habe eine Psychiaterin, der ich eine Menge Geld bezahle, damit sie meine geheimsten Gedanken mit mir teilt.«
Geschockt, wie sie war, kam Sookie fast von der Fahrbahn ab. »Eine Psychiaterin? Erzähl mir bloß nicht, daß du – o mein Gott, siehst du, ich habe gewußt, daß was falsch läuft.«
»Gar nichts läuft falsch. Viele Leute gehen zum Psychiater. Außerdem ist es keine richtige Psychiatrie, es ist Hypnotherapie.«
»Was?«
»Hypnotherapie. Sie hypnotisiert mich.«
»O mein Gott, Dena, ich hoffe, du weißt, was du tust. Earle hat mir erzählt, die meisten New Yorker Psychiater seien eingetragene Kommunisten. Du weißt nicht, was er dir womöglich sagt, wenn er dich hypnotisiert.«
»Sie.«
»Gut, dann sie. Sie kann dich in eine Spionin oder so was verwandeln. Du solltest lieber vorsichtig sein, es gibt heute überall eine Menge subversive Elemente.«
»Sookie, woher hast du diesen Blödsinn?«
»Das habe ich gelesen.«
»O Sookie.«
»Nun, sie versuchen, das Christentum abzuschaffen, und wenn ihnen das erst mal gelungen ist, dann paß mal auf. Als nächstes werden unsere Steuern steigen, und sie werden uns alle unsere Waffen wegnehmen, und als nächstes wird ein Kommunist oder Sozialist ins Weiße Haus einziehen, und dann ist sowieso alles vorbei.«
»Sookie, das glaubst du doch nicht im Ernst.«
»Schatz, sie wollen das Schulgebet verbieten, genau jetzt, ganz aktuell.«
»Ich denke, das hat eher etwas mit der Trennung von Kirche und Staat zu tun.«

Sookie bog um eine Ecke. »Ach, weißt du, das ist doch nur eine lahme Entschuldigung, die sie vorbringen, während sie versuchen, uns zu einer gottlosen Nation zu machen und unsere Kinder zu verderben.«
Dena tat allmählich der Kopf weh. »Wie dem auch sei, es interessiert mich nicht unbedingt.«
»Das sollte es aber. Es ist dein Land, und es sind deine Kinder und meine Kinder, von denen wir sprechen. Willst du, daß sie eines Tages aus der Schule nach Hause kommen und dich in deinem Bett ermorden?«
»Ich habe keine Kinder.«
»Aber du wirst eines Tages heiraten und Kinder kriegen. Du mußt über diese Dinge nachdenken.«
»Ich werde nicht heiraten.«
»Aber sicher. Das sagst du jetzt. Aber eines Tages wirst du dem Richtigen begegnen und dich über beide Ohren verlieben. Und ich bin deine Trauzeugin, sonst werde ich nie wieder mit dir reden. Du bist mein großer Anspruch auf Ruhm, also wage es nicht, einen der Filmstars, mit denen du befreundet bist, zu bitten meinen Platz einzunehmen.«
»Du brauchst dir keine Sorgen zu machen, weil es keine Hochzeit geben wird.«
»Willst du keine Kinder haben?«
»Nein, eigentlich nicht.«
»Oh, das kann ich nicht glauben. Jede Frau will heiraten und Kinder kriegen.«
»Du hast ja welche, und ich werde mich an ihnen freuen, einverstanden? Ich habe nicht das Bedürfnis, mich fortzupflanzen.«
»Warum denn nicht, um Himmels willen?«
»Weil jeder Idiot heiraten und Kinder bekommen kann. Das ist keine große Leistung.«
»Oh, vielen Dank!«
»Oh, ich spreche nicht von dir. Du weißt, was ich meine.«
Sookies Gesicht spiegelte pures Erstaunen. »Ich kann nicht glauben, daß du nicht heiraten willst. Ich dachte, ich würde dich besser kennen.«
»Glaub mir, wir sind einfach zwei ganz verschiedene Typen. Ich sage dir das dauernd – wir waren es immer.«

»Nein, das waren wir nicht!«
»Doch, wir waren es.«
»Inwiefern?«
»Zum Beispiel warst du immer verrückt nach Jungen.«
»War ich nicht!«
»Sookie, erzähl mir nichts! Du gingst immer mit einem kalten Lappen auf der Stirn ins Bett, wenn irgendein blöder Knabe wieder nicht angerufen hatte.«
»Das ist nicht wahr. Vielleicht einmal. Was hat das damit zu tun, daß du nicht heiraten willst?«
»Hast du noch nie was von der Frauenbewegung gehört? Nicht jede Frau will heiraten.«
»Ich weiß das, aber du willst doch wohl nicht für den Rest deines Lebens allein sein? Und es soweit kommen lassen, daß du irgendwo im Wald einen Haufen häßlicher Hunde aufziehst. Du brauchst nicht zum Psychiater zu gehen, Dena Nordstrom. Ich kann dir kostenlos erklären, was mit dir los ist. Du meinst, du magst die Menschen nicht, aber du magst sie, du hast nur Angst vor ihnen, darum bleibst du allein.«
Dena seufzte. »Sookie, ich habe täglich so viele Menschen um mich herum, glaube mir, ich bin nicht allein.«
»Ich meine, wenn du abends nach Hause kommst. Und im Urlaub zum Beispiel. Mit wem verbringst du Weihnachten?«
»Gott, nicht schon wieder! Ich muß keine Kinder kriegen, nur um jemanden zu haben, mit dem ich Weihnachten feiern kann. Es gibt unzählige Orte, wo ich hingehen kann.«
»Ja, aber du gehst nicht, und das ist der Punkt. Du kommst bestimmt nicht nach Selma, um mit uns zu feiern. Weißt du, was ich glaube? Ich glaube, du sitzt da oben in deiner Wohnung ganz allein, das glaube ich.«
»Sookie, ich bin nicht wie du. Ich bin gern allein. Wirklich. Wie auch immer, hören wir auf, von mir zu reden. Ich stehe schon genug unter Druck, auch ohne daß ich mir deine seltsamen Theorien aus der *Guten Hausfrau* über mein elendes, einsames Dasein in der Welt anhören muß. Warum können wir nicht einfach eine schöne Zeit haben, ohne daß du dauernd auf mich einredest?«
Sookie fuhr immer weiter. Eine Zeitlang schwieg sie. »Dena, ich muß dir was sagen.«

Dena merkte an ihrer Stimme, daß etwas kommen würde, das sie bestimmt nicht hören wollte, und stöhnte: »O Gott, es handelt sich doch nicht etwa um eine neue religiöse Erfahrung?«
»Nein.« Sookie machte ein sorgenvolles Gesicht und schaute in den Rückspiegel, dann fuhr sie an die Seite bis an den Bordstein, hielt an und stellte den Motor ab. Sie sah starr geradeaus, holte tief Luft. Sie hatte die Augen geschlossen. »Dena, ich weiß von deiner Mutter.«
Dena fuhr erschreckt auf. »Was?«
»So, nun habe ich es gesagt, und ich bin froh darüber. Ich weiß, ich gehe das Risiko ein, dich als Freundin zu verlieren, aber bevor du wütend auf mich wirst, ich habe es nicht darauf angelegt, es herauszufinden. Es war ein Zufall.«
»Wovon redest du?«
»Es war dumm, daß ich das gemacht habe, aber ... wir ... also, alle Mädchen im Haus dachten immer, du hättest heimlich einen Freund. Und ... sie verdonnerten mich dazu, nachzusehen, ob du irgendwelche Liebesbriefe aufbewahrt hättest. Und ich habe zufällig, aus Versehen, den Brief von deinem Großvater gelesen.«
Dena spürte, wie ihr Gesicht heiß und rot wurde, während ihr Herz raste.
»Ich weiß, ich hätte das nicht tun dürfen ... und es tut mir sehr leid ...«
Dena sagte kein Wort.
»Willst du mich jetzt am liebsten umbringen?«
Bevor Dena antworten konnte, kam eine Frau mit kurzen, braunen dauergewellten Haaren und einem grünen Baumwollkleid aus ihrem Haus und sah neugierig zu ihnen herüber. Sookie lächelte und winkte ihr zu. Die Frau lächelte ebenfalls, winkte zurück und lief die Stufen hinunter auf sie zu. Sookie murmelte »O Gott«, und kurbelte ihr Fenster herunter.
Die Frau kam ans Auto und sah zu Sookie. »Sind Sie wegen des Kostenvoranschlags hier?«
»Nein, Madam, wir haben uns nur irgendwie verfahren.«
»Oh, ich dachte, Sie suchten vielleicht mein Haus. Ich warte nämlich auf Leute von Sears, die kommen wollten, um mir einen Kostenvoranschlag für einen Teppich zu machen. Aber vermutlich sind Sie das nicht?«
Sookie sagte: »Nein, Madam.« Die Frau sah zu Dena hinüber. »Nein,

Madam. Wir haben hier nur ... ganz kurz gehalten. Wir fahren gleich weiter. Aber viel Glück mit Ihrem Teppich.«
»Oh«, sagte sie. »Aber ... möchten Sie nicht reinkommen? Wenn Sie sich verfahren haben, können Sie gerne das Telefon benutzen, und ich kann Ihnen hinten das Zimmer zeigen, wo ich ihn hinlegen will. Sie könnten mir Ihre Meinung dazu sagen.«
Sookie, die feststellte, daß sie fahren mußten, machte Anstalten, den Zündschlüssel umzudrehen, und sagte: »Nein, vielen Dank.«
Die Frau sagte zu Dena: »Sie kommen mir so bekannt vor ... sind Sie mit den Larkins verwandt?«
Sookie schaltete sich ein. »Nein, sie ist nicht von hier, sie ist nur auf der Durchreise. Auf dem Weg zum Flughafen. Sie ist hier völlig fremd.«
Die Frau war ein wenig enttäuscht. Sie trat von dem Auto zurück. »Ja, dann will ich mal wieder hineingehen für den Fall, daß die versuchen, mich anzurufen. Hat mich gefreut, Sie kennenzulernen.«
»Uns auch ... viel Glück mit Ihrem Teppich.«
»Ich hoffe nur, es kostet kein Vermögen, das ist meine einzige Hoffnung. Aber ich vermute, sie werden es mir gleich sagen, wenn sie überhaupt noch auftauchen.«
Sookie fuhr los und winkte. Sie fuhren eine Weile, und Dena zündete sich eine Zigarette an, schwieg jedoch. Sookie fühlte sich elend. »Dena, wenn du nichts sagst, bekomme ich einen Herzanfall. Du mußt schließlich was sagen. Ich weiß nicht, von welchem Gate dein Flugzeug startet ... Sieh mich an, ich bin so nervös, daß ich gleich Nesselfieber kriege.«
Endlich sprach Dena. »Wem hast du es sonst noch erzählt?«
»Keinem!« Sookie redete mit Nachdruck. »Glaubst du, ich würde das jemand anderem erzählen? Ich habe es ja bis jetzt noch nicht einmal dir erzählt! Ich wollte es, aber ich war immer zu feige. Ich wollte, daß du mich magst, und du hast auch weiterhin immer davon gesprochen, daß du deine Ferien mit deiner Mutter verbringst und was ihr für eine wunderbare Zeit verlebt habt. Ich konnte ja wohl nicht gut damit herausplatzen und sagen, ich weiß, daß du lügst, oder? Ich habe dich ständig eingeladen, mit zu mir nach Hause zu kommen, aber du bist nie gekommen. Ich wußte nicht, was ich tun sollte. Weißt du, ich war damals sehr konfus, ich konnte mich ja kaum entscheiden, welches Fach ich studieren sollte, wieviel weni-

ger dann eine so bedeutende Sache. Ich wußte nicht, was das Richtige war, das ich hätte tun sollen, deshalb sagte ich gar nichts.«

Dena zog erneut an ihrer Zigarette. »Hast du es Earle erzählt?«

Sookie reagierte entsetzt. »Earle! Warum in aller Welt sollte ich es Earle erzählen? Nein, ich habe es keinem erzählt. Glaubst du wirklich, ich würde eine Freundin verraten? Ich bin eine gute Freundin, Dena, das weißt du. Und wenn du das inzwischen nicht weißt, dann darfst du niemandem trauen. Sind nicht alle Kappas immer zu mir gekommen und haben mir alles erzählt? Und auch die Pi Phis? Und habe ich je ein Wort davon weiter erzählt, selbst wenn ich darauf brannte? Nein, ich würde keine meiner Schwestern verraten, und glaube mir, ich weiß eine ganze Menge. Ich würde mir lieber die Zunge abbeißen. Du sagst, ich kenne dich nicht, die Wahrheit ist, daß du mich nicht kennst. Ich bin deine Freundin, ob es dir nun gefällt oder nicht.«

Sookies Kinn begann zu zittern, und sie war den Tränen nahe. »Es tut mir leid, daß ich den Brief gelesen habe ... aber ich würde dich nie verraten, und es verletzt mich, daß du das denkst.«

Dena drückte ihre Zigarette im Aschenbecher aus. »Du hast mir nachspioniert. Oder wie nennst du das denn?«

»Das war kein Spionieren. Ich dachte, es ginge nur um eine Geschichte mit einem Jungen. Das zählt doch nicht als ernsthaftes Spionieren ... und du weißt das auch.«

»Was wäre gewesen, wenn ich mit einem verheirateten Mann gegangen wäre?«

»Ach, sei nicht albern. Ich wußte, daß du nicht mit einem verheirateten Mann gingst, um Gottes willen.«

»Woher willst du das wissen?«

»Ich wußte es.«

»Woher?«

»Du bist nicht dieser Typ Mädchen.«

»Woher weißt du das?«

Sie sah Dena an, als ob die plötzlich den Verstand verloren hätte. »Woher ich das weiß? Weil du eine Kappa bist, darum!«

Sookie sah auf und erblickte ein »Varsity Drive-in«-Schild. »Können wir hier eine Minute haltmachen? Ich bin mit den Nerven am Ende.«

»Ja, gut.«

Sookie parkte und stellte den Motor ab. Ein Mädchen erschien, und Sookie bestellte eine große Cola. Dena wollte nichts. Sookie sagte: »Hör zu, Dena, ich weiß, du bist wütend auf mich, aber du wolltest wissen, warum ich mir Sorgen um dich mache und dir so zusetze. Eben darum. Ich denke, du lügst mir immer noch etwas vor, wenn es darum geht, wo du hingehst und was du an deinen Urlaubstagen machst. Du verbringst zuviel Zeit allein, und das ist nicht gut für einen Menschen. Es ist mir egal, was du sagst. Und ich habe das auch nicht aus der *Guten Hausfrau.*«
»Sookie, du hast das von meiner Mutter gewußt, warum mußt du dann immer wieder davon quasseln, wie glücklich und toll damals alles war, wenn du es doch besser wußtest?«
Sookie warf die Hände hoch. »Oh, ich weiß, ich weiß ... frag mich nicht warum. Ich hatte deswegen immer solche Schuldgefühle. Ich vermute, ich konnte die Tatsache nicht ertragen, daß ich es wußte, daß ich dich im Stich ließ, weil ich selbst nicht damit fertig wurde. Kann auch sein, daß ich dir dadurch habe helfen wollen oder so was. Ich *weiß* es nicht. Du bist diejenige, die zum Psychiater geht! Frag ihn. Ich würde es selbst gern wissen. Aber nenn ihm nicht meinen Namen.«
»Ihr.«
»Gut, dann ihr, oder bring mich einfach gleich um. Ich habe meine Schwächen, was kann ich sonst sagen? Ich bin nur ein kleiner Mensch mit Fehlern, wie Mutter immer sagt. Ich weiß nur, daß ich mein Bestes getan habe ... obwohl das nicht viel war. Aber du weißt wirklich nicht, Dena, wie schlecht ich mich all die Jahre gefühlt habe, und wenn du nicht mehr mit mir sprichst, solange ich lebe, dann kann ich das verstehen. Ich werde mich umbringen, und meine Kinder zu Halbwaisen machen, aber ich kann es verstehen. Gib mir eine Zigarette.«
»Du rauchst doch gar nicht.«
»Dann fange ich eben jetzt damit an. Ich könnte es ja wohl, wo ich gerade meine beste Freundin verloren habe.«
»O Sookie, du hast deine beste Freundin nicht verloren.«
»Nein?«
»Natürlich nicht.«
»Dem Himmel sei Dank ...!«
»Schließlich habe ich dich auch angelogen.«

»Das stimmt.« Sookie wandte sich zu Dena. »Warum hast du mich angelogen? Ich war deine beste Freundin.«
Dena griff nach Sookies Glas. »Gib mir einen Schluck.«
Nachdem sie getrunken hatte, sagte sie: »Weil ich mich geniert habe.«
»Geniert? Aber weshalb? Es war doch nicht deine Schuld. Außerdem, Dena, das ist doch nichts, dessen man sich schämen müßte.«
»Ich schäme mich nicht.«
Sookie nahm ihre Hand. »Meinst du nicht, wir sollten darüber reden? Es muß schrecklich für dich gewesen sein.«
»Da gibt es nichts zu reden. Ich denke nicht mal mehr daran. Das war vor langer Zeit.«
»Hast du je herausbekommen, was passiert ist?«
»Nein. Hör zu, Sookie – es wissen nur einige wenige Leute davon. Und ich würde es gern dabei belassen. Das ist nichts, was ich an die große Glocke hängen möchte. Nicht, daß ich darüber noch außer mir wäre, es ist nur etwas, über das ich nicht mit Fremden reden will, weißt du? Kannst du das verstehen?«
»Natürlich«, sagte Sookie. »Erstens geht das niemanden etwas an. Zweitens willst du nicht, daß die Leute dich bedauern oder Mitleid mit dir haben. Ich verstehe das vollkommen, und was mich betrifft, so ist es schon vergessen. Und du weißt, du kannst mir bei allem vertrauen.«
Als sie eine Stunde später am Flughafen angekommen waren, umarmte Sookie sie zum Abschied. Dena zögerte einen Moment, bevor sie ging, und obwohl es ihr schwerfiel, ihre Gefühle auszusprechen, sagte sie: »Sookie, du bist wirklich eine gute Freundin.«
»Das predige ich dir schon seit Jahren, du Dummkopf!«

Ein Grieche mit Geschenken

New York City
1978

Julian Amsley, der Intendant von Denas Sender, war wie Ira Wallace auf der Lower East Side von Manhattan geboren und wuchs als armer Sohn von Emigranten der ersten Generation auf. Beide Männer waren von Ehrgeiz getrieben, entschlossen, sich auf die eine oder andere Weise einen Weg aus den schmutzigen Straßen zu erkämpfen. Nur waren ihre Methoden unterschiedlich. Wallace strebte nach Geld und Macht um des Geldes und der Macht willen und scherte sich dabei nicht darum, was die Menschen von ihm dachten. Amsley wollte Geld und Macht, um dadurch das zu bekommen, wonach er am meisten verlangte: in die Gesellschaft aufgenommen zu werden, sich so weit wie möglich von der schäbigen griechischen Imbißstube zu entfernen, wo sein Vater Tellerwäscher gewesen war. Sobald er achtzehn war, änderte er seinen Namen von Julio Andropulous in Julian Amsley, arbeitete und sparte genug Geld, um Sprachstunden zu nehmen. Er heiratete die Tochter eines stellvertretenden Fernsehintendanten, nahm einen Job in dem Sender an, und indem er die Kontakte und den Namen seines Schwiegervaters nutzte, stieg er schnell auf, bis er schließlich die Position des alten Mannes übernahm.

Am Abend studierte er die Mitglieder der sogenannten besseren Gesellschaft, als wäre das Ganze eine Art Collegekurs. Er lernte, wie sie sich kleideten, wie sie ihre Kinder nannten, wo sie zur Schule gingen. Er fand heraus, wo sie lebten, wie sie lebten, was für Vorlieben sie hatten. Er lernte Französisch, beschäftigte sich eingehend mit Kunst, Musik und Theater. Seine Wohnung und sein Sommerhaus in den Hamptons ließ er sich von Sister Parish, dem Liebling der maßgeblichen Gesellschaftsschicht, einrichten; er beauftragte Experten, ihm eine Kunstsammlung zusammenzukaufen. Um sich Einladungen zu den richtigen Partys zu sichern, bezahlte er einen heruntergekommenen, trunksüchtigen Sohn aus bester Familie. Er brauchte die richtige Adresse und die richtige Frau. So ließ er sich

von seiner ersten Frau scheiden, heiratete eine andere und bewerkstelligte es auf mysteriöse Weise, eine Wohnung in einem erstklassigen Haus zu bekommen, in das in der Regel niemand hätte einziehen dürfen, der nicht vom Verwaltungsrat bestätigt wurde, und schon gar keine Person aus der Unterhaltungsbranche. Er mußte das Gebäude dafür kaufen, aber es lohnte sich. Das alles hatte ihn Jahrzehnte seines Lebens gekostet, aber schließlich war er reich und gewandt genug, um schöne, elegante Frauen zu heiraten in dem Gedanken, daß das, was sie hatten, irgendwie auf ihn abfärben, ihn ändern würde und ihn auf magische Weise zu einem von ihnen machen würde. Aber der Selbsthaß hat es an sich, einem alles zu zerstören. Nachdem er die ersten beiden Frauen aus »besten Familien« umworben und geheiratet hatte, empfand er nur noch Verachtung für sie. Und schließlich verließ er sie. Er verfügte zwar über das ganze äußere Drum und Dran – Geld, die Gesellschaft attraktiver Frauen, Partys – , aber das eine, was ihm noch fehlte, Klasse, hatte sich ihm immer wieder entzogen, blieb außerhalb seiner Reichweite. Er hatte versucht, sie zu kaufen, zu heiraten, nachzuahmen, aber all das funktionierte nicht. Es war, als griffe er nach Rauch.
Immer noch hatte Amsleys schwarzer Diener mehr echte Klasse in seinem kleinen Finger als er in seinem ganzen Körper, und er wußte es und stand vor einem Rätsel. Eines Nachts saß Julian an einem kleinen weißen Tisch inmitten seiner riesigen, kalten Küche, umgeben von den besten Edelstahlgeräten, die man nur kaufen konnte. Er saß um drei Uhr morgens allein dort, trank ein Glas Milch, starrte die Wand an und überlegte, was er als nächstes in Angriff nehmen sollte, um das schwarze leere Loch in seinem Innern auszufüllen. Wenn er auch einen schwarzen Seidenpyjama für achthundert Dollar trug, einen Morgenrock aus Kaschmir für fünfzehnhundert, weiche Lederpantoffeln und einen Zweihundert-Dollar-Haarschnitt, so fühlte er sich doch immer noch wie jener hungrige kleine Junge aus der Third Avenue, der rannte und dabei verzweifelt versuchte, einen Apfel von dem vorbeifahrenden Karren zu erwischen. Und seit einiger Zeit war Dena Nordstrom der glänzende Apfel, nach dem er zu greifen versuchte.
Die Gameshow-Moderatorin, mit der er zwei Jahre lang liiert war, hatte ihm, während er schlief, einen Aschenbecher aus Onyx auf den Kopf geschlagen, weil er sie nicht heiraten wollte. Sie war noch in

derselben Woche nach Texas zurückgekehrt, um den Mann zu heiraten, der den zweitgrößten Cadillac-Handel in der Region Dallas/Fort Worth betrieb und der immer auf sie gewartet hatte. Amsley hielt Ausschau nach einer anderen Schönheit, die ihren Platz einnehmen sollte, und wer war besser geeignet als Dena Nordstrom? Sie verkörperte genau das, was ihm gefiel. Sie besaß Klasse, und sie war nicht leicht zu bekommen.

Am nächsten Tag erhielt Dena von ihm, was er immer schickte und was vorher immer seine Wirkung getan hatte: Diamanten. Doch sie schickte sie postwendend zurück. Sie lehnte seine Einladungen Woche für Woche ab, aber schließlich sagte er etwas, das sie umstimmte: »Wenn Sie mit mir ausgehen, werden Sie an Ansehen und an Einfluß gewinnen. Ich werde Sie mit jedem bekanntmachen, der etwas darstellt. Sehen Sie es als Geschäft an, wenn Sie sonst nichts darin sehen.«

Das reizte Dena. Es war keine Liebe. Leicht war es jedoch nicht, Amsley war zwar ein älterer Mann, aber er war nicht ungefährlich. Er versuchte zu beweisen, daß er immer noch ein viriler Grieche war, und es erwies sich als anstrengend, ihn ständig abwehren zu müssen. Aber dadurch, daß sie mit ihm ausging und in seinen Kreisen verkehrte, entstand allgemein der Eindruck, daß sie aufgestiegen war. Der Druck nahm zu. Seine Freunde hatten die irrige Vorstellung, daß sie, weil sie an ihren Partys teilnahm, eine der ihren war. Doch das war sie nicht. Sie war eine berufstätige Frau. Ihr gesellschaftliches Leben war mit Arbeit gleichzusetzen. Wenn die reichen Frauen am Morgen danach mit Einkäufen beschäftigt waren, sich das Gesicht liften ließen oder lange schliefen, saß Dena bereits im Studio – und sie wurde immer erschöpfter. Wieder.

Zunächst war sie beeindruckt gewesen von all den sogenannten Reichen und Schönen, mit denen Julian Amsley sie in Kontakt brachte. Es waren zum größten Teil aktive Menschen, rastlos, immer in Bewegung, auf der Suche nach Vergnügen, im Streben nach Besitz und Publicity … immer rudelweise unterwegs von Ort zu Ort, von Palm Beach nach Paris, Monaco oder Marokko, überallhin, an den nächsten Ort, der gerade »in« war. Aber nach einer Weile entdeckte sie, daß die meisten, die zum sogenannten Jet-set gehörten, ebenso langweilig wie gelangweilt waren – und ebenso zynisch, wie sie sich selbst allmählich empfand.

Die Wahrheit war, daß Howards Tod offenbar ein Licht in ihr ausgelöscht hatte und sie sich verlorener und einsamer in der Welt fühlte als jemals zuvor. Sie brauchte jemanden, der sie inspirierte. Jemanden, der sie anregen konnte. Aber wer?

Es gab einen Menschen auf der Welt, dem sie zwar nie begegnet war, aber den sie wirklich gern kennenlernen wollte. Sie hatte nie den Mut dazu gehabt. An einem besonders tristen Montagmorgen, als sie nicht mehr ein noch aus wußte, nahm sie den Hörer ab und rief seine Agentin an. Ihre Antwort verblüffte Dena. »Miss Nordstrom, in der Regel trifft er sich nicht mit Leuten oder gibt Interviews, aber unser gemeinsamer Freund Howard Kingsley hatte eine so hohe Meinung von Ihnen, daß ich mein Bestes tun werde.«

Dena legte den Hörer auf. Es war wie ein Geschenk des Himmels, – wenn sie an den Himmel geglaubt hätte.

Der Court of Two Sisters

New Orleans, Louisiana
1978

Dena flog am späten Abend nach New Orleans und stieg im Bourbon Orleans Hotel ab, aber sie konnte nicht schlafen. Am nächsten Morgen klingelte das Telefon. Eine hohe, dünne Stimme sagte: »Miss Nordstrom, ich habe gehört, daß Sie einzig und allein nach Crescent City gereist sind, um ein geistreiches Gespräch mit mir zu führen, stimmt das?«

»Ja, Mr. Williams, das stimmt.«

»Nun, ich kann Ihnen nicht garantieren, wie geistreich es sein wird. Ich kann Ihnen am heutigen Morgen nur versichern, daß mein Herz noch schlägt, also werde ich gegen elf Uhr dreißig bei Ihnen sein. Wäre das recht?«

»Ja, Sir, ich werde unten sein.«

Sie legte auf. Wenn ihr jemand erzählt hätte, daß sie sich eines Tages fertigmachen würde, um Tennessee Williams zu treffen, hätte sie demjenigen nicht geglaubt. Um elf Uhr saß sie unten in der Halle unter einer Palme und sah auf die Orleans Street hinaus, in der Hoffnung, ihn zuerst zu entdecken. Sie trug ein dünnes weißes Seidenkleid und begann wegen der Klimaanlage zu frieren, als eine Stimme sie aufschreckte. »Miss Nordstrom, ich bin Robert, und Mr. Williams und ich sind hier, um mit Ihnen essen zu gehen.«

Tennessee Williams stand vorne am Empfang. Er sah aus wie eine kleinere Ausgabe des Grafen von Monte Christo, als wäre er aus einem anderen Jahrhundert gekommen. Selbst sein Verhalten schien einer anderen Zeit anzugehören. Aber wenn er sprach, war er vollkommen in der Gegenwart.

»Miss Nordstrom, willkommen in New Orleans. Sie haben Robert schon kennengelernt, er wird uns durch die Straßen begleiten für den Fall, daß ich zusammenklappe. Ich hoffe, Sie haben nichts dagegen.«

»O nein, ganz und gar nicht.«

»Ich dachte, wir machen einen kleinen Spaziergang und nehmen dann einen Bissen zu uns, wenn Ihnen das recht ist.«

»Sehr gern. Das ist meine erste Reise nach New Orleans.« Sie gingen in die strahlende Sonne hinaus, und der Tag war ebenso feucht wie grell.
Während sie flanierten, erklärte er Roberts Anwesenheit.
»Robert ist mein Reinigungsmann.«
Dena schien verdutzt, und er lachte.
»Nach dem Karneval lassen sie hier Reinigungsmänner die ganzen Überreste, die von der Parade auf den Straßen liegengeblieben sind, aufsammeln. So etwas bin ich auch, nur ein Überrest von einer vergangenen Parade, und wenn ich auf der Straße hinfalle, hebt Robert mich auf.« Er lachte gackernd über seinen eigenen Witz.
Dena merkte, daß er ihr gegenüber schüchtern war, darum bemühte sie sich, den leichten Ton beizubehalten. »Haben Sie die Neigung, häufig zu fallen?«
Seine Augen blitzten auf. »Miss Nordstrom, ich bin jetzt zwar körperlich am Ende, aber nicht geistig. Nicht ganz, wenigstens heute morgen noch nicht. Aber für heute nachmittag kann ich mich nicht verbürgen.«
Die drei wanderten die Straße hinunter: eine große, kühle Blonde, ein gedrungener Mann mit Panamahut und Sonnenbrille und Robert, ein junger Mann mittlerer Größe in grauer Freizeithose und kastanienbrauner Jacke. Fast jeder Passant erkannte Williams. Sie gingen auf die Kathedrale St. Louis und den Bienville Square zu, während er ihr einen Abriß der Geschichte von New Orleans gab. Aber Dena war mehr daran interessiert, über ihn zu sprechen.
»Mr. Williams, ich weiß, das ist eine dumme Frage, aber Sie sind eindeutig der berühmteste lebende Dramatiker in Amerika. Was ist das für ein Gefühl, so berühmt zu sein?«
Er wies auf die St. Peter's Street und eine obere Veranda. »Da wohne ich. Ich habe nur eine kleine Wohnung.« Er führte sie an dem alten Cornstalk Inn Hotel vorbei und zeigte ihr den schönen schmiedeeisernen Zaun, der es umgab. Sie merkte, daß er auf ihre idiotische Frage wohl nicht antworten wollte.
Er schob sich die Brille höher auf die Nase und wies mit einer Handbewegung auf ein Restaurant am Ende der Straße. »Wir wollen in den Court of Two Sisters gehen, ist das nicht ein schöner Name?«
Sie betraten einen langen, dunklen Raum, der zum Restaurant führte, und der Oberkellner zeigte sich hocherfreut, als er Williams sah.

Als sie in einen reizenden Innenhof hinausgeführt wurden, eilten sofort drei Kellner herbei. Er kannte sie alle. Williams und Dena bestellten Screwdrivers, Robert nahm Eistee. Williams erklärte dem Kellner: »Er muß fahren« und kicherte. Als sein Drink kam, schien er sich zu entspannen.
»Mr. Williams, um auf das zurückzukommen … über was wir gesprochen haben …« Sie nahm ihr Notizbuch heraus.
Er schaute amüsiert. »O ja. Sie wollten was von dieser bösen alten Hure, Ruhm, wissen.« Er hob sein Glas und starrte es an.
»Ja.«
»Ruhm ist ein Hai mit tausend Augen, der nur darauf wartet, einen zu fressen, einen zu verschlingen. Fressen und schwimmen, fressen und schwimmen. Ruhm tötet, Baby. Ruhm ist ein unangenehmer Aufenthaltsort, man strebt entweder dahin oder man strebt davon weg, aber es ist kein Ort, an dem es sich gemütlich leben läßt. Niemand genießt es.«
»Meinen Sie nicht, daß es Menschen gibt, die gern berühmt sind?«
Er nippte an seinem Drink. »Ich nehme an, daß es da draußen ein paar unsensible Leute gibt, die nichts dagegen haben, wenn sie ihr Leben unter den Augen der Öffentlichkeit führen müssen. Aber ich weiß von keinem echten Künstler, der ohne eine Privatsphäre überleben oder schöpferisch arbeiten kann. Man muß aus der Herde ausbrechen können, um neue Ideen zu entwickeln. Stimmen Sie mir da nicht zu?«
»O ja«, sagte Dena, »vollkommen.«
»Aber es gibt welche, die sind entschlossen, jede Privatheit zu zerstören, das individuelle Denken zu ersticken. Robert findet, daß ich in meinem Fall übertreibe, aber es ist ein Fall, in dem Übertreibung notwendig ist. Es muß eine Privatsphäre geben, selbst für die Berühmten.«
»Was haben Sie erwartet, wie haben Sie sich das Berühmtsein vorgestellt, Mr. Williams?«
»Ich habe gar nichts erwartet. Ich wollte immer nur Stücke schreiben. Ich war auf Ruhm nicht vorbereitet, nichts kann dich darauf vorbereiten, Baby. Du kämpfst jahrelang, unbemerkt, dann wachst du eines Tages auf, und plötzlich will alle Welt dich kennenlernen. Aber du merkst bald, sie wollen gar nicht dich kennenlernen, sie wollen, daß du sie kennenlernst. Alle diese hübschen Knaben.« Er

nickte leicht zu einem Tisch in der Ecke hinüber, an dem ungewöhnlich schöne junge Männer saßen, die ihn dauernd angestarrt und geflüstert hatten. »Sie wollen nicht mich. Sie wollen ein Stück von dem heißbegehrten Ruhm. Es ist erschreckend, wie viele junge Männer alles versuchen, um meine Aufmerksamkeit zu erregen, wie Vögel, die um ein Weibchen herumstolzieren und ihr Gefieder zur Schau tragen.« Er lachte. »Und ich meine wirklich zur Schau tragen. Alle glauben, irrtümlicherweise natürlich, wenn ich von ihnen angetan wäre, würden sie über Nacht zum Star. Sie haben schon lange aufgehört, das eine Element zu berücksichtigen, das man Talent nennt. Und wer kann es ihnen übelnehmen? Sehen Sie sich um. Der Unbegabte heuert den Unbegabten an, jeder gierig auf Ruhm, koste es, was es wolle. Aber es darf nicht um jeden Preis sein, der Preis des Ruhms ist zu hoch, Baby, viel zu hoch.« Er hob die Hand, und sofort war ein Kellner zur Stelle. »Noch zwei Screwdrivers, bitte, und bringen Sie meinen ohne Orangensaft. Ich möchte meine Orange für einen Menschen in Not spenden.«

»Mr. Williams, ich weiß es zu schätzen, daß Sie mir dieses Interview geben.«

Er lächelte. »Man hat mir versichert, daß Sie nicht darauf aus sind, mir zu schaden. Ich gebe nur noch selten Interviews. Natürlich spielt es jetzt eigentlich keine Rolle mehr, sie schreiben so oder so über mich.« Ihre Drinks kamen. »Ich nenne das die Masturbationsnummern. Sie machen es ohne mich.«

Seine Augen veränderten sich, als er über den Hof auf eine Ziegelsteinmauer blickte.

»Eins von diesen Interviews war besonders beunruhigend. Dieser Mensch schrieb die wildesten Lügen über mich und einen Matrosen! Anschließend hatte ich junge Schlägertypen auf dem Hals, die vor meinem Haus in Key West vorfuhren, Steine warfen, und schrien ... also, ich will nur sagen, es war eine höchst verletzende, unangenehme Erfahrung, für etwas gesteinigt zu werden, das der abartigen Phantasie eines anderen entsprungen war. Aber was soll man dagegen machen?«

Er erschauerte. »Heutzutage ist das öffentliche Leben so erbarmungslos wie die Herzchirurgie, ein Ausrutscher, ein Fehler, und man ist tot. Ruhm kann schon für die Starken und Unverwundbaren hart sein, aber wenn einer ein Geheimnis hat oder eine sichtbare

Schwäche, dann kann das Leben in ständiger Angst vor öffentlicher Bloßstellung verheerende Folgen haben, es kann dich zugrunde richten, Baby. Ich weiß noch, ich war buchstäblich krank vor Angst bei dem Gedanken, was gewisse Presseberichte meiner Familie, meiner Mutter und meiner Schwester, antun würden, und meine schlimmsten Befürchtungen bewahrheiteten sich natürlich. Aber heute ist keiner mehr sicher. Es gibt zahlreiche skrupellose Leute, die für private Informationen über jeden beliebigen Prominenten haufenweise Geld anbieten. Jeder Mensch, mit dem man in Berührung kommt, ist eine Zeitbombe, die darauf wartet, zu explodieren und einem zu schaden, das gilt sogar für Fremde, die einen nicht kennen.« Der Kellner brachte ihm einen neuen Drink. »Da kann man nichts machen. Manche Menschen behaupten, sie hätten mich getroffen oder mit mir geschlafen, erzählen, in meinem Haus gewesen zu sein … und das alles, während ich noch lebe, Baby. Stellen Sie sich vor, was erst geschrieben wird, wenn ich tot bin.«
Plötzlich schien er traurig zu sein, er stellte sein Glas hin. »Ich *kenne* die Hälfte der Leute nicht einmal, die solche Geschichten verbreiten. Aber wenn Freunde anfangen, mit deinem Leben finanzielle Geschäfte zu machen, so ist das eine Wunde, die niemals heilt. Ich bin wie ein Hund, der zu oft zu hart geschlagen wurde. Ich traue keinem Menschen mehr. Ich bin total verunsichert.« Er sah sie an. »Was bringt jemanden dazu, einen anderen zu verraten und öffentlich über private und ganz persönliche Dinge zu sprechen? Das ist doch der größte Verrat, meinen Sie nicht?« Er sah weg. »Es macht mich krank. Aber heute ist das an der Tagesordnung. Liebhaber verraten Liebhaber, Kinder verraten Eltern. Ich habe einmal gesagt, daß mich nichts Menschliches anwidert, aber ich habe mich geirrt. Das widert mich an – und ich empfinde den gleichen Abscheu vor dem Autor, dem Verleger, dem sogenannten Journalisten und dem Publikum, das es letzten Endes kauft. Kein Wunder, daß der Prominente allmählich gestört und eigenartig ist. Man erlebt auf der einen Seite die große Schar der Verehrer und auf der anderen Seite die Masse von Leuten, die nur Eifersucht und Verachtung empfinden, aus keinem anderen Grund als dem, daß man anerkannt ist und sie nicht. Nicht die Schönheit hat die Bestie getötet, Baby, es war der Ruhm.«
»Wie steht es mit Ihren echten Fans, den wahren Bewunderern Ihres Werks?«

»Ich nehme an, es gibt welche, natürlich, aber ich erlebe sie selten. Sie gehören nicht zu der Art von Leuten, die sich vordrängen, um zu einem zu kommen. Ich sitze vielleicht im Restaurant, und ein solcher Mensch könnte am Nebentisch sitzen, aber er wird nicht in meine Privatsphäre eindringen. Diejenigen, die ich gern treffen würde, lerne ich nicht kennen, während sich die anderen nach vorn drängen und mich von den sanften, schüchternen Menschen abschirmen, mit denen ich gern sprechen würde.«

Dena fühlte sich unbehaglich. »Mr. Williams, hatten Sie jemals selbst ein Idol?«

»O ja, viele, aber es wäre mir niemals in den Sinn gekommen, sie zu belagern und um ein Autogramm zu bitten. Ich hatte nichts anderes im Sinn, als ihr Werk zu schätzen und zu genießen. Das Werk, Baby – das wird dem Publikum dargeboten, nicht das eigene Leben. Zwei völlig verschiedene Dinge. Heute werden die, die im Rampenlicht stehen, angeschossen, verklagt oder von PR-Fabriken aufgebaut und in schwindelnde Höhen gebracht, und wenn ihre Zeit um ist, werden sie von ihrem Sockel gestoßen und von Interviewern, die ihnen unverschämte Fragen stellen, bei lebendigem Leibe gefressen. Oh, das ist schlimmer, als wenn Christen Löwen zum Fraß vorgeworfen wurden … Erbarmen, ich brauche ein bißchen mehr Stärkung für dieses Gespräch.« Er hob die Hand, und sogleich befand sich ein neues Glas darin.

Jetzt schien er wieder aufgemuntert zu sein. »Wissen Sie, die Indianer wollten sich nicht fotografieren lassen. Sie dachten, man versuchte, ihnen ihre Seelen zu rauben. Und sie hatten recht!« Er wiederholte es mit so lauter Stimme, daß man es ringsum hören konnte. »Die Indianer hatten recht!«

»Ich finde, wir sollten etwas zu essen bestellen«, sagte Robert und winkte einem Kellner.

Williams warf ihm einen kurzen Blick zu, dann sah er wieder Dena an. »Robert ist um meine Gesundheit besorgt. Oder er will mich für das Abschlachten mästen.«

Ein Kellner sagte: »Mr. Williams, wir haben heute unheimlich schöne Austern.«

Williams Augen leuchteten auf. »Schöne? Nun, das ist ein Phänomen. Ich habe noch nie in meinem Leben eine schöne Auster gesehen. Du siehst, Robert, Schönheit liegt im Auge des Betrachters.«

Er wandte sich wieder an den Kellner. »Bringen Sie mir elf schöne Austern und eine alte, häßliche!« Er schrie vor Lachen, und sie bestellten alle Austern Rockefeller. Dena dachte, er sei vielleicht betrunken, aber er nahm die Unterhaltung genau an dem Punkt wieder auf, an dem sie sie abgebrochen hatten.

»Die Grenze zwischen öffentlichem und privatem Leben ist zerstört, was auf den schnellen Niedergang der Sitten und der Höflichkeit zurückzuführen ist. Es gibt eine gewisse Roheit und Derbheit, die plötzlich zu einem akzeptierten Benehmen, ja sogar wünschenswert geworden ist. Aber Sie reden mit einem Relikt aus dem Krieg, bevor die Kannibalen die Führung übernahmen. Ich bin nur eine alte Entenmuschel, die sich noch an jene wackelige, verrottete Kaimauer der Höflichkeit festklammert.«

Der Kellner brachte das Essen, und als er den Teller hinstellte, sagte Williams: »Zeigen Sie mir die Häßliche, Louis.« Louis zeigte auf eine Auster und sagte: »Das ist sie, Mr. Williams.«

»Schön. Ich hebe sie mir bis zuletzt auf.«

Nachdem er gegangen war, sagte Williams: »Louis ist ein Mensch mit Seele. Jeder, der bei einer Auster Schönheit wahrnimmt, ist ein Poet. Gib ihm ein gutes Trinkgeld, Robert, er muß dafür belohnt werden.«

Nachdem er gegessen hatte, sagte er: »Ah, genau wie im Leben. Manchmal sind die Häßlichsten am köstlichsten.« Er lehnte sich zurück.

»Mr. Williams, glauben Sie an Gott?« Die Frage überraschte sie, und als sie sie gestellt hatte, fragte sie sich warum.

Er schien amüsiert. »Gott? Also, er ist entweder der gemeinste Kerl, der je gelebt hat, oder der gleichgültigste. Er hat bestimmt ein unheimliches Talent, wegzuschauen und die Ohren zu verschließen. Aber ich halte mich immer noch an einem Licht am Horizont fest. Versuche, nicht böse und bitter zu werden wie der kleine Truman. Ich wäre nicht überrascht, wenn Capote jetzt damit anfinge, täglich Leute zu beißen.« Er lachte. »Und das wäre ein giftiger Biß, Baby! Ich weiß nur, daß unsere Zivilisation aus dem Kampf um die letzte Wahrheit und aus ihrer Definition hervorgegangen ist.«

»Was ist das?«

»Wir müssen freundlich sein und einander vergeben, sonst überleben wir nicht. Aber sogar unter den Frommsten scheint es einen großen blinden Fleck zu geben, der die Welt überzieht, eine Unfähigkeit, aus vergangenen Erfahrungen zu lernen. Die Zivilisation ist ebenso instabil wie eine Sandburg. Trotz all der Sorgfalt und Mühe, die angewandt wurde, um sie aufzubauen, kann sie in einer Sekunde durch den einen oder anderen brutalen Kerl niedergerissen werden. Und die Welt wimmelt von brutalen Kerlen. Aber ich nehme an, wir müssen unsere Bemühungen fortsetzen. Wer weiß, vielleicht eines Tages … aber erwarte von mir keine Antworten, Baby. Ich suche sie selbst in jedem Winkel. Die Leute kommen Jahr für Jahr hierher auf der Suche nach Antworten. Aber ich habe keine. Körper und Seele sind schon auseinandergenommen worden. Es sind nur noch ein paar alte Knochen übriggeblieben, in denen du herumstöbern kannst. Du bist zu spät gekommen.«

Dena schloß langsam ihr Notizbuch. »Mr. Williams, ich habe Sie angelogen. Ich bin eigentlich nicht hierhergekommen, um Sie zu interviewen. Ich weiß nicht, warum ich gekommen bin … außer vielleicht, weil ich Ihre Stücke liebe. Vermutlich wollte ich Sie fragen, wie man überleben kann. Wie haben Sie überlebt?«

»Wie?« Er saß eine ganze Zeit schweigend da. »Durch das angestrengte Bemühen meinerseits, einen kleinen Raum der Unempfindlichkeit zu schaffen. Und dann gibt es Sex und Alkohol, Drogen, alles, was den Schlag mildert, das Scheinwerferlicht abblendet und den Lärm dämpft – alles, was die Welt in Schach hält. Ich habe sogar im Wahnsinn Zuflucht gesucht, natürlich, ob innerhalb oder außerhalb der Klapsmühle, wir sind alle verrückt. Aber wenigstens werden die, die darin sind, bewacht. Das ist schon mal etwas. Um die, die frei herumlaufen, muß man sich wirklich Sorgen machen, die die Bomben herstellen, mit denen die Welt achtmal in die Luft gejagt werden kann. Also, wenn das kein triftiger Grund ist, um sich in einer Nervenklinik einsperren zu lassen, dann weiß ich auch nicht.« Seine Stimme entfernte sich allmählich. »Die Erde, Baby … manchmal denke ich, sie ist nur ein Gefängnis für Spinner. Wer weiß, welche ferne Planeten uns abgeladen haben als Produktionsabfälle, die ungeeignet sind, in zivilisierteren planetarischen Gesellschaften zu leben. Wir leben vielleicht auf der dunklen Seite des Mondes und wissen es nicht.«

Er schien unendlich weit weg zu sein, und Dena merkte, daß er müde war. Sie wollte nicht länger bleiben, als sie erwünscht war. Sie griff nach ihrer Handtasche. »Mr. Williams, ich kann Ihnen nicht genug danken für die Zeit, die Sie mir geschenkt haben. Ich weiß es wirklich zu schätzen, daß Sie mich empfangen haben, glauben Sie mir.«

Als sie sich erhob, versuchte Williams aufzustehen, aber er war zu unsicher, und Robert mußte ihm helfen, sich wieder zu setzen.

Er sah zu ihr hoch. »Miss Nordstrom, ich befinde mich in der peinlichen Lage, Sie nicht zu Ihrem Hotel begleiten zu können, aber Robert wird Ihr Begleiter sein. Ist Ihnen das recht?«

»O nein, das ist nicht nötig. Ich finde allein zurück.«

»So etwas möchte ich nicht hören. Robert kann mich auf dem Rückweg auflesen. Ich habe unser gemeinsames Essen sehr genossen. Leider sehe ich nicht fern, aber ich habe mir erzählen lassen, daß Sie auf dem Weg zu Ruhm und Erfolg sind, so war unsere Begegnung, nehme ich an, wie das Zusammentreffen zweier Fremder auf einer engen Straße, der eine kommt von der vordersten Front, der andere marschiert darauf zu.«

Er wollte noch etwas sagen, zögerte dann jedoch. »Aber Sie wollen das betrunkene Gebrabbel eines gescheiterten Stückeschreibers wahrscheinlich gar nicht hören.«

»Mr. Williams«, sagte Dena, »zunächst einmal sind Sie nicht gescheitert. Und dann würde ich gern alles hören, was sie mir sagen wollen.«

Seine Augen wurden plötzlich feucht, und er sah weg. »Dann möchte ich Sie warnen, ich möchte sagen: Lauf, Baby – dreh dich um und lauf um dein Leben, bevor es zu spät ist!«

Als Dena mit Robert das Restaurant verließ, konnte sie Williams im Spiegel des Ganges sehen: ein kleiner Mann, allein, die Hand erhoben, um einen neuen Drink zu bestellen. Es brach ihr das Herz, weil sie erkannte, daß sein Herz gebrochen war.

In dieser Nacht hatte sie wieder ihren alten Traum, in dem sie nach ihrer Mutter suchte.

Am nächsten Morgen saß sie im Bett ihres Hotelzimmers, in kalten Schweiß gebadet, und dachte daran, was Tennessee Williams gesagt hatte: Wenn jemand ein Geheimnis hat, ist die Angst vor öffentlicher Bloßstellung furchtbar.

Drittes Buch

Sookies Geheimnis

Dallas, Texas
1963

Nachdem Denas Fotografie auf der Titelseite von *Seventeen* erschienen war, wurden ihr überall im Lande Stipendien für ein Theaterstudium angeboten, aber ihr Lieblingslehrer hatte ihr geraten, das Angebot der Southern Methodist University in Dallas anzunehmen. Und von dem Augenblick an, in dem Dena den Campus betrat, war sie ein Star. Wohin sie auch ging, überall wurde sie angestarrt, und die Studentinnenverbindungen rissen sich um sie. Aber Dena schien den Eindruck, den sie auf andere ausübte, nicht zu bemerken oder sich dessen nicht wirklich bewußt zu sein. Die Jungen und Lehrer stolperten über ihre eigenen Füße, wenn sie vorbeiging, und die Mädchen strebten insgeheim nach dem, was sie bei ihr für ein hohes geistiges Niveau und Reife hielten. Im Grunde war Dena schüchtern und unbeholfen im Umgang mit Gleichaltrigen. Sie war immer freundlich und gefällig, aber niemand, der zugänglich war. Ein Teil von ihr schien immer distanziert und weit weg zu sein. Sie hatte nur eine einzige wirklich enge Freundin, ihre Zimmergenossin, Sarah Jane Krackenberry, aber selbst mit Sookie sprach Dena nicht über sich selbst. Alles, was Sookie je über Dena herausbekommen hatte, war, daß Dena verschiedene Schulen besucht hatte und daß ihre Mutter eine Karrierefrau war, die als Einkäuferin für ein großes Kaufhaus in Chicago arbeitete und viel reiste. Sie hatte ein paar Verwandte in Missouri erwähnt, aber Sookie lernte sie nie kennen.

Auf Partys konnte man mit Dena viel Spaß haben, aber in der Regel lebte sie in ihrer eigenen kleinen Traumwelt und lief herum, ohne sich der Tatsache bewußt zu sein, daß die meisten sie gewissermaßen als großes Rätsel, als Geheimnis ansahen, das gelöst werden mußte. Sie interessierte sich nicht besonders für Jungen und verbrachte ihre Freizeit meistens allein, im Kino oder bei der Arbeit im Collegetheater. Ihre vergnügungssüchtigen Verbindungsschwestern rätselten, warum sie den attraktivsten Jungen auf dem Campus einen Korb gab, nur um sich mit einer Bühnenausstattung zu beschäftigen oder sich die Probe irgendeines dämlichen Stückes anzusehen. Recht bald schon kamen alle zu demselben Schluß: Sie mußte einen unglaublich gutaussehenden heimlichen Freund haben. Sookie und Margaret McGruder waren Dena sogar eines Nachts zu später Stunde bis ins Theater gefolgt, aber Dena stand allein auf der Bühne und probte anscheinend.

Die Spekulationen über den heimlichen Freund verbreiteten sich wie ein Lauffeuer, und die Neugier erreichte ihren Höhepunkt, besonders bei Margaret McGruder und Sally Ann Sockwell, die jetzt so wild darauf waren, herauszufinden, wer er war und wie er aussah, daß sie sich nicht länger beherrschen konnten. Eines Samstagnachmittags, als sie wußten, daß Dena bei einer Probe war, schlichen sie sich mit Sonnenbrille und Regenmantel den Flur im Kappahaus entlang und klopften an Sookies und Denas Tür.

Sookie erschien in einem grünen Chenille-Morgenrock, die roten Haare auf kaugummirosanen weichen Lockenwicklern aufgerollt. Sie war gerade dabei, ihr Gesicht einer Kosmetikbehandlung zu unterziehen, und sah aus, als hätte sie ihr Gesicht in einen Topf mit Zement getaucht, aber die Mädchen waren an solche Anblicke gewöhnt.

»Sookie«, sagte Margaret, »los, komm, Dena hat hier doch bestimmt Liebesbriefe oder irgendwelche anderen Beweisstücke oder ein Bild von ihm. Laß uns mal nachsehen, ob wir was finden.«

Sally Ann, die mit Sookies Bruder Buck ging, sagte: »Bitte… wir möchten einfach brennend gern wissen, wer es ist und wie er aussieht. Ich wette, er gleicht einem griechischen Gott!«

»Sie wird's nicht erfahren, das verspreche ich«, sagte Margaret McGruder, »wir erzählen keiner Menschenseele was davon.«

»Nein, ich lass' euch nicht hier rein, damit ihr meiner Zimmergenossin hinterher schnüffelt.«

»Bitte. Wir würden dich doch auch lassen. Bitte, wir machen auch kein Durcheinander, sie wird gar nicht merken, daß wir hier waren.«

»Nein, das kann ich nicht tun. Sie würde mich umbringen, wenn sie das je rauskriegte.«

Margaret stellte ihren Fuß in die Tür, bevor Sookie sie zumachen konnte. »Wir gehen nicht eher weg, bis du uns reingelassen hast. Du willst doch auch unbedingt wissen, wer er ist. Los, Sook, nur für eine Minute.«

Sookie, die sich sonst leicht beeinflussen ließ, behauptete ihren Standpunkt. »Nein. Wenn überhaupt irgend jemand hinter ihr her spioniert, dann bin ich das, nicht ihr. Ich bin ihre Zimmergenossin.«
»In Ordnung«, sagte Sally Ann, »wir warten hier. Wir werden dein Wachposten sein. Und wir sagen es keinem. Das bleibt unter uns.«
»Versprochen?«
»Natürlich, unser Kappa-Ehrenwort darauf. Glaubst du, wir würden eine Schwester verraten?«
Sookie sah sich auf dem Flur um. »Oh, gut. Aber ihr bleibt hier stehen und klopft, wenn ihr jemanden kommen seht. Wenn ich erwischt werde, bringe ich euch um.«
Sookie war die Schnüffelei eigentlich zuwider, aber sie brannte selbst darauf, etwas herauszufinden. Nun hatte sie wenigstens zwei Komplizen. Sie ging hinüber und öffnete leise Denas oberste Schublade. Sie tastete überall nach Papier. Nichts. Sie forstete alle fünf Schubladen durch und stand danach mit leeren Händen da. Sie sah unter dem Bett nach, unter den Kissen: nichts.
Dann fiel es ihr wieder ein: Dena bewahrte einige Schriftstücke in einem Kasten im obersten Fach ihres Schrankes auf. Sie zog einen Schreibtischstuhl heran, holte den Kasten herunter und begann, in den Papieren zu wühlen. Keine Briefe, nur Zeugnisabschriften, ein paar Theaterprogramme, Aufzeichnungen aus dem College, ein Zeitungsartikel über Tennessee Williams, ein getippter Brief von der Kommission für Stipendien. Ganz zuunterst stieß sie dann auf einen persönlichen Brief, und ihr Herz begann zu hämmern. Er war erst eine Woche vorher abgestempelt worden, es schien sich um die Handschrift eines Mannes zu handeln. Aufgeregt und zugleich voller Schuldgefühle öffnete sie ihn vorsichtig.
Und war gefesselt von dem, was sie las.

1420 Pine Street
Kansas City, Mo.
21. September 1963

Liebe Dena,

ich hoffe, es geht Dir gut. Man hat mich für eine Behandlung hier an das VA-Krankenhaus überwiesen. Ich wohne in einem Heim für am-

bulante Patienten, das von der Veterans' Administration unterhalten wird. Ich weiß, das war für uns beide ein schlimmes Jahr. Baby Girl, ich schreibe Dir, um Dir mitzuteilen, daß ich keine guten Neuigkeiten von Deiner Mutter habe, aber sie sind auch nicht so furchtbar. Ich habe gerade von dem Mann von Pinkerton den Schlußbericht erhalten, und er informierte mich, daß er nach nunmehr zwei Jahren bei seinen Nachforschungen nichts mehr erreichen kann, daß er aber mit Gewißheit sagen kann, daß Deine Mutter noch lebt, und zwar in diesem Land. Solange sie beim Büro für vermißte Personen registriert bleibt, gibt es immer noch eine Chance, daß man sie findet.
Werde ja nicht alt! Mrs. Watson ist eine gute Krankenschwester, sie legt mich an die Leine und geht mit mir spazieren, so geht es mir und all den anderen alten Hunden, die jeden Nachmittag immer wieder um den Block marschieren müssen. Ich sehne mich nach Zu Hause, aber Tante Elner versorgt mich gut mit Neuigkeiten und eingemachten Feigen.
Studiere fleißig. Paß auf Dich auf. Ich lege einen Scheck bei, ein bißchen Geld, das ich abzweigen konnte.
Ich verbleibe als Dein
Dich liebender Großvater,
Lodor Nordstrom, sen.

Sookie faltete den Brief wieder sorgfältig zusammen und legte ihn in den Kasten, den sie dann in das oberste Fach zurückstellte. Sookie gehörte zwar nicht zu den allergescheitesten Mädchen, aber ihr war klar, das war etwas, das sie nie hätte lesen dürfen. Sie fühlte sich wie eine Verräterin, weil sie es getan hatte. Sie wartete einen Augenblick, dann ging sie zur Tür zu den wartenden Mädchen und meldete, daß sie nichts hatte finden können. Außerordentlich enttäuscht schlichen Sally Ann und Margaret den Gang hinunter. Als Dena nach Weihnachten aus den Ferien zurückkam und ihr erzählte, was für eine wunderbare Zeit sie mit ihrer Mutter verbracht hatte, sagte Sookie nichts.

Der Brief in der Kassette

Elmwood Springs, Missouri
1963

Nachdem Denas Großvater gestorben war, sah Macky seine Papiere durch, weil er eine Sterbeversicherungspolice und verschiedenes andere suchte, über das er als Testamentsvollstrecker Bescheid wissen mußte. Er war gezwungen, eine Kassette gewaltsam zu öffnen.

Dunbar & Straton
Nachforschungen Inc.
Chicago, Illinois

Betr.: Marion Chapman
Weiß, weiblich
Geboren: Dez. 1920
Washington, D. C.
#8674

Sehr geehrter Mr. Nordstrom,
unter Verwendung aller verfügbaren Informationen aus der Heiratsurkunde Ihrer Schwiegertochter, der Sozialversicherungsnummer und des angegebenen Geburtsdatums und -ortes haben wir von einer zu diesem Zeitpunkt in Washington, D. C., geborenen Marion Chapman keine Eintragung in einem der amtlichen Register gefunden. Wir haben alles wiederholt überprüft und alle unsere nationalen Ermittlungsquellen ausgeschöpft, dabei haben wir lediglich elf Marion Chapmans gefunden, die an diesem Datum oder um das Datum herum geboren wurden, deren Aufenthaltsort jedoch ausnahmslos festgestellt wurde und die ermittelt werden konnten. Gemäß unserer Aktenlage und dem Zensus existiert keine Person, auf die Ihre Angaben zutreffen. Sollten Sie im Besitz zusätzlicher Informationen sein, werden wir Ihnen auch künftig gern behilflich sein.
Hochachtungsvoll
A. A. Dunbar

Macky besprach die Sache mit Norma, und beide beschlossen gemeinsam, Dena nichts davon zu erzählen. Wie Norma sagte: »Was würde es ihr nützen, wenn sie wüßte, daß die Person, die sie für ihre Mutter hielt, nicht existiert?«

Ein Menü, das am besten kalt serviert wird

New York City
1978

Dena Nordstrom hatte Sidney Capellos einzige Chance, im Fernsehen groß herauszukommen, zerstört, aber wie eine Ratte in einem Labyrinth war er rasch in eine andere Richtung gehuscht. Im Geschäft der Boulevardpresse, wo Schnelligkeit wichtig ist, war er wie eine Kugel nach vorn geschossen. Er hatte es satt, freier Mitarbeiter zu sein. Es gab zuviel Theater mit dem Honorar, um das er mit den Redakteuren feilschen mußte, also umging er den Vermittler und startete sein eigenes Blatt. Befreit von der Last der Ethik, einem Gewissen oder der Furcht vor dem Gesetz und mit der Bereitschaft ausgestattet, alles zu tun, um an eine Geschichte zu kommen, befand sich Capello mit seinem Produkt bald weit vorn. Wer sich mit der Überprüfung von Fakten keine Umstände machte, sparte Kosten. In weniger als einem Jahr verkaufte sich sein billig hergestelltes Blatt besser als alles andere aus dem Zeitungsständer der Supermärkte, und seine Leserschaft wurde täglich größer. Und er wollte, daß es trotz wachsender Konkurrenz die Nummer eins blieb.
Er hatte keine Skrupel, Post abzufangen, Telefone anzuzapfen, Hausmädchen, Gärtner oder Chauffeure in den Häusern der Prominenten zu bestechen oder ihnen dort sogar eine Stelle zu verschaffen. Seine Gier nach intimen Informationen war grenzenlos, und FBI-Akten lasen sich wie eine Fibel für Erstkläßler im Vergleich zu seinen. Er war darüber im Bilde, wer gerade mit wem schlief, wann, wo und wie sie es machten, konnte mit ein oder zwei »Augenzeugen« aufwarten, und er war imstande, wenn nötig und wenn genug Geld geboten wurde, »die andere Person«, die darin verwickelt war, herbeizuschaffen, ob diese Person nun dabeigewesen war oder nicht. Er hatte Zugang zu Arztberichten, Kontoauszügen, privaten Telefongesprächen. Er wußte, wie man fast jede Halbwahrheit jederzeit zu einem Skandal aufblasen konnte. Aber der Hauptgrund für Sidneys Erfolg war seine Fähigkeit, für die Zukunft vorzusorgen, Rücklagen für schlechte Zeiten zu schaffen. Seine

»Versicherungs«-Akten waren voller Leckerbissen, Fotos, Dokumente, die er gebrauchen konnte, wenn jene schlechten Zeiten eintraten. Hatte es in einer Woche nur wenig Neuigkeiten gegeben, zog er einfach etwas hervor, das er auf Halde gelegen hatte, fügte ein paar fingierte Sachverhalte hinzu und veröffentlichte es. Ein alternder Kinostar hatte die Hauptrolle in einem Film verloren, nachdem Farbfotos von ihr jeweils vor und nach ihrer Schönheitsoperation auf der Titelseite von Capellos Blatt erschienen waren, und zwar nur deshalb, weil die Woche sich als lahm erwiesen hatte. Er hatte gern alles unter Kontrolle, und er verfügte auch über ein, wie er es nannte, heißes Register, das jederzeit einsatzbereit war, seine »Verfolg sie, bevor sie berühmt werden«-Zeitbomben. Er beauftragte seinen Stab, Informationen über jeden zu sammeln, bei dem er auch nur den leisesten Verdacht hegte, er könne eines Tages von Interesse für seine Leser sein – Schauspieler im Kindesalter, Musiker, Staatsbeamte, Weltverbesserer. Es war kostspielig, aber was bedeuteten schon dreißig- oder vierzigtausend Dollar, wenn man mit einer Geschichte Millionen von Zeitungsexemplaren verkaufen konnte. Er wollte über ein eigenes Archiv verfügen: Sobald jemand groß herauskam, wollte er gerüstet sein. Auf diese Weise war auch die Dena-Nordstrom-Akte entstanden, die jetzt, wie eine Zeitbombe, auf den richtigen Moment wartete. Capello war in der Regel ausschließlich auf das Geschäftliche fixiert, aber an ihrer Geschichte hatte er auch ein persönliches Interesse. Wenn die Nordstrom nicht gewesen wäre, könnte er jetzt Fernsehproduzent sein. Er hatte seine teuerste, zäh und verbissen forschende Mitarbeiterin, Barbara Zofko, auf diese Story angesetzt. Es hatte sich gelohnt. Was sie ausgegraben hatte, übertraf seine kühnsten Phantasien. Nun brauchte er sich nur noch zurückzulehnen und auf den richtigen Augenblick zu warten, und er war ein geduldiger Mensch. Es war ein schmutziges Geschäft. Aber es war keine Erpressung. Wer ihn danach gefragt hätte, dem hätte er erklärt, es seien nur unterhaltsame Nachrichten oder Nachrichten zur Unterhaltung, und die Boulevardpresse bringe mehr Geld ein, als Erpressung je eingebracht hätte. Und sie sei legal. Das mache einen irgendwie stolz, Amerikaner zu sein.

* * *

Wenn Sidney Capello wie eine Bienenkönigin war, dann war Barbara Zofko wie die perfekte Arbeitsbiene. Sie diente ihm gut. Sie war eine massige, unförmige Frau mit dicker, leicht pockennarbiger, heller Haut, weder häßlich noch hübsch, es war die Art von Gesicht, das täglich an tausend Leuten vorbeigehen konnte, ohne daß sich jemand daran erinnern würde. Diese Eigenschaft wirkte sich zu ihrem Vorteil aus. Tatsächlich eignete sie sich vorzüglich für ihren Job: Es gab ih ihrem Leben keine menschlichen Beziehungen, die ihrer Arbeit in die Quere kommen konnten.

Barbara Zofko hatte nichts dagegen, allein zu essen. Sie bevorzugte es sogar, war sie doch ganz auf ihre Arbeit und die nächste Mahlzeit konzentriert. Ihr Appetit war unersättlich, und sie konnte auf einen Schlag eine Tüte Kekse, einen ganzen Kuchen oder ein Dutzend Krapfen vertilgen. Und wenn es ein Merkmal gab, das sie zu dem gemacht hatte, was sie geworden war, dann war es dieser Hunger. Zofko stammte aus einer kleinen Bergbaustadt außerhalb von Pittsburgh und war eines von sieben Kindern. Als Tochter eines schweigsamen Grubenarbeiters und einer Mutter, die mit dreißig schon alt war, hatte Barbara von allem immer zuwenig bekommen, ob es nun Liebe, Geld oder Essen war, und auch jetzt war sie, egal, wieviel sie aß, nie ganz satt. Sie verspürte immer ein leichtes Hungergefühl, und darum war sie Capellos bester Spürhund. Nun war sie schon mehrere Wochen mit diesem Fall beschäftigt, und alles, was sie bisher über Dena Nordstrom herausbekommen hatte, war, daß sie quer durchs Land verschiedene Schulen besucht hatte, daß sich alle an sie erinnerten, aber nur wenige etwas über sie wußten. Die Sache stellte sich allmählich als schwierig heraus. Am schwersten zu treffen ist die Zielscheibe, die sich bewegt, und von ihrem vierten Lebensjahr an hatte diese Fernsehfrau nichts anderes getan, als sich von einem Ort zum anderen zu bewegen. Sie war nicht bis zum Abschlußexamen auf der Universität geblieben, und daß Barbara sich eine Namensliste ihrer Verbindungsschwestern besorgt und diese im ganzen Land aufgespürt hatte, war Zeitverschwendung gewesen. Nicht eine einzige sagte etwas Schlechtes über sie, dafür schwärmten mehrere, wie wundervoll sie gewesen sei. Das war nicht alles, die Frau in Alabama, die im College ihre Zimmergenossin gewesen war, hatte ohne Punkt und Komma geredet. Sie hatte sich in glühenden Worten stundenlang darüber verbreitet, was für eine phantastische Frau Dena doch sei. Barbara konnte die Frau am Telefon nur mit Mühe wieder loswerden. Zofko glaubte langsam an eine Art Verschwörung. Sie hatte

Denas Karriere von einer Fernsehstation zur anderen verfolgt – nichts. Alle sagten dasselbe. Sympathische Frau. Wir wußten, daß sie ihren Weg gehen würde. Wieder eine Sackgasse.
Zeit, sich an die nächsten Familienangehörigen heranzumachen. Als Barbara im einzigen Gasthof von Elmwood Springs ein Zimmer buchte, galt ihr erster Gedanke »gebratenen Muscheln«. Sie mochte die kleinen gebratenen Muscheln bei Howard Johnson's, so daß sie gar nicht so furchtbar entsetzt war, einige Zeit hier verbringen zu müssen. Als sie sich an diesem ersten Tag einquartierte, war sie allerdings enttäuscht, daß es keinen Zimmerservice gab, aber ihre Stimmung stieg, als sie den Prospekt für das Internationale Pfannkuchenrestaurant sah und erfuhr, daß es ganz in der Nähe lag. Sie stellte ihr Gepäck ab und tat das, was sie in einer fremden Stadt immer tat. Sie fuhr zum nächsten Supermarkt, nahm sich einen Korb und umkreiste wie ein großer weißer Hai die Brot- und Kuchenabteilung, griff nach verschiedenen süßen Vorräten, um sich damit durch die Nacht zu bringen.
Am nächsten Morgen klopfte sie an Norma Warrens Haustür.
»Mrs. Warren?«
»Ja?«
»Sie kennen mich nicht, aber ich komme vom Büro des Gouverneurs in Jefferson City, und ich wollte Sie fragen, ob ich etwas mit Ihnen besprechen könnte, das Ihre Cousine betrifft... Dena Nordstrom.«
Norma war erstaunt und überrumpelt, wie Zofko es vorausgesehen hatte. »Es ist streng vertraulich.«
»Oh... ja, natürlich. Kommen Sie rein.«
Sie gingen ins Wohnzimmer.
»Mrs. Warren, dieses Jahr gründet der Staat Missouri eine Ruhmeshalle für Missouri, und man hat Ihre Cousine für den neugeschaffenen Preis der Missouri-Frau des Jahres ausgewählt.«
Norma holte tief Luft. »Oooh, tatsächlich? Das ist doch nicht Ihr Ernst?«
»Doch. Aber wir teilen es der Presse erst nächsten Monat mit, deshalb muß ich Sie bitten, es für sich zu behalten.«
»Ja, natürlich. Ich verstehe. Was für eine Ehre!«
»Wir wollen, daß es eine Überraschung wird.«
Norma flüsterte fast. »Sogar für Dena?«
»Ja. Besonders für sie.«

»Ich verstehe. Ich werde nichts verraten. Wird es ein Abendessen geben oder so etwas?«
Zofko holte ihr Tonbandgerät und ihr Notizbuch aus der Tasche.
»Bitte?«
»Wird es ein Abendessen geben... oder ein Bankett?«
»O ja. Was wir im Moment von Ihnen brauchen, Mrs. Warren, sind ein paar Hintergrundinformation für die offizielle Biographie.«
»Glauben Sie, daß es feierlich wird?«
»Ja, das glaube ich, und wenn Sie vielleicht irgendwelche Fotografien hätten, die wir verwenden könnten, Schulfotos oder...«
»Wo wird es stattfinden? Hier oder in Jefferson City?«
»In Jefferson City.«
»Oh. Meinen Sie, wir könnten da auch hingehen? Ist die Öffentlichkeit eingeladen?«
»Sie bekommen natürlich eine Einladung zugeschickt.«
»Wann ist das?«
»Das Datum steht noch nicht fest, aber wir werden Sie darüber informieren.«
»Oh, ich bin so aufgeregt, ich falle gleich um. Meinen Sie, wir könnten eine zusätzliche Karte für Tante Elner bekommen? Wir würden sie auch bezahlen. Sie ist eigentlich ihre Großtante, sie würde sich freuen wie ein Kind. Wird der Gouverneur auch da sein?«
»Also, soweit ich weiß, wurde ihr Vater in Elmwood Springs geboren ...«
Norma erhob sich. »Ich bin so aufgeregt, daß ich Ihnen noch nicht mal was angeboten habe. Möchten Sie Kaffee oder irgend etwas anderes?«
»Nein, ich möchte nichts, danke. Oder doch, vielleicht eine Cola, wenn Sie haben.«
Nach zwei Stunden redete Norma immer noch davon, was Dena für ein entzückendes kleines Mädchen gewesen sei. »Ihre Mutter hat gearbeitet, deswegen habe ich Baby Girl täglich zum Kindergarten in Nachbarin Dorothys Haus gebracht und wieder abgeholt, sie war ein ganz süßes kleines Geschöpf. Ich erinnere mich noch an die Party zu ihrem vierten Geburtstag, wir hatten einen großen Geburtstagskuchen für sie. Ihre Mutter hatte sie wie ein Püppchen angezogen.«
Zofko reagierte prompt auf das Wort »Kuchen«, stellte fest, daß sie

schon wieder vor Hunger starb und versuchte zum eigentlichen Thema vorzudringen. »Mrs. Warren, woher, sagten Sie, stammte ihre Mutter?«

»Ich kann es Ihnen nicht sagen. Ich weiß es wirklich nicht.«

Zofko spitzte die Ohren. »Hat sie es denn nie erzählt?«

»Nein. Aber sie war ein reizender Mensch.«

»Und Sie sagen, sie ist tot?«

Norma nickte und wechselte das Thema. »Und natürlich waren wir außer uns, als wir Wayne Newton persönlich kennengelernt haben. Baby Girl hat das arrangiert. Sie ist so gut zu uns.«

»Mrs. Warren, wann starb Denas Mutter?«

»Oh, das kann ich wirklich nicht genau sagen.«

»Und wann ist sie von Elmwood Springs weggegangen?«

»Sie war ungefähr viereinhalb – glaube ich.«

»Sie meinen Dena. Wo könnte ich Ihrer Meinung nach noch ein paar zusätzliche Informationen über ihre Mutter bekommen?«

»Nun, eigentlich brauchen Sie ja nur zu sagen, daß sie nicht aus Missouri stammte.«

Zofko beschloß, den Punkt für den Augenblick fallenzulassen. Sie konnte das später überprüfen.

»Mrs. Warren, ich denke, das reicht. Wir werden Ihnen die Fotos zurückgeben, sobald wir Duplikate davon gemacht haben. Sie haben uns sehr geholfen.«

»Das hoffe ich. Wissen Sie was? Sie müssen entschuldigen, aber ich weiß Ihren Namen gar nicht.«

»Barbara.« Sie stand auf, schüttelte Norma die Hand und sagte: »Gratuliere.«

Norma begleitete sie zur Tür. »Ich wünschte nur, ihr Vater hätte diesen Tag erleben können. Sagen Sie dem Gouverneur, daß wir einfach begeistert sind. »Oh, und Barbara, Sie sind doch wohl auch bei dem Essen?«

»Aber sicher.«

»Hoffentlich sitzen Sie an unserem Tisch!«

Norma rannte in die Küche zurück und rief ihren Mann in der Arbeit an. »Macky«, sagte sie, »ich weiß ein Geheimnis. Aber ich darf es dir nicht erzählen. Du mußt warten, bis du es herauskriegst, du wirst begeistert sein. Mehr kann ich nicht sagen, ich muß aufhören.«

* * *

Nachdem die Unterhaltung mit Denas Großtante, Mrs. Elner Shimfessle, sich nur im Kreise gedreht hatte, verließ Barbara Zofko Elmwood Springs mit nicht mehr als zwei Gläsern eingemachter Feigen, einigen guten Muschelmahlzeiten im Bauch und mehreren Schulfotos. Sonst war die Reise eine Pleite gewesen. Die Familienangehörigen waren langweilige, typische Kleinstädter, die in die Kirche gingen und beliebt waren. Nichts davon konnte sie gebrauchen. Der Vater, Gene, war einmal in Schwierigkeiten geraten, weil er mit einer Schar anderer Jungen im städtischen Wasserturm geschwommen war. Das war mit Sicherheit nichts, was Capello zu einer schönen Verunglimpfung aufbereiten konnte. Die einzige unklare Stelle, an der vielleicht doch noch etwas schlummerte, war die Mutter. Sie hatte bemerkt, daß Mrs. Warren und Mrs. Shimfessle beide äußerst vage geblieben waren und sich offenbar scheuten, über sie zu sprechen. Beide hatten die Fragen nach Denas Mutter mit demselben Satz beantwortet: »Das kann ich nicht genau sagen.« Der Punkt, an dem sie nachhaken mußte, war der, daß die Mutter, als sie fortging, in einem Kaufhaus arbeiten wollte. Irgendwo. Aber Zofko hatte ihre Quellen. Sie beschaffte sich die Sozialversicherungsnummer der Mutter und begann, ihre Spur von ihrer ersten Arbeitsstelle bis zur letzten bekannten zu verfolgen. Sie spürte jede staatliche Registrierung ihrer Arbeit auf und konnte sich Kopien ihrer Personaldaten besorgen. Es waren immer dieselben: Name: Marion Chapman Nordstrom. Geboren: 9. Dezember 1920 in Washington, D.C. Eltern: Verstorben.

Die Geschichte ihrer Arbeitsverhältnisse las sich seltsam. Zum ersten Mal hatte sie 1942 eine Sozialversicherungsnummer beantragt, als sie in einem Bekleidungsgeschäft in New York City arbeitete, und sie hatte diese Stelle bis 1943 behalten, bis zu dem Jahr, in dem sie zu Gumps nach San Francisco ging. Von da an schien sie von einem Job zum anderen, von einer Stadt zur anderen zu wechseln. Anhand von Geschäftsberichten gelang es Zofko, die Namen mehrerer Frauen ausfindig zu machen, die in einem in Chicago noch existierenden Kaufhaus angestellt gewesen waren, flog nach Chicago und fand eine Frau, die noch in der Stadt lebte und immer noch dort angestellt war. Es handelte sich um eine dünne, blasse Frau namens Jan, die zuviel rauchte und sich freute, reden zu können. »Ich sage Ihnen alles, was ich weiß… aber es ist jetzt Jahre her, daß wir zusammen gearbeitet haben... aber ich habe mich oft gefragt, was wohl aus Miss Chapman geworden ist. Das letzte, was ich von ihr hörte, war, daß sie nach Boston gezogen ist, aber ja, natürlich erinnere ich mich an sie. Oh, Miss Chapman war eine große Attraktion.«

Zofko fragte, was sie damit meinte, und sie lachte. »Ich meine, sie stellte etwas dar. Ja, Miss Chapman war ein wandelndes Bild aus einem Modejournal, wenn es das gäbe, stets tadellos gekleidet. Ich sage Ihnen, wir anderen haben uns immer erstaunt gefragt, wie sie das hinkriegt, so auszusehen. Tipptopp frisiert, perfektes Make-up. Sie war nicht eingebildet oder dergleichen, sie war sehr freundlich, aber sie, oh, man könnte vermutlich sagen, sie hielt sich zurück – von uns fern – gewissermaßen. Natürlich war ich jung – ich glaube, ich war noch nicht mal achtzehn –, aber ich weiß noch, daß wir jüngeren Mädchen alle so sein wollten wie Miss Chapman, uns so anziehen wie sie, so gehen wie sie, so reden wie sie. Aber sie war unnachahmlich. Wir wunderten uns immer, warum jemand wie sie arbeiten mußte. Wissen Sie, mit ihrem Aussehen, ihrem Stil... Wenn ich sie gewesen wäre, ich hätte mir einen reichen Mann geangelt, gekündigt und bis ans Ende meiner Tage die Füße hochgelegt.«

Zofko war überrascht, daß sie Nordstroms Mädchennamen gebrauchte. »Wissen Sie, ob sie verheiratet war?«

»Nein, davon habe ich nie was gehört. Sie hat darüber nichts verlauten lassen. Sie war nicht gesellig. Ich glaube, sie ging nirgends hin außer zur Arbeit und nach Hause. Nicht, daß sie keine Angebote bekommen hätte. Ein paar von diesen Damen aus der Gesellschaft, und ich meine reiche Frauen, haben sie zu Partys eingeladen, aber sie ging nie hin. Sie war sehr höflich, aber sie ging nie hin. Sie kleidete einige von den wohlhabendsten Frauen in Chicago. Ja, Miss Chapman war die große Attraktion. Wenn sie feststellte, daß ein Kleid gut an ihnen aussehe, dann kauften sie es ohne Wenn und Aber. Und Sie sagen, sie hätte einen großen Scheck vom Staat zu erwarten?«

»Ja.«

»Nein, so was, also ich weiß einfach nicht, wie ich Ihnen helfen soll, sie zu finden, aber wenn Sie sie finden, sagen Sie ihr doch bitte einen schönen Gruß von Jan aus der Schuhabteilung. Sie wird sich wahrscheinlich nicht mehr an mich erinnern, aber grüßen Sie sie auf jeden Fall.«

Eine Woche später machte Zofko eine Mrs. Eunice Silvernail aus Birmingham, Michigan, ausfindig. Sie und ihre Schwester lebten zusammen in einem Haus für Pensionäre und Rentner. Zofko erklärte, sie suche Informationen, die dem Finanzamt Hinweise auf Miss Chapmans Aufenthaltsort gäben. Die Leute waren immer bereit zu helfen, wenn Geld im Spiel war. Mrs. Silvernail und ihre Schwester saßen in dem kleinen Wohnzimmer, sie aßen Kirschkuchen, und die Schwestern plapperten ununterbrochen von den guten alten Zeiten und zeigten Zofko die Uhr, die Mrs. Silvernail von dem Kaufhaus bekommen hatte, als sie in den Ruhestand gegangen war. Zofko erinnerte sie schließlich an den Zweck ihres Besuches. Mrs. Silvernail sagte: »Wissen Sie, als Sie anriefen, bin ich meine ganzen Erinnerungsstücke durchgegangen, weil ich dachte, ich hätte ein Foto von Miss Chapman, es wurde nämlich jedes Jahr ein Foto von der Belegschaft gemacht. Ich habe das Jahr gefunden, aber sie war nicht drauf. Ich habe keine Ahnung warum – vielleicht war sie an dem Tag krank. Ich weiß, daß sie damals dort gearbeitet hat, und ich erinnere mich sehr gut an sie. Welche Informationen benötigen Sie denn?«
Zofko nahm noch ein Stück von dem Kuchen, den sie auf den Couchtisch gestellt hatten. »Alles, alles, an das Sie sich erinnern können.«
Mrs. Silvernail schloß die Augen. »Sie benützte immer *Shalimar* – ich weiß das, weil ich in dem besagten Jahr Parfum verkaufte, bevor ich in die Wäscheabteilung kam – und sie kriegte den Angestelltenrabatt. Wissen Sie, ich habe mit so vielen Menschen gearbeitet, es ist schwierig, sich auf Einzelheiten zu besinnen, aber daran erinnere ich mich. Und sie war eine hübsche Frau, hatte eine schöne Stimme, sie arbeitete in der Abteilung für exquisite Kleidung. Wissen Sie, wir hatten viele reiche Frauen als Kundinnen, und sie kauften alle in ihrer Abteilung, und ich sage Ihnen was – sie war genauso elegant wie ihre Kundinnen. Sogar eleganter als manche, sie hatte ihren eigenen Stil.«
Zofko hatte das alles schon einmal gehört. »Wissen Sie, ob sie Männerbekanntschaften hatte?«
Mrs. Silvernail sagte: »Nein, sie hatte kein Interesse an Männern. Das kann ich mit Sicherheit sagen. Der Sohn des Besitzers, Marcus, ein gutaussehender Mann, hatte ein Auge auf sie geworfen, und sie nahm nicht einmal Notiz von ihm. Er war ganz verrückt nach ihr, folgte ihr bis nach Hause und entdeckte, daß sie verheiratet gewesen

war und ein Kind hatte. Bat sie, ihn zu heiraten, versprach, er würde auf den Namen dieses Kindes hunderttausend Dollar anlegen, ihr ein Haus kaufen, ein Auto, alles, was sie wollte, sie brauchte es nur zu sagen, aber sie gab ihm einfach den Laufpaß. Sie wissen ja, wie Männer sind, wenn sie glauben, sie können dich nicht kriegen, dann setzen sie alles daran, um dich zu erobern. Aber er tat es nicht. Gott, wenn ich an ihrer Stelle gewesen wäre, ich glaube, ich hätte ihn geheiratet. Ich meine, wie viele solcher Chancen bekommt man denn schon? Das war natürlich noch, bevor ich meinen Mann kennenlernte, aber sie hatte nichts dafür übrig, und ich meine das ernst. Kurz darauf ging sie fort. Es würde mich nicht überraschen, wenn das auch mit ein Grund für ihren Weggang gewesen wäre. Aber schließlich hat er doch noch geheiratet. Er heiratete das Mädchen von... den Handtaschen, ich habe ihren Namen vergessen, aber... das ist alles, was ich weiß.«

Einen Tag später saß Zofko in ihrer eigenen Wohnung, aß eine Tüte Pommes frites und studierte gleichzeitig das Diagramm, das sie gemacht hatte. Sie wollte nicht aufgeben. Immer wieder las sie die Kopien der Personalakten und Bewerbungen von Marion Chapman, die sie sich hatte beschaffen können, und dieses Mal bemerkte sie etwas, das ihr vorher nicht aufgefallen war. Ein gewisses Lili's Bekleidungsgeschäft war in allen ihren Referenzen aufgeführt worden, dann plötzlich, seit 1946, tauchte es in keiner Bewerbung mehr auf. Warum hatte sie diese Stelle ausgelassen? Könnte dort etwas vorgefallen sein, das womöglich der Grund war, daß sie fortging? Was war bei diesem Job passiert, daß sie ihn nicht überprüfen lassen wollte? Warum war sie weggegangen? Hatte man sie gefeuert? Vielleicht wegen Diebstahls? Vielleicht, weil sie eine Affäre mit einem verheirateten Mann hatte? Zofko schöpfte Hoffnung. Sie begab sich in den Zeitungslesesaal der New Yorker Stadtbibliothek, durchforstete die Anzeigen der Jahrgänge 1937 und 1938 im Bereich New York, und sie wurde fündig. Lili's Exklusives Bekleidungsgeschäft, »Kleider für die anspruchsvolle Frau«, 116 Park Avenue. Sie ging ins Stadtarchiv und schlug die Adresse und die Liste der Eigentümer nach. Es zeigte sich, daß das Gebäude an der Park Avenue 116 zunächst von einem Rickter, William J. erworben wurde, 1935 an Steiner, Lili Carlotta verkauft wurde und dann, 1944, wieder an Rickter, William J., den ursprünglichen Eigentümer zurückfiel. Von da an war es leicht.

Sie rief eine Frau an, die für den New Yorker Zensus arbeitete und zu Sidneys Handlangern gehörte, und beauftragte sie, ihr alles zu schicken, was sie über Lili Carlotta Steiner auftreiben konnte. Dann ging sie in ihr Büro zurück und wartete. Die Sendung kam per Bote. Zofko riß den Umschlag auf, als wäre es eine Tüte M & Ms, und verschlang den Inhalt mit ebenso großem Genuß:

Steiner, Lili Carlotta
Geboren: Wien, Österreich, 1893
Zog nach New York, Wohnsitz Yorkville, Gebäude 463, Ost, 85. Straße. Besaß und führte bis zum Zeitpunkt ihrer Verhaftung ein elegantes Modegeschäft. Enge Verbindung zu Mitgliedern der amerikanischen Nazi-Partei, der Spionage angeklagt und am 13. Dezember 1946 verurteilt, saß zehn Jahre im Gefängnis. Starb 1962 im Alter von neunundsechzig Jahren in Milwaukee, Wisconsin.

Nachdem Capello die Informationen gelesen hatte, die sie ihm überreicht hatte, sah er sie an. »Was soll ich sagen? Es geht gar nicht besser. Du bist die Beste.« Barbara Zofko war glücklich. Es gefiel ihr, wenn sie ihren Chef zufriedenstellen konnte.
»Wie lange hat sie für Steiner gearbeitet?«
»Ungefähr acht Monate.«
Capello nickte. »Das ist genug, mehr als genug. Schreib es – Hitler, Holocaust, Konzentrationslager, die ganze Geschichte.«
Zofko ging in ihr Büro zurück, setzte sich und hämmerte einige Schlagzeilen und Sätze zur Probe:

Dena Nordstroms schändliche Nazi-Vergangenheit... Mutter Kriegsverbrecherin... Führerin des amerikanischen Nazibundes ... Tochter von Nazi-Spionin jetzt im amerikanischen Fernsehen. Mutter enge Freundin von Hitler, wie eine Informationsquelle enthüllte ... unterstützte die Sache der Nazis... Nazi-Kriegsverbrecher gesteht, entlarvt Topmoderatorin des amerikanischen Fernsehens als Tochter von Nazi-Spionin...

Später würde sie einen vollständigen Entwurf machen. Momentan brauchte sie ein Mittagessen. Schließlich war keine Eile geboten.

Nordstrom war bis jetzt noch kein ganz großer Star. Sie hatten Zeit, viel Zeit auszuschmücken, »Beweise« anzufügen. Auf jeden Fall Zeit für ein gutes Essen. Sie verdiente eine Belohnung, sie hatte hart gearbeitet, und sie hatte den Aufhänger für eine tolle Geschichte gefunden. Sie war nicht hieb- und stichfest, sie war nicht vollständig, womöglich entsprach sie nicht mal der Wahrheit, aber sie würde ihre Aufgabe erfüllen.

Als sie sie beendet hatte, legte sie sie mit dem restlichen Material zu der Akte. Diese kleine Handgranate wartete auf den Zeitpunkt, an dem Capello sich entschließen würde, den Sicherungsstift zu ziehen und sie auf Nordstrom zu werfen, die Spitzenmoderatorin Amerikas.

Das Bankett

Kansas City, Missouri
1978

Nach Barbaras Besuch fuhr Norma bis nach Kansas City, um sich im Plaza nach Abendkleidern für sich und Tante Elner umzusehen. Sie hatte sich überlegt, daß sie für Macky in Jefferson City einen Smoking leihen könnten. In der Hauptstadt des Staates gab es bestimmt einen solchen Verleih, aber sie rief zur Sicherheit an und prüfte es nach, und es gab einen, und sie hatten mehrere Smokings in Mackys Größe. Ein Geheimnis wie dieses für sich zu behalten, fällt fast allen Menschen schwer, aber für Norma war es die Hölle, sie mußte sich praktisch selbst die Kehle zuschnüren, um es Macky gegenüber nicht herauszuposaunen. Sie hatte furchtbare Angst, daß sie womöglich im Schlaf redete, hatte sie Barbara doch versprochen, keinem ein Sterbenswörtchen zu verraten.

Jeden Tag durchkämmte sie die Zeitungen und suchte nach der Ankündigung, daß Dena zur Missouri-Frau des Jahres gewählt worden sei. Und jeden Morgen schnappte sie sich die Post, in der Hoffnung, die Einladung zum Bankett befinde sich darin.

Nach mehreren Monaten begann sie sich zu fragen, ob die Ankündigung vielleicht schon erfolgt sei und irgendwie nicht bis zur Presse von Elmwood Springs gedrungen war, das wollte sie nachprüfen. Sie rief im Büro des Gouverneurs in Jefferson City an und verlangte, Barbara zu sprechen. Die Stimme am anderen Ende fragte: »Haben Sie auch den Nachnamen?«

»Nein, aber sie arbeitet für den Gouverneur.«

»In welcher Eigenschaft?«

Ganz darauf bedacht, nichts zu verraten, erwiderte sie: »Sie ist für die Preise verantwortlich.«

»Ich weiß nicht, wer das sein soll, Madam.«

»Oh. Sie hat mir ihren Nachnamen nicht genannt. Wer ist für die Banketts zuständig?«

»Die Lieferung der Speisen und Getränke?«

»Nein, für die Berichte über die Programme.«

»Ich weiß nicht, wer das sein soll, Madam.«
»Nun, arbeitet bei Ihnen keine Barbara?«
Eine Pause. »Madam, ich verbinde Sie mit der PR-Abteilung. Da habe ich eine Barbara Thomas auf der Liste.«
»Ist das eine stämmige Frau?«
»Ich weiß nicht, Madam, ich bin nur die Telefonistin in der Zentrale.«
Jemand meldete sich: »Public Relations.«
»Kann ich bitte mit Barbara sprechen?«
»Darf ich fragen, wer anruft?«
»Ooh, entschuldigen Sie, ich glaube, das darf ich Ihnen nicht sagen ...«
»Bleiben Sie bitte dran.«
Eine Frau nahm ab. »Hallo, hier ist Barbara.«
Norma flüsterte: »Barbara... sind Sie es?«
»Ja. Wer ist da?«
»Ich bin's. Die Dame in Elmwood Springs. Wissen Sie, die Verwandte von... Sie wissen schon, von wem.«
»Tut mir leid. Wer ist da?«
»Ist niemand sonst in der Leitung? Kann ich frei sprechen?«
»Ja.«
»Hier ist Norma Warren, die Cousine von, Sie wissen schon, in Elmwood Springs.«
»Wo?«
»Elmwood Springs. Sie haben mir vor etwa sechs Monaten einen kurzen Besuch abgestattet.«
»Das glaube ich nicht. Ich war nie...«
»Doch, erinnern Sie sich nicht mehr – an den –«, und Norma buchstabierte, »P-R-E-I-S.«
»Welcher Preis?«
»Wissen Sie nicht mehr, daß Sie wegen der Biographie gekommen sind?«
»Ich fürchte, Sie sind mit der falschen Person verbunden.«
»Sind Sie eine stämmige Frau mit schwarzen Haaren?«
»Nein.«
»Oh. Kennen Sie denn eine stämmige Frau mit schwarzen Haaren, die Barbara heißt?«
»Nein.«

»Sie arbeitet bei Ihnen. Sie ist für das große Bankett verantwortlich.«
»Welches große Bankett?«
»Also, wenn Sie das nicht wissen, darf ich es Ihnen nicht sagen. Würden Sie mich wieder mit der Telefonistin verbinden? Ich scheine mit der falschen Barbara zu sprechen. Entschuldigung. Und erwähnen Sie bitte nicht, daß ich angerufen habe.«
»Tue ich nicht.«
Norma sprach mit der einzigen anderen Barbara, die noch im Büro des Gouverneurs arbeitete, aber auch das war nicht die richtige. Norma war völlig verwirrt. Sie rief Tante Elner an und fragte sie, ob irgendwann mal eine Frau namens Barbara zu ihr ins Haus gekommen sei.
Tante Elner, die ebenfalls Verschwiegenheit gelobt hatte, antwortete vorsichtig.
»Wer will das wissen?«
»Ich.«
»Also, das darf ich dir nicht sagen, ich kann dir nur sagen, daß du nicht überrascht zu sein brauchst, wenn du dieser Tage eine Einladung mit der Post bekommst, das ist alles, was ich dir zu diesem Thema sagen kann.«
Tante Elner und Norma warteten und warteten, aber es kam nichts.

Marion Chapman

Philadelphia, Pennsylvania
1954

Das Modegeschäft La Salle in Philadelphia, wo Denas Mutter gegenwärtig arbeitete, stand nicht im Telefonbuch. Diejenigen, die die Nummer brauchten, kannten sie. Unter der langen, blau-weißen Markise flanierten Kunden, welche die besten Häuser, Schulen und Clubs in Philadelphia, der Main Line, Palm Beach oder wo sie sonst zufällig waren, bevölkerten. Mrs. Robert Porter, eine dieser Kundinnen, die stets nur das Beste verlangte und es sich auch leisten konnte, bestand immer darauf, daß Miss Chapman sie bediente. Als eine Frau, die wußte, was sie wollte, hatte sie sich Chapman von Anfang an ausgesucht. Heute saß Mrs. Porter auf dem Rand eines breiten, runden, mit Quasten versehenen Sofas in der Mitte des verspiegelten Vorführraums und wählte die Garderobe für die Europareise ihrer Schwiegertochter aus. Wie immer war sie tadellos gekleidet mit einem schwarzen Designerkostüm, das ihre zierliche Figur vorteilhaft betonte. Ihre dünnen schwarzen Schuhe mit Riemchen lenkten die Aufmerksamkeit auf die Tatsache, daß sie, obwohl sie bereits in den frühen Siebzigern war, immer noch die Beine und die wohlgeformten Knöchel einer vornehmen Herkunftsfamilie und der sehr Reichen hatte.

Nachdem ihre Schwiegertochter Margo alle Kombinationen, die Miss Chapman ausgewählt hatte, vorgeführt hatte, gab Mrs. Porter ihre Zustimmung mit einem einfachen Kopfnicken. Sie war eigentlich mehr daran interessiert, Miss Chapman zu studieren, etwas, das sie jetzt schon seit einiger Zeit betrieb. Es fing damit an, daß ihr mittlerer Sohn Gamble, der gegenwärtig wieder mal unverheiratet war, begann, Marion Chapman den Hof zu machen, aber ohne Erfolg. In den folgenden Wochen hatte Mrs. Porter beobachtet, daß Marion Chapman die ganze Zeit über sehr sicher auftrat. Sie war nie übertrieben freundlich, aber immer verbindlich, und doch hatte sie immer etwas leicht Reserviertes, Distanziertes an sich. Sie war eine große, äußerst attraktive Frau mit makellosem, fast porzellanartigem

Teint und leuchtend kastanienbraunem Haar, das sie hochfrisiert trug und dadurch die edel geschwungene Nase und das vollkommene Profil betonte. Auf den ersten Blick wirkte sie wie die typische Karrierefrau, aber bei näherer Betrachtung paßte ein Merkmal nicht in das Bild der kühlen, emotionslosen Geschäftsfrau, und das waren ihre Augen. In ihnen lag etwas, das von einer anderen Geschichte erzählte. Ein gewisser Ausdruck von Traurigkeit, ein ständiges Bangen wegen etwas, das nichts mit der gegenwärtigen Situation zu tun hatte.

Als ihre Schwiegertochter ihre Anprobe beendet hatte, sagte Mrs. Porter: »Margo, warte doch bitte im Auto auf mich. Ich komme in ein paar Minuten nach.«

Sobald Margo gegangen war, klopfte Mrs. Porter auf den Sofaplatz neben sich. »Miss Chapman, setzen Sie sich, ich möchte mit Ihnen sprechen.«

Miss Chapman schien nicht sehr geneigt zu sein. »Mrs. Porter, wenn es um Gamble geht, ich kann Ihnen versichern...«

Mrs. Porter winkte ab. »Nein, natürlich nicht. Sie haben vollkommen recht, daß Sie sich von ihm fernhalten. Er ist ein Narr, was Frauen betrifft. Auf der anderen Seite bin ich erstaunt, daß er so klug ist, sich um Sie zu bemühen. Die meisten seiner Frauen sind hirnlos.« Sie ließ ihr Zigarettenetui aufschnappen, steckte eine Zigarette in die kleine schwarze Zigarettenspitze und zündete sie an.

Miss Chapman setzte sich. »Geht es um die Kleider? Ist...?«

Mrs. Porter unterbrach sie wieder. »Die Kleider sind ausgezeichnet. Margo ist ein etwas kräftiges Mädchen, und Sie haben es wunderbar hinbekommen, das zu mildern. Nein, ich wollte über Sie sprechen.«

Ein Ausdruck des Erschreckens huschte über Miss Chapmans Gesicht, aber sie zuckte nicht zurück. Mrs. Porter nahm einen Zug von ihrer Zigarette, wandte sich zur anderen Seite und stieß den Rauch aus. Dann blickte sie Miss Chapman direkt an. Sie stellte nüchtern fest: »Miss Chapman, ich bin zu alt und zu reich, um wie die Katze um den heißen Brei herumzuschleichen. Warum sind Sie hier?«

Miss Chapman schaute verständnislos. »Bitte?«

»Sie gehören nicht hierher. Ich weiß das, und Sie wissen es auch. Ich beobachte Sie jetzt schon eine ganze Zeit. Und offen gesagt, Sie faszinieren mich. Sie sind keine gewöhnliche Verkäuferin, niemand spricht hier Französisch so wie Sie, auf Highschool-Niveau. Offensichtlich haben Sie eine gute Erziehung genossen, also erzählen Sie mir nicht, daß Ihre Eltern nur einfache Arbeiter waren. Ich züchte Pferde, Miss Chapman, und ich kann ein Vollblut meilenweit erkennen.«

Mrs. Porter sah, wie Marion Chapman errötete. »Bitte, mißverstehen Sie mich nicht, ich würde mir nie anmaßen, mich in Ihr Privatleben einzumischen, so etwas finde ich widerwärtig. Aber soviel weiß ich: Sie könnten wahrscheinlich jeden Mann in der Stadt haben, wenn Sie wollten, aber vielleicht wollen Sie ja gar keinen Mann, aus welchem Grund auch immer, es ist mir völlig egal. Aber inzwischen weiß ich, daß Sie eine Tochter aufziehen. Ich weiß auch, was man Ihnen hier bezahlt, und es kann nicht leicht sein für Sie.« Sie zog wieder an ihrer Zigarette. »Was ich Ihnen vorschlagen möchte, ist folgendes. Ich habe viel Geld und weiß Gott auch Einfluß und Beziehungen. Ich möchte Ihnen ein eigenes Geschäft kaufen. Wo immer Sie wollen, das liegt ganz bei Ihnen, aber erlauben Sie mir wenigstens, Sie in eine Position zu bringen, in der Sie nicht für jemand anderen arbeiten müssen.«

Miss Chapman wirkte beunruhigt.

»Und Sie brauchen sich keine Sorgen zu machen, daß das irgendwas mit meinem Sohn zu tun hat, das ist eine Sache, die nur uns beide angeht. Sie haben Talent, Stil, und Sie verstehen viel von der Sache. Es gibt keinen vernünftigen Grund auf Erden, warum Sie nicht Ihren eigenen Laden haben sollten. In ein paar Jahren würde es Ihnen bestimmt sehr gut gehen. Schon allein in meiner Familie gibt es genug Kleiderständer, so daß Sie immer viel zu tun hätten.«

Miss Chapman schien antworten zu wollen, aber Mrs. Porter hielt sie davon ab. »Entscheiden Sie sich nicht heute. Denken Sie in Ruhe darüber nach. Sie können mir ja Ende der Woche Bescheid sagen.« Sie löste ihre Zigarette aus der Spitze und drückte sie in dem großen kristallenen Aschenbecher zwischen ihnen aus. »Aber ich sage Ihnen, was ich auch einer Tochter von mir sagen würde: Seien Sie nicht so töricht, mein Angebot abzulehnen. Sie können mir das Geld zurückzahlen oder auch nicht. Das spielt keine Rolle.«

* * *

Marion Chapman war immer noch ganz durcheinander, als sie in der Ankleidekabine Sachen aufhängte. Von all ihren Kundinnen hatte sie Mrs. Porter immer am meisten geschätzt, aber deren Vorschlag traf sie völlig unvorbereitet. Sich mit Gamble auseinanderzusetzen, war schwierig gewesen, aber sie hatte solche Situationen schon früher bewältigt. Dies war etwas anderes. Vielleicht weil Mrs. Porter für sie etwas Vertrauenerweckendes besaß, das es ihr sogar möglich machte, ihren Plan in Erwägung zu ziehen. Wenn sie nur könnte. Es würde ein neues Leben, Sicherheit bedeuten, sie könnte viel mehr für Dena tun, ihr alles kaufen, was sie brauchte. Dadurch bekäme sie die Chance, aus diesen schäbigen Apartmenthotels herauszukommen. Sie hätten ein schönes Zuhause, einen Platz, wohin Dena ihre Freunde mitbringen könnte.

Als sie an diesem Abend von der Arbeit nach Hause kam, saß Dena in der Lobby und wartete auf sie. Sie gingen zum Abendessen in ein kleines Restaurant um die Ecke, und Dena fragte, was denn vorgefallen sei, worüber sie nachdenke. Aber sie sagte nur: »Es ist nichts, Schatz, ich bin nur müde, das ist alles.« Als sie wieder zu Hause waren und sie Dena auf dem Sofa im Wohnzimmer zu Bett gebracht hatte, saß Marion Chapman im dunklen Zimmer und betrachtete ihre schlafende Tochter.

Der Laternenschein, der durch das Fenster fiel, tauchte Dena in ein fast silbernes Licht, so daß sie ihre Haare und die helle Haut sehen konnte. Seit einiger Zeit entdeckte sie immer mehr von ihrem Vater an ihr. Dena sah Gene jeden Tag ähnlicher, die gleichen blauen Augen, das gleiche Haar. Als sie so rauchend im Dunkeln saß, wanderten ihre Gedanken zurück zum Jahr 1943 in San Francisco. Ein Mädchen, das mit ihr zusammen arbeitete, traf sich immer mit einem Marineinfanteristen, und dessen Freund hatte sie durchs Fenster gesehen und brannte nun darauf, sie kennenzulernen. Aber in diesem Jahr wimmelte die Stadt von Jungen, die verzweifelt nach einer Begleitung zum Ausgehen suchten, bevor sie eingeschifft wurden, und sie hatte kein Interesse. Doch das Mädchen lag ihr wochenlang in den Ohren, sich doch wenigstens mal mit ihm zu treffen, und damit das Mädchen sie endlich in Ruhe ließ, willigte sie schließlich ein, sich mit ihm oben im Mark für einen Drink – und wirklich nur einen Drink – zu verabreden. Als sie an dem Abend im Mark aus dem Fahrstuhl stieg, wartete er dort schon auf sie, eine in Zellophan eingepackte und mit einem purpurroten Band geschmückte Schachtel in der Hand, die eine Orchidee enthielt. »Miss Chapman, ich bin Gene Nordstrom«, sagte er. »Ich wußte nicht, was ich kaufen sollte,

da meinte die Dame in dem Blumenladen, daß Sie vielleicht dies mögen würden.«
Er war bestimmt nicht das, was sie erwartet hatte. Er sah aus, als sei er gerade einem Werbeposter der Marine entsprungen. Er war mindestens einen Meter neunzig groß, mit blauen Augen und hellblondem Haar. Das Restaurant war bevölkert von Soldaten mit ihren Mädchen, und sie mußten sich durch die Menge kämpfen, um zu ihrem Tisch am Fenster zu gelangen. Er sagte: »Hoffentlich ist Ihnen dieser recht. Ich bin schon eher gekommen, um einen wirklich guten Platz zu kriegen. Ich bin seit zwei Stunden hier, es füllt sich schnell.«
Sie sah sich um. »Ja, wirklich.«
»Ich habe eine Flasche roten Champagner bestellt, ist das in Ordnung? Ich dachte, es ist vielleicht das einzige Mal, das ich Gelegenheit habe, welchen zu trinken.« Sobald der Kellner eingeschenkt hatte, holte er seine Brieftasche heraus und zog ein Bild hervor. »Das ist die Bäckerei von meinem Vater, und da stehen meine Mutter und mein Vater.«
Sein Vater war ein hochgewachsener Mann, neben dem eine rundliche, lächelnde Frau stand. Er reichte ihr ein weiteres Foto über den Tisch. »Das ist meine Tante Elner, und dies ist mein Hund, Tess. Sie haben vermutlich noch nie etwas von Elmwood Springs, Missouri, gehört, oder?«
»Nein«, sagte sie. »Ich kenne St. Louis. Wie weit ist das weg?«
Er lachte. »Ziemlich weit. Aber sie würden Elmwood Springs mögen. Haben Sie schon mal was von Nachbarin Dorothy gehört?«
»Von wem?«
»Nachbarin Dorothy… im Radio. Ich schätze, Sie können ihre Sendung hier, so weit weg von Elmwood Springs, nicht empfangen. Jedenfalls, da komme ich her. Es ist nicht sehr groß, aber wir haben alles, was man braucht. Wir haben ein Kino und einen See. Ich wünschte, Sie könnten es irgendwann mal sehen. Ich wette, es würde Ihnen gefallen. Ich weiß nicht, warum ich andauernd von Elmwood Springs rede. Ich muß wohl Heimweh haben oder so was. Ich langweile Sie wahrscheinlich zu Tode.«
»Nein, gar nicht.«
Sie hatte nicht die Absicht gehabt, sich zu verlieben und zu heiraten, aber seine Lebensfreude und Begeisterungsfähigkeit waren so an-

steckend, daß sie tatsächlich anfing zu glauben, daß ihr Leben auch anders verlaufen könnte. Vielleicht bekam sie endlich die Möglichkeit, ihre Vergangenheit hinter sich zu lassen und wirklich glücklich zu leben, in einer kleinen Stadt in der Mitte des Landes einen neuen Anfang zu machen.
Aber es war nur ein flüchtiger Traum. Nachdem Gene gefallen war, erkannte sie, wie töricht sie gewesen war, überhaupt nur einen Augenblick daran zu glauben. Und als ihre Tochter Dena geboren wurde, war ihr klar, was zu tun sei. Sie hatte die feste Absicht, Dena nach Elmwood Springs zu bringen, sie bei Genes Eltern zu lassen und einfach aus ihrem Leben zu verschwinden.
Doch soweit war es nicht gekommen. Als sie an jenem Tag aus dem Zug stieg, war es schon zu spät. So sehr sie auch versuchte, Dena zu verlassen, sie konnte es nicht. An jedem neuen Tag war ihr bewußt, daß sie eigentlich gehen müßte, aber während die Tage verstrichen, brachte das Leben in Elmwood Springs sie allmählich zu dem Glauben, daß sie hier vielleicht doch sicher war. Die Nordstroms stellten keine Fragen und empfingen sie mit offenen Armen.
Fast hatte sie schon vergessen, wer sie wirklich war und was sie gemacht hatte, da wurde plötzlich ihr schlimmster Alptraum wahr. Kurz nach Denas viertem Geburtstag hatte Theo sie ausfindig gemacht, war gekommen und hatte an Nordstroms Tür geklopft.
Sie hätte nie heiraten, nie ein Kind bekommen dürfen, zumindest hätte sie Dena am ersten Tag verlassen müssen. Was hatte sie sich dabei gedacht? Was dachte sie sich jetzt? Sie konnte auf die Dauer nicht in Philadelphia oder sonstwo bleiben. Sie mußte immer wieder weiterziehen. Sie durfte kein Risiko mehr eingehen, nicht wenn sie Denas Zukunft nicht gefährden wollte.
Eine Woche später rief Mrs. Porter bei La Salle an und verlangte Miss Chapman. Der Besitzer sagte: »Es tut mir leid, Mrs. Porter, aber sie ist nicht mehr bei uns. Kann ich Ihnen behilflich sein?«
»Sie meinen, daß sie nicht mehr bei Ihnen arbeitet? Was ist passiert?«
»Ich weiß es wirklich nicht, Mrs. Porter. Sie hat sich einen Tag krank gemeldet, und als sie am nächsten Tag nicht zur Arbeit kam, habe ich angerufen, um zu hören, wie es ihr geht, und da sagte mir der Mann am Empfang, daß sie ausgezogen sei und keine Nachsendeadresse hinterlassen habe. Ich weiß nicht, was ich davon halten soll.

Ich habe noch einen Gehaltsscheck für sie, aber ich weiß nicht, wohin ich den schicken soll. Es tut mir leid, Mrs. Porter, ich weiß, Sie mochten sie gern.«
»Ja«, sagte Mrs. Porter. »Ja, so ist es.«

Ein Abend im Theater

New York City
1978

Dena besuchte mit Julian Amsley das Musical *Mame*, eine Benefizveranstaltung zugunsten des Schauspielerfonds, und es schien, als sei ganz New York anwesend. Es war ein glanzvoller Abend, und als sie den Gang hinunterschritt und das Tuscheln der Leute hörte: »Da ist Dena Nordstrom«, gestand sie sich ein, daß sie es genoß. Sie war mit schlichter Eleganz gekleidet und hob sich deutlich von der Menge ab, auch ohne den teuren Schmuck und das teure Facelifting der Ehefrauen, die eine gute Partie gemacht hatten. Von ihrem Platz aus verfolgte sie die Show mit uneingeschränktem Vergnügen, bis sie mitten im ersten Akt von einem Schweißausbruch überfallen wurde und das Gefühl hatte, keine Luft mehr zu bekommen. Ihr Herz begann zu rasen, und sie hörte ein Klingeln in den Ohren; alles verzerrte sich, sah auf einmal unwirklich aus. Das ganze Publikum schien sich auf sie zuzubewegen… und sie rang mühsam nach Luft. Ihr war, als würde sie gleich sterben oder in Ohnmacht fallen. Sie sprang auf, stolperte durch die Menschen und versuchte, auf den Gang zu gelangen. Julian wandte sich zu ihr und machte Anstalten, sich zu erheben, aber sie war schon fort, ehe er überhaupt Gelegenheit hatte zu fragen, was ihr fehle.

Dena stürzte in die Damentoilette, lief zum Waschbecken und hielt sich daran fest, aber ihr drehte sich immer noch alles. Die Toilettenfrau war besorgt, als sie sah, daß ihr Gesicht so weiß war wie ihr Kleid. »Alles in Ordnung, Miss?« Dena rang immer noch nach Luft, drehte das kalte Wasser auf und klatschte es sich ins Gesicht. Die Frau führte sie zu einem Stuhl und sagte: »Setzen Sie sich hin und atmen Sie so tief durch, wie Sie können.« Dena war zwar noch zittrig, aber allmählich fühlte sie sich etwas besser, während die Toilettenfrau weiter auf sie einredete und ihr kalte Kompressen um die Handgelenke wickelte. »Ihnen ist es vermutlich da drinnen einfach zu heiß geworden. Versuchen Sie sich zu entspannen, dann geht's Ihnen gleich wieder besser.«

So etwas war Dena noch nie zuvor passiert. »Ich weiß nicht, was los war. Ich dachte, ich würde ohnmächtig.«
»Sie haben vielleicht etwas gegessen, das Sie nicht vertragen haben, oder Sie kriegen eine Grippe. Oder Sie könnten auch schwanger sein, viele Frauen werden ohnmächtig, wenn sie schwanger sind.«
Eine ältere Platzanweiserin, die gesehen hatte, wie Dena in die Damentoilette rannte, klopfte an die Tür. Die Toilettenfrau fragte: »Ja? Wer ist da?«
»Hier ist Fern... ist alles in Ordnung mit ihr?«
»Ja.«
»Braucht sie irgendwas?«
»Ich brauche einen Drink«, sagte Dena. »sagen Sie ihr, sie möge mir einen Drink holen.« Die Toilettenfrau rief: »Fern, geh an die Bar und sag Mike, er soll dir einen Brandy geben.«
Dena rief: »Einen doppelten.«
Die Vorstellung, schwanger zu sein, holte sie aus dem undefinierbaren Zustand, in dem sie sich befand, abrupt in die Realität zurück. Julian hatte sie mit seinen Annäherungsversuchen fast verrückt gemacht, und letzten Monat war sie auf einer Party bei ihm zu Hause blau wie ein Veilchen gewesen, und danach hatte sie geglaubt, daß sie letzten Endes vielleicht doch mit ihm ins Bett gegangen war, aber an die Einzelheiten konnte sie sich nicht erinnern, und am nächsten Morgen hatte sie nicht gefragt. Sie wollte es nicht wissen.
Der Drink kam, und sie stürzte ihn in einem Zug hinunter. Sie saß bewegungslos auf dem Stuhl und stierte vor sich hin. Schließlich drehte sie sich zu der Toilettenfrau um, sah ihr ins Gesicht und tat vor diesem völlig fremden Menschen den feierlichen Schwur: »Ich werde nie wieder mit einem Griechen ausgehen, solange ich lebe.«
Die dicke karamelfarbene Toilettenfrau, die noch nie mit einem Griechen ausgegangen war, nickte Dena zu. »Das kann ich Ihnen nicht verübeln, Schatz.«
Dena stand auf und gab ihr 50 Dollar und steckte auch Fern und Mike, dem Barmann, beim Hinausgehen ein Trinkgeld zu, als sie zu einem Taxi strebte, das sie nach Hause brachte, und Julian auf seinem Platz in der dritten Reihe, Mitte, zurückließ, der sich fragte, was wohl mit ihr passiert sei.

* * *

Am nächsten Morgen wachte sie mit Todesängsten auf, und zum ersten Mal war sie froh, daß sie an diesem Tag einen Termin bei der Ärztin hatte. Sie mußte wirklich mit jemandem reden.
Sie erzählte Dr. Diggers genau, was am Abend vorher geschehen war und bezog auch die Befürchtung, daß sie womöglich schwanger war, mit ein. Dr. Diggers hörte zu und machte sich Notizen. Es irritierte Dena, daß sie so ruhig und gleichgültig schien. »Ich freue mich, daß Sie da so seelenruhig Männchen malen oder sonst was machen können, während mein Leben auf dem Spiel steht. Ich könnte mit einem griechischen Kind schwanger sein, von dem ich nicht einmal weiß.«
Elizabeth Diggers sagte: »Sie sind nicht schwanger.«
»Woher wollen Sie das wissen, Sie waren doch nicht dabei? Der Mann ist wie ein Kaninchen.«
»Dena, Sie hatten eine Panikattacke.«
»Eine was?«
»Was Sie beschrieben haben, ist eine klassische, altbekannte, gewöhnliche Panikattacke.«
»Sind Sie sicher?«
»Ja, ich bin mir sicher.«
»Oh, Gott sei Dank.« Dena stieß einen Seufzer der Erleichterung aus. »Moment mal – warum sollte ich eine Panikattacke haben?«
Diggers antwortete automatisch: »Was meinen *Sie* denn?«
»Weiß ich nicht… ich weiß ja nicht einmal, was das ist, darum frage ich Sie.«
»Nun, machen Sie sich um etwas sehr große Sorgen?«
»Nein. Mir geht es ausgesprochen gut. Alles läuft prima. Warum sollte ich plötzlich von Panik befallen werden?«
Diggers antwortete nicht.
»Ich saß da und amüsierte mich und dann, *wumm* – es war schrecklich! Ich weiß nicht, woher es kam und warum. Warum bekommen Menschen denn Panikattacken?«
»Manchmal liegt es an der Umgebung, manchmal ist es im Unbewußten etwas, das verdrängt wurde, will mit aller Gewalt an die Oberfläche.«
»Toll, jetzt attackiert mich auch noch mein Unbewußtes. Nicht genug, daß ich Abend für Abend Julian Amsley abwimmeln muß, jetzt ist auch noch mein Unbewußtes hinter mir her.«

»Wir wollen uns ein bißchen über gestern abend unterhalten. Erzählen Sie mir genau, was Sie gemacht haben.«
»Ich habe Ihnen ja schon gesagt, daß ich einfach nur da saß und mir die Show angesehen habe.«
»Was haben Sie in dem Moment gerade gesehen. Erinnern Sie sich noch?«
»*Mame*.«
»Welchen Teil des Musicals?«
»Oh, ich weiß nicht genau, den ersten Akt, warum?«
»Versuchen Sie sich genau zu erinnern, was sich gerade abspielte, als Sie Angst bekamen.«
»Was hat das denn damit zu tun?«
»Vielleicht gar nichts. Aber tun Sie mir den Gefallen... versuchen Sie sich zu erinnern.«
Dena überlegte einen Augenblick. »Es ging um Weihnachten. Sie haben gesungen, sie wollten möglichst bald ein bißchen Weihnachten haben, und da war ein Baum. Das ist alles, woran ich mich noch erinnern kann.«
»A ja, das war das Lied ›We need a little Christmas‹. Ich kenne die Show.«
Dr. Diggers schrieb eifrig. »Ich möchte Sie folgendes fragen. Dinge, die mit Weihnachten oder einem Christbaum zu tun haben, lösen die was bei Ihnen aus?«
Dena sah sie mit ausdruckslosem Gesicht an.
»Erinnert Sie das an was? Ist mal irgendwas um Weihnachten herum passiert, das vielleicht traurig war oder so?«
»Nein. Ich mag Weihnachten nicht einmal. Warum stellen Sie mir all diese Fragen?«
»Was haben Sie und Ihre Mutter Weihnachten immer gemacht? Haben Sie Verwandte besucht?«
»Nein, ich weiß nicht mehr, was wir gemacht haben. Nichts. Wir haben einfach nichts gemacht.« Ihr brach der kalte Schweiß aus. Ihr Mund wurde trocken, und sie geriet plötzlich in Panik.
»Dena? Was ist los?«
»Ich weiß nicht.«
»Haben Sie momentan Angstgefühle?«
Dena hatte ihre Fingernägel in den Sessel gegraben und atmete schwer. »Ein bißchen... ich weiß nicht warum.«

Diggers rollte sofort zu ihr herüber. »Okay, jetzt beruhigen Sie sich. Es ist alles in Ordnung mit Ihnen, ich bin ja da. Stehen Sie auf und laufen Sie herum. Kommen Sie, wir gehen mal in die Küche, und Sie tun kaltes Wasser aufs Gesicht – und schauen Sie immer auf mich, ich bin bei Ihnen.«

Sie begaben sich in die Küche, und Dena spritzte sich kaltes Wasser ins Gesicht und hielt sich am Spülbecken fest, wie sie es am Abend zuvor gemacht hatte. Die Frau, die für Diggers arbeitete, stand in der Ecke gegenüber und sagte nichts. Diggers bat sie: »Louisa, holen Sie mir bitte mal aus dem Medizinschrank eine Zehn-Milligramm-Tablette Valium.« Sie gab sie Dena und bettete sie auf die Couch, dann lehnte sie sich zurück und sprach mit ihr. »Sie sind okay, atmen Sie einfach immer weiter und entspannen Sie sich. Es geht vorüber, glauben Sie mir.«

Dena merkte, wie sie ruhiger wurde.

»Ich habe das selbst auch schon durchgemacht«, sagte Diggers. »Ich weiß, wie unheimlich das ist, aber Sie sind in Ordnung.«

»Ich hasse das.«

»Ich weiß.«

»Ist meine Zeit um?«

Diggers sagte: »Nein. Können Sie eine Minute allein bleiben? Ich bin gleich wieder da. Wenn Sie mich brauchen, rufen Sie.«

Sie rollte in ihr Sprechzimmer, rief den Türsteher unten an und sagte ihm, er solle den nächsten Patienten nicht herauflassen. Sie würde später einen neuen Termin mit ihm vereinbaren. Sie kehrte ins Wohnzimmer zurück.

»Muß ich gehen?« fragte Dena.

»Nein. Sie bleiben da, wo Sie sind.«

Sie saßen schweigend da. Nach etwa fünf Minuten sagte Dena: »Etwas ist an Weihnachten geschehen... aber ich habe es vor langer Zeit vergessen. Ich denke eigentlich nie daran. Ich dachte, ich sei darüber hinweg.«

Weihnachten

Chicago, Illinois
1959

Als Dena fünfzehn war, wohnte ihre Mutter in Chicago in einem großen Apartmenthaus aus rotem Backstein, das Berkeley hieß. Denas Internat befand sich außerhalb von Baltimore, und sie konnte es kaum erwarten, ihre Mutter in den Ferien zu besuchen. Immer wieder hatte sie ihre Mutter von der Schule aus angerufen, aber es war ihr nie gelungen, sie zu Hause zu erreichen. Sie rief das Kaufhaus an, bei dem ihre Mutter angestellt war, aber man sagte ihr, daß ihre Mutter nicht mehr dort arbeitete. Ihre Mutter wechselte ihre Stellen ziemlich oft, und manchmal vergaß sie, ihr davon zu erzählen, also schrieb Dena ihr einen Brief, in dem sie ihr mitteilte, wann ihr Zug ankommen werde. Auf der ganzen Fahrt quer durchs Land bebte sie innerlich vor Aufregung. Sie liebte es, durch die kleinen Städte zu fahren, all den Weihnachtsschmuck zu sehen und in die Fenster der Häuser zu schauen. Als ihr Zug schließlich im Bahnhof hielt, war Dena als erste draußen. Sie suchte mit den Augen den Bahnsteig ab, aber ihre Mutter war nicht da. Sie wartete fast zwei Stunden. Dena wußte nicht, was sie machen sollte. Vielleicht hatte ihre Mutter ihren Brief nicht bekommen oder mußte länger arbeiten. So ging sie hinaus und nahm ein Taxi zu dem Haus, in dem ihre Mutter wohnte. Ihr Herz tat einen Freudensprung, als sie den Namen ihrer Mutter auf dem kleinen Papierstreifen neben der Klingel las. Sie drückte auf den Klingelknopf. Aber niemand antwortete. Die Luft war frostig und der Wind schneidend kalt. Es wurde allmählich dunkel, als ein Mann erschien, einen Schlüssel zückte und die große gläserne Haustür aufschloß, die in die Halle führte. Dena sagte: »Entschuldigung, können Sie mir sagen, ob es hier einen Hausverwalter oder so was Ähnliches gibt? Ich muß in die Wohnung meiner Mutter. Ich habe keinen Schlüssel, und sie ist noch nicht zu Hause.« Der Mann ließ sie hinein und zeigte auf eine braune Tür. »Da mußt du klingeln.« Dena las: Mrs. F. Cleverdon, Hausverwalterin. Eine Dame mittleren Alters mit Schürze öffnete die Tür.

»Hallo, ich bin Mrs. Nordstroms Tochter, ich bin gerade angekommen und wollte fragen, ob sie für mich einen Schlüssel hinterlegt hat.«

»Nein, meine Liebe, sie hat keinen Schlüssel hinterlegt. Aber ich bringe dich rauf und lasse dich rein. Deine Mutter wohnt im sechsten Stock. Warte, ich hole nur den Schlüssel.«

»Vielen Dank. Wahrscheinlich arbeitet sie länger... wissen Sie, wegen Weihnachten.«

»Das glaube ich auch«, sagte Mrs. Cleverdon, »die Geschäfte haben länger geöffnet. Gott sei Dank muß ich mich nicht mehr in das Gewühl stürzen. Ich habe meine Einkäufe alle erledigt – alles, was ich so brauche.«

Sie nahmen den Fahrstuhl nach oben, und sie begleitete Dena den Flur entlang bis zur Wohnung 6D und schloß die Tür auf. »Da sind wir. Deine Mutter wird sich bestimmt freuen, dich zu sehen. Jetzt wünsche ich dir noch einen schönen Aufenthalt.«

»Danke.«

Dena betrat die Wohnung, knipste überall Licht an und entdeckte ungeöffnete Post auf dem Fußboden. Ihr Brief lag ganz oben. Dann dämmerte es ihr. Ihre Mutter hatte sicher für das Kaufhaus eine Geschäftsreise gemacht. Das tat sie öfter, sie war vermutlich gerade auf dem Heimweg.

Sobald Dena das Schlafzimmer betrat, roch es vertraut – nach dem Shalimar ihrer Mutter – und sie fühlte sich zu Hause. Die Wohnung gefiel ihr. Sie hatte eine kleine Küche und ein gut geschnittenes Wohnzimmer. Die Einrichtung glich der in allen möblierten Wohnungen, in denen sie bisher gelebt hatten: ein bißchen abgenutzt und verwohnt, aber bequem. Dann bemerkte sie den kleinen weißen Baum aus Keramik, den ihre Mutter im Wohnzimmer auf den Eßtisch am Fenster gestellt hatte. Er trug winzig kleine, farbige Lichter. Sie steckte ihn ein, und er leuchtete rot, grün und blau. Dena beschloß, ihn brennen zu lassen, und wenn ihre Mutter nach Hause kam und zufällig nach oben schaute und ihn sah, würde sie überrascht sein.

Nachdem sie ausgepackt hatte, öffnete sie den vorderen Wandschrank, um ihren Mantel hineinzuhängen. Vier wunderschön eingepackte Weihnachtspakete lagen auf dem Boden. Auf jedem stand: *Für Dena. Von Mutter.* Sie legte die Geschenke für ihre Mutter neben den kleinen Baum und setzte sich, um auf sie zu warten, wobei sie rätselte, was wohl in den Paketen war, besonders in dem großen. An diesem Abend hielt sie jedes Mal den Atem an, wenn sie hörte, daß die Fahrstuhltür sich öffnete und jemand den Gang entlang kam, das mußte sie jetzt sein. Aber sie war es nie. Sie gingen alle vorbei. Gegen zehn Uhr starb sie fast vor Hunger, und der Kühlschrank war leer, deshalb schrieb sie einen Zettel und lehnte ihn gegen den Weihnachtsbaum. *Mutter, ich bin hier! Ich hole mir nur schnell etwas zu essen und bin gleich wieder da.*

Sie zog sich den Mantel an und mußte die Tür unverschlossen lassen, weil sie keinen Schlüssel hatte. Sie ging die Straße hinunter zu einer Imbißstube und kaufte sich ein überbackenes Käse-Sandwich, eine Cola und ein Stück Schokoladenkuchen zum Mitnehmen, aber als sie zu dem Haus zurückkam, war es verschlossen, und sie kam nicht hinein. Sie klingelte bei ihrer Mutter, in der Hoffnung, diese sei inzwischen zurückgekehrt. Doch es antwortete niemand, so daß sie wieder bei der Hausverwalterin klingeln mußte.

Als sie am nächsten Morgen aufwachte, zog sie sich an, trödelte in der Wohnung herum und schlug die Zeit tot. Jedes Mal, wenn sie nach draußen ging, hinterließ sie dieselbe Notiz an derselben Stelle. Nach zwei Tagen rief sie ihre Schule an und ließ es solange klingeln, bis schließlich jemand abnahm. Dena fragte, ob ihre Mutter angerufen und ihr eine Nachricht hinterlassen habe, was jedoch verneint wurde.

Am Weihnachtsmorgen stand sie früh auf und kochte sich eine Kanne Kaffee. Sie kämmte sich die Haare, zog ihr gutes Kleid an, setzte sich ans Fenster und wartete darauf, daß das Telefon klingelte. Jedes Mal, wenn sie die Tür des Fahrstuhls hörte, schlug ihr Herz höher. Sie wußte, diesmal würde es ihre Mutter sein. Und jedes Mal sank ihr Mut wieder, wenn die Person, wer immer es auch sein mochte, den Flur weiter hinunterging. Sie saß den ganzen Tag nur da. Das Fenster war vereist, aber in der Wohnung war es warm. Gegen sechs Uhr ging sie in die Küche, erhitzte die tiefgefrorene Truthahnmahlzeit mit Kartoffelbrei, die sie sich gekauft hatte, setzte sich und aß. Sie sah sich in dem alten Schwarzweißfernseher im Wohnzimmer die Perry-Como-Weihnachtssendung an. Sie wartete bis elf Uhr, dann ging sie an den Wandschrank, holte ihre Geschenke heraus, legte sie mitten auf den Fußboden und packte sie aus. Das große hob

sie sich bis zuletzt auf. Anschließend räumte sie das ganze Papier weg und ging ins Bett.
Die gesamten restlichen Ferientage wartete sie. Jeden Tag war Dena von neuem überzeugt, daß ihre Mutter in der nächsten Minute zur Tür hereinkommen würde. Doch mit jedem Tag, der verging, wurde das Gefühl in ihrem Körper weniger, bis sie am Ende der Woche völlig empfindungslos war. An ihrem letzten Tag packte sie, rief ein Taxi, zog ihren neuen blauen Wollmantel an, den ihr ihre Mutter zu Weihnachten geschenkt hatte, machte die Lichter am Weihnachtsbaum aus, schloß die Tür hinter sich und ging nach unten, um in der Halle auf das Taxi zu warten. Mrs. Cleverdon kam heraus, weil sie in der Halle eine Glühbirne ersetzen mußte, und sah, daß Dena wieder abfuhr. »Hattest du schöne Ferien?« fragte sie freundlich.
»Ja, Madam.«
Oben in der Wohnung 6D lag ein Zettel auf dem Tisch: *Mutter, ich war hier. Liebe Grüße, Dena.* Drei Wochen später lag der Zettel immer noch da. Mrs. Cleverdon erzählte es ihr am Telefon. Ihre Mutter kam nicht wieder. Sie war wie vom Erdboden verschwunden. Aber Dena weinte nicht. Nicht ein einziges Mal. In der Schule log sie, wenn jemand sie fragte, wie ihr Weihnachten gewesen sei. Sie tat so, als wäre das alles nie geschehen. Es dauerte Jahre, bis Dena wirklich akzeptierte, daß ihre Mutter nicht wiederkommen würde.
Im darauffolgenden Jahr wollten ihre Großeltern, daß sie Weihnachten mit ihnen verbrächte, aber sie stieg in einen Zug nach Chicago und verbrachte die Ferien allein in einem Zimmer im Drake. Am ersten Tag nahm sie ein Taxi, fuhr zum Berkeley und stand lange draußen vor dem Haus, ehe sie wieder zum Hotel zurückfuhr. Am ersten Weihnachtstag zog sie sich schön an und ging hinunter, um das Abendessen im Cape-Cod-Saal einzunehmen. Sie saß an einem Tisch am Fenster und bestellte einen Hummer. Sie hatte noch nie einen gegessen, deshalb beschloß sie, es auf einen Versuch ankommen zu lassen. Die Leute sahen zu dem hübschen Mädchen hinüber, das ganz allein mit seinem Hummer da saß und versuchte, die Schale zu knacken und herauszufinden, welchen Teil man essen konnte. Aber sie bemerkte die Blicke nicht, weil sie die meiste Zeit aus dem Fenster sah, als wartete sie darauf, jemanden zu sehen, den sie kannte.

Ich und mein Schatten

New York City
1978

»Und Sie haben danach nie wieder etwas von Ihrer Mutter gehört?« fragte Dr. Diggers.
»Nein. Niemand. Auf jeden Fall ist das schon lange her und hat nichts mit dem zu tun, was jetzt geschieht.«
»Moment mal. Sie wissen also eigentlich nicht, ob sie noch lebt oder tot ist.«
Dena wehrte ab. »Ich weiß es nicht, aber es ist mir auch egal. Wirklich, es spielt keine Rolle mehr für mich, so oder so.«
»Warum haben Sie mir das nicht früher erzählt?«
»Weil… es nichts ist, worauf ich besonders stolz bin.«
»Was meinen Sie damit?«
»Weiß ich nicht, es ist nur peinlich.«
»Wir sollten darüber reden.«
»Bitte nicht. Ich habe kein Interesse an der Vergangenheit. An das meiste kann ich mich nicht mal mehr erinnern, was soll's also? Sehen Sie, ich bin ein bißchen zu alt, um mit einem Teddybär im Arm in der Ecke zu sitzen und nach meiner Mutter zu jammern. Ich habe keine Zeit dazu, ich muß einen klaren Kopf bewahren und kann mich nicht über Vergangenes verbreiten oder aufregen. Man hat eben nur eine Mutter und einen Vater, und wenn man Glück hat, wächst man auf, und alles ist vorbei, man kommt darüber hinweg und wird erwachsen. Ich hatte sicher keine schöne Kindheit, aber ich gehe damit nicht hausieren. Ich hasse Jammerlappen. Und mich braucht auch niemand zu bedauern.«
Diggers rollte näher zu Dena hin. »Schätzchen, ich bedaure Sie aber. Und Sie haben ein Recht, sich selbst zu bedauern. Es war *schrecklich*, was Sie da erlebt haben.«
Es war das erste Mal, daß Diggers sie anders genannt hatte als Dena und sie war nicht dagegen gewappnet.
»Sie werden mit jemandem darüber sprechen müssen, das könnte auch ich sein. Einverstanden?«

Dena hörte sich selbst sagen: »In Ordnung.«
»Braves Mädchen. Ich weiß ja, daß es Ihnen schwerfällt, darüber zu reden, aber es muß sein. Wir müssen diese Sache frontal angehen und dürfen sie nicht unter den Teppich kehren, denn erst wenn Sie sich mit dem, was wirklich passiert ist, konfrontieren und auseinandersetzen, werden Sie wissen, was Sie überhaupt fühlen. Ich will Ihnen nichts vormachen; es wird ein langer, schwieriger Prozeß sein… aber wir müssen irgendwo anfangen.«
Dena hörte ihr zum ersten Mal wirklich zu.
»Sind Sie jetzt bereit, mit mir zusammenzuarbeiten?«
»Ja.«

* * *

An diesem Abend dachte Elizabeth Diggers noch lange über Dena nach. Sie hatte Zuneigung zu ihr gefaßt. Zwar konnte sie sie noch immer mit einem nüchternen, wissenschaftlichen, professionellen Blick betrachten, aber da war noch mehr – etwas, das über das normale Arzt-Patienten-Verhältnis hinausging. Einsame Menschen haben die Fähigkeit, einander zu erkennen. Sie konnte hinter dieses schöne Gesicht blicken, hinter diese Augen, die vordergründig nichts verrieten. Wenn sie Dena ansah, sah sie jene Fünfzehnjährige, die nie aus diesem Zimmer herausgekommen war. Sie saß immer noch dort, schaute aus dem Fenster und wartete darauf, daß ihre Mutter nach Hause kam. Diggers Aufgabe war es, in dieses Zimmer zu gelangen, Dena an die Hand zu nehmen und sie herauszuführen. Sie in die Sonne, an die frische Luft zu bringen, damit sie aufblühen konnte. Diggers kannte all die klinischen Bezeichnungen, all die medizinischen und psychologischen Fachausdrücke für das, was Dena quälte, aber man konnte es auch einfacher ausdrücken: Ihr Herz war gebrochen, und sie war nie darüber hinweggekommen.
Sitzung für Sitzung schloß Dena die Augen und versuchte, sich zu erinnern, aber sie schien blockiert zu sein. Wie war ihre Mutter gewesen?
Dena hatte sogar Schwierigkeiten, sich ihr Aussehen ins Gedächtnis zu rufen. Sie gab sich alle Mühe, aber sie konnte nicht mehr ans Licht fördern als den Schatten einer Person, der durchs Bild huschte und immer wieder verschwand. Sie erinnerte sich an Apartmenthäuser, Gerüche, lange Flure, Namen – Sheridan… Royal Arms… Bradbury Towers – allein essen in riesigen Städten – Windsor Arms… Drake –

Nachmittage in den Damentoiletten von Kaufhäusern, wie sie las, malte, darauf wartete, daß ihre Mutter Feierabend hatte und sie sie ganz für sich haben würde, sie neben ihr schlafen konnte.

Altamont, Highland Towers, Hillsborough. Sie sah sich an Schaufenstern vorbeigehen, die warme, weiche Sofas und bequeme Sessel, prächtige, dunkelglänzende Tische und Stühle präsentierten; schöne Schaufensterpuppen, nach der neusten Mode gekleidet, mit Schuhen, Hüten, Handschuhen, Kleidern, Fuchspelzen. Park Lane, Ritz Towers, Ridgemont. Sie erinnerte sich, wie sie auf die Straßenbahn wartete und zitternd vor Kälte vor einer Auslage stand, in der Smokings, Fräcke und Zylinder ausgestellt waren. Fenster mit hundert verschiedenen Glasflakons, blauen, grünen und durchsichtigen, die bernsteinfarbene Parfums enthielten. Sie erinnerte sich, wie sie in hundert verschiedenen Straßenbahnen durch fremde Städte fuhr. Aber wer war ihre Mutter? Was hatte sie gedacht, wie hatte sie empfunden, hatte Dena sie geliebt, hatte sie Dena wirklich geliebt? Wußte sie nicht, daß sie eine kleine Tochter hatte, die sie vergötterte, sie brauchte? Ihr Bild verlor sich in denen der Stadt, war verschwunden, fort, und so sehr Dena sich auch bemühte, die Frau, an die sie sich erinnern konnte, war nur wie eine Person, die sie in einem Film gesehen hatte, kein wirklicher Mensch. Zuweilen fragte sie sich, ob ihre Mutter tatsächlich existiert hatte, ob sie sich nicht nur an etwas aus einem Film erinnerte. Es war ein großes Durcheinander. Es kam ihr vor, als hätte es ihre Kindheit nie gegeben und als wäre sie einfach eines Tages als Erwachsene aufgewacht.

Aber Dr. Diggers bestand darauf, ihr immer und immer wieder dieselben Fragen zu stellen. »Wie haben Sie sich gefühlt, als Ihre Mutter nicht nach Hause kam?« Mit der Zeit verlor Dena die Geduld. »Das ist wirklich zu dämlich! Warum soll ich dauernd darüber reden? Ich habe es so satt, daß ich schreien könnte. Ich *mache* das nicht mehr mit.«

Dr. Diggers legte ihren Block hin. »Warum kommen Sie hierher, Dena?«

»Ehrlich gesagt – wenn Sie die Wahrheit wissen wollen – ich komme hierher, weil Sie mir das verdammte Rezept für das Valium nicht geben würden, wenn ich nicht käme. Was glauben Sie denn, warum ich hierherkomme? Wegen der Süßigkeiten?«

»Ich glaube, Sie kommen hierher, weil Sie Angst haben. Sie brauchen einen Ort, an dem Sie sich auslassen, toben und auf jemanden losgehen können, bei dem Sie sich sicher fühlen, jemanden, der den ganzen Mist durchschaut. Ich weiß, Sie können durch diese Tür hinausgehen und finden sofort tausend Ärzte, die Ihnen mit Freuden all die Beruhigungsmittel und Aufputschpillen geben, die Sie von ihnen verlangen; Sie können sich mit Ihrem Charme Zugang zu allem verschaffen, was Sie wollen, und alle Tabletten der Welt bekommen. Sie können das machen. Sie können entweder medikamentensüchtig oder Alkoholikerin werden oder aus dem Fenster springen, oder Sie halten das hier durch, bringen es hinter sich und fühlen sich dann hoffentlich besser.«

»Hoffentlich?«

»Dena, im Leben gibt es keine Garantien. Aber ich habe das Gefühl, daß Sie Fortschritte machen.«

»Ich weiß, daß meine Mutter mich nicht so geliebt hat, wie sie sollte. Sie hat mich verlassen, also was nützt mir das? Ich fühle mich immer noch beschissen. Das macht es nicht besser. Es interessiert mich nicht mehr – warum können Sie das nicht akzeptieren? Warum können Sie nicht verstehen, daß ich es einfach nur vergessen will?«

»Das können Sie, Sie können das alles verdrängen, aber damit kommen Sie nicht an das heran, was Ihren Magenproblemen und Ihrer Angst zugrunde liegt. Und ob Sie es zugeben oder nicht, Miss harte Nuß, Sie kommen hierher, weil Sie wollen, daß es Ihnen besser geht. Also, was halten Sie davon, wenn wir gleich weitermachen?«

Dena überlegte und sagte schließlich resigniert: »Ach, dann geben Sie mir eben was von diesen scheußlichen Süßigkeiten. Aber Sie müssen wissen, daß ich Sie hasse.«

Dr. Diggers lachte. »Oh, das weiß ich.«

»Nein, ehrlich.«

»Das ist mir klar. Jetzt wollen wir dahin zurückgehen, wo wir stehengeblieben sind.«

Wochen vergingen, und dann, eines Tages, wie aus heiterem Himmel, brach Dena plötzlich in Tränen aus und begann, völlig haltlos zu weinen. »Was ist los?« fragte Diggers. »Woran denken Sie?«

»Ich... habe immer geglaubt, sie käme wieder... aber sie kam nicht«, stieß Dena zwischen den Schluchzern aus, »und ich weiß nicht, was ich falsch gemacht habe.«

* * *

Endlich hörte Dena auf, dagegen anzukämpfen. Dr. Diggers' Hypnotherapie half Dena, sich zu entspannen, und in jeder Sitzung kehrte mehr von ihrer Erinnerung zurück. Heute ging sie noch etwas mehr in die Tiefe. Dena hatte die Augen geschlossen und konnte fast ihre Mutter vor sich sehen. Aber sie war noch eine schemenhafte Gestalt. Dann sagte Dena: »Sie ist mit mir einkaufen gegangen. Ich weiß nicht, in welcher Stadt wir waren… New York vielleicht. Oh, ich weiß es nicht genau, aber ich erinnere mich, daß wir an diesem großen Geschäft vorbeigingen, und da waren alle diese Klaviere im Schaufenster. Sie blieb stehen, und wir gingen hinein… und sie ging überall herum, sah sich die verschiedenen Klaviere an… und dann entdeckte sie im Hintergrund eins… es muß ihr gefallen haben. Sie setzte sich und öffnete es, und sie hatte diesen seltsamen Ausdruck im Gesicht …«

»Wie denn? Beschreiben Sie ihn.«

»Oh, ich weiß nicht… als ob ich nicht da wäre. Und plötzlich fing sie an, ein Lied zu spielen. Ich war so überrascht. Ich wußte nicht mal, daß sie spielen konnte. Sie spielte eine Art Walzer, und ich weiß noch, daß sie sehr glücklich aussah. So habe ich sie nie zuvor gesehen… nun… glücklich ist nicht richtig. Sie sah aus, als ob sie woanders wäre, entrückt wäre ein passendes Wort. Dann machte dieser alte Mann, der da arbeitete, seine Bürotür auf, er stand da und lauschte, bis sie aufhörte. Er hatte einen harten Akzent, und er sagte: ›Meine liebe junge Dame, wo haben Sie denn so spielen gelernt?‹ ›Er bat sie, doch noch etwas zu spielen, aber sie erklärte ihm, daß das alles sei, was sie könne, und dann gingen wir. Ich fragte: ›Mutter, warum hast du mir denn nicht erzählt, daß du Klavier spielen kannst?‹ Und sie tat so, als wäre es nichts Besonderes. Aber sie muß gut gewesen sein, sonst wäre der Mann bestimmt nicht rausgekommen.«

»Hat sie je von ihren Eltern gesprochen?«

»Nein… nur daß sie bei einem Brand umgekommen sind.«

»Haben Sie mal Fotos von ihnen gesehen oder von ihr als Kind?«

»Nein. Sie sagte, es sei alles verbrannt.«

»Waren Sie nicht neugierig?«

»Sie wollte nicht über sie sprechen, es regte sie auf. Deshalb ließ ich es bleiben.«

»Sie haben sich viel Mühe gegeben, Ihre Mutter nicht aufzuregen, nicht wahr? Können Sie sich daran erinnern?«

»Ja…«
»Warum?«
»Warum? Weil… ich war ohnehin eine große Belastung für sie.«
»Warum denken Sie das?«
»Nun, weil sie auf mich aufpassen mußte.«
»Kehren wir noch mal zu Ihren Angstgefühlen zurück. Wovor hatten Sie Angst?«
»Ich habe es Ihnen doch schon gesagt, ich weiß es nicht.«
»Gab es einen Anlaß für Sie zu glauben, daß Ihre Mutter vor etwas Angst hatte?«
»Nein.«
Diggers lehnte sich zurück und wartete. Dann sagte Dena: »Ich glaube, einmal hatte sie Angst vor diesem Mann.«
»Welcher Mann?«
»Ein Mann, den sie sah… als wir noch in New York wohnten. Wir kamen nach Hause, und es schneite. Wir bogen um die Ecke, und als wir gerade unser Apartmenthaus errreichten, blieb sie plötzlich stehen. Ich blickte zu ihr hoch und sah, daß sie einen Mann anstarrte, der mit dem Empfangschef an der Rezeption sprach. Er hatte uns den Rücken zugewandt, und ich sah nur einen kräftigen Mann in einem schwarzkarierten Mantel. Ich fragte: ›Was ist los?‹ Noch bevor ich ausgesprochen hatte, packte mich meine Mutter am Arm und zerrte mich fast die Straße hinunter. Ich fragte noch mal: ›Was ist los, Mami. Was ist?‹ Sie sagte: ›Sei still und laß mich überlegen.‹ Sie ging so schnell, daß ich laufen mußte, um mit ihr Schritt halten zu können. Jetzt war ich in Panik. Deshalb fragte ich: ›Habe ich etwas gemacht, Mami?‹ ›Nein‹, sagte sie, ›los, komm.‹ Eine Minute später befahl sie mir, an den Straßenrand zu treten und ein Taxi zu besorgen, eins heranzuwinken. ›Ich?‹ sagte ich. ›Was muß ich da machen?‹ ›Geh und winke, los!‹
Ich rannte vor, stand an der Ecke und winkte und winkte, aber keines hielt an. Ich lief zu ihr zurück und sagte: ›Sie halten einfach nicht an.‹ Sie fragte: ›Kommt gerade jemand?‹ Ich sah nach rechts und links, aber es kam niemand. Sie rannte praktisch zur Untergrundbahn, und wir erwischten gleich eine, und sie setzte sich und starrte nur vor sich hin. Ich war davon überzeugt, daß ich etwas Unrechtes getan hatte, und ich fing an zu weinen. Sie fragte: ‚Warum weinst du?' ›Ich habe Angst‹, sagte ich. ›Ich weiß nicht, was los ist.‹ ›Ach, Dena, es ist

nichts. Ich habe nur jemanden gesehen, dem ich nicht begegnen wollte, das ist alles. Stell dich nicht so an.‹ ›Wer ist das?‹ Sie sagte: ›Oh, niemand, bloß ein Mann, bei dem ich früher mal gearbeitet habe, nicht wichtig. Ich wollte ihm nur nicht begegnen, das ist alles.‹ Ich fragte: ›Warum?‹ Sie antwortete: ›Er drängt mich, wieder bei ihm zu arbeiten, und ich will nicht.‹ ›Warum sagst du es ihm nicht einfach?‹ ›Ich wollte ihn nicht kränken. Nun hör mit der vielen Fragerei auf.‹

Dann sah sie zum ersten Mal hoch und wurde sich darüber klar, wo wir überhaupt hinfuhren. Sie stand auf, und wir stiegen an der nächsten Haltestelle aus, stiegen in andere Züge um und fuhren bis nach Village. Es schneite heftig, und das Laufen war mühsam, aber wir gingen bis zur Zwölften West oder vielleicht auch Elften Straße. Wir machten an einer Imbißstube halt, und sie telefonierte. Als sie wiederkam, schien sie sich wieder etwas gefangen zu haben, und sagte: ›Wir besuchen jetzt Christine.‹«

»Wer war Christine?«

»Eine Freundin meiner Mutter, sie war Tänzerin bei der Radio City. Meine Mutter sagte: ›Sie hat uns eingeladen, wir sollen über Nacht bei ihr bleiben, ist das nicht toll?‹

Sie wohnte in einer Souterrainwohnung am St. Luke's Place und freute sich, als sie uns sah. Ich durfte mit ihrer Katze Milton spielen, und dann steckte Christine mich in dieses lange Gewand von ihr, und ich schlief auf einer Matratze, die sie für mich zurechtgemacht hatte, Mami schlief auf der Couch. Bei Tagesanbruch wachte ich auf. Ich sah meine Mutter gegenüber am Fenster sitzen. Ich erinnere mich, daß ich wieder dieses ungute, ängstliche Gefühl in der Magengrube hatte. Ich wußte, sie war unglücklich, aber ich wußte nicht warum. Ich hatte Angst, sie danach zu fragen, weil ich dachte, ich sei womöglich der Grund. Vielleicht wünschte sie sich, sie hätte keine kleine Tochter. Ich weiß nicht, warum ich das dachte, aber es war so.«

»Dena, ich zähle jetzt bis drei, und wenn Sie aufwachen, werden Sie sich erholt fühlen und ganz ruhig sein.... Eins... als ob Sie stundenlang geschlafen hätten... zwei... ein Gefühl von Ruhe und Gelassenheit... drei.«

Dena machte langsam die Augen auf.

»Wie fühlen Sie sich?«

»Gut.« Sie gähnte. »Ich will Sie keineswegs enttäuschen, aber ich glaube, ich war gar nicht hypnotisiert. Ich kann mich an alles erinnern, was Sie gesagt haben.«
Diggers lächelte. Das sagten alle, die sie hypnotisiert hatte.

Wall-Cap Productions I

New York City
1978

Ira Wallace hörte sich den Vorschlag an, den Capello ihm für eine neue Sendung im Fernsehen unterbreitete. Obwohl Wallace Capello nicht über den Weg traute, gefiel ihm die Idee immer besser, je mehr er davon hörte. Capello stellte sie ausführlich vor. »Wir berichten über das ganze Hollywoodzeug, ich kann dich mit Material aus meinem Archiv beliefern, so daß du für die nächsten Jahre versorgt bist. Wir bauen es auf wie ein Nachrichtenmagazin – legitimer Klatsch, reißerische Schlagzeilen, scharfe, aggressive, brandheiße Einzelheiten. Ich sage dir, das ist eine Goldgrube. So was wollen die Leute.«
Capello warf eine Kopie der Jahresbilanz seines Boulevardblättchens auf den Schreibtisch. Wallace warf einen kurzen Blick darauf. Die Zahlen waren beeindruckend. Er sagte: »Ich bin nur nicht sicher, das klingt gut, aber weißt du, Winchell hat in den Anfangszeiten des Fernsehens so eine Klatschsendung versucht, und es hat nicht funktioniert.«
Capello hatte sofort eine Antwort parat. »Natürlich nicht. Er war zu hart. Wir überzeugen auf die sanfte Tour, wir setzen einen schön frisierten Kopf beziehungsweise einen gutaussehenden Fernsehprofi hin, der sie zum Lächeln bringt, und ich garantiere dir einen Knaller. Du mußt es nur richtig verpacken.«
»Redest du vom Sender?«
»Nein, ich rede von Syndikatsbildung. Das bringt Geld. Wir besitzen es, wir verkaufen es, keine Regulierungen. Wir können Themen behandeln, die andere Sendeanstalten nicht anrühren würden.«
Wallace blieb mißtrauisch. »Syndikatsbildung? Wozu brauchst du mich dann noch?«
»Erfahrung. Mit meinen Kontakten für die Stories und deiner Fernseherfahrung können wir innerhalb von fünf Jahren den ganzen Markt unter Kontrolle haben. Einer wird es machen ... wenn wir da einsteigen könnten und es richtig machten, ... ich spreche von Millionen, womöglich Milliarden, Ira.«

Ira lehnte sich zurück und zündete seine Zigarre wieder an. »Du könntest recht haben. Wenn wir einen seriösen, markanten Nachrichtenmoderator engagieren... vielleicht David Thorenson? Bist du damit schon woanders gewesen?«

»Nein, du bist der einzige... bis jetzt. Ich muß die Sache so bald wie möglich in Gang bringen, Ira.«

»Wie bald?«

»Noch heute.«

Wallace sah Capello an. Diese Wühlmaus hatte schon jahrelang kein Tageslicht mehr gesehen und hatte eine ungesunde, bläuliche Haut, die Farbe seiner Lippen erinnerte ihn an rohe Leber. Wallace, der selbst keine Schönheit war, hatte bei Capellos Anblick mit Übelkeit zu kämpfen. Aber während er seinen Ekel unterdrückte, dachte er: Du Mistkerl, eines Tages wird dir jemand die Kehle durchschneiden, und ich wünschte, ich könnte dabeisein und zuschauen. Aber bis es soweit war, war Wallace schlau genug, um einen verdammt guten Plan zu erkennen. »Wie sind die Bedingungen?«

»Sechzig zu vierzig.«

»Du lieber Gott«, sagte Wallace.

»He, ohne mich kannst du die Show nicht aufziehen.«

Zwei Monate später und nach Verhandlungen, die achtundvierzig Anwälten würdig gewesen wären, waren Sidney Capello und Ira Wallace sozusagen im Geschäft, in einem Boot, und die Firma Wall-Cap Productions war gegründet. Als die Sache Gestalt annahm und gut ausssah, sehr gut aussah, diskutierten sie erneut über den Moderationsposten. Nun ließ Capello seine Bombe platzen: »Ich will Dena Nordstrom.«

»Ja, und ich will die Königin von England, sie ist nicht verfügbar!«

»Warum nicht? Sie hat die richtigen Anhänger, sie hat das Aussehen, sie hat Klasse, wir hätten ein Stammpublikum. Sie würde alles legitimieren. Masse plus Klasse.«

»Sidney, sie ist gegenwärtig die beliebteste Moderatorin im Geschäft. Nordstrom wäre für jeden erste Wahl. Aber du träumst. Ich kenne sie, und sie wird es nicht machen. Erstens kann sie dich nicht ausstehen. Und zweitens kann sie dich nicht ausstehen, also vergiß es, wir werden eine andere Blondine kriegen.«

»Fragen kostet nichts, Ira. Man kann nie wissen, Menschen ändern sich.«

»Ja, aber sie ändern sich nicht so sehr. Außerdem hat sie ziemlich viel gottverdammte Skrupel. Sie war mit diesem Weichei Howard Kingsley verbandelt, und der hat sie vermasselt. Ich sage dir, wir haben keine Chance.«

Aber Capello gab nicht auf. Jahrelang hatte er sich sorgfältig auf den Tag vorbereitet, an dem Dena für ihn arbeiten würde, und er genoß die Vorstellung. Nach einer Woche gab Wallace nach. »Gut, wir fragen sie. Ich denke, fragen kann nichts schaden.«

* * *

Denas Agent, Sandy Cooper, saß mit aufgerissenen Augen da. »Geschäftsführender Direktor, verantwortlich für die Gesamtproduktion?«

Wallace lächelte. »So ist es, Junge. Sie sind für die ganzen Leute zuständig, Sie werden einen Stab von hundert Mitarbeitern haben, wenn Sie das wollen. Was sagen Sie dazu? Ich muß diese Geschichte schnell in Gang bringen.«

Cooper rechnete sich rasch aus, wieviel Geld er in fünf Jahren verdienen könnte. Wallace half ihm dabei. »Wir sprechen von einer Garantiesumme von fünf Millionen für zwei Jahre mit Optionen und Provisionen. Und das könnte nur der Anfang sein. Was sagen Sie dazu? Wollen Sie Ihr ganzes Leben ein kleiner Teilzeitbeschäftigter mit geringen Einkünften sein?«

»Nein. Aber…«

Capello, der in einer Ecke saß, ergriff das Wort. »Erzähl ihm das Beste, Ira.«

Sandy sah zu dem Mann hinüber, dem er nicht vorgestellt worden war. Wallace sagte: »Was Sidney damit meint, ist, daß es sich um ein Pauschalangebot handelt. Wir wollen auch Ihre Klientin.«

»Dena?«

»Ja, und wir sind bereit, ihr einen Vertrag anzubieten, der sie zur bestbezahlten Frau im Fernsehen macht. Sehen Sie, wir wissen, daß es einiger Verhandlung bedarf, Sie von ihrem jetzigen Sender wegzulocken, deshalb wollen wir ihr über das Gehalt hinaus eine Gewinnbeteiligung einräumen. Sie würde einen Teil der Gesellschaft besitzen. Ich weiß, es ist wahrscheinlich ein schlechter Schachzug für uns, aber…«

Wallace zuckte mit den Schultern. »Nennen Sie mich verrückt, nennen Sie mich sentimental, aber ich wollte mich mit diesem An-

gebot zuerst an sie wenden. Wissen Sie, nicht, daß sie mir irgend etwas *verdankt*. Aber ich habe eine Schwäche für sie, was soll ich sagen.«
»Warum brauchen Sie mich dazu?« fragte Cooper.
»Nun, wir könnten ein kleines Problem bekommen.«
»Abgesehen von ihrer Position beim Sender, was für ein kleines Problem?«
Wallace wies mit dem Daumen auf Capello. »Sie mag meinen Partner nicht.«
Sandy Cooper war kein Dummkopf und wußte nun Bescheid. »Also, mit anderen Worten, ich überzeuge sie oder habe keinen Anteil an dem Geschäft, ist es nicht so?«
Darauf erfolgte keine Antwort.
Nachdem Cooper gegangen war, warnte Wallace Capello erneut, daß er ihnen höchstwahrscheinlich eine Absage erteilen werde, aber Capello wirkte nicht besorgt. »Es kostet vielleicht ein bißchen mehr Überredungskunst… aber ich denke, sie wird das Angebot annehmen.«
Er sagte es Ira nicht, aber er konnte ihm fast garantieren, daß das Geschäft zustande kommen würde. Er wußte, wie er vorgehen mußte.

* * *

Am nächsten Tag bat Sandy Dena um ein Treffen nach der Arbeit. Er habe ein Angebot für sie bekommen. Sie fragte: »Kannst du mir davon nicht schnell am Telefon erzählen?«
»Nein, das ist zu wichtig. Es ist etwas, das dein Leben verändern könnte.«
Am selben Abend trafen sie sich um sieben Uhr in einem Restaurant gegenüber des Senders an der Sixth Avenue. Sie bestellten Drinks. Dena beschränkte sich auf Schokoladenmilch, weil ihr Magengeschwür ihr seit einiger Zeit wieder Probleme machte. Cooper bestellte einen Gin Tonic, weil er nervös war. »Also, Dena, wie würde es dir gefallen, wenn du im Alter von fünfunddreißig Jahren schon Millionärin wärst?«
Da sie gerade vierunddreißig war, fesselte er damit ihre Aufmerksamkeit.
»Hör mir erst mal zu, bevor du was sagst, okay?« Und er fuhr fort und berichtete ihr alles über das neue Magazin, das man ihr ange-

boten hatte, wie das Geschäftliche aussah, daß sie einen Teil der Produktionsfirma besitzen würde, was ihr als Minimum garantiert würde. Dena wußte, wieviel Geld bei einer Beteiligung an einem Zusammenschluß verdient werden konnte und war höchst interessiert.

»Wer sind die Produzenten? Haben sie Geld?«

»Es ist eine neue Gesellschaft, gerade gegründet. Aber sie haben das Geld und die Erfahrung.« Cooper sah sich im Raum um und gestand: »Ich soll es eigentlich nicht erzählen, bevor es offiziell ist, aber es ist Ira Wallace ... und ein Partner.«

»Ira?«

»Ja, er will beim Sender seine Kündigung einreichen und seine eigene Gesellschaft gründen. Und er weiß, was er tut, und hat Geld im Rücken, und das Beste daran ist – aber ich will nicht, daß das deine Entscheidung irgendwie beeinflußt –, er hat mir angeboten, geschäftsführender Direktor zu werden.«

Dena lehnte sich in ihrem Sessel zurück. Etwas war faul an der Sache. Sie wußte, daß Ira Sandy für einen Dummkopf hielt, warum sollte er Sandy da mit einbeziehen? »Moment mal. Wie heißt die Gesellschaft?«

Cooper konnte nicht kneifen, er würde es ihr schließlich doch sagen müssen.

»Hm ... Wall-Cap Productions.«

»Wall-Cap Productions? Wer ist Cap?«

»Nun, das ist die Sache, von der Ira gemeint hat, du hättest damit vielleicht ein kleines Problem. Er sagte, du magst diesen Typ nicht, aber verdammt, Dena, wenn soviel Geld im Spiel ist, mußt du sie nicht mögen. Ich hasse, verabscheue und verachte Ira Wallace – wer tut das nicht –, aber das würde mich nicht davon abhalten, mit ihm zu arbeiten.«

»Welcher Typ? Von wem sprichst du?«

»Ein Typ namens Capello.«

Dena reagierte mit Entsetzen. »Capello, Sidney Capello? Ist das dein Ernst?«

Sandy nickte verlegen.

»Vergiß es. Auf gar keinen Fall.«

»Sicher, er hat nicht den besten Ruf. Aber wir reden hier über eine Menge Geld. Könntest du es nicht einfach versuchen?«

»Sandy, es gibt nichts, und ich wiederhole, *nichts* auf der Welt, das mich dazu bringen könnte, für diesen Widerling zu arbeiten.«
Sandy konnte an dem Ausdruck auf ihrem Gesicht ablesen, daß seine Chancen, geschäftsführender Direktor zu werden, soeben von gering auf null gesunken waren.

Ein einfacher Briefumschlag

New York City
1978

Barbara Zofko ging schnurstracks den Flur entlang und kehrte in ihr Büro zurück. Sie setzte sich, schob die Ärmel ihres grauen, im Zopfmuster gestrickten Pullovers bis zu den fülligen Oberarmen hoch, trat ihre Schuhe von den Füßen und steckte ein Blatt Papier in ihre Schreibmaschine. Mit einem geübten Griff in die Schublade holte sie ein Schokoladenplätzchen heraus.

Liebe Ms. Nordstrom,
ich könnte für das, was ich hier mache, meinen Job verlieren, aber ich kann nicht länger zusehen, ohne Sie zu warnen… Sidney Capello ist ein gefährlicher Mann. Bitte, verärgern Sie ihn nicht. Er wird Sie vernichten. Er ist ein böser Mensch, und er wird diese Information veröffentlichen! Ich bitte Sie, Ihre Entscheidung zu überdenken.
Ein Freund

Sie nahm einen einfachen Briefumschlag und steckte eine Kopie der Akte Dena Nordstrom hinein. Dann suchte sie unter dem Schreibtisch nach ihren Schuhen, und als sie sie gefunden hatte, ging sie in Sidneys Büro zurück. Er bekundete seine Zustimmung mit einem Nicken.

An diesem Freitagabend händigte der Türsteher Dena den Umschlag aus. »Miss Nordstrom, eine Dame hat das für Sie abgegeben.« Sie nahm es dankend entgegen.

Während sie die sechzehn Stockwerke hinauffuhr, wischte sie sich ein paar Regentropfen vom Ärmel ihres Mantels und machte dann den Umschlag auf. Ihr ganzes Leben hatte sie ständig eine leichte Furcht, eine unbestimmte Angst gehabt, und jetzt war es soweit. Der undefinierbare Schatten, der sie wie ein großer schwarzer Hund verfolgt hatte, hatte sie schließlich eingeholt. Als sich die Türen des Fahrstuhls auf ihrem Stockwerk öffneten, konnte sie sich kaum bewegen. Vor Angst und Schrecken schlug ihr Herz so wild, daß sie beinahe gestürzt wäre. Als sie ihre Tür irgendwie erreichte hatte, flatterten ihre Hände, und sie konnte kaum den Schlüssel hineinstecken. Dann war die Tür endlich offen, sie ging hinein und ließ sich auf den Boden gleiten, lehnte sich gegen die Wand. Sie konnte es nicht glauben. Vielleicht hatte sich jemand einen bösen Scherz erlaubt. Das konnte keinesfalls wahr sein. Aber da stand es schwarz auf weiß und in Verbindung mit Capellos Namen.

Während sie dort saß, und je länger sie darüber nachdachte, stieg ganz allmählich die Erkenntnis in ihr auf, daß das Ganze vielleicht doch kein Scherz war.

Es konnte stimmen. Vielleicht war *das* der Grund, warum ihre Mutter immer Angst gehabt hatte, warum sie ständig umgezogen waren. Dann fiel Dena ein, daß Tante Elner ihr erzählt hatte, daß ihre Mutter Deutsch sprach. Sie fühlte sich elend, und sie war schweißgebadet. Es war, als hätte jemand eine Falltür geöffnet und sie fiele ins Bodenlose.

Nordstrom... Marion Chapman
Mutter der amerikanischen Fernsehmoderatorin Dena (Gene) Nordstrom,
1939 New York City
Verdächtigt, Beziehungen zu Nazis zu unterhalten
Angestellte und enge Vertraute von Steiner... Lili Carlotta, hochrangige Funktionärin der amerikanischen Nazi-Partei
Angeklagt wegen Spionage am 13. Dez. 1946
Zehn Jahre Gefängnis, gestorben 1962
Chapman hatte engen Kontakt zu bekannten Mitgliedern der amerikanischen Nazi-Partei, Verdacht auf Spionage.
Chapman/Nordstrom als vermißte Person registriert, Jan. 1960
Aufenthaltsort unbekannt.

Das Ganze geschah jemand anderem. Es schien unwirklich. Nach einer Weile stand sie vom Boden auf und rief an der Pforte an. Sie fragte den Mann, wie die Frau mit dem Brief ausgesehen habe. Er sagte: »Ich kann mich nicht mehr genau erinnern, sie war einfach eine, nun... eine unscheinbar aussehende Person.« Dena setzte sich aufs Sofa, sie stand immer noch unter Schock. Sie erkannte, daß es keine Rolle spielte, ob das mit ihrer Mutter der Wahrheit entsprach oder nicht. Wenn diese Anschuldigungen gedruckt würden, wäre es mit ihrer Karriere vorbei. Einfach so, alles, wofür sie gearbeitet hatte, wäre für immer dahin. Sie hatte es bei einem befreundeten Nachrichtensprecher in Kentucky erlebt. Eine Zeitung berichtete über die Tatsache, daß sein Vater Mitglied des Ku-Klux-Klan gewesen sei, und die Karriere ihres Freundes war am nächsten Tag zu Ende.

Dena wußte, was Capello ihr antun konnte, und sie kannte die furchtbare Macht, die er besaß. Wenn sie ihm, mit dieser Information in seinen Händen, eine Absage erteilte, würde sie mit ihrem Leben, wie es bisher verlief, russisches Roulette spielen.

Die ganze Nacht kämpfte sie mit sich, überlegte, was sie tun sollte; sie suchte nach einem Ausweg, um irgendwie zu einem Kompromiß zu kommen, sich zu retten. Vielleicht sollte sie den Job annehmen. Vielleicht könnte sie doch für ihn arbeiten.

Aber sie wußte, so sehr sie sich auch bemühte, soviel ihr auch an ihrer Karriere lag und obwohl sie nicht wollte, daß ihr Name und der ihrer Mutter in den Schmutz gezogen wurde, sie konnte nicht für ihn arbeiten. Sie konnte nicht zulassen, daß sie Anteil an dem Dreck hatte, den Sidney und Ira, dessen war sie sich sicher, ins Fernsehen bringen würden, um Quoten zu bekommen. Howard Kingsley hatte sie gewarnt, und er hatte recht gehabt. Sie konnte es nicht tun, nicht nur um ihretwillen, sondern auch um Howards willen. Er hatte zuviel Vertrauen in sie gesetzt. Außerdem verhielt es sich doch in Wahrheit so, daß Capello nie, selbst wenn sie den Job annähme, aufhören würde, sie zu bedrohen. Er hätte sie lebenslang in der Hand. Und sie würde lieber tot sein, als das geschehen zu lassen.

Als Sandy sie auf Capellos Ersuchen hin wieder anrief, war Dena außerordentlich mutig. Sie hatte eine solch schreckliche Angst, wie sie sie nie zuvor empfunden hatte, aber sie sagte nein.

Das hatte wie alles seinen Preis.

Geheimnisse können töten

New York City
1978

Als die Putzfrau am Montagmorgen Denas Wohnung betrat, war sie nicht auf das gefaßt, was sie dann sah. Überall war Blut. An den Wänden verschmiert, auf dem Fußboden, im Flur. Es sah aus, als hätte ein Massaker stattgefunden. Als sie ihre Arbeitgeberin im Eingang zur Küche in einer Lache getrockneten Blutes am Boden liegen sah, stürzte sie aus der Wohnung und schrie: »Missus Nordstrom wurde ermordet!« Sie rannte die sechszehn Stockwerke hinunter und rief: »Mord!« Der Türsteher rief sofort die Polizei. Er zögerte, allein hinaufzugehen, weil er Angst hatte, daß der Mörder noch in der Wohnung war. Als die Polizei kam, betrat sie mit gezückten Pistolen die Wohnung, aber da war niemand außer dem toten Körper oder was zumindest nach einem toten Körper aussah. Aber als der Arzt eintraf und mit der Untersuchung begann, blickte er auf und sagte: »Rufen Sie einen Krankenwagen. Die Frau lebt noch.«

Die Sanitäter fühlten einen schwachen Puls. Dena hatte soviel Blut verloren, daß der Arzt in der Notaufnahme nur wenig Hoffnung hatte, aber er begann trotzdem mit einer Transfusion. Sie untersuchten sie auf eine Kugel oder Stichwunden, konnten aber nichts finden. Später entdeckten sie, daß sie Magengeschwüre hatte, eins war aufgebrochen, und dabei war sie fast verblutet. Sie brachten sie in die Notfallchirurgie.

So krank Dena auch war, ihre Bewußtlosigkeit befreite sie wenigstens von dem, was sie durchgemacht hatte. Sie hatte versucht, nicht an den Brief zu denken, aber er hatte sie verfolgt.

Sie grübelte immer wieder, wann es passieren würde, falls es tatsächlich passierte. Wenn sie im Supermarkt war, hatte sie Angst, sich die neben der Kasse ausgestellten Zeitungen anzusehen. Würde sie eines Morgens erwachen, und alles wäre vorbei? In der Nacht quälte sie die Tatsache, daß das, was sie gelesen hatte, wahr sein könnte. Wie könnte es wahr sein? Doch es gab so viele unbeantwortete Fragen. Warum sprach ihre Mutter ausgerechnet Deutsch? Wer war

jener Mann in Elmwood Springs? Wer war der Mann in der Lobby, vor dem ihre Mutter soviel Angst gehabt hatte? Warum ließ sich ihre Mutter niemals fotografieren? Warum hatte ihre Mutter ihr nie erzählt, daß sie Klavier spielte? Sie prüfte dauernd alles nach, es war wie ein Film, der immer wieder abläuft.
Es ging ihr nicht aus dem Kopf. Plötzlich kam es ihr so vor, als wäre alles, was mit ihrer Mutter zusammenhing, an das sie sich unter so großen Mühen erinnert hatte, verdächtig. Sie sagte alle ihre Termine ab, auch den von Dr. Diggers. Das einzige Mittel, durch das sie etwas Schlaf bekommen konnte, war Trinken bis zum Umfallen. Am Montagmorgen um vier Uhr saß sie aufrecht im Bett, begann, Blut zu erbrechen, und konnte nicht mehr aufhören. Sie versuchte, den Flur entlang zu kriechen, um den Pförtner anzurufen, aber sie verlor das Bewußtsein.
Tagelang hing ihr Leben an einem seidenen Faden. Sie blieb auf der Intensivstation und stand weiterhin auf der Liste der kritischen Fälle. Keiner konnte sagen, ob sie durchkommen würde. Aber ihre Ärzte stellten fest, daß es nach dem großen Blutverlust ein Wunder sei, daß sie überhaupt noch lebte. Und die verschiedensten Leute an den unterschiedlichsten Orten beteten für Dena, die nicht an Gott glaubte und noch weniger ans Beten. Als in den Nachrichten bekanntgegeben wurde, daß sie Hals über Kopf ins Krankenhaus eingeliefert worden war und ihr Zustand kritisch sei, rief Peggy Hamilton ihren Mann Charles in Rußland an, der sich dort auf einem religiösen Weltkongreß befand. An diesem Abend beugten fünftausend oder mehr Russen, die kaum Englisch konnten, die Köpfe und beteten für eine Frau in New York, die sie nicht kannten. Elizabeth Diggers und die gesamte Gemeinschaft der AME Baptist Church auf der 105. Straße sprachen ein Gebet für sie. Sandy Cooper tat das, was viele Menschen tun, wenn sie Angst haben, etwas zu verlieren: Er fing an, Versprechungen zu machen und Vorsätze zu fassen, die er einhalten wollte, wenn sie am Leben bliebe.
Als Norma davon hörte, erschrak sie derart, daß sie völlig vergaß, hysterisch zu werden. Sie griff sofort zum Telefon und rief ihren Pastor an. An diesem Abend versammelten sich in Elmwood Springs in allen drei Kirchen Menschen, um das einzige zu tun, womit sie helfen konnte: Sie beteten für sie. Anrufe, die Dena betrafen, erreichten die Unity Prayer Hotline. In Selma, Alabama, hatte Sookie,

die jetzt mit Jesus Christus auf du und du stand, eine Menge zu sagen, und um ganz sicherzugehen, forderte sie alle Kappa-Bibelgruppen im Land auf, ein extra Gebet für ihre Schwester zu sprechen. Sookies Mutter Lenore verlangte von allen Vorstandsmitgliedern der Ortsgruppe der Internationalen Vereinigung von Christen und Juden, für Dena zu beten und auch jeden, den sie kannten, zum Beten zu bewegen, und wurde außerdem noch über den Kopf des armen Erzbischofs Lipscomb hinweg aktiv; sie sagte zu Sookie: »Das ist zu ernst, um lange zu fackeln. Wir müssen uns direkt an die Spitze wenden.« Am nächsten Tag kam ein Telegramm in Vatikanstadt an:

Ihre Heiligkeit,
ich muß Sie dringend bitten, für eine Freundin von uns, die ernsthaft krank ist, zu beten. Ihr Name ist Dena Nordstrom, und ich möchte Sie bitten, es sofort, wenn nicht eher, zu tun. Vielen Dank im voraus.
Mrs. Lenore Simmons Krackenberry
Selma, Alabama

Wenn Gott zugehört hatte, war das Gebet von Tante Elner, die jeden Tag mit Gott sprach, höchstwahrscheinlich dasjenige, das seinen Zweck erfüllt hatte. Sie ging in ihren Garten, blickte nach oben und sagte: »Bitte, nimm sie nicht jetzt, Herr. Ihr Leben hat gerade erst angefangen, und das arme kleine Geschöpf hat schon so viele Schicksalsschläge einstecken müssen. Und wenn du unbedingt ein Familienmitglied willst, dann nimm doch einfach mich. Ich würde mich wie ein Schneekönig freuen, dich zu sehen, und ich habe nichts geplant, außer ein paar Gläser Obst einzumachen. Abgesehen davon, bin ich so frei wie ein Vogel und kann sofort hinaufkommen.«
Nach drei Tagen wurde Denas Name von der kritischen Liste gestrichen. Ob es nun an all diesen Gebeten oder am Geschick der Ärzte gelegen hatte, wußte keiner mit Sicherheit zu sagen. Aber um Tante Elners Worte zu gebrauchen: »Das alles hat ihr bestimmt nicht geschadet.«
Vieles ging in diesen langen Tagen vor sich, von dem Dena keine Ahnung hatte. Besucher kamen und gingen. Reporter und Fans versuchten zu ihr zu gelangen, wurden jedoch abgewimmelt. Wie üblich, wenn eine prominente Persönlichkeit erkrankt war, kursierten Gerüchte: Sie hätte einen Selbstmordversuch unternommen, eine

Überdosis Tabletten geschluckt, einen Nervenzusammenbruch erlitten, Julian hätte sie mit einem anderen Mann im Bett erwischt und gefeuert. Nichts davon traf zu, aber es lieferte den Klatschmäulern, den professionellen wie den Amateuren, einigen Gesprächsstoff.
Julian Amsley hatte mehrmals angerufen und Blumen geschickt und sie einmal im Krankenhaus besucht. Aber Gerry O'Malley kam jeden Tag. Er hatte vor Denas Zimmer gesessen, als ein Assistenzarzt, den er noch nie vorher gesehen hatte, den Gang herunterkam und hineinging. Gerry fragte sich, was er wohl da drinnen machte, und als er ein Blitzlicht aufflammen sah, wußte er es. Der Mistkerl hatte ein Foto gemacht. Der »Assistenzarzt« kam wieder heraus und eilte den Gang entlang auf das Treppenhaus zu, aber Gerry sprang auf und erwischte ihn, als er gerade die erste Stufe nahm. Gerry sagte leise, um die anderen Patienten auf der Intensivstation nicht zu stören: »He, Kumpel, wie wär's, wenn Sie mir die Kamera da überließen?«
»Scher dich zum Teufel«, sagte der Kerl und ging weiter. Gerry zog ihn an seinem Kittel die Treppe hinunter ans Geländer, wo eine vorbeigehende Schwester ein lautes Knacken vernahm, das sich anhörte, als sei jemand auf einen Zweig getreten. Nach einer Minute kam Gerry mit der Kamera wieder die Treppe herauf und setzt sich wieder hin.
Fünf Minuten später erfuhr der falsche Assistenzarzt, dem viel Geld entgangen war, das er mit dem Verkauf des Fotos hätte verdienen können, daß sein Arm gebrochen war. Er hatte noch Glück. Wenn man wie Gerry eine Militärakademie besucht hatte, dann hatte man einiges gelernt. Der Typ konnte froh sein, daß es nicht sein Hals gewesen war.
Und Dena erfuhr nie, daß Gerry dort gesessen hatte.

Steh auf und lebe

New York City
1978

Als Dena aufwachte, fragte sie sich, wo sie war. Sie konnte es nicht richtig einordnen. Dann hörte sie eine vertraute Stimme.

»Ja hallo, Miss harte Nuß.« Dr. Diggers saß in ihrem Rollstuhl neben ihrem Bett. Sie lächelte. »Sie haben einer Menge Leute einen Riesenschrecken eingejagt.«

Dena war erschöpft. »Ja?«

»Ja. Wissen Sie noch, was passiert ist?«

»Nein... irgendwie... nein.«

»Sie haben sehr viel Blut verloren und sind ohnmächtig geworden. Erinnern Sie sich?«

Dena war immer noch durcheinander.

»Sie schlafen am besten gleich weiter und ruhen sich aus. Es wird Ihnen bald wieder gutgehen.«

Macky und Norma saßen auf gepackten Koffern und warteten darauf, daß der Arzt ihnen sagte, sie könnten kommen, aber er bat sie, noch etwas zu warten, bis Dena wieder kräftiger sei. Sookie hörte nicht auf den Arzt. Am nächsten Tag flog ihr Bruder Buck sie nach New York, und als sie das Zimmer betrat, brach sie in Tränen aus. Dena sah aus wie ein Gespenst. Sie hatte in den wenigen Tagen zehn Pfund verloren. Nach einer Weile, als sie sich wieder gefaßt hatte, setzte sich Sookie an ihr Bett. »Dena... du mußt dich wieder erholen. Wenn du vor mir stirbst, wo ich doch die Mason-Dixon-Linie überquert habe, um dich zu besuchen, werde ich sehr wütend sein!«

Sookie hatte Dena aufgeheitert, aber nachts, wenn sie ganz allein in ihrem Zimmer war, erfüllte sie immer noch das altbekannte dunkle Grauen. Dena war sich bewußt, daß sie nicht in New York bleiben konnte. Sie mußte weg, so weit weg von Capello wie möglich. Sie brauchte Zeit und Abstand, um herauszufinden, was sie tun wollte. Etwas mußte sie tun, sonst würde die Angst sie schließlich umbringen. Sookie bat sie, eine Zeitlang nach Selma zu kommen, aber Dena hörte sich selbst etwas höchst Merkwürdiges antworten, etwas, das

sie sich früher nie vorstellen hätte können. »Sookie, das ist sehr lieb. Aber ich will eigentlich nach Hause, kannst du das verstehen? Ich möchte eigentlich für eine Weile nach Hause.«
Sie fragte Dr. Diggers nach ihrer Meinung, und die stimmte zu. »Dena, ich glaube, das ist das Beste, was Sie im Augenblick tun können.« Und wie ein gutes Omen kam am nächsten Morgen ein Telegramm:
Dein Zimmer steht bereit. Wann kommst du?
Gruß, Norma und Macky

Einen Tag, bevor sie abreiste, hörte sie ein Klopfen an ihrer Tür. Gerry O'Malley kam mit einem riesigen Rosenstrauß ins Zimmer.
»Hallo. Wie geht es Ihnen?«
»Hallo, kommen Sie doch herein. Es geht mir gut. Oder zumindest beinah.«
»Ich habe gehört, daß Sie ziemlich krank waren.«
»Ja. Ich war... aber morgen fahre ich weg, ich gehe eine Weile nach Elmwood Springs.«
»Ja, das habe ich gehört.« Er legte die Blumen auf einen Stuhl.
»Vielen Dank, die sind wunderschön. Ich werde eine Schwester bitten, sie ins Wasser zu stellen.«
Gerry war glücklich, als er bemerkte, daß sie um einiges besser aussah als das letzte Mal, als sie noch bewußtlos war. Die Farbe war in ihre Wangen zurückgekehrt, und ihr Anblick, wie sie da im Bett saß und fast wieder wie früher aussah, verschlug ihm den Atem. Er war plötzlich nervös.
»Nun, ich habe gehört, Sie waren ziemlich krank.«
»Ja, das war ich wirklich. Blutendes Magengeschwür.«
»Das habe ich gehört. Elizabeth Diggers hat gesagt, Sie seien richtig krank gewesen.«
»Ja, das war ich wirklich.«
»Aber Sie sehen gut aus. Wie fühlen Sie sich?«
»Viel besser.«
»Ich bin nur kurz vorbeigekommen, um zu sehen, wie es Ihnen geht. Wann, glauben Sie, werden Sie zurückkommen?«
»Das weiß ich nicht. Ich bin mir wirklich nicht sicher.«
»Ah... gut. Wenn ich etwas für Sie tun kann, solange Sie fort sind, lassen Sie es mich wissen. Sie haben ja meine Nummer. Rufen Sie

einfach an... und, hm, rufen Sie mich an und lassen Sie mich wissen, wie es Ihnen geht. Wenn Sie daran denken. Oder rufen Sie Dr. Diggers an. Halten Sie uns auf dem laufenden, okay?«
»Ja.«

* * *

Gerry verließ das Krankenhaus mit schmerzlichen Gefühlen. Er hatte erkannt, als er ihr in die Augen sah, daß sie in Gedanken meilenweit weg war. Er hatte keine Ahnung, wann er sie wiedersehen würde oder ob er sie überhaupt jemals wiedertreffen würde, und er konnte nichts unternehmen. Nach seinem Eindruck war es hoffnungslos, aber zugleich war er so verliebt, daß er noch immer hoffte, sie würde ihm vielleicht eines Tages, irgendwann, eine Chance geben.

In dieser Nacht konnte Dena nicht schlafen. Während sie in ihrem Zimmer lag und auf das Tageslicht wartete, grübelte sie über die Frage nach, die Elizabeth Diggers ihr bei ihrem ersten Treffen gestellt hatte. Wer bist du? Damals hatte sie geglaubt, sie wüßte es. Aber wer war sie jetzt? Sie hatte keine Ahnung. Sie hatte sich irgendwo unterwegs verloren.

Sie glich der Fassade eines ausgebombten Hauses, das zwar noch stand, aber innen leer war. Alles, was sie noch erkennen konnte, war, wie recht Dr. DeBakey mit seinen Worten gehabt hatte: Wenn sie sich nicht schonen würde, wäre sie bald tot. Es hatte nicht viel gefehlt.

Am nächsten Morgen flog der gute, alte Buck wieder nach New York, lud sie ein und flog sie nach Hause. Nach Elmwood Springs.

Das vierblättrige Kleeblatt

Elmwood Springs, Missouri
1978

Es war gut, hier zu sein. Sie hatte ein ruhiges Zimmer. Draußen war es warm. Sie schlief bei offenen Fenstern, und sie schlief die ganze Nacht tief und fest. Am vierten Tag wachte sie um sieben auf und fühlte sich kräftig genug, um aufzustehen. Sie ging hinunter in die Küche. Norma sagte: »Baby Girl, was machst du denn schon so früh hier?«

»Ich konnte nicht mehr schlafen, aber ich fühle mich besser.«

»Nun, die Küche ist ein einziges Durcheinander, aber komm nur, wenn es dich nicht stört.«

Dena bemerkte eine einzige Tasse und Untertasse im Becken, die nicht wie sonst ganz sauber waren; entsetzt spülte Norma sie ab und stellte sie in den Geschirrspüler.

»Entschuldige, hier ist eine solche Unordnung, aber ich bin heute morgen ein bißchen im Rückstand. Tante Elner hat schon dreimal angerufen und wollte wissen, wie es dir geht. Sie möchte, daß du zu ihr rüberkommst. Sie ist ganz aufgeregt, weil sie ein vierblättriges Kleeblatt in ihrem Vorgarten gefunden hat; sie will es dir zeigen, als ob du noch nie in deinem Leben ein vierblättriges Kleeblatt gesehen hättest.«

Dena setzte sich, und schon wurde ihr ein rot-weißes Plastikset hingelegt. »Tatsächlich, ich glaube, ich habe noch nie eins gesehen.«

»Im Ernst? Na, sie hat sich richtig dafür angestrengt.« Norma öffnete den Kühlschrank und holte Eier und Milch heraus. »Ich weiß nicht, wie sie überhaupt noch gut genug sehen kann, um eins zu finden. Stell dir das mal vor, in ihrem Alter. Ich könnte sogar mit meiner Brille auf der Nase keins finden, aber sie hat Augen wie ein Adler. Sie sagt immer, sie braucht keine Brille, aber ich wollte trotzdem, daß sie untersucht wird und habe sie deshalb also im letzten Jahr zum Augenarzt, zu Dr. Mitton, geschleppt. Er setzte sie hin und fragte:

›Mrs. Shimfessle, wie weit können Sie denn in die Ferne sehen?‹

Sie sagte: ›Also, Herr Doktor, ich kann bis zum Mond sehen, wie weit ist das?‹«

Nach einem ausgiebigen Frühstück beschloß Dena, zu Tante Elners Haus hinüberzugehen. Leute winkten ihr zu, als sie vorbeiging und sagten: »Guten Morgen.« Als sie auf der Veranda einen Augenblick stehen blieb, hörte sie Tante Elner in der Küche singen. Sie klopfte an die Gittertür. Tante Elner und Sonny, die Katze, kamen heraus.

»Da bist du ja, Baby Girl, komm rein!«

Tante Elner trug ein verwaschenes blau-weiß geblümtes Hauskleid und weiße geschnürte Turnschuhe. Im Haus roch es nach Schinken.

»Setz dich, wo immer du Platz findest. Ich will nur schnell meinen Schinken ausmachen.«

Dena ging ins Wohnzimmer und setzte sich. Tante Elner kam zurück.

»Willst du lieber draußen auf der Veranda sitzen? Ich bin eine schreckliche Hausfrau; Norma sagt, hier sehe es aus, als hätte in jedem Zimmer jemand einen epileptischen Anfall gekriegt. Sie will nicht mehr hierherkommen, sie sagt, das macht sie nervlich fertig. Sie sagt, wenn sie nicht das Haus putzen dürfte, käme sie nicht, aber immer, wenn sie hier geputzt hat, kann ich eine Woche lang nichts wiederfinden. Ich würde dir ja Schinken anbieten, aber ich habe die strikte Anweisung, dir nichts zu essen zu geben. Aber ich habe etwas anderes für dich.«

Tante Elner kam mit einem weißen Schälchen zurück, das mit Wasser gefüllt war und in dem ein vierblättriges Kleeblatt schwamm.

»Ich habe es heute morgen gefunden und gleich beschlossen, ich werde es Baby Girl geben, damit es ihr Glück bringt.«

»Vielen Dank, Tante Elner, das ist sehr lieb.«

»Schon in Ordnung, Liebling, du meine Güte. Du brauchst ein bißchen Glück auf deinem Weg. Wie geht es dir? Du siehst gut aus. Aber ich mache mir Sorgen um dich, bekommst du auch genug zu essen? Ernährt Norma dich anständig?«

»Ich kriege massenhaft zu essen.«

»Na gut. Ich habe mir schon Sorgen gemacht. Soll ich dir ein Brötchen schmieren?«

»Nein, ich bin satt, Tante Elner.«

»Norma ißt zu wenig, weil sie schlank bleiben will, und obendrein

rennt sie den ganzen Tag herum und putzt und schrubbt und fegt.«
»Sie ist eine gute Hausfrau, das stimmt.«
»Zu gut, wenn du mich fragst, sie ist ein richtiger Putzteufel. Ich habe ihr gesagt, ich sagte: ›Norma, wenn du einen Herzanfall bekämst, bevor du dein Frühstücksgeschirr abgewaschen hast, dann würdest du warten, bis du alles fertig hast, und erst dann den Krankenwagen rufen.‹ Aber ich versichere dir, wenn es darauf ankommt, dann kann man sich auf sie verlassen. Kleinigkeiten können sie verrückt machen, aber bei einer Naturkatastrophe bleibt sie ruhig, wenn alle um sie herum zusammenbrechen. Dann läuft Norma zu Hochform auf.«
»Was für eine Naturkatastrophe?«
»Alle, die es gibt. Vor einiger Zeit, als wir diese schrecklichen Überschwemmungen hatten und so viele Menschen ihre Häuser verloren, da ist Norma in die Highschool gegangen und hat die Aula in kürzester Zeit in eine Unterkunft und ein Hospital umfunktioniert. Sie hat alles auf die Beine gestellt und geleitet. Eine Telefonleitung eingerichtet, Gruppen von Männern organisiert, die mit Booten rausfuhren und nach jedem suchten, der vermißt wurde, die ganzen Essensvorräte und Medikamente verwaltet und alle möglichen Menschenleben gerettet.«
»Tatsächlich?«
»O ja. Als das Rote Kreuz schließlich eintraf, hatte sie schon alles unter Kontrolle. Sie hat auch Auszeichnungen dafür bekommen, aber sie spricht nicht darüber. Aber ich gebe dir mein Wort darauf. Bei einer Naturkatastrophe ist man bei Norma Warren gut aufgehoben. Sie hat eine Ausrüstung für den Fall eines Erdbebens, das würdest du nicht für möglich halten.«
»Gibt es hier Erdbeben?«
»Es gab eins vor hundert Jahren, aber sollte es je ein zweites geben, Norma ist gerüstet. Sie ist auf einen Tornado, eine Dürrezeit, Überschwemmungen, die Atombombe und einen biologischen Krieg vorbereitet. Es gibt nichts, wofür sie nicht gerüstet wäre!«
»Nun, das ist gut zu wissen.«
»Du willst doch nicht wieder nach New York zurück?«
»Ich bin mir noch nicht sicher.«
»Ich wünschte, du bliebst hier bei uns. Niemand wird dich belästigen. Macky Warren sorgt schon dafür. Wirklich, die ganze Stadt wür-

de sich freuen. Hier ist dein Zuhause. In deiner Heimatstadt mußt du dich nicht zu Tode hetzen lassen.«

* * *

Als Dena mit ihrem vierblättrigen Kleeblatt nach Hause ging, fragte sie sich selbst, was sie machen wollte. So viele Menschen hatten ihr eine Bleibe angeboten. Lee Kingsley hatte ihr das Gästehaus in Sag Harbor für den Sommer angeboten, die Hamiltons hatten ein Anwesen auf Sea Island, Georgia, und Sookies Bruder Buck und seine Frau wollten ihr ihr Haus in der Mobile Bay zur Verfügung stellen. Sie hatte gedacht, es wäre vielleicht gut, allein zu sein, aber jetzt fand sie, daß es doch… irgendwie schön war, Verwandte um sich herum zu haben. Sie spielte mit dem Gedanken, vielleicht eine Weile in Elmwood Springs zu bleiben. Womöglich fände sie sogar ein Plätzchen, das sie für einige Monate mieten könnte.

Als sie wieder in Normas Haus war, schlug sie das Telefonbuch auf und entdeckte in dem kleinen, nur zwei Seiten umfassenden Geschäftsteil eine Anzeige. Sie beinhaltete das Foto einer Frau mit Hut, die telefonierte, darunter stand: *Wenn es um Immobilien geht, rufen Sie Beverly an.* Zwei Wochen später, als Macky und Norma zu einer Haushalts- und Eisenwarenmesse außerhalb der Stadt gefahren waren, rief sie Beverly an.

* * *

Beverly fiel dadurch auf, daß sie einen riesigen Hut trug und einen großen blauen Lincoln fuhr. Der Beifahrersitz war übersät mit Broschüren, Zeitungsinseraten, Schildern und Verzeichnissen. Sie war stolz darauf, daß sie eine potentielle Kundin hatte, und noch dazu Dena, und schaffte schnell Platz für sie, indem sie alles auf den Rücksitz warf.

»Also, ich freue mich so, Sie kennenzulernen. Als mein Mann und ich neu hierherkamen, hörten wir, daß Sie von hier stammen, und ich habe immer gehofft, daß Sie zurückkommen würden.«

Beverly war eine dynamische Person, und innerhalb einer Stunde hatten sie alles besichtigt. Sie sahen sich eine Maisonnettewohnung an, sogar ein Haus mit Eigentumswohnungen und mehrere neue Apartments draußen beim Einkaufszentrum, aber Dena konnte sich für keine erwärmen. Sie waren zu ungemütlich und zu steril. Beverly war mit ihrem Latein am Ende. »Es gibt hier einfach nicht so viele Mietwohnungen.«

Dena fragte: »Haben Sie Häuser?«
»Häuser? Würden Sie sich denn für ein ganzes Haus interessieren?«
»Ich weiß nicht, vielleicht. Gibt es welche zur Miete?«
»Mal sehen. Ich habe tatsächlich ein kleines… aber das ist draußen auf dem Lande. Und das wollen Sie ja nicht. Aber ich habe noch eins in der Stadt. Das kann ich Ihnen zeigen, wenn Sie möchten. Ich weiß zwar nicht, in was für einem Zustand das ist, aber wir können ja mal schauen.«
Sie fuhren in den älteren Teil der Stadt. Hohe Ulmen säumten die Straße, und Beverly hielt an und parkte vor einem weißen Holzhaus mit einer grünweißen Markise, die die vordere Veranda beschattete. Beverly kramte in ihrer großen schwarzen Tasche, in der sich offenbar Hunderte von Schlüsseln befanden. »Die andere Frau im Büro hat die Liste. Die Eigentümerin ist eine Freundin von ihr… Ich bin sicher, daß der Schlüssel hier irgendwo ist. Na ja.« Sie quasselte unentwegt über das Haus, während sie ihre Sucherei fortsetzte. »Das Haus ist in der Familie geblieben. Die Tochter und deren Familie wohnten bis vor ein paar Monaten hier, aber ihr Mann kriegte so ein schlimmes Emphysem, daß sie nach Arizona ziehen mußten – ich bringe mich um, wenn ich diesen Schlüssel verloren habe – jedenfalls haben sie gesagt, daß sie es vermieten würden…«
Sie gab schließlich auf. »Ich habe den verdammten Schlüssel nicht, aber ich bin sicher, wir kommen auch so rein.« Sie stiegen aus dem Auto. »Es könnte ein bißchen groß für Sie sein, aber es liegt in einer schönen alten Gegend. Man sieht heute nicht mehr viele Häuser mit zwei Schaukeln, nicht wahr?« Als Beverly ihr Glück mit der Tür versuchte, sah Dena, daß auf dem vorderen Fenster etwas geschrieben stand, das sie kaum lesen konnte. Sie ging hin, um es aus der Nähe zu betrachten sehen und konnte es dann entziffern: WDOT RADIO STATION, NUMMER 66 AUF IHRER SKALA. Beverly, die ununterbrochen schnatterte und gegen die Tür drückte, bemerkte, was sie sich da ansah. »Man sagt, die Frau, die früher hier gewohnt hat, hätte eine Radiosendung gemacht, aber das war, bevor wir hierherzogen.« Durch einen weiteren Stoß ging die Tür endlich auf. »Da wären wir. Ich glaube, sie hat es nicht abgeschlossen. Treten Sie ein.« Innen war es dunkel, die Vorhänge waren zugezogen, und während Beverly rasch in dem vorderen Zimmer herumlief und sie öffnete, bemerkte Dena einen Geruch, einen süßen Duft, als wenn

jemand gebacken hätte. Das Haus hatte noch die ursprünglichen Jalousien. Die Vorhänge im Wohnzimmer waren dick und gemustert, grün, gelb und kastanienbraun, mit so etwas Ähnlichem wie Palmenblättern. Einige Möbelstücke standen noch da: ein kleiner Schreibtisch am Fenster im Wohnzimmer, ein Telefontischchen in einer kleinen Nische im Flur, der vom Wohnzimmer abging, und mehrere alte orientalische Lämpchen, gelb mit weißen Blumen, im Wohnzimmer eine Stehlampe mit einem altmodischen kastanienbraunen Schirm, der oben und unten eine Seidenrüsche von derselben Farbe hatte. Beverly knipste sie an, und die alte Lampe verbreitete ein weiches gelbes Licht, fast golden und ganz anders als der harte bläulich weiße Schein all der neuen Lampen.
Als Beverly noch mehr Lampen anmachte, schien alles Licht auf eine weiche, gedämpfte Weise zu leuchten, die Dena irgendwie beruhigend fand. Sie gingen den Flur entlang, und Beverly knipste die einsam hängende Glühbirne an. »Sehen Sie nur diese Zedernholzkommode. Ich mag einfach den Geruch von diesen Sachen, Sie auch?« Sie waren in ein Schlafzimmer gelangt, und Beverly hatte einige Schwierigkeiten, die Schranktür zu öffnen, aber als Profi ging sie leicht über den wackligen, alten Türgriff aus Glas hinweg, der ihr in die Hand gefallen war, und verwies fröhlich auf eine andere Besonderheit. »Wunderbar an diesen alten Häusern ist auch, daß die Schränke alle aus Zedernholz sind.« Dena schaute hinein, und der Schrank erwies sich als riesig und trocken, der Geruch nach Mottenkugeln war noch deutlich zu erkennen.
Beverly wies auf einen kleinen weißen Teller mit einem Dutzend großer Mottenkugeln. »Schauen Sie sich das an. Die habe ich schon seit Jahren nicht mehr gesehen.« Es war offensichtlich, daß Beverly noch nie in diesem Haus gewesen war, aber sie improvisierte so gut, daß Dena sie dafür bewundern mußte. »Das Tolle an diesen alten Häusern ist, daß man sie für die Ewigkeit gebaut hat.«
»Wann wurde das hier gebaut, was glauben Sie?«
»Oh, ich würde sagen, wahrscheinlich so um 1925, auf jeden Fall nicht nach den dreißiger Jahren, das schließe ich aus den Querbalken über den Türen und der Tapete. Ich denke, das ist die Originaltapete. Ich weiß noch, daß meine Großmutter die gleiche hatte, also muß es irgendwann aus den Zwanzigern sein.« In dem zweiten Schlafzimmer befand sich eine Kommode mit Schubladen. Dena

öffnete eine, und der Duft von altmodischem Talkumpuder kam ihr entgegen. Die Decken waren ungefähr zwölf Fuß hoch. Dena hatte so lange in Wohnungen und Hotelzimmern gelebt, daß sie vergessen hatte, daß es so hohe Decken gab. Es erschien ihr merkwürdig, daß da oben soviel Raum war. Die Fußböden waren in einem ausgezeichneten Zustand, schönes Eichenholz. Teppiche gab es nicht mehr, aber man konnte noch erkennen, wo sie früher gelegen hatten. Sie entdeckte ein paar braune Flecken auf der Tapete in einem der Schlafzimmer, aber sonst war das Haus recht gut erhalten. Die Badezimmer hatten alle riesige Badewannen auf Klauenfüßen und breite Waschbecken mit Sockeln.

Der Messingkronleuchter im Eßzimmer hatte vier Schirme aus Milchglas mit niederländischen Szenen darauf, und im Wohnzimmer hing eine Deckenlampe aus rosarotem Glas, die Dena gut gefiel.

Sie gingen in den hinteren Teil des Hauses. Sobald sie in die Küche traten, sagte Dena: »Riechen Sie das? Hier hat jemand einen Kuchen oder so was Ähnliches gebacken.« Beverly schnüffelte ein paarmal. »Nein, ich rieche nichts.« Die Küche war riesengroß. Eine einsame Glühbirne hing über dem weißen Holztisch. Es gab einen Ausguß aus weißem Emaille und ein Abtropfbrett mit einem geblümten Rand, einen großen Kühlschrank und einen weißen Herd Marke O'Keefe & Merritt von 1920, alles in tadellosem Zustand. »Sehen Sie mal diesen schönen Herd«, sagte Beverly und machte einen der Brenner an. Die Flammen schossen hoch. »Und er funktioniert sogar noch!« Dena sah in eine der Schubladen, und da lag noch ein altes Kochbuch von O'Keefe & Merritt. Sie gingen aus der Küche auf eine große überdachte Veranda und sahen, daß sich jenseits des hinteren Gartens ein Feld erstreckte. Beverly rief: »Oh, schauen Sie mal, da ist eine alte Sweetheart-Schaukel. Die liebe ich einfach, Sie auch?«

»O ja«, sagte Dena, die keine Ahnung hatte, was eine Sweetheart-Schaukel war.

»Es wird erzählt, daß hier ein großer Funkturm im Garten stand und daß die Leute ihn meilenweit sehen konnten.«

»Tatsächlich?« Dena ging wieder auf die vordere Veranda, setzte sich in die Schaukel bei dem Fenster, das die Aufschrift trug, und wartete, bis Beverly wieder alle Türen geschlossen hatte. Als Beverly auftauchte, sagte Dena: »Ich nehme es.«

»Oh, fein. Wann möchten Sie es?«
»Möglichst heute noch.«
»Oh«, sagte Beverly.

* * *

Am Nachmittag, nachdem Dena den Mietvertrag unterschrieben hatte, ging sie wieder durch das Haus. Sie konnte immer noch nicht glauben, daß sie tatsächlich ein ganzes leeres Haus gemietet hatte, da sie noch nie ein Haus bewohnt hatte, soweit sie sich erinnern konnte. Sie ging von Zimmer zu Zimmer. Sie öffnete die Schränke in der Küche und entdeckte ein paar weiße Tassen und Untertassen und drei kleine Teller, die auf ihrem Rand die Aufschrift trugen *Speiselokal Trolley Car*. Mehrere Bilder hingen an den Wänden, und in den Fenstern standen geigenförmige blaue Glasvasen, aus denen irgendwelche getrockneten Pflanzen hingen. An der Außenwand der hinteren Veranda war ein Kalender von 1954 befestigt mit dem Foto eines kleinen Jungen im Pyjama, der einen Reifen und eine kleine Kerze hielt, und dem Namen des Sponsors, Goodyear Reifen. Im Wohnzimmer hing ein Bild von einem Sommerhaus mit einem von Blumen überrankten weißen Holzzaun, und in dem Zimmer, das von der vorderen Veranda abging, fand sich ein Foto von Dana Andrews aus einer Filmillustrierten, das jemand gerahmt hatte. Den Flur schmückte der Druck eines auf einem Pony sitzenden Indianers hoch oben auf einer Klippe, der den Kopf hängen ließ, und darunter stand: Ende des Weges.
Oben in der Dachkammer befanden sich ein Hundekorb, Schachteln mit Weihnachtsschmuck und einige Tauchertrophäen mit den Aufschriften: Erster Platz, Kaskadentauchen 1947, 1948, 1949. Sonst gab es kaum Spuren von den Menschen, die einmal hier gelebt hatten, nur die Gerüche, welche die Wände und Böden irgendwie durchdrungen hatten. Die hintere Veranda hatte den stechend süßen Geruch der Traube Kool-Aid zurückbehalten. Dena saß im Wohnzimmer in einem Sessel, den sie vorgefunden hatte, und betrachtete die Streifen des Sonnenlichts auf dem Boden, das durch die Jalousien fiel. Sie saß dort, bis es dunkel wurde, dann machte sie eine Lampe an. Sie mochte nicht fortgehen. Ein Gefühl, eine Stimmung, irgend etwas lag in der Luft, das sie beruhigte. Das Haus roch vertraut, es gab ihr ein heimeliges Gefühl, fast so, als wäre sie schon früher hier gewesen. Die Atmosphäre in diesem Haus hielt die flüchtige Erinnerung an einen Traum fest, den sie vielleicht einmal gehabt hatte.

Eine neue Freundin

Elmwood Springs, Missouri
1978

Am nächsten Tag brachte Tante Elners Freundin Merle zwei alte Matratzen und ein häßliches braunes Sofa herüber, das Dena draußen an der Landstraße im Warenhaus Goodwill gekauft hatte, damit sie einfach etwas zum Schlafen und Sitzen hatte, bis sie herausgefunden hatte, was sie in das Haus stellen wollte. Sie lieh sich Laken und ein paar Kissen aus Normas Wäscheschrank. Sobald Merle wieder fort war, ging Dena die Straße hinunter zu dem Lebensmittelgeschäft und kaufte Kaffee, Sahne, Milch, Eier und einige Fertiggerichte, und als sie zurückkam, wanderte sie im Haus herum. Beverly hatte ihr eine Kaffeekanne, eine Packung Cornflakes und ein paar Bananen dagelassen. Dena entdeckte einen Eimer und Putzmittel unter der Spüle und begann, die Jalousien zu reinigen. Sie waren noch völlig funktionstüchtig und hatten an ihren dicken Schnüren noch die alten Plastikenden, die wie kleine Glocken aussahen. Beim Saubermachen sah sie hoch und erblickte eine schwarzweiße Katze am Fenster, die sie anstarrte. Dena ging zur Haustür, öffnete sie, und die Katze schoß an ihr vorbei ins Haus wie jemand, der versucht, in einem vollen Bus den besten Platz zu ergattern. Im Wohnzimmer befand sich ein grüner Papierkorb aus Blech, mit dem Bild eines Cockerspaniels verziert; der war umgefallen, und die Katze lief darauf zu, kroch hinein und legte sich augenblicklich zum Schlafen zurecht, voller Empörung, daß sie solange hatte warten müssen, bis sie ins Haus durfte. Dena hatte ein wenig Angst vor ihr und ließ sie zufrieden.
Ein paar Minuten nach drei hörte Dena es an der Tür klopfen.
»Ju-hu.« Dena sah eine winzige Frau von etwa fünfundsechzig Jahren an der Tür stehen. »Ich bin Tot, Ihre Nachbarin. Ich will Sie nicht stören. Ich wollte nur dies hier abgeben und gleich wieder verschwinden. Ich weiß, Sie haben viel zu tun.«
Dena machte die Gittertür auf. »Ich habe nicht viel zu tun. Ich habe nur ein bißchen geputzt. Bitte, kommen Sie doch rein.«
»Also, ich stelle das hier für Sie in die Küche. Ich habe mir gedacht,

daß Sie vielleicht nicht raus wollen, darum habe ich Ihnen das hier mitgebracht, falls Sie Hunger kriegen. Ich weiß, Sie haben einen kranken Magen, deshalb habe ich Ihnen einen Nudelring mit Hühnerfrikassee gemacht. Wenn Sie irgendwas brauchen, egal was, rufen Sie einfach.« Tot war inzwischen in der Küche und stellte das Essen in den Kühlschrank. »Sie brauchen es nur aufzuwärmen, wenn Sie Hunger haben. Ich will Sie nicht stören, bestimmt nicht, ich wollte Ihnen einfach nur Bescheid sagen, daß wir gleich nebenan wohnen.« Als sie durch das Haus zurückging, warf sie einen Blick ins Wohnzimmer. »Oh, ich sehe, daß B. T. hier ist.« Sie lachte. »Das ist eine von meinen verrückten Katzen. Hoffentlich stört sie nicht. Sie mag nicht jeden, aber zu Ihnen scheint sie Zuneigung gefaßt zu haben. Das ist ein gutes Omen, wissen Sie, aber wenn sie Ihnen im Weg ist, werfen Sie sie einfach raus. Aber ich kann Ihnen jetzt schon sagen, daß das nicht viel nützen wird. Ich hoffe, das Haus gefällt Ihnen, es ist ein schönes, altes Plätzchen.« Tot war an der Tür. »Ich konnte es einfach nicht ertragen, es leer stehen zu sehen. Anna Lee und ihr Mann mußten nach Arizona ziehen.«
Endlich konnte Dena auch mal ein Wort einwerfen. »Ja, ich habe davon gehört.«
»Alle Nachbarn sind begeistert, daß Sie hier sind, und wir werden Sie auch nicht stören. Sie können sich natürlich nicht mehr erinnern, aber ich erinnere mich noch an Sie, als Sie ganz klein waren. Also, kommen Sie einfach rüber, wenn Sie etwas brauchen.«
Dena sah Tot nach, als sie zu ihrem Haus zurückkehrte. Dann ging sie ins Sonnenzimmer und wandte sich wieder den Jalousien zu. Sie öffnete sie und konnte die Umrisse eines runden Teppichs erkennen, der sich hier früher auf dem Boden befunden haben mußte, und offensichtlich auch ein Sofa. Gegen halb sieben war sie müde. Sie ging in den Garten hinaus, setzte sich in die Schaukel und beobachtete, wie die Sonne über dem Feld unterging. Als sie wieder hereinkam, fiel ihr der Topf mit dem Essen ein, sie ging zum Herd, wärmte es auf und aß fast alles.
Als sie am Tisch saß, merkte sie, wie still es in der Küche war. Sie hörte nur das Ticken der Uhr am Herd. Als sie plötzlich spürte, wie etwas unter dem Tisch ihr Bein streifte, wäre sie beinahe vor Schreck aufgesprungen. Sie sah hinunter und entdeckte die Katze, die sich an ihrem Bein rieb, zu ihr aufblickte und miaute.

Dena sagte: »Ach, du lieber Gott, Katze – du gehst jetzt wohl besser nach Hause.« Sie ging zur Hintertür und machte sie auf. »Los, Mieze, geh nach Hause, los…« Die Katze sah sie ungerührt an. Dena blieb an der offenen Tür stehen, aber die Katze bewegte sich nicht. Schließlich machte Dena die Tür wieder zu, setzte sich und versuchte, zu Ende zu essen, aber die Katze starrte sie beharrlich an und miaute, so daß Dena ihr das gab, was übriggeblieben war. Als die Katze gefressen hatte, machte Dena wieder die Tür auf.
Dena ging im Haus herum und knipste alle Lampen an. Die vier Schirme aus Milchglas an dem kleinen Kronleuchter im Eßzimmer waren durch ihr Alter etwas gelb geworden und verbreiteten dadurch das schönste Licht. Das Eßzimmer hatte ein Erkerfenster mit hauchdünnen weißen Gardinen, die abends besonders hübsch aussahen. Sie wanderte von einem Zimmer zum anderen und überlegte, was für Möbel sie hineinstellen könnte. Es war still. Nach einer Weile ging sie auf die vordere Veranda und setzte sich in die Schaukel. Die Katze erschien an der Haustür, schob sich hinaus und lief die Stufen hinunter in den Garten. Nach ein paar Minuten kam sie zurück und setzte sich zu Dena auf die Veranda. Es war ein warmer, milder Abend, aber eine leichte Brise hielt die Luft in Bewegung, und sie konnte die Blumen riechen, die an der Hausseite gerade zu blühen anfingen. Einige Autos fuhren vorbei, sonst passierte nichts. Gegen elf gingen sie und die Katze hinein. Sie ließ im Badezimmer Wasser einlaufen. Die tiefe weiße Wanne hatte einen hellen Gummistöpsel an einer Kette aus Metallkügelchen. Es dauerte lange, bis sie gefüllt war, und als sie sich hineinsetzte, reichte ihr das Wasser fast bis zum Hals, und sie mußte lachen. Sie kam sich vor wie in einem kleinen Swimmingpool. Nach dem Bad ging sie ins Schlafzimmer und nahm ihr Nachthemd aus der Kommode. Es hatte einen leichten Duft von Talkumpuder angenommen. Sie beugte sich hinunter, um die Bettdecke zurückzuschlagen. Die Katze sprang auf das Bett und kroch unter das Laken. Kurz darauf spürte sie eine Bewegung an ihrem Arm, und sie hörte die Katze laut schnurren, glücklich und zufrieden, daß sie sie als Bettgefährtin hatte. Dena langte hinüber und streichelte sie. Sie hatte nie wieder neben einer Katze geschlafen seit jener Nacht vor vielen Jahren in der Wohnung von Christine, der Freundin ihrer Mutter, damals hatte Christines Katze Milton neben ihr im Wohnzimmer gelegen. Es war ein gutes Gefühl.

Dir Zirkustorte

Elmwood Springs, Missouri
1978

Am Morgen ging sie los, um sich die kleine Efeupflanze für ihr Fenster zu holen, die Tante Elner ihr zugedacht hatte. Tante Elner war überglücklich, daß sie jetzt so nahe bei ihr wohnte. »Ich freue mich, daß du in Nachbarin Dorothys altem Haus wohnst. Oh, Liebling, wie viele Rundfunksendungen habe ich von dort gehört.«

»War da so eine Art Studio?«

Tante Elner setzte sich an den Küchentisch. »Ich weiß nicht, ob es ein Studio war, es fand einfach in ihrem Wohnzimmer statt. Von dort kam die Sendung, jeden Tag pünktlich von neun Uhr dreißig bis zehn Uhr. Ich habe keine einzige verpaßt.«

Dena nahm sich ein frisches Brötchen. »Was war das, eine Art Nachrichtensendung?«

»Eine Nachrichtensendung? Vermutlich könnte man es so nennen. Aber sie hatte alles mögliche im Programm. Sie brachte Musik – es stand immer eine Orgel im Zimmer, auf der Mutter Smith spielte, aber nach dem Tod von Mutter Smith schenkte Dorothy sie der Kirche. Und ganz unterschiedliche Leute sangen oder spielten oder machten irgendwas, wozu sie Lust hatten. Sie gab Haushaltstips, verteilte Rezepte und führte Gespräche.«

»Was für Gespräche?«

»Oh, alle möglichen – Ruby Robinson, die Radioschwester, sprach über Gesundheit – und Audrey redete über Religiöses. Jeder, der im Radio etwas erzählen wollte, durfte es. Die Leute steckten den Kopf durchs Fenster und plauderten über irgendwas.«

»Über was zum Beispiel?«

Tante Elner lachte. »Ich weiß nicht mehr, vielleicht hatte jemand seinen Hund verloren oder wollte ein Überraschungsessen ankündigen oder so was.«

»Was ist denn ein Überraschungsessen?«

»Du weißt du nicht, was ein Überraschungsessen ist? Gibt es das nicht in New York?«

»Ich weiß nicht, was ist das?«
»Es ist einfach ein Abendessen, zu dem jeder etwas mitbringt. Wir haben von der Kirche immer eins am ersten Freitag im Monat. Komm doch mal mit. Das ist ein Riesenspaß. Man weiß nie, was alle zum Essen mitbringen, es wechselt jeden Monat. Einmal kam auch Bess Truman.«
»Zu dem Überraschungsessen?«
»Nein, zur ›Nachbarin-Dorothy‹-Sendung. Alle möglichen Leute kamen, manche schickten auch Briefe. Sie veranstaltete Preisausschreiben, dabei konnte man einen Sack Mehl gewinnen. Sie hat ein richtig gutes Kochbuch herausgegeben. Ich habe meins leider verloren, aber Norma hat ihres vielleicht noch.«
»Wie war sie?«
»Wer?«
»Nachbarin Dorothy.«
»Oh, sie war einfach eine reizende Frau, hatte zwei Kinder…«
»Wie klang ihre Stimme?«
»Richtig lieb, als freute sie sich wirklich, daß man zuhörte. Es ist zu schade, daß man damals noch keinen Kassettenrecorder hatte, ich würde so gern mal wieder eine von ihren alten Sendungen hören. Ich vermisse es sehr, daß ich sie nicht mehr hören kann. Ich war so daran gewöhnt. Mit Nachbarin Dorothy hatte man immer Gesellschaft, das kann ich dir sagen. Nicht, daß ich nicht gern auf der Farm war, als Will noch lebte, aber einen Nachteil hatte das Leben so weit draußen auf dem Lande schon: Ich fühlte mich einsam. Meine nächste Nachbarin wohnte zwölf Meilen entfernt. Will war kein großer Redner, und ich sehnte mich immer nach der Stimme eines anderen Menschen. Wenn es die Sendung von Nachbarin Dorothy nicht gegeben hätte, wäre ich sicher doppelt so einsam gewesen. Es war, als hätte ich jeden Tag meine Nachbarin von nebenan zu Besuch. Das machte es einem leichter, da draußen so ganz allein die Tage zu überstehen. Und abends konnte man das rote Licht des Funkturms, der in ihrem Garten stand, von der Farm aus sehen. Ich weiß nicht, wie du so eine Sendung nennen würdest, aber sie erreichte immer, daß ich mich besser fühlte. Iß die Brötchen auf, wenn du willst, Liebling, ich wollte sie gerade an die Vögel verfüttern.«
Dena nahm noch eins und tat Butter und Marmelade darauf.

»Hast du sie mal kennengelernt, Tante Elner? Nachbarin Dorothy, meine ich?«
»O Gott, ja. Sie war eine gute Freundin deiner Großmutter.«
Sie sah Dena an. »Da fällt mir ein, du hast sie auch kennengelernt, erinnerst du dich nicht mehr?«
»Nein. Wann?«
»Oh, vor ewigen Zeiten. Anna Lee, ihre Tochter, und deren Freundin Patsy leiteten einen kleinen Kindergarten draußen auf der hinteren Veranda. Da gingst du immer zum Kindergarten. Weißt du noch, daß du da hingingst?«
»Bist du sicher, daß ich das war?«
»Ja, ich bin mir völlig sicher. Ich kann mich sogar noch an das eine Mal erinnern, du mußt vier gewesen sein, als du deinen Geburtstag mit all deinen Kindergartenfreunden gefeiert hast. Deine Mutter hatte dich angezogen wie eine Puppe, sie arbeitete im Kaufhaus Morgan Brothers und hat dir immer die niedlichsten Sachen mitgebracht. Deine Großeltern waren dabei, deine Mutter kehrte früh von der Arbeit zurück, so daß sie dabeisein konnte, ich bin gekommen, Norma kam, wir waren alle dabei.«
Dena war erstaunt. »Wirklich?«
»Du warst so glücklich, ein glückliches kleines Kind, und du warst so ein süßes kleines Ding, nicht ein bißchen verzogen.«
»Ich war glücklich?«
»O ja. Ich glaube, das war die glücklichste Zeit für uns alle, als wir unsere Baby Girl noch bei uns hatten. Wir fanden es furchtbar, dich zu verlieren, das kann ich dir sagen.«
»Ich kann mich gar nicht erinnern, überhaupt mal eine Geburtstagsparty erlebt zu haben.«
»Hast du aber. Weißt du, ich habe vielleicht noch ein Foto bei Gertas Sachen. Ich glaube, wir haben an dem Tag ein Foto gemacht, wenn ich mich nicht täusche. Warte mal, ich werde mal den Kasten holen. Ich schaue in der untersten Schublade nach, mal sehen, ob ich es finden kann.«
Dena hörte, wie sie mehrere Schubladen auf und zu machte.
Dann rief sie: »Hier ist es!« Sie kam in die Küche zurück und überreichte Dena eine Fotografie. »Sieh doch mal. Na, wenn du da kein glückliches Kind bist, dann fresse ich einen Besen.«
Dena sah sich das Foto an. Es war das Bild eines kleinen blonden

Mädchens, das am Ende eines kleinen Tisches saß, der ganz mit Kindern bevölkert war. Das Mädchen war sie selbst, und da stand auch ihre Mutter, an die Wand gelehnt, die Hände auf dem Rücken. Ihr Gesicht war Dena zugewandt, und sie lächelte und sah sie mit liebevollem Blick an. Die Fotografie hatte ihre Mutter in einem unbewachten Moment eingefangen. Dena hatte diesen Blick bei ihrer Mutter nie gesehen; sie hatte nie die Liebe gespürt, die sie jetzt sah.

Noch etwas anderes auf dem Bild fesselte sie. Es war eine Torte, auf der sich etwas befand, das wie ein Miniaturkarussell aussah.

»Was ist das?«

»Nachbarin Dorothy hat ihn für dich gemacht. Sie hat dir eine von ihren berühmten Karusselltorten gebacken. Sie war rosa und weiß. Du erinnerst dich doch noch daran?«

Auf dem Nachhauseweg versuchte sich Dena zu erinnern, was da war. Die Torte hatte etwas Vertrautes an sich, und doch konnte sie sie nicht ganz einordnen. Da war etwas, das sie vorher schon einmal gesehen hatte. Dann fiel es ihr plötzlich ein. Sie wußte, was sie beschäftigte.

Sobald Dena nach Hause kam, ging sie auf die hintere Veranda hinaus, starrte auf das Bild in ihrer Hand und weinte. Es war dasselbe Karussell, von dem sie seit Jahren träumte. Dies war der Ort, an den sie immer wieder hatte zurückkehren wollen, der Ort, an dem sie glücklich gewesen war.

Willkommen auf der Welt, Baby Girl!

Elmwood Springs, Missouri
1944

Guten Morgen euch allen. Es ist wieder ein schöner Tag in Elmwood Springs, und wir konnten diesen Morgen kaum erwarten.
... Wir haben so viele gute Nachrichten heute, daß Sie denken werden, ich gleiche alles wieder aus. Ich möchte damit beginnen, daß ich zuallererst die kleine Miss Dena Gene Nordstrom, die gestern nachmittag das Licht der Welt erblickt hat, herzlich auf der Welt willkommen heiße. Das Baby ist die brandneue Enkelin von Lodor und Gerta Nordstrom und die Tochter ihres Sohnes Gene. Wir wissen ja alle noch, was wir durchgemacht haben, als wir Gene im Krieg verloren haben... aber wie durch ein Wunder haben wir ein kleines Stück von ihm zurückbekommen, ein Teil von ihm lebt weiter... und wir könnten nicht glücklicher sein. Gerta sagt, sobald Baby Dena reisefähig ist, bringt ihre Mutter sie nach Elmwood Springs, und wir können es kaum erwarten, dich zu sehen, also komm schnell hierher, damit wir dich angemessen willkommen heißen können. Gestern erhielten wir einen Brief aus Kanada. Im letzten Monat, so schreibt eine Mrs. D. Yeager, hätte sie an ihrer Skala gedreht und uns plötzlich so glasklar gehört... es war so gutes Radiowetter.
Fallen Sie nicht um, aber Bobby hat tatsächlich eine Eins in Betragen. Fragen Sie nicht wie er das geschafft hat, ... und wir haben noch eine Menge anderer guter Nachrichten. Wir haben einen Gewinner in unserem Preisausschreiben ›Wer war der interessanteste Gast, den Sie je in Ihrem Hause hatten‹. Warten Sie noch, bis Sie dies hier gehört haben – zwar weiß ich, daß es nicht die feine Art ist, das Eigene zu loben, aber Mutter Smith und ich sind so stolz auf Doc. Er erhielt den Rexall-Preis für hohe Leistungen bei der Herstellung von Arzneimitteln das zweite Jahr in Folge. Also, wenn du uns jetzt im Drugstore zuhörst... Doc, wir sind mächtig stolz auf dich.
Und jetzt sind hier die Goodnight-Zwillinge und singen für Sie das bekannte und beliebte Lied: ›I'll Keep a Light Burning in the Window, Dear, 'Cause I'm Still in Love with You.‹«

Noch nicht

Elmwood Springs, Missouri
1978

Die Tage vergingen, und Dena saß mit der Katze zusammen, die sich als Bottle Top III entpuppte, und fragte sich, was sie mit dem Rest ihres Lebens anfangen sollte. Sie hatte, abgesehen von ihrer Arbeit und der Sucht nach Erfolg, noch nicht viel über ihr Leben nachgedacht. Es war ihr auch nie in den Sinn gekommen, daß sie außerdem etwas anderes machen könnte. Was blieb ihr noch? Wer blieb ihr noch? Sie hatte sogar vergessen, warum sie überhaupt Erfolg haben wollte, und warum war die Vorstellung von einem Leben ohne Karriere so niederschmetternd? Was machte es überhaupt für einen Unterschied? Was spielte es eigentlich für eine Rolle, ob sie lebte oder tot war? Nichts ist von Dauer, wo liegt da der Sinn?

Nach der ersten Woche im neuen Haus hatte Norma ihr ein altes Exemplar von *Nachbarin Dorothys Kochbuch* gebracht. Später hatte Dena dann stundenlang das Bild der lächelnden Dame auf dem Umschlag fixiert. Ihre Augen schienen sie direkt anzusehen. Sie sah so lebendig aus – aber sie war schon tot. Wohin war sie gegangen? Sie war hier, nun war sie weg, und nichts war übriggeblieben als ein Haus, in dem sie einmal gelebt hatte. Dena begann, über die Vergangenheit nachzudenken. War sie für immer dahin? Oder kam sie spät in der Nacht zurück, wenn alles dunkel und still war, solange das Haus leer stand, war sie da in die Zimmer zurückgeflossen? Existierte Nachbarin Dorothy noch irgendwo, schwebte ihre Stimme noch durch die Luft? Dena wußte es nicht. Sie wußte nur, daß sie in diesem Haus die Gegenwart von jemand spürte. Sie fühlte sich nicht allein. Vielleicht war jemand da, oder aber, so überlegte sie, verlor sie langsam den Verstand. Was es auch war, es ängstigte sie nicht, und es war eine Erleichterung, keine Furcht mehr zu haben.

In der Zwischenzeit wartete sie und lauschte. Und manchmal glaubte sie, etwas zu hören. Es war während der ersten Woche passiert, ganz früh am Morgen. Gegen vier Uhr dreißig saß sie aufrecht im Bett, und ihr war so, als ob sie jemanden in der Küche rumoren hörte. Sie sah hinüber, aber Bottle Top lag neben ihr im Bett, also konnte es nicht die Katze sein. Sie stand auf, und als sie die Diele entlangging, hätte sie schwören können, den Duft von frischgekochtem Kaffee zu riechen. Aber als sie in die Küche kam und das Licht anknipste, war niemand dort. Es gab Zeiten, da glaubte sie, sie hörte jemanden singen oder die Gittertür zuschlagen oder ein Geräusch, als ob jemand einen Ball gegen die Hauswand warf, aber wenn sie nachsah, war nie jemand da. Nach einigen Wochen schienen New York und die Sidney Capellos und Ira Wallaces der Welt immer weiter weg zu sein. Bei ihrer Ankunft in Elmwood Springs war sie in einem so schlechten nervlichen Zustand gewesen, daß jedes laute Geräusch sie hochfahren ließ.

Aber nun fühlte sie sich sicher hier, eine Million Meilen entfernt von der realen Welt mit ihren grellen Lichtern und lauten Stimmen. Als ihre Ohren sich an die Stille gewöhnt hatten, begann sie, andere Geräusche zu hören – Vögel, Grillen und zuweilen das Rufen von spielenden Kindern. Sie konnte die Kirchenglocken hören, und seit einiger Zeit konnte sie sogar unterscheiden, welche Glocken läuteten, die der Unity, der methodistischen oder der lutherischen Kirche. Jede hatte ihren ganz speziellen Klang.

Sie saß am Abend stundenlang im Zimmer, das nur von dem orangefarbenen Schein des Radios erhellt wurde, und hörte den angenehmen Stimmen von Fremden zu, die über Gott, das Wetter oder die Ernte sprachen. Es hatte etwas sehr Intimes, in der Dunkelheit mit Gesprächen über Gott konfrontiert zu sein, so daß sie fast versucht war zu glauben, daß man ihr die Wahrheit sagte. Ihre Tage waren lang. Sie hatte nicht gewußt, daß Tage so lang sein konnten. Sie wachte mit der Sonne auf und beobachtete die Sonnenuntergänge und wie der Mond und die Sterne aufgingen, jedes Mal wieder aufs neue erstaunt.

Sie saß in allen Ecken, betrachtete das Licht aus jedem Winkel. Abends begann sie, mit der Beleuchtung in den einzelnen Zimmern zu experimentieren. Sie liebte es, die Lampen auf die honigfarbenen Kieferwände in dem einen Zimmer auszurichten; es sah so einladend aus.

Manchmal ging sie hinaus, stand auf dem Rasen und blickte auf das erleuchtete Haus, und eine Welle von Heimweh überflutete sie, ein Gefühl, das so mächtig war, daß es ihr die Tränen in die Augen trieb.

Sie stand allein da und weinte, ohne zu wissen, weswegen sie weinte oder wonach sie Heimweh hatte. Sie hatte ein Gefühl wie nach dem Besuch beim Zahnarzt, wenn die Betäubung allmählich nachläßt; es war schmerzhaft, aber ein bittersüßer Schmerz. Langsam fühlte sie sich wieder wie das Mädchen, das sie einmal gewesen war und das auf dem langen Weg verlorengegangen war.

* * *

Der Herbst nahte, und ihr Fernsehsender rief weiter beharrlich bei Sandy an, um zu fragen, wann sie zurückkäme. Sie schickte ihm ein Telegramm:

Lieber Sandy,
sag Ihnen, es täte mir leid, aber sie müßten die Herbststaffel ohne mich beginnen. Ich kann im Moment nicht zurückkommen.
Noch nicht.

Gruß Dena

Der Mittelsmann

Elmwood Springs, Missouri
1978

Dr. Diggers hatte Dena geraten, sich Zeit zu lassen, was Entscheidungen über ihre Zukunft betraf, aber als einige Wochen vergangen waren und sie sich besser fühlte, wurde ihr immer klarer, was sie als nächstes tun mußte. Sie mußte die Wahrheit über ihre Mutter herausfinden. Sie mußte für sich selbst herausfinden, was geschehen war. So schmerzlich es auch sein mochte, sie mußte es wissen, bevor sie Entscheidungen traf, was sie als nächstes tun würde.

Aber sie brauchte Hilfe. Sie brauchte jemanden, dem sie vertrauen konnte. Jemanden, der nichts mit ihrer Branche zu tun hatte, jemanden, der nicht herumlief und Informationen verkaufte oder mit der Presse redete oder einfach nur Dinge weitererzählte. Gott, wie sehr wünschte sie, Howard wäre noch am Leben.

Am 21. September saß sie draußen im Garten in der Schaukel, als ihr plötzlich ein Name in den Sinn kam: Gerry O'Malley. Je mehr sie darüber nachdachte, desto besser fand sie die Idee. Sie kannte ihn zwar nicht sehr gut, aber sie vertraute ihm. Er hatte bestimmt keine Verbindungen zu den Medien. Sie war seine Patientin gewesen; alles, was sie ihm erzählte, müßte ja wohl unter die Schweigepflicht fallen. Als Dr. Diggers an diesem Abend anrief, fragte Dena sie: »Sie kennen Gerry O'Malley doch sehr gut, nicht war?«

»Ja, warum?«

»Vertrauen Sie ihm?«

»Mit meinem Leben. Warum?«

Dena erzählte ihr, daß sie sich entschlossen hatte, nach ihrer Mutter zu suchen. Dr. Diggers freute sich, das hatte sie gehofft. »Das ist gut für Sie. Kann ich irgendwas für Sie tun?«

»Vielen Dank, aber das Problem ist, daß ich sie nicht selbst suchen kann, aus naheliegenden Gründen. Was ich brauche, ist ein Mittelsmann, der bereit wäre, zu sagen, daß es *seine* Verwandte ist, nach der er sucht, so daß mein Name nicht da hineingezogen würde. Glauben Sie, Gerry würde mir helfen, wenn ich ihn darum bitte?«

Diggers dachte, daß Gerry wahrscheinlich rückwärts vom Chrysler-Gebäude springen würde, wenn Dena ihn darum bitten würde. Sie sagte: »Rufen Sie ihn an. Jetzt gleich.«

* * *

Er meldete sich sofort. »Gerry, hier ist Dena.«
»Oh, hallo«, sagte er noch mal. »Sind Sie wieder da?«
»Ich bin noch in Missouri.«
»Kommen Sie bald zurück?«
»Gerry, darum geht es. Ich weiß es nicht. Ich habe ein Problem. Nun, ein großes Problem – und ich brauche Hilfe.«
»Oh«, sagte er, langte hinüber und setzte sich seine glücksbringende rote Baseballmütze auf. »Was ist los?«
Sie erzählte ihm alles über das Verschwinden ihrer Mutter und las ihm den Brief vor, den Zofko für sie abgegeben hatte. Gerry fragte: »Wer ist dieser Idiot Capello?«
»Das ist ein Mann, den ich kenne, und er ist gefährlich.«
»Aber das ist doch alles Blödsinn, dieses Zeug, mit dem er sie einschüchtern will. Sie wissen doch, daß es nicht wahr ist. Warum können Sie seinen Bluff nicht als das erkennen, was es ist?«
»Weil ich nicht weiß, ob es stimmt oder nicht.«
»Was meinen Sie damit?«
»Nun… meine Mutter hat tatsächlich Deutsch gesprochen.«
»So?«
»Und sie ließ sich nicht gern fotografieren.«
»Dena«, sagte Gerry, »viele Menschen lassen sich nicht gern fotografieren. Sie dürfen sich von diesem fiesen Typen nicht aus der Fassung bringen lassen. Ihre Mutter war ebensowenig eine Spionin wie ich ein Spion bin.«
»Gerry, Sie kannten sie nicht. Nicht mal *ich* habe sie ja richtig gekannt. Ich hatte immer das Gefühl, daß da etwas… faul ist. Warum würde jemand sonst wohl einfach so weglaufen?«
»Da könnte es tausend verschiedene Gründe geben. Vielleicht hat sie einen Mann kennengelernt. Vielleicht wollte sie einfach nicht mehr Mutter sein, so etwas passiert andauernd. Wer weiß, was sie für einen Grund hatte. Aber, Dena, Sie dürfen sich doch von diesem Knilch nicht aus Ihrem Job drängen lassen. Wenn Sie wirklich nicht mehr zurück wollen, dann ist das eine andere Sache, aber das hier ist Erpressung! Sie können ihm das nicht durchgehen lassen.«

»Ich muß«, sagte Dena. »Ich habe keine andere Wahl.«
»Doch, das haben Sie. Kommen Sie, da muß es was geben. Sprechen Sie mit einem Anwalt. Verklagen Sie ihn wegen Rufmord.«
»Sie kennen Sidney nicht. Er würde es begrüßen, wenn ich ihn verklagte, würde es öffentlich ausschlachten.«
»Aber es ist doch nicht wahr.«
»Es muß nicht wahr sein. Außerdem will ich nicht, daß der Name meiner Mutter durch die Zeitungen gezerrt wird. Und mein Name würde ihn in die Schlagzeilen bringen. Ich kann nichts tun, glauben Sie mir. Verstehen Sie das nicht? Ich kann nicht gegen ihn kämpfen. Es würde mich umbringen. Ich habe nicht mehr die Kraft dazu.«
Gerry erkannte, daß sie recht hatte.
»Nein, natürlich können Sie das nicht. Was habe ich mir nur dabei gedacht? Tut mir leid, ich würde diesen Kerl eben selbst gern umbringen. Aber machen Sie sich keine Sorgen, wir werden uns schon was einfallen lassen, damit Sie nicht da reingezogen werden. Vergessen Sie diesen Kerl einfach. Er ist es nicht wert, daß Sie noch mal krank werden. Wir müssen uns darauf konzentrieren, was wir für Sie tun können, damit Sie das alles ein für allemal vergessen können. Als erstes müssen wir herausbekommen, was mit Ihrer Mutter passiert ist. Und dann überlegen wir, was wir mit diesem Typen machen. Dena, vertrauen Sie mir?«
»Ja.«
»In Ordnung. Ich möchte, daß Sie sich nicht vom Fleck rühren und mich das machen lassen. Ich habe einen Freund in Washington, den ich anrufen kann, mit dem ich zur Schule gegangen bin, er wird genau wissen, was zu tun ist. Und ich verspreche Ihnen, Sie können ihm auch vertrauen. Je früher wir was finden, desto besser, dann brauchen Sie nie mehr zu rätseln oder darüber nachzudenken, Sie werden es ein für allemal wissen. Okay? Halten Sie das aus?«
»Ja... ich denke schon.«
»Nun haben Sie sich all die Jahre allein mit dieser Geschichte herumgeschlagen, aber jetzt sind Sie nicht mehr allein. Ich bin an Ihrer Seite, glauben Sie mir?«
Dena hatte das Gefühl, als würde ihr ein schwerer Stein von der Brust genommen. »Ja.«

* * *

Macky, Norma und Tante Elner saßen im Wohnzimmer, als Dena ihnen erzählte, daß sie sich entschlossen habe, mehr über ihre Mutter herauszufinden. Tante Elners Reaktion auf diese Nachricht war: »Also, sie war ein hübsches Ding, das kann ich euch sagen. Als sie damals aus diesem Zug stieg... wir haben das alle gesagt, stimmt's, Norma?«

Norma sah Macky mit einem Ausdruck des Entsetzens an.

Macky beugte sich langsam in seinem Sessel vor und sagte nachdenklich: »Baby Girl, wenn du das wirklich tun willst, dann tu es.«

Norma wurde unruhig, stand auf und sagte: »Ich finde, wir sollten alle einen Spaziergang machen. Ich weiß nicht, wie es bei euch ist, aber ich fühle mich wie gemästet, man sagt ja, nach einem großen Essen sollte man ein paar Schritte tun.«

»Setz dich noch einen Moment, Norma«, sagte Macky. »Dena, gibt es noch einen besonderen Grund dafür, außer natürlich, daß du wissen willst, was mit deiner Mutter geschehen ist?«

Sie hatte ihnen nichts von Capellos Akte erzählt. »Ich denke nur, es ist an der Zeit, daß ich Nachforschungen anstelle. Ich wüßte gern, ob es eine Chance gibt, daß sie noch lebt. Ich weiß, daß mein Großvater einige Leute beauftragt hat und sie nichts gefunden haben, aber wann war das? Vor zwanzig und mehr Jahren? Sie haben heute alle möglichen neuen Methoden, um Menschen aufzuspüren.«

»So willst du also diese Sache definitiv in Angriff nehmen?« fragte Macky.

»Ja, ich glaube schon. Wenn es keinen Grund gibt, der dagegen spricht.«

Norma jammerte: »Oh, ich habe ja gewußt, daß wir die falsche Entscheidung treffen würden, so oder so. Ich habe das Macky damals gleich gesagt. Jetzt sieh dir an, was passiert ist.«

»Norma, beruhige dich, keiner hat eine falsche Entscheidung getroffen. Geh und hol die Kassette.«

Dena wandte sich an Macky. »Wovon redet sie?«

Norma stand auf, um ins Schlafzimmer zu gehen, und murmelte vor sich hin: »Ich werde gleich einen Nervenzusammenbruch erleiden und dann sterben, soviel weiß ich.«

Tante Elner, die nicht genau im Bilde war, was vor sich ging, lächelte. »Was deine Mutter angeht, so kann ich dir eins sagen: Sie war ein hübsches Ding und hatte dieses Hütchen schräg auf dem Kopf. Es sah aus wie ein kleiner Pfannkuchen mit einem Netz darauf.«

Norma kam zurück und überreichte Macky eine Kassette aus Zinn. »Hier, gib du ihr das, ich kann es nicht.«

»Was ist das?« fragte Dena.

»Es ist ein Brief, Baby Girl«, sagte Macky, »von der Detektei, die dein Großvater beauftragt hatte. Ich habe damals gedacht, es würde dir nichts nützen, wenn du ihn siehst, aber jetzt, wo du die Sache selbst anpacken willst, mußt du darüber Bescheid wissen.« Er nahm den Brief aus dem Umschlag.

Norma fragte: »Will noch jemand außer mir Kaffee? Ich weiß, ich sollte keinen trinken, aber ich brauche jetzt einen.«

Dena überflog den Brief. Ein Satz sprang ihr ins Auge:

Unseren Nachforschungen gemäß existiert keine Person, auf die diese Angaben zutreffen.

»Macky, was bedeutet das?«

»Das bedeutet, daß sie aus irgendeinem Grund einen anderen Namen als ihren eigenen angenommen hat.«

Tante Elner sagte: »Vielleicht mochte sie ihren richtigen Namen nicht. Ich weiß, wenn ich keinen Shimfessle geheiratet hätte, hätte ich mich nie so genannt. Ich hätte ihn gern gegen Jones eingetauscht… aber ich habe ihnen das nie erzählt!«

* * *

Am nächsten Nachmittag klingelte Denas Telefon.

»Miss Nordstrom?«

»Ja?«

»Hier ist Richard Look vom Außenministerium.«

Denas Herz klopfte. »Ja?«

»Ich höre von Gerry O'Malley, daß Sie möglicherweise etwas Unterstützung brauchen, um jemanden ausfindig zu machen?«

Dena war erleichtert, daß er nicht angerufen hatte, um ihr etwas Konkretes mitzuteilen. Sie war noch nicht darauf eingestellt, die Wahrheit zu entdecken, obwohl sie es geglaubt hatte. Sie setzte sich, und die Katze sprang auf ihren Schoß. »Ja, was hat Gerry Ihnen erzählt?«

»Miss Nordstrom, wissen Sie, Gerry hat mich über die gesamte Situation informiert, und ich verstehe vollkommen, daß hier Geheimhaltung geboten ist. Ich kann Ihnen versichern, daß Ihr Name aus den Nachforschungen herausgehalten wird.«

Das Wort *Nachforschungen* bereitete ihr Unbehagen, aber sie sagte: »Vielen Dank, ich weiß das wirklich zu schätzen. Hat er Ihnen auch von dem Brief erzählt?«
»Dieser Blödsinn mit der deutschen Spionin? Ja, aber machen Sie sich keine Sorgen, mit solchen Dingen haben wir schon öfter zu tun gehabt. Wir werden der Sache auf den Grund gehen, und zwar ohne Sie zu involvieren, das kann ich Ihnen zusichern. Alles, worum ich Sie bitten möchte, ist, daß Sie mir alles schicken, was Sie haben – Papiere, Briefe, Fotografien, die Namen von Freunden oder Menschen, die sie gekannt haben könnten. Manchmal können die einem viel mehr erzählen als alle Dokumente. Können Sie das tun?«
»Ja, natürlich.«
»Schön, dann werden wir da ansetzen.«
Alles was sie ihm schicken konnte, war das eine Foto sowie der Brief, den Macky ihr am Abend zuvor gegeben hatte, und der Brief, der mit Capellos Akte gekommen war sowie der Vorname einer Frau, die früher eine Rockette gewesen war. Außer ihr hatte ihre Mutter keine Freunde gehabt, von denen sie wußte.
Noch in der gleichen Minute, in der sie den Brief abgeschickt hatte, bereute sie es auch schon. Auf dem Heimweg überlegte sie wieder, warum ihre Mutter ihren Namen geändert hatte. War sie wirklich eine Spionin gewesen? Wenn sie nun noch irgendwo lebte? Wenn man sie fände und verhaften würde? Wenn sie hingerichtet würde? Was wäre, wenn sie den Tod ihrer Mutter zu verantworten hätte? Als sie ihr Haus erreichte, befand sie sich in einer richtigen Panikstimmung und war so durcheinander, daß sie kaum das Telefon bedienen konnte.
Gerry war bei einem Patienten, deshalb hinterließ sie ihm eine Nachricht. Sie sah auf die Uhr. Sie mußte einundzwanzig Minuten warten, bis er seine Anrufe abgehört hatte und sie zurückrief, und einundzwanzig Minuten lang spritzte sie sich kaltes Wasser ins Gesicht und lief auf und ab. Als er schließlich anrief, war sie fast hysterisch und viel zu erregt, um aufrecht zu sitzen, und so lag sie auf dem Fußboden, und die Katze, die das Ganze für ein Spiel hielt, stieg über sie hinweg.
Gerry sagte: »Dena, nun beruhigen Sie sich doch. Hören Sie mir zu. Es ist noch nicht zu spät … nichts ist passiert. Ich kann Dick sofort anrufen und alles stoppen.«

»Ich will das nicht. Ich habe meine Meinung geändert.«
»Gut. Sie müssen auch nicht. Niemand hält Ihnen eine Pistole an die Brust.«
»Werden Sie ihn anrufen?«
»Natürlich, wenn Sie wollen.«
»Rufen Sie ihn sofort an. Sagen Sie ihm, er soll es vergessen, bitte … bevor er etwas unternimmt. Sagen Sie ihm, er soll den Brief nicht öffnen.«
»In Ordnung. Ich werde ihn jetzt anrufen.«
Fünf Minuten später rief Gerry zurück. »Okay, alles klar. Er wird nichts unternehmen.«
»Hält er mich für verrückt?«
»Nein.«
»Ist er wütend auf mich? Was hat er gesagt?«
»Er hat gesagt, er tut, was immer Sie wollen. Falls und wann immer Sie seine Hilfe brauchen, steht er zur Verfügung. In Ordnung?«
»Gerry, es tut mir leid. Vermutlich bin ich doch noch nicht so weit, wie ich dachte. Sind Sie enttäuscht?«
»Natürlich nicht. Sie haben mich doch angerufen.«
»Ich weiß nicht, wovor ich Angst habe. Ich kann es einfach im Augenblick nicht.«
»Darauf nehmen wir Rücksicht.«
»Gerry, sind Sie sauer auf mich?«
»Ich bin nicht sauer auf Sie, Dena. Aber ich möchte, daß Sie sich helfen lassen. Sie sollten mit Elizabeth sprechen.«
Dena vereinbarte eine telefonische Sitzung mit Dr. Diggers für den folgenden Nachmittag und erzählte ihr alles, was passiert war.
Dr. Diggers sagte: »Aber was erzählen Sie mir denn da, Gerrys Freund hat Ihnen doch versichert, daß er ein paar Informationen einholen könnte, ohne daß Sie dabei einbezogen werden, richtig? Wollen Sie es denn nicht wissen?«
»Doch. Aber … es ist mehr als das. Ich habe das Gefühl, daß es falsch ist, ich sollte nicht in der Vergangenheit meiner Mutter herumschnüffeln, was es auch sein mag, das sie mich nicht wissen lassen wollte. Ich habe das Gefühl, ich würde sie verraten, wissen Sie. Ich habe Schuldgefühle, wenn ich hinter ihr herspioniere, um was herauszufinden, ich fühle mich schmutzig oder schmierig oder … ich weiß nicht, irgendwie schlecht …«

»Ich verstehe«, sagte Dr. Diggers. »Sie werden den Rest Ihres Lebens damit verbringen, sich elend zu fühlen, weil sie Mami nicht aufregen, nicht in Schwierigkeiten bringen wollen. Dena, sehen Sie den Tatsachen doch endlich ins Auge. Ihre Mutter hat Sie im Stich gelassen. Sie waren ein fünfzehnjähriges Kind. Hören Sie auf, sie in Schutz zu nehmen. Sie war ein schrecklicher, verabscheuungswürdiger Mensch. Sie sollten sie hassen. Sie hat Sie nicht geliebt, sie hat Sie im Stich gelassen, sie hat sich nicht um Sie gekümmert, sie hat Sie ohne Grund verlassen. Sie war ein eiskaltes, herzloses Miststück.«

Dena spürte, wie ihr das Blut ins Gesicht stieg. »He, Moment mal, das wissen Sie doch gar nicht. Keiner kann das sicher wissen… sie hätte einen sehr guten Grund haben können.«

»Dena, das ist genau der Punkt! Keiner weiß es, und Sie werden es auch nicht wissen, weil ein Teil von Ihnen es nicht wissen will. Und, Schätzchen, was immer Sie auch rauskriegen, es wird nicht leicht sein. Wir können nicht zurückgehen und die Vergangenheit ändern. Was wir tun können, ist, zu versuchen, uns die Gegenwart so angenehm wie möglich zu machen.«

»Also, dann meinen Sie, daß ich es machen soll?«

»Ich kann Ihnen nicht sagen, was Sie tun sollen. Das liegt ganz bei Ihnen. Soviel kann ich Ihnen aber sagen: Wenn Sie es machen, besteht überhaupt kein Grund für Sie, sich schuldig zu fühlen. Sie sind keine Fremde oder jemand, der sie verletzen oder bloßstellen will, Sie sind ihre Tochter. Sie haben ein *Recht*, es zu wissen. Und ganz egal, warum sie Sie verließ und was sie getan oder nicht getan hat, diese Frau war ihre Mutter. Und wir wollen doch realistisch bleiben, selbst wenn sie noch lebt, was glauben Sie denn, wie groß die Wahrscheinlichkeit wäre, daß man herausbekäme, daß sie eine Spionin war?«

Dena antwortete nicht.

»Ich kann es Ihnen sagen. Ungefähr eins zu einer Million. Aber bitte werfen Sie sich in der Zwischenzeit nicht vor, daß Sie kalte Füße bekommen haben; machen Sie immer nur einen Schritt nach dem anderen. Tun Sie das, was Sie glauben, aushalten zu können. Rauchen Sie etwa?«

Dena drückte ihre Zigarette aus. »Nein.«

Eine Woche später rief Dena zu ihrer eigenen Überraschung in New

York an. Eine Frau meldete sich: »Radio City Music Hall. Personalbüro.«

»Hallo, ich wollte fragen, ob Sie mir weiterhelfen können. Ich versuche, eine Frau mit Namen Christine ausfindig zu machen… ich glaube, ihr Nachname war Whitten oder so ähnlich. Sie war eine Rockette, und sie arbeitete bei Ihnen so um 1950/51. Ich weiß, daß sie damals in Greenwich Village wohnte, und ich wollte fragen, ob Sie ihre derzeitige Adresse haben oder irgendwelche anderen Daten, damit ich mich mit ihr in Verbindung setzen kann.«

»Da muß ich in meinen Akten nachsehen, ich rufe Sie zurück.«

»Kann ich warten? Ich rufe von außerhalb an.«

»Es kann aber eine Weile dauern.«

»Das macht nichts. Ich bleibe dran.«

Nach ein paar Minuten kam die Frau zurück. »Ich habe eine Christine Whitenow gefunden, aber wir haben keine aktuelle Adresse von ihr, nur die, die sie uns damals gegeben hat: Vierundzwanzig St. Luke's Place.«

»Ich verstehe. Haben Sie eine Ahnung, wie ich sie finden könnte?«

»Nein, aber einige von den Mädchen halten immer noch Kontakt. Vielleicht weiß eine von ihnen etwas. Sie hatten eine Art Club.«

»Haben Sie eine Telefonnummer?«

»Versuchen Sie doch mal, Hazel Fenner in East Lansing, Michigan, anzurufen. Ihre Nummer ist 517-555-9785. Sie kann Ihnen vielleicht weiterhelfen.«

* * *

Eine muntere Frauenstimme meldete sich, und nachdem Dena alles erklärt hatte, wiederholte Hazel Fenner den Namen. »Christine Whitenow…? Christine Whitenow…? War das so eine hübsche Blonde?«

»Ja.«

»O ja, ich erinnere mich an sie. Sie kam in die Gruppe, kurz nachdem ich gegangen war. Wir hatten viel Spaß… Moment, ich weiß auch, wie sie hieß, als sie geheiratet hatte… wie war der noch gleich. Also, ich wußte ihn immer; aber wir haben alle irgendwie den Kontakt zu ihr verloren. Oh, ich kann mich beim besten Willen nicht an den Namen dieses Mädchens erinnern. Ich kann es Ihnen nicht sagen, aber ich denke, Dolly könnte es wissen. Ich glaube, sie hatten eine Zeitlang Kontakt zueinander. Fragen Sie auf jeden Fall mal Dolly.

Rufen Sie bei ihr an – und sagen Sie ihr, sie schulde mir noch einen Brief.«

Als nächstes rief Dena also bei Mrs. Dolly Berger in Fort Lauderdale, Florida, an, deren Nummer Hazel ihr genannt hatte. Dolly sagte: »Oh, wissen Sie, wir haben uns immer Weihnachtskarten geschickt, aber dann haben wir damit aufgehört. Wenn Sie kurz dran bleiben, könnte ich mal auf einer meiner alten Listen nachsehen. Bleiben Sie dran.«

Kurz darauf nahm Dolly in einem anderen Zimmer wieder ab. »Hallo, sind Sie noch dran?«

»Ja, ich bin da.«

»Sie müssen sich noch etwas gedulden, solange ich das hier durchgehe. Ich sage Ihnen, man weiß, daß man alt wird, wenn die Hälfte der Namen auf der Weihnachtskartenliste durchgestrichen ist. Es scheint, als stürben die Leute wie die Fliegen.«

Dena bekam ein flaues Gefühl im Magen. Es war ihr noch nie in den Sinn gekommen, daß Christine tot sein könnte. Doch dann verkündete Dolly: »Hier ist es! Ich habe sie gefunden! Ich dachte mir schon, daß ich es noch irgendwo habe. Ich weiß allerdings nicht, ob sie noch da wohnt, aber das ist die letzte Adresse, die ich von ihr habe. Haben Sie was zum Schreiben?«

»Ja.«

»Mrs. Gregory Bruce, 4023 Massachusetts Avenue, Washington, D.C. Die Postleitzahl ist 20019. Und falls Sie mit ihr sprechen, sagen Sie ihr bitte, daß Dolly noch lebt. Und, wie man so sagt, putzmunter.«

»Das tue ich, Mrs. Berger. Und ganz herzlichen Dank. Oh ja, und übrigens, Hazel sagt, Sie schulden ihr noch einen Brief.«

Es war nur ein kleiner Schritt, aber es war zumindest ein Schritt.

Die Nachbarschaft

Washington, D.C.
1978

Eine Woche später saß Dena in einem Auto, beobachtete, wie der Regen gegen die Windschutzscheibe prasselte, und hörte Gerry zu, ohne jedoch wirklich aufzunehmen, was er sagte. Er meinte, sie solle an die Tür klopfen, und wenn die Frau zu Hause sei, würde er entweder im Auto auf sie warten oder sie begleiten, je nachdem, wie sie es wollte. Sie parkten auf der Straße gegenüber vor dem Haus, wo laut Richard Look, der es ausgekundschaftet hatte, immer noch eine Mrs. Gregory Bruce wohnte. Die Massachusetts Avenue war eine breite Straße in einem Viertel, das den Eindruck vermittelte, als wäre es einmal eine schöne Wohngegend der oberen Mittelschicht gewesen, jetzt aber allmählich verfiel. Einige der Häuser boten diesen typischen Anblick von Verlassenheit und Ungepflegtheit und hatten schmiedeeiserne Gitter an den Fenstern und Türen. Die Nummer 4023 lag etwas zurückgesetzt von der Straße und besaß einen langgestreckten Vorgarten, der zu einem zweistöckigen roten Backsteinhaus führte. Washington war kalt und dunkel, und alles wirkte trist, auch die Bäume, die sich nur als kahle, schwarze Stecken gegen den grauen Himmel abhoben. Sie waren die Straße ein- oder zweimal von einem Ende zum anderen entlanggefahren, bevor sie parkten, hatten aber keine Menschenseele gesehen. Richard Look hatte Dena geraten, unangemeldet zu erscheinen. Er hatte gesagt, daß Mrs. Bruce, wenn sie denn überhaupt über die ehemalige Arbeitgeberin ihrer Mutter, die wegen Spionage angeklagt worden war, Bescheid wüßte, vielleicht nicht so scharf darauf war, mit Dena über alte Zeiten zu reden. Sie hatte Look in dem Augenblick zugestimmt, aber nun, da es wirklich soweit war, hatte Dena Angst.

Gerry sah durch die Windschutzscheibe zum Himmel. »Ich glaube nicht, daß es so bald wieder aufhört. Vielleicht solltest du losgehen und es hinter dich bringen. Was meinst du?«

»Ja, du hast vermutlich recht.« Sie wandte sich ihm zu. »Wie war das Signal noch mal? Ich habe es vergessen.«

»Wenn sie da ist und du hast das Gefühl, ich sollte lieber mit dir mitkommen, drehst du dich um und winkst, dann komme ich. Ansonsten werde ich hier auf dich warten.«
Sie öffnete die Tür und wiederholte: »Winken, wenn ich dich brauche, nicht winken, wenn nicht. Drück mir die Daumen!«
Während sie die vier Stufen hinaufging, dachte sie: Ein Feigling stirbt tausend Tode, ein Held nur einen. Das ist einfach ein Interview, sonst nichts.
Sie erreichte die Haustür, holte tief Luft und drückte auf die Klingel. Sie stand im Regen und wartete. Nichts. Sie klingelte erneut und wartete. Nichts. Sie konnte sehen, daß die Lampe auf dem Tisch in der Diele nicht brannte. Vielleicht war Christine nicht zu Hause. Erleichtert und enttäuscht zugleich drückte sie noch einmal kurz auf die Klingel und wartete; gerade als sie wieder gehen wollte, hörte sie plötzlich Schritte, die sich der Tür näherten. Eine Gestalt, die sie nicht erkennen konnte, machte die Lampe an und öffnete die Tür halb, die vergitterte Außentür blieb geschlossen. In dem trüben Licht sah Dena, daß es eine seriös wirkende Frau war, deren silbergraues Haar aus dem Gesicht gekämmt war und die einen Mantel trug.
»Ja?«
»Entschuldigen Sie die Störung, aber ich suche Mrs. Gregory Bruce.«
Die Frau sagte etwas mißtrauisch: »Ja, ich bin Mrs. Bruce. Was kann ich für Sie tun?«
Dena war einen Moment wie vor den Kopf geschlagen. »Äh… ich glaube, Sie haben meine Mutter gekannt, Marion Chapman.«
Die Frau runzelte ein wenig die Stirn. »Wen?«
»Marion Chapman. Sie hatten in den Jahren 1950/1951 Kontakt zu ihr.«
Die Frau reagierte nicht. Dena fuhr fort: »Sie hatte eine Tochter, und die beiden besuchten Sie in der Radio City Music Hall.«
Die Frau ließ nicht erkennen, daß sie sich erinnerte.
»Und einmal haben wir bei Ihnen übernachtet, in Ihrer Wohnung in Village, am St. Luke's Place. Sie hatten eine Katze, die Milton hieß.«
Dena hörte das laute Geräusch eines klickenden Eisenschlosses. Die Frau öffnete die Tür und starrte sie verblüfft an.
»Dena? Sie sind Dena?«
»Ja.«

Ihr ganzes Verhalten änderte sich. »Oh, um Himmels willen! Komm doch rein, komm rein.«
Dena ging hinein. »Erinnern Sie sich noch an mich?«
»Aber natürlich. Ich kann es einfach nicht glauben. Ich dachte, du wärst so eine, die etwas verkaufen will. Wie bist du hierher gekommen?«
»Ein Freund hat mich gefahren.« Mrs. Bruce warf einen Blick auf das Auto gegenüber auf der Straße.
»Will er nicht reinkommen?«
»Nein, er wird auf mich warten.«
»Komm, gib mir deinen Mantel. Geh schon mal ins Wohnzimmer und setz dich. Ich komme gleich. Kann ich dir einen Kaffee oder Tee anbieten?«
»Nein, nichts, danke.«
»Sieh mal, ich bin sogar noch im Mantel. Ich komme gerade von einem Kirchentreffen, und als ich durch die Hintertür reinkam, meinte ich, die Klingel zu hören. Ich gehe mal schnell in die Küche und schließe ab. Ich habe meine Schlüssel in der Tür stecken gelassen. Ich bin gleich wieder da.«
»Lassen Sie sich Zeit.« Dena ging ins Wohnzimmer und setzte sich. Es war ein schwach erleuchtetes, eher düsteres Zimmer, mit Möbeln eingerichtet, die aussahen, als stünden sie schon lange dort. Christine kam herein und strich sich das Haar glatt. »Ich wünschte, ich hätte vorher gewußt, daß du kommst. Ich habe gar nichts, was ich dir zu essen anbieten könnte. Warte, ich mache ein paar Lampen an. Was für eine Überraschung! Du kamst mir schon bekannt vor, aber ich wußte nicht, wo ich dich schon mal gesehen hatte.«
Während Christine herumging und die Lampen anknipste, hatte Dena Gelegenheit, sie genauer anzuschauen. Sie war überhaupt nicht so, wie Dena sie sich vorgestellt hatte. Sie war dezent angezogen mit einem grauen Kleid und Perlen. Irgendwie hatte Dena erwartet, sie wäre immer noch blond und etwas poppiger. Diese Frau hier war zurückhaltend in ihrem Reden und Auftreten. Ihre Züge wirkten griechisch oder italienisch, und sie war gut gealtert und immer noch sehr attraktiv. Christine setzte sich ihr gegenüber hin und stellte die unvermeidliche Frage: »Nun erzähl mal, wo ist Marion? Ich habe schon fast geglaubt, ihr beiden wärt vom Erdboden verschwunden. Und wie geht es ihr?«

Als gute Interviewerin wollte Dena sie noch ein bißchen länger reden lassen, ehe sie antwortete, und erwiderte ihre Frage mit einer Gegenfrage.
»Wie lange ist es her, seit Sie sich das letzte Mal gesehen haben?«
»Oh, sehr lange. Wir haben einfach den Kontakt mit…«
Sie beendete ihren Satz nicht. Endlich dämmerte es ihr.
»Moment mal… ich kenne dich doch. Du bist Dena Nordstrom!«
Dena lächelte. »Ja.«
Christine lehnte sich auf dem Sofa zurück. Sie legte die Hand aufs Herz. »Das bist du? Aus dir ist Dena Nordstrom geworden? Du willst mir also wirklich sagen, daß du das bist, die ich mir all die Jahre angesehen habe? Oh, ich kann es nicht glauben.« Sie lachte. »Kein Wunder, daß du mir bekannt vorkamst. Hier habe ich dich gesehen und nicht mal gewußt, daß du es bist.« Christine schüttelte lange den Kopf. »Und du hast dich nach all den Jahren an mich erinnert? Also, da fühle ich mich aber geschmeichelt.«
»Aber natürlich. Wie könnte ich die Begegnung mit Ihnen vergessen, eine richtige Rockette? Das war ein großes Ereignis für mich. Sie erinnern sich vielleicht nicht mehr, aber ich.«
»Oh, ich auch, und ich weiß noch, daß deine Mutter dich mit hinter die Bühne brachte. Du warst ungefähr so groß.« Sie streckte den Arm aus. »Deine Mutter hatte dich fein gemacht, lauter kleine Schleifen im Haar, aber du wolltest nur das Lichtpult sehen. Der Beleuchtungstechniker war ganz begeistert von dir, weil du ihm all diese Fragen gestellt hast.«
»Wissen Sie noch, wie wir mal die Nacht bei Ihnen verbracht haben?«
Christines Gesichtsausdruck veränderte sich bei der Erwähnung jener Nacht, und sie nickte Dena teilnahmsvoll zu, als hätten sie eine gemeinsame Erinnerung daran. Aber mehr gab sie nicht preis. »Wie in aller Welt hast du mich nach all diesen Jahren gefunden?«
Das Telefon in der Küche begann zu klingeln. Christine machte keine Anstalten aufzustehen.
»Ob Sie es glauben oder nicht«, sagte Dena, »ich habe bei der Radio City Music Hall angerufen, und dort sagte man mir, ich sollte eine Frau, Hazel, anrufen, die sagte mir wiederum, ich sollte eine Dolly Berger anrufen, die wüßte Ihren jetzigen Nachnamen und Ihre Adresse.«

Sie lächelte. »Dolly Berger, wie geht es dem verrückten Huhn?«
»Sie klang munter, und sie hat mich gebeten, Ihnen zu bestellen, daß Sie ihr mal schreiben sollen.«
Das Telefon hörte nicht auf zu klingeln. Christine sagte: »Ist das denn die Möglichkeit, gerade jetzt, wo ich Besuch habe. Entschuldige mich. Ich will den mal schnell abwimmeln, egal wer es ist.«
Dena sah sich in dem Zimmer um. Christine hatte Fotos von fremdländisch aussehenden Menschen auf dem Kaminsims stehen, aber sonst wirkte der Raum ungemütlich, fast kalt.
Christine kam zurück. »Das war meine Nachbarin; ihr Heizkessel ist kaputt, ich habe ihr gesagt, sie könnte rüberkommen und im Souterrain fernsehen. Sie hat einen Schlüssel und wird uns also nicht stören.« Sie setzte sich. »Du hast mir noch immer nichts von deiner Mutter erzählt. Geht es ihr gut?«
Jetzt begann der schwierige Teil. Dena mußte erkunden, was Christine wußte.
»Eigentlich hat der Grund meines Besuches etwas mit meiner Mutter zu tun. Ich möchte wissen, ob Sie mir sagen können, wann Sie das letzte Mal etwas von ihr gesehen oder gehört haben.«
Christine überlegte. »Oh, ich meine, das müßte, also, ich weiß, es war, bevor ich geheiratet habe. Und ich habe 1953 geheiratet. Ich kann mich noch erinnern, daß ich ihr an die letzte Adresse geschrieben habe, die sie mir gab – ich glaube, ihr beide wart damals nach Boston oder Philadelphia umgezogen – doch dann habe ich nie wieder was von ihr gehört. Warum fragst du? Ist alles in Ordnung mit ihr? Ist ihr etwas zugestoßen?« Christine blickte ängstlich. »Sie ist doch nicht… tot?«
Dena konnte an der echten Besorgnis in ihrem Gesicht erkennen, daß sie nichts verbarg oder, falls doch, daß Christine die beste Schauspielerin war, die sie je erlebt hatte.
»Das ist es ja gerade. Ich weiß es nicht. Ich weiß nicht, wo sie ist oder ob sie noch lebt.«
In diesem Augenblick kam eine gedrungene schwarze Frau in einer Windjacke zur Haustür herein, winkte und sagte: »Ich bin's nur.« Während sie zu der Treppe ging, die in den Kellerraum führte, ließ Christine, in Erwartung einer Erklärung, Dena keinen Augenblick aus den Augen. Nachdem Dena ihr die ganze Geschichte von jenem Weihnachten in Chicago erzählt hatte, wirkte Christine ganz mitge-

nommen. »O nein. Und sie hat keine Nachricht oder so etwas hinterlassen?«
»Nein, nichts. Nur meine Geschenke – und sie hatte sich in Luft aufgelöst.«
Christines Augen füllten sich mit Tränen. »O nein, dieses arme Mädchen.« Sie saß da und schüttelte traurig den Kopf. »Dieses arme Mädchen.« Dena reichte Christine ein Tempotaschentuch. Christine wischte sich die Augen. »Entschuldigung. Es ist einfach schrecklich, es bricht mir das Herz, das zu hören. Aber ich bin nicht überrascht. Ich hatte immer die Sorge, daß so was mal passieren würde.«
Dena sprach so ruhig wie möglich. »Sie sind nicht überrascht?«
»Nein. Von Anfang an hat sie sich zu Tode gefürchtet, daß jemand entdecken könnte, wer sie war. Daß du deswegen womöglich angeprangert oder aus der Schule geworfen würdest.« Denas Herz begann zu hämmern. Christine faltete das Taschentuch zusammen und wieder auseinander. »Viele von ihnen sind auf diese Weise einfach verschwunden, haben sich den Blicken entzogen, weil sie den Druck nicht aushalten konnten. Ständig über die Schulter sehen, niemandem vertrauen.« Sie sah Dena an. »Aber das eigene Kind verlassen…« Sie fing wieder an zu weinen. »Oh, das arme Mädchen, was muß sie durchgemacht haben.«
Denas Gesicht wurde kalkweiß, und sie hatte das Gefühl, als kippte sie gleich um. Das war nicht, was sie erwartet hatte, was passieren würde; es war eine eigenartige Empfindung. Die schlimmsten Ereignisse, die sich Menschen ausmalen, treten fast nie ein, aber nun breitete sich ihr schlimmster Alptraum vor ihren Augen aus. Sie war überrascht, ihre eigene Stimme sagen zu hören: »Aber sie hat Ihnen vertraut.«
Christine putzte sich die Nase. »O ja, sie wußte, ich hätte keinem etwas verraten. Weißt du, wie sie ihr Leben gestalten wollte, das war ihre Sache, aber es gab viele, die das nicht so sahen, die es gar nicht erwarten konnten, Jagd auf einen zu machen und einen bloßzustellen.«
Dena, die jetzt wie durch einen Autopilot gesteuert reagierte, nickte, als hätte sie Anhaltspunkte für das, was Christine sagte.
»Und nach dem ganzen Theater mit Theo, als er in die Schlagzeilen geriet, wurde sie fast verrückt, soviel Angst hatte sie. Sie war davon

überzeugt, daß sie als nächste dran sei.« Christine sah weg. »Ich glaube, danach hat sie vielleicht sogar vor mir Angst gehabt.«
Dena wurde in die Wirklichkeit zurückgerissen. »Theo? Wer ist Theo?«
»Ihr Bruder Theo«, sagte Christine nüchtern, als ob Dena das wissen müßte.
Dena bremste sie. »Moment mal. Meine Mutter hatte einen Bruder, der auch ein Nazi war?«
Christine blickte Dena vorwurfsvoll an. »Ein Nazi? Theo war kein Nazi, er war Geigenvirtuose. Wo hast du das denn gehört?«
»Aber haben Sie das nicht gerade gesagt?«
»Was?«
»Haben Sie nicht gesagt, daß meine Mutter eine Spionin der Nazis war?«
Christine konnte es nicht fassen. »Eine Spionin? Ich weiß nicht, wovon du redest. Deine Mutter war keine Spionin der Nazis, wer hat dir denn so was erzählt?«
»Hat meine Mutter nicht für eine Frau gearbeitet, die Lili Steiner hieß und ein Modegeschäft in New York hatte?«
»Doch, ich kann mich daran erinnern: Als deine Mutter nach New York ging, hat sie zuerst für eine Frau mit Namen Lili Soundso gearbeitet. Aber was hat das mit Spionieren zu tun?«
»Lili Steiner wurde wegen Spionage verurteilt und hat zehn Jahre im Gefängnis gesessen.«
Christine sagte emphatisch: »Also, es interessiert mich nicht, weswegen diese Frau verurteilt wurde, aber deine Mutter war kein Nazi. Mein Gott, ich habe deine Familie fast mein ganzes Leben lang gekannt. Wer dir das erzählt hat, hat dich gewaltig getäuscht. Deine Mutter war ebensowenig ein Nazi wie ich.«
Das Telefon in der Küche klingelte wieder. Christine stand auf. »Nein, sie haßte die Nazis. Dein armer Großvater mußte aus Wien flüchten, alles zurücklassen, was er besaß, nur um von ihnen wegzukommen.« Das Telefon klingelte erneut. »Ich gehe mal schnell dran. Sie erwartet einen Anruf von den Heizungsleuten.« Sie rief über die Schulter. »Nicht nur das, wenn sie damals nicht aus Europa rausgekommen wären, dann säßest du heute vielleicht nicht hier und sprächest mit mir.«
Dena drehte sich alles. Ihr war, als würde sie mit rasender Geschwin-

digkeit an den Haaren durch eine enge Öffnung gezogen. Das war es also – ihre Mutter war Jüdin! Deshalb änderte sie ihren Namen, darum existierte keine Marion Chapman. Das war das allerletzte, was sie erwartet hatte... aber was war das Besondere daran? Warum hatte ihre Mutter ihr nichts davon erzählt? Warum hatte sie solche Angst? Etwas stimmte immer noch nicht. Das ergab alles keinen Sinn; da mußte noch etwas sein. Ihre Gedanken rasten in hundert verschiedene Richtungen. Wenn sie keine deutsche Spionin gewesen war, vor wem floh sie dann? Und ein anderer Gedanke... Vielleicht hatte ihre Mutter etwas mit der Verhaftung von Lili Steiner zu tun. Vielleicht traf das Gegenteil zu, vielleicht war ihre Mutter eine amerikanische Spionin! Vielleicht waren die Neonazis aus Rache hinter ihr her. Vielleicht hatte sie deshalb ihren Namen geändert; vielleicht hatte sie an einem Schutzprogramm der Regierung teilgenommen.

Christine ging zur Kellertreppe. »Lucille, er hat gesagt, er wäre in einer halben Stunde hier.«

Lucille rief: »Vielen Dank.« Christine fragte Dena: »Möchtest du nicht doch einen Kaffee oder Tee?«

Dena war so verwirrt, daß sie nicht reagierte. »Ich verstehe das nicht. Warum hat sie ihren Namen geändert?«

»Viele haben das gemacht. Ich auch.«

»Aber warum? Es ergibt einfach keinen Sinn für mich. Ich meine, daß man seinen Namen und sein ganzes Leben wegen so was ändert...«

»Ich weiß, aber vergiß nicht, daß damals noch alles ganz anders war. Es war für keinen von uns leicht. Ich weiß das.«

Dena schaute Christine an, jetzt, da sie es wußte. Sie sah wirklich ein bißchen jüdisch aus.

»Man konnte keine Arbeit kriegen, zu den meisten Stellen war man gar nicht zugelassen. Deine Mutter war nicht die einzige. Es gab Tausende, die das gleiche machten. Ich habe es auch eine Zeitlang so gehandhabt. Whitenow war nicht mein richtiger Name. Wenn mich jemand kritisch ansah, sagte ich immer, meine Mutter sei Spanierin. Während der Depression, als die Leute um Arbeitsplätze kämpften, hättest du dich gewundert, wie viele Spanier und Kubaner plötzlich auftauchten und Arbeit suchten.«

»Glauben Sie, daß mein Vater es gewußt hat?«

»Nein«, sagte sie, »das weiß ich genau.«
»Hätte es einen Unterschied für ihn gemacht?«
»Man wußte nie, ob oder ob nicht. Nein, ich glaube, deine Mutter wollte nur heiraten, ein Kind bekommen und alles vergessen. Es hat dem armen Dr. Le Guarde das Herz gebrochen, erst Theo und dann deine Mutter…«
»Wer ist Dr. Le Guarde?«
»Dein Großvater.«
Dena versuchte, sich wieder zu fassen. »Oh, ich weiß von meinem Großvater, aber ich habe nicht gewußt, daß er ein Doktor war.«
»Ja«, sagte Christine fast ehrfürchtig, »dein Großvater war einer der angesehensten Ärzte Washingtons.«
»Tatsächlich?«
»O ja, er war Chefarzt am Freeman Hospital gleich hier in der Nähe und jahrelang Direktor der medizinischen Fakultät am Howard College. Er war sehr bekannt.«
Ein weiteres »Tatsächlich« war alles, was Dena herausbrachte.
»Das machte es ja so traurig für ihn, beide Kinder auf diese Weise zu verlieren.«
Dena achtete nur mit halbem Ohr auf sie, es war das erste Mal, daß sie den richtigen Namen ihrer Mutter hörte, und sie wiederholte ihn dauernd lautlos.
»Dein Großvater war ein gutaussehender Mann, und Theo natürlich auch.«
Dena sah Christine an. »Le Guarde. Das klingt in meinen Ohren gar nicht wie ein jüdischer Name. Warum wollte sie ihn ändern?«
Christine stutzte. »Jüdisch?«
»Ja, warum wollte sie ihn ändern? Er klingt mehr französisch als irgend etwas anderes.«
»Jüdisch«, sagte Christine mit einem verständnislosen Ausdruck. »Dr. Le Guarde war kein Jude.«
»Nicht? War es meine Großmutter?«
»Nein, keiner von beiden. Wie kommst du auf die Idee, daß sie Juden waren?«
Dena machte sich darauf gefaßt, gleich wieder durch diese enge Öffnung gezogen zu werden. Entweder hatte sie völlig den Verstand verloren, oder Christine versuchte mit Absicht, sie in Verwirrung zu stürzen. »Haben Sie mir nicht gerade erzählt, daß mein Großvater

Wien verlassen mußte, um vor den Nazis zu fliehen, oder bin ich jetzt völlig verrückt?«
»Doch, ich habe gesagt, daß sie flüchten mußten, aber nicht, weil sie Juden waren.«
»Wovon sprechen Sie denn dann?«
Jetzt war es an Christine, verwirrt zu sein. »Hast du nicht gesagt, du wüßtest von deinem Großvater?«
»Ich habe gesagt, ich wüßte, daß ich einen Großvater hatte. Aber alles, was meine Mutter je über ihre Familie erzählt hat, war, daß sie alle in einem Feuer umgekommen sind.«
»Feuer? Was für ein Feuer?«
»Stimmt das nicht?«
Auf einmal erkannte Christine, was passiert war, und ihr Gesicht nahm fast einen Ausdruck des Entsetzens an. Sie preßte die Hand auf den Mund und stieß keuchend hervor: »O mein Gott im Himmel, ich dachte, du wüßtest es.«
»Ich wüßte was? Ich glaube, wir führen zwei Gespräche zur gleichen Zeit. Ich habe gedacht, sie hätten mir erzählt, daß Sie und meine Mutter beide Jüdinnen waren. Haben Sie mir das nicht gerade erzählt?«
Christine schüttelte den Kopf. »Nein.«
»Dann sind Sie auch keine Jüdin?«
»Nein.«
»Sie sind also keine.« Dena forschte noch einmal in Christines Gesicht und suchte nach einer Antwort. »Sind Sie Italienerin? Haben Sie deshalb Ihren Namen geändert?« Christine antwortete nicht, aber Dena spann den Gedanken an die Italienerin weiter. »Ist es das? Hat es etwas mit der Mafia zu tun? Hatte meine Mutter Verbindungen zur Mafia, hatte sie deshalb Angst? Waren sie und ihr Bruder Kriminelle oder so was? Sehen Sie, ich tappe völlig im dunkeln, Sie müssen mir helfen. Ich will nicht herumschnüffeln, aber ich muß es wissen. Es ist nicht nur meine Neugier, sondern es gibt jemanden von außen, der versucht, mich zu erpressen. Ich will Sie oder meine Mutter keiner Gefahr aussetzen, ich muß es nur einfach wissen. Was mit ihr passiert ist... warum sie weggegangen ist.«
Christine machte einen verunsicherten Eindruck. »Dena, bitte, frag mich nichts mehr. Ich habe es deiner Mutter versprochen.«
Denas Augen weiteten sich. »Dann war sie also bei der Mafia?«

»Nein, deine Mutter war nicht bei der Mafia.«
Denas Kopf begann zu dröhnen. »Was ist es dann? Ich kann mir nicht vorstellen, was so furchtbar war... daß sie einfach so wegging.... Was sollte ich nicht wissen, daß...«
Dena hörte abrupt auf zu sprechen. Langsam begann es ihr zu dämmmern, welches Wissen Christine bei ihr vorausgesetzt hatte. Es lag direkt vor ihren Augen, war von Anfang an offensichtlich gewesen. Etwas, das sie bis zu dieser Sekunde völlig übersehen hatte. Plötzlich war alles klar, und die Dinge fanden alle nacheinander ihren Platz, wie Billardkugeln, die in ihre Löcher fallen... und alles ergab einen Sinn: die Nachbarin, die seltsamen Fotografien, die sie im Haus gesehen hatte. Christine war keine Italienerin oder Griechin oder etwas in der Art. Christine war eine Schwarze mit ziemlich heller Haut. Dena befand sich in einer schwarzen Wohngegend und hatte nicht einmal daran gedacht.
Dena und Christine saßen einen Augenblick da und sahen einander an, beide geschockt, aber aus unterschiedlichen Gründen. Nach einer Weile ging Dena hinaus und gab Gerry mit einer Handbewegung zu verstehen, er möge sein Fenster herunterkurbeln. »Gerry, ich glaube, du solltest reinkommen.«
Gerry stieg schnell aus. »Hat sie etwas gewußt?«
»O ja. Du wirst es nicht glauben...«
»Was?«
»Warte.«

Das Karussell

Washington, D. C.
1978

Als sie an diesem Tag am späten Nachmittag ins Hotel zurückkamen, war Dena völlig erschöpft. Ihr war zumute, als wäre sie in den vergangenen fünf Stunden ununterbrochen mit einem riesigen Karussell gefahren und mal in die eine und mal in die andere Richtung gedreht worden. Selbst nachdem sie ein heißes Bad genommen hatte und im Bett lag, drehte sich ihr immer noch alles. Gerry hatte sie beide unter seinem Namen eingetragen, aber eine Suite mit zwei Schlafzimmern gemietet. Um acht Uhr dreißig abends rief er sie aus seinem Zimmer an. »Wie geht es dir? Bist du sicher, daß ich kein Abendessen bestellen soll?«

»Nein, ich will nur schlafen.« Dann fragte sie ihn wohl zum zwanzigsten Mal: »Glaubst du das?«

»Nun… es ist natürlich etwas anderes, als wir erwartet haben.«

Als Gerry später wieder die Zeitschrift *What's Doing in Washington* las, klingelte das Telefon. Er sprang auf und lief ins Bad und nahm so schnell ab, wie er nur konnte, damit Dena nicht geweckt wurde. Es war Macky Warren, der wissen wollte, wie es lief. Dena hatte gesagt, daß Macky vielleicht anriefe, und Gerry sollte ihn über das Geschehen informieren. Gerry flüsterte: »Also, wir haben die Frau gefunden, die wir gesucht haben.«

»Toll. Was hat sie gesagt?«

»Mr. Warren, könnten Sie einen Moment warten?« Er ging ins Schlafzimmer, schloß die Tür und nahm dort wieder ab. »Sie hat Dena erzählt, daß ihre Mutter eine Schwarze war.«

»Eine was?« Macky war sich sicher, daß er sich verhört hatte.

»Eine Schwarze – wissen Sie, wie Lena Horne. Hellhäutig, aber schwarz. Die Frau wußte zwar auch nicht, was mit ihr geschehen ist, aber wenigstens kennen wir jetzt ihren richtigen Namen, das ist schon mal ein Anfang. Dena schläft im anderen Zimmer, aber sie wird Sie bestimmt anrufen, sobald wir mehr wissen.«

Macky ging langsam ins Wohnzimmer zurück, wo Norma und Tante

Elner Nüsse knackten. Norma wartete so gespannt auf Neuigkeiten wie ein Vogel auf einen Wurm.

»Nun?« fragte sie mit großen Augen.

Macky setzte sich in seinen Barcalounger und nahm die Zeitung, in der Hoffnung, einer Unterhaltung entgehen zu können.

»Was hat sie gesagt?«

»Ich habe nicht mit ihr gesprochen, ich habe mit ihrem Freund geredet. Sie schlief gerade.«

»Ja… und?«

»Und er hat gesagt, sie hätten die Frau gefunden.«

»Sie haben die Frau gefunden. Ja… und?«

»Und was?«

»Hat sie etwas von ihrer Mutter gewußt?«

Macky bemühte sich um einen beiläufigenTon. »Sie hat gesagt, daß Denas Mutter eine Schwarze war.«

Sie sah ihn ungläubig an. »Was?«

»Eine Schwarze.«

Norma schloß die Augen. »Macky, warum tust du das? Du weißt doch, diese Sache macht mich ganz fertig. Jetzt erzähl mir, was sie wirklich gesagt hat.«

»Ich habe es dir bereits erzählt.«

»Macky, das ist nicht witzig. Was hat sie gesagt?«

»Norma, ich versuche nicht, witzig zu sein. Sie hat gesagt, Denas Mutter war schwarz.«

Norma warf ihm einen kurzen Blick zu. »Wie meinst du das, schwarz?«

»Genauso, wie ich es gesagt habe. Schwarz.«

»Du meinst schwarz wie Amos und Andy?«

»Nein«, sagte er, »mehr wie Lena Horne.«

Norma winkte ab. »Oh, du denkst dir das aus. Du hast vermutlich nicht mal mit ihm gesprochen.«

Er sah sie über den Rand der Zeitung hinweg an. »Ich erkläre dir hiermit, er hat gesagt, Denas Mutter war eine Schwarze. Das hat die Frau gesagt. Ich wiederhole es nur.«

»Ach, mach dich doch nicht lächerlich, sie war ebensowenig schwarz wie ich!«

Norma knackte eine Nuß, wie um es zu bekräftigen, und warf die Schale in die grüne Schüssel auf ihrem Schoß.

»Norma, du hast mich gefragt, und ich habe dir geantwortet.«
»Also, er muß sich irren. Glaubst du etwa, es hätte keiner gemerkt, wenn Gene ein farbiges Mädchen geheiratet hätte? Meinst du nicht, daß zumindest einer einen Kommentar abgegeben hätte, als er sie aus dem Zug steigen sah, etwa: ›O sieh mal, Gene hat ein farbiges Mädchen geheiratet!‹ Nicht einer hat das gesagt, stimmt's, Tante Elner?«
»Nicht, daß ich wüßte.«
»Natürlich nicht, denn sie war eine Weiße, um Himmels willen. Diese Frau hat sie mit jemand anderem verwechselt. Wie kann man schwarz sein, wenn man weiß ist? Es ergibt überhaupt keinen Sinn, so etwas Verrücktes habe ich noch nie gehört. Lena Horne, so ein Quatsch!«
Tante Elner blickte verwirrt auf. »Was hat denn Lena Horne damit zu tun? War sie auch dort?«
»Oh, sie hat gar nichts damit zu tun, Tante Elner«, sagte Norma. »Er will mich nur auf die Palme bringen. Er ist entschlossen, mich in den Wahnsinn zu treiben. Mach nur so weiter, Macky, und wenn ich dann mit Schaum vor dem Mund in der Nervenklinik liege, hast du endlich erreicht, was du willst.«
Macky stieß einen Seufzer aus. »Wie du meinst, Norma. Ich habe dir die Wahrheit gesagt, aber du glaubst mir mal wieder nicht, also vergiß es.«
Ein paar Minuten vergingen. Norma knackte zwei weitere Nüsse.
»Allein auf die Idee zu kommen, zu sagen, daß eine weiße Person schwarz ist. Ich kannte sie, du nicht.«
»Norma, ich behaupte das doch nicht. Die Frau hat es gesagt. Ich weiß es nicht.«
»Gut, aber dann dürftest du solche falschen Informationen nicht weitergeben. Wie kann man eine Schwarze sein, wenn man grüne Augen hat? Erklär mir das mal.«
»Ich weiß es nicht, Norma.«
»Eben, das glaube ich allerdings auch.«
Tante Elner sagte: »Also, was immer sie auch war, sie war ein hübsches Ding. Das sagt man doch, daß schwarz schön ist?« Sie leerte die Nußschalen aus ihrer Schüssel in den Papierkorb zu ihren Füßen. »Und ich sage euch noch etwas: Sie sollten Amos und Andy wieder ins Radio zurückholen. Wo Amos und Andy wohl gelandet sind, das möchte ich wirklich mal wissen!«

Wer war meine Mutter?

Washington, D.C.
1978

Einen Tag nach ihrer ersten Begegnung ging Dena wieder zu Christine. Sie saßen in der Küche und tranken Kaffee. »Gestern abend, als du fort warst«, sagte Christine, »habe ich mir das Hirn zermartert und überlegt, wer vielleicht wissen könnte, wo Theo ist. Ich habe meinen Bruder angerufen und noch ein paar andere Leute, die ihn kannten, aber alle haben dasselbe gesagt: Sie hätten keine Ahnung. Und deine Mutter? Also, das weiß nur Gott. Ich weiß, daß ich außer Theo die einzige bin, die gewußt hat, daß sie sozusagen die Fronten gewechselt hatte.« Sie trank langsam, in kleinen Schlucken. »Ich weiß einfach nicht, was ich dir erzählen soll. Ich wüßte nicht einmal, wo ich anfangen sollte. Ich stehe genauso vor einem Rätsel wie du. Ich weiß nur, daß deine Mutter dich vergöttert hat. Sie hat mich oft angerufen und mir erzählt, was du machst, wie hübsch du bist... Du warst das einzige, was sie am Leben hielt. Nachdem dein Vater gefallen war, warst du das einzige, was sie noch interessierte.«

»Wenn sie sich so sehr für mich interessiert hat, warum ist sie dann einfach weggegangen? Wie konnte sie das tun?«

»Ich weiß es nicht.« Christine seufzte. »Deine Mutter war schon kompliziert, als sie noch jung war.«

»Wie war sie?«

Christine wog ihre Worte ab. »Also, Theo und sie waren ganz verschieden. Wenn ich verschieden sage, meine ich das nicht negativ. Eigentlich sind sie beide in Wien aufgewachsen.«

»Was haben sie denn in Wien gemacht?«

»Dein Großvater ging dorthin, um Medizin zu studieren, damals hat er auch deine Großmutter kennengelernt.«

»War meine Großmutter schwarz?«

»Nein, sie war Deutsche, eine Arzttochter, mit viel Geld im Hintergrund. Ich glaube nicht, daß dein Großvater jemals aus Wien weggegangen wäre, wenn der Krieg nicht gewesen wäre. Wenn er auch blonde Haare und grüne Augen hatte, aber in seinem Paß stand immer noch ›Neger‹, und du darfst nicht vergessen, daß Hitler die Schwarzen ebensowenig schätzte wie die Juden.«

»Wie alt war meine Mutter, als sie zurückkamen?«

»Theo war schon vierzehn oder fünfzehn, demnach muß sie zehn oder elf gewesen sein. Du kannst dir ja vorstellen, was für ein Schock es für sie gewesen sein muß. Ich glaube, sie hatten beide noch nie vorher richtige ›Neger‹ gesehen. Es muß hart für sie gewesen sein. Eben waren sie noch kleine weiße Wiener Kinder, und plötzlich wurde ihnen bewußt, daß sie farbige Kinder waren, die in einem Schwarzenviertel wohnten. Aber deine Mutter war eine richtige kleine Dame, sie sprach fließend Französisch und Deutsch, spielte Klavier; Theo und sie hatten beide feine Manieren.« Sie lächelte. »Nicht so wie ich. Ich war etwa im Alter deiner Mutter, und ich glaube, sie wollte auch spielen und Spaß haben, aber sie wußte einfach nicht wie. Viele Leute hielten Theo und sie für hochnäsig, aber das waren sie nicht, sie waren einfach in einer anderen Kultur erzogen worden. Und wie sie ihren Vater liebten! Er war so stolz auf seine Kinder.«

»Erinnern Sie sich noch an ihn?«

»O ja, Dr. Le Guarde und mein Vater waren gute Freunde, sie waren in denselben Clubs. Wir gingen immer gern zu ihnen. Es war ein wunderschönes Haus, sehr geschmackvoll eingerichtet; wenn man das Haus betrat, war es, als käme man in eine andere Welt. Ich weiß noch, daß deine Großeltern beide Musik liebten und immer Hauskonzerte veranstalteten – Brahms, Schumann, Strauss – und die Partys, die sie gaben! Eine Bibliothek, die einmalig war, wie mein Vater zu sagen pflegte, und dann die Kunst! Sie brachten viele wunderbare Gemälde aus Europa mit. Sie gingen nie aus; ihr Haus war ihr Hafen.«

»Wie sah mein Großvater aus?«

»Oh, er war ein gutaussehender Mann, groß, sehr vornehm.«

»Ich verstehe.« Dena wollte die nächste Frage stellen, bemühte sich aber, sie so zu formulieren, daß sie nicht beleidigend wirkte. »Aber wie dunkel war er eigentlich?«

Christine war nicht beleidigt. »Ungefähr so dunkel wie du, wenn du braungebrannt bist, er war eine richtige blaue Ader.«

»Eine blaue Ader?«

Christine lachte und drehte ihren Arm um. »So hell, daß du die

Adern sehen kannst. Seine Mutter war eine von diesen hellhäutigen Terzeronen aus New Orleans und hatte einen Franzosen geheiratet. Meine Mutter war auch eine blaue Ader. Meine Schwester Emily ist so weiß wie du. Ich habe die Farbe von meinem Vater, und er war auch nicht so glücklich darüber. Wenn ich im Sommer mal mit etwas Sonnenbräune nach Hause kam, wurde er wütend auf mich. ›Mädchen‹, sagte er dann, ›du wirst immer schwärzer, ich schicke dich nach Harlem zu den anderen Negern.‹ Er mochte keine dunkle Haut.«

»Warum nicht?«

»Oh, ich weiß nicht. Er mochte sie einfach nicht. So war er nun mal. Als ich meinen Mann das erste Mal mit nach Hause brachte, damit er meinen Vater kennenlernte, kriegte der fast einen Anfall. ›Zu schwarz, viel zu schwarz‹, sagte er.« Dann lachte sie. »Aber das war mir egal, vermutlich habe ich ihn geheiratet, nur um Daddy eins auszuwischen.«

»Wie sah Theo aus?«

»Theo? Oh, also wenn ein Mann schön sein kann, dann war er es. Ich war in Theo sehr verliebt. Er glich mehr seiner Mutter mit diesen großen braunen Augen und den langen Wimpern. Ich habe immer dagesessen und ihn beobachtet, wenn er stundenlang Geige übte.« Sie tat noch einen Würfelzucker in ihre Tasse. »Aber er sah weder mich noch irgendein anderes Mädchen an, soviel ich weiß. Ihn interessierte nur sein Geigenspiel.«

Dena gab sich alle Mühe, weiterzukommen. »Wenn die Mutter meiner Mutter eine Deutsche war und ihr Großvater Franzose, wieviel schwarzes Blut hatte meine Mutter denn dann überhaupt noch?«

»Ungefähr einen Tropfen, wenn es so was wie schwarzes Blut überhaupt gäbe, was es nicht gibt. Alles Blut ist rot oder blau. Aber es reichte. Damals war ein Sechzehntel von einem Tropfen Negerblut ein Tropfen zuviel. Vor dem Gesetz warst du immer noch ein ›Neger‹.«

»Glauben Sie, daß das meinem Vater etwas ausgemacht hätte?«

Christine zuckte mit den Achseln. »Ich weiß es nicht. Aber so war es nun mal, du wußtest nie, wie die Menschen reagieren würden. Und du darfst nicht vergessen, daß das alles noch in den vierziger Jahren war, und in manchen Staaten war es zu jener Zeit gesetzlich verboten, außerhalb der eigenen Rasse zu heiraten. Man wurde dafür noch ins Gefängnis gesteckt. Damals war alles ganz anders. Aber ich, ich hatte Glück. Als ich jung war, habe ich die Sache mit der Rasse nicht so ernst genommen. Ich habe sogar meinen Namen in Whitenow geändert – für mich war das ein großer Witz. Ich war darauf aus, Spaß zu haben, und den hatte ich auch. Ich wollte eine Rockette sein und hatte keine Lust, mich von einem dämlichen Gesetz daran hindern zu lassen. Wenn sie sich wohler fühlten, wenn sie mich für eine Spanierin hielten, sollten sie das eben tun.«

»Warum hat sie mir das nie erzählt? Es hätte doch für mich nichts geändert.«

Christines Lächeln war traurig und müde. »O doch, hätte es. Vielleicht nicht in dem Maße, wie deine Mutter befürchtete, aber deine Mutter meinte, du wärst besser dran, wenn du nicht über sie Bescheid wüßtest, und es hätte auf jeden Fall was geändert, weil es damals – mach dir da nichts vor – Leute gab, die dich mit ganz anderen Augen angesehen hätten, wenn sie das von deiner Mutter gewußt hätten.«

Dena war verblüfft. »Mich?«

»Ja, sogar dich. Es wäre ein Stigma gewesen. Für viele war es nicht wichtig, wie gering der Prozentsatz Negerblut bei deiner Mutter war, entscheidend war nur, daß sie überhaupt welches hatte, egal, wie weit das zurücklag.«

»Aber das ist doch idiotisch!«

»Kann sein, aber du mußt an all die Vorteile denken, die du vielleicht nicht gehabt hättest, wenn die Menschen es gewußt hätten. Überall, wo du hingingst, hätten die Leute hinter deinem Rücken getuschelt, das war ihr klar. Überleg doch mal: Hättest du in dieselben Schulen gehen können, wäre es möglich gewesen, dich mit denselben Jungen zu verabreden, durch dieselben Türen zu gehen? Oh, du hättest es vielleicht letztlich wegen deines Aussehens und deiner Begabung geschafft, aber überall, wo du hingekommen wärst, hätten sie dich mit diesem Hintergrundwissen angesehen. Sie hätten vielleicht nichts gesagt, aber sie hätten daran gedacht.«

»Es wäre mir gleichgültig gewesen, es hätte an meinen Gefühlen für meine Mutter nichts geändert.«

»Nein, vielleicht nicht, aber es hätte deinen Blick auf die Welt verändert. Und wie die Welt auf dich reagierte. Du hättest dich andauernd gefragt, was die Leute wirklich denken, egal wie nett sie gewesen wären. Du hättest dich gefragt, was sie in deiner Gegenwart *nicht* sagten. Es verändert einen. Glaub mir. Ich mußte mich mein ganzes Leben damit herumschlagen. Deine Mutter versuchte einfach, dir das gleiche Leid zu ersparen.«

»Hat Ihnen meine Mutter jemals erzählt, warum sie sich entschlossen hat, für immer die Seiten zu wechseln?«

»Nein, aber ich habe mir einfach vorgestellt, daß sie ebenso empfand wie Theo. Ich konnte es keinem von beiden vorwerfen, ehrlich; sie haben von Anfang an nicht richtig da reingepaßt. Ganz besonders Theo. Er wurde auf die eine Seite gezerrt und dann auf die andere, bis er nicht mehr wußte, was oder wer er war. Letzten Endes wurde er einfach zerrissen. Er mußte sich zwischen seinem Vater und seiner Musik entscheiden. Er wollte nicht der tolle neue ›Neger‹-Musiker sein, er wollte nur Musiker sein. Und glaub mir, sie hätten keinen ›Neger‹ in ein Sinfonieorchester aufgenommen, nicht damals. Man sieht selbst heute noch nicht viele.«

»Ja, das stimmt.«

»Ich hätte auch für immer die Seiten wechseln können, aber ich fühlte mich bei meinen Leuten wohler. Aber ich verurteile nicht die, die es gemacht haben. Wenn du erst mal so alt bist wie ich, wirst du feststellen, wie schwer das Leben ist, und wenn du in dieser Welt eine Chance bekommst, warum solltest du sie dann nicht ergreifen? Aber selbst dann, sage ich dir, war das Überwechseln keine leichte Sache. Ich beneide die, die es gemacht haben nicht. Es war, als ob man in ein anderes Land auswanderte und nie wieder nach Hause konnte. Sie konnten nicht mal zu der Beerdigung des eigenen Vaters nach Hause kommen, und im Fall deiner Mutter war der Wechsel besonders schwer. Sie konnte nicht in die reiche weiße Gesellschaft überwechseln, in die muß man hineingeboren werden, sie mußte sich eine Stufe tiefer begeben. Ach je, mit ihrer Herkunft und Bildung hätte sie nie in einem Kaufhaus arbeiten dürfen. Ich wußte nicht mal, daß sie die Seiten gewechselt hatte, bis ich ihr an jenem Tag in die Arme lief.«

Christine stand von ihrem Stuhl auf und ging zur Küchentür, um sie zu schließen. »Ich hatte damals so einen netten weißen Freund, und wir bummelten in der Fifth Avenue, um ein Geburtagsgeschenk für mich zu kaufen. Er wollte mir ein schönes Kleid schenken, und ich dachte, warum nicht? Ich saß also da, und auf einmal kam deine

Mutter, um uns zu bedienen. Nun, ich sah sie an, und sie sah mich an, und ich wußte, wer *sie* war, und sie wußte, wer *ich* war, aber keine von uns sagte ein Wort. Am nächsten Tag ging ich zurück, und dann hat sie mir alles von dir erzählt und was mit deinem Vater passiert war. Wir blieben einige Jahre in Verbindung, aber dann brach der Kontakt einfach ab.«

Christine seufzte wieder. »Ich sage dir ehrlich, ich habe dieses ganze Theater wegen der Rasse so satt, daß ich nicht weiß, was ich machen soll… all die Dinge, die Menschen deswegen angetan werden.« Sie sah weg. »Du kannst dir gar nicht vorstellen, was für Beleidigungen mein armer Mann sein ganzes Leben lang wegen seiner Hautfarbe hinnehmen mußte. Er war einer der liebenswürdigsten, feinsten Männer, die je auf dieser Erde gelebt haben, und dann so schlecht behandelt zu werden, sogar von meinem eigenen Vater. Ich weiß nicht, was mit deiner Mutter passiert ist, vielleicht hat die ganze Geschichte sie vollkommen ausgelaugt. Ich wünschte, ich könnte dir mehr helfen, aber ich denke, keiner von uns wird jemals wissen, was in der Seele eines anderen Menschen vor sich geht. Ich weiß nicht, was deine Mutter dazu veranlaßt hat, auf diese Weise zu verschwinden, aber was immer es auch war, sie muß einen wichtigen Grund gehabt haben. Weil ich weiß, daß sie dich sehr geliebt hat.«

Nach ihrem morgendlichen Gespräch mit Christine stieg Dena ins Auto, und Gerry sah sie an. »Wie geht es dir?«

»Gut.« Aber das stimmte nicht ganz. Sie war seltsam berührt von Christine. Sie hatte etwas an sich, das Dena tieftraurig machte. Es war ein bestimmter Ausdruck in ihren Augen. Sie hatte den gleichen sorgenvollen Blick zuweilen bei ihrer Mutter gesehen. Sie fing an zu weinen.

»Entschuldige. Ich weiß nicht, was mit mir los ist.«

»Das ist doch klar, Dena, du machst im Augenblick viel durch. Es ist in Ordnung.«

»Ich habe sie wirklich gemocht.«

»Ich weiß.«

»Ich weiß nicht, warum ich deshalb weine.«

Sie hatte in zwei Tagen viel erfahren, aber sie hatte immer noch nicht herausbekommen, was an jenem Weihnachten mit ihrer Mutter geschehen war. Aber wenigstens konnte sie jetzt Richard Look ein paar zusätzliche Informationen zur Verfügung stellen.

Als Gerry sie an diesem Abend zum Flugzeug brachte, beruhigte er sie: »Richard hat gesagt, da ist eine ganze Menge, womit er was anfangen kann, mehr als er gehofft hatte, und ich verspreche dir, sobald er was findet, rufe ich dich sofort an.«

Als sie am Gate ankamen, reichte sie ihm die Hand. »Gerry, ich weiß nicht, wie ich dir für alles danken soll, du bist wirklich ein guter Freund. Ich hätte das ohne dich nicht durchstehen können – und du sollst wissen, daß ich das wirklich zu schätzen weiß.«

Er wehrte ab. »He, dafür bin ich doch da.« Er lächelte und winkte zurück, als sie durch die Absperrung zum Flugzeug ging.

Das Verlangen, mit ihr in dieses Flugzeug zu steigen, war so heftig, daß ihm ganz schwindlig war, aber er wußte, er mußte sie ziehen lassen. Gerry dachte nur an Dena, während er nach New York zurückfuhr.

Auf ihrem Rückflug konnte Dena an nichts anderes denken als an eine Familie, die ihre eigene war und von der sie bis gestern nichts gewußt hatte.

Eine kurze Familiengeschichte

Washington, D. C.
1913

Der ordentlich gekleidete junge Mann mit den blankgeputzten Schuhen und dem frischen Haarschnitt hatte schon zweieinhalb Stunden in der Schlange im Arbeitsamt gewartet, und als er endlich an der Reihe war, trat er rasch vor, den Hut in der Hand, die blauen Augen strahlten hoffnungsvoll, und er sagte: »Guten Morgen!« Die Frau, die hinter dem Schreibtisch saß, dachte nicht daran, aufzusehen, und reagierte auf seinen fröhlichen Gruß mit der flachen, monotonen Stimme der Langeweile und Gleichgültigkeit, einer Stimme, die unter Staatsdienern verbreitet ist und mit Sicherheit auch den kleinsten Funken menschlicher Begeisterung so wirksam wie ein Eimer kaltes Wasser löscht.

»Name.«

Der Junge versuchte, sich zu erholen. »Hm… James Alton Le Guarde.«

»Buchstabieren Sie.«

»Oh, J – A – M –«

Die Frau schloß die Augen. »Nachname.«

»Oh, Entschuldigung. Großes L – E. Großes G – U – A – R – D – E.«

»Bürger der USA?«

»Ja, Madam, aber ich habe…«

»Geburtsort und -datum.«

»New Orleans, 11. Oktober 1895.«

»Ausbildung.«

»Highschool, aber ich habe vor…«

»Berufserfahrung.«

Der junge Mann verlagerte sein Gewicht und räusperte sich verlegen. »Keine eigentlich – dies wird meine erste Stelle sein, wenn ich…«

»Rasse.«

»Wie bitte?«

Die Frau wiederholte das Wort so laut, als ob er taub wäre. »Rasse... welcher Rasse gehören Sie an?«
Der junge Mann, den die Frage verwirrte, versuchte verzweifelt, die richtige Antwort zu liefern. »Hm, ich weiß nicht genau, was Sie meinen. Menschliche Rasse, vermute ich? Ist das richtig?«
Die Frau sah demonstrativ auf die Uhr. »Neger oder Weißer?«
»Oh, können Sie das nicht an meinem Äußeren erkennen?«
Sie blickte ihn mit müden, erloschenen Augen an. »Das ist nicht meine Aufgabe, Sir. Neger oder Weißer?«
Der junge Mann wischte sich die feuchten Hände an der Hose ab. Sie wartete. »Sir, ich wiederhole noch einmal: Neger oder Weißer?«
Der junge Mann wurde rot. »Also, eigentlich glaube ich, ich bin keins von beiden. Können Sie nicht einfach schreiben: weder noch?«
Die Frau verlor das bißchen an Geduld, das sie besaß. »Hören Sie, es kommen noch fünfzig Leute nach Ihnen. Entscheiden Sie sich, das eine oder das andere.«
Sie wartete.
»Nun, ich glaube, meine Großmutter hatte ein bißchen Negerblut...«
»Wieviel?«
»Oh, ich weiß nicht genau, nicht viel. Nur ein bißchen, glaube ich.«
»Die Hälfte, mehr als die Hälfte?«
»Vielleicht die Hälfte, ich bin mir nicht sicher...«
Die Frau stempelte den Buchstaben N neben seinen Namen. »Irgendwelche Krankheiten bekannt?«
»Hm, nein. Aber Moment mal. Ich glaube, das ist nicht richtig. Ich denke, Sie müssen ›Weißer‹ schreiben. Ich bin mehr Weißer als was anderes – mein Vater ist ein Weißer.«
»Ich mache die Gesetze nicht. Ich arbeite hier nur.« Sie drückte wieder einen Stempel auf seinen Antrag und reichte ihm das Formular. »Sektion D, nehmen Sie Platz und warten Sie, bis Ihr Name aufgerufen wird.«
Sie wandte ihren Blick ab. »Der nächste.«
»Moment bitte, wo muß ich hin?«
»Sektion D, im hinteren Teil. Treten Sie bitte zur Seite.«
James drehte sich zu der großen Tafel um, auf der Sektion D stand und unter der zehn bis zwölf schwarze Männer in abgetragener und

zerlumpter Arbeitskleidung saßen. Er spürte, wie ihm der Schweiß ausbrach.

»Miss, ich glaube, das ist ein Irrtum. Ich war immer ein Weißer. Das ist…«

Sie sah ihn nicht an. »Wenn Sie einen Job wollen, warten Sie in Sektion D, wenn nicht, auch gut. Mir ist es gleich, so oder so. Es liegt ganz bei Ihnen. Gehen Sie jetzt bitte weiter.«

»Aber gibt es denn nicht noch eine andere Stelle, eine Stelle dazwischen, wo ich warten kann?«

Sie schob seinen Antrag auf die rechte Seite des Schreibtisches und bedeutete dem Mann hinter ihm mit einer Handbewegung, er solle näherkommen. »Der nächste. Beeilung bitte.« Ein schmächtiger älterer Mann im braunen Anzug trat vor.

»Name?« leierte sie. Der junge Mann ging zur Seite und sah auf seinen Antrag hinab. Er war vom Schreibtisch gefallen und lag jetzt auf dem Boden. Nach kurzem Zögern bückte er sich, hob das Papier auf, ging langsam nach hinten zur Sektion D und setzte sich auf die Holzbank neben einen Schwarzen, der früher an diesem Morgen an seinen Hut getippt hatte, um ihn zu grüßen. Der Mann grinste. »Da sieh mal einer an. Seht mal, wer noch ein Nigger ist, genau wie ich. Bist ein fein angezogener weißer Nigger, aber doch ein Nigger«, sagte er zur Freude der anderen Männer, die dort saßen. »Tolle Kleider und blaue Augen, die helfen dir nicht.« Er lachte. »Du bist auch nur ein Nigger… genau wie ich… nur ein weißer Nigger.«

Einige Männer nickten und lachten. Der junge Mann schaute geradeaus, biß die Zähne zusammen und versuchte, die Tränen zurückzuhalten, die ihm heiß in die Augen stiegen.

* * *

Die Umstände, die James Le Guarde in die Sektion D verbannt hatten, hatten am 17. Juni 1808 ihren Anfang genommen. Seine Großmutter, eine Mulattin aus Westindien war von Santo Domingo geflohen, um den politischen Unruhen zu entkommen. Sie floh mit der Familie, für die sie gearbeitet hatte, und erreichte den Hafen von New Orleans mit nichts als einem Stoffbeutel, in dem sie ihre ganze Habe trug, und dem ungeborenen Kind eines weißen Pflanzers.

Da sie New Orleans als freie Schwarze betrat, erhielt sie die Bezeichnung *femme de colour*, die sie automatisch über die schwarze Sklavenbevölkerung stellte.

Ihre Tochter, Marguerite Delacroix, die Mutter von James, wuchs zu einer der schönen rothaarigen Terzeroninnen von New Orleans heran. Sie heiratete einen jungen Franzosen aus Elsaß-Lothringen, namens Philipe Le Guarde, der sie auf einem der weltberühmten Terzeronenbälle in der Bourbon Street kennengelernt und sich in sie verliebt hatte.

Als ihr Sohn James fünf Jahre alt war, zogen sie nach Frankreich. Begabt wie der Junge war, beschloß er im Alter von achtzehn Jahren, in sein Geburtsland zurückzukehren, ein großer Arzt zu werden und der Stolz seiner Eltern zu sein. Er hatte von all den Wundern Amerikas gelesen, und in seinen Augen leuchtete die Hoffnung auf eine große Zukunft. Er wandte sich der Wissenschaft zu, aber als er auf die Universität kam, hatte er nicht viel Geld. Man sagte ihm, es gäbe eventuell einen kleinen Job auf dem Campus für ihn, er müsse sich nur beim Arbeitsamt registrieren lassen und eine Arbeitserlaubnis beantragen.

An so etwas wie Rasse hatte er nicht im Traum gedacht. In Frankreich war er kein »Neger« gewesen. Seine Mutter hatte selten über ihre Herkunft gesprochen.

Einen Tag später wurde er in das Zulassungsbüro gerufen. Der Mann, der dort saß, hatte eine Abschrift seiner Arbeitsgenehmigung vor sich.

»Mr. Le Guarde«, sagte er leicht vorwurfsvoll. »Ich fürchte, da gibt es ein Problem. Ich habe Ihre Unterlagen durchgesehen, die man uns geschickt hat, und darin wurde nicht erwähnt, daß Sie ein Neger sind.«

»Nein, Sir, das stimmt auch nicht, das bin ich nicht. Ich versuchte, der Dame zu erklären, daß meine Großmutter etwas Negerblut, ich jedoch nicht. Sie hat einen Fehler gemacht, und ich versuchte, es ihr zu erklären, aber sie hörte mir nicht zu.«

Der Mann sah den Jungen an. Er haßte diesen Teil seiner Arbeit. Dergleichen war früher schon vorgekommen, und es war immer wieder unangenehm.

»Mr. Le Guarde, es tut mir leid, aber wir lassen hier keine Neger zu. So sind nun mal unsere Vorschriften. Aber ich sage Ihnen, was ich tun werde. Ich werde meinem Freund am Howard College einen Brief schreiben und sehen, ob man Sie nicht dort aufnehmen kann.«

James war verblüfft. Er war gerade aus Frankreich gekommen; wie bereits schon sein Vater vor ihm, war er dort an einer der strengsten katholischen Schulen erzogen worden, wo man ihm den Glauben gelehrt hatte, daß die Lüge eine Sünde gegen Gott ist. Man hatte ihm dort nicht gesagt, daß der Buchstabe N neben dem Namen zur wichtigsten Aussage über einen Menschen wird. Er verstand nicht, daß in Amerika ein Sechzehntel Negerblut sein ganzes weißes Blut tilgte und vor dem Gesetz einen »Neger« aus ihm machte. Wie konnte man das auch verstehen? »Aber ich war *hier aufgenommen*, ich wollte hier studieren.«

»Es tut mir leid, aber das ist alles, was ich für Sie tun kann. Howard ist ein gutes College, und ich glaube, Sie werden bald merken, daß Sie bei Ihren Leuten glücklicher sind. Ihre Zeugnisse sind ausgezeichnet, und ich bin sicher, daß Sie Ihrer Rasse eines Tages alle Ehre machen werden.«

James ging aus der Tür mit seinen Zeugnissen, einem Empfehlungsschreiben und den Worten »Ihrer Rasse alle Ehre machen«, die in seinen Ohren nachklangen. Er wußte nicht, was er tun sollte. Er hatte kein Geld, um wieder nach Frankreich zurückzukehren. Einige Wochen später trat er ins Howard College ein, wo er auf einige andere hellhäutige, blauäugige »Neger« traf, und er nahm schließlich sein Schicksal als Gottes Wille an und machte das Beste daraus. Nach seinem Abschluß bewarb sich James um einen Assistenzplatz bei einem Mediziner in Wien, dessen Abhandlungen er bewundert hatte, und seine Begeisterung war groß, als er unter über hundert jungen Männern ausgewählt wurde. Auf seiner Bewerbung fehlte das Wort *Rasse*. Man hatte ihn nicht danach gefragt, und er bekannte sich nicht freiwillig dazu; schließlich war Europa nicht Amerika. Er absolvierte in Wien eine zweijährige Assistenzzeit unter seinem Mentor, Dr. Theodor Karl Lueger. Wenn er nicht gerade im Allgemeinen Krankenhaus in Wien arbeitete, war er oft zu Gast in Dr. Luegers Haus. An den Samstagen schloß er sich manchmal Luegers Tochter Gisela und ihrem Freundeskreis an, um die Straßenbahn auf der Ringstraße zu nehmen, Riesenrad zu fahren und alles von Wien zu sehen. Es war eine herrliche Stadt, eine wundervolle Zeit zum Jungsein, und sie verliebten sich ineinander. Gisela war ganz vernarrt in den jungen amerikanischen Arzt und wollte ihn heiraten. James hatte diese Absicht eigentlich nicht, weil er wußte, daß er sie nicht in das Amerika der Rassentrennung mitnehmen wollte. Er versuchte, ihr die Probleme zu erklären, die sie haben würden. Aber Gisela, die schwarze Haare, dunkle Augen und eine noch dunklere Haut hatte als er, lachte nur, wenn er davon sprach. Er konnte kein »Neger« sein, hatte er doch blaue Augen und helle, honigfarbene glatte Haare. Er konnte sie nicht davon überzeugen. Als er ihrem Vater beizubringen versuchte, daß er aufgrund seiner Rasse nicht die Möglichkeit hatte, in einem weißen Krankenhaus zu arbeiten oder in einem Wohnviertel für Weiße zu leben, hörte Dr. Lueger ihm schweigend zu. Als James geendet hatte, nahm er langsam seine Brille ab, rieb sie mit dem Taschentuch sauber und sagte mit leiser Stimme: »Dr. Le Guarde, wenn Sie meine Tochter nicht heiraten wollen, so seien Sie ein Mann und sagen es ihr, aber muten Sie ihr nicht eine so phantastische Lüge zu.«

James fühlte sich elend und schuldig, weil er es mit Gisela so weit hatte kommen lassen. Es war zu spät, um fortzugehen, ohne ihnen beiden das Herz zu brechen. Er wanderte die ganze Nacht durch die Straßen von Wien und grübelte, was zu tun sei. An der Donau starrte er verzweifelt und verwirrt auf die hellen Sterne, die sich in dem dunklen Wasser spiegelten. Aber als die Sonne über der Stadt aufging, hatte er einen Entschluß gefaßt. Er wußte nun, was er tun würde. Schließlich hatte er ihnen gesagt, daß er ein Neger war. Er war ehrlich gewesen. Aber er würde nicht mit Gisela nach Amerika zurückgehen. Nein, dazu liebte er sie zu sehr. Dem würde er sie nicht aussetzen. Er würde sie heiraten, und sie würden in Wien bleiben und ihre Kinder hier aufziehen, wo sie vor Vorurteilen sicher waren. Aber James hatte nicht mit Adolf Hitler gerechnet.

* * *

Als Dr. Le Guarde Jahre später nach Washington zurückkehrte, um die ärztliche Leitung des Freeman Hospitals zu übernehmen, fand er sich sogleich zu dem zugehörig, was W. E. B. Du Bois das »talentierte Zehntel« nannte. Er gehörte bald der Urban League an, der NAACP, der Columbian Education Association, der Musik- und Literaturgesellschaft, der Boulevereinigung, allen Clubs und Organisationen der schwarzen Elite. Er galt als einer der führenden schwarzen Aristokraten von Washington, die in den exklusiven Ferienorten – Sarasota Springs, Highland Beach oder Maryland – Urlaub machten. Sie bewegten sich in einer überfeinerten geistigen Atmosphäre.

Doch seine Frau und seine Kinder waren nicht glücklich. Über die Jahre war Dr. Le Guarde zu der Auffassung gekommen, daß er die Pflicht hatte, sich zu bemühen, seiner Rasse Ehre zu machen; seine Kinder teilten diese Überzeugung jedoch nicht.
Dr. Le Guarde dachte oft an den Morgen zurück, als der Buchstabe N in seine Arbeitserlaubnis gestempelt wurde. Es hatte nur eine Sekunde gedauert, aber diese eine Sekunde, dieser eine Buchstabe hatten sein Leben und das Leben seiner Kinder verändert. Und selbst heute, nach so vielen Jahren, fragte er sich, in seinem Arbeitszimmer sitzend noch immer, ob er richtig gehandelt hatte, als er die Wahrheit sagte. Nachdem er erlebt hatte, wie seine Frau als unglücklicher, entwurzelter Mensch starb, und seine Kinder sich so quälten, überlegte er, ob er, wenn er die Chance hätte, zurückzugehen und zu lügen, es dieses Mal tun würde.
Er war ein tiefreligiöser Mann, aber er konnte es nicht sagen. Er wußte nur, daß er seinen geliebten Sohn verloren hatte. Theo war fort, und jetzt verlor er vielleicht auch noch seine Tochter, Marguerite. Er spürte, wie sie ihm entglitt, sich zurückzog.
Le Guarde öffnete seine Schreibtischschublade, zog das einzige, was er noch von Theo hatte, heraus und las es wieder, wie er es fast jeden Tag in den vergangenen fünf Jahren getan hatte.

Lieber Vater,
bitte, vergib mir, aber ich kann nicht länger Dein Sohn sein. Ich habe versucht, zu empfinden wie Du, aber ich bin nicht wie Du, ich fühle keine Verwandtschaft mit der schwarzen Rasse, und mich für etwas zu engagieren, an dem ich innerlich nicht beteiligt bin, würde Euch nicht guttun und mich sicher zerstören. Sollen andere, die ein starkes Zugehörigkeitsgefühl haben und tiefere Überzeugungen, dafür eintreten und ein Beispiel setzen. Ich muß die Chance bekommen, mich selbst zu beweisen, und darf nicht gezwungen sein, eine ganze Rasse mit mir herumzuschleppen.
Versteh bitte Vater, ich wäre nicht einfach ein Mann, der Geige spielt, sondern ein farbiger Mann, der Geige spielt. Eine Kuriosität, jeder Auftritt von mir ein Politikum. Die Musik urteilt nicht darüber, wer spielt, aber die Menschen tun es. Du sagst, es sei eine Sünde zu lügen, aber, Vater, mein ganzes Leben ist eine Lüge. Ich bin gefangen zwischen zwei Lügen. Ich bin kein Neger, ich bin kein Weißer, ich bin

nichts, ein Ding dazwischen, nirgends dazugehörig. Ich spreche eine Lüge aus, um eine andere zu verhindern, aber ich lüge immer, egal, was ich sage. Du sagst, Gottes Wille geschehe, aber ich glaube nicht an einen Gott, der sagt, ich müsse meine Chance in diesem Leben opfern wegen eines von Menschen gemachten Gesetzes. Nicht Dich verlasse ich, sondern die schwarze Rasse, die mir immer nur meine weiße Haut verübelt und auch Dir nichts als Leid gebracht hat. Das sind nicht meine Leute, Vater. Mein Talent gehört nicht ihnen. Es gehört mir und nur mir. Ich gehe dorthin, wo ich frei sein kann. Bitte, such nicht nach mir. Vergiß mich. Ich werde Dich immer lieben.

Theo

Tränen traten in die Augen des alten Mannes. Armer Theo. Als ob er den Jungen einfach vergessen könnte, den er liebte, den Jungen, den er als Baby im Arm gehalten hatte. Er faltete das abgenutzte Blatt zusammen.

Es war keine ungewöhnliche Geschichte. Tausende von Menschen waren unter dem Druck der Rassentrennung zusammengebrochen und heimlich in die weiße Welt hinübergewechselt, aber auch das war kein leichtes Leben.

Dena Nordstrom, Reporterin

Elmwood Springs, Missouri
1978

Noch in der gleichen Minute, in der Dena durch die Tür gegangen war, rief sie Dr. Diggers an und erzählte ihr von ihrer Mutter.
Diggers klang ebenso überrascht, wie es Dena gewesen war. »Also, ich muß gestehen, ich hatte alles mögliche vermutet, aber das nicht, dabei hätte ich es erraten müssen. Ausgerechnet *ich*! Als ich anfing zu praktizieren, kam die Hälfte meiner Patienten wegen solcher Probleme zu mir. O ja, leider weiß ich gut darüber Bescheid, und ich sage Ihnen, es war etwas ganz Scheußliches. Egal, ob jemand Jude war und zum Christentum übertrat oder ob ein Schwarzer zu den Weißen gehören wollte, es war eine schwierige Sache, man konnte es drehen und wenden, wie man wollte. Wichtig ist jetzt nur: Wie fühlen Sie sich?«
»Verraten, schätze ich. Verwirrt. Verloren, als hätte ich meine Mutter nie wirklich gekannt.«
»Schätzchen, einen großen Teil von ihr haben Sie nicht gekannt. Aber jetzt haben wir wenigstens eine recht gute Erklärung dafür, warum sie so distanziert zu sein schien. Kein Wunder, daß Sie oft das Gefühl hatten, sie wäre gar nicht für Sie da. Sie hat sich wahrscheinlich vierundzwanzig Stunden am Tag zu Tode gefürchtet. Das Wechseln der Identität ist eine komplizierte Angelegenheit, die mit vielen schweren Problemen einhergeht. Schuldgefühle, eine verworrene Identität, Gefühle von Isolation, Enttäuschung, Verlassenheit. Es ist sehr stressig, ich habe erlebt, daß es Menschen wortwörtlich um den Verstand bringt.«
»Ich verstehe das ja alles, aber ich kann nicht verstehen, warum sie mir nichts davon erzählt hat. Ich hätte ihr helfen können.«
»Ich kenne natürlich den genauen Grund nicht, aber soviel kann ich Ihnen sagen, das lag sicher nicht daran, daß sie Ihnen nicht vertraut hat, es war einfach die nackte Furcht. Wer mit einer solchen Lüge lebt, neigt dazu, paranoid zu werden. Sie hatte wahrscheinlich Angst, überhaupt jemandem zu vertrauen.«

»Aber ich war nicht irgend jemand. Ich war ihre Tochter.«

»Ja, aber Sie dürfen nicht vergessen, daß Sie ihr am nächsten standen. Sie hatte womöglich Angst, Sie zu verlieren, daß Sie, wenn Sie es wüßten, sie nicht mehr lieben würden. Ich habe das schon oft erlebt. Manche stoßen gerade die Menschen von sich, die sie auf keinen Fall verlieren wollen, weil sie versuchen, sie zu halten. Hören Sie, ich sage ja nicht, daß es richtig war, was Ihre Mutter gemacht hat, aber zu ihrer Verteidigung – sie hatte gute Gründe, Angst zu haben. Sie müssen verstehen, wie das damals war, als sie jung war, es gab nicht so was wie Integration. Schwarze und Weiße, das waren zwei sehr verschiedene Welten.«

»Ich weiß, aber es war 1959 – konnte sie nicht erkennen, daß sich etwas änderte? Neue Gesetze wurden verabschiedet.«

»Nein, das glaube ich nicht. Aufgrund dessen, was Sie mir über Ihre Mutter erzählt haben, vermute ich, daß sie nicht in der Lage war, viel von dem zu sehen, was um sie herum vor sich ging. Menschen, die ihre Identität wechseln, sind zu stark damit beschäftigt, über die Schulter zu sehen, zu versuchen, ihre Spuren zu verwischen, vieles andere zu beobachten. Sie war vermutlich immer in derselben alten Furcht gefangen, mit demselben Tonband im Kopf, das endlos lief, und konnte darüber hinaus nichts wahrnehmen.«

»Meinen Sie, es hat was mit ihrem plötzlichen Verschwinden zu tun?«

»Vielleicht. Menschen, die einem Leben entfliehen, machen das oft noch einmal.«

»Aber warum zu diesem Zeitpunkt? Warum an Weihnachten? Warum konnte sie nicht warten?«

»O Schatz, es könnte hundert verschiedene Gründe gegeben haben. Vielleicht hatte sie jemanden kennengelernt, oder sie war nervlich völlig am Ende, weil sie täglich mit diesem Streß lebte. Wissen Sie, jeder geht anders mit Streß um. Aber eine Möglichkeit ist auch, daß er sich über die Jahre hinweg angestaut hat, und sie den Druck nicht mehr ertragen konnte, eines Tages eine Art psychischen Zusammenbruch hatte und den Kontakt zur Realität verloren hat. Einfacher gesagt, ist sie vielleicht eines Tages durchgedreht und weggelaufen. Man hört das dauernd. Leute gehen einkaufen und kommen nie wieder nach Hause zurück, sie sind einfach wie vom Erdboden verschwunden.«

»Meinen Sie, daß so etwas in der Art passiert ist?«
»Also, das wäre meine Vermutung aufgrund dessen, was wir wissen. Aber für Sie ist wichtig, daß Sie sich endlich mit der Tatsache abfinden, daß ihre Probleme nichts mit ihren Gefühlen für Sie zu tun hatten. Sie hat Ihnen all die Liebe gegeben, zu der sie unter den gegebenen Umständen fähig war. Es war nicht soviel, wie Sie gebraucht hätten, aber so ist es nun mal; es ist ungerecht und scheußlich, aber so ist das Leben, und wir kennen jetzt wenigstens die Hintergründe des Hauptgrunds für ihre Probleme. Als nächstes müssen wir versuchen, darüber hinwegzukommen und Ihr Leben voranzubringen. Gut, also, wann kommen Sie nach New York zurück?«
»Ich bin mir nicht sicher, ich habe noch nicht darüber nachgedacht.«
»Nein, Sie befinden sich wahrscheinlich noch in einem Schockzustand. Tun Sie mir einen Gefallen und lassen Sie sich Zeit, ehe Sie irgendwelche Entscheidungen fällen, okay?«

* * *

An diesem Abend brachten Norma und Macky ihr ein warmes Essen.
Als Dena ihnen erzählte, was sich nach Dr. Diggers Meinung abgespielt hatte, trat ein Ausdruck der Erleichterung auf Normas Gesicht. »Ich bin so froh, daß wir endlich wissen, was los war. Ich hatte immer Angst, daß wir etwas falsch gemacht haben oder daß sie uns einfach nicht mochte.«
Die nächsten drei Tage fühlte sich Dena noch benommen. Aber eine Woche später, als ihre Gedanken sich allmählich klärten, wachte sie mitten in der Nacht auf und setzte sich aufrecht hin. Da stimmte etwas nicht. Etwas ging nicht auf. Sie war eine zu gute Reporterin, um nicht zu merken, wenn in einer Geschichte ein Stück fehlte. Dr. Diggers Theorie hatte zunächst gut geklungen, aber sie war zu einfach, zu platt.
Ihre Mutter hatte sie geliebt, das wußte sie jetzt; sie hätte sie nicht verlassen, wenn da nicht etwas völlig aus den Fugen geraten wäre. Ihre Mutter war eine starke Frau gewesen. Es mußte noch einen anderen Grund geben als Streß. Etwas anderes, vor dem ihre Mutter Angst hatte. Aber was? Es gab immer noch zu viele unbeantwortete Fragen.
Warum hatte ihre Mutter Elmwood Springs 1948 so fluchtartig ver-

lassen? Und wer war der Mann, mit dem sie deutsch gesprochen hatte?
Sobald die Sonne aufgegangen war, machte sie ihren ersten Anruf.
»Christine, hier ist Dena.«
»Oh, hallo. Wie geht es dir?«
»Ich habe eine Frage. Sie erwähnten, daß über Theo, den Bruder meiner Mutter, etwas in den Zeitungen gestanden hätte, und ich wollte fragen, ob Sie mir sagen können, in welchem Jahr das war und wie die Zeitung hieß.«
»Oh, meine Liebe, das muß in den frühen vierziger Jahren gewesen sein, aber ich habe keine Ahnung mehr, in welcher Zeitung das war. Ich weiß, es war eine von den großen. Aber ich erinnere mich an den Namen der Frau, die das Ganze geschrieben hat; würde dir das helfen?«
»Ja.«
»Ida Baily Chambless.«
»Wer war das?«
»Oh, nur so eine dümmliche Frau, die sich als Kolumnistin der Gesellschaft aufspielte. Ich habe nie etwas von ihr gelesen. Aber mein Vater sagte, sie sei nur ein Niemand aus Georgia und bildete sich ein, sie müßte überall hin eingeladen werden. Sie hatte irgendeinen Krach mit deinem Großvater und verfolgte anschließend den armen Theo mit ihrer Rache. Sie gab vor, sie hätte eine Mission, aber im Grunde war sie nur eifersüchtig. Wenn sie ihre Identität nicht wechseln konnte, bei Gott, dann sollte es auch kein anderer tun. Schatz, ich hatte Glück, hinter mir war sie nicht her.«
»Lebt sie noch?«
»Nein, dem Himmel sei Dank. Mein Vater erzählte, sie wurde schließlich ermordet.«
Denas Herz setzte einen Schlag aus. »Ermordet… wann?«
»Oh, das ist lange her. Ich wohnte damals noch in New York. Es muß 1948 gewesen sein, um die Zeit etwa.«
Denas Herz setzte zwei Schläge aus. 1948 war das Jahr, in dem sie und ihre Mutter Elmwood Springs fluchtartig verlassen hatten.

Eine verschmähte Frau

Washington, D. C.
1936

Mrs. Ida Baily Chambless, das sechste Kind einer Waschfrau in Smyrna, Georgia, hatte schon immer mit Worten umgehen können. Ihr Schreibtalent wurde als »fast poetisch« angesehen, wie eine Lehrerin auf einem ihrer Aufsätze mit dem Titel »Von Mutter Afrikas Busen gerissen und weit verstreut« schrieb. Über die Jahre hinweg hatte sie sich hochgearbeitet, bis sie es schließlich geschafft hatte, für eine der meistgelesenen Zeitungen der Schwarzen in Washington zu schreiben.

Sie genoß ihre Macht und erlebte, wie Menschen sie umgarnten, die scharf darauf waren, ihre Namen in den Schlagzeilen ihrer Zeitungskolumnen zu sehen: **Seitenblicke auf die Gesellschaft... Ohrfeigen für Feinde, Küsse für Freunde.**

Als Dr. Le Guarde und seine Familie nach Washington übersiedelten, setzte Mrs. Chambless alles daran, um sie kennenzulernen. Aber sie hatte noch keine Einladung in ihr Haus erhalten, ein Umstand, den sie mit ein paar schmückenden Bemerkungen über die Le Guardes in ihrer Kolumne zu ändern suchte. Sicher würden sie erkennen, daß man von allen Leuten in Washington sie vorrangig einbeziehen mußte. Nach eineinhalb Jahren war jedoch noch immer keine Einladung eingetroffen, und sie war begierig darauf, in das Haus Le Guarde zu gelangen. Obwohl das große, vierstöckige Backsteinhaus von außen ziemlich schlicht wirkte, stellte sie sich vor, daß sie innen etwas Spektakuläres vorfinden würde.

Über viele gesellschaftliche Ereignisse wurde sie von einem beliebten Blumenhändler in Kenntnis gesetzt, er informierte sie unter anderem auch jedes Mal, wenn Mrs. Le Guarde Blumenschmuck für eine Party bestellte.

Schließlich bekam Mrs. Chambless Wind von einem geplanten Konzertabend, und sie konnte nicht länger warten. Sie beschloß, daß es ihr Recht und auch ihre Pflicht gegenüber ihren Lesern war, über das gesellschaftliche Leben eines so renommierten Arztes zu berichten. Sie würde ihnen einfach verzeihen, daß sie sie offenbar versehentlich nicht eingeladen hatten, und trotzdem hingehen. Und so kam es, daß am Abend des Festes Ida Chambless, eine dicke braune Frau mit einem flachen, runden Gesicht, aufgedonnert und mit Straußenfedern im Haar, uneingeladen durch die Tür schlenderte und ihre Notizen machte. Als sie so von Zimmer zu Zimmer wandelte, war sie bitter enttäuscht. Das Haus war unspektakulär, die Kleider waren fade; im Laufe des Abends kam sie zu dem Schluß, daß dies, obwohl alle ausgesprochen freundlich waren, im Grunde eine der langweiligsten Partys war, die sie je erlebt hatte. Nur die Kunstwerke und die Musik waren beeindruckend. Es lag auf der Hand, daß diese armen Menschen Hilfe brauchten. Am nächsten Tag beschrieb sie das Haus Le Guarde in ihrer Kolumne mit schwülstigen Wendungen. Die Kleider, die die Frauen am Abend zuvor getragen hatten – blaß und dezent –, wurden plötzlich magentarot, lindgrün, purpurrot, königsblau. Laut Mrs. Chambless erstrahlten die Damen auf der Party im Glanz ihrer Juwelen und Diamantendiademe. Mrs. Le Guardes einreihige Perlenkette verwandelte sich in eine zwölfreihige. Brahms' und Strauss' Musik wurde als lebhaft und flott geschildert. Sie informierte ihre Leser darüber, daß überall Tafelgeschirr mit goldenen Tellern und silberglänzende Erbstücke aus der Familie von Dr. Le Guarde ins Auge stachen und daß an jeder Wand kostbare Gemälde und Teppiche hingen. Mrs. Chambless dachte: Wenn sie jetzt nicht merken, wie sehr sie mich nötig haben, dann weiß ich auch nicht. Einige Tage später traf ein Brief von Dr. Le Guarde ein. Ah, dachte sie, das war schon das Dankesschreiben und wahrscheinlich eine offizielle Einladung für alle künftigen Veranstaltungen. Sie schlitzte den geprägten Umschlag auf und fing an zu lesen, doch das zufriedene Lächeln auf ihrem Gesicht schwand langsam.

Sehr geehrte Mrs. Chambless,
obwohl ich nicht annehme, daß Sie eine böse Absicht damit verbunden haben, war ihr öffentlicher Bericht über eine private Gesellschaft höchst unwillkommen. Ihre Übertreibungen und die Beschreibung meines Hauses sowie der Kleidung meiner Gäste mögen als Kompliment gemeint sein, aber ich muß Sie mit aller Höflichkeit und bei allem Respekt bitten, künftig davon Abstand zu nehmen, über

meine Familie und meine Freunde zu schreiben. Die Veröffentlichung unserer Adresse und die Auflistung der Einrichtungsgegenstände – ob nun real oder erfunden – haben meiner Familie ernsthaften Schaden zugefügt, da ein Anstieg von Diebstählen und Vergehen aller Art zu beobachten ist.
Ich bin eine Privatperson. Ich brauche keine Werbung und habe Ihre Erwähnung meines Namens als sehr peinlich empfunden. Ich bin sicher, Sie werden das verstehen und beherzigen.

Hochachtungsvoll
Dr. James A. Le Guarde

Mrs. Chambless hatte das Gefühl, als hätte ihr jemand ins Gesicht geschlagen. Sie war einmal ins Gesicht geschlagen worden, von einem weißen Mädchen, als sie neun war, und die Wirkung war vergleichbar; dieses Mal jedoch hatte sie Rückendeckung, und sie konnte zurückschlagen, und zwar mit einem mächtigen Schlag, der jeden Mann niederstrecken würde. Er wollte *ihr*, Ida Baily Chambless erklären, daß *sie* nicht gut genug war, um sein Haus zu betreten? Daß *sie* nicht willkommen war? Ida Chambless, die freien Zugang zu den Häusern reicherer Männer hatte? Was glaubte er eigentlich, mit wem er es zu tun hatte? Glaubte er wirklich, er könnte sie beleidigen und demütigen und ihr sagen, sie sei nicht gut genug? Oh, er würde diesen Tag noch bereuen. Sie besaß Macht und würde sie mit voller Kraft gegen diesen Mann und seine mickrige, rosablütige, lilienweiße Familie einsetzen. Wie konnte es dieser Angeber, dieser Ingwerkuchen, gelbe Kabeljau und selbsternannte Negrokrat wagen, sich einzubilden, er sei etwas Besseres als sie. In diesem Augenblick brachte der Brief jede Beleidigung, jede Kränkung, jede Diskriminierung, jede Demütigung zurück, die man ihr je zugefügt hatte. In blinder Wut rannte sie buchstäblich die Treppe hinauf zu ihrer Schreibmaschine und schrieb eine neue Kolumne.
Bald schon marschierten junge Männer in Gruppen vor seinem Haus auf, schrien und pfiffen, und ein paar, die viel zuviel getrunken hatten, kippten schwarze Farbe vor seine Haustür.
Gut. Er sollte nie vergessen, solange er lebte, daß er Ida Baily Chambless beleidigt hatte. Sie wollte ihn und seine Familie jagen bis zu ihrem Tod und noch darüber hinaus!

Carlos Maurice Montenegro

San Francisco, Kalifornien
1942

Vom ersten Augenblick an, als Carlos anfing zu spielen, wußte Joseph Hoffman, daß der junge Mann vor ihm einer der begabtesten Geigenspieler war, die er je gehört hatte. Hoffman nahm ihn sogleich unter seine Fittiche, und nach weniger als sechs Monaten wurde Carlos Montenegro zum ersten Geiger des San Francisco Sinfonieorchesters ernannt.

Unter den Millionen von Musikern auf der Welt gibt es nur eine Handvoll, die über das hinausgehen, was auf dem Notenblatt steht, die das übersteigen, was menschenmöglich ist, und Carlos war ein solcher Musiker. Sein Lehrer wußte, daß Carlos dazu bestimmt war, einer der Größten zu werden, vielleicht einen Platz neben Heifetz und Menuhin einzunehmen. Er brauchte nur die richtige Person, die seine Karriere steuerte, und das war Joseph. Wenn der Junge angemessen betreut würde, könnte er das Antlitz der Musik verändern. Er hatte das Aussehen eines Filmstars und das Talent eines Engels.

Wenn es überhaupt einen kleinen Nachteil gab, dann war es der, daß er fast zu schön war, und wenn er spielte, konnten die meisten Frauen ihre Blicke nicht von ihm wenden. Carlos hatte nie über sich oder seine Herkunft gesprochen, aber angesichts dieser romantischen Erscheinung hatte es Gerüchte gegeben, er sei der Sohn eines spanischen Grafen. Manche gingen nach Hause und träumten von seinen schönen Händen, den langen feingliedrigen Fingern und wie der Schatten seiner Wimpern auf seine Wange fiel. Aber es gab noch etwas anderes, das seinem Lehrer Sorgen machte. Ohne seine Geige schien Carlos ungewöhnlich schüchtern und unsicher zu sein. Offenbar war er völlig zufrieden, wenn er nur im Orchester spielen und komponieren konnte. Aber Hoffman war bestrebt, ein solches Talent der Welt vorzuführen, und reichte auf eigene Faust ein Concerto von Carlos bei einem internationalen Musikwettbewerb in Quebec ein. Er wollte, daß der Junge seine vielversprechende Zukunft verwirklichte, daß er Vertrauen aufbaute. Der Gewinner erhielt die Möglichkeit, ein Jahr lang Konzerte rund um den Erdball geben zu können. Alles, was er brauchte, war diese Chance für eine Tournee. Dann würde die Welt dem Jungen zu Füßen liegen. Einen Monat später hatte Carlos zu Hoffmans großer Freude und zu seiner eigenen Überraschung tatsächlich gewonnen. Aber kurz darauf wartete eine andere Überraschung auf Carlos.

Seitenblicke auf die Gesellschaft

Von Ida Baily Chambless

Heute erreichte uns eine aufregende Nachricht. Jemand hat meine Aufmerksamkeit darauf gelenkt, daß die sensationelle Schlagzeile der letzten Woche »Amerikaner gewinnt bei Internationalem Musikwettbewerb« genaugenommen hätte lauten müssen: »Amerikanischer Neger gewinnt bei Internationalem Musikwettbewerb«. Der gefeierte Gewinner ist kein anderer als Theodore Karl Le Guarde, der kürzlich den klangvollen Namen Carlos Maurice Montenegro angenommen hat, zweifellos aus »künstlerischen« Gründen, denn der Name Le Guarde ist ein stolzer Negername. Sein Vater ist seit einigen Jahren hier in Washington ein prominenter schwarzer Arzt.
Trotz des Künstlernamens von Mr. Le Guarde und trotz seiner Abwesenheit von unserer schönen Stadt, kann uns nichts davon abhalten, von den höchsten Dächern zu rufen, daß einer der Unsrigen auf dem Weg nach ganz oben ist. Sie sollen wissen, daß Ihre Kolumnistin bis spät in der Nacht auf war und mit gutem Zureden und viel Einfluß erreicht hat, daß ich jetzt hocherfreut und mit Grüßen an alle verkünden kann, daß Theodore Le Guarde alias Carlos Montenegro soeben von dieser Zeitung zum »Neger des Jahres« ernannt wurde. Wir sind stolz auf solch tüchtige Menschen, die unser Erbe teilen, und ich zum Beispiel werde seine Rückkehr in unsere schöne Stadt mit einem großen Willkommensgruß begehen. Zur Seite Cab Calloway, Duke, Jelly Roll und Louie und macht Platz für ein neues Genie auf dem Sockel.

Ida Baily Chambless genoß ihren Triumph. Dr. Le Guardes kostbarer, blütenweißer Sohn würde immer ein Neger sein, ob er es wollte oder nicht. Sie wußte schon seit geraumer Zeit über Theo Bescheid, aber sie hatte auf den richtigen Moment gewartet. Schlau wie sie war, wußte sie, es war viel schädlicher, Menschen einen Tritt zu versetzen, wenn sie ganz oben waren, als wenn sie am Boden lagen. Nachdem Theos Foto, zusammen mit ihrer Pressemeldung, daß er zum »Neger des Jahres« gewählt worden war, überall in den Zeitungen erschienen war, konnte er alle Hoffnungen auf eine klassische Karriere begraben. Seine Kollegen waren wie gelähmt durch die Nachricht. Einige fühlten sich betrogen. Plötzlich sahen sie ihn als jemanden an, der vorgegeben hatte, etwas zu sein, was er nicht war, als einen Schwindler, der sie belogen hatte. Andere zeigten Mitgefühl und sagten, das ändere nichts für sie, aber das tat es doch. Es waren immer noch die vierziger Jahre in Amerika, und viele Weiße hatten Schwarze bisher nur als Dienstmädchen oder Zugschaffner kennengelernt. Gestern war er noch der charmante und unglaublich schöne junge Mann von offenbar aristokratischer spanischer Abstammung gewesen. Heute war er eine Kuriosität. Sie fingen an, nach Hinweisen, Anzeichen für Negerblut zu suchen und entdeckten welche, selbst wenn sie nicht vorhanden waren. Sogar die junge Frau, die sich einen Tag vorher in Theo verliebt hatte, sah ihn heute mit anderen Augen an. Sie fand, daß er sie lächerlich gemacht hatte. Sein Vater war vermutlich nicht mehr als ein Lagerarbeiter. Er hatte versucht, sich unter Vorspiegelung falscher Tatsachen in die Gesellschaft von San Francisco einzuschleichen. Er war sicher nachts heimlich zu seinesgleichen zurückgegangen und hatte mit seinen Negerfreunden über sie gelacht. Natürlich hatte Theo nie erzählt, daß er aus einer wohlhabenden Familie stammte; die Gesellschaft hatte sich immer um ihn gerissen, aber die scheinbaren Fakten ändern sich mit den Einstellungen. Hoffman war sehr betroffen seinetwegen und begab sich unverzüglich zu Theos Wohnung, aber er hatte die Türen verschlossen und wollte ihn nicht hereinlassen. Er wollte mit keinem sprechen. Einen Tag nach Erscheinen des Artikels schickten alle schwarzen Zeitungen des Landes Fotografen und Reporter, um Interviews zu machen. Über Nacht wurde er mit Einladungen von führenden schwarzen Organisationen überschwemmt, die ihn aufforderten, bei ihnen aufzutreten, seinen Namen für jede

nur denkbare schwarze Sache herzugeben und bei unzähligen Veranstaltungen zu reden. Sie waren stolz auf ihn, und wie die *Washington Bee* es ausdrückte: »Wir freuen uns über seinen Sieg und sehen einen neuen Stern am Himmel der Leistungen Schwarzer.«
Weiße Zeitungen vertraten einen anderen Standpunkt. Die Unterschrift unter seinem Bild lautete: »Neger ertappt, Herkunft gefälscht.«
Das Internationale Musikkomitee trat zu einer Sitzung zusammen und votierte dafür, zu der Entscheidung zu stehen, aber es war Krieg in Europa, und die meisten Konzerte von Carlos waren in Amerika angesetzt, und so wurde eins nach dem anderen abgesagt.

Sehr geehrte Herren,
wir denken, es ist das Beste, wenn Mr. Montenegro seine Konzerte auf Hallen beschränkt, die für Mitglieder seiner Rasse geöffnet sind. Unsere gegenwärtige Politik läßt nichts anderes nicht zu.
Atlanta Philharmonie

Sehr geehrte Herren,
Sie haben uns arglistig getäuscht, was die Rasse Ihres Gewinners angeht, und daher ist der geschlossene Vertrag hinfällig. Bei Versuchen, den Betrug und die Peinlichkeiten fortzusetzen, werden unsere Schirmherren juristische Schritte unternehmen.
Chicago Musikvereinigung

Nach einigen Wochen, in denen viele ähnliche Telegramme und Briefe eintrafen und viel Druck ausgeübt wurde, wurde folgende Pressemeldung herausgegeben:

> Das Internationale Musikkomitee ist zum zweiten Mal zusammengekommen und gibt heute bekannt, daß es seinen Geldpreis zurückgezogen hat und daß alle Konzerttermine des ursprünglichen Gewinners des ersten Preises gestrichen sind. Der Sprecher des Komitees betonte ausdrücklich, diese Entscheidung, die mit dem größten Bedauern getroffen worden sei, basiere nicht auf der Tatsache, daß er schwarz sei, sondern darauf, daß er diese Tatsache dem Komitee vorenthalten habe.

Seine Schwester, Marguerite, arbeitete in New York. Als sie las, was Theo widerfahren war, fuhr sie sofort nach San Francisco. Aber als sie dort ankam, war er spurlos verschwunden.

Das ganz andere

San Francisco, Kalifornien
1942

Nachdem Theo San Francisco verlassen hatte, zog er ziellos im Land herum, wanderte von einer dunklen, schmutzigen Bar in die nächste, von einer Couch in der Wohnung eines Fremden zur anderen. Er versuchte, in einer Fabrik zu arbeiten, aber nach ein paar Tagen kippte er um, was die Ärzte als Nervenzusammenbruch diagnostizierten, und verbrachte ein Jahr auf einer Sozialstation in einem Krankenhaus außerhalb von Lansing, Michigan. Nach seiner Entlassung ging er in mehreren Etappen wieder nach Washington zurück, wusch Geschirr, fegte Böden, machte alles, was er kriegen konnte. Als er wieder zurück war, gelang es ihm sich einigermaßen zusammenzureißen und halbwegs seinen Lebensunterhalt zu verdienen, indem er Kindern reicher Diplomaten private Geigenstunden gab. Er dachte oft an seine Schwester. Das letzte Mal, als er ihr geschrieben hatte, hatte sie in New York gelebt. Er hoffte, sie war in Sicherheit und glücklich. Er wollte, daß wenigstens einer von ihnen glücklich war.

Die nächsten vier Jahre lebte er weniger als eine Meile von seinem Vater entfernt, aber was die gefühlsmäßige Entfernung betraf, so hätten es gut tausend Meilen sein können. Er wollte seinen Vater sehen, aber er wollte nicht, daß sein Vater ihn sah. Er hatte seinen Vater genug beschämt, ihm genug Kummer gemacht, und so sehr er ihn auch vermißte, er konnte ihm nicht von Angesicht zu Angesicht gegenübertreten. Manchmal kaufte er sich die *Washington Bee*, nur um zu sehen, ob sein Vater darin erwähnt wurde. Aus ihr erfuhr er auch vom Tod seines Vaters. Am Tag der Beerdigung stand er hinten in der St.-Augustine-Kirche in einer Ecke und hörte zu, wie der Priester seinen Vater als einen ganz besonderen Menschen und großen Arzt pries. Seine beiden Kinder wurden nicht erwähnt. Es war, als hätten sie nie existiert.

Theo verließ den Gottesdienst, bevor er zu Ende war, am ganzen Körper zitternd vor Reue, Scham und Zorn. Er haßte sich selbst. Wie hatte er das nur tun können? Wie hatte er seinem Vater den Rücken kehren können? Wenn er doch nur die Zeit zurückdrehen könnte. Aber es war zu spät. Er war jetzt fast allein auf der Welt; alles, was er noch hatte, war seine Schwester. Aber wo war sie?

Theo wußte es nicht, aber noch jemand anderes stellte sich die gleiche Frage. Eine Nachricht erreichte Mrs. Chambless, daß jemand, der aussah wie Theo, gesichtet wurde, als er die Kirche verließ, aber seine Schwester hatte man nicht entdecken können, und es bestätigte sich, was sie schon vermutet hatte. Zwei Tage nach der Beerdigung schrieb sie:

Seitenblicke auf die Gesellschaft

1948

Ich habe meinen Löffel in die dicke, reichhaltige Suppe der Geschichte der Schwarzen unserer Stadt getaucht und einen schmackhaften Bissen herausgefischt. Es ist mir zu Ohren gekommen, daß unser uns nicht wohlgesonnenes musikalisches Genie, Theodore Le Guarde, eine Schwester hat, Marguerite, die sich in Luft aufgelöst hat. Könnte es vielleicht sein, daß sie denselben Weg des Verrats in die weiße Gesellschaft gewählt hat? Deshalb, wie die Kinder beim Spielen rufen: Komm heraus, komm heraus, wo immer du bist. Es ist eine traurige Tatsache, daß es in unserer Rasse einige gibt, die einfach nicht den Anstand besitzen, aus eigenem Antrieb herauszukommen, und wenn ich dazu ausersehen bin, euch aufzuspüren, damit ich euch an eure Pflicht erinnere, wenn diese Aufgabe also auf meine müden Schultern gelegt werden soll, dann sei es so.

Ihr werdet nicht an dem Tisch der Anerkannten sitzen dürfen, bis alle Schwarzen dort sitzen. Und noch ein Wort zu den ganz Schlauen, zu den *anderen,* die noch da draußen ihre schönen Köpfe auf die weißen weichen Kissen der Enttäuschung legen… Ruht euch nicht aus, denn eure Tage sind gezählt. Es gibt ein Heer von Aufrechten, die sich der Aufgabe widmen, euch bloßzustellen und lebend zurückzubringen!

* * *

In dieser Nacht ging Theo Le Guarde mit der Kolumne der Chambless in der Tasche zu ihrem Haus im Le Droit. Das Haus war dunkel bis auf das Licht in einem Zimmer im zweiten Stock. Er ging zur Haustür und klopfte. Niemand rührte sich. Er versuchte, die Tür zu öffnen, und sie war unverschlossen, sie ging tatsächlich auf.
Mrs. Chambless schloß ihre Türen selten ab. Sie hatte keine Angst. Welcher Mann würde es wagen, sie zu überfallen? Theo ging hinein und schloß die Tür hinter sich. Er konnte das Geräusch der Schreibmaschine hören und folgte ihm die Treppe hinauf bis in das Zimmer, in dem sie saß, massig, in einem rosaroten Hausmantel, ganz vertieft in ihre Arbeit. Er stand in der Tür und sah sie an. Sie bemerkte ihn nicht, bis er direkt vor ihr stand. Als sie den Mann, bleich wie ein Gespenst, erblickte, wäre sie fast vor Schreck aufgesprungen. Sie griff sich an die Brust und rief: »Huuu!... Allmächtiger. Sie haben mich fast zu Tode erschreckt. Was fällt Ihnen ein, einfach hier hereinzukommen und sich an mich ranzuschleichen? Was ist los mit Ihnen? Was wollen Sie um diese Zeit hier?«
Sie starrte die ausgemergelte Gestalt vor sich an und war völlig verwirrt. »Wer sind Sie? Kenne ich Sie?«
Jetzt, da er der Frau tatsächlich gegenüberstand, fing er an zu zittern und hatte große Mühe, die Worte herauszubekommen. »Warum... warum machen Sie das? Warum zerstören Sie mein Leben?«
Plötzlich begriff Mrs. Chambless, wer er war, und lehnte sich in ihrem Stuhl zurück, ein selbstgefälliges, höhnisches Lächeln auf dem Gesicht. »Aber, aber! Sieh mal an, wer da ist. Wenn das nicht der große Theodore Le Guarde persönlich ist.«
Dann veränderte sich ihr Gesichtsausdruck, und ihre Augen wurden schmal, als sie sich vorbeugte und mit Verachtung in der Stimme zischte: »Jetzt passen Sie mal auf... wenn Ihr Leben ruiniert ist, dann waren Sie es selbst, der es ruiniert habt, nicht ich. Sie und ihre eingebildete Familie. Sie glauben, Sie sind besser als ich? Also, Eleanor Roosevelt denkt nicht, daß sie zu gut für mich ist... jetzt verschwinden Sie hier!«
Sie forderte ihn mit einer Handbewegung auf zu gehen und wandte sich wieder ihrer Schreiberei zu. Dann fügte sie noch leichthin hinzu: »Und sagen Sie Ihrer Schwester, sie kommt als nächste dran.«
In diesem Augenblick brach tief in seinem Innern etwas auf, und er hörte ein Brüllen in seinen Ohren, so laut, daß er die Schreie von Ida

Baily Chambless nicht vernahm, als er sie an der Kehle packte und würgte. Etwas Fürchterliches brandete auf, eine schreckliche, rote, kochende Wut kam grollend aus ihm heraus. Er würgte und schüttelte alles Leben aus der Frau, und er konnte nicht wieder aufhören. Das nächste, was er wieder wahrnahm, war, daß er draußen in der Kälte stand und schweißgebadet war. Er ging eine Meile, ohne zu wissen, wohin er ging, bis er am Lincolndenkmal ankam. Er sah zu der Statue des Mannes hinauf, und plötzlich hörte er die Schreie einer Frau und sah das groteske Gesicht von Mrs. Ida Chambless mit der heraushängenden Zunge und den hervortretenden Augen, er würgte und erbrach sich ins Gras, bis nichts übrig war als gelbe Galle. Er sah auf seine Hände und begann zu schluchzen.

Er würde sich zum Haus seines Vaters durchschlagen. Er mußte seine Schwester finden, sie würde ihn verstecken. Bei ihr würde er sicher sein.

Als er das Haus erreichte, waren alle Türen und Fenster verschlossen. Die Sonne ging auf. Verzweifelt lief er nach hinten, schlug ein Kellerfenster ein und kroch hinein. Er tastete sich im Dunkeln zum Arbeitszimmer seines Vaters vor. Fast alles war in Kisten verpackt. Er ging zum Schreibtisch seines Vaters und brach das Schloß auf. Er konnte fühlen, daß Papiere und Briefe noch da waren. Er zündete ein Streichholz an, fand seinen eigenen Brief an seinen Vater und noch einen Umschlag. Er war ebenfalls an seinen Vater adressiert. Obwohl ihm der Name des Absenders fremd war, erkannte er die Handschrift seiner Schwester. Der Brief war in Elmwood Springs, Missouri, abgestempelt.

Mit einer Lüge leben

San Francisco, Kalifornien
1942

Denas Mutter, Marguerite Le Guarde, hatte nicht die Absicht gehabt, über sich oder ihre Herkunft die Unwahrheit zu sagen. Es hatte sich einfach so ergeben. Sie war nach New York gefahren, um einer Freundin beim Kauf ihres Brautkleides zu helfen. Als sie mit der Eigentümerin des Ladens Deutsch sprach, erfuhr Lili Carlotta Steiner, daß das junge Mädchen in Wien aufgewachsen war wie sie selbst. Entzückt von der hübschen jungen Frau, die sich offenbar mit eleganten Kleidern auskannte, bot Steiner ihr auf der Stelle einen Job an. Begeistert schrieb Marguerite an ihren Vater und fragte ihn, ob sie den Sommer über bleiben dürfte. Er schrieb zurück und gab sein Einverständnis. Ihre Mutter war gerade gestorben, und er dachte, die Abwechslung würde ihr vielleicht guttun.

Zur ersten Lüge kam es, als sie sich ihre Arbeitsgenehmigung holte. Sie gab den Namen Marion Chapman an, den sie aus dem Vornamen einer Freundin und dem Nachnamen einer anderen zusammengesetzt hatte. Warum sollte sie das Risiko eingehen, daß jemand den Namen erkannte? Inzwischen war ihr Vater in medizinischen Kreisen sehr bekannt, und sein Name war schon häufig im Zusammenhang mit verschiedenen Schwarzen-Organisationen in der Zeitung aufgetaucht. Warum die Demütigung auf sich nehmen, Leuten erklären zu müssen, daß sie die Tochter eines berühmten schwarzen Arztes war. Niemand hatte ihr je geglaubt, und außerdem war der Job ja nur für ein paar Monate. Es gefiel ihr, Marion Chapman zu sein und sich mit nichts anderem befassen zu müssen, als nur die Rolle einer normalen berufstätigen Frau zu erfüllen. Lili hatte eine kleine Wohnung für sie in Yorkville in einem überwiegend deutschen Viertel gefunden. Sie aß deutsches Essen, hörte vertraute Musik, und wie sie ihrem Vater schrieb: »Es ist irgendwie, als wäre ich wieder zu Hause in Wien.«

Von Lilis politischen Aktivitäten hatte sie nicht die geringste Ahnung. Für sie war Lili einfach eine nette Frau, die ihr eine Arbeit gegeben hatte. Bewußt und wichtig war ihr in diesem Sommer nur, daß sie ihren Vater zwar vermißte, aber in New York trotzdem glücklicher war. Sie genoß es, wieder andere Leute in der Nachbarschaft zu haben. Aber es sollte nur eine kurze Zeit dauern. Als sie in der Zeitung las, daß man Theo den Preis aberkannt hatte, litt sie mit ihm. Sie wußte, er würde niedergeschmettert sein. Die Musik war sein Leben. Sie liebte ihren Bruder, aber er war nie ein starker Mensch gewesen. Er war seit jeher sensibel und reizbar, und sie hatte Angst davor, daß er sich etwas antun könnte. Sie versuchte ihn anzurufen, konnte ihn aber nicht erreichen, deshalb nahm sie sofort den nächsten Zug nach San Francisco. Sie mußte ihn finden, ihm zur Seite stehen, aber zum Zeitpunkt ihrer Ankunft war er schon verschwunden. Sie blieb in San Francisco, und indem sie ihre frühere Anstellung als Referenz benutzte, nahm sie eine Stelle in einem Kaufhaus an, immer in der Hoffnung, Theo käme vielleicht bald zurück. Aber er kam nicht. Schließlich gab sie das Warten auf und überlegte gerade, wieder nach Washington zu ihrem Vater zu gehen. Da traf sie Gene Nordstrom. Sie hatte nicht die Absicht, sich zu verlieben, aber schon beim ersten Mal, als sie zusammen ausgingen und er diesen albernen rosaroten Champagner bestellte, konnte sie sich nicht mehr dagegen wehren. Von Anfang an wollte sie Gene von ihrem Vater und ihrem Bruder erzählen. Sie hatte es sich fest vorgenommen, aber nach dem, was Theo widerfahren war, als die Leute die Wahrheit über ihn erfuhren, hatte sie Angst, es ihm zu erzählen, und je mehr sie ihn liebte, desto stärker wurde ihre Angst, ihn zu verlieren. Sie wußte nicht, wie er darauf reagieren würde, daß sie schwarzes Blut in sich hatte, selbst wenn es nur ein Tropfen war. Er war so offen, es machte ihm vielleicht nichts aus. Aber sie hatte die Erfahrung gemacht, daß man in Sachen Rasse nie sicher sein konnte. Seitdem sie die Seiten gewechselt hatte, hatte sie Menschen, die ihr zunächst ausgesprochen sympathisch erschienen waren, die schrecklichsten Dinge sagen hören. So schob sie es immer weiter auf.

Sie war jedes Mal sehr aufmerksam, wenn sie an einem Schwarzen vorbeigingen oder eine Gruppe schwarzer Soldaten sahen, besorgt, Gene könnte etwas Abfälliges sagen. Aber das tat er nie.

Dann machte er ihr einen Heiratsantrag. Ihr war klar, daß sie es ihm sagen mußte, bevor sie heirateten. Sie mußte ihm die Chance geben, abzuspringen, wenn er wollte, aber es war Krieg, und es ging alles rasend schnell. Die ganze Stadt befand sich in einem Taumel, jeden Tag wurden jetzt junge Männer eingeschifft. In diesem Jahr schien es, als ob jeder in San Francisco es wahnsinnig eilig hätte zu heiraten, in dem verzweifelten Bemühen, noch ein paar Tage zusammen zu verleben, ehe die Männer in den Krieg aufbrachen und womöglich nie wiederkehrten. Nachdem sie die Nachricht bekommen hatten, daß Genes Einheit sehr bald auslaufen würde, war keine Zeit mehr, es ihm zu erzählen, oder sie machte sich das zumindest vor.

Als sie am nächsten Morgen beim Standesamt ankamen, standen die Paare schon Schlange, einige ängstlich auf die Uhr sehend. Sie erklärte dem Beamten, sie habe keine Geburtsurkunde, weil sie bei einem Brand vernichtet worden sei. Der Beamte war ärgerlich, stellte ihnen aber trotzdem die Heiratserlaubnis aus und ließ sie passieren. Sie hätte nicht lügen sollen, aber an jenem Tag war sie hoffnungslos verliebt, und Gene ging fort. Wie Hunderte von anderen dachten sie kaum an morgen; sie wollten einfach heute noch heiraten.

Erst als Gene schon eine Woche fort war, erkannte sie, was für schwerwiegende Folgen das hatte, was sie gemacht hatte. Dann bekam sie Gewissensbisse. Was hatte sie sich nur dabei gedacht? Warum hatte sie das getan? War sie so benommen gewesen, daß sie tatsächlich geglaubt hatte, sie sei Marion Chapman und eine Marguerite Le Guarde gebe es gar nicht mehr? War sie so töricht gewesen zu glauben, er bekäme es nie heraus?

Gene mußte es wissen, aber diese Sache war nicht dazu geeignet, sie ihm in einem Brief zu erklären. Sie dachte daran, einfach zu verschwinden, aber das konnte sie nicht. Dafür liebte sie ihn zu sehr. Sie mußte es ihm selbst sagen. Sie schwor sich, es ihm sofort zu beichten, wenn er wieder nach Hause käme. Aber er kam nicht wieder.

Gene war erst einen Monat tot, als sie entdeckte, daß sie schwanger war. Nach vielen durchweinten Nächten, in denen sie sich gefragt hatte, was sie tun sollte, faßte sie endlich einen Entschluß. Sie konnte jetzt nicht nach Washington zurückkehren. Sie wollte nicht, daß dieses Kind dem ausgesetzt würde, was sie und Theo erlebt hatten, weil sie nie wußten, in welche Welt beziehungsweise zu welcher Rasse sie gehörten. Sie wollte, daß ihr Kind frei von solchen Problemen, ohne von ihr belastet zu werden, aufwuchs. Das war das min-

deste, was sie für Genes und ihr Kind tun konnte. Nach der Geburt würde sie das Kind zu Genes Eltern nach Elmwood Springs bringen. Nachdem sie das den Nordstroms in einem Brief mitgeteilt hatte, konnten diese ihre Ankunft kaum erwarten.
So hatte sie es beschlossen. Sie würde ihnen das Baby bringen, und nach ein paar Tagen würde sie einfach wieder verschwinden, und es wäre so, als hätte es nie eine Marion Chapman gegeben.
Ihr Plan war, wieder zu ihrem Vater zurückzukehren und ihr früheres Leben wieder aufzunehmen. Er war alt und krank, und er brauchte sie. Sie brachte ihre Tochter nach Elmwood Springs, aber das einzige, was sie nicht geplant, nicht einkalkuliert hatte, war ihre Liebe zu dem kleinen blonden Mädchen, das Genes Augen hatte.
So sehr sie es auch versuchte, sie konnte sich nicht von ihr trennen. An jedem Tag, der verging, war ihr klar, daß sie es heute tun müßte, aber sie tat es nicht. Schließlich schrieb sie ihrem Vater und teilte ihm mit, was sie getan hatte und warum sie nicht nach Hause kommen konnte. Es brach ihr fast das Herz. Aber ihr Kind brauchte sie. Die Norstroms hatten sie mit offenen Armen empfangen, ohne ihr Fragen nach ihrer Vergangenheit zu stellen. Sie war Genes Frau, es war Genes Kind, nur das zählte für sie. Sie fand das Kleinstadtleben da draußen, im Mittleren Westen, genauso wunderbar, wie Gene es beschrieben hatte. Sie hatte Arbeit im Kaufhaus Morgan Brothers gefunden und erlebte voller Freude mit, wie ihr Kind als ein glückliches kleines Mädchen aufwuchs. Dena hatte gerade ihren vierten Geburtstag mit einer Party gefeiert, als die Welt ihrer Mutter wieder zusammenbrach.
Fünf Tage nach Denas Party tauchte Theo in Elmwood Springs auf und kam zu dem Haus, um nach ihr zu fragen. Zuerst war sie ärgerlich, weil er, ohne sich vorher anzumelden, einfach vor der Tür stand; doch dann zeigte er ihr die Kolumne, die Ida Baily Chambless über sie geschrieben hatte und in der sie nach ihrem Verbleib fragte. Schließlich konnte er nicht mehr an sich halten und gestand ihr, daß er Ida ermordet hatte und daß die Polizei vielleicht hinter ihm her war. Als Marion das hörte, packte sie die Angst, er würde die Polizei womöglich direkt auf ihre Spur bringen. Er bat sie, ihn zu verstekken, ihn bei sich aufzunehmen, aber sie weigerte sich und schickte ihn fort. So sehr sie ihren Bruder auch liebte, ihr erster Gedanke galt Dena. Sie konnte nicht zulassen, daß die Nordstroms in einen Mord-

fall verwickelt wurden, daß sie entdeckten, wer sie wirklich war und daß sie sie die ganze Zeit belogen hatte. Sie flehte Theo an, sich von ihr fernzuhalten, aber angesichts seines augenblicklichen Zustands konnte sie nicht sicher sein, daß er nicht wiederkommen würde.

Am nächsten Tag verließ sie mit Dena Elmwood Springs. Sie mußte sich und das Kind so weit wie möglich aus Theos Reichweite bringen. Aber wohin sollte sie gehen? Sie konnte das Land nicht verlassen. Ihr österreichischer Paß war auf ihren richtigen Namen, Marguerite Le Guarde, ausgestellt, und sie konnte als Marion Chapman keinen neuen beantragen. Eine solche Person existierte nicht. Sie hatte keine Dokumente, die sie als Ausweis benutzen konnte, und sie wollte Dena nicht mit dem Namen Le Guarde in Verbindung bringen. Aufgrund ihrer eigenen Lügen saß sie nun in der Falle. So begannen sie und Dena, von einem Ort zum anderen zu ziehen, damit Theo sie nicht fand. Doch es war nicht leicht. Er fand sie immer wieder. Von Mal zu Mal wurde seine Lage verzweifelter, brauchte er größere Summen Geld. Und jedes Mal sagte sie, das sei das letzte Mal gewesen, daß sie ihm Geld gäbe, aber sie gab immer wieder nach. Und so groß ihre Angst auch war, es brach ihr das Herz, ihn wegzuschicken. Sie war alles, was er nach dem Tod seines Vaters noch hatte. Kein Tag verging, ohne daß sie an ihn dachte, und sie verzehrte sich vor Schuldgefühlen. Aber es war zu spät, die Vergangenheit ungeschehen zu machen. Sie mußte jetzt an Dena denken. Sie hatte alles nur Erdenkliche getan, um sie zu schützen, dafür sogar ihrem Bruder und ihrem Vater den Rücken gekehrt. Sie hatte wieder angefangen, in der Arbeit den Namen Chapman zu verwenden anstatt Nordstrom, auf diese Weise hätten sie und Dena im Falle von Schwierigkeiten unterschiedliche Namen. Sie vernichtete alle Fotos von Gene und sich und verbrannte ihre Heiratsurkunde.

In den nächsten Jahren lebte sie immer in der heimlichen Angst, ihr Bruder würde eines Tages verhaftet. Sie hatte dieses furchtbare Szenario im Geiste schon tausendmal durchgespielt. Theo würde ins Gefängnis kommen, und alle Einzelheiten über den Mord und seine Familie kämen ans Tageslicht. Man würde sie jagen und bloßstellen und ihr Bild in allen Zeitungen des Landes verbreiten, und der Skandal würde sie und Dena bis ans Ende ihres Lebens verfolgen. Sie konnte sich niemandem anvertrauen, nicht mal ihrer einzigen Freundin Christine, nicht einmal ihrer eigenen Tochter. Sie lebte in einer Welt ganz für sich allein, und das zehrte allmählich an ihren Kräften.

Ohne jemanden zu haben, dem sie vertrauen oder mit dem sie reden konnte, wurden ihre Ängste mit den Jahren immer schlimmer. Einfache, harmlose Freundschaftsbekundungen ihrer Kollegen oder der Versuch, ihr näherzukommen, erschreckten sie. Sie wollte nicht, daß irgend jemand zuviel wußte, für den Fall, daß die Polizei nach ihrem Bruder fahndete. Es erschöpfte sie mit der Zeit, dauernd über die Schulter zu schauen und Dinge zu sehen, die in Wirklichkeit nicht einmal vorhanden waren.

Ihrem Bruder Theo erging es nicht besser. In den folgenden zehn Jahren hetzte er auf der Flucht vor einer ihn vermeintlich verfolgenden Polizei durch die ganze Welt. Überall sah er sie im Dunkeln lauern und darauf warten, ihn ergreifen zu können. Im Jahre 1953 war es ihm irgendwie gelungen, mit Geld von seiner Schwester nach Kanada zu gelangen und sich auf ein Schiff nach Südamerika zu schmuggeln, und nach zwei Jahren hatte er sich bis Wien durchgeschlagen, wo er nun lebte und sich in einem feuchten Keller in einer heruntergekommenen Gegend versteckt hielt.

Ohne daß Bruder und Schwester jemals davon erfuhren, hatte die Polizei in Washington die Ermittlungen im Mordfall Mrs. Ida Baily Chambless zwei Monate, nachdem die Tat verübt worden war, eingestellt. Die Polizei hatte kein besonderes Interesse an dem Fall. Soweit sie im Bilde waren, brachten diese Leute sich dauernd untereinander um, und solange sie Weiße in Ruhe ließen, war es der Polizei ziemlich gleichgültig, was sie taten. Es hatte ein paar Aussagen gegeben, daß in jener Nacht ein Weißer in der Nähe gesehen worden war, aber die Polizei hatte das sofort als Gerücht abgetan. Kein Weißer würde nachts um diese Zeit in dieser Gegend herumstreifen, außer vielleicht wenn er hinter einer ganz bestimmten Sache her wäre. Und als sie die Leiche gesehen hatten, wußten sie, daß sie in dieser Hinsicht keinen Mann, ob nun weiß oder schwarz, angelockt hätte. Einer der Polizisten hatte seinem Kollegen gegenüber die Bemerkung fallen lassen: »Diese Frau ist so häßlich, daß ich mich wundere, daß sie nicht schon eher mal einer umgebracht hat.«

Wien, du Stadt meiner Träume

Chicago, Illinois
Dezember 1959

Marion Chapman war noch nervöser und gereizter als sonst. Der Anruf, den sie vor ein paar Tagen von einer Fremden erhalten hatte, die Denas Foto für das Titelblatt der Zeitschrift *Seventeen* verwenden wollte, hatte sie derart durcheinander gebracht, daß sie Mühe hatte, Denas Weihnachtsgeschenke zusammenzubekommen. Es war schon eine Woche her, aber noch immer quälten sie die gleichen nagenden Fragen: Was war der eigentliche Grund dafür, daß diese Frau Denas Bild in einer Zeitschrift veröffentlichen wollte? Und warum hatte sie ein Mutter-Tochter-Foto erwähnt? Versuchte da jemand, sie und ihre Tochter öffentlich miteinander in Verbindung zu bringen? Und warum hatte die Mutter Oberin dieser Frau ihre Telefonnummer gegeben? Wußte sie etwas? Hatte sie etwas zu Dena gesagt? Ihre Gedanken rasten in hundert verschiedene Richtungen. Sie war so zerstreut, daß sie die letzten Geschenke für Dena immer wieder neu einpacken mußte, etwas, das sie sonst perfekt beherrschte. Seit einiger Zeit erschienen ihr, selbst bei der Arbeit, die einfachsten Aufgaben so schwierig, daß sie sie kaum bewältigen konnte.

Sie hatte gerade das letzte Päckchen in den Wandschrank gestellt, als das Telefon klingelte und sie aufschreckte. Wer sollte sie abends um diese Zeit noch anrufen? Ob es wieder diese Frau war?

Aber sie war es nicht. Der Anruf kam von weither, aus Wien. Theo war im Krankenhaus, er lag im Sterben. Der Mann sagte, Theo habe ihren Namen als nächste Angehörige angegeben, und wenn sie ihn noch sehen wollte, sollte sie besser sofort kommen.

Als sie den Hörer auflegte, hatte sie so heftiges Herzklopfen, daß sie kaum denken konnte. Sie wußte nur, daß sie zu ihm gehen mußte. Er brauchte sie, und es war keine Zeit zu verlieren. Sie packte schnell eine Reisetasche, lief in den gefrierenden Regen hinaus und winkte ein Taxi zum Flughafen heran. Gott sei Dank hatte sie ihren österreichischen Paß aufbewahrt. Nach achtzehn zermürbenden, schlaflosen Stunden kam sie im Krankenhaus an.

Als sie in die Station geführt wurde, in der er lag, erschrak sie beim Anblick des Menschen, auf den die Schwester deutete. Zuerst war sie sich nicht sicher, ob es sich wirklich um ihren Bruder handelte. Der Mann, der dort lag, war so klein und sein Gesicht so alt und verhärmt. Das konnte nicht Theo sein.
Aber er war es. Als sie näherkam, erkannte sie seine Hände, seine langen, feingliedrigen Finger. Sie waren das einzige an ihm, was noch jung und schön war. Tränen liefen ihr über das Gesicht, als sie sich an sein Bett setzte und die Hand des Menschen hielt, der einmal ihr Bruder gewesen war. Sie blieb die folgenden drei Tage bei ihm, bis er starb.
Sie wußte nicht, ob er ihre Anwesenheit wahrgenommen hatte und wessen Hand er gehalten hatte, aber wenigstens war er nicht allein auf einer Sozialstation gestorben.
In diesen drei Tagen hatte sie sich in einem Zustand großer Hilflosigkeit und tiefer Verzweiflung befunden. Zu sehen, daß ausgerechnet Theo, der den Menschen soviel Freude und Schönheit hätte bringen können, so enden mußte. Daß er so gequält worden war, zum Mord getrieben, nur wegen dieses einen Tropfen Blutes. Ihr ganzer Körper tat ihr weh vor Reue, daß sie nicht mehr getan hatte, um ihm zu helfen.
Zwei Tage später stand sie in der bitteren Kälte allein auf einem kleinen Friedhof am Rande von Wien und hielt den Blick auf eine kleine Tafel gerichtet, auf der stand:

THEODORE KARL LE GUARDE
Musiker
1916–1959

Es war vorbei. Sie hatte alles getan, was sie tun konnte. Jetzt wollte sie nach Hause zu Dena fahren.
Als sie über den Friedhof zurückging, kam plötzlich ein Wind auf, und sie meinte, einen kleinen Ast oder Zweig von einem Baum fallen zu hören. Sie drehte sich um, aber sie sah nichts. Sie hatte tagelang nicht geschlafen und glühte jetzt vor Fieber, aber als sie weiterging, stieg ein seltsames, fast euphorisches Gefühl in ihr auf, ein wunderliches Gefühl der Erleichterung, fast so, als ob aller Druck, alle Anspannung von ihr genommen wären. In diesem Augenblick sah sie

nach oben und bemerkte plötzlich zum ersten Mal, wie blau und klar der Himmel geworden war.
Sie fuhr mit der Straßenbahn zurück, an den botanischen Gärten vorbei, am Park von Schönbrunn, wo sie und Theo als Kinder oft gewesen waren. Als sie bei ihrem Hotel ausstieg, ging sie nicht gleich hinein. Statt dessen machte sie einen Spaziergang.
Sie war so mit Theo beschäftigt gewesen, daß ihr heute zum ersten Mal richtig bewußt wurde: *Sie war zu Hause!* Plötzlich schien es, als hätte die ganze Stadt an Bildschärfe gewonnen. Die Farben kamen ihr leuchtender vor, und die Geräusche wirkten fremd und verstärkt, als kämen sie aus einem alten Radio oder Grammophon.
Sie ging zu ihrem alten Haus in der Lothringerstraße, sah hinauf und dachte an die alten Zeiten zurück, an die Musik, das Lachen. Sie ging weiter zur Alsarstraße, an dem Krankenhaus vorbei, in dem ihr Großvater und ihr Vater als Ärzte gearbeitet hatten, flanierte die Elisabethstraße entlang, die Promenade an der Donau, kam am Zentral-Café und am Café Mozart vorbei, und überall, wo sie entlangging, hörte sie Musik. Sie nahm die ausgebombten Häuser nicht wahr. Sie sah nur das, was in ihrer Erinnerung war. Wien war jetzt von französischen, englischen, amerikanischen und russischen Truppen besetzt, aber sie bemerkte es nicht. Für sie war das Gemisch von Kaffeegeruch und den süßen Düften von Gebäck und warmem Brot immer noch dasselbe wie früher. Als sie im Riesenrad sechzig Meter in die Höhe schwebte und über die Stadt sah, hatte sie das Gefühl, wieder zehn Jahre alt zu sein und glücklich. Sie war froh, daß der Krieg ihre schöne Stadt nicht völlig zerstört hatte. Wien schien genauso zu sein, wie sie es verlassen hatte.
Es war später Nachmittag, als sie ins Hotel zurückkehrte. Als sie um eine Ecke bog, blieb sie plötzlich stehen und konnte kaum glauben, wen sie da erblickte. Es war Maria, die Freundin aus ihrer Kindheit, die die Weihnachtsauslage in einem Schaufenster betrachtete. Sie konnte ihr Gesicht im Schein der Lichter deutlich erkennen. Sie rief nach ihr und stürzte auf sie zu.
»Maria! Ich bin's, Marguerite!«
Die Eltern des kleinen Mädchens sahen die Frau an, die ihre Tochter für jemanden namens Maria hielt, und stellten fest, daß sie wohl nicht ganz bei Sinnen war. Sie zogen ihre kleine Tochter schnell an sich und verschwanden mit ihr in der Menge.

Sie ging ins Hotel Sacher, bat um ihren Schlüssel und ging hinauf. Eine Viertelstunde später stieg sie in die mit heißem Wasser gefüllte Badewanne. Trotz des Fiebers fühlte sie sich entspannt und so lebendig. Sie war wieder da, wo sie einmal so glücklich gewesen war. Sie griff über sich, öffnete das kleine Fenster und hörte die Geräusche der Stadt von unten. Sie konnte aus den Proberäumen der Staatsoper gegenüber einen Sopran hören. Sie lächelte, lehnte sich zurück und wartete, bis das ganze Wasser abgeflossen war.
Das erste Mal seit vielen Jahren hatte sie keine Angst. Heute morgen an Theos Grab war ihr zu Bewußtsein gekommen, daß sie die letzte Le Guarde war. Die einzige, die noch übriggeblieben war. Ein einziger, letzter Blutstropfen in ihr könnte Dena noch mit den Le Guardes in Verbindung bringen. Dieser kleine Tropfen Blut war alles, was noch übrig war. Sie schloß die Augen und umklammerte die Rasierklinge in ihrer Hand. Sie wußte, was sie zu tun hatte.
Es war so einfach. Warum hatte sie nicht schon eher daran gedacht? Wo er sich wohl befand, fragte sie sich. War er auf der linken Seite? Wo lauerte er? Blieb er immer an einer Stelle, oder wanderte er laufend, sich verbergend, durch ihren Körper, dazu bestimmt, sie jahrein jahraus zu quälen? Sie wollte ihn ein für allemal loswerden. Zuerst die linke Seite, am Fußknöchel, dann am Handgelenk. Sie mußte ihn entkommen lassen. Dann die rechte Seite. Schließlich war es geschafft. Sie lehnte sich zurück und wartete. Eine eigenartige Ruhe überkam sie, als sie spürte, wie das Blut zu fließen begann, und sie überlegte, ob sie wohl merkte, wenn er aus ihr herausströmte, so rot gegen die starre weiße Wannenwand neben ihr und weiter den Abfluß hinunter. Bald würde er verschwunden sein. Oh, welche Erleichterung, ihn endlich loszuwerden. Dann würden sie und Dena frei sein. Sie lehnte sich zurück, atmete die kalte frische Luft ein, die über ihren nackten Körper strich, und wartete. Als sie so dort lag, begann eine leise Melodie wieder und wieder in ihrem Kopf zu spielen, ein trauriger Walzer... was war es nur gleich? Sie summte die Melodie leise mit.
Was war es nur? O ja, nun erinnerte sie sich. Es war ein alter Walzer: »Wien, du Stadt meiner Träume«. Ein Walzer aus ihrer Kindheit. Ja, jetzt hörte sie die Musik, zuerst leise, dann wurde sie allmählich immer lauter, übertönte die Straßengeräusche und das Klavier gegenüber, bis der Klang eines ganzen Orchesters ihre Ohren erfüllte

und in ihr die Worte einer lang vergangenen Zeit aufstiegen. Sie merkte, wie sie sich zu der Musik bewegte. Aber war sie das? Sie öffnete die Augen und schaute... Oh, sie tanzte mit ihrem Vater in einem Ballsaal mit goldgerahmten Spiegeln unter den kristallenen Lüstern, und gegenüber saß ihre Mutter auf einem kleinen goldenen Stuhl, in Seide und Chiffon gekleidet. Edelsteine funkelten an ihrem Hals und an ihren Ohren, sie wiegte sich zu der Musik und lächelte ihnen zu. Marguerite war zehn Jahre alt und tanzte mit ihrem Vater Walzer. Sie sah zu ihm hoch, gut sah er aus in seinem Smoking mit den weißen Handschuhen, und er war jung und glücklich, und sie war so stolz, seine Partnerin zu sein, so glücklich, wieder zu tanzen, sie fühlte sich leicht und frei, wie sie so dahinglitten und sich drehten. Er hob sie hoch, immer höher und höher, und während sie tanzten, wurden sie noch höher gehoben, wirbelnd und sich drehend, immer im Kreis herum, den ganzen Weg bis hinauf in den Himmel; jetzt tanzten sie zwischen den glitzernden Sternen... und noch höher, bis sie an den Sternen vorbeitanzten und sie nicht mehr sahen. Die Musik klang einen Augenblick nach, dann erstarb sie sanft...

Sie hatte nur den einen Tropfen Blut loswerden wollen. Sie hatte die Absicht gehabt, zu dem Mädchen zurückzukehren, das jetzt in ihrer Wohnung in Chicago auf sie wartete, und glücklich zu leben. Sie hatte sich nicht umbringen wollen. Es war einfach passiert.

Ein paar hingekritzelte Worte

Elmwood Springs, Missouri
1978

Drei Wochen, nachdem Dena in Washington gewesen war, klingelte das Telefon.

»Miss Nordstrom, hier ist Richard Look.«

Sie schloß die Augen und wartete auf seinen nächsten Satz.

»Ich habe Neuigkeiten über Ihre Mutter, aber leider sind es keine guten Neuigkeiten.«

Sie setzte sich und hörte zu, als er ihr den Bericht vorlas.

* * *

Look hatte gesagt, er werde ihr alles schicken. Als der große, bedrohlich aussehende Umschlag nach drei Tagen ankam, legte sie ihn auf den Küchentisch. Sie wollte ihn nicht öffnen. Die Tatsachen, die er enthielt, waren so schockierend, so brutal, so endgültig. Sie wußte, wenn sie ihn öffnete und die Fakten auf dem amtlichen Papier las, dann würde sie sie akzeptieren müssen.

Ihre Mutter hatte sich wegen etwas zerstört, das ein paar Jahre später vielleicht überhaupt nicht mehr von Bedeutung gewesen wäre. Es war so ungerecht, daß das Leben eines Menschen nur durch einen einfachen Zeitfaktor so dramatisch verändert werden konnte. Das Leben ihrer Mutter war durch etwas so Dummes und Veränderliches wie die herrschenden Vorurteile der Zeit zugrunde gerichtet worden. Wenn ihre Mutter nur in einer anderen Zeit geboren worden wäre, dann wäre ihr viel unnötiges Leid erspart geblieben. Nur ein paar Jahre später, und sie hätte ihre Mutter vielleicht nicht verloren.

Dena stand auf und ging um den Block. Ihre Nachbarin, die arme Tot, kniete in ihrem Vorgarten und arbeitete in ihrem Begonienbeet. Sie trug rote Jeans, das Bowlingshirt ihres Mannes und einen Strohhut, sie rief Dena zu: »Hallo… ist das nicht ein schöner Tag? Ich glaube, wir kriegen einen wunderbaren Altweibersommer, oder?«

Dena hatte keine Ahnung, wovon sie redete, aber sie antwortete: »Ja, da haben Sie sicher recht.« Als sie nach Hause zurückgekehrt war, setzte sie sich und öffnete den Briefumschlag. Er enthielt einen weiteren Umschlag mit einem angehefteten Brief:

Sehr geehrter Mr. Look,
Ihrer Anfrage vom 27. November gemäß, haben wir die folgenden Informationen erhalten:
Le Guarde, Theodore: 43 Jahre, Todesursache unbekannt. Zentralfriedhof, Grabstelle 578.
Le Guarde, Marguerite Louise: 39 Jahre, Todesursache anscheinend Selbstmord durch Öffnen der Pulsadern, Hotel Sacher.
Ich bedaure, Ihnen mitteilen zu müssen, daß auch nach gründlicher Nachforschung der Verbleib der sterblichen Überreste von Marguerite Le Guarde nicht festgestellt werden konnte. Zum Zeitpunkt ihres Todes wurde der Versuch unternommen, Angehörige ausfindig zu machen, aber als niemand ermittelt werden konnte, wurde sie, der Regel entsprechend, eingeäschert und höchstwahrscheinlich in einer der städtischen Grabstätten beigesetzt. Ich bedaure ebenso, daß unsere Nachforschungen keine erfreulicheren Ergebnisse für Sie erbracht haben.
Da die Nachfrage im Namen eines Familienangehörigen der Verstorbenen erfolgte, haben wir diesem Schreiben einige persönliche Gegenstände beigefügt.
Sollten Sie weitere Informationen benötigen, erbitte ich Ihren Anruf.

Hochachtungsvoll
Dieter Kleim
Leiter des Gerichtsarchivs
Wien, Österreich

Der beigelegte Umschlag war mit einem roten Wachssiegel verschlossen. Dena holte tief Luft und brach es auf. In dem Umschlag fand sich der Paß ihrer Mutter. Unter ihrem Foto stand: Marguerite Louise Le Guarde – geboren in Wien, Österreich, 1920. Außerdem enthielt der Umschlag noch eine Zugfahrkarte, etwa zweihundert amerikanische Dollar und ein paar ausländische Rechnungen sowie einige Quittungen und einen zusammengefalteten Briefbogen des Hotels Sacher. Dena faltete ihn auseinander und las die Notiz, die ihre Mutter eilig auf den Briefbogen gekritzelt hatte und die sie selbst betraf: *Hotelrechnung bezahlen... Dena anrufen... soll in Wohnung warten*

Die Handschrift ihrer Mutter nach all diesen Jahren wiederzusehen und festzustellen, daß ihre Mutter wirklich vorgehabt hatte, zu ihr zurückzukommen, war ein Schock für sie.

Wenn sie ihrer Mutter nur hätte sagen können, daß das alles nicht von Bedeutung war, und wie sehr sie sie liebte und brauchte. Aber sie konnte es nicht mehr. Sie konnte nur dasitzen und weinen, während die Katze aufgeregt, weil Dena aufgeregt war, an ihrem Bein entlangstrich, wieder und wieder.

Viertes Buch

Menschenfreundlich

Elmwood Springs, Missouri
1978

Dr. Diggers hatte zu Dena gesagt, sie solle möglichst lange keine wichtige Entscheidung treffen, sie müsse sich viel Zeit zum Nachdenken nehmen, bevor sie etwas unternähme.

Nachdem sie das von ihrer Mutter erfahren hatte, tat sie genau das. Sie mußte über vieles nachdenken. Sie war traurig, aber vor allem hatte sie das Gefühl, daß sie nicht mehr derselbe Mensch war, der sie noch vor ein paar Wochen gewesen war. Sie erkannte, daß sie nicht viel vom Leben wußte. Alles, was sie sicher zu wissen geglaubt hatte, war in Frage gestellt worden. Alles, was sie für wichtig gehalten hatte, war es nicht mehr.

Heute war sie in Tante Elners hinterem Garten und ging neben ihr, während sie ihre Tomatenpflanzen goß.

»Tante Elner«, fragte sie, »magst du die Menschen?«

»O Gott, ja, Liebling, sicher.« Tante Elner legte den Kopf schief. »Wenn ich es mir genau überlege, könnte man vielleicht sogar soweit gehen, zu sagen, daß Menschen meine absoluten Lieblinge sind. Sie machen mir einfach Freude. Für mich gibt es nichts Reizenderes als eine Schar kleiner Pfadfinder oder Wölflinge oder ein Tisch mit lauter geselligen Alten. Ich habe Norma und Macky immer gern in Miss Almas Teestube begleitet, da konnte ich sitzen und all die Leute beobachten, die dort zum Abendessen hinkamen.« Tante Elner setzte ihren Gang fort und sah zum Himmel hoch, der gegen Westen hin leicht grau wurde. »Paß auf, sobald ich fertig gegossen habe, regnet es. Jedenfalls bin ich immer zu Alma gegangen und habe zugehört, wie sie alle schnatterten, süß.« Sie lachte leise. »Und jetzt gehöre ich zu den Alten, und Miss Almas Teestube gibt es nicht mehr, sie ist geschlossen... natürlich haben sie da draußen bei Howard Johnson's auch was für die Jüngeren... aber ja, ich mag die Menschen.

Um die Wahrheit zu sagen, irgendwie tun mir die meisten Menschen leid. An manchen Tagen könnte ich mich hinsetzen und mir die Augen ausweinen... Arme kleine Menschen – sie werden in diese

Welt gestoßen, ohne eine Ahnung zu haben, woher sie kommen oder was sie tun werden oder wie lange sie es tun müssen. Oder wo sie schließlich danach landen. Und du meine Güte, die meisten wachen jeden Morgen auf und versuchen jeden Tag aufs neue, einen tieferen Sinn darin zu entdecken. Aber man muß sie einfach lieben. Ich frage mich nur, warum es unter ihnen nicht mehr Verrückte gibt.«

»Glaubst du an Gott, Tante Elner?«

»Sicher, Liebling, warum?«

»Wie alt warst du, als du damit anfingst, weißt du das noch?«

Tante Elner überlegte einen Augenblick. »Ich habe nie darüber nachgedacht, daß man nicht glaubt. Ich habe nie daran gezweifelt. Vermutlich ist Glauben wie Mathematik: Bei manchen flutscht es nur so, und andere müssen sich damit plagen.« Tante Elner entdeckte etwas. »Warte mal, Liebling.« Sie griff langsam in ihre Schürzentasche. »Nicht bewegen.« Sie zog eine grüne Wasserpistole aus Plastik heraus und zielte auf ihren Kater Sonny, der gerade dabei war, sich auf ein fettes, Körner fressendes Rotkehlchen zu stürzen. Sie traf Sonny am Hinterkopf, und er rannte weg. »Das mache ich sehr ungern, aber es ist das einzige, was wirkt.« Sie steckte die Wasserpistole wieder in ihre Schürze. »Die reicht bis zu sechzig Fuß weit. Norma hat sie mir beim Rexall besorgt. Oh, ich kenne viele Leute, die sich mit der Frage beschäftigen, ob es Gott wirklich gibt. Sie grübeln und machen sich ihr Leben lang darüber Gedanken. Der liebe Gott muß kluge Leute erschaffen, aber ich glaube, im Grunde tut er ihnen keinen Gefallen, denn es sind offenbar die Klugen, die mit ihren Fragen immer wieder bei Adam und Eva anfangen. Aber das habe ich nie gemacht. Ich gehöre zu den Glückspilzen. Ich danke Gott jeden Abend dafür, das mein Hirn gerade richtig für mich ist, ich bin nicht zu dumm und nicht zu gescheit. Weißt du, dein Vater hat auch immer so viele Fragen gestellt.«

»Ja?«

»Ich weiß noch, daß er mich eines Tages fragte: ›Tante Elner, woher weißt du denn, daß es einen Gott gibt, wie kannst du dir so sicher sein?‹«

»Und was hast du ihm geantwortet?«

»Ich habe gesagt: ›Also, Gene, die Antwort liegt in deinen Fingerspitzen.‹ Er fragte: ›Was meinst du damit?‹ Ich antwortete: ›Denk doch mal nach. Jeder einzelne Mensch, der jemals geboren wurde, vom Beginn aller Zeiten an, hat einen einmaligen Fingerabdruck. Nicht zwei sind gleich. Nicht ein einziger unter Milliarden wurde jemals wiederholt. Wer außer Gott könnte sich all diese verschiedenen Muster ausdenken und dann immer noch Jahr für Jahr neue hervorbringen, ganz zu schweigen von den Farbmischungen bei all den Fischen und Vögeln.‹«

Dena lächelte. »Was hat er dazu gesagt?«

»Er sagte: ›Ja, Tante Elner, aber woher willst du so genau wissen, ob Gott nicht alte Fingerabdrücke von früher wiederholt und sie bei uns wieder anwendet?‹« Sie lachte. »Verstehst du, was ich meine? Ja, Gott ist wirklich toll. Er hat nur einen Fehler gemacht, aber einen großen.«

»Was war das?«

»Der freie Wille. Das war sein einziger großer Schnitzer. Er hat uns die Wahl gelassen, gut oder böse zu sein. Er hat uns zu selbständig gemacht ... und man kann den Menschen nicht vorschreiben, was sie tun sollen, sie hören nicht darauf. Du kannst ihnen erzählen, sie sollen gut sein, bis du schwarz wirst, aber die Leute wollen keine Predigt hören, nur in der Kirche, wo sie wissen, was auf sie zukommt, und darauf vorbereitet sind.«

»Was soll das Leben überhaupt, Tante Elner? Hast du dich mal gefragt, was der Sinn des Ganzen ist?«

»Nein, eigentlich nicht. Mir scheint, wir haben nur eine große Entscheidung in unserem Leben zu treffen, nämlich ob wir gut sein wollen oder böse. Darauf bin ich vor langer Zeit gekommen. Natürlich kann ich mich irren, aber ich brüte nicht mehr darüber, ich lasse es mir einfach gutgehen, solange ich noch hier bin. Leben und leben lassen!« Sonny schob sich langsam wieder an das fette Rotkehlchen heran, und Tante Elner zog ihre Pistole heraus und zielte. »Sonny, noch eine Bewegung, und du bist tot.«

Dena mußte unwillkürlich lachen.

Die Entscheidung

Elmwood Springs, Missouri
1978

Die Anwälte des Fernsehsenders hatten Sandy die Frist gesetzt, daß sie, wenn Dena nicht innerhalb einer Woche zurückkäme, ihren Vertrag auflösen und sie ersetzen würden. Heute war der Tag, an dem sie sich entscheiden mußte, und es war gar nicht so schwer, wie sie gedacht hatte. Eigentlich war die Entscheidung schon lange gefällt worden. Letztlich hatte sie keine Wahl.

Ihr Agent Sandy wartete in seinem Büro auf ihren Anruf.

»Sandy, ich komme nicht.«

»Bist du sicher? Du weißt, was das bedeutet. Denk darüber nach.«

»Ich weiß es, und ich habe darüber nachgedacht. Es ist nur so, daß ich, selbst wenn ich wollte, nicht mehr zurückkommen könnte. Ich wäre nicht mehr gut.«

»Was meinst du damit? Du bist die Beste in dem Laden. Du könntest in wenigen Wochen wieder ganz oben sein. Es war doch keine verlorene Zeit.«

»Nein, aber ich habe etwas anderes verloren. Ich habe nicht mehr den Elan, den ich früher hatte. Ich weiß zuviel, Sandy. Sobald du einmal auf der anderen Seite warst und weißt, was das für ein Gefühl ist, kannst du nie wieder zurück.« Dena holte tief Luft. »Früher konnte ich meinen Job machen, war immer auf Achse und dachte nie über die Folgen nach. Aber heute nicht mehr, ich wäre zu langsam, ich würde zögern, ich würde zuviel dabei denken. Egal, was der Mensch getan hätte, ich wäre zu sanft. Ich könnte nicht mehr die Fragen stellen, die ich stellen müßte, ohne an den Schaden zu denken, den ich jemandem damit zufügen würde.«

»Was willst du jetzt machen?«

»Das weiß ich noch nicht. Aussteigen vermutlich, und mich eine Weile hinsetzen.«

»Was ist mit deiner Wohnung?«

»Ich werde sie aufgeben.«

»Wo wirst du leben?«

»Hier.«
»In Dagwood Springs?«
»Elmwood Springs, ja.«
Sandy legte auf und seufzte. Es war traurig, er würde sie vermissen. Der Sender würde sie vermissen. Eine Zeitlang, vielleicht eine Woche, bis eine von den Hunderten der neuen, strahlenden, blonden Dena-Ebenbilder an ihre Stelle rückte, und dann würde es so sein, als hätte es sie nie gegeben.

* * *

Einen Monat später, am Morgen ihres fünfunddreißigsten Geburtstags, rief Norma sie an. »Dena, bist du heute schon draußen gewesen?«
»Nein, warum?«
»Du mußt mal rausgehen – und nach oben sehen.«
»Warum?«
»Geh einfach raus, mehr kann ich dir nicht sagen.«
Dena zog sich einen Pullover über und ging in den Garten. Sie sah gerade rechtzeitig nach oben, um einen riesigen grauen Zeppelin zu erblicken, auf dem in goldenen Lichtern immer wieder derselbe Satz aufleuchtete: **Happy Birthday ... Du bist die Welt für mich. Gruß, Gerry.**
Sie mußte grinsen. Plötzlich erinnerte sie sich an Gerrys Gesichtsausdruck, als er in der Carnegie Hall für sie gesungen hatte, und ein warmes Gefühl überkam sie. Sie ging hinein und rief ihn an.
»Gerry, ich habe deine Botschaft erhalten. Hier ist meine: Du bist verrückt. Weißt du das?«
»Das ist nicht genau der klinische Begriff, den ich verwenden würde, aber es ist nahe dran. Wie geht es dir?«
»Prima. Hör mal, Gerry, warum kommst du nicht mal hier runter, vielleicht für ein Wochenende. Kannst du das?«
»Wann?«
»Komm doch gleich dieses Wochenende.«
»Oh. Gibt es bei euch ein Hotel?«
»Du kannst hier wohnen. Ich habe vier Schlafzimmer.«
Es entstand eine kleine Pause. Dann sagte er: »Ich komme gerne.«
Gerry war ein guter Freund. Sie hatten oft am Telefon miteinander gesprochen, seitdem sie das von ihrer Mutter erfahren hatte, und er war immer für sie dagewesen, wie er es versprochen hatte. Es würde

gut sein, ihn zu sehen. Sie konnte es im Grunde kaum erwarten, daß die wenigen Tage bis zum Wochenende verstrichen. Als er am späten Freitagnachmittag mit seiner Reisetasche auf ihrer vorderen Veranda stand und gerade klingeln wollte, ging die Tür auf, eine Hand packte ihn an der Krawatte und zog ihn ins Haus, und Dena legte die Arme um ihn und küßte ihn. Und sie war selbst erstaunt, wie gut sie offenbar zusammenpaßten. Es war, als küßten sie sich schon jahrelang. Sie fragte sich, ob es daran lag, daß sie nun schon so lange allein war, aber sie fand, daß er gut aussah. Besser, als sie es in Erinnerung hatte.

Es war schon einige Zeit seit seiner Ankunft verstrichen, als ihr einfiel, daß man einem Gast auch etwas anbieten sollte, und so machte sie zum Abendessen das einzige Gericht, das sie zubereiten konnte: franko-amerikanische Ravioli aus der Dose, die sie nur erhitzte. Gerry sagte, es sei köstlich. Nach dem Essen setzten sie sich auf die Veranda und redeten bis morgens um halb zwei. Als sie schlafen gehen wollten, sagte er: »Ich möchte dir nur sagen, daß ich ganz darauf eingestellt bin, wie ein Gentleman in dem hinteren Zimmer zu schlafen. In Ordnung?«

Sie war in gewisser Weise erleichtert, war sie doch plötzlich ein wenig nervös geworden in seiner Gegenwart. Sie sagten sich gute Nacht.

Nach zwanzig Minuten rief sie laut: »Gerry?«

»Ja?«

»Ich glaube, es wäre doch gut, wenn du hierher kämst und bei mir schliefst. Wir wollen nichts machen, nur nebeneinander liegen, ja?«

Gerry kam mit seinem Kissen den Gang entlang, er trug einen blauen Pyjama mit Häschen und Füßlingen, und als sie ihn sah, brach sie in Lachen aus. »Du Verrückter… wo hast du den denn her?«

»Elizabeth Diggers hat ihn mir am Donnerstag in meine Praxis geschickt.«

Er drehte sich vor ihr. »Gefällt er dir? Bist du sicher, daß du in meiner Nähe standhaft bleiben wirst?«

»Du bist der albernste Mensch, dem ich je begegnet bin. Marsch ins Bett.«

Er nahm seine Brille ab, legte sie auf den Nachtisch, stieg auf seiner Seite ins Bett, streckte sich aus und spürte ihren Körper neben seinem. Und er war so erleichtert, daß er endlich dort angelangt war,

wo er schon so lange sein wollte, daß er sich zum ersten Mal seit ihrem Anruf vollkommen entspannte und in einen tiefen Schlaf fiel.
Am nächsten Morgen wachte Dena um sieben Uhr auf und betrachtete ihn, wie er da in seinem blauen Pyjama neben ihr wie ein Kind schlief, und ehe sie sich versah, liebten sie sich, und dafür, daß es das erste Mal war, war es eine wundervolle Überraschung. Sie hatte nicht erwartet, daß er so leidenschaftlich sein konnte und sie so vollkommen ungehemmt. Dies war das erste Mal seit Jahren, daß sie mit jemandem in stocknüchternem Zustand ins Bett gegangen war. Es war eine neue Erfahrung, und sie gefiel ihr. Gerry, der sich diesen Moment seit langem ausgemalt hatte, staunte nur. Dena zu lieben, war sogar noch besser, als er sich vorgestellt hatte, und das wollte etwas heißen. Dena war wieder eingeschlafen, aber er war zu aufgeregt, um zu schlafen. Er ging hinunter und duschte, rasierte sich, zog sich an und kam wieder zurück. Aber sie schlief noch immer, so verließ er auf Zehenspitzen ihr Zimmer, ging auf die Veranda und beschloß, einen Spaziergang zu machen, bevor sie aufwachte.
Es war halb zehn; er ging zum Rexall, wo er an der Theke eine Tasse Kaffee trank, dann flanierte er die Hauptstraße entlang. Als er zurückkam, schlief sie immer noch, deshalb setzte er sich ins Wohnzimmer und wartete. Nach fünf Minuten konnte er es nicht länger aushalten. Er ging ins Schlafzimmer, setzte sich in einen Sessel und betrachtete sie, immer noch erstaunt, daß sie wirklich dort lag und daß er wirklich hier war. Sie öffnete die Augen und sah ihn dort sitzen, schon völlig angezogen.
»He… wie lange bist du denn schon auf?«
Er kam herüber und setzte sich auf das Bett. »Seit ungefähr einer Stunde. Ich habe schon einen Gang durch die Stadt gemacht.«
»Wirklich?«
»Das ist ein nettes Städtchen, weißt du das?« Und während er sich darüber verbreitete, wie schön die Stadt sei, sah sie ihn unverwandt an, und dann sagte sie: »Weißt du, an wen du mich erinnerst?«
»Nein, an wen?«
»Seit gestern nacht, als du mit diesem albernen Schlafanzug aufgekreuzt bist, habe ich versucht, draufzukommen. Der kleine Donald. Du erinnerst mich an die Puppe, die ich mal hatte, an einen tollen, großen Puppenjungen.«
»Ich weiß ja nicht, ob das ein Kompliment ist.«

»Oh, das ist ein Kompliment, ich habe jahrelang mit ihm geschlafen.«
»Ist was zwischen dir und dieser Puppe, das ich wissen müßte?«
»Nein, du Dummkopf. Das war in den vierziger Jahren – außerdem war er anatomisch nicht ganz perfekt.«
»Gott sei Dank. Wenigstens muß ich nicht mit Klein Donald konkurrieren.«
»Nein«, sagte sie. »Du hast schon gewonnen. Hände runter.«
Er beugte sich herunter und gab ihr einen langen, zärtlichen Kuß, und Dena, die es nie gemocht hatte, morgens geküßt zu werden, gefiel es.
Gerry kam am nächsten Wochenende wieder, und obwohl Dena zunächst nicht so recht wußte, was sie davon halten sollte, freute sie sich. Dieses Mal brachte er Lebensmittel mit und kochte ein Abendessen für sie. Sie mußte im Wohnzimmer warten, und als er sie rief, kam sie an den Tisch. Er hatte den Tisch wunderschön gedeckt, was sie nicht gut konnte, aber am meisten beeindruckte sie sein Salat. Er hatte tatsächlich einen Salat aus dem Nichts gezaubert. Der Hauptgang bestand aus gebratenen Hähnchen in Sahnesauce, grünen Bohnen und neuen Kartoffeln, dann gab es Käsekuchen, den er aus New York im Flugzeug mitgebracht hatte. Während des Essens fragte sie: »Das schmeckt köstlich. Wo hast du so gut kochen gelernt?«
»Ich wollte es dir nicht sagen, aber ich hatte eine Affäre mit Julia Child.«
»Nein, jetzt mal im Ernst.«
»Ich weiß es nicht, ich habe hier und da was aufgeschnappt. Es ist nicht so schwierig. Man muß einfach nach Rezept vorgehen.«
»Ich kann nicht kochen. Wir haben immer außerhalb gegessen.«
»Ich weiß auch nicht, wie du in dieser Küche kochen solltest, wo du gar keine Utensilien hast. Wir müssen mal ein paar Sachen kaufen.«
»Zum Beispiel?«
»Oh, Kleinkram – Töpfe, Pfannen, einen Büchsenöffner, Schüsseln, all so was.«
»Oh.«
»Es macht mir Sorgen, daß du nichts Richtiges ißt. Du brauchst was Frisches, nicht all dieses tiefgefrorene Zeug, das du im Gefrierfach hast.«

»Es steht drauf ›frisch eingefroren‹.«
»Dena…«
»Außderdem esse ich zwei- oder dreimal die Woche bei Norma, deshalb denke ich…«
»Nein, du mußt dir die Zeit nehmen, dir jeden Tag selber etwas Gesundes zu machen. Ißt du frisches Obst?«
Dena verzog das Gesicht.
»Hör zu, du solltest täglich Obst und Gemüse essen. Du mußt anfangen, dich wieder aufzubauen.«
»Als nächstes wirst du mir die Gruppen der Grundnahrungsmittel erklären und mir einen Vortrag mit einem Zeigestock halten.«
Am nächsten Morgen ging Gerry in das Haushalts- und Eisenwarengeschäft. Macky erblickte ihn von weitem, wartete aber, bis er zu ihm kam. Gerry ging zu ihm. »Mr. Warren?«
»Ja, Sir?«
»Mr. Warren, ich bin Gerry O'Malley, ich weiß nicht, ob Sie sich noch an mich erinnern.«
»O ja. Wie geht es Ihnen?« Als ob er einen Mann vergessen könnte, der in rosa Hosen und mit einem Federhut auf dem Kopf in seinem Vorgarten gestanden hatte.
Gerry rückte seine Brille zurecht. »Ehrlich gesagt, habe ich gehofft, daß Sie sich nicht erinnern.«
Macky lächelte. »He, machen Sie sich darüber keine Gedanken. Es gelten keine Regeln, wenn es um Liebe und Krieg geht, richtig? Was kann ich für Sie tun?«
Nun wurde Gerry unsicher. Er war hereingekommen, um Töpfe und Pfannen, Schüsseln, Küchegeräte und ein Fleischthermometer zu kaufen. Der Mann würde ihn sicher für ein Weichei halten. Aber Macky gab keinerlei Kommentar ab, sondern suchte ihm alles heraus, was er wollte, und beobachtete mit großem Vergnügen, wie Gerry sich bemühte, den Macho zu spielen, während er Wärmeplatten, den besten Spachtel und einen Mixer auswählte. Sie führten sogar ein langes Gespräch über das Für und Wider von Teflon- beziehungsweise Eisenpfannen. Gerry kaufte beide.
Als Gerry hatte, was er brauchte, rechnete Macky alles zusammen. Gerry sah auf den Betrag und war erstaunt. »Ist das alles, was ich Ihnen schulde? Ich habe doch eine Menge Zeug gekauft.«
»Ja, aber das stimmt schon so, Sie kriegen Rabatt. Und dann habe

ich noch ein paar Sachen beigesteuert, von Norma und mir. Wir müssen sie doch ausstatten.«
»Also gut, danke.« Während Macky alles einpackte, schaute Gerry sich um. Er kam an den Ladentisch zurück. »Ich sehe, Sie haben hier eine ganze Kollektion von Fischködern. Gibt es hier in der Gegend eine gute Möglichkeit zum Angeln?«
Macky spitzte sichtlich die Ohren. »Und ob, das ist eine der besten Stellen im Lande, höchstens eine Stunde von hier. Letzten Monat habe ich einen zehn Pfund schweren Hecht gefangen.«
»Donnerwetter. Was nehmen Sie?«
»Einen Spinnköder.«
»Was Sie nicht sagen!«
»O ja, er stürzte sich darauf wie eine Ente auf einen Junikäfer. Hören Sie, wenn Sie wieder mal hier runter kommen, könnte ich Sie mal mit rausnehmen.«
»Toll, darauf komme ich gern zurück.«
An diesem Nachmittag machte Gerry wieder einen Rundgang durch das Haus. Er war gerade im Arbeitszimmer und beklopfte die Wände, als Dena hereinkam. Er sagte: »Sieh dir das an, das ist Georgia-Kiefer. Und diese Böden sind aus Eiche. Das Haus ist solide wie ein Felsen in der Brandung, weißt du das? So wird heutzutage nicht mehr gebaut. Das ist ein phantastisches Haus. Ich war oben auf dem Dachboden, und er ist knochentrocken.«
Dena freute sich. Ihm schien das Haus genausogut zu gefallen wie ihr. »Ich würde gern mal wissen, wie alt es ist.«
»Wenn ich mir die Türgriffe und Fenster ansehe, würde ich schätzen, es wurde in den frühen zwanziger Jahren gebaut.« Er öffnete die kleinen Tapetentüren. »Ich vermute, das hier war mal ein Salon. Gott, würdest du nicht auch gern wissen, wer hier alles gewohnt hat und was in diesem Haus vor sich ging?«
»Die Frau, die es mir vermietet hat, ist hier aufgewachsen, und ihre Mutter sendete eine Radiosendung aus dem Wohnzimmer.«
»Wirklich? Radio?«
»Ja, im hinteren Garten stand ein großer Funkturm.«
»Donnerwetter.«
»Ich trage mich mit dem Gedanken, es zu kaufen.«
»Tatsächlich? Nun, es ist ja auch ein tolles Haus.«
Am nächsten Wochenende lud Gerry alle zum Abendessen in das

Pfannkuchen-Haus ein. Auf der Hinfahrt bemerkte Norma, die hinten im Auto saß: »Ich möchte nur, daß ihr wißt, daß dies für mich das erste Mal ist. Ich habe noch nie einen Psychiater kennengelernt, geschweige denn mit einem zu Abend gegessen.«

Gerry warf einen Blick in den Rückspiegel. »Ist das wahr?«

»Ja. Wir haben in Elmwood Springs noch nie einen Psychiater gehabt. Nicht, daß wir keinen brauchten, aber es würde keiner hingehen, wenn es einen gebe.«

»Warum glauben Sie das?«

»Weil jeder das Auto von jedem kennt. Keiner würde sich trauen davor zu parken.«

Tante Elner saß auf dem Vordersitz mit ihrer Handtasche auf dem Schoß und freute sich, daß sie mal wieder ausgehen konnte. Sie erhob plötzlich ihre Stimme zur Verteidigung von Elmwood Springs. »Wir hatten hier sogar mal eine Verrückte, Mabel Bassett, sie war so verrückt wie alle anderen auch. Weißt du noch, Norma, sie schlug immer nach eingebildeten Fliegen. Man brachte sie in die Irrenanstalt, aber ich glaube, sie war gar nicht richtig verrückt, ich glaube, sie war einfach nur müde. Sie hatte sieben Kinder.« Tante Elner wandte sich an Gerry. »Ich möchte wetten, Sie haben bei Ihrer Arbeit schon eine Menge Verrückter kennengelernt, nicht wahr?«

Dena hatte die Augen geschlossen und biß sich auf die Lippe.

Macky sagte laut: »Ich glaube, er hat gerade zwei von der Sorte kennengelernt.«

»Oh, hören Sie nicht auf Macky«, sagte Norma, »und wenn hier wirklich jemand verrückt ist, dann hat er mich soweit gebracht.«

Am Tag vor Weihnachten flog Gerry wieder hinunter, und er und Dena schmückten das Haus mit all der alten Weihnachtsdekoration, die sie auf dem Dachboden und in der Zedernholzkommode gefunden hatten. Am Weihnachtsabend gingen sie, nachdem sie einen Eierflip getrunken hatten, zur Mitternachtsmette in die Kirche.

Macky, Norma und Tante Elner hatten ihnen einen Platz freigehalten. Tante Elner trug eine Anstecknadel, die ihre Freundin Merle ihr geschenkt hatte. Als sie später nach Hause gingen, fanden alle, daß es eine wunderschöne klare Christnacht war. Die Sterne sahen aus, als seien sie poliert worden, so funkelten sie. Als sie bei der Avenue North um die Ecke bogen, konnten sie die blauen Lichter im Fenster leuchten sehen, und in Denas Augen sah das Haus aus wie eines aus einem fröhlichen Zeichentrickfilm.

Bevor sie endlich schlafen gingen, lief Dena noch mal ins Wohnzimmer, um die Weihnachtsbeleuchtung auszumachen. Aber als sie so da stand und beobachtete, wie sie in der Dunkelheit strahlte, fand sie sie so schön, daß sie beschloß, sie die ganze Nacht brennen zu lassen.

* * *

Nachdem Gerry am Montag wieder nach New York zurückgeflogen war, rief Norma bei Dena an. »Also, ich will eigentlich gar nichts dazu sagen, es geht mich ja nichts an, aber wenn du mich fragst, so scheint er ein sehr netter Mensch zu sein. Und das ist alles, was ich zu diesem Thema zu sagen habe.«

Aber natürlich war das nicht alles.

• Sechs Monate später •

Die Seifenoper

Arden, Missouri
22. Juni 1979

Ralph Childress hatte die Post aus seinem Büro geholt, saß im Wohnzimmer und ging sie durch. Es waren wie üblich hauptsächlich Rechnungen, aber er entdeckte auch einen handgeschriebenen Brief, der an ihn persönlich adressiert war; er war in Waikiki Beach abgestempelt und war auf einem Briefbogen des Halekuklani Hotels geschrieben. Er dachte: Wen zum Teufel kenne ich, der auf Hawaii Urlaub macht?

Mitteilung an den Polizisten Ralph Childress
Wie versprochen, hier das Neueste über den gegenwärtigen Stand der Dinge, den Troubadour aus dem 15. Jahrhundert betreffend, den Sie am 14. Februar 1976 auf der Interstate 34, Missouri, angehalten haben.
Ich freue mich, berichten zu können, daß die fragliche Dame und ich vor einer Woche geheiratet haben und jetzt wunderbare Flitterwochen genießen.
Wie das Sprichwort schon sagt: »Ende gut, alles gut.«
Mit besten Wünschen
Gerry O'Malley

Der Polizist lachte leise. »Verdammt noch mal, der alte Junge hat sie endlich gekriegt. Die Narren sterben eben nicht aus.«
Edna Childress kam in das Wohnzimmer, in der einen Hand einen mexikanischen Chihuahua, in der anderen eine Fernsehzeitschrift. »Reparierst du nun die Antenne, oder soll ich einen Handwerker rufen? Deinetwegen verpasse ich noch meinen Film.« Er steckte den Brief wieder in den Umschlag.
»In Ordnung, reg dich nicht auf, Weib. Ich komme ja schon. Kann

ein Mann nicht mal in Ruhe seine Post lesen, ohne daß auf ihm herumgehackt wird?«
Er öffnete das Werkzeugschränkchen, holte eine Kombizange heraus und ging zur Tür. »Wenn du es gleich machtest, wenn ich dich darum bitte, und nicht so lange warten würdest, brauchte ich auch nicht zu meckern. Hast du dir das mal überlegt?«
Er ging fort und murmelte: »Ja, das habe ich mir überlegt.«
Sie drehte den Fernseher ein wenig zur Seite und ging zum Fenster, so daß sie ihm zurufen konnte, wenn das Bild wiederkam. Es widerstrebte ihr eigentlich, an dem armen alten Ralph herumzunörgeln, denn er war eine gute Seele. Aber heute durfte sie ihre Seifenoper keinesfalls verpassen. Heute würde Faren aus ihrer Amnesie erwachen und endlich erfahren, wer sie wirklich war!

Gerrys Überraschung

Elmwood Springs, Missouri
1984

Lieber Dr. O'Malley,
ich habe die Angelegenheit mit meinem Bruder Robert besprochen, und wir sind beide einverstanden, zu dem von Ihnen genannten Preis zu verkaufen. Obwohl es immer schwer ist, ein Elternhaus aufzugeben, wissen wir, daß unsere Eltern sich freuen würden, wenn sie wüßten, daß Sie und Ihre Frau, wie Sie schreiben, in das Haus »verliebt« sind, und damit die gleiche Einstellung dazu haben wie unsere Familie früher. Ich verstehe, daß dieser Kauf eine Überraschung für Ihre Frau anläßlich Ihres fünften Hochzeitstags sein soll, und ich werde, Ihren Wünschen entsprechend, direkt mit Beverly verhandeln. Ich wünsche Ihnen beiden so viele glückliche Jahre in diesem Haus, wie meine Eltern sie erlebt haben, als sie dort in der Avenue North wohnten.

Mit freundlichen Grüßen
Mrs. Anna Lee Horton
Tucson, Arizona

% Robert Smith
Beverly Cartwright

Und so...

Elmwood Springs, Missouri
Juni 1979

Dena Nordstrom, die geglaubt hatte, sie könne nie etwas wirklich lieben, verliebte sich im Alter von fünfunddreißig Jahren in ein Haus, eine Stadt und einen Psychiater. Es stellte sich heraus, daß niemand überraschter war als sie selbst. Vielleicht mit Ausnahme von Sookie.

Als Dena ihr die Neuigkeit erzählt hatte, schrie Sookie ins Telefon: »Du heiratest! Das habe ich gewußt, ich habe es dir gesagt. Hurra und halleluja! Mein Kleid habe ich schon parat. Es ist pfirsichfarben. Und wir könnten den Mädchen etwas Passendes dazu machen lassen, würden sie nicht süß aussehen, wenn sie so den Mittelgang entlangkämen? Natürlich muß Mutter mitkommen. Buck fliegt uns hin. Oh, Dena – warum kommst du nicht hierher? Ich möchte dir wenigstens einen Polterabend ausrichten, und du kriegst nur die allerschönsten Geschenke... nichts Versilbertes. Moment mal, wen heiratest du eigentlich?«

»Gerry O'Malley.«

»Diesen New Yorker Psychiater? O Gott!«

Dena lachte. »Ja, das ist er. Aber die gute Nachricht ist, daß seine Mutter aus Virginia stammt.«

»Virginia.« Sookie klang ein wenig zuversichtlicher. »Nun, das ist immerhin ein Grenzstaat, aber... wer war sie, bevor sie geheiratet hat?«

»Was meinst du damit?«

»Wie war ihr Mädchenname?«

»Warte mal kurz. Gerry, wie ist der Mädchenname deiner Mutter?«

»Longstreet, warum?«

Ein tiefer Atemzug war am anderen Ende der Leitung zu vernehmen. »Dena, das ist jetzt sehr wichtig. Ist er in der Nähe?«

»Ja.«

»Kann er dich hören?«

»Nein, eigentlich nicht.«

»Ich möchte ihn nicht in Verlegenheit bringen, aber frag ihn doch mal, ob es die Baumwoll-Longstreets oder die Holz-Longstreets waren.«

»Gerry, waren es die Baumwoll-Longstreets oder die Holz-Longstreets?«

»Baumwolle. Wieso?«

»Er sagt Baumwolle.«

Sookie schrie: »Oh, mein Gott!«

Dena fragte: »Ist das gut oder schlecht?«

»Du heiratest einen direkten Nachkommen von General James P. Longstreet, das ist alles.«

»Wer ist das?«

»Wer das ist? Das ist einer der berühmtesten Konföderationsgeneräle, die jemals gelebt haben. Warte mal, bis ich das Mutter erzähle, sag nie wieder, ich hätte keine persönliche Beziehung zu Jesus Christus!«

In der Zwischenzeit hatte der Sender in New York, wie Sandy es vorausgesehen hatte, ohne sie weitergemacht. Sie hatten eine andere blonde Schönheit angeheuert. Zur gleichen Zeit als die Wall-Cap Productions eine weitere blonde Schönheit für die Moderation ihrer ersten Sendung angeheuert hatten, sie legten los wie die Feuerwehr und machten das Rennen. Die Einschaltquoten schossen in die Höhe. Offensichtlich war das Publikum empfänglich für ein marktschreierisches »Nachrichtenmagazin«. Und bald tauchten überall ähnliche Sendungen auf, bis die üblichen Nachrichtensendungen so langweilig erschienen, wie Sidney Capello es vorausgesagt hatte. Die Produktionsfirmen erwiesen sich als Goldgruben.

* * *

Manchmal fragte sich Dena, wo Capello wohl steckte, und wie sich herausstellte, war er im Augenblick nirgendwo.

In diesem Herbst hatte es in New York City fünf Tage ununterbrochen geregnet. Für Con Ed bedeutete es eine höllische Arbeit, sicherzustellen, daß all die Abwasserkanäle unter der Stadt von Geröll und anderen Blockaden freigehalten wurden.

Mike Mecelli war erschöpft. Er und seine Mitarbeiter waren nun schon drei Tage und Nächte auf den Beinen. Als der Lastwagen an der Ecke Achtundvierzigste und Nineth Avenue vorfuhr, war es vier Uhr morgens. Mike zog sich seine gelbe Regenjacke über, stieg aus

dem Lastwagen und suchte den runden eisernen Deckel über dem Abflußkanal der Achtundvierzigsten Straße. Er hob ihn hoch und schob ihn beiseite. Dann holte er seine Taschenlampe heraus, knipste sie an und sah das Wasser des Kanals wie einen wilden Fluß dahinschießen. Es schien keine Hindernisse zu geben, aber das Wasser war sehr hoch, und sie mußten es genau überprüfen, um sicher zu sein. Er ging kurz zurück, um die übrigen Mitarbeiter zu holen, die in der großen Kabine des Lastwagens saßen. In diesem Augenblick trat Capello aus der Tür, der noch spät an einer Geschichte über das uneheliche Kind eines Filmstars gearbeitet hatte, wollte die Straße überqueren, fiel bei der schlechten Sicht in das Loch und landete in dem eiskalten gurgelnden Wasser. Ehe er wußte, wie ihm geschah, schoß er mit einem Tempo von hundert Kilometern pro Stunde unter Manhattan durch. Capello schrie, aber der Sturm und das Getöse des Wassers waren so laut, daß niemand ihn hörte. Er wurde weggeschwemmt und konnte durch nichts aufgehalten werden, bis er im Hudson landete und weiter bis Jersey trieb, wo seine Leiche drei Tage später gefunden wurde.
Die Beerdigung war gut besucht für einen so verhaßten Mann. Aber wie mehrere Leute, einschließlich Ira Wallace, bemerkten: »Sie kamen letztendlich nur, um sicherzugehen, daß der Kerl auch wirklich tot war.«

* * *

Am Ende retteten Capellos Paranoia und Habgier vielen Menschen ihren guten Ruf. Er hatte eine neurotische Angst, daß jemand im Büro in seinen Akten schnüffeln könnte, in denen künftige Skandale schlummerten, um im geeigneten Augenblick veröffentlicht zu werden. So hatte er alles mit nach Hause genommen und zwischen seinen alten Steuerunterlagen versteckt. Nach seiner Beerdigung kam eine Reinigungstruppe in seine Wohnung und warf alles weg. Informationen, Gerüchte, wahre und falsche, darunter auch Denas Akte, die nur darauf gewartet hatten, Karrieren zu zerstören, würden nie veröffentlich werden, auch nicht die Fotos von der Tochter seines Partners, Ira Wallace, die sich in einem Chelsea Hotel nackt mit drei Mitgliedern einer als Pit Bull bekannten Heavy-Metal-Band gebalgt hatte.
Alles übrige in den Akten bedeutete jetzt keine Gefahr mehr. Barbara Zofko, die einzige Person, die von ihrer Existenz gewußt hatte,

war bei Sidney ausgestiegen und hatte sich selbst einen Namen gemacht, indem sie unautorisierte Biographien von Prominenten schrieb. Zwei Jahre zuvor war Barbara beinah bei Rumplemeyer's erstickt. Sie hatte den Stiel einer Kirsche, die in heißem Fondant auf einem Eisbecher thronte, in die Kehle bekommen. Als sie auf dem weißen Fliesenboden lag, ihr breites Gesicht blau anlief und eine Frau in rot-weißer Uniform ihren Brustkorb bearbeitete, zog ihr Leben an ihr vorüber. Sie wachte im Krankenhaus wieder auf und erfuhr, daß sie aufgrund des Erstickungsanfalls eine Herzattacke erlitten hatte. Dennoch war es nicht die Erfahrung der Todesangst, die sie verändert hatte. Vielmehr hatte ihr Arzt ihr verordnet, hundert Pfund abzunehmen. Und deshalb befolgte sie einige Tage nach ihrer Entlassung aus der Klinik den Rat ihres Arztes und schloß sich den Weight Watchers an. Sechs Monate später öffnete Frank Sinatras Sekretärin seine Post:

Lieber Mr. Sinatra
Ich absolviere im Moment ein Regenerierungsprogramm in zwölf Schritten, und als Teil meines Programms bemühe ich mich, bei allen, denen ich vielleicht in der Vergangenheit geschadet habe, um Wiedergutmachung. Ich möchte mich bei Ihnen entschuldigen, falls mein Buch Ihnen oder Ihrer Familie in irgendeiner Weise Schaden zugefügt haben sollte. – Bitte nehmen Sie meine Entschuldigung an.
Mit freundlichen Grüßen, an irgendeinem Tag,
zu irgendeiner Zeit

Barbara Zofko

P. S. Vielleicht könnten Sie mir in naher Zukunft ein Interview gewähren oder mich einigen Ihrer Freunde empfehlen. Ich wäre Ihnen für jede Hilfe sehr dankbar.

Ähnliche Briefe gingen an Elizabeth Taylor, Nancy Reagan, Robert Redford, Jacky Kennedy Onassis, Dolly Parton, Priscilla Presley, Cher, Marlon Brando und Michael Jackson. Aber selbst wenn Sidney Capello und Barbara Zofko nun außer Gefecht gesetzt waren, so tauchten doch wieder Hunderte auf, die ihnen in nichts nachstanden. Und genauso, wie Howard Kingsley es vorausgesagt hatte, fingen die Nachrichtenredakteure des Senders bald damit an, Geschichten zu bringen, die sie fünf Jahre zuvor nie in Erwägung gezogen hätten. Das Nachrichtengeschäft wurde zum gesteuerten Wahnsinn, so daß die Menschen massenweise anfingen, sich gegenseitig zu bespitzeln. Talkshows boten jedem Geld an, der sich nicht scheute, Details seines Sexuallebens zu diskutieren oder Intimitäten seiner Familie allen preiszugeben. Das Ende der Privatheit war offensichtlich die Idee, deren Zeit nun gekommen war. Abgründiges menschliches Verhalten ins Scheinwerferlicht zu rücken bedeutete das große Geschäft, und je mehr sich die Shows untereinander die Einschaltquoten streitig zu machen versuchten, um so tiefer stiegen sie in die Niederungen hinab.

Aber das Leben in Elmwood Springs ging seinen gewohnten Gang. Ab und zu kam jemand in die Stadt und erkundigte sich nach Dena Nordstrom, fragte, wo sie wohnte, aber die Antworten waren immer die gleichen: »Ach du meine Güte, ich weiß es wirklich nicht. Ich bin mir nicht sicher, ob sie überhaupt noch hier wohnt.« Oder man sagte: »Ich habe gehört, sie soll wieder nach New York gezogen sein.«

Jahre später, als Dena und Gerry mal nach New York kamen, um mit Elizabeth Diggers essen zu gehen und ein paar Veranstaltungen zu besuchen, ging Dena die Achtundfünfzigste Straße entlang, in der sie gewohnt hatte, und wurde von einer Frau angehalten, die sie fragte: »Sind Sie nicht die Frau, die immer im Fernsehen zu sehen war?«

Dena mußte grinsen. Sie antwortete: »Nein, tut mir leid, das war ich leider nicht.«

Und als sie weiterging, wurde ihr bewußt, daß sie sich kaum noch an die Frau aus dem Fernsehen erinnern konnte.

Und sie lächelte auf dem ganzen Weg zum Hotel.

Epilog

Elmwood Springs, Missouri
1987

In den frühen achtziger Jahren geschah dank Norma Warrens Kampagne »Elmwood Springs ist ein guter Platz zum Leben« etwas Wunderbares. *USA Today* brachte einen Artikel, in dem Elmwood Springs zu den zehn Orten Amerikas gezählt wurde, in denen man am besten leben könne. Plötzlich strömten viele, die wieder im kleinstädtischen Amerika leben wollten, in die Stadt. Neue Schulen wurden gebaut, das Zentrum saniert, und das Kino von Elmwood Springs öffnete wieder und zeigte manchmal sogar einen ausländischen Film. Ein junges Paar aus Boston übernahm die Bäckerei Nordstrom und nannte sie wieder Brot & Leckereien, und Macky hatte in seinem Haushalts- und Eisenwarengeschäft jetzt eine Cappuccino-Maschine. Ein Juniorcollege wurde gegründet, und Gerry übernahm die Zeitung des Bereichs Psychologie und mußte nicht mehr ständig nach Kansas City fahren. Und Dena schrieb sich tatsächlich für einen Kochkurs ein und hatte Spaß daran.

Es gab natürlich täglich Tausende von Zeitungen und Nachrichtensendungen, die mit Mord, Skandal und Verschwörung aufmachten und über Katastrophen und Verbrechen berichteten. Und täglich führten zwischen Malibu und Manhattan Millionen anständiger, netter Menschen ein ruhiges, zufriedenes Leben und schenkten dem nicht viel Aufmerksamkeit. Im Grunde hatten viele damit begonnen, ihre Fernsehgeräte abzuschalten oder sich nur noch alte Filme anzusehen. Aber vielleicht war die beste Lokalnachricht die, daß im Jahr 1986 ein Funkturm in Nachbarin Dorothys hinterem Garten aufgestellt wurde, und eine Frau, deren Stimme irgendwie vertraut klang, Radiosendungen in ihrem Haus produzierte. Sie hatten sicher keinen Showcharakter, aber es gab eine Menge interessanter Dinge zu erfahren – Nachrichten, Gäste, Interviews, sogar Rezepte. Und obwohl WDOT nur eine 700-Watt-Station war, reichte ihr Signal, wenn der Himmel klar war und richtig gutes Radiowetter herrschte, durch den ganzen mittleren Westen bis hinauf nach Kanada und zu allen Schiffen auf See. Und es waren meistens gute Nachrichten.